御手洗パロディサイト事件 2

パロサイ・ホテル 上

島田荘司

南雲堂

目次

第三章

装丁　渡邉和宏

下巻目次

第一章

1

あれはいわゆる「パロディ・サイト事件」が終了して三ヶ月ほどが経った、平成十年六月末のことだったと思う。雨の季節もようやく抜けて、関内の陽射しも次第に夏のものにと変わりつつあった。私の生活はというと、相も変わらず変わりばえのしないものだったが、たまたま鬱を抜けて、気分も体調も悪くなかった。執筆に疲れると、私は徐々に整備され、日本丸もやってきて「運河パーク」と名づけられたみなとみらい地区をよく散歩して過ごしていた。

このあたりはとても気にいって、この頃から私は、中華街とか山手方面へではなく、みなとみらいとか、赤レンガ方向への散歩が多くなった。たまには里美と一緒に歩いたが、たいていは一人だった。里美は司法試験の勉強が忙しくなってきていて、電話ではよく話したが、会う回数は少なくなりつつあった。

そんな頃、里美から電話がかかってきたのだ。

「先生……」

そう言うなり、彼女は絶句するふうだったので、私はびっくりした。いつもの彼女らしくなかった。

「ど、どうしたの、里美ちゃん」

私は言った。電話は久しぶりだったし、彼女の近況など心得ていなかったから、何が起こったのか推察する材料がない。

「そっち、今から行っていいですかー?」

彼女は沈んだ声で言った。

「え?　いいよもちろん、お昼食べた?」

「食べました」

彼女は小声で言う。

「あそう、じゃ、関内駅の改札出たとこで、一時間後に会おうか」

私が提案すると、彼女ははいと小さく言った。

私はその日、なんとなくカレーライスが食べたい気分だったので、馬車道のキャンディ・ストリートのカウンターでキーマカリーを食べ、それから本屋に入ったり、ブティックのウィンドゥをひやかしたりしながら関内駅に行った。すると二時すぎとなり、ちょうど頃合いの時間帯になった。

行ってみると、里美はすでに来ていた。八景島の観光ポスターの貼られた掲示板にもたれ、しょんぼりと構内に立っていた。

「里美ちゃん」

私が言うと、彼女ははっと壁から身を起こし、

「あ、先生」

と言った。その様子は、なんだか意外なものを見つけたというふうだった。

それから二人で駅を出て、信号を待って横断歩道を渡り、馬車道をぶらぶらと歩いて、歩道橋で車道を渡った。万国橋通りを横浜第二合同庁舎の前にさしかかるまで、彼女は少しも口を開かなかった。正面玄関のあたりでようやくぽつりぽつりと世間話を始め、水が見え、道が万国橋にかかると、その上でついと立ち停まり、ようやくこう言った。

「先生、小幡さんの様子がおかしい」

私はびっくりした。びっくりしたのだが、続いてよくよく考えたら、私が驚くのもあたらないと思った。そもそも私は、小幡さんのことを全然知らない。おつき合いがない。会ったことといっても、以前のパロディ・サイト事件の時に一度きりで、以降は消息を聞くこともない。驚くためには、彼女の近況に対する把握なり知識なりがこちらにあり、事態がそれらと違うからであって、そういうものがないのだからこれはおかしい。里美の様子が異常だったから、そっちにずっと驚きがあったということだ。

「おかしいって？　どんなふうに？」

里美はセメントの欄干にもたれ、じっと眼下の水を見つめ、時おり顔をあげては遠くのランドマークタワーを見たりしながら、こんなふうに続ける。

「小幡さんが、口きいてくれない」

「口きかないって？」

それは確かに異常だ。

「私を避けるようにする。近くに行くと逃げちゃう」

「へえ、いつから？」

「考えてみると、ずっと前からだったんだと思うけど、私ずっと忙しくしてて、あんまり会うことなかったから、だから気づかなかった」

「ふうん、どうしてなんだろうな。君心当たりは？」

「解らない、ないことは……ないけど……、でも、やっぱり解らない。彼女、誤解しているって思う」

「誤解？　何を？」

「私のこと」

「君のこと？」

「どんなふうに？」

「どんなって……、だから、男好きだとか……」

「男好き!?　本当にそうなの？」

私はびっくり仰天した。里美が男好き!?

「まさか！　先生、そんなわけないでしょう？　私、合コンだってずっと逃げてるし、変なバイトなんて絶対しないし……」

「そ、そうだよね」

「でもショック。私、小幡さんのことずっと尊敬してたし、あの人がいるからセリトス楽しかったし、小幡さんとだったら私、一緒に同じ部屋で暮らせるって思ってたくらい。このまま小幡さんと、ずっと駄目になったままだったら私、セリトス続けるのだって自信ない」

「ふうん」

私はそう言ったまま、なんと言葉を続けていいか解らなかった。里美はそのままゆっくりと歩きだし、運河パークと書かれた立て札の先を左に曲がって、水辺べりに沿って歩いていく。空には雲ひとつなく、すこぶる上天気の日だったが、陽気と対照的に彼女は落ち込んでいて、口数が少なかった。

彼女がそんな様子だから、私は周囲の様子を楽しむ気分になれず、なんとなく浮かない気分で汽車道を歩いた。

「で、これからどうするの？」

私は訊いた。

「解らない。小幡さん、私のこと軽蔑してる。先生、どうしたらいいですかー？」

里美が逆に訊き返してきた。私は言った。

「一回喫茶店にでも呼び出して、膝詰めで、はっきり訊いてみたら？　どういう理由で私を避けるのかって。小幡さんに」

その程度しか、私には考えが浮かばない。しかし里美は、聞いてのち、考えながらゆっくり黙って歩いていた。汽車道を渡りきり、右折して日本丸の方に向かう。

「この辺、奇麗になりましたねー」

里美は言った。

「よく女性誌なんかに載ってますよー、これからもっとよくなるって」

日本丸の横をすぎると芝生の斜面がある。そのあたり、背後のビル群の陽影になっていたので、私たちはなんとなく腰を降ろすことになった。長く直射日光の下にいるのが辛い季節に、そろそろなってきた。里美は、黄色の大型のヴィニールのバッグを持ち、珍しく長いスカートを穿いていた。膝を抱えるような格好にすわり、バッグを腿に置いた。そうして、そこから水をはさんだ向かいに見える大型の観覧車を眺めていた。川のように見える狭い水路を、龍の装飾を付けた中国ふうの船が行く。

「あああ、なんか憂鬱だなー」

と里美が言った。

「私、なんか、お腹へってきちゃった」

「え、お昼食べてないの？」

私が訊いた。

「だって、食べる気になんてなれなくて」

里美は言う。

「なんだ、食べたって言ったじゃないさっき。そこにマクドナルドあったよね」

私が言う。

「うん、はい」

「後で行こうか」

「はーい」

「さっきのことだけどさ、小幡さんの……」

私が言いかけると里美が、遮るように首を左右に振った。そして言う。

「いえ、いいんです、もう」

「え、いいの？」

驚いて、私は言う。

「駄目ならしかたないもん。また新しい友達見つける」

「はあ……」

それがいいねと言おうかと思ったのだが、それもまたつまらない発言に思われて、黙っていた。

「先生、こんなの知ってるー？」

里美は、黄色いバッグの口を大きく開け、中を覗き込みながら言う。しばらくごそごそとやっていたが、紙を二、三枚、引っ張り出した。


「何？　それ」

「これ？　カルト・クイズ」

「カルト・クイズ？　何の？」

私は訊いた。

「御手洗さんの」

「御手洗の、へえ、知らない」

「こういうの先生、見たことないですかー？」

「ない」

「一度も？」

「一度も？」

里美は驚いたように訊く。

「うん、一度も」

「へえ、じゃ先生のところには来ないんだー。いいですか？」

「何が？」

「質問しますから、答えて」

「え？」

「嫌ですか？」

「うん……。ま、いいよ」

私は気乗りがしないままに応じた。こういう手のもので、私はうまくやれた試しがないのだ。

「『異邦の騎士』事件でー」

と里美が言いだしたので、私の悪い予感はますます強くなり、警戒感にまでなった。

「御手洗占星学教室を営んでいた御手洗潔は、看板の『御手洗』にルビをふらなかった理由をなんと説明しましたか?」

「え!」

私は絶句した。かいもく見当つかずとはこのことだ。

「先生、答えてー」

「全然解らない」

私は正直に言った。

「当事者って忘れてるんですよね。もうマニアの方がずっとよく知っていますよー、じゃね、『切り裂きジャック百年の孤独』で、謎解きしたクリーン・ミステリ氏の実質的な報酬は何? 精神的な満足感とか、そういうのじゃなく、ものとして」

私は放心した。またしても、かいもく見当つかずだったからだ。

「解りません?」

「全然」

私は言った。

「ふうん、そっかー、そうなんだー」

里美は言う。

「それ何? 誰が作ったの?」

「『御手洗さんカルト・クイズ』。メイルしてもらったんですー、北沢大のミステリ研から」

「セリトスに?」

「そう、セリトスのミス研に。じゃ先生、これは?」

「ちょ、ちょっと待ってよ。答えは?」

「看板の方はね、手が届かなかったから」

「手が届かなかった!?」

私はびっくりした。そんなことをあいつは言ったのだったか。

「手が届かないって……、じゃ自分で書こうとしていたのかな、あいつは」

私は言った。

「そうじゃないんですかー?」

そうか、と私は思った。あの頃は金がなかったから。そういえばあの看板、いたって下手くそな文字だった。まるで外人が書いたようだった。

「『消える水晶特急』の中に出てくる歌、『消えたクリスタル特急』は、事件に便乗した芸能プロが改題したものだが、以前につけられていたタイトルは何?」

私はまた宙をにらんで放心し、それから溜め息をついた。

「駄目? 先生」

私は黙って首を左右に振った。こんな質問に答えられる人間が、本当に世の中にいるのであろうか。

「かいもく見当つかず……」

推測のとっかかりさえない。

「じゃ先生、これは解るでしょう?」

「何?」

「『ある騎士の物語』で、御手洗さんは石岡先生が強度の甘党であり、朝は板チョコ、昼はアーモンド・チョコ、夜はチョコレート・ケーキを食べると言ってました。では、夜食には何を食べると言っていたでしょう?」

私は腕を組み、じっと考え込んだ。しばらくだんまりになり、あまりに深く私が考え込んでいるものだから、里美は心配になったらしく顔を覗き込んできた。

「先生、そんなに考えないと解らないの?」

「ウイスキー・ボンボン!」

天啓を得て、私は言った。

「ピンポーン! やったね、やっぱりこれはできましたね先生」

ほめられたが、なんだか妙な感じがした。ただ自分のことが思い出せたというにすぎない。

「自分がどう書いたかなんてとっくに忘れたけど、実際に何食べたかって、当時のこと思い出してたの」

「じゃあこれ、本当のことなんですね」

「ぼくに関して御手洗の言ったことなんて、ほとんどが出鱈目だけど、これはまあまあ本当かなぁ」

「じゃあやっぱり虫歯に？」

「虫歯にはなったけど、別にこのチョコレートのせいとは思わない」

「じゃ先生、これは解ります？　御手洗さん名言集」

「あ、駄目。そういうの解らない」

私は急いで非常線を張った。

「『計画殺人に××の協力を仰ぐなんて、歳末のパトロールをスリに頼むようなものです』、この××には何が入るでしょう」

「ぜーんぜん」

「じゃこれは－？」

「ちょっと待ってよ、答えは何？」

「答え、持ってくるの忘れちゃったんです。石岡先生ご本人ならその必要ないって思って」

「ぼくが一番必要なんだよ」

「そうみたいですねー。先生、たまには読み返さないと駄目ですよー、ご自分の本」

「うん。だけど君、さっきは答えられたじゃない、看板のこと」

「『異邦の騎士』だけは私、もう何回も読み返してますから。もう、なんだって答えられちゃいますよ」

「ふうん」

「じゃこれは？　先生、『斜め屋敷の犯罪』の中で、機械文明を揶揄して御手洗さんは、『今に警官は自動販売機で犯人を買えるようになる。しかしその頃には犯人もどうなっている』、って言っていますか？」

私は途端に首を大きく傾けてしまった。そしてそのまま、何分でもじっとしているほかなかった。まるきり解らなかったからだ。確かにそんなことを言っていたような記憶はある、が、なんと言ったかなど、まるきり忘却の彼方だった。

「解りません？」

「解んない」

「これ、私憶えてる。『コインを放り込んで死体を買っているんです』って、そういうの」

「ふうん」

「じゃ先生これー」

「もういいよ、ぼく解んないもの、そういうの」

「当事者って、案外忘れてるんですよねー、でもこれは解りますよきっと、先生ご自身のことだもの。『舞踏病』の中で、十一月に石岡先生が、御手洗さんに買いにいかされたものはー」

「スイカ！」

　私は即座に叫んだ。これは恨みがあるからよく憶えている。

「これ、腹たったから憶えてる」

「先生、最後まで聞いて。『〜ものはスイカですが、もうひとつは何？』」

「え！」

　私はまた絶句してしまった。スイカじゃなかったのか。スイカと何？　あの時自分は何を買ったのだったか。

「メロン」

「はずれ！」

　里美は即座に言った。答えの紙がないというのにどうして解るのか。

「どうして正解知ってるの？　これ『異邦の騎士』じゃないよ」

「だってこれもこの前たまたま読んだばっかりだもん」

　里美は、案外よく読んでいる。

「みかん」

「違いまーす」

「そうか、みかんじゃ当り前か、じゃ柿」

「違ーう。先生、柿はもう部屋にあったんです」

「ふうん、でもそれ、憶えてるよぼく、その『舞踏病』の事件の時のこと、いくら記憶力悪くても。陣内さんが来た時でしょ？　そしてこの後、ぼくら浅草行ったんだ」

「そお。知ってるゃないですか先生。じゃあ、部屋にあったのも憶えているでしょう？」

「でも、スイカ以外何買ったのだったかは憶えてない、確か伊勢佐木町行って、松坂屋の地下に降りたんだ。そして黄色いスイカ見つけてびっくりした。あるわけないと思ってたから……」

「そうです先生、その調子」

「だけどスイカ以外、果物なんて買った記憶がない、本当にスイカ以外買った？　ぼくは」

「もしかしたらスイカだけだったのかも。だってその後、食べたのはスイカと柿だったって、書いてありましたから。でも御手洗さんの要求は、実はもうひとつあったんです、果物」

「駄目。全然解らない」

「桃です」

「あっ桃！　桃かっ！」

私は叫んだ。

「桃です」

「そうか桃！　、そうそう、思い出した」

「先生、自分のことしか思い出せないんですね、正解ひとつだけ」

「自分のことだって思い出せないよ。もしぼくが殺人事件の目撃者になったら、本当に頼りない証人だろうなっていつも思うよ」

私が言うと、里美はちょっと笑ってからまた口をつぐみ、少し沈み込んだ。

しばらく沈黙が続き、なんとなくいたたまれなくなって、私が言った。

「どうしたの、クイズもうないの？」

「もうおしまい」

つぶやくように、里美は言った。

「ふうん残念。あればよかったのに」

私は言った。すると里美は、意外なことを聞いたように私を見た。

「先生、嫌いじゃなかったんですか？　こういうの」

「うん……」

　私はちょっと返答に窮した。本当は好きではなかったが、質問をしている時の里美の様子はしばらく明るくて、私はほっとしたからだ。終わればまた沈んでしまう。それなら質問に忍耐している方がましだった。

「別に嫌じゃないよ」

　私は言った。

「こんな質問好き？　先生」

「好きっていうか……、別に嫌いじゃないよ」

「あ、そうですか、ふうん……」

　里美は言った。

「だったら先生、とっておきの質問あるんです。訊いていいですか？」

「え……」

　その時の私の声は、お腹の底から無理に絞り出したような、いかにもぞっとしたという実感のこもる声だったらしい。里美が少し笑った。

「どんな？」

「先生、恐いの？」

「変な、性的なこととか訊かないでよ」

　すると里美はからから笑った。

「そんなんじゃないです」

「じゃどんな……」

「これ、先生のことじゃないです」

「あ、本当」

　それで私は、心の底からほっとする。

「でも先生、結局は関係ある。これ先生と、たぶん御手洗さんに向かって言ってるんだと思うんだけど。電話あったんです」

「電話？」

「はい」

「ミステリ研に？」

「そう、たぶん手紙だと遺るからじゃないかなー。

だから電話で依頼してきたんです。セリトスのミス研は、石岡先生とつながっているって思って」

「君が受けたの？」

「はい」

「なんて？　それ、事件の依頼なの？」

「まあ……、そうですね。地下室の扉を開けて欲しいんだって」

「地下室の扉？」

「はい。開かずの地下室だって」

そして里美が語ったのは、次のような奇妙な話だった。

2

「電話のその人、金光和貴《かねみつかずき》さんっていうんですけど……。あの、先生、飛島《とびしま》って知ってます？」

里美は言った。

「知ってる。聞いたことはある」

私は言った。

「日本海の島なんです。山形県の酒田から船に乗っていくらしいんですけど」

「離れ小島？」

「うーん、それほどじゃないみたいですねー。船で一時間くらい」

「ふーん、その飛島が？」

「その島の北側に、なんだか人里離れた岩場があって、そこはまだ電気も来ていないんだそうです」

「えー、今どき？」

「そうみたいです。島の南には漁港とか、街があるんですけど、そっちはもちろん電気来ているんですけどぉ、金光さん家の方は人が全然住んでいない岩場だから、電気ないって」

「じゃ、どうしているの？　生活。その金光さん」

「発電機ですって」

「発電機、へえ……」

「発電機とプロパン。でもそれ、生活上の必要最低限の電力で、あとは石油ランプ。それでね先生、その金光さん、昔、お父さんがそこでホテルやっていたんですって」

「ホテル？　電気もないのに？」

私はびっくりした。

「そうなんです。『飛島、ランプのホテル』っていうの」

「へえ、できるの、そういうの」

「飛島の北の、人っ子一人来ないような場所で、だけどだから全然俗化されてなくて、景色がすっごくいいから、けっこう人気あったみたいですね。リピーターが多くって。釣りができるしね、それに魚とイカがとってもおいしいそうです」

「ふうん」

「捕れたてで新鮮。でも十年くらい前に、お客さんに大量食中毒者、出しちゃったんだって」

「大量食中毒！　そりゃまずいね！」

私は言った。

「島だし、当時は充分な病院施設もなくって、だから死者まで出しちゃって、それでホテル、閉鎖に追い込まれちゃったんですって」

「そりゃ、そうだろうねー、新聞ダネにもなったろうし」

「全国版のニュースになって、すごかったって。うちも昔旅館やってたから、そういうのすごいよく解る」

里美は顔をしかめて言う。

「大事件だったろうね、じゃ今は？」

「すっかり廃墟なんだって。ホテルはやめちゃって、鉄筋六階建のビルが、岩場にぽつんと建っているだけなんだって。地下入れて七階分のフロアに、部屋数は三十三もあるんだけど……」

「それみんな廃墟ね？」

「いえ、金光さんの住んでいる部屋はありますから、それから金光さんのお客さんのための部屋、こういう四部屋だけは奇麗で、発電機の電気も来ていて、電話もあるの」

「その四部屋はどこに?」

「六階ですって。見晴らしがすっごいいいいんだって」

「へえ、いいね、行ってみたいね」

何気なく私は言った。全然本気ではなかったのだが、すぐに里美が目を輝かせ、こう言ったから驚いた。

「あ、行きますか? 先生」

「え?」

予想外の反応に、私は絶句した。

「是非来て欲しいんだって金光さん、先生に」

私は目を丸くした。

「な、なんでぼくに? それに、そんないきなり言われても……。ちょっと話聞かせてよ、その話最後まで」

「うん、はーい。金光さんのお父さん、在日韓国人の人で、昔は学者さんだったんだって。経済とか、国際貿易学が専門で、すっごい頭いい人だったんだけど、でもちょっと変人で、大学の教授辞めて、そんな人里離れたところに移り住んで、土地買って、ホテル始めたんだって」

「ふうん……、本当に変わってるね」

「このお父さん、金光家に先祖から代々伝わる貴重品とか、貿易で作ったお金、ホテルの地下のひと部屋にしまっていたはずなんですって。それから息子さんの和貴さんが言うには、ホテル経営で稼いだ財産もかなりあったはずなんだって。それはほとんど補償に吐き出したらしいんだけど、ほかの資産は、食中毒事件があった時、隠しておかないと被害者の人たちにみんな取られちゃうからっていうことで、隠したんだろうって、そう言うの、和貴さん」

「銀行は?」

「銀行にはあんまり入れてなかったみたいですねー、お金。あんまり銀行を信用していなかったみたい」

「経済学者なのに？　ふうん、じゃあともかくこの人、息子さん、左ウチワだよね。親からそんなにお金もらったら」

「それが先生、そうは行かないんですよー」

「え？　なんで？」

　驚いて、私は訊いた。

「全財産入った地下室、開かないんだって」

　里美は言う。

「開かない⁉」

　私は頓狂な声を出した。それはまたどういう意味だろう。鍵がなくなったとでもいうのだろうか。しかしたとえそうでも、そんなことはどうにでもなるであろうに。

「そうなんですー、開かないの」

「鍵ないの？」

「ないんですって」

「お父さんに訊けば？」

「それが、お父さんもう死んじゃったんだって。六階の自室のテラスから、下の岩場に身を投げて」

「自殺？　じゃお母さんは？」

「お母さんは、事件の頃からずっと行方不明なんだって。だからお父さん、それもあって、絶望して自殺したんだって。ホテル閉鎖の上に、妻もいなくなって」

「あそう、でもそれ、変な話だよねー、地下室にあるんでしょ？　お父さんの財産」

「そう」

「場所が解らないの？　地下のどこだか」

「いえ、部屋ははっきり解っているんです。この部屋だってふうに」

「じゃ扉壊せばいいじゃない」

　私は言った。しかし里美は首を横にふる。

「それが先生、絶対に壊れないんですって」

「なんで？」

「扉、厚さが二メートルもある鉄の扉なんだって」

「二メートル⁉」

また頓狂な声が出た。どういうことだ？　軍事要塞でもあるまいに。

「じゃ壁の方、壊せばいい」

「それも駄目。こっちは三メートルもある鉄筋コンクリート製なんだって」

「えー、じゃダイナマイト仕掛ければ？」

私はわりと本気で言った。

「もう何度もやったって先生。それでも駄目なんだって。終戦の頃にヒットラーがこもっていたベルリンの防空壕みたいだって。きっと爆撃しても壊れないって。たぶんミサイルで撃っても駄目だろうって、金光さん」

「なんだいそれ、まるで日銀かスイス銀行の金庫だね」

「ほんと、ほんとそうなんです。これ金庫なんですって」

「そんなもの、日本にあるの。で、鍵穴もないの？」

「ないんですって。ダイヤルみたいのが二つ付いていたんだけど……」

「本当？　じゃあこの暗証番号つきとめれば……」

「ところが最近、このダイヤル、ただの飾りだってこと、解ったんです」

「なんだ！」

がっくり、と私は反射的にこうべを垂れた。

「すぽんて取れちゃったんだって」

「へえ……、でもさ、そのドア本当に開くの？　二メートルなんでしょう？　厚さ。だったらドアが斜めになっているとか、レンズみたいな形状になっているとかしないと、物理的に開かないでしょ？　そんなに厚さあれば。開ける時壁にひっかかっちゃう」

「うん、それなんですけど、なっていないんですって」

「えっ、じゃあ開かないよ……」

「それが先生、それドアじゃなかったんですって。最近解ったんだけど、厚さ二メートルの鉄の板に…

「それもう板じゃないよね、そうなったら。鉄の塊だね、巨大な」

「そうなんです。その鉄のぐるりに、ドアの形に筋……、っていうか細くて浅い溝が掘ってあって、それでドアに見せかけていただけなんだって」

「え？ ドアじゃなかったの？」

「はい、ダミー」

「ドアも飾り、ダイヤルも飾り？」

「はいそう」

「じゃさそれ、押したり引いたりして開くんじゃなく、右とか左とか、上とか下とかにスライドする仕掛けなんじゃないのかな？」

「ええ先生、金光さんそれも考えたんだけど、上にはすぐに部屋があるし、下は岩場だし、右にも左にも、そんな大きな塊がスライドしておさまるような空洞は存在しないんですって」

「ええっ、どういうこと？」

「上にあげたら、それは一階のフロアにドアが出てきちゃうわけでしょ？ 下は岩場でそんな空洞ないし、左右の壁の中にも空洞存在ないし……」

「どうして解ったの？」

「音波探知機とか、レントゲンとか使って調べたらしいんです」

「じゃ、いったいどういうこと？」

「だから、ただの壁だったんですね、その鉄」

「ドアに見せかけてただけで、実は壁？」

「はい、そう」

「じゃ、ほかに出入口があるってことね？」

「そうなんですけど、調査の結果、どこにもそんなものはなかったんですって。問題の部屋は、だから分厚いセメントと分厚い鉄で囲われた、ただの密閉された箱なんです。頑丈な」

「じゃ空気も入らないよ」

「はい」

「でも、じゃどうやって中に入るの？ 昔、お父さんは入っていたんでしょ？　全財産入れたのなら」

「そう、だからそれを教えて欲しいんだって、先生に」

私の顔を見て、里美は言った。

「なんでぼくに？」

私は言った。

「実はそれ、理由あるんです」

どうせ御手洗であろう、だから私はこう続けた。

「ねえ、それ地下の一室でしょ？　ほかの部屋は？地下の」

気になっていたことを訊いた。

「地下にはほかに三つ部屋があるそうなんですけど、これらは自由に入れるただの物置なんですって」

「ふうん、つまり計四部屋なのね、地下は」

「そうです」

「そのうちのひと部屋だけがそんな様子で、入れないのね？」

「そうなんです」

「だからここが怪しいって」

「はい」

「だけどそう見せかけて、実は別の場所が財産の隠し場所だったりってことは？」

「それはないそうです。お父さんが生前から、あそこだってはっきり言っていたって」

「ふうん」

「先生、金光さん、その財産あれば、ほとぼりも冷めた今だからまたホテルの再建もできるし、なんとか地下の宝のお部屋を開けたいんだけどって、そう言うんです。それで先生に……」

「それなんだけど、なんでぼくなの？」

私は言った。

「ええ、それ説明します。金光さんのお父さん、先生のファンだったんだって」

「え？　ぼくの？」

びっくりした。

「先生のっていうか、御手洗さんの」

「ああ、うん」

それはその方が正解であろう。

「それでね、先生の『挨拶』が出たあたりから、世の中に少しずつ出廻りはじめていた御手洗さんのパロディ小説を、収集していたんだって」

「へぇー」

「きっと先生のみんな読んじゃって、読むものなくなったから、パロディとかパスティーシュで飢餓感をまぎらわせていたんでしょうね。私、解る、そういうの」

里美は実感を込めて言う。里美は最近、本当に御手洗のファンになったようだ。貝繁村で出遭った頃のことを思えば隔世の感がある。

「ふうん、でもどうやって集めたんだろうね、お父さん」

「昔の教え子の学生さんが送ってくれてたんだって。ミス研とかあったでしょう、大学なら。教え子自身も書いていたかもしれないし」

「ふうん」

「ホテル休館だから、専門書読んだり、そんなことして気をまぎらわせていたんだって。それでお父さん亡くなってから、和貴さんが廃墟になったホテルの各部屋調べてたら、各部屋にはベッドと、小さいデスクがあるんだけど、ホテルによくありますでしょ？　小型のデスク」

「うん、あるよね」

「その抽斗《ひきだし》の中に、各部屋一編ずつ、御手洗さんのパスティーシュの短編が入っていたんだって」

「へえ」

私は驚いた。

「どんな部屋に？」

「それが先生、全部の部屋なんだって」

「全部？」

「そう、お客さんに貸し出せる部屋全部に」

「全部って、全部で何部屋だっけ？」

「パロディ小説置いてあった部屋ですか？　二十五

部屋」

「部屋、全部でいくつあるって言ったっけ」

「三十三部屋です。私聞いて、夕べここに図面描いてみたんですけど……」

里美は、バッグから紙を一枚引き出した。折りたたんであったこれを開く。

「こんなふうになっていて、この地下は四部屋です。ひと部屋はさっき言った開かずの部屋」

「うん」

「一階は五部屋なんです。だけどここにも客間はないんです。フロントがあって、食堂があって、これらで場所とるから、あとは四部屋。だから食堂入れて五部屋だけ」

「ふうん、でも地下よりは多いんだ」

「たぶん地下は、開かずの部屋が壁厚くて、スペースとってるからでしょう?」

「ああそうか。一階のこの四部屋は?　食堂以外の」

「これはみんな従業員用です」

「ふうん。じゃこの一階の五部屋は除外と……」

「うん、はい、そう。客室は二階から始まっているんですけど、二階は六部屋。あとは上、ずっと同じです、三階も六部屋、四階も六部屋、五階も六部屋、六階も六部屋……」

「じゃあ二階から五フロア、五×六、三十部屋だね、客室は」

私は言った。

「あ、それがそうじゃなくて、六階のフロアは全部金光家の自宅なんです。だから客室は四フロアだけで、四×六、二十四部屋なんですね」

「ふうん、じゃパロディ作品は二十四作?」

「いえ、二十五作です」

「二十五作……」

「っていうのは、六階に予備の客室がひとつあったんですって。行楽シーズンの混み合う季節に備えて。それで二十五室」

「じゃあ六階の残りの五室は、みんな金光さんが使っていたんだね?」

「そうみたい。金光さんのお父さん、お母さん、それから息子の金光さん」

「一人息子だったの? 和貴さんは」

「そうみたいですね」

「エレヴェーターはあったのかな」

「あったみたいです。付けないと法律上まずかったみたい。でも普段は全然使っていなかったって、いつも止まってたみたいです。電気ないから」

「うん、発電機じゃね」

「電気はポンプに使うだけでいっぱいだったみたい」

「ポンプ?」

「はい、屋上の貯水タンクに、水汲みあげて貯めておくために」

「ああ」

「だから六階までを客室にするのはちょっと厳しくて、だからお客さんは基本的に五階までですね」

「泊まり客みんな、階段使ってたの? 昇り降り」

「そうみたい」

「解った。で、その二十五の客室全部に御手洗のパロディ小説が?」

「そうです。二十五の部屋、それぞれのデスクの抽斗に、各部屋まんべんなく一編ずつ、先生と御手洗さんのパロディ、パスティーシュの短編が入れてあったんです」

「それは、印刷したものなのね?」

「はいそうです。フロッピーとかじゃなくて、プリント・アウトしたもの。だから紙ですよね」

「へえ、どういうことなんだろう、二十五室ぴったりなんだね」

「はいそう、ぴったり」

「食堂とか、従業員室とか、地下の倉庫とか、金光さんのご両親が使っていた部屋にはなかったのね?これ、どうしてなんだろうな」

「まずは、デスクがなかったみたいですね」

「ああデスクが…、それだけかな、理由は」

「だから金光さん言うには、これはお父さんの、自分への謎かけなんだって」

「謎かけ？」

「はい」

「ってどういう……」

「金光さん言うには、お父さんって、本格の探偵小説のマニアだったんですって。だからこれら客室に遺した小説群は、父の自分への遺書なんだって。だからこれらの短編パロディの内に、地下の開かずの部屋への入り方を示す鍵が、きっとあるはずだって、そう言うんです」

「お父さん、はっきりした遺書は遺さなかったの」

「そうみたいですね」

「うーん……。だけどこれ、お父さんが書いたものじゃないわけでしょう？　パロディ小説って」

私は浮かんだ疑問を口にした。

「はい違いますね。でも金光さん言うには、お父さんが集めた小説、もっともっとあったはずなんだって。だけどそれが見あたらないってことは、お父さんがこれだけを選んだんだろうって。つまりお父さん、そういう目的にあったものを厳選して遺していった可能性があるんだって。だからこれらは、お父さんが直接書いたものでなくっても、中にお父さんの意志が埋められている可能性は充分にあるんだって」

「ふうん、そういうもんかなぁ」

私は考えた。

「それが、金光さんが先生に来て欲しい理由なんです。先生はオリジナルの作者なんだから、これらのパロディ見たらきっと何かが解るんじゃないかって。どうします？　先生」

「え、どうしますって……」

「行きます？」

言って、里美は私を見た。

「行きますって、そんな簡単に……」

私は腕を組んで考え込んだ。興味深い話ではあるけれど、躊躇する理由はいくらでもあった。まず私に解けるだろうかということ、これがひとつだ。いやこれこそは最大の理由であろうか。解けないのが解っているのにのこのこ出かけていくのは、ただ恥をかきにいくということだ。

もうひとつは、会ったこともない、まったく見ず知らずの人に、そんなに簡単に世話になってもいいものだろうかという遠慮だ。

「先生、飛島って行ったことあります？」

考え込んでしまった私を見て、里美が問う。

「ないけど、昔知り合いが書いた小説の舞台だったから、読んで、興味が湧いたことはあるね。いいところらしいもの、でもね」

「泳げるかもしれないですねー」

里美はいきなり言う。

「泳げるって？」

「ハワイじゃないから無理ですかねー。いい海水浴場があるんだって。砂浜があって、高い岩場で囲まれてて、だから天然のプールみたいになっているんだって。波がなくって、水が静かなの。ああ、なんか行きたいなー、飛島」

「えっ？　君、行きたいの？」

私は驚いて訊いた。

「だって最近いいことないし、ちょっと気分くさくさしてたから。なんか、どっか旅、行きたいなーって思っちゃってー。日本海側っていいんですよー先生、私は好きだなー、鄙びてて」

「君、行ったことあるの？　飛島」

「こんな北はないですー、全然。でも山陰なら何度も。先生、今忙しいですか？　お仕事」

「今？　ちょうどそうでもないけど。でも遠いだろうなー、だって飛島って佐渡ヶ島よりも北でしょ？」

「それが先生、そんなことないんです。飛行機で行けば近いんですよー。だからホテルだってできるんです」

「えっ？　飛島って、空港があるの？」

するると里美は噴き出した。

「えー、それはないですけどぉ、庄内空港。羽田からすぐです。あとはそこからバス」

「バスと船でしょ？」

「そう」

「ふうん」

「それに先生、旅行費用全額出してくれるんだって、金光さん。それに泊めてくれて、海の幸を堪能させてくれるって、チャンスー先生、行きません？」

私は何も言えなかった。ただの散歩のつもりで出てきたのだ。こんな展開はまるで予想していなかったから、心の準備ができていない。しかし交通費を出してもらうのはまずい。そんなに甘えてよいはずはない。もしそれで謎が解けなかったら—、そう考えると気の弱い私はぞっとする。

「それはまずいよ……」

私は力なく言った。

「えー、どうしてですかー？　もし解らなかったら、御手洗さんに電話かけたらいい」

里美に言われ、ああそれもそうかと私は思ってしまう。

「えー、でもいつから？」

優柔不断な私は、まだぐずぐずしながら言う。

「いつでも！」

里美は、なかなかはずんだ声で言った。さっきまでの沈んだ気配が一挙に消え、ああ彼女は本当に行きたいのか、と私は知った。

「こういうの、私一人だったらちょっと行けないしぃ」

里美は言う。

「うーん……」

それでも私は考え込んでしまう。そして一応こう言った。

「しばらく考えさせてよ、ね？」

3

しかし私は、里美が行きたいと思っている以上、結局は行くことになると知っていた。ぐずぐずできたのも、その後のほんの数時間である。

翌々日の朝もまた上天気で、午前中の強い陽射しの中、空港のコンクリートの上を飛行機に向かって歩いていたら、こめかみがじっとりと汗ばんできた。七月を前に、東京はすっかり夏に突入したといった様子だ。

里美は、いなり寿司状態と自分で表現するところの、まるまると膨らんだ旅行バッグを持ち、Tシャツと半ズボン、それに前開き、フード付きの、スウエット地のジャケットをはおっていた。

離陸すれば、確かに庄内空港まではすぐだった。雲が全然ないから、まだ雪がわずかに残る地上の山々や、やがて見えてくる雄大な日本海などが一望だった。私は、この歳になっても飛行機にはまだ数えるほどしか乗っていない。しかし里美はずいぶん乗っているようで、ひどく落ち着いている。

庄内空港の前からバスに乗る。これは小一時間の旅になり、バスが田舎道に走り出ると、色とりどりの花が道ばたに咲いていて奇麗だった。売ってもいい花のように見えたが、大半は野生だ。

酒田の街が近づき、最上川が見えた。広い川で、河原に「白鳥飛来地」と立て札が立っている。白鳥の姿が似合いそうな、清潔な草原がそこにあった。

「すごいね、奇麗なところだねー」

私は感心して言った。

「でしょう？　ね？　先生、日本海側って、どっか違うでしょう？」

里美は言う。これは本当にそうだった。何が違うのか、すぐには語れないのだが、確かにそうだ。

酒田港は、最上川の下流にあった。連絡船はずいぶんと大きな船だったが、出港してしばらくは最上川を下る。灰色の船体を見せるロシア船が、何艘も停泊している。

券売所で船旅に要する時間を訊くと、意外にも一時間半という長さだったで、私たちは港のそばの寿司屋に行って弁当を買い、船に乗っていた。外洋に出ると周囲がすっかり雄大な風情になったので、私は里美と二人で甲板のベンチにすわり、強い潮風に吹かれながら弁当を食べた。

「すごい景色」

里美が言った。

「今さらだけど、海って広いですよねー」

「うん、あの山知ってる?」

私は遠ざかりつつある陸の、ひときわ高い山を指さしていった。

「いえ」

「鳥海山、土地の人は『しもやま』とも言うんだよ」

「へえ」

「ね、そのランプのホテルのある場所、荒崎っていうところじゃない?」

「あっ、そうですそうです先生、よく知っているんですねー。なんで?」

「え、本で読んで」

私は言う。

里美は楽しそうだった。しかし私はというと、これから難解な謎に挑戦しなくてはならないから、少なかず緊張していた。

船内にはテレビもある。売店もある。テレビの洋画劇場が一本観られるほどの時間を経過すると、彼方に島陰が近づいてきた。飛島だった。

もうずいぶんと海洋に出た。これはもう外洋上の孤島ともいうべきに思えたが、振り返れば、本州は薄い板のようにかすかになりながらも、まだ見えている。一方飛島は、近づくにつれて巨大になる。そしてついに、まるで衝立のようになって眼前に立ちふさがった。

小型灯台の脇を抜け、船は勝浦の港に入っていく。周囲には、透明なランプを船体の上にたくさんぶら下げた、イカ釣りの小型漁船が停泊していた。ディーゼル・エンジンがひときわ唸りをあげ、巨体を揺するようにしながらブレーキをかけて、船はゆっくりと岩壁に横づけしていった。

「あっ、あの人、たぶん。金光和貴さん！」

デッキで、里美が叫ぶように言う。「飛島、ランプのホテル」と横腹に書いた大型のヴァンの前に、男性が一人立っていた。迎えに来てくれたらしい。里美が手を振ると、彼もまたこちらを認め、手を振り返してくる。

私たちは、板を渡って桟橋のコンクリートを踏む。その渡り板のすぐ前まで、彼は来てくれていた。笑って出迎え、手を差しのべて里美の荷物を持ってくれる。

里美はぺこんと頭をさげる。それから私に向きなおり、紹介してくれた。われわれは、それで名乗り合った。

「どうも申し訳ないですな、高名な先生に、わざわざこんな遠くの島までお越しいただいて」

金光和貴は言った。

「とんでもないです。一度是非来たかった場所で」

私は言った。すると金光は笑った。笑うとなかなか顔だちがよい男性で、独り者と聞いているが、それが不思議なような感じを受けた。

「あの……、ですね、金光さん」

私は非常線を張ろうと思い、言った。金光は、顔だけをこちらに向けて応じる。

「こうして来ましたけれど私、謎が解けるという自信はないんです。できるだけのことはやっては見ますけれど……」

そう言うと、金光はまた黙って笑った。そして背を向けて、先にたつ。

彼はがっしりした体つきの、それほど背は高くない人物で、柔和だったが、口数の多い印象ではなかった。私の荷物も持ってくれようとしたのだが、私は急いで断った。

彼は自分の乗ってきたホテルのヴァンまで、われわれを黙って導いていく。後ろを歩きながら、私は何気なく足もとの水を見た。久しぶりに見るといった様子の、非常に澄んだ水がそこにあった。水底の岩場とか、その上を泳ぐ小魚たちの様子が見える。群れが、さっといっせいに方向を変えるのがよく解る。

「奇麗な水ですね」

私が言うと、金光は、

「ええ、このあたりはまだね」

と言った。

この頃の私の言辞は、それなりにお世辞も入っていたのだが、車で島に走り出すと、私の驚きは本物に変わった。道は舗装されていたが一本道で、走り続けても、擦れ違う車は一台もなかった。そして周囲はというと、原生林のような風情なのだ。太古の昔からそのままといった様子で、人間の手が入ったふうがない。

風が異様なまでに清潔で、甘い、よい匂いがする。地上の風というものは、本来こういうものであったかと私は思い出す。だが思えば無理もない。私たちは文明の汚れを遠く離れ、こうしているたった今も、大きな船に乗って日本海の洋上にいるのと変わらないのだ。

ずいぶん走ると、見晴らしのよい高台に出た。下っていく坂道の彼方に、広大な岩場がひらけた。どうやらあれが荒崎らしい。岩場は全体に灰色をして、遠くからはテーブルのように平らに見えた。上に、野球場がいくつも作れるように見える。その灰色の岩場に、セメント道がひと筋海に向かって続いていて、突き当たりの海べりに、ぽつんと一軒だけビルディングが建っていた。

「すっごーい!」

と里美が叫ぶように言った。わたしもまたそう言いたい気分だった。

周囲に何もないこんな辺鄙な場所に、一軒だけ人工構造物がある。周囲も灰色だから、そのたたずまいは周りに違和感がない。しかもそれはずいぶん巨大だ。遠くからは小じんまりとして見えたが、車が近づくにつれ、どんどん大きくなる。はてしなく大きくなる。船で近づいた時の飛島のようで、よくこんな何もない場所に、こんなにも大きな建物を造る気になったと感心する。

岩場に入ると、道は川に似た亀裂にかかる橋を、二つばかり渡った。そしてセメントの人工構築物の脇に来て、止まった。エンジンが切られると、私は仰天した。あたりが腰が抜けるほどの静寂になったからだ。かすかな風の音と、寄せてひたひた岩を打つ波の音だけ。こんな様子を、私は久しぶりに味わった。

今朝横浜を出たばかりであることが信じられない。わずか半日で、こんな地の果てのような場所に来てしまった。船のエンジンの音、港の人々のざわめき、ヴァンのエンジン音、今までそれらがずっとあったのだが、たった今、すべてが消えた。恐いような静寂。気分が落ちつかない。

降り立ち、車の脇にじっとしていると、すぐそばの岩陰から、船虫たちがぞろぞろと這い出てくる。蟹の姿もある。これもまた、太古の自然そのままだ。

「すごいですねー」

里美がまた言っている。しかし里美は、彼方の海を見ていた。中国大陸の方角には、まったく何も見えなかった。

「こっちです。どうぞ」

言って金光が、里美のバッグを持ってホテルのドアを入っていく。廃墟と聞いていたが、一階の玄関は、少なくともそんな様子ではなかった。古び、少し汚れてはいたが、経営中と言っても通りそうだ。

入ると、右手にある登りの階段の下をくぐるような格好になり、そのまま進めば正面にチェックイン・カウンターがある。営業中なら、客はここでチェックインをするのであろう。

ランプのホテル　1階

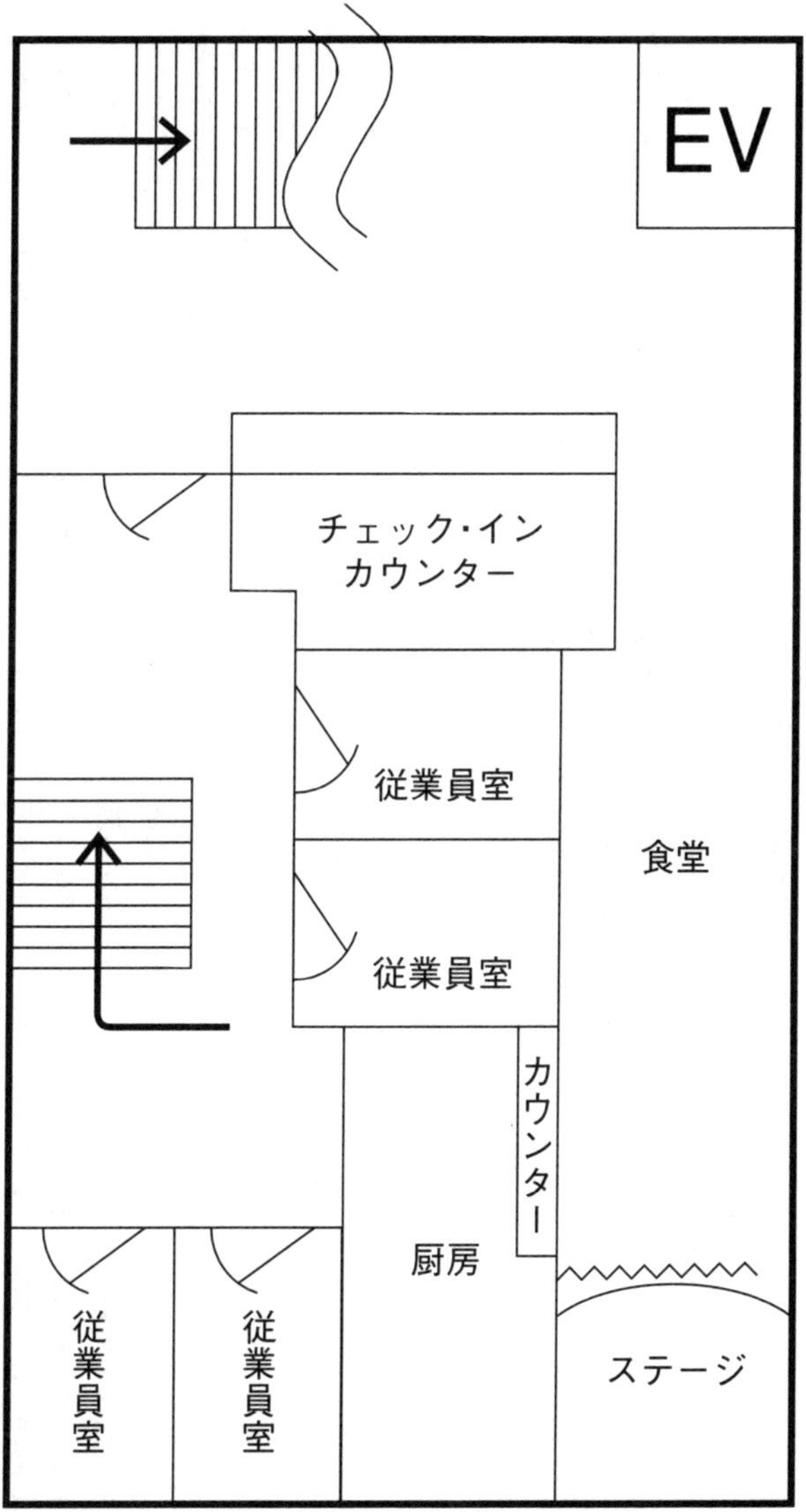

金光がその左の奥に入っていくので、ついていくと食堂に出た。そこは海側がガラス張りにできていて、水平線だけが見える解放的な空間だった。テーブルと椅子、そして海、ほかには何もないのだった。あとはただひたすらの静寂だ。

「すっごーい!」

里美がまた言う。着いてから彼女は、こればかり言っている。

「この食堂だけは毎日掃除してます。だから奇麗ですよ。今コーヒー煎れます。アメリカンでもよろしいですか?」

彼は訊く。はーいと里美が応えた。

コーヒーを飲みながら、しばらく三人で話した。この島には弘法大師の伝説がたくさん伝わっているとか、さっき通り過ぎてしまったが、血の池とか、ローソク岩などの名所があるのだと、彼は言った。しかし私は、それらについても本で読んで知っている。そんな話をしている間も、往来の車の騒音、雑踏の気配は周囲にいっさいない。店内には音楽もない。電気がないからだ。ささやく声になってもよく聞こえる。こんな場所でなら、さぞ小説書きの仕事もはかどるだろう。

「夕食、いつも七時くらいからですが、よろしいですか?」

「ええ、もちろんです。何時でも」

私は言った。

「朝は……」

「あ、朝要りません」

私は即刻言って、断った。

「そんな、三度なんて大変でしょうから。お一人なのに」

「私もいいです」

里美も言った。

「そうですか? じゃ十一時くらいにブランチということで……」

金光は言う。

「はい、まあ、飢え死にしなければ食べ物なんてどうでもいいです」

私は言った。そして訊いた。

「その御手洗パロディの小説というのは、今どこに?」

「各部屋のデスクの中です。発見した当時のままにしてあります。全然動かしてはいません」

「ああそうですか」

「ただ、部屋の方はずっと手入れしていないので埃っぽいし、荒れ放題で申し訳ないんですが」

金光は言う。

「そんなの全然かまいませんよ」

私は言った。こんな小奇麗な食堂があることさえ、私は期待してはいなかったのだ。

「じゃあ、さっそく拝見してもよろしいでしょうか」

私は言った。すると金光は、頷いて立ちあがる。

4

荷物は食堂に置き、チェックイン・カウンターのあるエントランス・ロビーに出ると、さっきは気づかなかったが、右前方にエレヴェーターと見えるドアがあった。左手には階段があったが、これは登り専用に見える。下る階段は見えない。

チェックイン・カウンターの前を過ぎ、壁の手前を左手に折れて、私たちは従業員のエリアへの扉を開けた。廊下を少し進むと、右手に下り専用の階段があり、これを使って私たちはまず地下に降りた。地下への階段は、客からは隠されていた。

荷物のことは気にならなかった。貴重品をどこにどんなふうに置き放しにしようと、こんな人里を離れた場所では盗む者もない。

地下は暗く、埃っぽくて、わずかにすえた黴の匂いがした。いやそれだけではない。異様な匂いを感じる。死者の匂いとでも言いたくなるような普段あ

ランプのホテル　地下１階

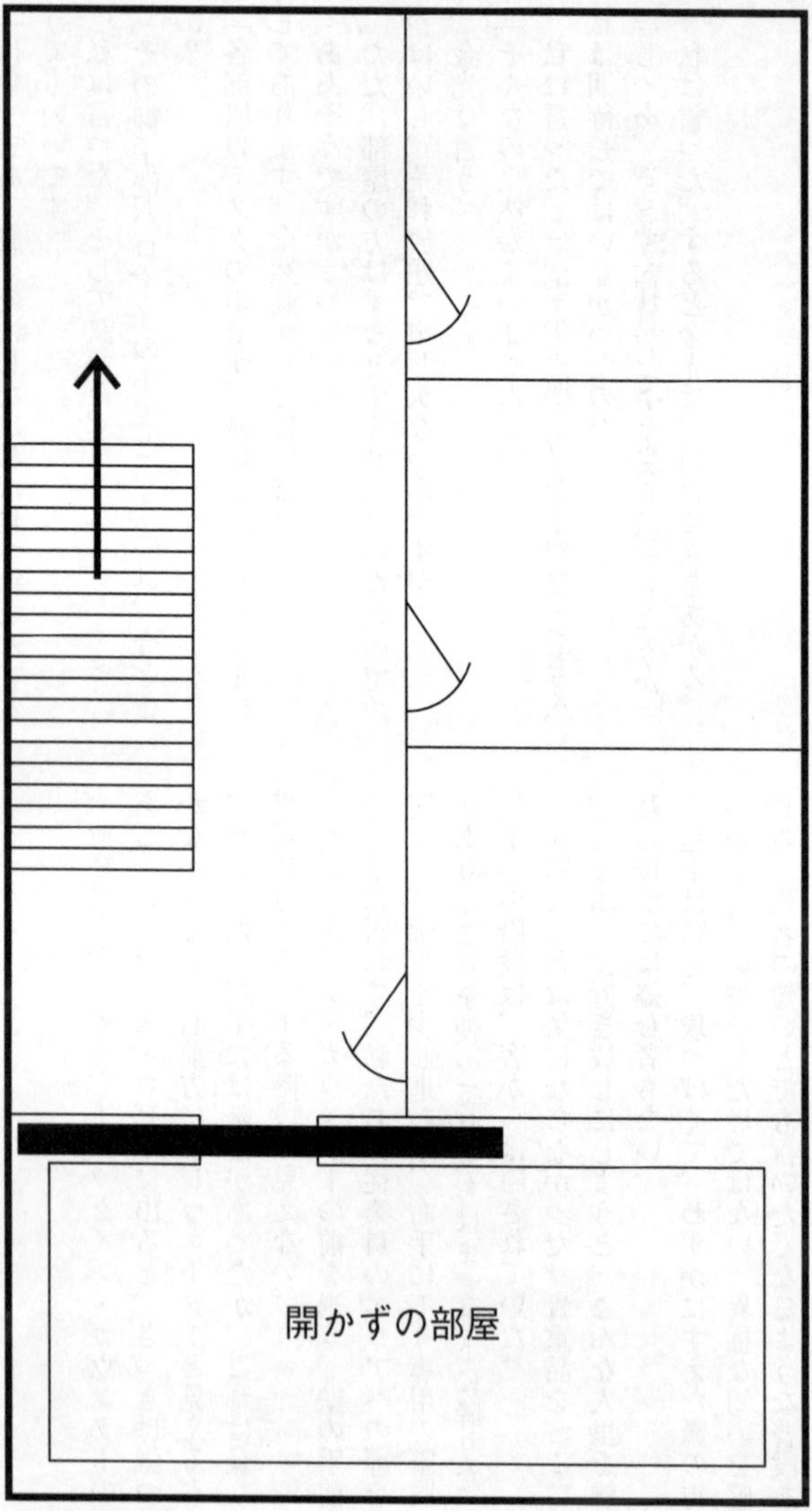

まり嗅ぐことのない匂いだ。海が近いせいだろうか。

降りきり、Uターンするような形に進んで、廊下と見える場所を前進すれば、かすかにあった光も届かなくなって、周囲は暗くなる。ぱっと明かりがともり、おやと思って振り返ると、携えてきていた懐中電灯に、金光が今点灯したのだ。

立ち停まるようなので見ていると、彼は右手の壁に造りつけた石油ランプのひとつに、チャッカマンみたいな道具を使って火を入れていた。周囲は、それでぼうと明るくなった。見ると、石油のものらしいランプは、右手の壁だけに三つ取りついているのだった。そして空気には、石油の匂いがかすかににじんでいた。

見ると、そこは廊下ではない。これが廊下とすれば、恐ろしく幅広い廊下だが、資材置場なのだろう。だだっ広い空間だったけれど、何も置かれてはいない。奥に向かって左側の壁には、ぽつんぽつんと三つのドアが並んでいる。左に三部屋があるらしい。右側にはない。三つの部屋は、この様子ならずいぶんと広そうだ。

金光がついと懐中電灯をあおり、奥の突き当たりに光を当てた。目で追うと、セメントの地肌がむき出した壁の一角に、ドアらしいものが黒々と浮かんでいた。金光が近寄っていくので、私たちも続く。

目の前にすると、どう見てもそれはドアとしか見えなかった。セメント造りの壁の一部に、縦長の長方形に口が開いて、壁からは五十センチほど奥まったあたりに、赤黒く錆びた鉄があった。触れてみると冷たく、まるで微動もしない様子で、手のひらで叩けばぺちぺちとかすかな音が鳴るばかりだ。おそろしくぶ厚いものであることが感じられる。

「これですか？　問題の開かずの部屋……」

私が問うと、金光は頷く。

「このぐるり、ほらこんなふうに、四角く線が見えてますでしょう。けれどこれ、細くて浅い溝ってだけなんです。ドアに見せかけているだけ……」

金光は言う。

「把手《とって》もないですしねー」

里美が言う。

「これ、ただの鉄の塊なんですよ、ドアじゃない。全体が大きな鉄。この鉄、こっちの方のね、このセメントの壁の中の、ずっと奥の方まで延びてね、埋まっているんです。だからもう、まったく歯がたちませんよ。この鉄は厚さは二メートル以上、こっちの壁は厚さ三メートル以上もあるんです」

「へえ!」

こうして目の前にすると、問題の部屋の手強さは実感された。私は鉄に体を思いきり持たせかけてみたり、力まかせに押してみたりした。むろん、そんなことでは一ミリだって動くものではない。

「ここにね、ダミーのダイヤルが二つ、填まっていたんです」

ごく小さな穴を指さして、金光が言う。

「この鉄、右とか左とか、上とか下とかに動くなんてことは……」

私が訊いた。

「ないんです」

金光が即座に言いきった。

「そんな動力機関どこにもないし、第一電気ないし、こんな鉄の塊が移動しておさまるスペースなんて中にはないんです。この壁の中、空洞はまったく存在しないんです。音波探知、やりましたからね」

「へえ」

「この部屋、上の天井部分、一階からすればそれは床ですけれど、これがまた二メートルくらいあるらしいし、天井と床、そして東西南北の横壁も、みんな二メートルから三メートルの、鉄か、もしくはセメント、あるいは天然の岩盤に囲まれていて、要するにこの部屋、恐ろしく頑丈な鉄と石の箱なんですよ」

「どこにも入口ないんですね?」

私は言う。

「どこにも。もうお手あげです」

「ふうん……」

私は一歩をさがり、腕を組んでしばらく錆びた鉄を眺めた。これはとても駄目だと思う。こんなものが相手では、御手洗のパロディ小説を何作読んだところで、到底歯がたつとは思われない。こんな場所のことを知らない第三者が書いた小説に、本当にこんなものを開けるキーが隠されているというのだろうか。勘違いではないのか。

「あの、こっちはー」

里美が、背後に並んだドアを指さして言う。

「こっちは倉庫です」

言いながら金光は後ずさっていって、一番手前のドアを引き開けた。鍵はかかっていない。私たちも寄っていって中を覗き込む。すると金光が懐中電灯を点灯し、室内のぐるりを照らした。

予想した通りにただだっ広い部屋で、地階だから当然窓はなく、したがって真っ暗だった。天井から四つばかりランプが下がり、壁ぎわにダンボール箱がいくつも積まれている。あとは古い椅子が何脚かあり、ただそれだけだった。

「資材置き場ですね」

私が訊いた。

「そうです、使えなくなった机、椅子、機械類、それに食料。隣もそう」

金光は言い、私は少し床が高くなった部屋に入っていって、隣の開かずの部屋側の壁を叩いてみた。金光はその間、ずっと懐中電灯の光を私に当ててくれていた。

「そこももう何度も調査しました。隠し扉の類はないんです」

金光は言った。私もそう思った。可動式の部分がどこかに組み込まれているなら、たぶんこんな様子ではなくなるだろう。この壁はあきらかに一度に、それも無造作に造られている。

あきらめて私が入口まで戻ってくると、金光は、隣のドアまで歩いた。

こちらのドアも押し開けるので、私もそばに行って覗いた。懐中電灯の光の中に、似たような光景があった。ダンボール箱の山。埃をかぶった籐製の椅子、ソファ、そしてデスク。やはり窓はなく、天井から四つのランプが下がり、ダンボール箱の数はこちらの方が多い。

「こっちの部屋の方が箱の数は多いですね」

私が言うと、

「ええ、こっちの方が階段に近いですからね」

と金光は応えたので、私は一瞬違和感を持った。階段への距離は同じようなものだったし、むしろこちらの部屋のドアの方が近いような気がした。

天井から下がるランプのうちのひとつは、石油ランプではなく乾電池式だった。金光がスウィッチを入れた見せたから、それと解ったのだ。

「乾電池式なんですね」

私が問うと、

「ええ、急にって時は、オイルでは間尺に合いませんからね」

と金光は言って笑う。

「さっきの部屋にも？」

「地下だし、換気扇とかないから、ここで煙草でも吸ったら大変ですね」

私が言うと、

「ええ、それはこっちで……」

そう言い、金光はまたドアを閉め、残るひとつのドアまで歩いていく。私たちも続いた。押し開けるので、横に行って覗き込むと、そこにはなんと床の四隅に灰皿が立っているのだった。ポールのような金属の棒が四本、床からはえていて、それぞれの上に、ＵＦＯのような形をした灰皿が載っていた。

「へえ、ここ、会議室なんですか？」

言いながら私は、入っていって灰皿に触れてみた。それらは下の受け皿に填まっているだけだから、少し力を込めて持ちあげると、すぽんと取れるのだった。

「うんまあ、それも涼しい時ですね。夏は駄目です、暑いから。だからもうそろそろ駄目ですね。でも煙草用には、あそこに換気孔があるんです」

部屋に一歩を踏み込んで、金光が指さす方を見ると、階段側の壁の上部、天井の間際に、たくさんの換気孔が開いていた。しかし電力による強制排出はできないのだから、やはり煙はこもってしまうだろう。

この部屋にはダンボール箱の数が最も多く、天井近くまで積みあげられていた。

私に、またしても疑問が湧いた。

「階段には、真ん中の部屋の方が近くないですかね」

なのに、荷物はこの部屋の方がずっと多いのだった。

「うん、まあ、たいして変わりませんからね」

金光は言った。その言い方には、どうも説得力がない。

「ま、先代の時からこうしていたんですよ」

その答えは、私の首をますますかしげさせる。ここは会議室ではなかったのか。

ここにも四つ、ランプが天井からさがっており、埃をかぶったソファとか、折り畳み式のパイプ・チェアが、何脚も降り重ねられて壁際に積まれていた。

「うーん……」

何がひとつ、私は釈然としなかった。私が唸っていると、金光は言った。

「じゃ、こちらはいいですか？　よろしければ二階の方に……」

「ええ、はい、いいですよ」

私は応えた。それで彼はドアを閉め、また先にたって階段に戻ろうとした。その時、私はようやく自分の気分が釈然としない理由に思いあたった。エレヴェーターだ。この地下には、どこにもエレヴェーターがない。位置的には今の会議室だ。あの中にエレヴェーターのドアがなくてはならない。しかしなかった。もしあれば、あの部屋に荷物が最も多く貯蔵されている理由も解るのだが。

「金光さん、エレヴェーターは？」

私は訊いた。すると金光は、先にたって階段を登りながら、あっさり言う。

「地下にはないんです」

「ないんですか？」

驚いた。

「はい、一階から上だけなんです、あれ客専用に作りましたから」

「はあ」

ますます釈然としなかった。人間などより、重い荷物を上げ下げするのが大変ではないのか。だからエレヴェーターは、地階にこそつけるべきではないのか、そう思ったのだが、電気が不足しているのだからこういう判断もあり得るのかと、無理に自分を納得させた。

一階にあがり、扉を通ってまたエントランス・ホールに戻ると、今度は正面玄関脇の、登り専用の階段を金光はあがる。これは客用のものだ。二階に着く。階段から少し廻り込むと、廊下のとっつきに出た。

廊下の左右には三つずつの部屋が並んでいる。廊下の突き当たりに小窓があるので、光が入ってはきていたが、廊下はいくらか薄暗かった。壁には点々と石油らしいランプが取りついて並んでいる。文明開化の時代にタイムスリップしたようだ。

「こちらが客室です。もうずっと手入れも掃除もしていないので、中はひどいんですが……」

申し訳なさそうに言って、金光が手近のドアを押し開けた。なかばカーテンが閉まった、やや暗い感じのする部屋がそこにあった。

窓にかかるカーテンは、光や潮風に朽ちたか、ほぼ半分ほどのたけになって下がっている。黒だったらしい壁紙の上部がめくれ、半分剥がれて、二つ折りの格好で床に向かって垂れ下がっていた。裏の、接着剤の汚れをこちらに見せている。

黒い壁紙とはまた、予想外の意匠だった。思いきった色ゆえに、汚れた今はみすぼらしさが加速している。

しかし、ベッドにはまだ厚手の布でカヴァーがかかり、こちらはそれほどにひどい様子ではない。ただ床にも、ベッドの上にも、デスクにも、厚く埃が載っていて、靴を踏み入れると綿埃が足もとでくるくる踊った。

「このデスクに小説が入っているんです……」

金光が言って、部屋に入ってデスクまでつかつか歩いた。抽斗を引くと、中に厚いヴィニールの表紙がついた大型の冊子のようなものが見えて、これを持ちあげると、印刷された薄い紙の束が下にあった。

金光は、紙の手前端を持ち、これをゆっくりと引き出している。そうして、様子を見ていた私に手渡してきた。

本能的に躊躇したが、私は受け取った。考えてみれば、そうしてかまわないのだ。これは殺人現場の証拠品ではないから、指紋の心配などはする必要がない。

小説は縦書きの形式で印刷されていた。冒頭に「二年前の選択に対する回答」と、タイトルが書かれていた。

「二年前……」

それを読んで、私が言った。

「その小説、よくできていて、私もなかなか好きなんですがね、御手洗さんという人は、一九九四年に日本を離れているんでしょう?」

金光が言った。

「えーと、そうですね」

思い出しながら、私が言った。

「この小説、その二年後に書かれているんです。だから九六年。『龍臥亭事件』があった翌年です」

「はあ……」

金光は、私の小説をずいぶんとよく読んでくれているようだ。当の私が、年数をあげられてもすぐには応えられない。

「九六年というのは私の父が死んだ年なんです」

「ほう」

「だからよく憶えているんでが、もう二年前になりますね。親父は、死ぬまぎわにこの小説を見つけたんでしょう」

小説は、さして厚いものではなかった。

「抽斗には、もうほかには?」

私が訊いた。

「あとは何も。この茶色のは、ホテルの食事のことか、島の名所とか伝説とかを書いたパンフレットです。それに硬表紙をつけてあるんです。ほかに入っているものというと、それだけですね」

「今これ、持っていってもいいですか?」

私は訊いた。

「ああ、それはもうもちろん。いかようにでも。お仕事がやりやすいように。これらの部屋も全然鍵はかけていませんから、いつでもご自由にお入りになって、存分に調べてください」

金光は言った。それで私は、ざっと部屋を見廻してから廊下に出た。

廊下にいた里美は、何故かじっとドアの表を見ていた。見つめながらこう言った。

「『ブラックの間』なんですねー、ここ」

「あ、そうなんです」

金光が言った。

「あっ、こっち『オーシャン・ブルーの間』だ、こっちは『マゼンダの間』、きれいな名前」

「うち、各部屋に色の名前つけているんです、親父の趣味でしてね」

「ああ!」

私はそれでようやく気づいた。

「それでこの部屋、黒い壁紙なんですか」

「そうなんです。部屋の名前と同じ色の壁紙探してきて貼っているんですが、なかなかなくてね。なかった場合は塗料塗ったんですよ」

金光は言った。

「それはお父さんが?」

「ええそうです」

「それはこのホテル、オープンの当初から?」

「色の名前ですか? ……いやあ、かなり経ってからですね」

「あそうですか」

意外な気がした。

「最初はただ二〇一号室、二〇二号室、三階は三〇一号室、三〇二号室って言ってました。それを途中から、親父が好きな色の名前に変えていったんです」

私は、金光の父親の凝り性に対して妙に感動した。本格の探偵小説が好きということが、それでよく納得された。


廊下に出て見ると、廊下を歩きながら里美が、各部屋の扉に書かれた文字を目で読んでいる。それで私も、真似て歩きながら、各部屋の色の名を読んでいった。

手前左がブラックの間、右がオーシャンブルーの間、次の左側がピンクの間、右がマゼンダの間、その次の左側はスカイブルーの間、右側はネイヴィブルーの間、それで二階は終わりだった。各階、客室は六つだけだからだ。

「二〇一、二〇二っていうのは、どういうふうに振られていましたか? ……古い名称」

「これが二〇一、こっちが二〇二、これが二〇三という順です」

金光が説明するのを聞くと、今まさしく私が述べていった順番なのだった。

「上の三階も?」

「三階も、四階も、上はずっとそうです。そういう順番です」

解らなくなってはいけないと思い、私はその場で立ち停まって、今持ち出してきた小説の冒頭右肩に、「ブラック」とシャープペンシルで走り書きをした。

「三階にあがってもよろしいですか?」

私は訊いた。

「ああもちろんです、どうぞ。しかしではまず六階にあがりませんか。先にお二人の部屋をご案内しますから、そうしたら私は食事のしたくにかかります。お二人はその間、存分にお調べになってください」

「そうですね」

その方が合理的だった。いちいち部屋を見て廻るのに、ずっと金光につき合ってもらう必要はない。質問はあとでまとめてすればよい。それで私たちはまた一階の食堂にとって返し、バッグを取ると、持って六階まであがった。それはかなりの苦行になった。エレヴェーターなしで六階まであがるのは、都会暮らしの者にはまず経験する機会がない。

しかし用意された部屋に通され、清潔なベッドにバッグを置いてヴェランダに出ると、苦労は充分に報われた。ガラス戸を開けると、すがすがしい海風の中、視界に飛び込んできたのは遥か彼方でゆるく孤を描く水平線だった。左手に、夕陽がゆっくりと落ちていくところだ。間もなく水平線に接する。じっとここで待っていれば、ゆっくりと海の向こうに消えていく落日のショーも、眺めることができるだろう。

「すごーい!」

そばに来て、里美がまた言った。そして手摺りにお腹を密着させて、

「えー、高ーい、恐ーい」

とも言った。確かに遥かな眼下には、白く波が砕ける岩場がある。これなら自殺は簡単だ。雄大な風景への感動、かすかな恐怖、そしてここで死んだ金光の父親の心情などに思いを馳せていると、背後で、なんの感動も含まない金光の声がした。

「こちらには電気が来ておりますから、この電話使

えます。天井の螢光灯もつきます。陽が落ちると、今うち、従業員がいないものですから、廊下や階段のランプには充分に火が入りません。なにかとご不自由をおかけしますが、その点は、どうぞご容赦ください」

「もちろんですよ」

背後を向き、私はすぐに言った。そんなことは承知で来ている。

「電気来ているんですか」

「はい」

それはありがたい。

「お電話、外部へはゼロ発信です。館内の通話にも使えますが、一階の食堂と六階だけですね。食事のお知らせはお電話でしますので」

「あ、そうですか。六階同士では」

「使えません」

「そうですか、まあそれは部屋をノックすればいいんですからね」

「もし下の部屋に調べものに行かれるのでしたら、この懐中電灯をご利用ください」

金光は、ベッド脇のデスクに載った、大型の懐中電灯を指さした。

「では犬坊さん、あなたのお部屋もご案内いたしましょう。こっちの、反対側のお隣です」

彼は言った。

「テレビは私の部屋の客間にありますから、ご覧になりたければおっしゃってください」

「解りました」

私は応えた。そして里美に、こう言っておいた。

「里美ちゃん、すぐ帰ってきてね。これからすぐに調べて、リストだけは作ろうよ」

「うん、はーい」

彼女は応え、金光についてドアの外に出ていった。

私は一人になり、気が抜けるような静寂の中で、室内を見廻した。この部屋には、格別なんの変哲もない花柄の壁紙が貼られている。

私は着替えの入った旅行バッグを開け、ノートを引き出して、さっき見てきた二階の間取りを簡単にスケッチした。そして記憶の通りに部屋の名前を書き、数字がふられただけの旧室名も、その下に書いておいた。そして「ブラックの間」の上には、今持ってきている小説のタイトル、「二年前の選択に対する回答」の名も書いた。

そうしていたらノックの音がして里美が戻ってきた。見ると、ありがたいことに手に大型の懐中電灯を持っていた。二つあるらしい。すぐに手分けして、明るいうちにすべての部屋を廻り、小説を全部ここに集めてこようと私は提案した。自分が二階三階を担当するから、里美ちゃんは四階五階をやってくれないか、と言った。どの小説がどの部屋にあったかが解らなくなると困るので、小説を見つけたら、すぐに右肩に部屋の名前を書き込むこと、と私は注意を言った。

里美は了解した。それで私は立ちあがり、即刻仕事にかかった。まもなく陽が落ちる。そうなったらおそらく、自分たちのような都会人は動きがとれなくなる。なにしろ電気のない生活など、生まれてこの方したことがないのだ。どんな失敗をやるか解らない。暗くなったら部屋でじっとしているのが無難だ。

そのためには、陽があるうちに、すべての小説をこの電灯のある部屋に集めてしまいたかった。そしてどの部屋にどんな小説があったか、正確な一覧表を作成したかった。どこにどんな謎が埋められているか解らないから、リストは絶対に必要だ。そして小説さえ集めてしまえば、読む作業はこの部屋にいすわったままでもできる。潮風に吹かれ、雄大な海原を背後にして、読書にこれほど適した環境もない。

金光がくだっていった靴音がさっきしていた。金光はもう下に降りたらしい。私は里美と前後一列になって階段をくだり、そして四階で別れた。表はそろそろ薄暗くなりかけている。

　私は二階までくだり、小説「二年前の選択に対する回答」が置かれていた「ブラックの間」の前の、「オーシャンブルーの間」から始めた。

　この部屋も、中の印象は似たようなものだった。カーテンはちぎれ、紺色の壁紙は剥がれかけている。しかし里美から聞いていた、廃墟というまでの印象ではない。

　ゆっくりと室内を歩いて、埃が載っているデスクの抽斗を引き開けた。ここでもまず茶色の硬表紙の冊子が見え、その下に目ざす印刷物はあった。冒頭のタイトルは「ジョーカー」とある。私はすぐにこれをデスクに置き、タイトルの右肩に「オーシャンブルー」と書いた。

　ざっと見廻したが、その限りでは部屋に何も変わった様子はなかったから、急いで部屋を出て、右斜め前の部屋に行った。「ピンクの間」だった。部屋の調査は、必要なら後でいくらでもできる。

　ドアを押し開けると、ここも荒れ方は同じようだ。破れたピンクの壁紙、部屋の荒廃というものは、だいたい似たような速度で進むものらしい。デスクに寄り、抽斗から原稿を引き出すと、今度のものはけっこう厚くて、「この花の咲く木の下」とタイトルが書かれていた。これにも私は、「ピンク」と部屋の名前を書いておいた。

　続いてその前の「マゼンダの間」だ。ここのデスクには、「消えなかった『キ』」という小説が入っていた。この脇にもむろん「マゼンダ」と、私は書いた。

　その斜め前「スカイブルーの間」の小説は、「空に消える／冬のオルカ」だった。

　その向かいの部屋は「ネイヴィーブルーの間」で、見つけた小説は「それが恐い」だった。

　こうして二階は終わった。私は階段に戻り、続いて三階に向かった。

そんな作業は三十分ほどで終わり、私が自室に戻ってリストを作っていると、やはり原稿の束を両手で抱えた里美が戻ってきたので、これと合わせてリストをほぼ完成することができた。

ところが終えて数えると、二十四作しかない。そしてすぐに気づいた。自分のいる階、六階のことを忘れていたのだ。二人して廊下に出てみると、階段をあがりきったとっつきの部屋が「ヴァイオレットの間」で、ここのデスクに「幻想の塔の天使」と題する二十五作目の小説が入っていたのだった。こうして私は、リストをすっかり完成させることができた。以下のようである。

旧室名	新室名	タイトル	著者名
201	ブラック	二年前の選択に対する回答	安藤晃弘
202	オーシャンブルー	ジョーカー	中川淳一
203	ピンク	この花の咲く木の下	竹内玲子
204	マゼンダ	消えなかった『キ』	松尾詩朗
205	スカイブルー	空に消える／冬のオルカ	あさなぎ
206	ネイヴィーブルー	それが怖い	青田歳三
301	オレンジ	忍者屋敷	山田
302	チャコールグレー	火事場の水死事件	菅原大樹
303	ローズ	横浜奇談	北川浩二
304	ゴールド	Architect Panelize	庚／カスミ
305	ラヴェンダー	トロイメライの鈴	極楽桜丸
306	オリーヴグリーン	時計仕掛けの密室	矢部貫
401	ターコイズ	動物園の密室	霧舎巧
402	シルヴァー	ト形館の犯罪	松尾詩朗
403	レモンイエロー	f_0の悪夢	高槻榛両
404	グレー	小さな救いの手	江馬栗栖
405	パープル	名もなき騎士のために	船引良祐
406	ベージュ	呪われたカラオケ館	優木麥
501	ヘリオトロープ	明晰夢	鍋澤純子
502	マスタード	作家と探偵の聖夜	美帆・ライト
503	レッド	極楽食堂	杉永裕章
504	ホワイト	雪に吊られた男	小島正樹
505	ブラウン	温泉天ぷら談話	角田妃呂美
506	エメラルドグリーン	The Stolen Essay	C.Stevenson
601	ヴァイオレット	幻想の塔の天使	香乃瀬たくみ

第二章

ランプのホテル　2階

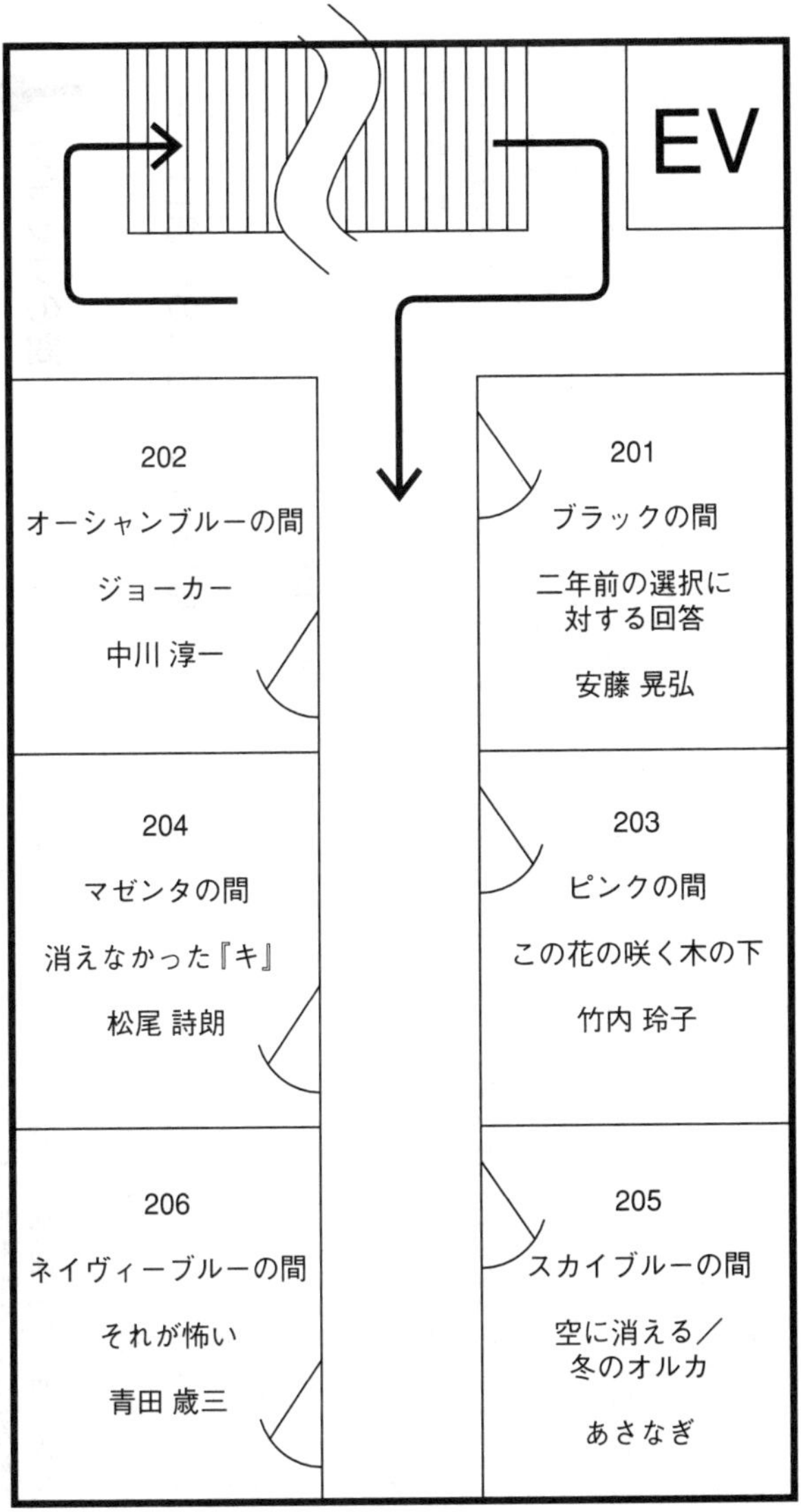
EV
202
オーシャンブルーの間
ジョーカー
中川 淳一
201
ブラックの間
二年前の選択に
対する回答
安藤 晃弘
204
マゼンタの間
消えなかった『キ』
松尾 詩朗
203
ピンクの間
この花の咲く木の下
竹内 玲子
206
ネイヴィーブルーの間
それが怖い
青田 歳三
205
スカイブルーの間
空に消える／
冬のオルカ
あさなぎ

ブラックの間

1.二年前の選択に対する回答

安藤晃弘

荒れ狂う吹雪に閉ざされた小さな山小屋。その中を歩き廻る四つの人影。皆、虚ろな目をして、のろのろと足を引き摺るように――。彼らは何かに憑りつかれたかのようにひたすら無言で、ただただ、ぞろぞろと、狭い室内を歩き廻っていた。その歩みは一体いつから始まり、いつまで続くのか。少なくともその夜が明けるまでは、止むことはなかった。

出版社から依頼されていた原稿をなんとか締め切りまでに送り終えた。この二週間という間、書く、寝る、食べるの三つの行動しかしていなかったので、部屋にはうっすらと埃が溜まり、洗濯物に至っては埃の比ではないほどに溜まっていた。どちらから先に片づけようか、しばし逡巡したが、その日は天気が良かったので、洗濯物から片づけようと決心した矢先に電話が鳴った。

「石岡君かい？　ぼくだよ、御手洗だ」

この男はいつもなんの前触れもなく電話をかけてくる。もっとも、『今から電話するよ』と前置きがある電話というのも聞いたことがないが。

「ああ御手洗か。なんだい？　また本のコピーをファックスで送って欲しいのかい？」

「うん……まあ、似たようなものだけど、厳密に言うと、ちょっと違うな」

いつにも増して勿体ぶった言い方に、警戒心が首をもたげる。御手洗がこういう話し方をする場合には、大抵なにかウラがあるものだ。

「それがね、今回は少しばかり量が多いんだ。それと、向こうに持っていった本の中で、とり急ぎ使わないものは、こっちに置いておこうかと思ってね」

妙に近いところから声が聞こえるような気がする。まるで、すぐそこで話しているようだ。国際電話の品質も随分良くなったものだと思いつつも、御手洗のセリフに、何かしら軽い違和感を感じながら、私は先を促した。

「それで、僕にどうしろと？　ＦｅｄＥＸかなにかで送ればいいのかい？」

「いやいや、そうじゃないんだ。実は横浜で古い友人と会うことになってね。そのついでと言っちゃなんだけど、必要な本を取りにアパートに帰るつもりなんだ」

「え？　帰ってくる……？」

「なんだい？　ぼくが自分の部屋に帰って来ちゃいけないのかい？」

帰ってきていけない道理はない。それは確かにないのだが、こちらにだって心の準備というものがある。思えば二年前、彼が私の行く末を憂い、ストックホルムに旅立った真意も、自分なりに理解できたつもりだし、友人のいない生活にもようやく慣れた。現に今の私は不安定ながらも友人なしでなんとかやって行けている。自信満々ではないが、御手洗がいなくても自分は大丈夫だと思えてきた。だが、果たして本当にそうなのか？　御手洗と会うことで、その不安定なものが一気に崩れてしまうのではないか。そんな不安が無いこともなかった。

「い、いや。そうじゃないけど……。いつ頃帰ってくるんだ？」

「なに、すぐさ。それにしても石岡君、今日は実にいい天気だ。絶好の洗濯日和じゃないか。じゃ、また後で！」

唐突に電話は切れた。私はしばらく受話器を持ったまま放心していた。

（御手洗が帰ってくる——）

受話器を戻し、どうやって御手洗を出迎えてやろうか考えた。せいぜい素っ気なく迎えてやろう。少なくとも、私ばかりが涙の対面というシチュエーションは避けたい。

「やあ御手洗。久しぶりだね」

「ああ、なんだ帰ったのかい。元気そうで何よりだ」

御手洗の帰宅当日を想定して、身振り手振りを交えて再会の予行演習をしていると、チャイムが鳴り、いきなりドアが開いた。

「石岡君！　ただいま！」

「え？　あ？　み？　み、御手洗……な、なんで、こ、ここ、ここにいるんだ？」

懐かしい友人の姿がそこにあった。私が自分の置かれた状況が把握できなくてしどろもどろになっていると、御手洗は言った。

「なんでって、さっき『これから帰る』って言ったじゃないか」

「ぼくはてっきり君はまだストックホルムにいるものだとばかり思っていたから、ここに着くのはもっと先の話だと……」

「ああ、ぼくがどこにいるかということを伝えていなかったね。さっきの電話はアパートの下から、君の洗濯している姿を見ながらかけていたんだ」

そう言うと御手洗は、ポケットから携帯電話を取りだして見せた。

「便利な世の中になったものだよ」

道理ですぐそこで声が聞こえた気がするはずだ。御手洗は電話しながらアパートの階段を昇り、玄関のドア一枚を隔てて私と話をしていたのだから。

「やあ、懐かしいな。何も変わっていない」

御手洗はスーツケースを玄関の脇に置くと、いつもそうしていたようにソファに転がった。

「うん、やっぱりこのソファが一番だな。大学のソファは変に柔らかくてダメだ」

この男は久しぶりの部屋の様子やソファの感触は

懐かしがるくせに、私のことはいっこうに懐かしくないらしい。二年ぶりに会ったというのに、積もる話の一つもないのだろうか。

「なにも変わってないのは御手洗も一緒だな……」

ぽつりとつぶやく。先ほどの私の入念な予行演習はなんだったのだろう？　しかし私が不安を抱く事は何もなかったようだ。少しも変わっていない友人の言動は、二年の間に私の中で起こった変化を優しく包み込み、『そう、それでいい』と言っているようだ。

「ん？　なにか言ったかい？　それより早く洗濯を済ませてしまえよ。久しぶりに君の淹れた紅茶でティータイムにしようじゃないか」

こうして懐かしい友人との、束の間の共同生活は再開した。


翌朝、私がいつもの真っ暗な部屋で目を覚ますと、御手洗はすでに起きて活動を始めていた。活動といっても、事件や研究にあたっていない時の御手洗の活動が何を指すかは、私がここで説明する必要もないと思う。

御手洗はソファに座って新聞を読んでいた。二年前まで当たり前だった光景がそこにあった。

（本当に帰って来たんだな――）

涙が滲みそうになる。私は慌てて、眠くて目をこする振りをして、浮かんできた涙を拭った。御手洗の目はずっと新聞を追っていたから、そんな気遣いは必要ないのだが、自分だけが感傷的になっているのを、御手洗に悟られるのが悔しかったのだろう。

「おはよう、御手洗」

努めて何気ない調子で声をかけた。テーブルの上では紅茶が暖かげな湯気を立てていた。感心なことに、自分で淹れたらしい。

「ああ、石岡君、おはよう。残念だけど、君の分はないよ。別に意地悪してるわけじゃなくて、君がいつ起きてくるか判らなかったからね。冷めた紅茶なんて、君だって嫌だろう?」

私は仕方なく自分の分を淹れるためにキッチンに立った。

「ちょっとおもしろい記事が載っている。見てごらんよ」

私がカップを持ってソファにすわると、御手洗は自分が読んでいた新聞の向きを変えて私の方に差し出した。

「どの記事だい?」

渡された新聞を、腕を一杯に伸ばし、顔から出来るだけ離して見る。

「真ん中のちょっと下あたり」

御手洗が言ったあたりには、『遭難スキーヤー四人、無事救助』と、白抜きの文字の見出しがあった。

「遭難したスキーヤーが救助されたんだね……、でもこの記事のどこがおもしろいんだい?」

「まあ、読んでごらんよ」


記事にはこう書いてあった。

『二十日夜より行方不明になっていた、N大学クロスカントリー部の部員四名が、二十一日早朝、地元の山岳救助隊により無事救助された。同部員らは大学の冬期合宿中、他のメンバーとはぐれたところに天候の悪化に遭って帰路を見失い、近くにあった資材小屋に避難して救助を待っていた』

関連記事として、救助された一人のインタビューが載っている。

『他の部員が遭難届けを出してくれているだろうから、必ず救助が来ると信じてました。ただ、四人の中でだれもライターやマッチを持っていなくて、暗いのと寒いのが一番こたえました。寝ちゃまずいと思いましたから、とにかく体を動かしていようと、小屋の四隅に一人ずつ立って、一人が荷物を持ち、歩いていって別の隅の人に荷物を渡す。渡された人はその荷物をまた別の隅の人へ届ける。こんな単純なゲームを一晩中やって、眠らないように体を動かしていました』

記事を一通り読み終えて、新聞をテーブルに置いた。私には何の変哲もない記事にしか思えない。

「これのどこがおもしろいんだい？」

私は同じ質問を繰り返した。

「遭難した人たちがやっていたゲームだよ。こいつは季節外れの怪談だ」

御手洗はニヤリと笑う。

「怪談だって？　どこが怪談なんだ？　四人が部屋の四隅に立って、荷物を渡しながら部屋を廻り続けるんだろう？」

「このゲームのルールはこういうことだね？」

御手洗は言う。

「参加者は四人、彼らは部屋の四隅に立つ。そして手渡していく荷物は一つだ。歩けるのは、ある角から壁に沿って次の角まで。つまり四辺形の一辺のみ、一回の動きで決して角を曲がって二辺を歩いてはいけないし、壁から離れて対角線上を歩いてもいけない。また戻ってもいけない。一辺だけを歩いたら、そこにじっと留まってなくてはならない。そうだね？」

「ああ、そうだ」

「それでは石岡君、実際にやってみたまえ」

御手洗はニヤリとして言う。

「でも、ここには二人しかいないし……」

「おいおい、実際にってのはそういう意味じゃないよ。将棋盤とかチェス盤とかないのかい？」

「あ、そうか。オセロならあるけど、それでいいかい？」

「なんだっていいよ」

私は部屋から四月に里美が上京してきた時に置いていったオセロゲームを持ってきて、コマの白い面にAからDまでペンで書き込んで盤面の四隅に置いた。これが人の代わりだ。荷物の代わりには黒いコマを一つ、Aと書いたコマの横に置いた。コマに落書きをしたら、里美が怒るかも知れないが、私は元々オセロゲームは得意ではないのだ。これを機に使えなくなってくれた方がいい。

「いいかい？　始めるよ」

揉み手をして御手洗が言った。

「まずAさんが荷物を持って、Bさんのところまで歩いていって、Bさんに荷物を渡す（図1）」

御手洗はゆっくりとコマを動かした。

「Bさんは、Aさんから受け取った荷物を持ってCさんのところへ歩く……（図2）」

盤面のコマの配置が変わっていく。

「そしてCさんは、Bさんから受け取った荷物を持ってDさんのところへ歩くと……（図3）、さてどうなるかな？」

瞬間、私は御手洗が言わんとしていることが理解できた。

「Dさんが荷物を渡す相手がいない！（図4）」

「そう、そもそもこのゲームは、五人いないとできないんだよ。遭難して救助されたのは四人だろう？　それなのに四人は、朝まで暗闇の中でこのゲームを続けていたんだぜ」

「暗闇？」

「だって誰もマッチを持っていなかったんだろう？　それなら小屋は真っ暗闇さ」

私は背筋が冷えた。

「Dさんがこの角まで荷物を持っていったら、誰もいないはずのそこに、荷物を受け取った者がいたんだろう？　いったい誰なんだい、これは？」

背筋に走った寒気は繰り返しやってきて、次第に背中全体から手足の先まで広がっていった。五人いないとできないゲームをずっと四人でやっていた。じゃあ、五人目は誰なんだ？　――まさか幽霊？　そうだ。彼らと同じように雪山で遭難して、救助されずに死んでいった人の霊が――

私は恐らく青い顔をしていたのだろう。そんな私をじっと見て、御手洗は真顔で言った。

「新聞に載っていたあの辺りの山は、今でこそスキ

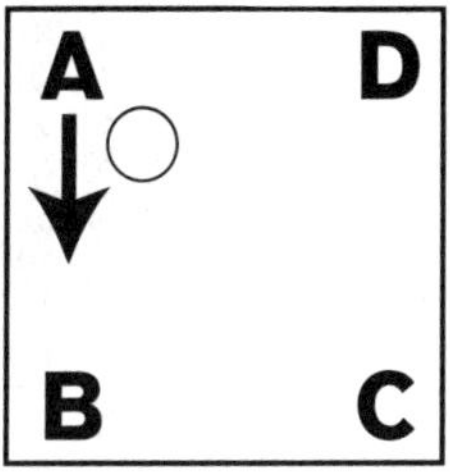

図 1

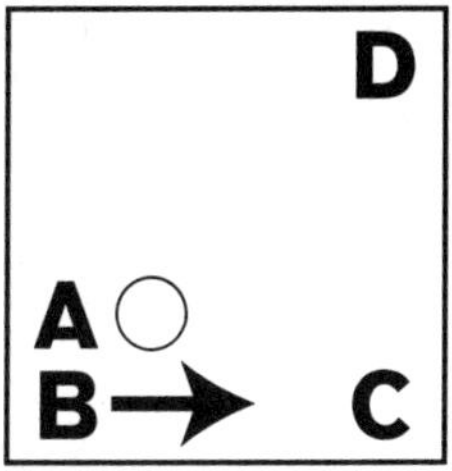

図 2

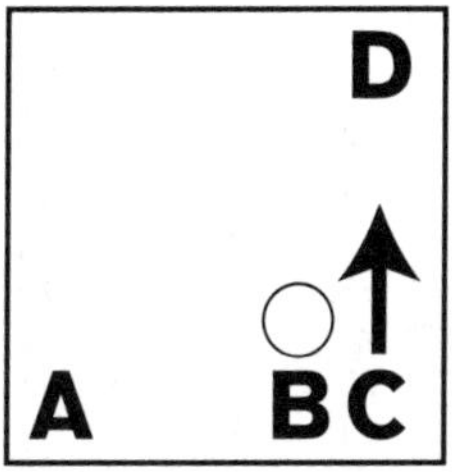

図 3

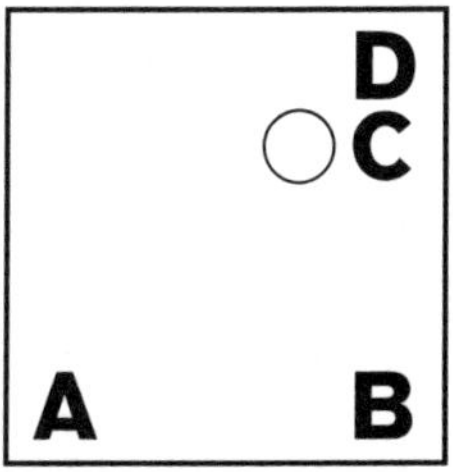

図 4

ー場やらペンションがあるリゾート地だけど、その開発には原因不明の事故が続出だったそうだよ。なんでも土地の老人の話によると、あの山では昔……」

御手洗の話の後半部分はもう、ろくに私の耳には入っていなかった。耳を押さえてやめてくれと叫びそうになった。

「おっといけない。もうこんな時間だ。僕はこれからちょっと人に会ってくるよ。『みなとみらい』に観覧車があるだろう？　あれに乗るんだ」

はじけるように立ちあがり、御手洗は濃い黒のスーツに着替えると、オセロゲームの盤面をぼうっと見つめている私を残して、そそくさと出かけていった。

残された私はというと、この問題に憑りつかれていた。（――御手洗は怪談などと言っていたが、本気で言っていたわけではあるまい。だいたい幽霊なんか存在しない。幽霊は大脳が創りだす幻影だと言っていたのは御手洗自身じゃないか。ということは、さっきのコマの動かし方に何かトリックがあるに違いない。どうせ御手洗のやることだ。私を怖がらせようとして、手品かなにかを使ったんだろう。御手洗にコマを動かさせたのがいけないんだ。自分でやれば――）

そう考えた私は、コマを最初の状態に並べ直し、自分で動かしてみた。だが結果は同じで、何度やってみてもDさんが荷物を渡す人が存在しない。やはりこのゲームには、どうしても五人の人間が必要なのだ。

（五人？　そうか。実際には五人いたんだ）

私は新聞を読み返した。

『遭難スキーヤー四人、無事救助』

遭難したのは実は五人いて、一人は不幸にも生還できなかったのではないかという私の思いつきは簡単に覆された。記事を読み返してみても、遺体で収容された人物がいたとは書いていない。というよりも、四人遭難して、四人救助された、とはっきり書いてある。ではスキーヤーが小屋に到着した時、既に先客がいてゲームに参加したのか？　もしくは、五人目の遭難者が後から加わったのか？　しかしいずれにしても、その彼が救助を待たずに再び吹雪の中に出ていったとは考えにくい。五人目の存在をどう説明したらいいんだ？　私の思考はすっかり暗礁に乗り上げてしまった。

途方にくれて、つけっ放しになっていたテレビをぼんやりと眺める。チャンネルはNHK教育だろうか。フォークダンス教室のようなものをやっていた。男性の輪と女性の輪の二重の輪が、ステップを踏みながら順次にパートナーを交代していくダンスだ。確か、オクラホマ・ミキサーという名前だったろうか。

御手洗がアパートに帰ってきたのは深夜零時を回ってからだった。

「ただいま、石岡君」

「ああ、お帰り、御手洗」

御手洗は何故か、はにかんだような微笑を浮かべて私を見ていた。

「どうしたんだ？　気味が悪いな……」

「いや……『お帰り』って言ってくれる人がいる生活っていうのはいいものだなと思ってね」

およそ御手洗らしからぬセリフに、なぜかしら、私の頬まで赤くなった。

「しかし、君が観覧車が好きだったとは意外だな。そう言えば、十年位前のクリスマスに、後楽園に行った時……君は美紀ちゃん以上にはしゃいでいたな……」

私は照れ隠しに毒づいた。

「ふん……君はつまらない事ばかり覚えているね。今日、観覧車に乗ったのは、先方の希望さ。まあ、それなりに楽しかったけどね。それより石岡君、どうだい？　幽霊の正体は判ったかい？」

「なにを言ってるんだ。幽霊なんているわけないじゃないか」

毅然とした私の態度に、御手洗は『ほお』というように目を丸くしている。

「遭難から救助まで四人しかいなかったんだから、ゲームを四人でやっていたのは事実なんだろう？　問題はその方法さ。新聞のインタビューを読むと、一人ずつ動いて荷物を渡すように思えるけど、そうじゃない」

「ほう、聞かせてくれたまえ」

御手洗が言った。

「つまりこうさ、あれは『いち、にの、さん、はい』で、四人が同時に動くんだ。荷物を持っていた人がそれを足もとに置いて、たとえばそれがAさんならAさんが足もとに荷物を置いて、『いち、にの、さん、はい』で全員手ぶらで角から角まで歩く（図5）。そして荷物が足もとに来たDさんが荷物を持ちあげ、手に持って、また『いち、にの、さん、はい』で全員が角から角まで歩く、ここでDさんが足もとに荷物を置く（図6）。そしてまた全員が手ぶらで歩く、すると今度はCさんの足もとに来る（図7）。Cさんが持って歩いて、足もとに置いて、また歩いて、すると今度はBさんのところにくる……、とこれの繰り返しさ。こうすれば荷物は持ち主の手を転々と渡っていける。でも人数は四人でいい。なんてことはない、四人はただ部屋の中をぐるぐる廻っていただけだ。でも単純に歩き廻っているだけじゃ眠くなってしまうと思って、少し頭を使う荷物の運搬をしていただけだ。確かに新聞の記事には間違ったことは書いていない。でも解釈によっては、怪談のようにも読めてしまうってだけさ」

オセロゲームのコマを動かしながら説明する私を見ながら、御手洗は実に嬉しそうにニコニコしていた。

「その通りだよ、石岡君」

彼は言った。

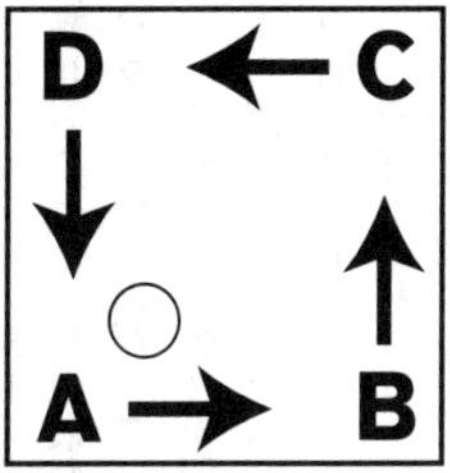

図5

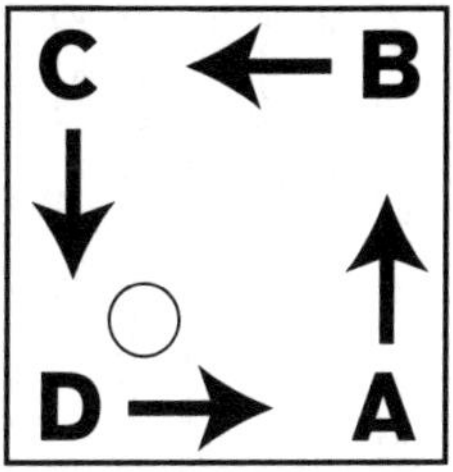

図6

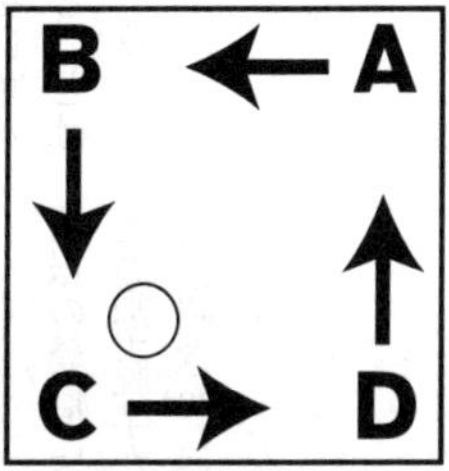

図7

「情報を、すべての人が一様に解釈できるように伝えるのは、実に難しいことだ。その最たる例がコンピュータ・プログラムの仕様書だ。プログラムの設計者はコンピュータで期待する動作を記述した仕様書をプログラマーに渡してプログラムを作ってもらうんだが、この仕様書の記述には、どのプログラマーが読んでも一つの意味しか持たない記述が要求される。仕様書の解釈の違いによって、Aさんが作ったプログラムと、Bさんが作ったプログラムが違う動作をするという事は許されない」

御手洗は、盤面にコマを並べながらしゃべり続ける。盤面が白く埋め尽くされる。

「メディア報道においても、本来それだけの厳密さは要求されていいと思う。そう言えば今日会ってきた友人が、なかなか興味深いことを言っていたな。これから二十一世紀に向けて、インターネットは加速度的に普及する。技術面でも、通信速度は今の十倍から百倍に達する。それと並行して、私的な情報発信も更に加速するだろうって。この場合、最も問題になることは、情報の発信に対して校閲がないことで、小さいことでは誤字脱字から始まり、文章表現の技法、果ては情報の正確さから信憑性においてまで、発信者の一存で行なわれることなのだそうだ」

御手洗は盤面を埋め尽くした白いコマを、次々に黒にひっくり返していく。

「書籍を読む感覚でネットの情報を読むのは危険だということだね。この意見にはまったく同感だよ。日本人は情報の選択、判断においてとても無垢だからね。与えられた情報は簡単に受け入れてしまう傾向がある。君も今はワープロで原稿を書いているようだけど、近い将来、君の生活にも間違いなくインターネットは侵食してくる。原稿という文字情報は、メイルを利用してやり取りしたほうが、はるかに効率的だからだ。そして、来るべき日のために、日ごろから君も情報の取捨選択のための、揺るぎ無い冷静な判断力を養っておくことをお勧めするよ」

コマをすべて黒にひっくり返すと御手洗は言った。

「さて、一勝負しようか?」

翌日、昼過ぎに私が起きると、御手洗はもう部屋にはおらず、テーブルの上に置手紙があった。

『おはよう、石岡君。よく眠っているようだったから、起こさないで行くことにした。見送りをされるのも苦手だしね。必要な本は持って行く。向こうで不要になった本は改めて送ることにするよ。それから、そろそろアパートの契約更新の時期だと思うけど、もちろん継続の手続きをしておいてくれよ。ぼくが帰るところがなくなってしまうからね。
追伸　元気そうな君の姿を見て安心したよ』

御手洗は突然現れて、突然去っていった。こうして私たちの短い共同生活は、あっけなく幕を下ろした。御手洗との再会は、私の中にわだかまっていた不安を解消してくれた。二年前の御手洗の選択は間違っていなかった。私は友人の思いやりに改めて感謝し、窓を開けて通りを眺める。皆、寒そうに首をすくめて急ぎ足だ。ストックホルムはもっと寒いはずだ。遠い空の下の友人を思うたび、私は今日のことを思い出すだろう。

後日、ダンボール箱に一杯の本が航空便で送られてきた。手紙が一枚添えられていたが、それは書籍名と、それを納める本棚の位置を細かく指示するものだった。指示通りに本を納めていくと、一分の隙もなくぴったりと本棚に納まった。

オーシャンブルーの間

2.ジョーカー

中川淳一

横浜にある『糸ノコとジグザグ』という奇妙な名のカフェ・バーに、御手洗に誘われるままに訪れると、市松模様の床の上を低くジャズが這っていた。見廻すと、客は学生風の二人連れ、そしてマスターと話し込んでいる、カウンター奥にかけた一人客のみだった。その人物に、何やら見覚えがあった。

「おや」

御手洗も声をあげた。マスターがこちらに気づき、同時にその人物もこちらを向いた。彼の頭のベレー帽で、私は思い出した。およそ刑事には見えないが、警視庁の中村刑事だった。中村が私たちを招き、そこで私たちも彼の隣の席に合流することになった。

中村は、以前のある奇妙な事件をきっかけにして糸井マスターと知り合い、以来このバーへはたびたび足を運んでいる様子だった。御手洗や私とも、その事件で知り合っている。そしてこの日、バーを訪れた私たちと偶然遭遇したというわけだ。

ずんぐりとした体型、黒ぶちの眼鏡をかけたその様子は、相変わらず刑事らしからぬ風貌である。

「お久し振りです」

私たちに、中村刑事はゆっくりと頭を下げた。御手洗も笑顔を返す。その様子から、このバーで彼らが会うのは今回がはじめてではないようだ。

「さあ、今度はぼくたちの相手をしてくださいよ!」

私たちがカウンターに腰かけると、御手洗はうるさいほどの大声で言った。他のお客が振りかえるのが分かった。それが合図だったのか、マスターはにこやかに頷くと、その手にカードを取り出す。

「マスターのカードマジックは一流だぜ」

　御手洗は私にささやき、刑事も、ほう、と興味深げに言って、身を乗り出している。御手洗は、どうやらこれがお目当てだったらしい。いたってうきうきした様子だ。観客は三人、なんとも贅沢なマジックショーだった。

　マスターは、シャッフルするようにと言って、私の目の前にカードの束を置いた。御手洗の冷ややかな視線を浴びつつも私が不器用にシャッフルしたカードの山を、マスターはにこやかに受け取る。さらにシャッフルを加え、それらを四つの山に分ける。そして何気ない動作で右端から順にめくられた一番上のカードは、そのどれもがエースなのであった。

「いや、すばらしいです。見事です」

　私は心の底から感嘆した。痩せて背の高いバーテンは、微笑を崩さぬまま、次にカードの山をひとつにまとめ、またシャッフルにかかる。彼の手の内で、カードはまるで生命を与えられたかのように滑らかに移動する。小川の流れを見るようだ。先ほどの私の無様なやり方とは天と地ほどの差で、その何気ないシャッフルさえ、私には華麗なマジックに思えた。

「この程度で驚いてちゃいけないぜ、石岡君」

　御手洗は言い、グラスのビールをうまそうに飲む。

　その後も続いたマスターのカードマジックは、どれも見事の一言であった。そのカードさばきを見ているだけで私のような素人は充分に楽しめたのだが、ふと見ると、隣の中村が浮かぬ顔をしていた。

「どうしました?」

　私は中村に訊いた。マスターのカードさばきを見ながらも、彼はじっと考え込むような素振りを見せていたからだ。

「何か取りこみ中の事件でも?」

「えっ、ああいやいや！」

われに返ったように中村刑事は言い、首を左右に振る。

「まったくそんなことは……。いえね、今のマジックを見ていて、ちょっと思い出したことがあったものですから」

中村は言う。

「何です？」

「いや、ほんのつまらん話です。カード遊びか……、ま、人を小馬鹿にした話ですよ」

刑事は意味不明の言葉を吐いた。

「人を小馬鹿に？」

私が言うと、中村刑事は苦笑する。

「ええ、まあその……、どういったらいいものかな、もうずいぶん昔の話です。おかしな経験をしたことがありましてね、人に話すたび、もの好きな奴はこの世にいるもんだという結論に落ちつくんですが……」

「どういうお話です？」

私は興味を引かれ、思わず勢い込んで尋ねた。

「ミステリーなら、酒の肴にもってこいです！」

御手洗が言った。

「ここはそういう場所です！」

「そう、是非話してくださいよ」

「私も聞きたいですね。どういうご経験ですか？カードに関係が？」

マスターも言い、手を休め、カードをかたわらに置いた。三人にこうまで言われては、中村刑事も話さないわけにはいかなくなったようだ。

「ええ、御手洗さんもいることだし、それじゃちょっと……」

中村刑事はスツールにすわり直し、話をはじめた。

「あれはいったいなんだったのか、いまだにわけが分らねぇんですな」

その江戸っ子ふうの話ぶり、マジックショーの会場は、一転寄席に早変わりである。以下はこの時に中村から聞いた話を、私が要約したものである。

あれはもうずいぶん昔の話で、中村が刑事になって十年も経った頃のことだ。その日中村は、久々の休みを利用し、一人海釣りにと繰り出していた。ベレー帽をかぶり、ジャケットをはおり――――、これは釣りをする姿ではないかもしれないな、そう思いつつも中村は、久し振りということもあって、足取りが軽かった。

崖の上に車を止め、磯へと降りていこうとした時だ、前方に人影を見つけた。背の高い男だった。ゆっくりとした足取りで、崖っぷちへと向かって進んでいた。その足取りは断固としたもので、崖の手前で立ち停まるようには到底思えなかった。案の定彼が崖っぷちの柵に足をかけた時、中村は叫んでいた。

「ちょ、ちょ、ちょっと君、待ちなさい！」

言いながら中村は、青年に駆け寄った。その声に気づくと、青年は振りかえった。こけた頬、うつろな目。その先は断崖絶壁となっていた。この状況、あきらかに彼は自殺を企てようとしていた。そんな様子が、中村の職業的な勘に訴えたのだ。

その頃の中村は、正義感も行動力も、ついでにおせっかい心も、まだ十二分に持ち合わせていた。青年のきゃしゃな体を柵の手前に引き寄せ、強引にこちらに向ける。

「やめなさい君、そんなことは！」

まず叱りつけるように言い、続いて、噛んで含めるよう死ぬことの馬鹿馬鹿しさ、そして周りの者の厄介について説いた。青年は、まだ若い印象だった。当時の中村より五、六歳ほど下というところか。

しかし青年は応えず、中村の手をうるさそうに振りほどいた。中村はあわててこう言った。

「君、よかったら理由を話してみなさい。私に何か言えることもあるかもしれない」

青年はしばらく黙っていたが、中村があまり熱心に言うので、やがてぽつりぽつりと話しはじめた。

それによると、青年は幼い頃からマジシャンになることを夢見ていた。運よく日本有数のマジシャンの下で働くことができるようになったが、ある時、自分が考えたカード・マジックのアイデアを師匠に盗まれた。尊敬していた師のそんな卑劣な行為が、どうやら直接の動機となっていた。彼はそのマジックによって世に出ることになっていた。陰謀によってその話がなくなり、見込みがないと思われて恋人にも去られた、これでもう生きる気力がなくなった。簡単に言えばそんなような話であった。

「君、そんなことで命を落とすことはないよ」

マジックの世界のことは中村にはまったく分からなかったが、とにかくこういう現場に刑事が居合わせた以上、自殺などさせるわけにはいかない。青年を思いとどまらせるべく、考えつくあらゆる言葉を口にし、言い聞かせた。聞いているのかいないのか、青年はしばらくうつむいていたが、つと顔を上げ、言った。

「それではこうしましょう」

青年は上着の内ポケットから、おもむろにトランプカードを取り出した。馴れた手つきでシャッフルし、その中から二枚のカードを抜き出す。そしてそれらの表を、こちらに向けて見せた。それはジョーカーと、もう一枚はハートのエースだった。いったい何を――?

青年は、カードの束は内ポケットに戻しておき、中村がカードを確認したのを見てとると、その二枚を何度か軽くシャッフルし、両手で持ち、背をこちらに向けて差し出した。ちょうどババ抜きをする時のような態度だった。

「どうぞ」

と青年は言った。

「え?」

中村は言い、戸惑った。

「ハートのエースを引けばあなたの勝ちです。おとなしくぼくは思いとどまります」

彼は言う。

「しかし君！」

中村は、思わず頓狂な声を出した。むろん言っていることは分かるが、何やら現実感がともなわない。

「ではもし私がジョーカーを引いたら？」

「あなたに、おとなしく引き下がってもらいます」

青年は言った。

「な……」

なんだそれは？　この男は、自分の命をカードに託すというのか。

まだ幼い甥によくババ抜きをせがまれるが、これは負けたところでおじちゃんの負けー、と可愛らしい声が響くだけである。今は状況が全然違って、自分がババを引けば、それすなわち青年の死を意味するのだ。

自殺は遊びではない。中村は、今一度青年の顔を見た。この男、本当に死を覚悟しているのだろうか？　考えてみれば可笑しな話だ。マジシャンの夢破れ、恋人にまで去られた。自殺を決意し、人けのない崖っぷちに来た。そこまでは分るが、そこででまたまおせっかいな男に引きとめられ、最後の賭けとして、自分に自殺を決意させたそのカード・マジックに、また命を託すというのか。

青年の目は、冗談を言っているようには見えなかった。本当に、本気なのだろうか。自分がジョーカーを引けば、この男はそのまま柵を越えて、冷たい岩場に身を投じるのだろうか。そうなればこの高さだ、まず助かりはすまい。

中村は、再度抵抗を試みようと必死に頭を巡らせた。が、とっさに適当な言葉が見つかるわけもなく、また青年の顔も、反論など受けつける様子ではない。その目は、早く引けとばかりに中村の目を凝視していた。

「馬鹿な」

中村は言った。

「君は自分の命をこんなカード一枚に託すというのか？」

するると青年は頷き、こう言った。

「ぼくはずっとそうしてきたんです。これがぼくの命だった」

「悪いがこんな遊びにはつき合えない」

中村は言った。

「ではこれまでだ」

青年はカードを束ね、また内ポケットに仕舞いそうになった。

「待て！」

中村は言った。それでは揉み合いになる。自分の命も危険になるだろう。なんとか言葉で説得したい。

青年はすると、また二枚のカードの背中をこちらにぐいとつきつけてきた。

「では、引きますか？」

中村は凍りついた。こんなやり方では、自分が青年の死に加担することになる。

「さあ！」

青年は言う。

ええい、ままよ！　中村は思った。悩んでいてもどうにもならない。これは青年のジョークだろうという思いもある。クジ運の悪い自分が、こんな局面でうまくハートのエースを引きあてられるとは到底思われなかったが、例えジョーカーを引いたとしても、目の前で自殺などさせてたまるか。ジョーカーと分ったら、そしてもし青年が本気なら、その時点で組み伏せてやる！　そう決意し、中村は思いきってカードを引いた。左側のカードだった。

ゆっくりと青年の手元から引き抜くと、そのまま裏返すことなく、両手の間にはさんで持っていた。とてもではないが、見る気になれなかった。

その時の青年の顔は、微動だにしなかった。自分の手元に残ったカードをじっと見つめていた。そこに、これまでの自分の人生を見ているのか。その様子は、まるで石地蔵にでもなったようだった。

俺は負けたのか――――？　中村は戸惑う。今、自分の手の中にあるカードはジョーカーなのか？　それとも――――。

「さあ、開いて見せてください」

青年は顔を上げ、落ちついた声で要求した。それで中村は、やむなくそろそろと、カードの上に載せていた手をどけていった。

と、その時だった。

「あっ！」

中村は叫んでしまった。ベレー帽が吹き飛ばされた、と思った瞬間、あっという間もなく、中村の手からカードも飛び去ってしまった。突然強風が襲ったのだ。

帽子はすでにはるかに遠く、洋上を舞っていた。その後を追うようにして、カードもまた、ひらひらと風にもてあそばれていた。やがてそれらは、白く砕ける波の間へと消えていった。

中村は、そして青年も、その様子をただ呆然と見つめるだけだった。何と言ったらいいのか分らず、中村はただ黙っていた。青年もまた、無言のまま海を見つめている。二人はしばらくそうしていた。

機械がきしるような声が聞こえはじめたので、中村は頭を巡らせた。すると青年が、次第に小刻みに肩を震わせはじめていた。笑っているのだ。それがどういう感情が発露したものか、中村には分らなかった。

「あっはっはっは！」

ついに青年は顔をあげ、空に向かって高らかに笑いはじめた。中村は、じっとそれを見ていた。そして、こんな奇妙奇天烈な局面に行き合ってしまった自分の不運を呪った。

「ふっふふ……くくく……」

青年は続いて身を折り、低い含み笑いになった。もういい加減にしてくれ、と中村は思った。こんなことの何がそんなに可笑しいのか。

だが顔を見ると、青年の笑いは狂人のそれではないのだった。可笑しくてたまらないという、純粋な、子供のような、屈託のない笑顔だった。その点に気づいて、中村の緊張は、急速に日常の感覚にと戻っていった。

「くっくく……、どうやら……」

ようやく笑いがおさまったのか、ひと息をつくと、青年はこう言った。

「どうやら、ぼくの負けのようですね」

「え？　なんだって？」

意味が分らず、中村は間抜けな声を出した。負けだと？

「君の負けだって？」

「そうです。ぼくの負けです」

もう一度はっきりと、青年は言う。

「じゃ、じゃあ……」

「ええもちろん自殺はしません、だってぼくの負けなんですから」

青年は言う。


「と、いうことは、君のそれは……」

そして、ということは、自分の今引いたカードはジョーカーではなかったのだ、中村はそう知った。

青年は、中村のそういう心中を見透かしたかのように、手に残った自分のカードを、ゆっくりと中村に見せた。

そのカードは、当然ながらジョーカーだった。カードの中の嫌らしいジョーカーと、中村は視線が合った。

青年はジョーカーを内ポケットにしまい、ついと頭をさげ、そのまま立ち去ろうとした。

「お、おい……」

驚いて、中村は声をかけた。

「ご心配なく」

すでに背を向けた青年は、顔だけをこちらに向け、さえぎるように言う。

「あなたがいなくなってから、またここに舞い戻るようなことはしませんよ。その点はご安心下さい」

「いや、そうじゃなくて……」

中村は言いかけた。何がなんだかわけが分らないではないか。

「神に誓います。それでは大変ご迷惑をおかけしました」

礼儀正しく青年は言い、その長い足でさっさと歩きはじめた。もう二度と呼びかけには応じず、見る間に中村のもとから遠ざかっていく。その様子は、ステージを去るマジシャンの物腰だった。

中村は口をぽかんと開き、しばらくぼんやりとしていた。どうやら自殺は食いとめられたらしいが——、と思う。しかしほっとすると同時に、釈然としない気分が猛然と沸き起こった。狐に化かされたようだ。いやもしかすると、文字通り化かされたのではないか？

青年は、最初から自殺などする気はなかったのだ。でなくては、一度死ぬと決めた人間が、たかだかあんなカード遊びくらいで簡単に思いとどまれるはずがないではないか。おせっかいな自分をからかったのだ。そうだ、そうに違いない。よくよく考えればすぐに分かることだった。冗談とは思いつつも、青年の真剣な顔についついだまされてしまった。カードのジョーカーを引く引かないで自分の生死を決める人間が、いったいどこの世界にいるというのだ！

そう思うと急に腹がたってきて、

「あほらしい」

そう実際に声が出た。怒りを通り越し、急速にむなしくなった。いったいあれは何だったのだ。

「……というわけですよ」

中村刑事は、そこまで話しておいてひと息入れた。

「おかしな経験だったが、しかしあれからいろいろと考えましてね、だんだん妙なことにも気づいた……」

刑事はグラスの琥珀色の液体に触れ、唇を濡らした。

「もし青年の言ったことが冗談だとしたら、これもまたおかしいことになる。わざわざ海べりまでカードを持ってやってきて、釣りをしにきている人間相手に、そんないたずらをする必要がどこにあるんです？　第一、私という人間があの時あそこにいたとは限らないじゃないですか」

　確かに、それはもっともだ。

「あんなさびれた場所、誰もいなかった可能性の方がよほど高い。それに私のような行きずりの者をこけにしたところで面白いことなど何ひとつない。カードの手なみを見せたいのなら、飲み屋で女の子でも相手にしていた方がよほど面白い。そうじゃありませんか？」

「そうですね」

　私は言って頷いた。

「カードを持って崖っぷち付近を毎日うろついていて、おせっかい屋を見つけては自殺のふりをしてからかう、そいつが真剣になったら、いきなりいやもうやめました、ではごきげんようと言ってからかう、そういう奇人だったのでしょうかね……」

「いや、冗談ではなかったんですよ」

　それまで黙っていた御手洗が、いきなり口を開いた。

「その青年は、本気で自殺しようとしていたんです」

　断定的に、御手洗は言う。手にはいつのまにかカードが握られ、シャッフルが行われていた。驚いたことに、そのカードさばきはけっこう見事なものだった。マスターのそれにもひけをとらない。

「ところがそこで二つばかし、思わぬ邪魔が入ったのです」

「邪魔が二つだって⁉」

　私が言った。二つとはまたどういうことだ？

「ひとつは中村さんさ」

　それはまあそうだろう。しかしあとひとつは？

「もうひとつの邪魔とは？」

　中村が私の代わりに問う。

「私という邪魔だておせっかい男と、もうひとつは？」

「風ですよ。突然の強風が襲い、中村刑事の手にあったカードを巻き上げてしまった」

御手洗は言った。

「風が？」

私が言った。

「そうさ、だから中村さんが引いたカードは、見られることなく飛び去ってしまった。その状況が何を意味するか……？」

御手洗は言った。

「青年の手元に残ったカードが、中村さんの引いたカードを決定するということに他ならない」

御手洗はひどく当たり前のことを言う。

「青年の手元に残ったカードはジョーカーだった」

「そうです御手洗さん。だから私の引いたカードは……」

そう中村が言った時、御手洗はシャッフルしていたカードから、いきなり二枚をカウンターの上に落とした。それらは背中を向いていた。

「開いてください、どちらかを」

御手洗が言い、中村の手は少し迷ってから一方を表返した。ジョーカーだった。

「ああジョーカか……」

中村は言った。

「ジョーカーですね、ではもう一方はハート……」

御手洗は言い、

「石岡君」

と言った。言われて私が、もう一枚の方も表返した。

「あっ」

と声を出してしまった。そちらもまたジョーカーだったからだ。

「ではなく、こちらもジョーカーだったのです」

御手洗が言った。

「へ？」

「は？」

私と中村は同時に声をあげた。糸井マスターはというと、微笑を絶やさぬままグラスを拭いていた。布とグラスが、小気味のよい音を奏でている。

「ジョーカーだったのですよ。中村刑事が引き、そして風に奪い去られたカードもね」

そして御手洗は二枚のジョーカーを拾い、カードの束に混ぜると、また見事なシャッフルを始めた。そうしながら説明を続ける。

「彼の手に残ったカードがジョーカーなら、必然的に中村さんの引いたカードは勝利のハートとなる。それがこのゲームのルールでした」

私たちは、黙って御手洗の言葉を聞いていた。だんだんに、事態の裏のカラクリが見えてきていた。

「あの時、中村さんは自分の引いたカードを開こうとしていた。しかしそこで、見えた表はジョーカーだったのです」

沈黙。グラスが布で鳴る音。


「すると青年はこう言う。あなたの負けだ、ではぼくは行くけど、約束通り、とめないでください。そして崖から身を踊らせる。中村さんの手に、ジョーカーを一枚残してね」

また沈黙。

「こうして、彼は最後の絶望の賭けには確実に勝利するはずだった。だってこれはトリックだったんですから。どちらを引こうが石岡君、カードはジョーカーだったのさ。青年が負けることはあり得なかった。右を引こうが左を引こうが、カードは結局のところジョーカーと決まっていた。青年はジョーカーを二枚持っていたのですからね。青年は、得意のすり替え手品を使っていた。彼を自殺にまで追い込んだマジックは、ここでまた青年の死を確実にするはずだった」

「そうか、そういうことか」

「駄目押しですな」

中村が言った。

「カード・マジックが理由で死を決意し、またそのマジックで仕上げをする」

「ところが運命が邪魔をした。風が、中村さんのカードを天高く奪い去った。奇跡が起きたのです。中村さんの手にカードがない以上、青年は自分の手のうちのカードを開くしかない。ジョーカーをね。すると中村さん、あなたが引いた幻のカードは、その瞬間、勝利のハートに変身したというわけです」

「そう！　それでか！」

「中村さんのカードは遠い波間だ、もうハートかジョーカーか、確かめるすべはない。青年は自ら弄した策が、こんな馬鹿馬鹿しい状況に自分を陥れ、ほとほと不運な自分の人生は、とてつもない喜劇に思われた。しかしげらげら笑っているうちに、彼は気づいた。この事態に含まれた天の啓示を。これだけの偶然が起こり得る今は、まだ死ぬ時ではないということ、そういう天の声を聞いたのです」

私たちは一瞬言葉を失い、しばし沈黙した。

「そうか、それであの高笑い、それであの一転、潔い態度か……」

だいぶたって中村が言い、

「突風が、天の声を運んだんだね」

私が言った。

「すり替えなんて全然分らなかった。あれだけの腕があれば、きっと今ごろ、どこかで成功しているだろう……」

つぶやくように、中村は言った。

御手洗は、シャッフルの終ったカードを、カウンターの上にゆっくりと並べていった。全部で四枚。

「ぼくのマジックもなかなかのものだろう？　石岡君」

私をちらと見てそう自慢すると、御手洗は並べたカードを右端からゆっくりと開いていった。ジャック、クィーン、キング、そしてエースが現れた。今度は、そのどれもがハートだった。

END

ピンクの間

3. この花の咲く木の下

竹内玲子

1

まるで桜色の雨のようだ、と奈々子は思った。

あまり広くはない歩道沿いに、煙るように満開の桜が遙か遙か彼方まで続いている。水色の空に向かってにじむような淡い桜色の枝が無数に伸びている様子は、まるで儚い夢を描いた水彩画のようだ。その下を歩く奈々子の前を、紺色の制服に包まれた小さな背中達が踊るように、何故か皆小走りで、校門に向かって駈けて行く。歩道の真新しいアスファルトの上に、生徒達の肩や背中にそして奈々子の髪に、尽きることがないかのように無数の桜色の花びらが後から後から降ってくる。つられて奈々子も軽く駆け出した。甘く暖かな香りが胸いっぱいに広がるような幸福な朝だった。

奈々子が少し息を切らせながら校門をくぐろうとした時、門の正面にあるひときわ大きな木の幹にもたれて佇んでいる一人の男の姿が目に入った。

黒っぽいコートの前を開け、ダラリとした感じで立っているその男は、何かをじっと見ているようだが、その視線の先には何もないようでもある。その場にそぐわない男の印象のせいだろうか、奈々子が思わず立ち止まると、男とぴたりと目線が合ってしまった。その瞬間、桜の花びらが嵐のように舞い上がり、男と奈々子の間を舞い狂う。息がつまるような想いで思わず目を閉じた奈々子が再び目を開いた時、男の姿はそこには無かった。

奈々子の心に、少しの不安が生まれる。

——何故？

ざわざわと桜の枝がざわめく。

——何故？

中指と親指で眉間を押さえ、不安な気持ちを振り払うように頭を軽く一振りすると、奈々子は校舎へと向かった。

奈々子が地元の母校である中学に新任教師として赴任してから、一年が過ぎようとしていた。

初めて教師として校門をくぐった時は期待と不安が入り交じった興奮のせいで、辺りを見回したり懐かしんだりする余裕は全くなかったのだが、一年もたった今では、奈々子が中学生だった頃から全く変わり映えのしないこの校舎を教師として歩くことにもすっかり慣れ、一人前の教師らしくなってきたと、自分でも思えるようになってきた。隣接している小学校はすっかり新しく建て直されたというのに、異様に広く新しいが使い勝手の悪い新築の体育館以外は、戦前の建物そのままの古色蒼然たるこの母校に、奈々子は結構愛着を持っている。

ただし、中学生の頃から特別に苦手だった暗く湿った理科室は今でも大の苦手で、どうしても用事がある時は生徒の誰かに頼んで一緒に入って貰い、よく生徒達に物笑いの種にされている。

理科室に澱む薬品の匂いや黴臭い匂いはいつも奈々子を不安にさせる。二本ずつ並んでいる天井の蛍光灯をいっぺんに点灯し部屋中が明るくなっても、たくさんある金属製の棚やそこに無数に並んでいる標本の陰などに、何か得体の知れないものが潜んでいるような、そんな不確かで曖昧な恐怖。もちろん、何故かいつも部屋の隅に置かれている骨格標本の骸骨も怖いし、人体解剖標本の、半身が全裸で半身は内臓や筋肉をさらけ出している若者の人形にもいつもぎょっとするのだが、そういった目に見える恐怖の対象よりも、むしろ、匂いや陰に隠された、形を成さない漠然とした不安感に奈々子はいつも不必要なまでに怯えてしまうのだ。

それに比べて、奈々子が副顧問を勤める美術部の部室でもある美術室は、とても日当たりが良く、ニスのような匂いがする木の床はいつもほんのりと暖かい。斜め下に見える理科室が奥まで見通せるのにはちょっとぞっとしないが、それでもこの部屋は暖かで安らげる。

生徒達が部活動の後、後かたづけを終えて帰宅してしまってからも、何をするでもなくこの部屋に残り、窓にもたれて校庭の向こうに沈んで行く夕日をぼんやりと眺めることもあった。

こうしていると、本当に懐かしく暖かな気持ちになれる。奈々子はいつもそう思っていた。自分がまだ真新しい制服に身を包んでいた新入生の時、入学式の直後まっすぐにこの部室へ向かい、入部届けを出した事をまるで昨日のことのように思い出す。

あの頃、そうだあの頃もよく私はこうして放課後の校庭を、一人でここから眺めていた。柔らかな日差しも、燃えるような夕焼けの色も、そして暖かな木の床の香りも、みんな鮮明に覚えている。こうして窓にもたれて校庭を眺めていると、自分が今は教師であることを忘れて中学生の自分に戻ったような心地すらしてくる。

奈々子は実は高所恐怖症気味だった。腰の高さまで壁がせり上がっている窓際ですら、近づく時は思わず抜き足差し足のようになってしまう。窓ガラスが床まで届いている部屋など、入り口から窓が見えただけでそこから一歩も動けなくなったこともある。正直に言うと、この部屋の窓にもたれるのも多少勇気が必要なのだ。

一体いつから自分はこんなに高い所が苦手になってしまったのか、確か中学生の頃はこんな風ではなかったような気がするのだが。あまり長い間窓際に立ちつくしていると、窓ガラスに当たる右腕だけが氷のように冷たくなってしまうのは、日没後の気温のせいだけではなく、そういう事情のせいだった。

それでもこの部屋の窓から校庭を眺める習慣をやめないのは、実は奈々子にとって別の理由があったのだ。それは丁度この窓から真下に見下ろせるひときわ大きな桜の木。校庭をぐるりと取り囲むように並ぶ桜並木から、なぜか一本だけぽつりと離れてこの窓の下に立っている孤独な大木。信じられない程の大量の花・花・花。満開の今、桜色の靄がかかったようにこの木の周辺はみな同じ色に染め上げられている。息苦しいまでに咲き誇る大木はなにかしら物言いたげにざわめいているようだ。

四階から地面を見下ろす恐怖感、ノスタルジックな想い出、暖かさや懐しさと不安そして恐怖、全ての感情がない交ぜになり、せめぎあい、奈々子の心をつかんで離さない。

――春名先生もいつもここにこうして立って桜の木を見ていた。

ここに立って最後に思い浮かべるのは必ず春名先生のことだった。

奈々子の中学入学式の当日、男性教師と一緒にクラス分けと担任教師の発表の紙を掲示板に張り出す作業をしていた美しい女性教師が春名小夜子だった。

小柄だが背筋がピンと伸び、やや茶色がかった髪を肩の辺りで軽くウェーブさせ淡い桜色のスーツに身を包んだ彼女は、優しげで儚げで、しかしどこかしら凛とした雰囲気を持った聖女のように見えた。

彼女を一目見た瞬間に「ああ。あの奇麗な先生が担任でありますように」と奈々子は祈ったものだった。こういう願いというのはおおむね叶わないものだ、というのが中学生ながら奈々子が得た人生の教訓の一つであったのだが、この時ばかりは大げさなようだが奈々子は神や仏の存在を信じる心持ちになった。くるくると巻かれた大きな模造紙の端を男性教師が押さえ、反対側の巻紙の部分を小夜子が時々ピンで留めながら掲示板に広げていく。小夜子の抜けるように白い腕や、細く長い指がしなやかに動く様子を奈々子は今でもはっきりと思い出すことができる。不思議なことに、中学時代の想い出は奈々子にとって何故か曖昧ではっきりしないことが多いのだが、この入学式の印象だけは鮮烈に奈々子のイメージに焼き付いているのだ。

黒々とした墨で書かれた新入生の名前が、それぞれのクラスの担任教師の名前の後に三段ずつずらりと並んでいるのが次々と見えてくる。期待と不安に満ちた面もちで、新入生達はわいわいと賑やかにおしゃべりをしながらそれを見守っている。男性教師が「春名先生」と呼びかけるのを聞いていたので、奈々子はその名前が小夜子自身の手の中から流れ出てくるのを見た時、思わず目を瞑り両手を握りしめて額に当て、「御願い！」とつぶやいた。

少し間をおいて、奈々子が恐る恐る目を開き掲示板に視線をゆっくりと戻した時、大きめに書かれた『一年三組　担任　春名小夜子』の文字の後に続く生徒達の名前の群の中に、自分の名前が奇跡のように書かれているのが目に入った。それを見るやいなや

「やった！」

とつぶやくと奈々子は、新入生とその親達が賑やかに集まっている掲示板の前から少し離れた所で自分を待っていた母のもとに駆け寄り、

「お母さん。お母さん。あの奇麗な女の先生が担任の先生になったよ！」

と大喜びで報告した。

初めてのホームルームの時間、活発ではきはきとした話し方をする陽気な小夜子に奈々子は意外な印象を持ったが、男子生徒がわざわざ手を挙げて

「先生奇麗ですね」

と発言したのに対し、

「あら」

と、ころころと笑い出したのにもさらに好印象が増した。他の誰よりもいち早く小夜子が顧問を勤める美術部に入部届けを出したことも、奈々子はなんとなく誇らしかった。

そういえば、と奈々子は考えた。そういえば春名先生は今頃どうしているだろう。確か奈々子が中学を卒業する頃には、この学校に春名先生は居なかったような気がする。卒業式に春名先生の姿を見かけた記憶がないからだ。あんなに大好きだった春名先生のことをどうしてはっきりと憶えていないのだろう。奈々子が一年生の時に春名先生が美術部の顧問であったことははっきりと憶えている。毎日毎日、放課後が楽しみで仕方がなかった。六時限目が終わると大慌てで部室に飛んでいき、イーゼルを並べて部活動の準備をしている小夜子を手伝うのが奈々子の日課だったのだ。

ふとその情景を思い出し、窓際から室内を振り返ってみた。今にも沈もうとしている夕日の残照に生徒がしまい忘れたイーゼルと机が真っ赤に染まり、壁際に置かれた小さな椅子の黒く長い影と鮮やかなコントラストを描いている。

「三年生の春休み」

何故かふと奈々子の口をついて言葉が出た。

三年生の春休みがどうかしたのかしら。

また独り言をつぶやいてしまう。今日はどうかしている。朝から調子が変だったたから。そう自分に言い聞かせた。もう帰ろうと体を起こしかけた時、奈々子の視界の端で黒いものがするりと蠢いた。どきん、と心臓が大きく波打つ。はっとして窓ガラスに手のひらをつけ視線を校庭にもどすと、窓の真下の桜の根元に立ちつくす黒い人影が奈々子の目に入った。何をするでもなく、桜の根元でうなだれ、ただ立ちつくしている人影。

――いけない。

どうしたの？

――見てはいけない。

奈々子の視界が大きく揺れた。ぐらり、と体をゆらしながら、奈々子は意識の片隅で思った。

知っている。私は知っている。あれは――――。

視界が急激に狭まり、光度が落ちる。いけない。このままでは倒れてしまう。そう思った時、「山口先生！」と大きな声が部屋に響き渡った。はっと我に返り振り向くと、教頭が入口に立ってこちらを睨んでいた。

「今日は職員会議の日ですけどね。お忘れじゃないかと思って」

教頭のよく通る声が貧血気味の頭にガンガンと響き、冷や汗がつるつると背中を伝って落ちて行く。倒れまいと壁についた手のひらにもじっとりと汗がにじんでいた。

ああ、またこの教頭が私を見張っている。そう思うとますます気分が悪くなってきた。赴任当初からこの教頭の自分を見る目つきに、何だか監視されているような嫌な感覚を覚えていた。実際、奈々子が何かに気を取られてぼんやりと考えごとをしていたり、窓の外を何とはなく眺めていたりすると、教頭がどこからともなく現れあれこれと小言を言ったり用事を言いつけたりするので、奈々子は本当にこの教頭が苦手だった。

今もいらいらとこちらを見ている教頭の視線にまた眩暈を覚える。

「はい。すみません」

奈々子はようやくそう答えると、ふらつく足を踏み出し、教頭の後をついて職員室へと向かった。

2

杉山直子と名乗るその少女から電話があったのは、御手洗が論文の合間なのかそれともただ怠けているだけなのか、朝から特段に何をするでもなくだらしない姿勢でソファに横になったまま、丁度仕事が一段落ついてのんびりしていた私に、やれ熱くて濃い紅茶を煎れてくれだの甘いものもたまには食べたくなるねだのと、あれこれ用事をいいつけていた早春のある日のことだった。

「もしも～し!!」

受話器を取り、元気で若々しい第一声を聞いた瞬間に、しまった、と思った。

なぜならこうした第一声の電話は99％が女性読者からの電話であり、そして御手洗は、我々が（というよりは御手洗自身が）のんびりとすごしている時にこうした電話がかかってくることを極端に嫌がるからである。

「御手洗さんと石岡先生のお宅ですか～?」

「ええ、あの……はい、そうですが」

「あっ。石岡君！　あっ。ごめんなさいっ！　石岡先生ですよね?」

なぜ私だとわかるのだろう。女性というのは老若を問わず不思議な勘を備えているらしい。

「うわー。イメージ通りですねー。気が弱そうー。あっ。ごめんなさいっ。優しそう、ですっ」

「……。あの……」

「あっ。本当にごめんなさいっ。今日お電話したのは、きっと御手洗さんと石岡先生なら助けてくださると思って！　あのそれで……」

少女のよく通る高い声は受話器から漏れ、御手洗の耳にも届いたらしい。振り返ってみると、相変わらずのだらしない姿勢で横たわったままこちらを見もしないで、頭上で大きくバッテンを作って見せた。

「申し訳ないんですが、今日はあいにくお休みで……」

「あのでもっ、私、学校で先生に窓から突き落とされそうになったんですっ。死ぬかもしれなかったんですっ」

「ええっ⁉　学校の先生に窓から突き落とされそうに？」

　御手洗がこちらを見て眉間に皺を寄せている。

「ええまあなんとなくそういう感じで……それに第一私もうドアの前なんですけど」

　その言葉が終わると同時に玄関のチャイムが鳴った。

「で？　学校の先生に突き落とされそうになったというのはどういうことなのかな？」

　女性に対する御手洗の態度は、おおむね無愛想なことこの上なく、見ているこちらがはらはらするほど素っ気ない。

　ただ、子供に対してだけは性別を問わず御手洗はいつも大変優しいのだが、この女子中学生という年令は御手洗にとってはどうやら微妙に中途半端な年令であるようだ。大人の女性ではないが子供でもない。見せかけではない子供らしい純真さや素直さと、大人の女性の狡さや賢さを併せ持ち始めた微妙な年令なのだろう。御手洗には珍しく、どうも対処にとまどっている様子がその言葉遣いや態度から感じられた。

　家庭での躾が良いのであろう、最近の中学生には珍しく肩までの髪をきれいに編んで小さなリボンで結わえ、両手を制服の膝の上にきちんとそろえて背筋をまっすぐに伸ばし、私と御手洗を均等に見ながら頭を下げて直子はこう言った。

「本当にすみません。こんな急に押し掛けて……。でも本当に困っているんです、私」

「さっき電話で言っていたことをもう少し詳しく説明してくれる？」

　紅茶を前に置いてやりながら、私は御手洗を前にして緊張気味の直子の気分を少しでもほぐしてやろうと、精一杯優しい口調で話しかけた。

「先生に窓から突き落とされそうになって死にかけた、とか……」

「……。あの……」

「大丈夫だからね。ゆっくり考えて」

「それが、あの、あれはちょっと……」

直子は膝の上にそろえた手の平を上に向けたりこすりあわせたりしながら、先刻の電話とはうって変わった態度でもじもじと目を伏せたまま言い澱んでいる。私の横で、目に見えて御手洗が苛立ち始めたのがわかる。これ以上話を長引かせると御手洗と直子の両者の精神状態にすこぶる悪影響を及ぼす、と私ははらはらしながら重ねて直子に問いかけた。

「先生って女の先生？　それとも男の先生？　ええっと、杉山さんのクラスの担任の先生なのかな？」

「ううん。あの、いいえ。奈々子先生は私のクラブの副顧問の先生です」

「ふうん。クラブの。何のクラブに入っているの？」

「美術部です。木炭画とか油絵とかそういうの描いてます」

「へえ。そうなんだ。僕も……」

「はっ!!　そうでしたねっ！　石岡く……先生ってイラストレーターだったんですよねっ」

直子は嬉しそうに頬を真っ赤に染め、ぽんとソファの上で跳ねるように座り直し、勢い良く話し始めた。

「奈々子先生は私達の中学の卒業生なんです。去年の春に新しく赴任してきて、すぐに美術部の副顧問になったんです。顧問の村山なんかホント使えないってみんなうっとうしがっちゃってたところだったし、奈々子先生は元々私たちの中学の美術部員だったからすっごく絵が上手で教え方も丁寧で上手で、それにすっごく奇麗で優しくてホントは絵を描くよりモデルになったほうがいいんじゃないかな、ってみんな言ってるぐらいだし、男子なんかもう部室まで見に来て毎日放課後とかうるさくって邪魔だし、それですぐ教頭先生が合唱部の練習の邪魔だって文句言いに来るし……」

「あの。あのね。あの杉山さん」

「あの教頭はほんとムカつく……え？」

「それでその奈々子先生が、杉山さんを突き落とそうとしたの？　どうして？」

「…………」

喉にあめ玉を詰まらせたような表情で突然目をくりくりとさせ、直子は一瞬押し黙ると、やおらがばと立ち上がり大きな声で
「ごめんなさい‼」

と言いながら頭を膝につくぐらい深々と下げた。

そして、呆気にとられて見ている私と御手洗に小さな頭頂部を見せながらくぐもった大声で、

「ウソ‼」

と言うやいなやちょこっと顔だけ私たちのほうに上げて
「でした」

と小声で付け加えた。

「……え……、えええ？　ウ、ウソ……って？」

ちらりと見ると御手洗はソファに背中をべったりとつけ、手に持った紅茶のカップからずずず、と派手な音をたてて紅茶をすすりながら直子の顔をじっと見ている。この少女があと五才年を取っていたら、おそらくたちまち不機嫌になった御手洗に早々に追い出されるか、もしくは物も言わずに部屋を出ていく御手洗の背中を見送るはめになっただろう。

「でもあのウソって……その、突き落とされそうになった……っていうことがウソなの？」

恐る恐る聞くと、

「はいっ！」

とまだ頭を下げたまま直子ははきはきと答えた。

「じゃあでもどうして……あ、あの座って……」

座るように、と直子に言いかけた私の言葉を遮って御手洗が突然口を開いた。

「ではその奈々子先生は女の先生なんだね」

何を言っているんだ当たり前じゃないか、そう言おうとした時、今度は直子が私の言葉を遮って首だけをちょこんと御手洗の方に上げて答えた。

「はい。奇麗なんです」

「へー」

「写真もあります」

「へー」

御手洗のだらしない返答をどう思ったのか、直子はまたぽんと軽くソファに座り直すと、学生鞄の中から一枚の写真を取り出して私たちに寄越してきた。教室の中で撮られたらしいその写真には、窓枠にもたれ外をぼんやりとした様子で見ている女性が写っていた。燃えるような夕日の色で、写っている何もかもが真っ赤に染まっているように見えた。

「他にも部活動の時の写真とかあるんですけど、これが一番奇麗に写っているから……。でも本物の奈々子先生はもっともっと奇麗なんです。きっと石岡先生びっくりしちゃいますよ」

「へえー。本当だね。奇麗な先生だねえ」

直子の言う通り、写真の中の女性は、こう言ってはなんだが、中学校の教師にしておくには勿体ないほど美しかった。真っ直ぐな髪が肩にやわらかくかかり、夕日を受けてつやつやと輝いている。長めの前髪がすこし憂いを帯びた大きな黒目勝ちの瞳にかかり、表情にさらに陰影を与えているが、全体の淋しげな様子とは裏腹にその口元はふっくらと優しげで、少し微笑みをたたえているようにさえ見えた。

「それが……。奈々子先生急におかしくなっちゃったんです……。青島先生のこと窓から突き落とそうとして、それで藤井くんと私、二人で必死になって止めたんですけど……。私もうびっくりしちゃって……」

手を開いたり閉じたりしながら俯き加減で直子が続けた。

「青島先生？　窓から？」

「そう。数学の青島。私大っ嫌い。美人は美人だけど、いつもツンツンして奈々子先生に意地悪な態度ばっかり取るし……。でも奈々子先生はいつも優しくって、青島にもいつもにこにこしてたし、だから……奈々子先生がおかしくなっちゃったのきっと私達のせいなんです……」

ぐすん、と鼻を鳴らし、直子は少ししょんぼりとした様子で続けた。

「藤井くんって学級委員長なんですけど、特に化学が得意でいろんなこと教えてくれるんです。いろんな薬品を混ぜて奇麗な色水を作ってくれたり、泡がたくさん出る液体とか、煙が出る液体とか、そういうのいつも見せてくれるんです。だからこの間も『新しい薬品を混ぜたらすごく奇麗な色ができたから見に来ない』って誘われて……」

「え、と。杉山さん」

「あっ。直子って呼んでください」

「あ。え、じゃあ直子ちゃん。あのね……」

「御手洗さんは私のこと『杉山君』って呼んでくださいね」

直子は御手洗に向かって嬉しそうにこう言った。

隣に座っている御手洗に目をやると、目をしょぼしょぼさせながら美しい女性教師の写真を手の中で逆さに持ってみたり裏返しにしてみたりして弄んでいる。以前にも一度、家出した妻を探してほしい、と妻の写真を持参した依頼人に私が丁寧に断りを言い、食い下がる依頼人と押し問答をしている横で、その妻の写真の両目部分を谷折り鼻部分を山折りにして上下から眺め、写真の顔が笑ったり怒ったりするのを見てくすくす笑いだし、激怒した依頼人に危うく殴られそうになったことがあったのを思い出し、慌てて御手洗の手から写真を奪い取り直子の手元に返した。

「その、直子ちゃん。藤井君っていうのは君の同級生なの？」

「はい。藤井ひさし君。永久の永って書いてひさしって読むんです。変わってるでしょう？　でも性格は特にヘンなとこはないかな。でもちょっと化学オタクっぽいかもしれないかなあ……。小学校三年生の時からずっと委員長をやっていて、すっごく勉強ができるんです。あっでも体育は今イチかも……」

「藤井君と君とで化学の実験をしている横で、突然奈々子先生が青島先生を窓から突き落とそうとしたの？」

　これ以上話題が藤井永君に脱線しないよう、慌てて直子に質問した。

「えー。違いますよー。そんなヘンなことー。あはは。化学の実験じゃなくって色水作って遊んでただけです。第一奈々子先生理科室大嫌いで一人で中に入れないのにー」

　箸が転がっても可笑しい年頃にはまだ遠いはずだが、さっきから生真面目な表情を見せたかと思えば突然現代っ子らしい人を食ったような態度を取ったり、はたまたしょんぼりするかと思えば突然くすくすと笑いだしたりと表情豊かなことこの上ない。

「ほう。さやか先生は理科室に一人で入れないんだね」

　妙なことに御手洗は興味を持ったらしい。

「奈々子先生です」

　すかさず直子が訂正し、さらに続けた。

「奈々子先生は理科室が大嫌いなんです。どうしてか理由はよく知らないですけど、用事があってどうしても理科室に入らなくちゃいけない時は必ず生徒の誰かに頼んで一緒に入ってもらうぐらい嫌いなんです。私が一番よく一緒に行ってあげてるかな。でも奈々子先生は国語の先生だし、理科室に用事なんて滅多にないんですよー。しかも用事なんて準備室にいる理科の熊谷を呼びに行くとか、そういうちょこっと顔を出すだけでいい用事なのに」

　おそらく理科の教科担任なのであろう熊谷という人物については、重ねて質問して熊谷某氏のフルネームからその読み方や、挙げ句は教師としての能力や人気度まで語られるという事態に陥ることがないよう、敢えて無視することにした。

「でも熊谷って奈々子先生に気があるみたいで、先生が理科室に行くといつもあれこれ話しかけて引き留めるから奈々子先生本当に嫌がってる。あんまり長い間あそこにいると顔色まで悪くなってきちゃうんですよー」

「ふうん。あやこ先生はもてるんだね」

御手洗がくだらない合いの手をいれるので直子の話はますます脱線し始めた。

「奈々子」

直子はこまめに訂正することを忘れない。

「そうそうなんです。もう英語のカオシュンなんか最悪ー。この間なんか外国の本とか奈々子先生にプレゼントしてるんですよー。うう。気持ち悪いー」

「カ、カオシュン？」

思わず聞き返してしまい、しまった、と思った時には遅かった。

「あっ。あはははー。そうカオシュンってあるじゃないですかー。台湾だっけ？　ええっと香港かな？　ほら中国みたいな国のどっかの街の名前ー。高雄って書いてカオシュンって読むんですよね。英語の先生が高雄って名前なんだけどなんか一反木綿みたいな顔してるくせに奈々子先生に迫るんですよー。だから最近はもうカオシュン。誰も高雄先生なんて呼ばないんですー。あはは」

私は自分の名前が中国の地名に無いことを祈りつつ話の続きを促した。

「で？　その青島先生はどうなったの？　ケガをしたの？　それとも……」

突然直子の表情が一変し、たちまちしょんぼりと悲しげな様子に戻ってしまった。

「……。私と藤井君が理科室に忍び込んで薬品で色水の実験をしているところを青島先生に見つかっちゃったんです。で、ほんとこっぴどく叱られて。藤井君が持っていた薬品のビンを青島が取りあげて藤井君の腕をつかんで叱りとばしている時に、突然奈々子先生が泣きながら飛び込んできて青島が持っていたビンを取りあげて流しに放り出したんです。私も藤井君も青島も、突然のことでもうびっくり仰天しちゃって……。そしたら今度は奈々子先生そのまま青島に掴みかかって、わーわー叫んでる青島の体を思いっきり突き飛ばして、よろけた青島のこと窓から突き落とそうとしたんです……。私も藤井君も何が何だか解らなくって、すっごく怖かったんだけど、藤井君が『先生！　だめだよ！　だめだよ！』っていいながら奈々子先生にしがみついたから、私も一緒になって『先生やめて！　やめて！』って、二人で泣きながら必死で止めたんです。そしたら今度は奈々子先生、青島を部屋の中に突き飛ばしたかと思うと、なにか叫びながら窓の外に手を伸ばして、今度は思いっきり身体を乗り出して何かをつかもうとしてたみたいなんですけど……あんまり乗り出すから落っこちそうになっちゃって……私必死で先生の体にしがみついて、藤井君と一緒に必死で止めてたんですけど、でも先生すごい力でどんどん窓の外に体を乗り出していくから……。ホントにあのとき教頭先生が来なかったら……って思うと……。それで、奈々子先生はその後ショック、って言うか……ちょっとおかしくなっちゃって……、今病院に入院してるんです。青島まで大した怪我でもないくせに大騒ぎして入院しちゃうし、そのせいで……奈々子先生クビになっちゃうかもしれない、ってみんなが……。奈々子先生あんなにいつも優しくって奇麗でそれに一生懸命教えてくれるし、ホントにホントにいい先生なのに……。きっと私と藤井君が薬品棚で悪戯してたから……」

さっきまでコロコロと笑い転げていた直子の大きな瞳から今度は突然大粒の涙がはらはらとこぼれ、膝の上に置いた学生鞄にぱたぱたと音をたてて落ち始めた。

「ふうん。教頭先生ね。その教頭にはなにかあだ名はないのかな？」

御手洗が直子の顔を覗き込むように顔を屈めて聞いた。

「ニコチン」

目を涙で一杯にしながら直子は答えた。これは私にも出所の明かなシンプルなあだ名だ。

「君。ええと杉山君」

「うわあ。はいっ」

間違えずに希望通りの呼び方をしてもらえた直子は今度は嬉しそうに飛び上がり、涙を手の平でごしごしと拭いて御手洗のほうに向き直った。

「君は青田先生のことをどう思う?」

「惜しい。青島」

また根気強く直子が訂正する。

「ええー。だから青島なんか大っ嫌い。だって美人だけどもうオバサンだし、ツンツンしてていっつも意地悪だし、ニコチンの奥さんだからってすっごい威張ってる感じだし」

「でもじゃああれだね。誰もケガしたりはしなかった訳だよね?」

これでは御手洗の気持ちを惹きつける要素など何もないし、第一事件性が全くない。御手洗にはただの女性教師同士のヒステリーとしか思えないだろう。私は話を切り上げるきっかけにと、紅茶のお代わりを淹れるために立ち上がりながら直子にできるだけ優しい調子で言った。

衝立の向こうのキッチンに立っていると御手洗と直子の話し声が聞こえてくる。

「その意地悪な赤城先生だけどね」

「青島」

「ああ、その青島。その人にはあだ名はないのかい?」

「タイコばばあ」

「…………」

御手洗が一瞬絶句していた。私はキッチンで笑いを堪えるのに必死だった。

「あのね。放課後になって部活もないのに居残ってる生徒を追い返すためにこのぐらいの大きさのタイコをね、ドンドン鳴らして校内放送するんですよ。『ドンドンドン! 用事なく残っている生徒は即刻帰宅しなさーい！　ドンドコドン！』って。だからタイコばばあ。ホントヘンなヤツ。ヘンだと思うでしょ御手洗さんも？」

まだ紅茶を淹れ終わっていなかった私には、その時の衝立の向こうの御手洗の表情を見ることができなかったことが今だに心残りだ。

それにしてもこれはなかなか楽しい息抜きになったな、と思いながら、私はどうやってこの少女を納得させて家に帰らせようか、と二人のカップに紅茶のお代わりを注いでやりながら考えを巡らせ始めた。

ところが、驚いたことに御手洗はこの少女の話に興味を持った様子なのだ。

「その理科室だけどね、校庭の方に窓があるかい？もしそうならその下にはなにかあるかい？　砂場とか花壇とか」

御手洗が直子に質問をし始めたので私は驚いて御手洗の顔を見た。すると、目が輝き口元は綻び、揉み手までしているではないか。中学生の少女を前に、こんなただでさえ怪しい風体の男がこのような怪しげな態度を取っているのをＰＴＡの大人達が見たら何と言うだろうか。考えるだに怖ろしい。

「砂場なんて中学校の校庭にはありませんよー。でも、はい。校庭の方に向いてます。窓の下にはすっごくすっごく大きな桜の木があるんです。その桜の木が奈々子先生は大好きで、ほら、さっきの写真。あれを撮ったのも、先生が放課後いつもその桜の木を美術室から眺めているの知ってる男子がこっそり撮ったやつなんです。奈々子先生って桜の木の精みたいだ、ってみんな言ってるんですよー」

「ふうん。桜の木」

意外そうに、御手洗が言った。

「じゃあ小百合先生は美術室からいつもその桜を見ていたんだね」

「奈々子先生は美術室からいつもその桜を見ていたんです」

名前のところを大きめの声でいいながら直子は御手洗に頷き返した。

「美術室は理科室と同じ校舎の同じ棟にあるの?」

「えっと、同じ校舎ですけど、こうL字型になっている校舎の丁度Lの字の内側の角に桜があって、その桜をはさんで向かって右側の三階が理科室で左側の四階が美術室なんです」

「なるほど。じゃあ理科室からも美術室からも桜の木は見えるわけなんだね」

「そうです。もんのすごっくおっきな桜なんですよー。百万年ぐらい前からあったんじゃないかなぁ」

いくらなんでもそんな樹齢の木はないだろう、と思ったが中学生相手に真剣にそんな議論をすることもあるまい。

「ふん。先生はそのタイコ先生を突き落とそうとしたときに泣いていた、って言ってたね」

「はい」

「泣いていただけかい? 何も言わなかったかな? タイコ先生に向かってとか、君たちに向かってとか……」

「ううーん……そう言えば泣きながら何か叫んでたような……。うん。何か泣き叫びながら理科室に飛び込んで来たと思います。でも、なんて言ってたのかなあ……。あんまり突然だったしびっくりしちゃったから……。あ。でもそう言えば窓から手を伸ばしながら『はな』って言ってたような気が……」

「はな? はなってあの咲いてる花のこと?」

私が問いただすと困惑した表情で直子は答えた。

「うーん……。青島先生も何かわめいてたし、私と藤井君も泣いてたからあんまりよくはわからないんですけど。でも確か、あの時『花』って聞こえたような気がします。……でも、教室に入って来た時にはなんていってたのかな……」

直子は学生鞄に肘をつき、考え込む仕草をして黙り込んでしまった。しばらくすると御手洗が元気良く立ち上がりながら陽気に言った。

「よし、石岡君、杉山君。はるか先生のお見舞いに一緒に行こうか」

「ええっっっ！　！　！　！」

先生の名前を訂正するのも忘れるほど驚いた直子と、負けないぐらい驚いた私が異口同音に大声で叫ぶと、御手洗は私の方に向き直り片方の眉を高々と上げ、こう言った。

「美しい女性教師が理由も解らず心を病んで苦しんでいるんだ。おまけに愛すべき女生徒がそれを見て心を痛めてこうやって救いを求めてきている。これは君なんかには放っておけないシチュエイションのまさしく最たるものじゃないのかね？　僕が時に、そういう君のような仏かキリストのような心境になったからと言ってそんなに驚くことはないだろう」

次に突然表情が優しくなったと思うと、自分のコートを取りに玄関先へ向かいながら直子に向かって、

「さあ。君の大好きな奈々子先生の所に行こうか」

と言った。

やっと正しい名前を言えたので
「当たりー」

と直子に拍手をされて、御手洗は嬉しそうににこにことしている。それを見ながら茫然と突っ立っていると、

「何をしているんだ石岡君。さっさと支度したまえ」

「早く早く石岡先生ー」

と二人組に急かされ、私は大慌てで自室にコートを取りに戻り、玄関の鍵をひっつかむと、とっくに階段を降りてしまった御手洗と直子の後を追って階段を駆け下りた。


直子の案内で到着した病院は、菊名駅から歩いて十分ほどの場所にある大きな個人病院だった。奈々子がそこの精神科に入院していると聞き、この少女がどんなに心を痛めているか、と私の胸も痛んだ。

それにしてもどうして病院というところは、こう

もなにもかもが白いのだろう。室温は不気味なまでに快適で、廊下も壁も、そこにあるありとあらゆるものが文句なく清潔なのだが、その全てのものに生気というものが感じられない。これでは訪ねてきた方もそこにとどまって居る側も、すっかり気が滅入ってしまう。私は元来外からの影響を受けやすい質なので、病院に来るといつもなにかしら具合が悪くなりそうな妙な気分になってしまう。

神妙な面もちでロビーに立っていると、受付で奈々子の部屋番号を聞き出した御手洗が、直子を引き連れて地下に向かう階段を下り始めるのが見えたので慌てて後を追いかけた。

「おい。御手洗。どこへ行くんだ？　病室は地下なんかにはないだろう？」

「ねえ、石岡君。これから訪ねる人は初めて会う女性でしかも入院中なんだぜ。お見舞いのお花ぐらい持って行かなくってどうするんだい？　君も案外気が利かない男だなあ」

大げさにため息をつきながら御手洗が言う。

「御手洗さん。仕方ないですよ。石岡先生は病院があんまり好きじゃないんですよ。緊張しちゃって気が利かなくなっちゃっただけですよきっと」

「ああ。なるほど杉山君の言う通りかもしれないね。石岡先生は弱虫だね」

ひとしきり私をネタに遊んだ挙げ句、この二人組はケラケラと笑いながら仲良く並んで地下の花屋へと向かって階段を降りていった。

憮然としながらも、あのしっかり者の少女がついているのだからよもやおかしな花を選んだりはすまいと思い、階段の踊り場で待っているとしばらくして二人は戻ってきた。見ると大きな紙にくるまれたなにやら大仰な花束を直子が抱えている。

「凄く大きな花を買ったんだな。一体……」

「桜なんですよ－石岡先生。すっごく奇麗な桜。奈々子先生の大好きな桜があったんです。御手洗さんがこれがいいこれがいい、って選んで下さったんです」

　直子がガサガサと大きな花束を持ち替えながら嬉しそうに頬を染めて報告してくれた。

「ああ。桜。よくそんなもの売ってたね。病院の売店でしょう？」

　と直子に訊ねると、変わりに御手洗が
「いや。運が良かったね。生け花用の小さな桜の枝が何本か間違って配達されてきたので返品しようとしていたところだったらしいよ。これなら奈々子先生も喜んでくれるだろう」

　と答えた。どうやらようやく奈々子の名前だけは憶えたらしい。愛らしい桜の束を一生懸命小さな体で抱えて直子はいそいそと先頭をきって歩き始めた。持ってあげようか、と言ってみたが予想通り、自分が先生に渡すのだと言ってきかなかった。

　三階の廊下の突き当たりに奈々子の病室はあった。

　病棟に上がってみると意外にも廊下全体は大変日当たりが良かった。そしてどの部屋も大抵白いドアを開放してあるので、それぞれの部屋の窓からの日差しが廊下まで差し込み、時折聞こえてくる器具が合わさるカチャカチャという金属的な音や誰かの咳払いの他は病院独特の静けさに満ちており、平和な暖かさが溢れていた。

『山口奈々子』と名札の掛かった病室の前に立つと、やはり開いたままの病室のドアを軽くノックし、直子はちょこんと顔だけで部屋の中を覗き込み
「奈々子先生？」

　とおずおずと呼びかけた。中からは若い女性の声が聞こえてきた。

「あら。まあ杉山さん？　直子ちゃん？　お見舞いに来てくれたの⁉　入ってちょうだい。まあ。嬉しいわ」

「先生ー。先生もう大丈夫なんですか？　起きてて平気なんですかー？」

小走りになって直子が病室に入っていった。直子の声が少し震えている。

御手洗と私は遠慮して廊下に立ったまま、しばらく二人のやりとりを聞いていた。

「もう平気なのよ。先生、直子ちゃんと藤井君にすごく迷惑かけちゃったのね。ご免なさいね。ご免なさいね」

奈々子の声も震えている。

「ううん。私と藤井君は全然平気。ちょっとびっくりしたけど。でも先生がいつもの先生に戻って良かったー」

直子の声がくぐもって聞こえる。奈々子のベッドに顔を伏せているのだろう。

「怖かったでしょう？　教頭先生に叱られなかった？　本当にご免なさいね。大丈夫だった？　叱られなかった？」

「ううん。ニコチンなんかもう真っ青になっちゃってわなわな震えちゃってたけど、でも私たちには何にも言わなかったです。後で藤井君と『ニコチン、泡拭いて倒れるかと思ったね』って言ってたんですー」

「あ。またニコチンなんて言っちゃって。叱られるわよ」

ひとしきり二人の笑い声が聞こえた後、直子が口を尖らせたような声で言うのが聞こえた。

「それにしてもタイコばば……あ、青島先生ってムカつくー。ぜんっぜん怪我なんかしてないくせにぎゃあぎゃあ大騒ぎしちゃってー。……あっ。そうだっ。先生先生。あのねあのね今日凄いお客さんが来てるんですよ！　今ねそこにほらっ」

「え。あの、ねえ直子ちゃん……」

奈々子の戸惑ったような声と直子がパタパタとこちらに走ってくる足音が重なって聞こえてきた。

「早く早く。御手洗さん、石岡先生。奈々子先生、もう平気なんですって！」

直子は駆け出してくると嬉しそうに私と御手洗の手を引いて、病室の中へ導いた。

嬉しそうにぐいぐいと私たちの手を引く直子の勢いに乗せられ、ずかずかと若い女性の病室にコートも脱がずに入り込んでしまった無礼を詫びる間もなく、直子が私たちを奈々子に紹介し始めた。

「はい。こっちのすごく優しそうだけどちょっと気が弱そうな人が石岡先生。先生って言っても学校の先生じゃないんですよ。奈々子先生も知ってるでしょ？　小説家の石岡和己先生。それでこっちのちょっと眉間にシワが寄ってるけど良く見ると結構ハンサムな人が、その石岡先生の小説に出てくる御手洗さんの本物バージョン！」

「やあ。御気分はいかがですか？　日当たりが良くて見晴らしもいい部屋ですな。あなたは運がいい女性だ！」

ベッドに半身を起こし、突然の来訪者にどう対処して良いのかわからない様子でただ茫然と座っている奈々子に向かい本物バージョンは陽気に話し始めた。

私は私で、そこに座っている女性のあまりの美しさにしばし言葉を失っていた。入院しているのだから当たり前なのだが、全く化粧っ気がないにも関わらず肌は抜けるように白く、しかしやつれた様子は全く見られず、頬はうっすらと薔薇色に染まり、唇はふっくらとそしてまるで紅を引いたように紅い。何よりも印象的なのはその瞳だった。濃い睫に縁取られ、神秘的な湖のような色合いの瞳は夜の闇を映すように深く暗い色をしているが、その中心には強い意志の光が見える。そして今私達を見つめるその瞳は、何か迷いがあるかのように頼りなく揺れ、救いを求める幼子のように澄んだ哀しみを湛えていた。

「ほう！　この部屋からは緑がたくさん見えますね。いやしかし残念なことに桜は見えないですな。今丁度満開の時期なのに残念なことですな。うむ」

ろくに初対面の挨拶もしなければ、いきなりの訪問の詫びも言わず、窓から外を眺めながら手前勝手に喋り続ける変な男の後ろ姿を追う彼女の視線は、困ったようでもあり、しかし少し面白がっているようでもあった。

「突然お訪ねして本当に申し訳ありません。こちらの直子ちゃんが私たちの事務所を今日訪ねてきてくれて……」

「そう！　そうなんです。先生、私ウソついて石岡先生のこと騙しちゃった」

私の説明の後を取るようにして、直子は奈々子の枕元で私たちの方にぺろりと舌を出して見せた。

「騙したって……」

奈々子が形の良い眉を少しひそめると、すかさず御手洗が言った。

「いや。あなたの教え子は非常に頭の良い子ですな。この石岡君を騙すなど、彼女にとっては赤子の手をひねるようなもの、いや、まあ言ってみれば地球上のほとんどの女性にとって、石岡君を騙すことなど朝飯前とも言えますがね」

「はあ……。朝飯前……」

さすがに呆れた様子で奈々子が御手洗に視線を戻すと、御手洗は突然窓際からベッドサイドにつかつかと歩み寄りさっとコートのポケットから名刺を取り出し奈々子に向かって差し出した。

「申し遅れましたが、私はこういう者です」

どの名刺を渡したのか覗き込んでみると『御手洗潔』とだけ真ん中にポツンと書いてある肩書きのない名刺だった。慌てて私も自分の肩書きの無い名刺を差し出しながらもう一度突然の訪問の非礼を詫びた。

「御手洗さん、石岡さん……。ご高名は伺っております。まさかお会いできるなんて……」

少女のような表情で私たちと名刺を代わる代わる見比べながら、奈々子はこう言った。

「でも……。どうして私なんかの所へ？」

「それは、あなたの教え子の杉山君があなたのことを大変心配していましてね。この度の事件の相談に、わざわざ我々のむさ苦しい事務所に足を運んでくれたんですよ」

　私たちの事務所兼住居をむさ苦しくしているのは他ならぬ御手洗なのだが、それをこの場で指摘するのは余りにも大人気ない。

「まあ。でも事件だなんて……」

　奈々子が美しい瞳を伏せながら囁くように言った。

「どうですか？　気分は良くなりましたか？」

　御手洗が幾分優しげに問うと、

「はい……。でも私あの時は何が何だか自分でもよくわからなくて、どうしてあんなことをしてしまったのか……。あの……正直言って何をしたのかも余り良く憶えていないんです……」

　と目を伏せたまま奈々子は答えた。

　ベッドサイドの椅子に腰をかけると御手洗は、再び奈々子に向かって問いかけた。

「理科室に行く前は、どこに居たか憶えていますか？」

「…………。確か……校庭に居たのではなかったかしら……？　いえ。いえ。違います。ああ……どうして思い出せないのかしら……。私なんだかこの所おかしくて……」

　奈々子は目を閉じて眉間に中指と親指を押し当て、眉をしかめた。

「確か奈々子先生は窓から桜の木を眺めるのが大好きだと杉山君が教えてくれましたが、その時も桜を見ていたのではないですか？」

「ええ……。桜……。そうかもしれません。確か、桜の花がたくさん散っているのを見ていたような……。ああ、それに誰かが立っているのが見えて……」

　少し苦しげな奈々子の答えに御手洗は眉をひそめた。

「誰かが立って？　どこに立っていたのですか？　あなたの近くに？」

「いいえ。……ああ。あれはもっと前のことです。

朝登校する生徒に混じって誰かが桜の木の下に立っているのを見て私……。いえ、ごめんなさい。なんだかよくわからないんです……」

ベッドに座っている奈々子の上半身はわずかに揺れているように見える。右手を額に押し当て、左手は体を支えようとするかのようにベッドサイドの柵につかまっていた。話ながら、時折緊張の為か指の関節が白くなるほど力が入っているのがわかった。

「そうですか。いや、いいでしょう。ところで教頭先生が窓から落ちそうになっているあなたを辛うじて救ったという話ですが、ご存じでしたか？」

「あ……。ええ、はい。後から聞きました」

「教頭先生についてはどう思われますか？」

「どう……って……？」

「嫌味なおじさんだと杉山君が言っていましたので、先生はどうお思いなのかと。いや何、興味本位の質問ですよ。教頭というのはどこの学校でも嫌味なものと相場が決まっていますからね」

「そんな嫌味だなんて……。あの、でもなんだかいつも監視されているような……」

「監視？　教頭先生がですか？」

「ええ。あの……監視……いえ、私が新任教師なものですから、失敗しないかどうか心配されてるんです、きっと。私、なんだか時々ぼんやり考え事をしてしまう癖があるので、そういうときいつも教頭先生に注意されるんです。この間も美術室でちょっと気分が悪くなってしまって、その時も教頭先生が突然来られて注意されたので、私……」

教頭の話を始めた途端奈々子の顔色がどんどん青ざめていくのが傍目にもはっきりと解った。はらはらして見ていると御手洗もそれに気づいたようだった。

「いや、まあいいでしょう。ではあの例のほら、誰だっけ？　ああ。タイコおばさん。このおばさんはいかがですか？」

「タイ……あの、青島先生は教頭先生の奥様でもいらして……」

　なるほど、青島という女性教師の妙なあだ名は生徒間だけではなく、教師の間でも実は浸透しているらしい。

「これまた意地悪な先生だそうじゃないですか」

「いいえ。意地悪なんてそんなこと」

「おお。そうか。教え子の前でそんな先輩教師の悪口など言えるはずがありませんな。これは失礼」

　すると、それまで黙って御手洗と奈々子のやりとりを心配そうに聞いていた直子が、御手洗の背後からひょいと顔を出して言った。

「別にいいのにー。タ……青島先生が奈々子先生に意地悪ばっかりするのみんな知ってるのに。教頭も陰険で嫌味だし、私青島コンビ大っ嫌い」

「青島コンビ……」

　思わず私がつぶやくと奈々子も少し唇をほころばせながら直子をたしなめた。

「だめよ、そんな風に先生方のこと言っちゃ」

　すると「はあい」と素直に返事をしながら、直子はベッドの足元を回って今度は私の隣にやってきた。

「しかし、夫婦で同じ学校に教師として勤めるというのはよくあることなんですか？」

　私の問いに対して奈々子は少し考えるような仕草をした。

「青島先生は……、奥様のほうの青島響子先生は以前私たちの中学にお勤めだったそうなんですけど、今の教頭先生とのご結婚を機会に一旦他所の中学に転勤されたそうです。それから何年かたって、また私たちの中学に戻って来られたそうなんです。ずっとこの中学にお勤めでらした教頭先生と同じ学校に転勤が決まったのは偶然だと思うんですけど……」

　しばらくの間黙っていたが、御手洗がまた質問を始めた。

「ではあなたの昔の話を少し聞かせていただけますか？」

「昔の？」

「ええ。確かあなたは今お勤めの学校の卒業生だとか。それに美術部の先輩なんじゃあなかったっけ？」

最後の質問は直子に向けられたものだった。

「そうです。大先輩」

直子が、おどけた表情で奈々子を見ながら答えた。

「大だけ余計よ」

奈々子も苦笑いしながら直子に笑顔を向ける。

「美術部ではどんな絵を描いていたのでしょう？油絵？　木炭画？　それとも水彩？　ああ。中学生だといろんな素材で描くのかもしれませんね。何が一番得意だったんだろう？　風景画が好きでしたか？　それとも静物画？」

御手洗の質問は私には甚だ簡単であり、またこの度の事件には全く無関係に思えるものであったが、これに対しても奈々子はまた眉をひそめて口ごもってしまった。


「絵……。そうです。美術部に入ったんです。入学式の日にすぐ入部届けを出したのをよく憶えています。あの時は春名先生が担任でしかも美術部の顧問だったから、本当に嬉しかった……。でも、絵は……。変だわ……。どんな絵を描いていたのかしら……。きっとなくしてしまったんです。そうだわ。だって、もうずっとずっと前のことですもの」

「美術室から桜の木がよく見えるそうですね。百万年ぐらい前からそこに立っている大きな桜の木が」

「まあ。百万年なんて樹齢の木があるわけないじゃないですか御手洗さん」

まともに反応する必要など全くない御手洗のくだらない冗談にもまじめに返答するのは、学校の教師であるが故なのか、それともこの女性の独特のユーモア精神なのであろうか。混濁した記憶や幻の向こう側にいる本当の彼女はどんな女性なのか、私にはまだよくわからない。

「では十万年ぐらいにまけておきましょう」

妙なものをまけてもらってもこの部屋の誰も嬉しくないのだが、御手洗はお構いなしに続ける。

「その美術室から桜の木を見ていると他に何か見えますか？　たとえば他の教室とか」

「ええ。校舎がL字型になっているので、四階の美術室からは斜め向かい側の棟の教室は大体見えます」

「理科室も？」

少し奈々子が体を震わせたように見えたのは気のせいだろうか。

「……はい。理科室は三階ですので良く見えます」

「理科室が嫌いだそうですね。何か特別な理由でもあるんですか？」

「いえ。あの、よくわかりません……。赴任してきた時に、卒業生とはいえ一応全校を案内してもらったんですが、その時から理科室が怖くて怖くて……」

今度は本当に体をぶるっと震わせた奈々子の顔色が青白い。

「先ほどあなたが言っていた『春名先生』ですが？」

「春名先生は私が中学一年生の時の担任の先生で、美術部の顧問でもあったんです。私の憧れの先生でした。奇麗で優しくて……本当にみんなの憧れの的だったんです。私、春名先生のことが大好きで大好きで、部活動のお手伝いをするのも嬉しくて仕方がなかったくらいなんですよ。でも先生、今はどうされているのかしら……。どうしてだか私思い出せないんです。どうしてでしょう。私、中学生の時のことを余り良く思い出せないんです。三年生の時に病気をして入院したことがあって、特にその前後のことを余り憶えていないんです。それと今回のことと何か関係があるんでしょうか？　この所なんだか調子が変で、そこに居もしない人が見えたり、突然訳がわからなくなって騒ぎを起こしてしまったり……。私、どうなってしまうんでしょう。今にも頭がおかしくなってしまうのかと、不安で不安で……」

奈々子は震える細い手で自分の両頬を押さえながら足元に目線をやり、誰にともなくといった調子で語った。

　この目の前の女性の不安な気持ちが痛い程伝わってくる。ふと気が付くと私の横で直子が今にも泣き出しそうな顔で体を縮めて聞いていた。そしてこんな奈々子の様子を直子に見せるのは酷なことだとようやく思い至った。すると同時に御手洗も同じ思いに至ったのであろう。直子に向かって、

「杉山君。すまないが奈々子先生と僕たちに何か飲み物を買ってきてくれないかな。お金は石岡先生がたくさん持っているからね。好きなだけ買ってもらうといいよ」

　と言いながら私の方をちら、と見た。

「よし。じゃあ表通りのコンビニまで買いに行こうか」

「先生と御手洗さんはヘルシー系のもの飲んだ方がいいですよー」

　などと話し合いながら、私と直子は病室を後にした。

　利口な直子は買い物に行く途中一言も奈々子について触れなかったし、私も敢えてその話題を口にはしなかった。

　直子が選んだ奈々子のための大量の週刊誌や雑誌と、私と御手洗のための小瓶にはいった繊維系の健康ドリンクやビタミンドリンクを山のように抱えて病室に戻った時には、御手洗と奈々子はすでに深刻な話を終えてしまっていたようで、開いたままのドアを軽くノックすると、奈々子の笑いを含んだ
「はい。どうぞ」

　という返事が返ってきた。

　一体何の話をしていたのか、御手洗は相当に奈々子を楽しませた様子で奈々子の目にはまだ笑いの後が残っている。特に奈々子が美しい女性であったことが理由ではなく、御手洗という男は甚だ気まぐれにではあるが、時にこのように大変なサービス精神を発揮し、周囲の人を楽しませることができる人物

なのだ。

　直子がたくさんの雑誌類を袋から取り出し、ベッドサイドのテーブルに載せるのを見て奈々子は驚いた顔で言った。

「まあ。こんなにたくさん本を……。直子ちゃん。先生のバッグを取ってちょうだい」

　買ってきたものの代金を支払おうとしているのだと察して私が何か言おうとすると、それを先回りして御手洗が大きく手を振り回しながら言った。

「いやいや。お気遣いには及びませんよ。突然大勢で押し掛けてあれこれ質問責めにしたせめてものお詫びです。我々のように気の利かない人間は、お見舞いを持って来るなどという頭が回らないものですからね」

　何を勝手なことを言っているんだ、自分は指一本動かさなかったくせに。気が利かないのは御手洗だけではないか。第一大勢で押し掛けたと言うが、一人で五人分位騒いでいるのも御手洗だ。そう思っていると、直子が私の横にこっそりと回ってきて
「御手洗さんが一番大声なのにね。先生」

と耳打ちしたので危うく吹き出しそうになった。

「おお！　そう言えば杉山君。君は先生に素敵なお見舞いを持って来ていたんじゃなかったかな？」

　またもや御手洗が不必要に大仰な身振りで直子を振り返りながら言った。

「あ。そう。そうなんです。忘れてました－」

　直子は慌てて病室の入り口に駆け寄り、壁際にあるパイプ椅子の上に置いたままになっていた、まだ紙に包まれたままの大きな花束をガサガサと抱えて奈々子の枕元に駆け戻った。

「はい。先生！　御手洗さんがね、選んでくれたんですよ、先生の大好きな桜」

　奈々子は無言のまま、何故か恐る恐るといった様子で花束を受け取った。そうしてくるんでいる紙をそろそろとした仕草ではずし、まだ可憐な蕾ばかりの桜の小枝の束にじっと見入った。たちまち部屋中

にむせ返るような桜の若木の香りが立ちこめる。

夕食の時間が迫っているのだろうか、院内のどこか遠くから、食事を運ぶ台車の音や患者達の控えめなざわめきが晴れた日の遠雷のように静かに響いてくる。憑かれたように桜に見入る奈々子を見ていると、じわじわとその不安や幻想が伝わってくるようだ。中途半端な悪夢に魘《うな》されているような奈々子の幻想に、引き込まれそうな感覚に襲われているのは私だけだろうか。

「花瓶か何かに入れないと。私ちょっと探してきまーす」

直子の声にはっと我に返り振り返ると、奈々子の様子に変化があったことに気づいてのことなのか、突然思いついたようにこう言って、直子は小走りに病室を出ていった。

奈々子はそれにも気づかない様子でじっと手の中の桜を見つめている。

「外の桜はもう満開だが、これはまだ三分咲きといったところかな」

誰に言うともなく御手洗がつぶやくと、奈々子がふと顔を上げた。

「そうだわ。私……桜の絵を描いていました」

囁くように言う。

「え？」

思わず問い返した私の目をじっと見つめ返す奈々子の瞳が頼りなく揺らめいている。御手洗の方に向き直るともう一度奈々子は言った。

「私。そうです。あの頃、桜の絵を描いていました。まだ蕾の頃から満開の桜、散り始めた桜、散ってしまった桜。どうしてもあの桜が描きたくて、毎日毎日あの窓から見える桜をスケッチして数え切れないくらいの下描きを描いて……。それなのにキャンパスに向かうとどうしても思ったような桜の色が出なくて、だから何枚も何枚も描き潰して……。ああ、どうして忘れていたのかしら。あんなに毎日桜の木ばかり描いていたのに」

「あなたが中学生の頃のことですね」

御手洗が問い返した。

「そうです。窓から見えるあの桜を、私毎日毎日……」

奈々子の声は語尾が消え入るように細く震えている。

「あなたは桜を描いていたんですね？　ではその絵は完成したのかな？　それとも未完成のままなんでしょうか？　そして今どこにあるんでしょう？」

御手洗の問いに奈々子は

「絵…描けたのかしら…」

とつぶやいて窓の外に目をやった。

「あなたが言っていた中学三年生の時の入院の話ですが、それを機会に恐らくあなたは美術部を辞めてしまったんでしょうね？　三年生というと受験や卒業の年でもありますからね」

「ええ……。多分そうだったんじゃないかと……。あの年は桜が特に満開で……」

こう言うなり、また奈々子は手の中の桜を見つめたきり黙り込んでしまった。

部屋の中は甘やかな桜の花と枝の香りで満ちているように思えるが、これが現実の奈々子の手の中の桜のせいなのか、彼女の不安が生み出した幻想が私達の五感にまで影響しているのか、私にはよく解らなかった。

カタン、と小さな音がしたので振り返ると、直子が不安な表情で、どこからか調達してきたらしい水を満たした大きめのガラスの花瓶を抱えたまま立っていた。

こちらへおいで、と手招きをするとおずおずと足を踏みだし、そのまま私の手にガラスの花瓶を押しつけると真っ直ぐ奈々子の枕元に歩み寄った。そうして床にひざまずいてベッドの端に小さな頭を伏せたまま、放心しているような奈々子に声を震わせて語りかけた。

「先生。ごめんなさい。ごめんなさい。あの日の朝藤井君が、新しい薬品を混ぜてみたら変わった色が出来たから見せてあげる、って言うから、放課後残ってこっそり理科室に入って……。でも何も悪いことなんかしてなかったんです。藤井君が前の日に作っておいた色水が変な色に変わっちゃってたから、もう一回作り直して見せてくれてただけなんです。なのに青島先生がもの凄くヒステリー起こして藤井君のこと叱るから、私思わず泣いちゃって……それで先生きっと私と藤井君のこと心配して来てくれたんでしょ？　私も藤井君もこんなことになるなんて、先生がこんなになっちゃうなんて思わなかったんです。本当なんです。ごめんなさい。先生、早く元気になって。私青島先生にも教頭先生にも一生懸命謝るから。だから学校辞めないで。早く戻ってきて」

小さな肩を震わせて直子が泣いている。思わずその背中に手を伸ばしかけた時、桜の枝が奈々子の手を離ればさばさと音をたてて床の上に散らばった。

はっとして彼女の顔に目をやると、奈々子の頬に涙が一筋流れていた。

「私が殺したんです……」

蝋のように蒼白な顔色とは裏腹に、恐ろしいほど紅い唇をゆっくりと動かして奈々子は言った。

3

夕闇に沈んだ町並みが後方に流れ去って行くのを電車の窓越しに見ながら、御手洗も私もそして直子も、一言も話さずただ前を向いて並んで座っていた。

海岸近くの直子の自宅まで送っていってやる道中、結局私たちは一言も奈々子のことに触れることはなかった。直子の自宅の玄関前で驚いたことに御手洗が、帰宅が遅くなった理由を両親に説明してあげようか、とまともな社会人のようなことを言ったのに対して、

「こんな感じのおじさん達に送ってきて貰ったなんて知ったら、お母さんもお父さんも余計びっくりしちゃうから」

　と少し元気を取り戻した様子で手を振り、直子はそのまま玄関に消えていった。事務所に現れた時には、両肩の上で元気良く跳ねていた小さなお下げ髪までがなんとなくしょんぼりと見えるのが哀れで、『こんな感じのおじさん達』という言葉にはずいぶん後になるまで気づかなかった。

　そして御手洗と二人自宅に戻る車中では、御手洗は何か深い物思いに耽っているようだったので、私も黙って先刻の奈々子の告白に再び思いを馳せた。

「私が殺した」

　もう一度繰り返す奈々子の蒼白な顔と血のように紅い唇が忘れられない。

「奈々子先生……」

　涙に濡れた顔を上げて話しかけようとした直子を目で制すると、御手洗は私にも手近な椅子に座るよう目で合図した。

「あの時、理科室にいたのは私と篠藤《しのとう》君とそれから……」

　そこまで言うと少し眉をしかめて奈々子は沈黙した。

「篠藤君というのは？」

　静かな声で御手洗が問うと、顔を上げて奈々子は続けた。

「同級生の篠藤……俊郎《としろう》君……ええ。そう、篠藤君は化学部の部長でした。私はあの頃描いていた桜の色がどうしても思い描いているように出せないからって、彼に頼み込んで、理科室に忍び込んで薬品と絵の具を混ぜる実験を二人でしていたんです。そこに……誰だったかしら……。ああ。そうだわ。そこに春名先生がやってきて、そう、私と篠藤君は春名先生にとてもひどく叱られたんだわ、危ないからって……。あんなに春名先生が怒るなんて……」

不安な表情で奈々子は心細げに自分の記憶を辿り続けた。彼女の両手が小刻みに震えている。

「先生はその時私が持っていた薬品のビンを取りあげて……いいえ、あの時ビンを持っていたのは篠藤君でした。篠藤君の手からビンを取りあげて流しに捨てようとしたので、それでやっとその時思い通りの色ができたところだったから、私、私がビンを取り返そうとして先生のことを突き飛ばしたんです……。そうしたら先生はあっという間に窓から……。落ちていく先生を助けようとして、私も篠藤君も必死で手を伸ばしたのに。でも間に合わなかった……」

そこまで言うと奈々子は震える両手で顔を覆って声を殺して泣き始めた。

「桜が、桜の花びらが一面に散っていました。桜色の、私が欲しかった桜色の中に春名先生は倒れていました。倒れている春名先生の上にもどんどん桜が降り注いで……」

恐ろしく美しい光景であったに違いない、と言っては不謹慎だろうか。だが、私の脳裏には、幼かった奈々子が見たであろうその光景が、危険で蠱惑的《こわくてき》な幻想絵画のように浮かんでは消えていった。

そうしてしばらくの間部屋にいた全員が言葉を失っていた。

「その後、私は理科室で気を失ってしまい、そのままショックで高熱を出してずいぶん長い間入院していたんです。退院した頃にはすぐに卒業式だったから……ああ、それに篠藤君も転校してしまっていて……そして、私は事件の記憶をすっかり失ってしまっていたんですね……」

ようやく落ち着くと、唇を噛んで奈々子は言った。

すっかり日が暮れてしまった夜の街を車窓から眺めながら、私は奈々子の透明な哀しみを湛えた美しい表情を思い出していた。

「あの時、私は美術室から理科室にいる直子ちゃんと藤井君を見ていました。いいえ。正確には見えていた、と言った方がいいかもしれません。私はまたあの桜の木を見ていたんです。いつもあの桜を見ると懐かしいよう不安なような気持ちになって、けれどあの木には何かいつも大切な想い出があったような気がして仕方なかったんです。私はそれは春名先生の想い出だと、大好きだった春名先生がいつもあの桜の木を美術室の窓から見ていたから、その想い出なんだと勝手に思いこんでいました。でも、違っていたんですね。私が、大好きだった春名先生を窓から突き落としたんだなんて……。あの時、そう青島先生と直子ちゃん達が揉み合っているのを見た時に、『いけない。そんなことをしてはいけない。』って頭の中で声がして、そのまま美術室から走り出してしまったんです。その後のことは、余りよく憶えていないんです……。ただ、夢中で走り出して……。あれは、誰の声だったのかしら……。篠藤君？　篠藤君が叫んでいたのを思い出したのかしら……。ううん。違う。ああ、でも誰かが叫んでいたような気がするんですけど……。だめだわ。まだしっかりと思い出せない……」

　奈々子はしばらくの間、私が拾い上げてやった桜の枝に寄りかかるようにして黙って目を閉じていた。そして顔を上げ、今度は私たちをしっかりと見つめながらこう言った。

「私、明日警察に行きます。あの事件の後、学校がどういう風に処理したのか私にはわかりませんけれど、とにかくきちんとけじめをつけなければ。今となっては遅すぎるかもしれませんけれど……。どうしてあんなに理科室が怖かったのか、やっと理由がわかりました。私の起こした過去の事件が全ての原因だったんですね。直子ちゃん達を叱っている青島先生を見ている内に無意識に昔のことを思い出してしまって、夢中で理科室に……。でも、理科室に行って私は何をしたかったのかしら……。どうしてあんなことになってしまったの？」

　また、不安に揺れる瞳で奈々子が自分の指先に目をやり黙り込むと、御手洗が突然立ち上がって言い出した。

「いやいや。警察はちょっと待ってください」

「え?」

不審気に目を上げた奈々子に向かって御手洗は背を屈め、穏やかな声で言った。

「警察に行く時には僕がついていってあげましょう。懇意にしている刑事がこれでも何人かはいますからね。でもその前に少し調べておきたいことがいくつかあるんですよ。ですから、奈々子先生はもう少し元気が出るまで、この病院で待っていていただけませんか? 僕はこの石岡君のように女性に対して親切な男ではありませんのでね、疲れてしまって歩けなくなったあなたを警察まで負ぶって連れていくことなどできません。それにほら、あなたの可愛い教え子がこんなに泣いているじゃないですか。子供の前で警察なんて物騒な言葉を余り言うものではありませんよ」


「おい御手洗。そう言っている君が一番何度も警察警察と言っているじゃないか。第一僕は女性を負ぶって警察に行ったことなど一度もないぞ」

「まあそういう訳ですから、また二、三日後にお会いしましょう。それまでは大人しくここで待っていると約束してくれますね?」

私の抗議など耳にも入らなかったかのように無視して奈々子に向かってこう言うと、今度は口を半開きにしてあっけにとられた表情で奈々子と御手洗を代わる代わる見比べていた直子の方に向き直り、御手洗はこう言った。

「さあ。杉山君。明日は朝早いんだ。もう帰ろう」

そしてまた奈々子の方を振り返り、

「必ずもう一度ここに来ますから、それまでは絶対に警察になど行かないと約束してください。御願いしますよ」

と言った。

不安な面もちで奈々子はそれでもゆるゆると頷い

た。

「あの……。直子ちゃんをお家まで送っていってあげていただけますか？　直子ちゃん。怖がらせてご免なさいね。先生もう大丈夫だから。気を付けてお帰りなさい」

最初は御手洗と私に向かって、後は直子に向かって奈々子は言った。そんな奈々子に対しておそらく本心は一種の恐れや猜疑心、それから自己嫌悪など、幼い心では処理しきれない感情が渦巻きさぞや複雑であっただろうと思うのだが、直子は健気にもにっこりと微笑んで、

「先生。本当に早く元気になってね。藤井君もすっごく心配してたから」

と言い、学校の終業の挨拶のようにぺこりとお辞儀をし、

「さようなら」

と言った。

4

奈々子の病室を後にしてからの直子は、終始俯き加減で口数も少なかったが、私よりも少し前方を御手洗と並んで歩きながら何かしらぼそぼそと話し合っている様子だった。

私はと言えば、つい先ほどまで目の前にいた美しく頼りなげな様子の女性のこれからの運命が頭から離れず、知らず足取りが重くなっていた。彼女が中学三年生の時の事件といえば八、九年ほど前のことになる。何故当時刑事事件に発展しなかったのであろう。学校側がスキャンダルを恐れ揉み消したのか？　それとも何か他の事情が絡み合っていたのか？　当時未成年だった彼女に今後どういった処分がくだされるのであろうか？　私には解らないことだらけだった。調べたいことがあるなどと言っていたが、いつものように御手洗には私に見えない何かが見えているのだろうか。

翌日遅い朝食を済ませると、御手洗が一緒に出かけないか、と誘ってきた。

「いいけど。どこに行くんだい？」

私が聞くと御手洗は肩をすくめて言った。

「タイコおばさんの所さ」

「タイコ……あ、ああ青島っていう教師のところに行くのかい？　確か彼女も入院してるんじゃあなかったっけ？」

「そうさ。杉山君によると彼女は綱島駅近くの病院に入院中だそうだ。どうせ大した怪我でもないそうだから退院してしまう前に訪ねておこうと思ってね」

「だけど、その青島って教師は言ってみれば被害者だろう？　奈々子先生の事情だって知らないだろうし、訪ねて行ったところで大した話は聞けないんじゃあないのかなあ」

「奈々子先生。ね」

小馬鹿にした様子で鼻を鳴らすと、

「別に無理には誘わないさ。じゃあ一人で出かけるかな」

と言いながら御手洗が立ち上がったので、慌てて私も立ち上がり上着を取りに部屋に駆け込んだ。

久しぶりに降り立ってみると綱島駅の周辺はすっかり様子が変わってしまっていた。一瞬右も左もわからない旅行者のような気分に陥ったが、よく見ると駅前の狭苦しい通りに二重三重に停められた自転車の列や、光り輝くような新築のビルディングの間に埋もれるように立っている昔ながらの古ぼけたビルや看板などが、私の歓びも哀しみも知っているこの街の昔を留めていることに気が付いた。思わず立ち止まりぼんやりしていると、御手洗の細長い姿がすたすたと遙か前方を歩いて行く。

「ま、待ってくれよ、御手洗」

肩で息をしながら追いつくと、御手洗は冷ややかな目で息を荒げている私を一瞥し、運動不足は良くないから明日からアパートの回りを五周ずつジョギングしたらどうか、とこの後十五分ほどの病院までの道のりの間中しつこく言い続けた。

青島響子の病室は奈々子とは違って個室ではなく、二人部屋だった。やはり大した怪我を負った訳ではなく、事件のショックと多少の打ち身や擦り傷が入院の理由だったようだ。

昼食を終えたばかりだったらしい響子は窓側のベッドに起きあがり、ベッドの上にまたがった車輪付きのテーブルを足元に押しやっているところだった。

「いやあ。お邪魔します。青島先生はこちらですかな？」

不必要な大声を出しながら大股で病室内に入り込んだ御手洗を、響子と相部屋の老女が目を丸くし見ていた。幸いなことに昼食時で病院内が多少ざわついていたせいか、看護婦に注意されるようなことはなかった。

テーブルに手をかけたままびっくりした様子でこちらを見ている響子は、直子の話から描いていた私の想像とは全く違っていた。年は恐らく四十代後半といったところであろうが、予想に反して響子は非常に美しい女性だったのだ。だが吊り上がった細い眉や、やや切れ長の美しい目は気性の激しさを示しており、それは彼女の声にも同様に顕れていた。

「あの。どなたでしょうか？」

気の強そうなピリピリとした声で問いかけてくる。

「ええとアオ……？」

と御手洗が曖昧な口調で切り出そうとすると響子はそれを途中でぴしりと遮った。

「私の名前でしたら青島ですが、あなた方は？」

「ああ、そうそう。青島先生。あなたが遭遇された不幸にして不可解な出来事について、杉山君から相談を受けまして、こうして遠路はるばるやってきたのです」

「杉山君？」

さらに神経質そうに眉をひそめながら響子が問い返すのを無視し、御手洗はさらに陽気な調子で続けた。

「いや、全く大変でしたね。なんだか訳のわからない内に窓から落とされそうになったとかなんとか。さぞかし驚かれたことでしょう！」

「あの！　一体全体あなた方はどなたなんですか？　勝手に他人の病室にずかずかと入り込んで来て、訳のわからないお話をされてもこちらは困るんです。第一ここは病院ですよ。もう少し小さな声で話していただけませんか？　相部屋の方にもご迷惑です」

響子が苛々とした調子で御手洗に言い返すのを聞いていると、自分が中学生に戻って教師に叱られているような気分になってきた。

「おお。そうでしたね。これは失敬。いやお気になさらずに。我々はすぐに退散しますから。ああそうでした。私はこういう者です」

御手洗は、またもや肩書きのないいかにも怪しげな名刺を手渡し、名刺を見て何か言おうと口を開きかけた響子に話す隙を与えずまくし立て続けた。

「全くこの度は災難でしたな。きっと訳がわからなかったことでしょう。生徒を叱っているところへ別の教師がやってきていきなり突き飛ばされるなど、理不尽極まりない。それにつけても山口先生のこの理不尽な行動の理由ですが、青島先生には何か心当たりはおありですか？　例えば何か山口先生に恨まれるとかそういった……」

「何もございません」

冷たい声で響子は御手洗の言葉を再びぴしゃりと遮った。

「何もない？　しかしあなたを窓から突き落とそうとしたんですよ彼女は。何も理由が無くて人間はそんなことをしでかすものでしょうかね？」

「御手洗さん、とおっしゃいましたね」

「ええ」

「もし山口先生にお会いになられる機会がおありでしたら、お伝え下さい。私は今回のことを何とも思ってはいません。ですから山口先生もこのことはもう忘れて早く良くなって下さい、と。ご覧の通り私の怪我など大したことはありません。入院したのは休養を兼ねてのことです。私もこのことは早く忘れたいんです。どうかもうお引き取りください」

こう言うなり青島響子は窓の外に目をやり、二度と口を開くまいと固く決心したかのように口を真一文字に結んで黙り込んでしまった。

この彼女の頑なな様子に御手洗もこれ以上は無駄だと思ったのか、いつになくあっさりと引き下がった。

「解りました。お疲れのところ申し訳ありませんでしたね。くれぐれもお大事になさってくださいよ。じゃあ行こうか石岡君」

「あ、ああ」

いまだに呆気に取られた様子の老女のベッドの足元を通り過ぎ、病室のドアを開きながら御手洗は足を止め、もう一度病室内を振り返りながら言った。

「ああ。そう言えば青島先生は桜はお好きですか？　先生がお勤めの中学には随分と立派な桜の木があると聞きましたが」

なぜこんな意味のない質問をするのか、と訝りながら御手洗から室内に目を転じ、ぎくりとした。先ほどまでは強気で頑なな態度を崩さなかった響子が顔面を蒼白にし、怯えたような目をしてこちらを見ていたからだ。

「杉山君は、かなりショックを受けた様子でしたよ。可哀想なことをしましたね」

「え、ああ……杉山さん……。あの、元気を出すように、と伝えてください……」

御手洗の言葉に対して、震える手で顔を半分覆いながら響子は言った。そしてしばらく待ってみたがそれ以上は二度と口を開かなかった。

翌朝早く、居間を歩き回る足音で目が覚めた。寝ぼけ眼で部屋から出ていくと、御手洗が外出の支度を整えて今まさに出かけようとしているところだった。いつものことながら行き先も告げず出ていき、結局その日御手洗は夜中を過ぎても帰って来なかった。どうやら彼女の過去の事件を調べ回っているらしいということに気が付いたのは夕食の時間を過ぎた頃だった。

翌日も翌々日も、御手洗は私が起き出さないよう足音を潜めて部屋を出ていった様子で、私が居間に出ていく頃には部屋はもぬけの殻だった。そしてどこをどう調べ回っているのか連日夜中過ぎまで戻ってこず、帰宅後は私に向かって一言も言葉を発することなく、黙って疲れた様子で自室に引きこもり物音一つたてなかった。

三日目の朝、私の部屋のドアをノックする音で目が覚めた。

ドアを開けてみると御手洗が立っている。

「な、なんだい？　今日はもう出かけないのかい？」

私が寝ぼけ眼で訊くと、

「今日はあの美しいお嬢さんのお見舞いに行こうと思うんだが、きっと石岡君も一緒に行きたいだろうと思ってね。その後外出許可をもらって皆で出かけようかとも思っているんだ。どうだい？」

と、御手洗が言った。

「どうだい？　……って、いや、あ、ああじゃあすぐ支度するよ。ちょ、ちょっと待ってくれ」

身支度を整えながら、毎日どこに行って何を調べていたのか、皆とは誰のことなのか、今日はどこに行くつもりなのか、等あれこれ問いただしてはみたが、案の定御手洗はそのどの質問にも答えてはくれなかった。そしてただずり落ちそうな姿勢でソファに座ってぼんやりと私を待っていた。

菊名駅に着くと、今日は日曜日だというのに先日と同じ制服姿で直子が私たちを待っていた。直子も私と同様に御手洗からは何も聞かされていないのか、駅前商店街の狭い通りを歩きながら御手洗と私の顔を不安気に見上げていた。そうして病院までの十分間、私鉄のまだ朝露に濡れた草が青々と繁っている線路沿いの歩道を黙って三人で並んで歩いた。

狭い路地裏には余り似つかわしくない近代的な病院の建物の前に立った時、直子が初めて口を開いた。

「御手洗さん。奈々子先生捕まっちゃわないですよね？　どこにも行かないですよね？」

今にも泣き出しそうな幼い表情を見て御手洗も胸が痛んだのか、

「奈々子先生はどこにも行かないさ。これからみんなで花見に行くんだよ。お天気もいいしね」

とおどけた身振りで直子の背中を押しながらロビーへと入っていった。そして、病棟へと向かう廊下を歩きながら、御手洗と直子はまたもや何やらぼそぼそと話し合っているようだった。どうやら御手洗はこの少女がすっかり気に入ってしまったようだ。

「花見ってどういうことだい？」

しばらくして私が問うと、

「花見だよ石岡君！　ＨＯＯＲＡＹ!!　絶好の花見日和だぜ今日は！」

と、御手洗が病院の廊下の窓越しに見える晴れ渡った早春の青空を振り仰ぎながら腕を振り回し大声を出したので、通りかかった看護婦にシッ、と注意された。

奈々子の病室の前に辿り着いたのにも気づかず、英語をやたら日常会話に使うのはやめろと御手洗に文句を言っているのを聞かれたらしく、部屋に入るとやや緊張に青ざめた顔色ながらすでに外出着に着替えた奈々子が椅子に掛けてくすくすと笑っていた。

「やあ。おはよう先生！　今日は顔色が良さそうですな」

またもや看護婦に注意されるのではないかとはらはらするような大声で御手洗が挨拶をすると、奈々子はパイプ椅子から立ち上がり、

「おはようございます。御手洗さん、石岡さん。おはよう、直子ちゃん」

と、軽く頭を傾げて微笑みを浮かべた。

数日前に会った時よりは数段顔色が良い。

「今日は本当に調子が良さそうですね」

私が声をかけると、薄手のブラウスの上からはおったカーディガンの袖を引っ張りながら俯き加減で奈々子はこう答えた。

「今日は桜が見られそうですから」

「桜。ああ、花見とかなんとか御手洗が言ってましたね」

どこに花見などに行くというのだろう。第一そんなことをしている場合なのだろうか。しかし、奈々子が相変わらず弱々しい様子ながら、多少気分が良さそうに見えるのが花見のせいならこれも意味のあることなのかもしれない。

「先生。大丈夫？」

直子が奈々子の腕に手を置いて心配そうに顔を見上げている。

「今日は良いお天気で良かったわ。きっと奇麗な桜が見られるわね」

こう答えながら直子の肩に手を回し、奈々子は直子を伴って先に部屋から出ていった。

「御手洗。どこに花見に行くんだい？　ここから遠いのか？　昼食までに戻らないとまずいんじゃないのか？　それとも何か買っていくつもりなのかい？」

私の質問に御手洗は足を止めて振り返り、哀れむような目つきで私を見た。

「君ときたら石岡君、この期に及んで昼飯の心配かい？　君という男はつくづく平和な人間だな」

そう言うとすたすたと歩き始め、もう一度私の方に振り向いてこう言った。

「花見の前にちょっと寄って行きたい所があるんだ。昼食の心配はその後にしてくれたまえ」

「寄って行く所？　どこだいそれは？」

　後を追いながら訊いてみたがやはり答えはなかった。


　病院の前に呼んでおいたタクシーに四人で乗り込み、助手席に座った御手洗が行き先を告げているようだったが、後部座席の私たちにははっきりと聞き取れなかった。直子を真ん中にはさんで向こう側に座っている奈々子は、座席に深くもたれ、放心したように外の景色を見つめている。まだ本調子ではないのだろうに、と心配になったが、直子が元気に学校の様子や部活動の様子を報告し始めると、それに対してにこやかに相づちをうったり時に笑い声さえたてる様子にひとまず安心した。車は暫くの間駅周辺の細い通りを通行人や自転車をかきわけながら徐行していたが、広い通りに出て快調に走り出すと、窓を少し開けてもいいかと奈々子が聞いてきた。もちろん、と答えながら私の側の窓も少し開けてやると、奈々子は自分の側の窓を全開にし、大きく深呼吸をして目を閉じた。蝋のように白く青ざめた頬に幾分赤味がさしたように見える。さもなければ作り物のように美しく整った顔はまるで生命を与えられるのを待って横たわっている人形のようだ。先ほどまで賑やかにおしゃべりしていた直子もそんな奈々子の様子に沈黙し、膝の上に手を揃えじっと座っていた。

　しばらくすると、大人しかった直子が突然
「あれー？」

と素っ頓狂な声を出した。

「どうしたの？」

と聞いてみると、

「学校に来ちゃった」

と言いいながら直子は隣の奈々子に目をやってい

る。

それまで深く目を閉じて眠っているかのように見えていた奈々子が直子の声に目を開き、体を起こして窓の外に目をやると

「あら」

と掠れた声でつぶやいた。助手席の御手洗が振り向いて車から降りるように、と指示したので私の側の開いたドアから全員がぞろぞろと学校の前に降り立った。

あまり交通量が多くない二車線だけの車道沿いに立っているこの建物は恐らく戦前からの物なのだろう、古めかしい造りの校舎全体が煤けたように黒ずんでいる。奇妙なのは狭い歩道沿いの校舎をぐるりと取り囲む壁なのだが、これが私の胸あたりまでの高さしかない上に、大人の頭がくぐれるかくぐれないかというほどの覗き穴のようなものが一定の間隔をおいて並んでいる。それぞれの穴の縁には飾りのような簡単な彫刻がほどこされているのでこれも装飾の一部のつもりなのだろうが、装飾というよりは、ただ奇異な感じを与えるだけであまり意味があるとは思えない。

日曜日ということで校門はぴったりと閉じられていたが、御手洗が押してみると車輪付きの重たい鉄格子の門は音もなく開いた。当直の教師や用務員などが休日にも登校している様子で、一見無人のように見える校舎にどことなく人の気配がする。どうやら校庭は反対側にあるようで、奈々子や直子が話していた桜の大木はこちら側からは見えなかったが、学校の前の歩道沿いにはいまだ満開の桜が一斉に気前よく花びらを散らし歩道を桜色に染めていた。学校に来た理由を問いただしてみたところで答えなど返ってはくるまいとはなから諦め、校舎に向かって歩き始めた御手洗の後を黙ってついて歩いた。ふと振り向くと、奈々子が校門の前で立ち止まり車道の方をじっと見つめている。

声を掛けようと足を踏み出した途端奈々子がこち

らを振り向いた。ぎょっとするほど顔色が青白い。

「大丈夫ですか？」

思わず駆け寄って声を掛けると
「あそこの木に……。いえ。もう大丈夫です」

とか細い声で返事が返ってきた。すこし足元がふらつく奈々子を支えてやりながら、そういえばどこかの木の下に人が立っていたとか、いるはずのない人物が見えたとか、病院で初めて会った時に彼女が言っていたことを思い出した。心配して駆け寄ってきた直子に反対側の腕を支えられながら奈々子はゆっくりとした動作で校舎を見上げた。一心に空を見つめている白い横顔を見ていると、私自身の胸にも知らず不安感が暗雲のように広がっていく。奈々子を促して校舎へと歩き始めながらもう一度振り返ると、校門の前のひときわ大きな桜の木がざわざわと枝をざわめかせていた。


休日の学校というのは概ね陰気で不気味なものだが、この学校は建物が古めかしいせいかさらに暗く湿った印象が強い。なるほど、これなら奈々子でなくとも骨格標本や得体の知れない液体の入ったビンがずらりと並ぶ薄暗い理科室などはあまり好ましい場所とは思えないだろう。それでも久しぶりに入り込む学校という建物に対する懐かしさも手伝い、物珍し気にきょろきょろと周りを見回していると、長い廊下の向こう側から大声が聞こえてきた。傍らの奈々子がはっと身をこわばらせるのがわかった。

「そこに居るのは誰ですか⁉　何かご用でしょうか？」

耳障りだが良く通る声の主は、五十才は過ぎているであろうと思われるが、年令の割には細身で長身のグレーの背広を着た年輩の教師のようであった。ピカピカに磨き立てられた黒い革靴をカツカツと鳴らし、その人物は足早に私たちの方に近づいてくる。

「山口先生じゃないですか。もう、お加減はいいんですか？　退院はまだ先というお話でしたが」

歩いてくる途中で奈々子に気づいた様子で、神経質そうに指で銀縁の眼鏡に触れながら奈々子を嫌な目つきでじろりと見た。

「いえ、あの。教頭先生……」

弱々しい調子で口を開いた奈々子を無視し、今初めて気づいたといった様子で御手洗を見上げると、

「ああ。またあなたですか。いい加減にしていただけませんかね。何度来て頂いても同じことだと申し上げたはずですが。第一こんな休日に関係者でもない方々に校内に入りこまれては困るんです。山口先生。休職中とは言え当校の教師という立場にありながら一体どういうおつもりなんですか？」

と最後は奈々子の方へ向き直りながら早口でまくしたて続けた。

なるほど、御手洗はこの学校にも調査に来ていたのだ、と納得はしたものの、この教頭のあまりにヒステリックな様子に一体全体御手洗のような男がこの人物とどういう会話をかわし得たのか、甚だ訝しんだ。そしてあの冷たい声の気性の激しい青島響子とこの男性が夫婦である家庭というのはどんなものなのか、想像するだけで私は息が詰まりそうになった。

教頭は再び御手洗を見上げ、

「先日は青島教諭の病院まで押し掛けられたそうですね。とにかくこういうことをされると大変迷惑です。早々にお引き取りください」

と、その場の誰にも一言も発する間を与えずぴしゃりと決めつけた。苛立った仕草で教頭がきびすを返してさっさと立ち去ろうとした時、突然けたたましいガラスの割れる音と叫び声が上階から聞こえてきた。

「な、なんだ!?」

思わず体をこわばらせながら、音がしてきた方角をさぐろうと天井を仰ぎ見る。物音と叫び声はまだ続いていた。突然のことにその場にいた全員が凍り

付いてしまったが、いち早く走り出したのは驚いたことに教頭だった。
「こっちだ、石岡君！」
御手洗が廊下の反対端にある階段の下に立って手招きをしている。いつの間にあんなところまで走っていったのだろう。慌てて駆け出しながら後ろを見ると奈々子が蒼白な顔で立ちつくしていた。彼女の元へ戻るべきかどうか一瞬迷って足を止めた時、また叫び声が今度ははっきりと聞こえてきた。

——はるなせんせい！

なんだって⁉ 今確かに春名先生と聞こえなかったか？ 一体何が起こったのかさっぱり解らず、すでに御手洗と教頭が駆け上って行った階段と固まったように動かない奈々子を交互に見ながら私自身もその場で固まってしまった。

——はるなせんせい！！！！

蒼白な奈々子が中空を見据えている。彼女が見ている幻を私も共に見ているのだろうか。
今し方入って来たばかりのドアが突然の突風でバタン！ と大きな音をたてて開いた。ごお、という風のうなり声と共に吹き込んできた信じられない程の量の桜が、渦を巻いて奈々子の周りを舞い狂っている。

——いけない。

誰かの声がする。

——そんなことをしてはいけない。

桜の濃厚な香りが体にまとわりつく。眩暈がする。息が詰まりそうだ。

このままではいけない。頭を大きく一振りし、震える膝を無理矢理押し出しようやく一歩奈々子に向かって足を踏み出した。

「な、奈々子さん。奈々子先生！　しっかりしてください！」

突然はじかれたように奈々子が走り出した。すれ違いざまに私の肩でしたたかに頬を打ったようだったが、少しも足を緩めることなく階段を駈け上って行く。慌てて私も猛スピードで彼女の後を追った。木でできた古びた階段が悲鳴のような音をたてる。すっかり踏みならされて丸くなってしまった角で何度も踵を滑らせそうになりながら、三階までの階段を上り切った所でなんとか奈々子に追いついた。

奈々子と二人でもつれ合うように階段横の角を曲がると、階下の廊下と同じ長さの木の廊下が直角の方向に伸びていた。そして、その丁度真ん中当たりの教室の前に教頭が座り込んでいる。ほんの一瞬だけ足を止めた奈々子が、またその教室めがけて猛然と走り出した。

緊張と興奮と突然の運動で私の心臓は狂ったように踊っている。荒い息で肩を上下させながら開いたドアと廊下に座り込んだ教頭の間に駆けつけた時、その教室が理科室であることが解った。

教室の奥にある流し台の所に直子と学生服を着た見知らぬ少年がいる。そういえばいつの間にか直子を見失っていたことに今更気が付いた。さっきの騒ぎはこの二人が起こしたのだろうか。そしてあの悲鳴は直子の声だったのだろうか。二人は流し台の上に乗って、開いた窓枠に手を置いて体を支えながら、興奮に頬を染めてこちらを見ていた。手には試験管や薬品の瓶を握りしめている。おろおろしながら彼らの視線を追って、初めて理科室の床に奈々子が倒れ込むように両手を前について座り込んでいることに気が付いた。

訳が分からずぜいぜいと息をしながらなす術もな

く立ちつくしていると、入口横にずらりと並んだ棚の間から御手洗が音もなく滑り出してきた。

「大丈夫ですか、奈々子先生？」

御手洗が静かに声をかけるとびくりと体を震わせて奈々子が顔を上げた。蒼白の頬に涙が幾筋も流れ、顎を伝って床に落ちている。

「私じゃ、私じゃなかったんですね……？」

泣きながら御手洗の腕に両手で縋り付く奈々子に御手洗は静かに頷いた。

「そうですよ。奈々子先生。あなたではなかったんです」

「どうして。どうしてなの？　どうしてあんなことに……。品田先生……、青島先生」

品田先生？　誰だ？　また奈々子の記憶が混濁し始めたのだろうか？

突然私の背後から悲鳴のような声が聞こえてきた。

「違う!!　あれは事故だ！　事故だったんだ!!」

ぎょっとして振り向くと、顔面を蒼白にした教頭がよろよろと立ち上がり近づいてきた。

「あれは、事故だったんだよ……」

髪を乱し眼鏡がおかしな格好にずれているのにも気づかず、教頭は奈々子をじっと見ながら呟くように繰り返した。

5

驚いて駆けつけた用務員を教頭と御手洗が適当にいいくるめて追い返すと、私たちは揃って四階の美術室に移動した。足元が多少ふらついているものの、直子に手を取られ先刻よりはしっかりとした足取りで奈々子はついてきた。

直子と、直子がこっそり紹介してくれた同級生の藤井君が美術室の小さな椅子をがたがたと出してきてそろえてくれたので、私たちは皆思い思いの場所に腰掛け、教頭が口を開くのを待った。

直子達は、御手洗に促され教室の外に出ていってしまった。恐らく先に帰宅するように、と言われたのだろう。教頭は、ずれた眼鏡をはずし、ポケットから出したハンカチで神経質そうにレンズを拭きながら御手洗の顔を見ずに話し始めた。

「あれは本当に事故だったんです。あの頃……私は春名先生と、その、付き合っておりました。彼女と出会ったのは、私が理科教師として教鞭を取っていた中学に彼女が入学してきた時ですから……かれこれ二十年以上前のことになります」

「あなたが教師で彼女は生徒だった訳ですね」

御手洗の問いかけに、言葉を発さずに頷いただけで教頭は続けた。

「私は教え子である彼女と、小夜子と恋に落ちました。彼女が高校を卒業したら結婚する約束もしていたのです。ところが、中学卒業を間近に控えた時に彼女は身籠もってしまった」

隣に座っている奈々子がはっと息を呑んだ。

「もちろん彼女の両親の元に日参しました。きちんと結婚させて欲しい。必ず幸せにするから、と。しかし彼女の両親は未成年を、しかも教え子を妊娠させるなど教師の、いや人間の風上にも置けぬ、と大変な怒りようで全く聞く耳を持ってはくれませんでした。学校側にもことの次第がばれ、大変な騒ぎになりました。私は遠くの中学に転任させられることが決まり、とうとう無理矢理にでも彼女を連れてどこかへ一緒に逃げよう、と心に決めて彼女の家を訪ねて行ったのです。ところがその前夜、彼女と彼女の両親はどこへともなく姿を消してしまい、私が行った時には家はもぬけの殻でした。それは必死で探しました。毎日毎日あちこちを聞いてまわり、彼女の親戚を探し歩いたり、あてもなく一軒一軒近所の家を訪ねて歩いたり……。しかし、どこをどう探しても彼女の行方は杳として知れませんでした。狂ったようになって小夜子の行方を追い、歩き回り疲れ果て、最後には自分が誰を、いえ、何を探しているのか何のためにどこを歩いているのかさえ解らなくなってしまう程でした。何をしていてもまだ幼さの残る小夜子の顔が一時も頭から離れず、心配と愛しさと哀れみの余り気が狂いそうでした。彼女と彼女が身籠もっている私の子を同時に失ってしまい、本当に私はあの頃生きる支えをいっぺんに失ってしまった抜け殻のような状態だったのです。そんな時でした。響子に出会ったのは」

春の日差しがしんと静まり返った教室をほんのりと暖め始めた。開いた窓から柔らかな風が音もなくそよぎ、耳の奥がしーんとするような奇妙な感覚を覚える。

「小夜子との騒ぎで私が転任させられた中学に、響子は新任の教師として赴任してきました。新任の彼女は溌剌としてやる気と生気に満ち溢れ、失意のどん底にいた私には本当にまぶしいような存在でした。そして、まだ中学生だった小夜子に比べ、体も心も大人の女性だった響子に私は次第に惹かれ始めたのです。いや、もう小夜子を失った哀しみに溺れ続けることに疲れ切っていたのかもしれません。どこか違う場所に行かなければ。違う世界に行かなければ私の心は永遠に凍り付いてしまう。私は……逃げたのかもしれません」

教頭の冷たい声が暖かみを帯びてきたように聞こえる。やはり神経質そうに眼鏡に指を何度も当てているが、その指先が小刻みに震えていた。初めて会った時、何故か飾りのないきらきらと光る銀色の安全ピンのように見えたこの教師が、私たちの前で自らの過去を語り、声を震わせ、今初めて青島俊一という名を持つ一人の男として生まれ変わったかのようだ。

「探して探して、ああ、本当に狂ったようになって探しても見つからなかった小夜子が、ある日突然私の目の前に現れたのです。信じられないことに、私と響子が出会ったこの中学に新任の教師として」

私の隣でまた奈々子が息を呑む気配がする。何という運命の悪戯なのか。

「小夜子が赴任してきたのは、響子が結婚四年目にしてようやく身籠もった子を流産し、退院を期に他校へ転任してしまってから二年ほどが過ぎた頃でした。小夜子の方は教員名簿から私がこの学校に居ることを知っていたようですが、突然何の前触れもなく、新学期の始めに校長室に入ってきた小夜子を見た時の私の気持ちをお解りいただけるでしょうか。

宝のように愛し、そして嵐にさらわれるように失った最愛の女がある日突然目の前に現れた時の私の驚きと衝撃と、そして歓びを。

始めは必死で平常心を装い先輩教師として接していましたが、無理矢理引き裂かれたという想いがやはりお互いに残っていたのでしょうか、私たちが再び恋に落ちるのにそう時間はかかりませんでした。しかも彼女は私の子を産んでいたのです。泣いて両親に頼んだそうです。何度も何度も無理矢理病院に連れて行かれそうになったけれど、子供を殺すぐらいなら自分が死ぬ、とまで言ってとうとう彼女は両親の反対を押し切り、たった一人で子供を産んだのです」

「でも……そのお子さんは……？」

奈々子の問いかけに青島は俯いていた顔を上げ、一瞬真っ直ぐに彼女の目を見つめ返した。

「息子だったんです。小夜子は私の名前の一文字を取って息子に名前をつけていました。ただし、彼女はその子を自分の子供として育てることを許されませんでした。小夜子の両親が、子供を産むことを許す時に彼女に与えた条件が、その子を親戚の子供ということにして育てる、ということだったんです。子供は、生まれてすぐまだ目も開かぬ内に親戚の家に連れ去られてしまったようです。それもこれも全て小夜子の為だと周りは思ってのことなのですが」

「誰にも知られぬよう、私と小夜子は今度は細心の注意を払いました。その時すでに私は響子とは別れて、小夜子と息子と三人で新しい人生をやり直すことを考え始めていました。全てをうまく運ぶために、決して学校にも誰にも知られてはならない。私達はそう話し合っていました。校内ではお互いに全く素知らぬ素振りで、ほとんど目を合わせることもしませんでした。ただ、二人の間で合図を決めていたのです。どちらかが会いたい時や話がある時、あの……」

そう言いながら青島は立ち上がり、窓際へ歩いて行った。彼が立ち上がった後、左右の足の長さが違うらしい木の椅子がカタカタと音をたてて揺れている。奈々子が、そして私までもが思わず立ち上がり青島の後をついて窓際に歩み寄った。

窓の外に目をやり、思わず息を呑む。

目の前が桜色の靄で何も見えないかのような、桜・桜・桜。信じられない程の大量の花が、枝が、ざわざわとざわめき、見降ろす私たちを誘っている。知らず胸騒ぎを覚える。誰かが、誰かがこの木の下に居るのではないか。思わず足元がよろけ、窓枠をしっかりと掴み体を支えた。

「あの木の下に立とう、と。私が理科室に居る時も、そして小夜子が美術室に居る時も、どちらからも見えるこの木の下に」

彼の目には桜の下に立っている小夜子が見えているのかもしれない。黙ってしばらくその場に立ちつくした後、青島は教え子を見る教師の目で奈々子を振り返った。

「山口先生。あなたもよくこの窓辺に座っていたね。学生服に油絵の具だらけのエプロンをつけて一生懸命絵を描いている君をあそこからいつも見ていたよ。何をあんなに一生懸命描いているのかなあ、と小夜子に聞いてみたことがあったんだけれど、彼女はいつも笑って教えてくれなかった」

「今でも何故響子が私たちの関係に気づいたのか解りません。しかし、これも神の皮肉な采配なのでしょう。響子が転任で再びこの中学に戻って来た同じ年、小夜子と私の息子がこの中学に入学して来たのです。小夜子はこれを機会についに息子に全てを明かしたようでしたが、あの子は本当に利口な子供で、私に対する態度を変えることもなく、母親の小夜子に対しても一切責めるようなことも反発することもなく、それまで通りの生活を続けてくれておりました。しかし、皮肉なことに一番知られてはならない響子に、息子のことが知れてしまったのです。勿論私は小夜子とのことは一切おくびにも出しませんでしたが、どんなに注意していても私の態度が微妙に変化したのを響子は見抜いたのかもしれません。

私と小夜子の過去の騒ぎはこの、ある意味閉鎖された学校社会ではかなり有名な事件として知る人は知っていましたから、響子は一人であれこれと調べてまわったのでしょう。流産が原因で二度と子供の産めない体になってしまった響子にとっては、私と小夜子との関係もさることながら、息子の存在が何より耐え難いことだったようです。それを知って以来、響子は何事につけ私の息子に辛く当たるようになってしまい……。あの日の事故も、結局はそれが原因だったんです」

「私はあの日、響子に離婚を切り出すつもりでいました。勿論響子は私がそこまで思い詰めているとは夢にも思わなかったと思います。ただ、贖罪の気持ちで小夜子や息子に接しているのだと、響子は響子なりに心の整理をつけようとはしていたのです。しかし私の決心は固かった。響子に離婚を切り出す前に小夜子と会っておきたいと思い、私はあの日この桜の下に立っていたのです」

青島の言葉にまた眼下の木を見下ろす。さっきは気づかなかったが、どうやら木の根元で直子と藤井少年が座り込んで遊んでいたようだ。私たちの視線を感じたのか、二人は立ち上がり膝や腕に付いた桜の花びらを手で払い落とす仕草をすると、にこにこと可愛らしい笑顔でこちらに手を振って見せた。

「せんせい～。奈々子せんせい～」

　無邪気な笑顔と声に危うく涙ぐみそうになってしまい、思わず咳払いで誤魔化したが、隣の奈々子は目を潤ませて手を振り返している。しばらく両手を振ってはしゃいでいた二人だったが、突然手を振る仕草はそのままに、首だけで同時に後ろに向き直った。おや、と思い目をこらして見ると、誰かが校舎の陰から直子達の方に近づいて来るようだ。

「こんな休日に一体……」

　訝しげに呟いた青島が言葉の途中ではっと息を呑んだ。

「さ……」

　途中で言葉を止め、青島はいつの間にか背後に立っていた御手洗を見上げ、再びはっとした表情になった。

「あなたが。あなたですね、御手洗さん」

「さあ、皆さん下に降りましょうか。最高の桜の下で最高の花見を」

　青島の問いには答えずくるりと背を向け、私たちに手で出口を指し示しながら御手洗は言った。

7

　ぞろぞろと階段を降り、先刻は気づかなかった階段裏の、校庭に通じる両開きの古めかしいドアを開け、私たちは一斉に青空の下、いや、桜色の空の下に降り立った。

　本当に、見上げると空一面が桜色なのかと錯覚するほどの桜の大木だ。しばらく感動して上ばかりを見上げていると、私の隣で奈々子の掠れた声がした。首をさすりながら奈々子を見ると、目は驚愕の余り大きく見開かれ、唇は声にならない声をあげている。一体どうしたのか、と木の足元に目を転じ、そこに向こうを向いて椅子に腰掛けた女性とそれに寄り添うようにして立っている背の高い青年に気が付いた。

「うそ……。うそでしょう……」

奈々子は声を震わせ口元を両手で覆い、手足をわななかせている。

「先生。奈々子先生。大丈夫ですか？」

私の声も耳に入らない様子だ。

「春名先生……」

奈々子が呟く。

また、春名先生？　春名先生は死んでしまったのだ。この桜の下で。繚乱の桜の下には死体が埋まっている、と言ったのは誰だっただろう。まさか、この木の下に小夜子が埋まっているわけではあるまい。不気味な想像をかき立てられ、にわかに頭上の桜が禍々しいものに思えてくる。瞬間、さらりとした風が吹き抜け、優しい音をたてて枝を揺らしていった。

ほっとして、再び桜の根元の二人に目をやると、彼らはこちらに向き直って私たちの方を見ている。よく見てみると、椅子に座っている、と思ったのは車椅子の女性だった。

奈々子がふらりと足をふみだし、私の背中にどん、とぶつかると、少しよろめきながらそのままゆっくりと彼らに近づいていった。振り向くと、御手洗と並んで立っていた青島がやはりふらふらとした足取りで私のすぐ横にやってきた。

途中で立ち止まった奈々子にむかって、青年が軽く手を挙げた。

「久しぶりだね。奈々子ちゃん」

少し首を傾げる奈々子に向かって青年ははにかんだような笑顔を見せた。

「この間、校門の前で会った時も気づいてくれなかったけど」

「……え」

「僕、そんなに変わったかい？　篠藤だよ。篠藤俊郎」

「……篠藤君」

「奈々子ちゃんはあんまり変わってないね。でも大人になってもっと奇麗になったな。ねえ。母さん」

そう言って篠藤青年は車椅子の女性の肩に手を置いた。

「そうなんだよ。山口先生。小夜子は、春名先生は死んじゃいなかったんだ」

私の横で青島が奈々子に語りかけた。

「そして、あの時君と一緒に理科室に居た篠藤俊郎が私と小夜子の息子なんだ」

「そんな……。でもそんなこと私……」

すっかり混乱した様子で奈々子は茫然と立ちつくし、篠藤青年と青島を交互に見ている。なるほど、確かに親子だと言われて見ると、この二人は面差しが似ている。眼鏡の奥の青島の目はそこに立つ青年の涼やかな目元とうりふたつだ。奈々子は、幾度目かに篠藤青年を見た時、はっと視線を車椅子の上の小夜子に止めた。

計算すると四十才に手が届くかどうかというところだろうか。しかし今車椅子に腰掛けこちらを無言で見つめている女性は、二十台後半かせいぜい三十代前半にしか見えない。この女性のどこかしら現実離れした美しさに私は感動すら覚えていた。どことなく奈々子と面差しが似ている透き通るような白い肌と柔らかな髪、深く澄んだ瞳と微笑みを絶やさない優しげな唇。西洋の宗教画にでてくる聖母のようだな、と言えば良いだろうか。

「先生。春名先生」

震える声で何度も何度もその名前を呼びながら、奈々子はゆっくりと小夜子に近づいていった。何も言わず、ただ微笑んでいるだけの小夜子の異変に気づいたのは私よりも奈々子が先だった。

「先生？」

奈々子の視線に答えて篠藤青年は頷いて言った。

「母はね、あの事故が原因で下半身付随になってしまった上に、打ち所が悪かったせいで精神にも不調をきたしてしまったんだ。今はもう君の顔も恐らく解らないと思う。ずっと以前はこんな風じゃなかったんだけど……。今は僕の顔しか判別できなくなっているようなんだ。こんな母を君に見せたくはなかったんだけど、でもまだしっかりしていた頃、母はいつもいつも君の話ばかりしていたんだ。君があの時倒れてそのまま入院してしまったでしょう？　僕も父も母も、みんな大騒ぎに巻き込まれて誰も君に会いに行くことすらできなかったから、本当に本当に母は君のことを心配していたんだ。だから、君が元気でこの学校で先生をしていると知ったらきっと母も喜ぶと思ったし、それにそこの御手洗さんが、君が事故の記憶を失ってとても苦しんでいるから、と教えに来て下さってね。僕たちが姿を現せば君の苦しみを減らしてあげられるかもしれないって、そう御手洗さんが言ってくれたから、こうして母と一緒に君に会いに来たんだよ」

「じゃあ。じゃあ、あの事故は……」

「うん。あの時、理科室に一緒に忍び込んで君の絵のための色を作っていたのは覚えてるかい？」

「覚えてるわ。前の日に、丁度部活動の帰りにばったり会った篠藤君をつかまえて必死で御願いしたのを今でも覚えてるわ」

「正直言ってさ、僕は油絵の具の新しい色なんて本当はどんな薬品を混ぜれば作れるのかなんて、全然解らなかったんだけど、君があんまり必死で言うから、ついうんって言ってしまったんだ。後でえらく後悔したけどね。結局失敗して、大恥をかくんじゃないかと思って」

篠藤青年は頭を掻きながら奈々子に語り、時折目をやって小夜子の様子を気にしている。

「そうしたら思いがけず君の欲しかった色が完成して、僕たち大はしゃぎしたんだ。ビーカーとか試験管とかガシャガシャ鳴らして、いくつかは本当に割ってしまったぐらい大騒ぎして喜び合ったんだよ。それを聞きつけて品田先生が、あ、そうか今は青島先生なんだ。あの頃品田先生は、旧姓を使っていたんだ。僕の父と結婚して青島姓になっていたんだけど、同じ校内で同姓の教師がいると混乱しやすいからというのが理由だったと思うけど。そう、僕たちの大騒ぎを聞きつけて品田先生がやってきたんだ。あの時子供ながら、人は人に対してなんてもの凄い憎悪を持つことができるんだ、と本当に怖くなった。全身で僕に対する、そして父と母に対する憎悪を現して品田先生は理科室に入って来た。君も先生の顔を見た瞬間凍り付いたようになっていたよ。そして出来たばかりの絵の具が入った瓶を僕から取りあげると、もの凄い勢いでその瓶を僕に叩き付けようとしたんだ」

中学生の教え子に対して教師がそのような憎しみを抱けるものなのだろうか。希望に燃えて教職を選んだはずが、悪夢のような人生の罠に陥った響子に対して憐憫の情すら湧いてくる。

「君は必死で品田先生の腕に縋って僕を守ってくれようとしたんだよ。そうしたら品田先生は今度は君をもの凄い勢いで振り払って、絵の具の瓶を流し台に叩き付けようとしたんだ。僕はね、奈々子ちゃん。中学一年の時に、それまでずっと親戚のお姉さんだと思って育ってきたこの母が実の母なのだと聞かされて以来、何故、僕たち親子が離ればなれで暮らさなければならなかったのか、とか、何故自分には他の友達のように本当の父親がいないのか、とかずっと考えていたんだ。今ならどうして二人が一緒になれなかったのか、よく解るんだけど、あの頃の僕にはよく解らなかったんだ。時々家に来て夕飯を一緒に食べる父。学校ではすれ違っても目すら合わせない父。何も言わない優しいだけの母や祖父母。みんながお互いを哀れみ、お互いに引け目を感じ合っている、そんな家だった。いつも哀しそうな母や、自分に対して申し訳なさそうな哀れむような顔しかみせない父に向かって何も言うことができなかった僕は、いつしか自分と自分の両親の不幸は品田先生のせいなんだと思いこむようになっていたんだ」

「品田先生は、いつ頃からかな、もの凄く僕に対して意地悪をするようになった。多分僕が父の息子だと知ったんだろうね。授業中にわざと無視したり、テストの採点をわざと間違えたり、テストの時なんか『カンニングをしないように』って言いながらずっと僕の席の斜め後ろに立って監視したり、まあくだらない意地悪ばかりだったけど、中学生の僕にとってはそういう状況で毎日学校に行くのは結構気が重かったんだよ。でも君がクラスに居たから、それだけが楽しみで登校してたんだよ。君はさ、母や絵を描くことにばかり夢中で気が付かなかったみたいだけどね。だから作れるかどうかもわからない絵の具の実験なんか引き受けたりしたんだけど、あの時品田先生がせっかく出来上がった君の絵の具を捨ててしまおうとするのを見てカッと来たんだ。本当に、それまで感じたこともないような憎しみが自分の中で爆発するようだった。振り上げた品田先生の腕を掴んで思いっきり窓の方に引っ張ったら、品田先生はもの凄い叫び声を上げたんだ。気が付いたら僕は品田先生を窓から突き落とそうとしていた。腕を引っ張って背中を押して……。母はその一部始終を美術室の窓から見ていたんだ。その時この木の下に立っていた父を見るためにね」

「母は必死で理科室まで走ってきた。大声で『いけない！　あなたがそんなことをしてはいけない！』と叫びながら。品田先生に突き飛ばされて床に倒れ込んだ君が、朦朧としながら必死で品田先生の体を支えていたんだけど、僕の方が力が強かったから……。もうあと一歩母が来るのが遅かったら、窓から落ちていたのは品田先生だったと思う。けれど結局窓から落ちたのは母の方だったんだ。母は揉み合っている僕と品田先生と君の間に割って入り、思いっきり窓から身を乗り出して、もう半分以上落ちそうになっている品田先生の体を全身の力を込めて部屋の中に放り込むようにして引き戻した。そして、反動でそのまま母は落ちていったんだ……。僕も、君も、床の上に座り込んだままそれをただ見ているだけだった。全てが一瞬の内だったんだ。君と僕が大慌てで窓際に飛びついた時には、母はこの木の下に横たわっていた。満開のこの花の咲く木の下で。

母の横には落ちてくる母を受け止めようとして一緒に倒れてしまった父が起きあがり、窓から見ている僕たちを見上げていた。恐ろしい程の花が、気が狂うほどの花が咲き狂い、散り狂っているようだった。この地面も、父も母も全てがこの花の色に染まって、何もかもが自分の憎しみが生み出した幻想のように見えた。見上げる父の顔に、横たわる母の体に、際限なく降り積もっていく花・花・花。あの光景は死ぬまで忘れない。忘れられない」

ざあああ、と音をたてて風にあおられた桜の枝がいっせいにざわめく。息が詰まるような花の嵐が私たち全員を包み込み、たちまち遠近感が奪われ、上下の感覚も失われ、瞬間立っていることすら困難なような錯覚に陥る。奈々子は声も無く泣いていた。流れ落ちる涙を拭おうともせず、ただただ声も無く泣き続けていた。

「奈々子ちゃんはこのことをずっと忘れていた方がよかったのかな。僕は父から奈々子ちゃんが新任教師として赴任してきたと聞かされて、ずっと会いたいと思っていたんだよ。けれど、父が言ったんだ。『あの娘は何も思い出さない方が幸せなんだ。私のことも響子のことも今は全く覚えていないんだ。このままでいいんだよ。あの娘は何もしていないんだから。もうこれ以上苦しむ人間は増やさない方がいい。』とね。父は父なりに、奈々子ちゃんが学校に戻って来たことで、過去を思い出すんじゃあないかと、君のために、そして品田先生のために心底心配していたんだ。最近父はよく言っていた。『あの娘が最近よく美術室に残っているんだ。気になって覗いてみると、いつも窓からあの桜を眺めている。去年はそんな風じゃなかったのに。何か思い出し始めているんだろうか。』君はきっと薄気味悪かっただろうね？　父があちこちで目を光らせて君のことを監視しているものだからさ。父は事故後、品田先生と離婚して母と結婚すると言ってくれたんだけど、母がそれを絶対に承知しなかった。母は自分でもいつか自分がこんな風になってしまうことを悟っていたのかもしれない。父は何度も何度も病院や僕たちの家を訪ねてきたけれど、母は意識を取り戻してからこうして何も解らなくなってしまうまで、一度たりとも父に会おうとはしなかった。僕と父はずっと連絡を取り合っていたんだけど、そのことも母は結局知らずじまいだった。母は父の幸福を、本当の幸福を心から願っていたんだ。あの事故の後、君が退院してくる前に僕は転校することが決まっていたし母はずっと入院していたからね、僕はその後の君のことが気がかりで仕方なかった。だからこの間、父から君の元気な様子をあれこれと聞かされて、とうとう我慢できなくて君の顔を見に来てしまったんだ。こっそり見て何も言わずに帰ろうと思っていたんだけど、大人になって奇麗になった君を見てびっくりしたよ。思わず見とれていたら君に見つかってしまったんだけど、君ときたら化け物でも見たような顔をするんだからな……。その後、久しぶりにこの木を見ていた時も美術室の君と目が合ったよね。あの時は僕の方が心臓が止まりそうだった。だって、あの窓から桜を見下ろしている君が僕の母にそっくりに見えたんだ。あれから、この御手洗さんが訪ねて来てくれるまでは、もう二度と君には会うまいと思っていた。あの時の君があんまり淋しそうな顔をしていたから、父の言う通り僕に会うことで君が何かを思い出したら、一番哀しい思いをするのは君なのかもしれないと思ったんだ。奈々子ちゃん。君も父も母も僕もそして品田先生も、誰も悪くないんだよ。あれは事故だったんだ。君が今度の騒ぎを起こしたことを父から聞いた時、君の心が深く傷ついていることに始めて気が付いた。でもね、君は僕を、次に品田先生を、そして最後には母を助けようとしてくれていたんだよ。君は『見ちゃいけない。』って僕が止めるのも聞かないで、押さえていないと本当に窓から落ちてしまいそうなぐらい身を乗り出して泣いていたんだ。『春名先生。春名先生。』って何度も何度も母を呼びながら……」

そうか。直子が聞いた『はな……』と言う奈々子の言葉は『はるなせんせい』だったのか。

「でも……。私が、私さえあんな絵の具のことなんか篠藤君に頼まなければ、あんなことは起こらなかったのに。そうすれば、今頃春名先生は……」

初めて奈々子が口を開いたが、最後は涙で言葉にならなかった。

よろけながら小走りになり、奈々子が小夜子の車椅子に駆け寄る。ずっと、誰にも視線を合わせることなくただ微笑みだけを浮かべていた小夜子が、初めて目線を動かし駆け寄って来る奈々子を見た。そして車椅子の前に跪いた奈々子は小夜子の膝に両手をかけ、涙に濡れた顔で小夜子を見上げた。

「ごめんなさい」

そう小さな声で囁くように言うと、そのまま小夜子の膝に顔を埋め、奈々子は声を殺して泣き始めた。

はらはらはらはらと花びらが奈々子の肩に舞い降りていく。濃淡のないただ一色の桜の花が地面に落ちるやいなやまた舞い上がり中空を舞い踊り続けている。終わりのない繚乱の舞。これは小夜子の夢が見せる幻なのか。

それまで微動だにしなかった小夜子が、突然ゆっくりと首を動かし、自分の膝に縋って泣いている奈々子を見下ろした。そうして両手をそろそろと持ち上げると、それを壊れ物のようにそっと奈々子の頭に置いた。

「奈々子ちゃん」

聖母のような微笑みを浮かべている小夜子の瞳から、涙が一筋流れていた。これが小夜子が口にしたたった一つの言葉だった。

しばらくの間小夜子の膝で泣き続けた後、奈々子は立ち上がり篠藤青年に向かって言った。

「篠藤君。本当にありがとう。私、このことを思い出せて本当に良かった。それから、本当にごめんなさい。私のせいであなたは本当のお母さんもお父さんも失って……」

慌てた様子で篠藤青年が遮った。

「な、奈々子ちゃん。僕は君にそんな風に思わせるために今日母を連れてきたんじゃあないんだよ。僕と母はもうじき祖父母の別荘に引っ越してしまうんだ。少しでも母の体にいいように、と思ってね。そうなってしまうと、簡単に母を連れて来られなくなってしまうだろう? だから、最後のつもりでこの桜と元気な君を母に見せて上げたくてこうやって来たんだよ。それからこれを渡しておきたくて」

そう言いながら篠藤青年は車椅子に立てかけてあった、茶色い油紙でくるまれたおおきな四角い包みを手に取り奈々子に手渡した。平たい大きな包みを手に持ち訝しげに首を傾げる奈々子に向かって笑いかけながら、篠藤青年は包みに手を伸ばした。

「覚えていないのかい?」

がさがさと大きな音をたてて油紙をはがしながら篠藤青年はこう言った。

「これは母の一番大切な宝物だったんだ。けれどこれはもう君に返さなくてはね」

油紙の中から出てきたのは大きなキャンバスだった。

未完成のまだ白い部分が残った16号大のキャンバスに描かれていたのは、一面を覆うように咲き誇る桜の大木と、そして花の咲く木の下に立つ花嫁姿の小夜子だった。

「君の描いたこの絵を母がどんなに大切にしていたか、君には解らないだろうね。父を失い次第に言葉さえも失い始めた母にとって、この絵だけが生きる支えみたいなものだったんだよ。母は本当に毎日毎晩、飽きもせずこの絵ばかり眺めていたんだ。泣いたり笑ったりしながら、毎日毎日ね。だからもうどうか、絵の具のことで自分を責めるのはやめてほしいんだ。奈々子ちゃん、こんなに幸せそうな母を描いてくれてありがとう。僕でさえ、こんな母の顔を見たことはないよ」

キャンバスを抱きしめ立ちつくす奈々子の前を一陣の風がさあっと吹き抜けた。たった今生まれ変わってきたような新たな花びらがさらさらと奈々子の足元を流れて行く。私も御手洗も青島も、そしていつの間にか私たちの後ろに来ていた直子と藤井少年も、皆黙ってそれを見ていた。桜色の檻に記憶を閉じこめられた一人の女性の再生の物語を。

「御手洗さん」

直子が御手洗の横に立ち小さな声で話しかけてきた。

「私、思い出した。奈々子先生はね、理科室に飛び込んで来たとき『そんな色いらない！　そんな絵の具捨ててしまって！』って叫んでた。それからね、青島先生は泣いてた。私や藤井君を叱りながら青島先生はずっとずっと泣いてた」

御手洗は黙って直子の小さな肩に手を置いた。

「私たち上手く出来た？」

直子が再び御手洗に問いかけると、

「ああ。上出来だったとも。君達のおかげだよ、奈々子先生が全部思い出せたのはね」

御手洗は直子と藤井少年の目の高さに背を屈め、それから私のほうをちらりと見ながらこう言った。

「あそこの石岡先生よりも君たちの方がよほど優秀だな。交換するかな？」

きゃーきゃーと可愛らしい声で笑いながら直子と藤井少年ははしゃいで走り出した。

「御手洗。直子ちゃん達は、全部知っていたのかい？　僕でさえ……」

「ああ、石岡君。そういうのは後にしてくれないか。ほら、」

言いながら御手洗は背後を振り返った。

「最高の花見になっただろう？　これで十分じゃないか」

涼やかな風が私たちの首すじを撫でていく。振り返ると満開の桜の枝が風に揺れ花びらを散らしている。浅い眠りの夜の夢のように奈々子を、そして私たちを惑わせ続けた桜が、今は祝福の花びらを舞い踊らせているかのようだ。

私達はこれから幾度の春を迎えるだろう。幾度でも、こうして花の季節を迎える度に、私はこの日のことを思い出すに違いない。この花の咲く木の下で迎えた、長い春の一日を。

（了）

マゼンダの間

4．消えなかった『キ』

松尾詩朗

立川

買い物袋を下げたやさしい影、そのとなりの幼い影。街灯に照らされて、ふたつ並んで小さくなっていく。お母さんと、その手をつないだ女の子。肩から下げた黄色いカバンに、同じ色の帽子。空色の制服。さっきまで保育園にいたのだろう、そして、あの母親は働いているのかしら。迎えにきたお母さんと一緒に、お家へ帰る途中、スーパーでお買い物。

きょうのご飯はなんだろう。あの子は、ひとりっ子だろうか。だったら、きっと好き嫌いが多いのだろうな。

あの子の家に、お父さんはいるのかな。夫婦で働いているのかな、それとも、お母さんがひとりで、頑張っているのかな。

むこうの角を曲がり、もう見えなくなってしまった母子のうしろ姿を見送りながら、彼女はぼんやりと、そんな空想に浸《ひた》っていた。

もうじき、自分だって同じようになるんだ。子供の手を引いて、お買い物。そんな日が、すぐにやってくる。

苦難を乗り越え、来月めでたく挙式の運びとなった。だがすでに、お腹には新しい生命が宿っている。

そんな彼女だったから、街で見かける親子の姿に、どうしても自分の将来を重ねてしまう。そして他愛のない想像に浸るのが、寿退社でＯＬを卒業した彼女の、ここ数日の楽しみとなっていた。

さっきの母子が曲がったのとは、反対の角を曲がる。彼女のアパートはこっちだ。

駅からひどく離れていて、薄暗い街灯がひとつきり。まだ八時前だというのに、砂利の路地に囲まれた古いアパートの周りは、ひっそりとしている。この寂しい場所で暮らすのも、来月までの辛抱だ。

愛する人、新しい住まい、やがて産まれてくる子。彼女は、幸福の絶頂だった。たったひとりで歩く、薄暗いアパートへの道も、こんな気分の夜はロマンチックに思える。

背後に、人の気配を感じた。下は砂利なのに、近づいてくる足音は妙に静かだ。幸福な気分でいっぱいの彼女は、うしろからやってくる足音に、危険を感じるのが遅れてしまった。振り返ろうとしたときは遅く、彼女は殴り倒され砂利道に横たわっていた。後頭部に激痛を感じたのは、一瞬だけ。あとは意識が朦朧として、訳がわからない。かすんだ目で見上げると、身体の上に誰かが乗っていた。男が馬乗りになって、固くて冷たい何かで、自分の頭をくり返し殴りつけている。

ガン、ガン、ガン。

殴られるたびに、痛みが遠のいていく、意識が薄れていく。どこかで悲鳴が上がった。男は作業の手を止めると、あわてて立ち上がり、逃げて行った。別の誰かがやってきた。悲鳴を上げた女性らしい、アパートの住人だろうか。しかし彼女には、もう何もわからなかった。

網島1

一九七八年という年は、私にとって生涯、忘れることができない。この年、私は生涯の友と出会い、いくつかの事件に巻き込まれ、そして悲しい別れを経験させられた。

「およそ、この世で発生し得る事象はすべて、単にエネルギーが移動しているだけのことなんだ。物質の質量は有限、だから別の空間へ移動すれば、かつてあった位置は空白となり、枯渇してしまう。分子は結合をくり返し、別の元素への変身を試行錯誤する。だが悲しいことに、結果をだすまえに分裂してしまうものもある。増殖行為には限界があるんだ。運よく成功したとしても、112番元素のように一〇〇〇分の数秒しか存在できない、悲しい運命をたどることもある。それはまた、人間関係においても同様なんだ。一生のうちに、関わることのできる人の絶対数は決まっている。そしてまた、いちどに持てる友人の数もね。きみにひとり友人が増えたとしたら、押し出されるようにひとり、誰かが去っていく。避けられない事態なのさ。それが耐えられないのなら、石岡くん、きみは友を持たずに、生涯の孤独を選択すべきだ」

生涯の友人。いや、腐れ縁というべきか。御手洗潔がいつものように、からかうような笑顔で私に言ったことがある。もっとも、それが彼なりの励ましであることを、私は知悉《ちしつ》していたけれど。

一九七八年、御手洗潔という友人と知り合えた代償として、私はひとりの女性を失った。彼の言を借りるとするなら、これも物理の法則なのだろう。けれどこの年、私が味わった別れは、実はそれだけではなかったのだ。もっともそれは、御手洗という存在が、私にとっては数人分の友人に匹敵するほどの、エネルギーを持っていることを意味していたのかも知れない。

あの年、何とか回復することのできた私は、記憶の彼方に追いやられていた友人たちと旅行にでた。高校時代から仲のよかった連中が、私が事件に巻き込まれたことを聞きつけ、心労を慮って温泉に誘ってくれたのだった。

メンバーは男ばかりの五人、みな気心の知れた仲間であった。もちろん御手洗も誘ったのだが、彼は言下に断ってきた。確かな理由は忘れたが、知り合

いから犬の世話を頼まれているからとか、そんなことを言っていたと記憶している。しかしその前に、

「石岡、この温泉はおすすめだぞ！　宿はテレビもない山小屋だけどな、代わりに周りにも何もないから、いくらドンチャン騒ぎをしても文句はでない。それだけじゃないんだ。去年行ったときにな、すぐ近くに、地元の人間だけが利用する湯治場を見つけたんだよ。そこの女湯がな、何と覗き放題なんだ！」

訪れた友人、マサキの興奮気味の口調に、御手洗があからさまに不快感をあらわしたことを、私は見逃していなかった。

次の週末、私は御手洗をおいて綱島をあとにした。マサキが運転するのは十一人乗りのワゴン車で、私たちで使うには贅沢なほどゆったりしていた。

「しかし石岡、お前が行方不明だと聞いたときは、本当にびっくりしたよ」

「心配かけたね。でも一番驚いたのは、本当はぼく自身なんだ」

ハンドル片手にこちらを一瞥するマサキに、私は助手席で笑いながら答える。

「でも石岡よう、オメエずいぶん変わったよな。物腰は柔らかくなったし、喋り方もゆっくりだし」

「え？　本当かい」

「ああ。以前は態度も横柄だったし、目つきだって鋭かったぜ」

「そうかあ。それじゃ、以前のぼくは、あまり善良な人間ではなかったのかな」

「ふん。こいつ、どうやらテメエに都合の悪いことだけ忘れちまったようだぜ。けど石岡よう、頼むから自分のことを『ぼく』と言うのはやめてくれよ。何だか、あっちの気があるように思えちまう。ガハハ」

後部座席にふんぞり返って、無礼な冗談と下品な笑いを吐いているのはシゲキだ。マサキ同様、こいつとも高校からの付き合いだが、態度や言葉づかいのわりに、腕っぷしはからきしである。

「確かに災難だった、同情すべき事件だよ。でも現代の日本では、平凡な人生の毎日で老いていく人間がほとんどなんだから、石岡の経験は、むしろ羨望の対象ですらあると思うけどなあ」

当事者の気持ちも知らないで、シゲキのとなりで勝手なことを言っている黒ぶちメガネ、彼の名はヒデキ。博学が自慢の男だが、そのすべてが書籍からの受け売りで、地に足の着かない知識がいつも上滑りしている。

「あ、そうだ。石岡、昼食はラーメンでいいだろ。清水インターを降りたところに、うまい店があるんだ」

ヒデキのひとつ後ろの座席から、身を乗りだしたのはコウキ。この男だけは高校卒業後、進路を調理師専門学校にとった変わり種だ。その後いくたびか海外修行へ出たとの話は聞いていたが、未だかつてコウキの手料理を、私は食べた記憶がない。

「ほう、ラーメン。有名な店なのかい、楽しみだな」

一番うしろで静かに座っていた男が、初めて口を開いた。私は、この男とは初対面だった。出発前に、マサキから紹介を受けたところでは、彼はヨシキと名乗った。マサキが仕事先で知り合ったとのこと。しかし旅行の直前まで参加の是非がはっきりしなかったため、だから当初はヨシキの参加を考慮せず、五人で旅行スケジュールを組んでいたという話だった。

ここで、本筋とは無関係な話を少し。マサキの友人には、ひとつの法則がある。名前の最後に『キ』がつくことだ。本人のマサキをはじめ、シゲキ、ヨシキ、ヒデキとコウキ。付き合った女性もまた同様で、ミズキ、ハヅキ、サツキにナツキ。変わったところでは、ジャッキーとかロゴスキーなんて知り合いもいるらしい。もちろん日本人ではない。

そして、この私なのだが、当初マサキは、私の名『和己』をカズキと読んでいたのだった。数年たって、それが誤りであることに気がついたときには、私たちは腹蔵なく話し合える仲になっていた。つまり私は、マサキにとって不測の友人なのだった。

「それじゃマサキ、高速で清水インターまで行って、そこを降りてから国道一号線を少しもどり、五十二号線とのT字路を左折するというルートでいいのかい」

「結構。峠があるんで、五十二号にはいってから時間を食うが、それが最短距離だろう」

「あ、マサキ、石岡。その前に、ラーメン屋で停まること、忘れないで」

内船温泉

コウキとヨシキの希望どおり、名店だというラーメン屋で腹ごしらえをしたあと、むさい男たち六人を乗せたワゴン車は一路、国道五十二号線めざして疾駆を再開した。目的地である南部町、内船温泉の近くに立てられたコテージに到着したのは、ラーメン屋をあとにしてから一時間以上ものちのことであった。

まず、南部町自然休養村で料金を支払い、鍵とコテージまでの略図を受け取って、そこからさらに五キロほど走る。やがて、周囲を山に囲まれたのどかな山道のわきに、一軒の建物が現れた。

「さあ着いたぞ！　諸君。きょうから二泊三日、ここで好きなだけ騒いでくれ。温泉三昧もよし、酒びたりも結構。釣りのことはわからんが、近くには富士川もあるから、何か引っかかるかもしれんぞ」

「おお！　いいね。それからマサキ、地元湯治場での覗き大会もあるんだろ」

「覗き？　それは聞き捨てならないな」

まるで修学旅行の中学生のように、期待に興奮しているマサキとシゲキを、後部座席からヨシキがたしなめたが、誰も聞いていなかった。

コテージの周囲には、車を停める手頃なスペースがなかった。マサキはいったん、私たちを降ろしたあと、ふたたび車を走らせて山道へ消えた。

きょうから二泊三日、私たちの過ごす宿は、コテージよりも廃屋の描写が適切と思われた。冬にはまだ間があったが、この辺までくるとずいぶん肌寒い。私は家屋をひとめ見て、御手洗を強引に誘わなくてよかったと思った。

とはいえ、室内は思ったよりも清潔だった。扉を開けるとすぐに、板張りのスペースが、二十畳ほどの広さで待っていた。ほぼ正方形の部屋の中心部が、同じように四角く開けられている。そこが囲炉裏ならば、風情があって言うことなしだが、残念ながら石油ストーブになっていた。また、どこから引かれているのか、水道も電灯線も完備していた。テレビはなかったが、電話機は昔ながらのダイヤル式が据えつけられてある。防寒用に二重ガラスとなっている窓を開け放つと、霞んだむこうに富士山が見えた。

「四時前か。よし、いまから支度をするから、夕食は六時だ」

腕時計をひねりながら、コウキが自分の荷物と一緒に、みんなで購入した食材をダイニングテーブルに降ろしはじめる。

「感激だねえ。ここで初めて、きみの料理を食べられるって訳だ」

ヒデキが大げさに喜んでみせる。

「コウキさん、お手伝いしましょうか」

「いや、これは自分の仕事だから」

ヨシキの申し出を、にべもなく断ると、コウキはコテージ備え付けの調理器具を洗いはじめた。

「よし。メシはコウキにまかせた。おれはさっそく温泉につかってくるかな」

私とふたりで運んできたケースから、ビールとボトルをすべて冷蔵庫に収納し終わると、マサキが元気いっぱいに言った。

「じゃあオレも。おいマサキ、浴場の場所を教えてくれよ」

バッグからタオルと着替えを引っぱりだしながら、シゲキが満面の笑顔を浮かべた。私は室内を見てまわり、キッチンの奥に開き戸がふたつあるのを見つけた。開けてみると、ひとつは浄化槽付きの水洗トイレで、もうひとつは浴室だった。風呂は一体型のホーロー製で、ワンルームのマンションによく見るタイプと同じものだ。試しに給湯蛇口をひねってみると、熱い湯がほとばしり出た。硫黄の匂い、まぎれもなく温泉であった。

「シゲキ。温泉だったら、何もそとへ出なくても、ここでもはいれるよ」

「冗談じゃない！」

私の提案を、シゲキは血相を変えて却下。

「そんな内風呂じゃ、わざわざこんなところまで来た甲斐がなくなるよ」

「でも、雪こそ降らないけど、そとはずいぶん寒いよ。温泉場までの往復で、風邪を引いてしまうかも知れないし」

「フン、そんなやわな身体は持ち合わせていねえよ。それより明るいうちに、下見をしておくほうがさきだ」

もう私には目もくれず、シゲキは鼻の下を伸ばしてマサキにむき直った。

「じゃあ、私も同行しようかな」

意外にも、実直そうな風貌のヨシキが、下見に参加すべく立ち上がった。

「おいヒデキ、オメエも行かねえか。こういうのは、事前調査ってのが重要なんだろ」

「まあね。しかし、温泉のほうは遠慮する。健康にすこぶる悪影響を及ぼすおそれがあるからね」

言いながら、自分の荷物と一緒に板張りに座り込んでいたヒデキが、気だるそうに背伸びをした。

「何だって? 温泉が身体に悪いだと? オメエはまた、どこでそんなデマを仕入れてきやがったんだ。この温泉ブームに、このあまのじゃくが」

「いや、論理的根拠はある。我々の体内を流れる血液は、四十二度を超えると凝固しやすい性質を持っているんだ。そしてそれが、血栓を引き起す原因になり得る」

「そんなら、何も温泉に限ったことじゃねえ、熱い風呂は全部だめだろ。それだけじゃねえ。熱いものを食ったって、口や胃の周りの血は固まっちまうぜ」

「その可能性は否定できない。だから用心として、食事は冷ましてからとることにしているし、ホットコーヒーや熱い紅茶は、いっさい飲まないことにしている。そして入浴も、四十度以下の湯に浸かっている。だから湯煙の立ちのぼる温泉など、結構だ」

「ケ、わざわざ温泉地まできたってのに、まったくしらける野郎だぜ」

「石岡、行くだろ。お前をここへ連れてきたのは、温泉に入れてやるのが目的だったんだから」

　ヒデキをにらみつけているシゲキをよそに、マサキが私のほうをむいた。

「ありがとう、感謝するよマサキ。だけど、その、覗きとか、下見とかはちょっと」

「バカだな。それはシゲキの奴の趣味だ。おれたちは内船温泉浴場だから関係ない。こっちは観光客用だから、手軽に覗けるようないい加減な施設じゃないし」

「そうか、安心した。でも、温泉は日が落ちてからにするよ。せっかくきたんだから、富士川あたりを歩いてみたいんだ」

「わかった。それで、ヒデキのほうは」

「東海自然歩道ってのが近くにあるらしいから、そこを散策してみるよ。本当は、すぐに食事をと思っていたんだが」

　だるそうに立ち上がりながら、ヒデキはキッチンのコウキに、聞こえよがしに言った。

「そう、ガッツくなって。あと二時間も待てば、お前たちが食べたこともないようなフランス料理のフルコースを、目の前に並べてやるよ。それまではおとなしく、外で遊んできな」

という訳で、私たちは食事係のコウキをひとり残して、いったんコテージを出ることにした。

マサキは入浴のために、観光客用の内船温泉浴場へ。シゲキは別の目的で、地元の人の湯治場である共同浴場へ。これにはヨシキも同行。ヒデキはひとり東海自然歩道へ。私もまたひとり、富士川の河原へむかって歩くことにした。そうして、夕食ができるまでの時間をつぶすべく、それぞれが勝手な方向を目指したのだった。

コテージ1

「石岡さん、いい湯でしたよ」

富士川の散策を終えて、もどる途中の私に、後ろから声をかけてきたのはヨシキだった。

「ああ、ヨシキさんも、温泉に浸かったんでしたっけ」

「ええ。少なくとも、私はそれが目的でしたので」

微笑して答えるヨシキのとなりで、シゲキがふくれっ面でそっぽをむいていた。夜のための下見を目的としていた彼も、ヨシキと同様タオルを頭にかぶり、ほんのりと湯気を立ちのぼらせている。

「冗談じゃねえや。石岡よう、聞いてくれよ。マサキに聞いた浴場に行ったらよ、女湯のほうで気配がするのよ。はやばやと風呂にはいってるのがいるな、こいつは到着そうそう縁起がいいやってんで、おれはさっそく裏手にまわったのよ。そしたらヨシキが、いきなり、おれの首根っこをつかまえやがって」

「そんな乱暴なことはしていない。ただ、肩を叩いただけさ」

「どっちでも同じだよ！　石岡、こいつよ、おれが本当に覗きなんかしたら、通報するなんて言いやがったんだ。まさかおめえ、いくらなんでもダチを売るなんてことはしねえと思ったから、おれは相手にしねえでマサキに教わった秘密の隙間を捜してたのよ。そしたらよ、このヨシキの野郎、突然に大声で

『覗きだぞー』て叫んで、自分はさっさと逃げやがんの。まったく信じられねえよ」

　私は爆笑してしまった。このヨシキが、おとなしい顔に似合わぬ大声を出し、それに泡を食って逃げだすシゲキのうしろ姿が、一瞬にして脳裏に浮かんだ。

　そんな訳で、シゲキは目的を果たすことができず、仇敵となったヨシキと呉越同舟、仕方なく温泉にだけ浸かって帰ってきたというのであった。

「ヨシキさんは、厳格な人間なんですね」

「いや、まあ。ただ、こうした秩序に反する行為を目にしてしまうと、どうしても見過ごす訳にはいきませんので。シゲキが、ぼくの知らないところでやる分には、何も言いませんが」

　ヨシキが、どういった職業の人間なのかは知らないが、この言い方には少なからず、公務員的な冷たさが感じられた。

「それじゃあシゲキ、ヨシキさんの目を盗んで、夜ひとりで再挑戦したらいいじゃないか」

「もういいよ。山小屋から共同浴場まで、片道四十分もかかるんだ。いまの往復だけでヘトヘトだ。それに夜の山道は物騒だしな」

　物騒か。べらんめえ口調のくせに、あいかわらず度胸のない男である。私はシゲキのいまいましそうな顔を笑いながら、腕時計に視線を落とした。コテージはもう、目の前だった。

「おかしいですね」

　ふいに、ヨシキが語調を変えた。訝しげな顔をこちらへむけながらも、視線はコテージから離さない。

「おかしい？　何か変ですか」

「いまは四時五十分、そろそろ夕食ができている時間でしょう。しかし、何の匂いも流れてきませんね。こちらは風下なのに」

　言われてみれば、確かに。しかしコウキのことだから、何度も失敗してしまって、まだ料理はできていないのじゃないか。そのときは、そのくらいにしか考えていなかった。それよりも私は、このヨシキという男の物言いに、御手洗に似たものを見て、少し不快を感じていた。

「お先に失礼」

そのヨシキが、脱兎のごとく駆けだした。食事のできていないのが、そうとうに不安らしい。

「ちくしょう！　コウキの野郎、まだメシができてなかったら、ただじゃおかねえぞ」

下見失敗でイラついているシゲキも、ヨシキにつづく。仕方なく、私もあとを追って走ることにした。

先頭のヨシキが、コテージの扉を開け放った。

室内は真っ暗だった。ヨシキが玄関わきのスイッチを入れた、たちまち明るくなる室内。取り立てて異変はないように思われた。石油ストーブを中心に配置し、囲炉裏を模した板張りの広いリビングには、来たときのままに荷物が放り出してある。

「コウキくん」

名を呼びながら、ヨシキはキッチンへ消えた。そして、そのまま静かになった。キッチンには、コウキがいるはずだ。だから、その場で沈黙しているヨシキの挙動が、私には不可解だった。

「どうしました、ヨシキさん」

シゲキと一緒に、私はおそるおそるキッチンへ歩を進めた。ヨシキが、こちらへ背をむけてかがみ込んでいる。

キッチンは薄暗かったが、それでもリビングからの明かりで様子はわかった。ヨシキの肩ごしに、人間が横たわっているのが見えた。

「ヨシキさん。コウキ、ですか」

「ええ。石岡さん、地元警察へ連絡しましょう」

ヨシキが言った、妙に事務的な口調だった。私は言われるままに、キッチンのカウンターテーブルに乗っている黒電話の受話器を取り上げた。

「うわー！　死んでる」

背後でシゲキが叫ぶ。コウキを見て腰を抜かし、ひっくり返る音があとにつづいた。だが私には、コウキの状態より、何度フックを叩いても、うんともすんとも言わない電話のほうが怖かった。

コウキは死んでいた。キッチンの流しの前で、崩れるように突っ伏していた。その首には包丁が、うしろからしっかりと突き立っている。水をはったシンクには、皮のむかれたニンジンやタマネギが、いくつも浮かんでいた。夕食の支度をはじめて間もなくだろうか、食材に火をとおす前に襲われたようだ。電話の通じないことをヨシキに報告すると、彼はすぐに電話線を追ってそとにでた。私もあとについていく。そして破壊された分配機を、コテージの裏に発見した。

「どうしましょう、ヨシキさん」

「外部との通信手段が絶たれたのなら、あとは車しかないでしょう。マサキがもどるのを待って、近くの駐在所まで行くことにしましょう」

「はい」

初対面のこの男は、行動に無駄がなくテキパキとしていた。事務的な態度は鼻につくが、それでも恐怖で震えているシゲキよりは頼りになる。

「よう、お前たち。そとで立ち話なんかして何やってんだ。メシは、もうできてんだろ。あー、腹へった」

マサキがもどってきた。ヒデキも一緒についてきていた。東海自然歩道からの帰り、ぼんやり歩いていたせいで道に迷ってしまい、途中で見つけた温泉場の看板を頼りに進んでいて、マサキとバッタリ会ったという話だった。

「ぼくも空腹だよ、こんなに歩いたのは中学生の遠足以来だねえ。いやあ、まったくひどい目に会ってしまった」

黒ぶちメガネと顔の隙間にハンカチを差し込みながら、汗を拭うヒデキは暢気にグチをこぼしていた。ヨシキの口から、コウキの死を知らされたふたりは、ちゃっかり名乗りを上げたのはヒデキだった。彼の汗は、とうにひいていた。

結局、私とヨシキを残し、ほかの連中で車を取りにいくことになった。ヨシキは、壊された分配機を詳しく調べたいという理由からだったが、私は単に、シゲキのそばにいたくなかったからである。マサキたち三人を見送ったあと、私はコテージへもどった。夕闇のなかで見ると、やはり少々気味の悪い小屋である。ヨシキは、しばらくして部屋へもどってきた。分配機は何かで叩き割られたらしく、とても応急修理が通用する状態ではなかったと言っていた。

「ヨシキさん、風呂上がりでしょう、ノドが乾いてるんじゃないですか」

「ああ。ええ、そう言われれば、そうですね。腹もへったが、温泉に浸かっている間は、ずっとビールのことを考えていましたから。ですが、もう少し我慢します。マサキたちが警察の人間を連れてくるまで」


シゲキのように取り乱すことはなかったが、それでも異常事態に驚いていることは確かだった。

「マサキ、電話が使用できないんだ。近くの駐在所まで、きみの車を貸して欲しいんだが」

「わかった。車は一〇〇メートルほど上ったむこうの草むらにある。とってくるよ」

「待ってくれマサキ！　おれも行く。こんなところ、冗談じゃない。死体のある部屋になんか、一秒だっていられるか」

抜けた腰がもどったのか、コテージからシゲキが飛びだしてきた。

「何だと。おいシゲキ、死体って、コウキだろ、ぼくたちの仲間じゃないか。それを、よくもそんな言い方が」

「まあ待て石岡。こいつの肝っ玉の小ささは、どうにもならない。いいよ、一緒に行こう。何なら、みんなもどうだ」

「じゃあ、ぼくも行こうかな」

「そうですね。第一発見者が、死体を前に酒盛りをしていたんじゃ、不謹慎にもほどがありますしね」

「それもありますが」

ヨシキが力なく笑う。すると、ふいに扉が開いた。反射的に身構えると、そこにはマサキたち三人が、がん首そろえて突っ立っていた。

「もう帰ってきたのか。警察は？」

「だめだ」

私の問いを、マサキはいまいましそうに否定した。

「だめって、近くに交番はなかったのか。だったら、自然休養村のほうへ行けば」

「行けねえんだよ！　マサキの車がポンコツだからよ、エンジンがちっとも動きゃしねえ。まったく、よくあんなボロで旅行なんかするぜ」

「シゲキ、いい加減にしなよ。あれはマサキのせいじゃない。きみも見ただろう」

「何を見たんだ。ヒデキくん」

「これだよ、ワイパーに挟んであった」

ヨシキが発したヒデキへの質問に、代わって返答したマサキが、腰ポケットから紙切れを取りだした。和紙のようなそれは、巻物のように丸めてあった。

『この三日の間に、六人は消える』

かすれた文字が書かれたそれは、トイレット・ペーパーだった。あとで確認したところでは、コテージのトイレに備え付けのものを、適当な長さに破りとったものであることがわかった。また、書かれた文字は、すでに乾いてはいたが、血であると思われた。背後から包丁を突き立てられたままの、それほど出血のないコウキから、文字を書くために血液を採取するのは、さぞ大変だったろう。

「つまり、おれの車は突発的な故障なんかじゃなく、何者かの手によって、故意に壊されたということだ」

「それで、動かない原因は何だったんだい」

「わからん。そとは日が落ちて真っ暗だ、何も見えんよ。明日の朝、もう一度調べてみる」

「暗い？　車内灯もつかないのか」

「ああ」

「だったら、バッテリーかも知れないな」

「なるほど。さすがヨシキ、お前は切れる男だ」

直面している現状から、気をそらそうとしているかのように、マサキはヨシキにむかってニカッと笑ってみせた。

「じゃあ仕方ない、ここからもっとも近い自然休養村まで、歩いて行くことにするか」

「歩いて？　ここから五キロはあるよ。誰が行くんだい、あんたが行くのかヨシキ。悪いがぼくは辞退するよ、自然歩道の帰りに迷っちゃって、足がガクガクなんだから」

ヒデキは言いながら、板張りの床に大げさにヘタヘタと座り込んだ。

「それに、いまの季節あそこは夜七時になれば、係の人間は帰ってしまう。行楽シーズンじゃない上に、今夜の宿泊客はおれたちだけだしな。この辺には、ここと同じコテージが八軒ほどあるらしいが、ここ以外はみな空きだと、鍵を受け取ったときに言われた」

マサキは腕組みをしながら、窓際に寄りかかって絶望的なセリフを吐いた。シゲキは苦虫を噛みつぶした顔のまま、あらぬほうを見すえるばかり。ひとりだけ、まだ玄関に突っ立ったままでいるところを見ると、死体のある部屋へ足を踏み入れることが、やはりどうにも耐えられないらしい。

「七時まで、まだ一時間ちょっとある。山道でも頑張れば、ぎりぎり間に合う可能性はある。行ってくるよ、自然休養村まで」

ヨシキは、またも事務的に言い放つと、キッチンへはいって行った。コウキの死体をよけながら、水道の蛇口をひねり、かたわらにあった食器についで水を飲んでいる。まだしばらく、ビールを我慢する覚悟が見てとれた。

「ヨシキさん、ぼくもご一緒しますよ」

キッチンへ声をかけると、振りむいたヨシキが少し笑った。

「ありがとう。石岡さんも水、飲みますか」

「ちょっと待ってくれ、ふたりとも」

部屋のすみで腕組みをしていたマサキが、水をさした。

「ヨシキ、お前はどう思っているんだ」

「どうって、何を」

「この脅迫状、というか、予告状さ」

「そういう類のものに興味はない。いま重要なのは、ここで死者がでた事実を、一刻も早く通報する義務を果たすことだ」

「誰が、コウキを殺したんだ」

「それを調査するのが、地元の警察署員の職務だ」

「何故、コウキは殺されたと思う」

「わからない。しかしそんなことは、素人が出しゃばって無責任に喋ることじゃない」

「予告状には『この三日の間に、六人は消える』とある。誰かがおれたちを、皆殺しにしてやると言ってるんだぞ」

「バカバカしい。マサキ、お前は今年でいくつになる。では石岡さん、行きましょうか。空腹のところすみませんが、時間がない」

「待てヨシキ！　だめだ、おれは許さん」

「何だ。どうしたマサキ、離せ」

「だめだ！　ヨシキ。石岡、お前もだ。頼む、おれの話を聞いてくれ！」

玄関で靴を履こうとしていたヨシキを、血相を変えたマサキが押し止めた。


到着早々、遺体となったコウキを除いた私たち五人は、ストーブの置かれた囲炉裏で車座になっていた。マサキはあぐらを組んだ前に、さきほどの陳腐な予告状を広げて、全員を見すえている。

「ヨシキ。いや、みんなも聞いてくれ。いいか、さっきも言ったように、きょうの泊まり客はおれたちだけなんだ。それから、この部屋の状況。コウキは殺されたが、荷物なんかは荒らされていない。つまり、物取りの仕業じゃないってことなんだ」

「それはわからない。コウキの荷物から盗られたものについては、私たちでは調べようがない」

「いいから聞けよヨシキ。この予告状が、犯人の目的が物盗りなんかじゃないことを証明しているんだ。『この三日の間に、六人は消える』これは間違いなく、コウキを殺した奴が書いたんだ。いいか、この文にあるだろう、三日に六人だ。つまり犯人は、おれたちがここに三日間いるってこと、そして六人でやってきていることを、知っているんだよ。それだけじゃない、おれが車を、あそこの草むらに停めたってこともだ」

「わかった、もうわかったよ、マサキ」

「何がわかったんだ石岡、言ってみろよ」

「コウキを殺した犯人は、このなかにいる」

「そうだ、そのとおりだ。なあヨシキ、おれが、お前たちを止めた理由を、わかってくれたか」

マサキの決断を、ヨシキがどれだけ理解したかは知らないが、私には痛いほどわかった。私たちは、およそ何もかも隠すことなく、話し合える友人なのだ。この旅行で初めて会ったヨシキは別にしても、そのほかの連中とは、高校時代から喧嘩もしたし、抱き合って泣いたこともあった。親友とか、同志などといった上品なものではなかったが、互いの気心はわかっていたし、会えばほっとする存在であった。それが、信頼していた友情の絆が、今日突然に断ち切られてしまったのだ。料理人を目指していた、私たちの友人が殺され、犯人もまた傍輩なのだ。何としても犯人を見つけたい、そして、こんな真似をした理由を問いただしたい。気に入らないことがあるのなら、直接に言えばいいじゃないか。腹が立つのなら、殴りかかってこい。なのにどうして、こんな陰湿な行為に出たのだ、と。

「コウキを殺した奴は、おれが自分で、この手で見つける。そして、落としまえをつけてやる。警察に報せるのは、それからだ。ヨシキ、文句あるか」

暗いなかにも、悲壮感と決意に満ちた表情で、マサキは静かに、ヨシキを見すえた。

「もうすぐ七時だから、今晩はもう間に合わない。諦めるよ。だがマサキ、明日になって、さらに犠牲者が出るようなら、私は何があっても通報する。いいな」

無表情のまま、ヨシキは言い捨てた。

「けどさ、ふたりめの犠牲者があんただったら、それも不可能になるよ」

そう言って、ヒデキが黒ぶちメガネの奥で笑った。それを不快そうに、にらみつけるヨシキ。不謹慎と思いつつ、私も少し笑ってしまった。

コテージ２

二日目。

目が覚めた。大きくひとつ、伸びをしてみる。身体が痛い、肩や腰のあちこちが、まるで何かにぶつけたようにズキズキする。板張りの床で、ストーブを囲んでのザコ寝を強いられたせいもあるが、前日の重労働と心労が崇ったものと思われた。

昨夜は大変だった。

自分で犯人を捕まえると、マサキが啖呵をきったあと、申し合わせたように全員の腹の虫が鳴りだした。とにかく、まず食事を作らなければ、犯人捜しはそのあとだ。五人のなかでもっとも冷静だったヒデキの提案が受け入れられて、全員で料理をすることになった。

そのとき、シゲキが突然、だだっ子のように騒ぎはじめた。

「ふざけんな！　オメエら、こんな死体と一緒の部屋で、よくメシの支度なんぞする気になれるな。冗談じゃねえ、料理の前に、あれを何とかしてくれよ」

正直なところ、臆病者のシゲキに言われるまで、死体の横たわるキッチンで食事を作ることに対して、私たちは何の抵抗も感じていなかった。それほど、コウキの屍は綺麗だったし、首に包丁が刺さっている以外は、ふだんの奴と代わりがなかった。学生時分から酒の弱かったコウキは、トイレに立ちながら途中の廊下で倒れて、そのまま寝入ってしまうことがよくあったし、まさに死体はそんな状態で突っ伏していた。

とはいえ、シゲキが嫌がる以上そのままにはしておけなかった。現場保存の見地から、動かすべきではないとヨシキは言い張ったが、料理を作るのに邪魔で仕方がないとマサキに言われ、仕方なさそうに納得していた。コウキの死体は、動かなくなったマサキの車へ寝かせておくことになった。十一人乗りのワゴンは、シートを倒せば余裕の収納スペースがある。マサキとヒデキ、それに私で、一〇〇メートルほど離れた駐車場所へ運んでいった。三人で馬を作り、その上にコウキを乗せた。小学校のころ、運動会でやった騎馬戦を思い出しながら。

コテージにもどると、キッチンではヨシキがひとり長ねぎをきざんでいた。シゲキのほうはと見ると、ストーブの前にあぐらをかいて、スルメをしゃぶりながらひとりで勝手にビールを空けていた。

「何だよこの長ねぎ、長いままだぞ。おい、何で豆腐が四角くないんだ。それよりこの牛肉、臭わないか。え、牛じゃない？　マトン」

シゲキの口には合わなかったようだが、夕食のすき焼きは、なかなかのものだった。私は炊飯が担当だったから、長ねぎと豆腐にかんしては知るところではない。マトンにしても、コウキが独自の料理のために用意した食材なのだから仕方ない。ひとり欠けた状態での夕食が終わり、温泉に行かなかった私とヒデキは、交代でコテージの内風呂にはいることにした。暢気に入浴などしている状況ではないのだが、それでも浴槽から立ちのぼる硫黄臭は、つかの間ながら旅行気分に浸ることを許してくれた。そのあと、めいめいが酒ビンとグラスを持ってストーブの囲炉裏に腰を降ろしたのだが、さてそれからが大変だった。マサキの夜を徹しての、コウキ殺しの犯人捜しがはじまったからだ。

マサキはビールだけでなく、バーボンにウォッカ、はてはシェリー酒やリキュールまで持ち込んでいた。それらを私たちに、有無を言わせず飲ませてベロンベロンに酔わせ、そして正体がなくなるころを見計らって、訊問をしたらしい。

「したらしい」というのは、それが開始されたとき私はすでに酩酊状態で、自我を失いつつあったからである。そしてそれが、昨夜の記憶としては最後のものであった。

起き上がってみる。痛い、身体もズキズキしているが、頭もガンガンする。かたわらではヒデキが、同様に板張りで仰向けにひっくり返っていた。メガネをかけたまま眠ったらしく、曲がって顔に張りついている。ストーブの向こう側では、シゲキが身体を丸めてイビキをかいていた。マサキとヨシキの姿が見えなかった。飲み散らかしたボトルやつまみの残骸がなくなっているところを見ると、彼らが片づけてくれたのだろうか。

何時だろう、腕時計を見る。唖然とした、すでに五時を過ぎている。もう夕方なのか。昨夜、最後に時計を見たのが三時だったから、十四時間は眠っていたことになる。いくら泥酔状態だったとはいえ、こんなに眠れるものだろうか。そのわりには疲れのとれた気がしない。それよりも、とにかくトイレに行きたかった。

しかし頭が痛い、何とかしないと。私は、自分の重たい身体を励ますと、シャツのボタンをはずしながら浴室へ倒れ込んだ。蛇口をひねって浴槽に温泉を満たす。硫黄の匂いが、こんなときは心地いいから不思議なものだ。さっぱりした。ゆっくり浸かったおかげで、アルコールはずいぶん抜けてくれた。

窓際へ行き、開き戸を押し開けた。とたんに、ひんやりした外気が吹き込んでくる。肩にタオルを引っかけた、下着一枚きりの身体を風がなぶって行くのが気持ちいい。昨日は霞んでいた富士山が、きょうはくっきり見えていた。太陽が、そのむこうに消えようとしていて、逆光なのがまた美しかった。景色に見とれていると、唐突に入口のドアが開いた。マサキだった。その姿を見て、私のささやかな観光気分は、たちまち引き裂かれた。

「どうしたんだ！　その顔は」

帰ってきたマサキは、顔から血を流していた。そしてその背中には、ぐったりして動かないヨシキがいた。

「石岡、ヨシキを頼む」

私はあわてて駆け寄ると、ヨシキの身体を抱きかかえ、ストーブ前に寝かせた。呼吸はあったが、彼の頭髪に触れると、手に血がついた。

「消毒してやってくれ」

そう言うと、マサキはキッチンから持ってきたウィスキーでタオルを濡らした。一枚を自分の血だらけの顔に当て、もう一枚を投げてよこす。

「頭部の傷は、出血の多いほうが軽いんだっけ、石岡」

「それより、いったい何があったんだ」

ウィスキーの濡れタオルをヨシキの後頭部へ当てながら、私は頭痛をこらえて訊いた。

「昼過ぎに、車の故障を調べに行ったんだ。ヨシキの奴も起きたんで、一緒にな。昨夜こいつが言っていたように、バッテリーが臭いと思ったんで、シートを開けたんだ。そうして、ふたりでしゃがみこんで覗いていたら、うしろから突然やられた。最初にヨシキが殴られて、振り返ったおれは、顔面に食らっちまった。長い間、気を失っていたが、それでもさっき何とか起き上がることができた。だがヨシキは、重傷みたいで意識がもどらない。それで、おぶって帰ってきたんだ」

「それで、犯人の顔を見たのか？　お前は、振り返ったんだろう」

「いや。おれが見たのは、殴られたときにでた火花だけだった」

　タオルをどけたマサキの顔は、目の横から頬にかけて、ざっくりと切れていた。これでは、笑うのも痛いだろう。

「それで、石岡。こっちの連中は、どうしていた」

「え？」

「だから、おれとヨシキが襲われたとき、この部屋からでた奴が、誰かいなかったかってのさ」

「いや、それが。ぼくは、さっき起きたばかりだから」

「ふん、仕方ないな。とにかく、残りの連中を起こそう。いくら酔いつぶれたとはいえ、みんな寝過ぎだ。そろそろ夕方だぞ」

　マサキはヒデキを起こし、私はシゲキを揺り動かした。シゲキはよだれを垂らしたまま、いっこうに意識のもどる気配を見せない。

　突然、血相の変わったマサキが駆けよってきて、思い切りシゲキを蹴飛ばした。

「おい、シゲキ！　お前、タヌキ寝入りなんかしてんじゃねえ！」

「おいおい、いくら何でも乱暴すぎるよ」

「だったら石岡、やったのはお前か」

　言っていることが、わからなかった。私が訝っていると、マサキは震える指をヒデキにむけた。

　近寄ってみる。黒ぶちメガネのずれたまま、仰向けに眠っている姿は、さっきと同じだ。いや、ヒデキは眠っていなかった。耳の裏の部分に、根元までしっかりと突き刺さっていたアイスピックが、そのことを証明していた。私は、言葉が出なかった。

　いつ、誰が、ヒデキを。さっき起きたとき、アイスピックなんてなかった。いや、刺さっている側は、私のほうからは死角で見えなかったのだ。では、私が暢気に眠っている間に、隣では殺人が行なわれていたというのか。

一体、誰がこんなことを。

そとではマサキとヨシキが襲われ、そしてコテージ内ではヒデキが殺された。残るシゲキは。シゲキが無事だとすれば、犯人はおのずと限定されてくる。シゲキか、この私。

「うるせえなあ、静かにしろよ。頭にガンガンくる、オメエが昨夜、むちゃくちゃに飲ませたからだ。あれマサキ、いま、おれのこと蹴ったか?」

シゲキがやっと起きた。私と同様、彼も無事だった。薄ら寒いほどに広い板張りの部屋、中央の石油ストーブをへだてて、私とマサキは対峙していた。黙して立ちつくしたまま、互いの視線を探り合う。

それぞれの足元では、意識不明のヨシキと、第二の犠牲者となったヒデキと、そして蹴られた腰をさすっているシゲキが横たわっていた。

「マサキ、きみは、ぼくが犯人だと思っているのか。コウキを殺し、きみとヨシキさんに重症を負わせただけでは飽き足らず、ヒデキさえも殺したのは、このぼくだと」

「いや、石岡。悪かった、失言だった。おれも殴られて、気が立ってしまって」

「いいや、ぼくかも知れないよマサキ。ぼくは危ない人間さ。その証拠に、つい最近まで記憶喪失だったんだからね。それだけじゃない、すでにひとり、ぼくは人を殺している。そうだよマサキ、こんな旅行に、ぼくなんかを誘ったのが間違いだったのさ!」

「悪かった石岡。だから落ち着いてくれ」

「さあマサキ、ぼくを殺したらどうだい! そうすれば、この事件はすぐに解決だよ! 殺してくれ。さあ、さあ!」

「わかった、もうわかったから。落ち着いてくれ。頼む、おれが悪かったから」

正面から私を抱きすくめながら、くり返して謝るマサキは、肩を震わせていた。彼は、泣いていた。

私は、すぐに我に返った。一瞬にして頭の血が下がっていく。ふたりの友人を亡くした悲しみは、私だけでなく、この男にもまた同様に降りかかっていたのだ。私は恥ずかしかった。いい歳をして、子供のように取り乱した自分が、他人の心の痛みに、目をむけることのできなかった幼さが。

「マサキ。もう大丈夫だ。すまない、すまなかった」

昨日と同様、シゲキはヒデキの死体を怖がった。ヒデキの亡骸を車へ運ぶ作業は、マサキがひとりで行なった。私の手伝いを、彼はかたくなに拒んだ。

「こいつを背負って、ふたりっきりで歩きたいんだ。悪いが石岡、その間に食事の支度を頼むよ」

私は快く承知し、夕食に腕を振るうことにした。

「石岡、どう思う」

自分の食器を空にしたマサキが、グラスを傾けながら、思い詰めた表情で切りだした。

「どうって、犯人のことかい」

同様に、シェリー酒を満たしたグラスを見つめながら、世間話でもするように、私は努めて冷静な口調で聞き返した。

「ああ。おれは昨日、犯人はおれたちのなかにいると言った。だがそうなると、犯人はどうしても限定されてしまう。シゲキか、お前にな」

「おい！」

テーブルにグラスを叩きつけて、シゲキが大声を張り上げた。すでにその目は、酔いで座っていた。

「マサキ、オメエは、オレが犯人だと思ってやがるのか。え？」

「そんなことは言ってない」

「確かに言ってねえ、だが思ってるぜ。オメエは、石岡を信用してるからな。さっきだって、ヒデキの死体を片づけたときよ、オメエは何か綺麗ごとをぬかして、ひとりでやってたよな。けどよ、本当は石岡に、おれを監視させたかったんだろ。おれをここに、ひとりで残しておいて、酒に毒でも入れられたらたまんねえってな」

「シゲキ、悪酔いしてる。ひと風呂浴びてきたらいい」

「黙ってろ石岡！　ひとりでいい子ぶりやがって。オメエはいつでもそうだよ、ケッ。いいさ、オレがやったと思うんならよ、オメエたちふたりでオレを殺せよ。オレだって、そっちのほうがサッパリすらぁ」

「シゲキ、おれも石岡も、お前が犯人だとは思っていない。あんなに死体を怖がる人間に、人が殺せるはずがないだろ」

「フン。オレみたいな臆病者に、人は殺せねえか。そいつはどうも」

そう言って立ち上がると、シゲキは千鳥足でどこかへ行こうとしたが、そのまま床へひっくり返ってしまった。そして、そのまま大きなイビキをかきはじめた。

この、気の小さい友を見下ろしながら、私はマサキの言葉にうなずいていた。酒の強くないシゲキが、これほどまでに痛飲するのは、やはり恐怖からの逃避にほかならないと思われた。

グラスが空になった。ふいに、あくびがでる。同時に眠気が襲ってきた。きょうは疲れるようなことは、何もしていないのに。

「石岡、さきに寝てくれ。おれは今晩、徹夜で犯人を待つつもりだ。きょう、相手はヒデキを殺し、ヨシキとおれを殴り殺したつもりになっている。だから敵は明日までに、残るシゲキとお前を片づけにくるに違いない。むこうにとっても、今晩がヤマのはずだ」

「それじゃ、犯人は、外部の人間だと」

「ああ。石岡、お前が犯人でなければな」

マサキはニヤリと笑ったあと、バーボンを一気に飲み干した。私もつられて、シェリー酒をお代わりした。マサキに勧められ初めて飲んだが、なかなかいける。しかし、眠気がさらにひどくなった。時計を見ると、まだ七時前だった。寝るには早い時刻だが、ストーブの暖かさが身体を心地よく重くした。マサキが、徹夜で敵を待ち受けてやると言ったことに安心したのか、私はいい気分のまま、床に倒れて眠ってしまった。

コテージ3

ガラスが割れる音、凄まじい怒号、叫び声。それらが彼方から、私の朦朧とした意識を揺り動かしていた。自分の名を呼ばれた気がした。私はうっすらと目を開けた。また、呼ばれた気がした、気のせいだろうか。寝返りを打ってみる。頭が痛い。

「石岡！」

はっとする、やっと我に返った。反射的に起き上がった。身体のふしぶしが痛むが、そんなことは意識の外だ。

「石岡、助けてくれ！」

マサキの声だ、私は立ち上がるとキッチンへ走った。

「来るんじゃねぇ石岡！　死にたくなかったら近寄るな」

マサキに出刃包丁を突きつけながら、およそ常人らしからぬ目で私を制したのは、ほかならぬシゲキだった。

「シゲキ！　何をしているんだ。やめろ！　狂ったのか、包丁をおくんだ！」

シゲキに対抗して、マサキは叩き割ったビール瓶を手にしていた。さっき聞こえたガラスの音はこれだったか。しかしその凶器は、出刃包丁に比べると何とも貧弱だった。

「いいや、石岡。オメエの頼みでも、こればっかりはきけねえな。オレは、マサキを殺さなきゃならねえ。それがオレの、こいつへの最後の友情なのさ。な、そうだろ、マサキ」

シゲキの言っていることは、まるで理解できなかった。しかし、とにかく、この事態を何とかしないと。私はこれ以上、友人を亡くすのは耐えられなかった。

シゲキが包丁を振りまわす、マサキが割れたビール瓶で必死に避ける。シゲキの包丁がマサキを追い詰めていく。テーブルを背にしたマサキには、もうあとがない。

「マサキ、お前は死ぬんだ、死ななきゃならねえ」

逃げ道を失ったマサキに、シゲキが死刑を宣告した。手にした包丁を、マサキの腹部めがけて一直線に突きだした。

もうだめだ。そう思った瞬間、私は発作的にシゲキに体当たりした。腰に飛びつき、相手もろとも横倒しになった。

「は、離せ！　石岡、オメエもブッ殺すぞ」

ひっくり返ったまま、シゲキは必死にもがいている。

「シゲキ、やめてくれ！　頼むから」

私はむしゃぶりつきながら、包丁を取り上げようと必死だった。

ドスンと音がした。激しく暴れるシゲキに足を払われたのか、マサキの身体がシゲキの上にかぶさってきた。

気がつくと、シゲキはおとなしくなっていた。私がしがみついていた身体は、人形のように力なく、ぐったりしていた。

「石岡、怪我しなかったか」

息を切らしながら、マサキが私の顔を覗きこんだ。

「大丈夫だ、と思う。シゲキは、どうなった」

「やってしまった」

悲痛な表情をした彼の手には、さっきまであったビール瓶が消えていた。代わりに、横たわっているシゲキの首に、それがあった。

「仕方なかった。こうでもしないと、こっちが危なかった。それに石岡、お前に怪我はさせたくなかったし」

「マサキ、何があったんだ」

「わからん。わかっているのは、シゲキがおれを殺そうとして、それに失敗して逆に死んじまったってことだ」

「最初がコウキ、つぎがヒデキ、そして三人目はマサキ、お前だったと」

「その前にヨシキがいるよ。こいつは昨日、おれとヨシキの殺害に成功したと思ったんだろうな。それが、のこのこ帰ってきたもんだから、シゲキの奴あわてたんだろうな。おれを殺るつもりで、キッチンへ出刃包丁を取りに行くとき、並べてあったビール瓶をうっかり蹴飛ばしちまった。おれは昨夜、たいして飲まなかったから、その物音で目が覚めた。運の悪い男さ、もっと冷静に行動していれば、成功しただろうにな」

そこまで言って、マサキは淋しく笑った。

どうしてなんだシゲキ。何故お前は、こんなバカなことをしたんだ。この野郎、大バカ野郎！　本当は、そう言って罵ってやりたかった。胸ぐらをつかんで殴り飛ばしたかった。だが、怒りをぶつけたい相手は、すでに屍と化している。だからといって感情の矛先を、目の前のマサキにむけるのは、筋違いもはなはだしい。

つまるところ、私もマサキと同様、静かに笑みを浮かべるしかなかった。

「シゲキは、どうしてこんなことをしたんだろう」

「さあな。むこうで寝てるヨシキじゃないが、それを調べるために、警察ってのがあるんだろう。それより石岡、おれがシゲキを殺したのは正当防衛だったと、警察にはっきり言ってくれよ」

「心配ない、それは私が証言する」

私よりさきに、誰かが返事をした。驚いて声のするほうを見ると、土気色をした顔のヨシキが立っていた。

「ヨシキさん、気がつきましたか。頭のほう大丈夫ですか」

「ええ、傷口は痛みますが、意識ははっきりしています。それより、のどが乾いてしまって」

だが、一昼夜近く意識を失っていた、ヨシキの足どりは危なっかしかった。私は彼をふたたび板張りに寝かせると、グラスに水をついで飲ませた。

「すみません石岡さん。私が気絶している間にも、事件は進行していたようですね」

「ええ。ですが、もう大丈夫です、終わりましたから」

「おいヨシキ、お前、いつ意識がもどったんだ」

水を口に含んでひと息ついているヨシキに、マサキが訊ねた。相手の容体を気づかっているのか、その顔には険しいものが感じられた。

「おそらく、石岡さんと同じだったんじゃないかな。お前が石岡さんの名を、しきりに怒鳴っていただろう。それで気がついた」

「そうか、そうだったか。ヨシキ、お前は頭を負傷しているんだから、助けがくるまでは、おとなしくしていたほうがいいぞ」

そう言って、マサキは大げさなあくびをした。シェリー酒のせいで、夢と現実をさまよっていた私と違って、彼には相当な疲労がのしかかっているようだった。

部屋の電灯ではない、ほんのりした明かりを感じた。窓を見ると、夜がしらじらと明けつつあった。

「もう、三日目の朝か。あっという間だったな」

「ああ。だが、地獄の三日間だった、本当に。でも、もう終わった。すべて終わったんだ」

満身創痍のマサキの声は、情けないほどに力なかったが、それでも表情には、何かほっとしたような晴れやかさがあった。

その日の昼過ぎ、チェックアウト時刻を過ぎても鍵を返しにこず、電話も通じないことに業を煮やしたコテージの清掃担当者がやってきて、事件はやっと明るみに出た。

清掃担当者の車が戻るのと入れ違いに、警察車両と救急車がすぐに到着、実地見分と鑑識作業が迅速に開始された。救急車はヨシキを運び込むと、粉塵を巻き上げて走り去っていった。

コテージのシゲキ、ワゴン車に運んでおいたコウキとヒデキの死体が検視されるなか、私とマサキは重要参考人として、清水警察署に連行された。

私は署の取調室で、コテージで起こったことをすべて、ありのままに話した。当然ながら、それは別室で行なわれたマサキの証言と、寸分違わぬものであった。ヨシキもまた、収容先の病院で同様の証言をしたそうだ。彼はそのあと、東京飯田橋の警察病院へ移されたと聞いた。

被疑者、鳥山茂樹《しげき》は、何らかの事由において、友人数人を殺害する必要性を感じた。そこで、友人の立てた旅行の計画を利用し、ふたりまでを殺害。しかし三人目の犯行を実施する段になって失敗、返り討ちを受ける形となってしまった。

私とマサキの供述、そして現場の状況から、捜査陣はそのような見解をくだした。また、私とヨシキの証言からマサキの行為は正当防衛と見なされ、不問とされた。

マサキのワゴンは、レッカー車で署まで運ばれて、そこで修理してもらって直った。やはりバッテリーが割られていたそうだ。ちなみに修理代は、実費をとられた。

かくして、内船温泉南部町、自然休養村コテージで発生した連続殺人事件は幕を降ろした。

しかし疑問は残る。シゲキは、どうして突然に、私たちを殺そうなどと思い立ったのだろうか。

高校時分からつづいた、十年以上の腐れ縁、そんな関係だった私たちの、何が気に入らなかったというのか。

わからない、わからなかった。

私は、心身ともに疲弊してしまっていた。くたくたの状態で帰途へ着いた。疲れをとる目的の温泉旅行だったのに、まるで裏目になってしまった。

綱島2

「石岡くん、疲れているところすまないが、きみから聞いた事件の話を、ここでもういちど確認したいんだけど。構わないかな」

御手洗の言うとおり、その日も私は、へとへとの身体を引きずって帰ってきていた。温泉旅行から戻ってきて以来、ずっと疲れているような気がする。

しかし、そんな私の憔悴も何のその、我が同居人は容赦なく質問を浴びせかけてくる。

「構わないよ。ちなみに、予定していた映画は見なかった。せっかく銀座まで出たというのに、三十分くらいで終わると見込んでいた、ぼくの見込みが甘かったせいだ」

「それは災難だったね。『野性の証明』だったっけ」

「いや、『ケンタッキー・フライド・ムービー』だ」

「ああ、作中に『燃えよドラゴン』のパロディがでてくるやつだ。ええと、旅行に参加したのは、きみを含めて六人だったっけ」

「うん。五人の予定だったけど、直前になってヨシキが増えたから」

「ワゴン車で行った訳だ」

「そう、マサキの所有車。十一人乗りでゆったりしていた」

「そこで、到着早々に事件が起こった。初日の犠牲者は、コウキくんだったね。彼は、着いたとたんに襲われた、と」

「うん」

「そして翌日、きみが目覚めたときには、ふたり目が殺されていた。ひと風呂浴びたあと、帰ってきたマサキくんに言われて、初めてヒデキくんが絶命していることに気づいた」

「そのとおりだ御手洗、弁解の余地はない。ぼくは同じ空間にいながら、ヒデキを見殺しにしてしまった。シゲキの犯行を止めることもできなかった。目の前で殺人が行なわれたのに、ぼくはひとり、イビキをかいて眠っていたんだ」

「石岡くん、いまのぼくが訊きたいのは、きみの自責の言葉じゃない」

　御手洗の語調は、ひどく事務的であった。私は、この喋り方をどこかで聞いた思いがして、少なからず不快を覚えた。

「ええとそれから、マサキくんが徹夜で犯人を待つというのを聞いて、きみは安心して翌日まで、ぐっすり眠った。そして三日目の朝、きみは争う声と物音で目覚める。そのときキッチンでは、鳥山茂樹がマサキくんを殺そうとしていた。きみはそれを見て、マサキくんを救おうと必死になる。そしてそれが功を奏して、シゲキは逆に倒されてしまった」

「ああ、そうだ」

「被疑者の鳥山茂樹は絶命してしまったが、相手のマサキくんについては正当防衛が成立した。これはきみの証言が採用されたからだ」

「ぼくだけじゃない。運よく意識のもどったヨシキも、マサキたちのやりとりを見ていたんだ。そしてぼくと同様、マサキの行為の正当性を主張した」

「はいはい。じゃあ、その事件は決着したんだよね」

「そうだよ」

「では、どうして今日、きみは警視庁に出頭したんだい？」

　あの事件が解決して、一週間近くもたったある日、私は突然に、警察から呼び出しを受けた。当初、電話を受けた私は、警察署のある清水市まで、わざわざ出むかねばならないことに憂鬱を感じた。しかし話を聞くと、出頭要請は千代田区霞が関二丁目にある、警視庁から出ているということであった。それで私は、久しぶりの銀座ということもあり、映画でも見て帰ろうと気軽な気分で出かけたのである。

「証人として行ったんだ。別の事件のね」

「証人？　別の事件。きみのかかわった事件が、ほかにもあるとは初耳だな」

「警視庁から電話があったとき、きみは忙しそうにしていたから、話さなかったんだ。それに、たいしたことでもなかったしね」

「ふーん。で、どういう事件なんだい」

「それより御手洗、そろそろ夕食の支度をしたほうが賢明だと思わないかい」

私は、ソファから立ち上がりながら言った。先週、あの内船温泉の事件から開放されてもどってきたとき、御手洗は私の顔を見るなり、こう言い放ったのだ。

「石岡くん、遅いじゃないか。予定では昼過ぎに帰るはずだった。きみがぼくの肉体を使って『空腹の臨界における、思考および集中力の持続性』を調査するのでないなら、速やかに調理作業を開始してくれないか」

私はもう、彼の口からこんな無神経な言葉は、二度と聞きたくなかった。

「いや、構わない。きょうはそれほど空腹じゃない。それより、ぼくの質問に答えてくれないかな」

勝手な男だと思った。私は立ち上がっていたが、仕方なくふたたびソファに身体を沈めた。

「実は、ある事件の容疑が、マサキにかかっていたんだ。ぼくも、きょう初めて聞かされたんだが、マサキには婚約者がいてね。その女性が、自宅のアパート近くで殺されたんだって」

「ほう、婚約者が。マサキくんも運のない男だね。彼の生年月日と時刻がわかれば、あとで教えてくれたまえ」

「そうだね、本当に運が悪いよ。婚約者を失っただけでなく、その殺人の容疑まで、着せられてしまうんだから」

「マサキくんに、婚約者殺しの嫌疑がかかった経緯は？」

「立川署の捜査チームが列挙した、容疑者リストの筆頭に、奴の名があったそうだ。相手の女性は、立川に住んでいたから」

「するとマサキくんには、婚約者の女性を殺害する理由が、なきにしもあらずと」

「そうらしい。ふたりは職場で知り合ってから、まだ半年くらいだったらしいんだけど、遊びのマサキに対して、相手の女性はぞっこんだった。マサキは正直うっとうしくなって、いつ別れ話を切りだそうかと迷っていた。そうしたら、相手が先手を打ってきて、自分はマサキの子を妊娠してしまった、だからふたりは結婚するんだと職場で言いふらしたそうだ」

「ははあ、なかなか行動力のある女性だね」

「それだけじゃない。人事部から強引にマサキの実家の住所を聞きだして、ひとりで乗り込み、マサキの嫁になる者ですと、勝手に挨拶までしてきたそうだ」

「ハハハ、すごいな」

「さすがのマサキも、これには激昂してしまった。しかし相手は、そうとうに感情の起伏が激しい女性らしくて、問い詰めたりすると、すぐに刃物を振りまわして暴れるんだって。そういうことが奴の部屋だけでなく、職場でもあったようで、ふたりが大喧嘩しているところを同僚が何度も見ている。仕事から帰ってきても、すぐに彼女から電話がかかってきて、あなたはわたしから逃げられないと言った呪いのような言葉を、マサキは連日のように聞かされていたらしい。それでマサキは、ここのところすっかり神経衰弱になっていた。ぼくは少しも気づかなかったけれど」

「それだけでマサキくんは、婚約者殺害の容疑者にされたのかい」

「いや、犯行を目撃した人間がいた。被害者と同じアパートの住人だった中年女性が、被害者宅を何度か訪れているマサキの顔を覚えていた。そして犯人の顔が、それに似ていると証言した。そのおばさんは、自分の目に狂いはないと、いまでも頑張っているそうだ」

「なるほどね。で、本日きみは、何の証人として出頭したんだい」

「だから、マサキの潔白を証言するためさ」

「潔白だって？　おやおや石岡くん、果たしてきみは、どんな手段でマサキくんの無実を証明できるんだい。まさか、彼とは高校時代からの付き合いだけど、人を殺すような悪人じゃないなどと、涙ながらに訴えたんじゃあるまいね」

「違うよ」

私は憮然とした。まったく、この御手洗という男、人の話を真面目に聞いているのか。確かに、あの事件で三人の傍輩を失った私が、この上さらに友人を失いたくないと警視庁に懇願することは、考えられないことではないが。

「それじゃ、どうやって」

「どうやっても何も、マサキには犯行が不可能なのさ。日付を勘違いしていないかとか、早めに帰ってきたのじゃないかとか、警視庁はしつこく食い下がったけど、ぼくはハッキリ言ってやったよ。マサキには、婚約者は殺せないんだ」

「へえ、たいした自信だね。どうして、そこまで断言できるのかな」

「簡単なことだよ。そのときマサキは、ぼくたちと一緒に内船温泉にいたからさ。立川のアパートで、婚約者の滝沢マヰ子が殺害された夜、内野正己《まさき》はあのコテージで、二日目の夜を迎えていた。犯人を外部の人間と想定していたマサキは、徹夜を覚悟で相手を待ち受けていたんだ。つまり、あのときのあいつには、婚約者のことなんて考えている余裕は、とてもなかったのさ」

あの日、私たち六人を乗せたワゴン車は、清水まで東名高速を利用するという最短コースを選んだにもかかわらず、到着まで優に四時間近くを要した。これはもちろん、ラーメン屋での昼食時間を除いてである。

そしてまた、到着の初日に車はバッテリーを壊され、動けなくなってしまった。これを仮に、マサキが婚約者殺しの犯人であるとし、また車が動くものと乱暴な想定をしたとする。滝沢マヰ子が、立川の自宅アパート前で撲殺されたのは八時前。その日はコテージでの二日目にあたり、マサキとヨシキが襲われ、またヒデキがアイスピックで殺害された日であった。

その日、私は徹夜で犯人を待ち受けると言うマサキに安心し、酔って寝てしまった。そのとき見た腕時計は、確かに七時前を指していた。つまり、あの夜にマサキが犯行を実現させるためには、私が眠ったのを確認してのち、一時間弱という短時間で立川市の現場へ到着していなければならないのだ。これが小説ならば、草むらにヘリコプターを隠していたなどという荒唐無稽なトリックが登場して、無念のマサキは捕縛というオチになるのだろう。しかし残念ながら、そんな機材も痕跡もコテージ周辺には残っておらず、ましてや事件現場にヘリの着陸できそうな場所はなかった。あと考えられるのは、時間の欺瞞である。つまり、マサキが私の寝ている間に、腕時計の時刻をずらしてしまうというもの。これは事情聴取の際に指摘された可能性だったが、私はすぐに否定した。前述のように、コテージから犯行現場までの四時間（東名高速を利用した場合、横浜インターで降りてから国道十六号線に乗るか、首都高速を経由して中央高速で国立府中まで行かなければならないため、実際には四時間以上かかると思われる）を、時計の操作でごまかすならば、最低でも三時間のタイムラグを作る必要が生じる。つまり、私の腕時計が七時前を指していたとき、現実には四時前であったことになる。私たちがコテージで夕食をとっていたとき、そとはすでに闇夜であった。到着初日の四時が、まだ明るかったことを考えても、私の腕時計があの日だけ、狂っていたとは思えなかった。

「それにね、御手洗。あのときは、ぼくもマサキも、自分たちの巻き込まれた殺人事件のことで、頭がいっぱいだったんだ。コウキとヒデキを殺し、マサキを負傷させ、そしてヨシキに重症を負わせた殺人者に怯えていた。つまりあの日、被害者のひとりでもあったマサキには、婚約者を殺しに立川まで行くなんて、そんなことをしている暇はなかったんだ。だからあいつは関係ない、いくら相手の女性と不仲だからって、目撃者のおばさんが言い張っているからって、犯行は不可能なんだ。まったく濡れ衣もはなはだしい、デッチ上げもいいところ、論理の飛躍もここに極まれりだ」

　私は喋りながら、事情聴取のおかげで半日がつぶれ、予定の映画鑑賞がふいになったことへの怒りを、語気にこめて吐き捨てた。

「石岡くん」

　気がつくと、いつの間にか御手洗は、両手をうしろ手に組んで目を閉じるという、いつものポーズをとっていた。そしてぽつりと、私の名を呼んだ。

「桜田門で足止めを食った、きょうのきみの災難には同情すべき点がある。だけど、警視庁職員の方々が言ったことは、けっして論理の飛躍ではないさ」

「どういう意味だい。まさか御手洗、きみは、マサキが犯人だとでも言うつもりなのか」

「断言はしない、情報不足だからね。だが、その可能性も否定はできない」

「でもね、きょうのぼくの証言を受けて、警視庁の連中はマサキ犯人説を捨てると言っていたよ」

「そりゃ、人がよくて思い込みの強さで有名な、石岡和己くんが証人になったんじゃ、大抵の人間は信用してしまうだろうさ」

「御手洗、どうやらきみは、あのコテージで生き残ったぼくの友人を、どうしても犯罪者にしたいらしいね」

「そんなことは言ってない」

「だってそうじゃないか。二泊三日の旅行中、ぼくはマサキとずっと一緒だった。あいつの行動を、いつも目の当たりにしていた。だからこそ、マサキの無実を証明できたんだ。そして、その証言に警察も納得した。なのにどうして、どうしてきみだけが、マサキを犯人扱いするんだい」

「だから、そんなことは言ってない。ただ犯行の可能性は、ゼロではないと言っているだけさ」

「同じことじゃないか」

「わかった、わかった。では石岡くん。ぼくの抱いた、その可能性を限りなくゼロにするために、協力してくれたまえよ」

「ああ、いいとも。きみの、そのひねくれた性格が、少しでもまともになるのなら、ぼくは援助を惜しまない」

「ありがとう。では訊くが」

「どうぞ」

「内船温泉のコテージで起こった連続殺人について、きみがシゲキを犯人だと考えた理由はなんだい？」

「それは、ぼくがその場に居合わせたからさ。犯行現場を見ていたからだよ」

「犯行現場というのは、鳥山茂樹が内野正己に凶器をむけていた、その状態のことだね」

「そうさ。あのときシゲキは、ぼくに言ったんだ。オレは、マサキを殺さなきゃならない。それが、こいつへの最後の友情だと」

「殺すのが友情、か。ねえ石岡くん、ぼくは、きみの友人の人柄や生活については、何ひとつ知り得るところはない。そこで訊ねたいんだが、その鳥山茂樹という男、そのとき本当に内野正己くんを殺そうとしていたんだろうか」

「シゲキは、気の小さい奴だったよ。それをごまかすために、わざとべらんめえ口調で喋ったりして。でも、そういう人間だからこそ、追い詰められたら何をするかわからないんじゃないだろうか」

「するときみは、そのとき犯人は追い詰められていたと、判断しているのかい」

「いや、それは言葉のアヤで」

「鳥山茂樹は追い詰められて、ふたりの人間を、しかも長年の友人を殺してしまったと」

「だから言葉のアヤだって、そこまではわからないよ。御手洗、人の言葉尻を捕らえるのは、きみの悪い癖だ」

「気を悪くしたのなら謝る。だが、こうは考えられないか。真犯人から犯行の一部始終を打ち明けられたシゲキが、殺された友人の仇を討つために、そして犯人に、これ以上の凶行を重ねさせないために刃をむけた。つまり『マサキを殺さなきゃならない』ことが、友人としての使命であると決意し、『それが、こいつへの最後の友情だ』と、自分の人生を投げだしてまでの悲愴な覚悟をした。シゲキは気の小さい男だった。その彼が、長年の友人であるマサキを殺そうとするには、そのくらいの事情があったのだろうと思うね」

「くだらない！　御手洗、全部きみの空想だ。ぼくの友人たちが、どんな連中かも知らない、その現場を見てもいない、何も知らない人間の無責任な妄想に過ぎない」

「確かに、ぼくの空想さ。だが論理的背景は皆無じゃない」

「どこが論理なんだ、え？　それなら、婚約者殺しだけでなく、あのコテージで起こった事件の犯人も、マサキだと言うのかい。ハハハ。いいかい御手洗くん、マサキは二日目に車を調べに行った際、ヨシキと一緒に襲われているんだ」

「それは狂言だ」

「何だって！」

「その前に、説明しておくことがある。いいかい石岡くん、よく聞くんだ。きみたちがコテージに到着した最初の日、コウキくんが殺害された。そして彼の死体を、ワゴン車へ運んだ。これは、シゲキが気味悪がったという都合のいい理由ができたけれど、そうでなくても結局、犯人は死体を車へ乗せたはずだ」

「どうして、そんなことがわかる」

「聞くんだ。コウキくんが殺された第一日目、彼の死体を運んだのはマサキにヒデキくん、そして石岡くんの三人だった。間違いないね」

「ああ。三人で騎馬戦のように馬を作って、それにコウキを乗せて運んだ」

「結構。そして翌日、きみが寝ている間に、マサキはヨシキくんを連れて車の故障を調べに行った。そして、負傷して帰ってきた。そのころ、コテージではヒデキくんが殺害されていた。そのあとマサキは、ヒデキくんの死体を車まで、ひとりで運んでいる。きみが手伝うと言うのを、頑固なまでに拒否してね」

「それは、ぼくに夕食の支度を」

「つまり、この二日目に車を停めてある場所へ行ったのは、ヨシキくんとマサキだけなんだ。いいかい石岡くん。初日に駐車場を訪れたのは、マサキにヒデキくん、そして石岡くん。対して二日目は、マサキとヨシキくんだった。つまり、初日に駐車場へ行った人間は、二日目には行っていない。反対に二日目に行った者は、初日は行かなかった。マサキひとりを除いてはね」

「すまないが御手洗、きみの言いたいことがサッパリわからない」

「構わない。いまは、この事実を記憶しておいてくれれば、それでいい」

「おい、いい加減にしろよ。そんな、どうでもいいことを勿体ぶって話して、きみは何が言いたいんだ。第一、マサキが犯人だとしたら、どうしてぼくは殺されなかったんだ。犯人は、三日の間に六人が消えると、予告状を書いていたんだ。なのにどうして、ぼくは死ななかった?」

「それは、きみにアリバイの証言をしてもらうためさ」

「え」

「婚約者を殺害した夜、自分は確かにコテージにいたということを、きみに証明してもらうためさ」

「と、当然じゃないか。あいつはあの夜、確かにぼくと一緒にいたんだ。いや、ぼくだけじゃない。あのときはシゲキも生きていたし、ヨシキもいた」

「だが、シゲキは泥酔状態だったし、ヨシキくんは意識不明だった。さらにきみも、ひどい睡魔に襲われていた。石岡くん、そのとき何を飲んでいたのか、覚えているかい」

「確か、シェリー酒だったと思う。いや、間違いない、シェリー酒だ。マサキが持ってきたんだ」

「それも奇妙だ。シェリー酒には、男の精力をあおる作用があると言われている。つまり興奮剤でもあるんだ。にもかかわらず、きみはそれを飲んで眠り込んでしまった。おかしいと思わないか」

「体質の問題かも知れないさ。精力増進の酒で眠くなる人間がいたって、別に不思議じゃない」

「話をつづけよう。そして犯人は、きみが寝入ったのを確かめると、コテージを出て立川のアパートへむかった」

「だから言っただろう！　車は動かないんだ。バッテリーが」

「それは最終日に限っての状況だ。初日と二日目については、問題なかったはずだ。車が動かないというのは、みんながマサキの申告を鵜呑みにしただけの話だ。誰かが走行距離計の数字を覚えていれば、そんなことは、すぐに気がついたと思うね」

「わかったよ御手洗。きみはどうしても、マサキを殺人者にしたいらしい。よし、コテージの犯人はマサキだ。それはいいとしよう。けど、立川のほうはだめさ。どうやらきみは、自分に都合の悪いことは、すぐに忘れてしまう性分らしいね。いいかい、もういちどだけ言うよ。内船温泉から立川までは、四時間以上もかかるんだ。婚約者が凶行にあったのは八時前、ぼくが寝入ったときは七時前だった。ぼくの腕時計は狂っていない。だから無理なんだ。いくら車を飛ばしても、一時間でコテージからアパートへは、着けないいんだよ、御手洗」

「その見解が、正しいことは認めるよ」

ここへきて、ひねくれた友人が、初めて自分の誤りを認めてくれた。私は安堵するとともに、どっと疲れた。

しかし、つぎの瞬間、このひねくれ者はとんでもないことを口にした。

「だからね、石岡くん。ぼくは、きみたちのいたコテージは、内船温泉ではなかったと考えているんだ」

「ハ？　内船温泉ではない。じゃあ、ぼくたち六人は、どこへ旅行したと言うんだい」

「内船温泉さ」

私は、頭に血が上ってくるのを自覚していた。

「そうさ、そうだよ。ぼくたちが行ったのは、まぎれもなく温泉だった。その証拠に、内風呂の蛇口をひねると、ちゃんと温泉がでた。硫黄の匂いのする、温泉だったよ！」

「へえ、コテージに内風呂があったのか。蛇口から硫黄温泉が、それはすごいなあ」

我慢も、ここまでだった。

「わかった、もう気が済んだろう、そこまでぼくをからかえば。代わりに今晩の夕食は、自分で支度して、ひとりで食べてくれ」

私は、それだけ言うのがやっとだった。怒りに目が眩んで、御手洗に殴りかかるところを必死に耐え、ドアを叩きつけて部屋をでていった。

「ふざけるな！　あの男、程度を知らない。どこまで人をバカにすれば気が済むんだ」

この、ムシャクシャした気分をどうしてくれよう。私は駅へつづく商店街を、ひとりブツブツ言いながら歩いていた。

今年になって、私の人生は大きく狂ってしまった。まったくメチャメチャになってしまった。イラついた面持ちで、商店街のディスプレイをにらみつけながら歩く。クリスマスにはまだ間があるのに、はやばやと店頭にツリーを設置しているケーキ屋を見つけては、その商魂の逞しさがまた不快だった。

「命日を祝うとは、日本人の無神経は救われない」

チャールズ・スペンサー・チャップリンが生涯を閉じたのは、昨年の十二月二十五日だ。そのとなりでは、さらに気の早い写真屋が、フィルムメーカーから配布された巨大ポスターを、これ見よがしに貼りだしていた。毎年お馴染みの『お正月を写そう』という文句のものだ。

そのポスターの前で、私は足を止めた。そういえば、私はあの旅行に、カメラを持って行かなかった。コウキもヒデキも、二度と会えないのに、生きている彼らの笑顔を撮る、あれが最後のチャンスだったのに。つくづく自分は間抜けな男だと自嘲しながら、私はそのポスターをしみじみと眺めていた。

「富士、か」

フィルム片手に笑顔を見せている、振り袖姿のアイドルタレント、その横に大きくプリントされたメーカー名。そのロゴを眺めつつ、私はあのコテージの窓から眺めた、富士山の風貌を思いだしていた。

突然、落雷を受けたような衝撃が全身を走った。

次の瞬間、血液が逆流をはじめる。

そうか！　そうだったのか。


アパートにもどると、そこにはさっきと同様、ソファに身体を沈めた御手洗がいた。手にした本から顔を上げると、眠そうに細めた目で笑顔を作る。

「石岡くん、これ、本棚から引っぱりだしてきたんだけど、ここなんかどうだろう」

彼が見ていたのは、全国の温泉案内だった。

「温泉というのは、東京にもあるんだね。ボーリングによる冷泉を加熱している都区内の温泉場以外では、五日市の数馬温泉、青梅の松ノ湯温泉と岩蔵温泉」

私には、御手洗が何を言おうとしているのか、もうわかっていた。

「この三ヶ所の温泉は、どこも単純硫黄泉や単純硫化水素泉だから、硫黄臭ということでは合格だ。つぎに、立地環境で見てみると」

御手洗、正解だよ。

「松ノ湯温泉は、青梅線川井駅から徒歩五分だから、人目につきすぎる。反対に数馬温泉は、五日市線の武蔵五日市駅からバスで一時間以上も山のなかへはいるから、犯行現場への移動には不便だと思う。すると残るは」

きみの言うとおりだ。

「青梅線の東青梅駅から、バスで二十五分の距離の岩蔵温泉。このあたりが妥当な線だと考えるね。ここならば奥多摩街道、新奥多摩街道を経由すれば立川まで、ほぼ真っ直ぐに行くことができる。あるいは東青梅駅まで行き、そこから電車を使ったほうが早いかも知れない」

犯人はマサキ、内野正己だったのだ。

「内船温泉コテージに到着した最初の夜、睡眠薬を混入した酒類できみたちを昏睡させ、ワゴン車に乗せて場所を岩蔵へ移す。そして二日目の夜、夕食後にふたたびきみたちを眠らせ、それを確認してから犯行にむかう。そして立川から帰ったあと、最後にもういちど、きみたちをワゴン車に乗せて内船へ引き返した。眠り込んでいるきみたちの運搬が完了したあと、車を本当に故障させるため、忘れずにバッテリーを壊しておく。コテージで殺害した死体を、その都度ワゴン車へ運び入れておいたせいで、移動の際に搬出の手間を省くことができた。現段階では実証の手だてはないから、さっきも言ったように、これはあくまでも可能性の話で想像の範疇はでない。けれど、けっして不可能ではないと、ぼくは考えている。地図上で、富士山を中心にちょうど対称に位置しているこの岩蔵地区に、内船温泉と同様のコテージが存在しているならね」

「いや、実証はできるよ、御手洗」

「本当かい？」

「いま、きみが言ったじゃないか。富士山だよ。ぼくは、コテージの窓越しに、富士山を眺めていたんだ」

「へえ、窓から富士山が見えたのかい。それは、いいところに泊まったねえ」

「内船温泉に着いた日、ぼくはコテージの窓から、富士山を見た。そして二日目の夕方、富士山は、やっぱり窓から見えていた。だが、それは同じものじゃなかったんだ。太陽が沈んだんだよ。内船温泉は山梨だから、富士山は東側に見えるはずだ。山越しに太陽が見えるのなら、それは朝日でなければならない。なのに、ぼくが見たのは夕陽だった。二日目にぼくたちのいたコテージは、富士山より東側、つまり東京寄りに存在していたことに、ならないだろうか」

「石岡くん！　見事だ、よく思いだした。乾杯だ！　きみの記憶力と、洞察力に。お祝いに今晩の夕食は、外で奮発することにしよう」

そのあと私は、警視庁の担当刑事に電話をかけた。そして御手洗と交わした、これまでの内容をすべて話した。先方がひどく興奮するなか、自分の思い込みの強い証言が、捜査を混乱させてしまったことを詫びて、私は受話器をおいた。

捜査陣の行動力には凄まじいものがあった。御手洗の言ったとおり、青梅線の岩蔵温泉でもコテージが見つかった。それは内船温泉の自然休養村にあったものと酷似しており、また事件のあった日の前後に、宿泊者があったこともわかった。深夜にひとり、ワゴン車で乗りつけたという客は、人相風体から内野正己であることが確認された。もっとも、そのワゴン車には、泥酔した私やシゲキが、死体となったコウキたちと一緒に乗っていたのだが。

小菅

マサキが拘置されてから、私はいちどだけ、彼に面会したことがある。ただひとり残された、この高校からの友人に、どうしても聞いておきたいことがあったからだ。

「元気そうだな。思ったより、顔色がいい」

「ああ。ここじゃ、酒は飲めないからな。それに、悩みの種も消えたし」

「彼女のことか、婚約者だった」

「婚約者だって？　冗談じゃない。あの女が勝手に思い込んでいただけだ。まったく、いい迷惑だったよ。あの女のために、あんな手の込んだ計画まで立てるはめになったんだ。シゲキを犯人に仕立てあげてまで」

「あのとき、シゲキとは何を話していたんだ」

「あのとき？　コテージであいつを殺したときか。本当のことを言ってやったのさ。初日の夜、睡眠薬入りの酒で眠らせたお前たちを、車で清水の内船から青梅の岩蔵まで運んだこと。二日目に、お前たちが寝入ったのを見計らって立川へ行き、本来の目的を遂げたこと。それから、お前たちをまた車に積み込んで、わざわざ内船温泉までもどったことをな。あいつ、こっちの見込みどおり、激昂しておれをなじってくれたよ。意気地のないくせに、おれを殺すだと、それがおれに対する、最後の友情だと豪語していたな。あれは大爆笑だった、何を偉そうに」

「だが、そのおかげでお前は、コテージで起きた事件の犯人を、シゲキにすることができたんだ」

「それは石岡、お前が証言してくれたおかげだよ。事情聴取で断言したんだろう、シゲキが犯人だと、マサキさんがシゲキを殺したのは、正当防衛だと」

「ぼくを殺さなかったのが、それを言わせるためだったのはわかった。けど、どうしてコウキでもヒデキでもなく、ぼくを、その役に選んだんだ」

「お前が事故にあって、最近まで記憶障害を起こしていたと聞いたからさ。おれの立てた計画は、時間の制約があるし、綱渡りの連続の危ういものだった。冷静な目で見れば、ボロがでてくることもある。だだから証言者にはお前が、病み上がりで、判断力に自信の持てない人間が適任だと思った。それに、思い込みが強いからな、お前は」

「ヨシキが死ななかったのは、予定外だったのか」

「あいつが旅行に参加したのは予定外だった。出発直前になって行くと言いだしたときは、正直困惑したよ。コウキを殺したとき、ふもとの休養村まで歩いて通報に行くと騒ぎだしたとき、ヨシキを連れてきたことを心底後悔した。計画も、もはやこれまでと観念した。それでも、あの日は何とか説得できたが、翌日からはそうも行かないと思った。だから、車の修理を口実に誘いだして、うしろからスパナで殴った。だが、殺す気はなかったね。あそこでは、自分も被害者のひとりに見せかけたかった。ヨシキが殺されて、おれだけが軽傷では不自然に思うだろう、いくら病み上がりのお前でもな。それにヨシキを殺してしまうと、あとが面倒なんだ。奴の仕事が」

「ヨシキのことはわかった。それより、あの温泉旅行が、お前の婚約者を殺害するためのカムフラージュだったとは、ぼくはいまでも信じられない。しかしマサキ、それなら、ただ旅行をするだけで充分だったんじゃないのか。何も、コウキたちまで殺さなくたって」

「だめだね。それじゃ、いかにもおれが、立川で事件の起こることを想定して、これ見よがしにアリバイを作ったと疑われてしまう。あのときおれは、旅先で殺人事件に巻き込まれ、自分が殺されるかも知れない恐怖と闘っていて、ほかの事件どころではなかった。そんな心情的アリバイが欲しかったのさ」

「心情的アリバイ。それを作るために、コウキやヒデキを、殺したと」

「仕方がないだろう。仲間なんだ、困っているときは、助けてくれるのが当然さ」

「ふざけるな！　お前の女遊びの後始末を、命を差しだしてまで助ける必要が、あるもんか」

「まあまあ石岡、そう熱くなるなよ。別にあんなクズ連中、殺したっていいじゃないか、たいしたことじゃない。

　コウキは料理人になるとか言ってたが、親のスネかじってフランスまで行きながら、何もせずにスゴスゴ帰ってきた奴だ。いい歳なのに、未だにまともな料理もできないくせに、自分ではいっぱしのシェフ気どりだ。コテージに着いた日、温泉に行った振りをしたあと、いったん駐車場へ行き車のバッテリーを抜いてから、おれはコウキを殺しにもどった。そのとき、奴は何をしていたと思う。本を読んでた、『五分でできる、独り暮らしの料理』ってタイトルだったかな。コウキを殺したあと、トイレット・ペーパーに奴の血で陳腐な脅迫状を書いたんだが、出血が少なくて手間取ったよ。かと言って、刺した包丁を抜いて、返り血を浴びても困るしな。

　ヒデキは、本当に迷惑な奴だった。お前も覚えているだろう、大学時代、あいつのおかげでコンパが何度ブチ壊しになったか。91が7の倍数だとか、どうでもいいことばかり言っては得意になる。今度の旅行だってそうだ。温泉が身体に悪いとか、周りをしらけさせることを言っては、自分ひとりで悦に入ってた。だったら、こなきゃいいのにな。ちなみに石岡、いつ、ヒデキにアイスピックを刺したかわかるか。ヨシキを担いで帰ってきてからだ。お前が、シゲキを起こしている隙にやったのさ。おれは、駐車場からもどるまでは、お前も覚醒しないとタカをくっていた。だからあのとき、お前が風呂なんかにはいらず、すぐにヒデキを起こしていれば、あいつは死なずに済んだかもな。まあ、そんなことはいい。それより、救いようがなかったのはシゲキだ。下品で低能で、根性なしなのはまだ許せる。だがな、あいつは仲間の死体を毛嫌いしたんだ、気味悪がったんだぞ。そんな奴に、生きている資格はない、そう思わないか」

「お前が決めることじゃない。それより、お前はコウキたちのことを、そんなふうに見ていたのか。軽蔑して、ずっと、十年以上も」

「尊敬はしていなかったさ。だが仲間としては、充分に利用価値のある連中だったよ。石岡、お前も含めてな。もっとも今回だけは、飼い犬に手を噛まれた結果になってしまって、残念だ」

「マサキ、お前は間違っている。友だちや仲間は、そんなものじゃない。絶対に違う」

「おい、何をそんなに怒っているんだ。もしかしたら頭、まだ直ってないんじゃないか。ああ、そろそろ面会時間は終わりだそうだ」

「待て。最後に、ひとつだけ訊かせてくれ。お前と相手の女性とは、ほかに解決の方法はなかったのか、殺す以外に」

「ない。あの女は、おれを騙したんだ。おれと付き合いたいがために、偽称したのさ。名前に『キ』のつく女しか相手にしないと、誰かから聞いたんだろう。あの女、初対面のとき、コースターに自分の名を滝沢マキ子と書いたんだ。だから付き合うことにした。だが嘘だった。マキ子じゃなく、マヰ子だったんだ。だからあの女は、死ぬに値した。まったく、人をバカにするにも限度があるよ」

ここで初めて、私はこの男が、まともに話をする価値のない人間であることに気づいた。

以上が、この事件のすべてである。

最後に、ヨシキのことを少し書いておこう。あれ以来、再会の機を逸したままでいるこの男は、少なからず異端の存在であった。彼は、私たち五人より二つ年上であり、また唯一の既婚者でもあった。にもかかわらず旅行へ参加したところをみると、やはり結婚生活というものは、そうとうに重労働だということか。

そして、マサキがヨシキを殺害しなかったのは、彼が現職の刑事であったというのが大きな理由であった。警官殺しとなると、同僚は弔い合戦で捜査が激しくなるそうで、マサキはそれを危惧して、この六人目の参加者を敬遠したようだ。また『ヨシキ』は名ではなく、苗字であったことも、マサキの友人としては変わり種であった。

一九七八年も晩秋のころ。そんな季節に遭遇したこの事件は、同じ年、御手洗潔と知り合うきっかけとなった物語とは、別の意味でつらく懐かしい思い出である。

そして、あれから二十三年が経過した。

私はひとりの愛する女性を失ったあと、さらにまた四人の友人を失った。代わりに現れた御手洗潔は、その後の私の人生を大きく変えるほどの存在になったが、そんな彼も、いまは遠い存在となってしまった。夕食の買いだしや、書店へ新刊の物色におもむいたりするとき、いまでもあのフィルムメーカーのポスターを見かけることがある。そんなとき、温泉で女湯が覗けると言っていたマサキの、嬉しそうな顔がふいによみがえってきて、私は思わず早足になってしまう。

〈参考資料〉
『全国温泉案内』（日本交通公社）

スカイブルーの間

5．空に消える／冬のオルカ

あさなぎ

正月のからからに乾いた住宅街の道を、汗まみれになって三人の男が走っていた。

先頭を走る男は、黒い目だし帽を被った下に沢山の汗を掻きながら、縺れそうになる脚を必死で前へ前へと進めていた。そのあまりに慌てふためいた様子は、男の後ろを追う二人の警備員にも十分に見て取れた。二人の警備員は逃げる男よりはずっと健脚だったが、逃げている者の方が更に必死な分、彼らの差はなかなか縮まらなかった。

彼らは人の少ない正月の住宅街を、まるで奇妙なマラソンでもするようにそれぞれが押し黙って走っていた。実際彼らはもう十分余りもこうして淡々と追いかけっこを続けていたので、既にマラソンと大差ない。黙っていたのは、逃げる方も追う方ももう大声を出すには大分息が切れていたからだ。

警備員の一人、若い方の男は、それなりに真剣に追いかけてはいたが正直あまり力づくで取り押さえたりはしたくなかった。逃げる男の手には、錆の浮いた包丁が握られていたからだ。ちょっとした年末年始のバイトのつもりだったのに、刺されて死んだりしたら洒落にならない――そんなことを考えながら、彼はぜいぜいと真っ白い息を吐いた。

やや遅れてどうにかついて来る年配の警備員の方は、もういい加減顔色も悪くなってきている。彼は年齢の割りには十分頑強ではあったが、装備のついた警備員の制服はあまり長時間のマラソンには向いていない。

ふと、二十メートルほど前を行く逃げる男の足が止まった。大きな道路に出て、行く道に迷ったらしい。国道十六号に出たのだ。諦めて止まってくれればと思ったのは無駄だったようで、男は振り返って警備員が未だに追いかけてきている事を認めると、慌てて左手に曲がった。その間に差を十メートルほどに縮めた警備員が後を追う。

若い警備員が黙々と同じように国道を左に曲がると、男は国道沿いのビルのひとつにちょうど駆け込んだ所だった。男が駆けこんだのはビルとビルに挟まれた余り大きくないインテリジェントビルで、中には小さな複数の会社が入っているようだ。

二人はビルの前まで来ると、若い警備員も後を追って入ろうとしてふと立ち止まった。丁度ビルから人が出てきたので息も切れ切れに呼びとめ、訪ねてみる。

「君……このビル……このビルの出入口は……ここだけですか」

呼びとめられた人物は今にも地面にへばりそうな二人の警備員を見て、さすがに驚いたようだった。どうやらこの中に入っている会社の人間らしい。

「え……いえ、ここと、それから裏に通用口もありますけど」

「裏……岡島さん、俺は裏に回りますから、岡島さんはここから入ってください」

若い方が言い、岡島と呼ばれれは方は息切れで声も出せずにただぜいぜい言いながら肯いた。若い方——中野は大きくひとつ頭を振ると、自分は裏へ回る近道を聞いてそちらへ回った。近道と言うか、要はビルとビルの間の隙間である。しかしここを通らないと二十メートルも向こうの角まで行かなければならないとなっては行くしかない。

陽の入らない路地裏を駆け抜け、出口付近のごみに足を取られながらつんのめるようにビルの裏側に出てみると、裏口はすぐに分かった。彼は犯人が飛び出してこないうちにと思い、勢い込んで裏口の鉄のドアを開け放ったが、彼はそのままぴたりと動きを止めることとなった。

三メートルほど前の廊下に、丁度良くその犯人が来ていたからだ。犯人の方も意表を突かれたらしく、息を止めて立ちすくんでいた。お互い咄嗟に何をしたら良いのかがしばらく分からず、人気のない廊下にはまた奇妙な沈黙が流れた。

状況が動いたのはそれからぴったり二秒半後だった。犯人の後方から、岡島が現れたのだ。疲れのためかよろめきながら岡島が現れると、やっと犯人は弾かれたように飛び上がり、前と後ろを交互に見てどちらも無理と思ったらしく、右手にあった非常階段の鉄の扉に逃げ込んだ。その後を中野が続いた。

狭い内階段を、犯人は縺れ転びつぜいぜい言いながら、それでもどんどん上へ上へと上っていく。中野は疲れて重くなった脚をどうにか一歩一歩持ち上げながらそれを追う。途中どこかの階でこの内階段から出るだろうと思っていたが、逃げる犯人にはもうそんな事は思いつかなかったらしい。追いかけた中野が扉を開けると、そこはもうビルの屋上だった。

そしてその瞬間、まずい、とだけ思った。犯人は転落防止のフェンスを越え、ビルの淵に立っていたのである。犯人は中野が屋上に到着したのに気がつくとはっとしたようにこちらを振り向いた。そして覚悟を決めたように黒い目出し帽を剥ぎ取ると、ビルの淵から身を乗り出した。やや頭の後退した、四十代半ばくらいの男の横顔が見えた。

「おい、待て……」

反射的にそう言いながら同時に身が竦んだ。しかしもう遅い、次の瞬間には犯人の姿は屋上から消え去っていた。

落ちた――。言いかけた言葉もそのままに、すうっと身体が冷えて、力が抜けた。彼はビルの下にある惨状を予想して呆然とした。もしかしたら、追い詰めて飛び降りさせたのは、自分と言うことになるんだろうか？　でも、でも自分は、警備員としても職務を全うしようとしただけだ。それだけだ。しかし落ちてしまった犯人は、一体どうしたらいいんだろう？　彼はそのままその場にぺたりと座り込んだ。しばらくそうしていた。

やがて岡島が半ば這うようにして後ろの階段から現れると、やっと彼は気がついて柵際へ恐る恐る寄ってみた。しかし柵のこちらからでは下が見えない。柵は高さが三メートルほどもあり、疲れて膝が笑う脚に登るのはいかにも辛かった。逃げていた犯人はこれを登ったのだろうかと思うと、そうではなくて犯人が落ちたのと逆側の通用フェンスが一部開いていた。

若い警備員はそろそろとそこから柵の外に出ると、柵に這うようにして犯人が落ちた辺りまでゆっくりと歩いて行った。柵から出てしまうと、後は一メートルほどの幅と三十センチほど高くなっている部分があるだけで、その向こうは地面に落ちるだけだ。彼は犯人が飛び降りた辺りまでそろそろと歩いていくと、落ちないように身をかがめて手をつきながら、そうっと下を覗きこんだ。そして目を疑った。

覗きこんだ下には、予想したような惨状は何処にもなかった。潰れた犯人も、それに集まる人だかりも、広がる血の海も、欠片《かけら》も見当たらなかった。壁沿いに吊り下げられたゴンドラに座った清掃員が二人、不思議そうにこちらを見上げているだけで、どこにも犯人の姿はなくなっていたのである。

そこにあったのは、血の滴る無残な銀行強盗犯の死体でもなく、またもちろん下の道路を逃げつづける犯人の姿でもなく、ただ人の少ないのんびりした正月の風景だった。若い警備員は、腹ばいになって下を眺めたまま、呆然とした。

「ふうん。そうして犯人は、そのまま見つからなかったんですね？」

言いながら御手洗は、顎に手をやってにやりと笑った。御手洗の正面に座る天野刑事は、身を乗り出して強調する。

「そうです。その後ほとんど間を空けずに犯人と警備員の足取りを追って警察が来ましたし、またちょっとした騒ぎもあって大勢の人間がこの辺りを右往左往しましたが、結局犯人の姿は見つからずじまいでした。頭の後退した四十代くらいの男というところまで分かっていたのにです。御手洗さん、一体犯人は、どこに消えてしまったんでしょう？　この一両日で付近のビルも道も路地裏も全て詳細に捜査と聞き込みをしましたが、この後犯人らしき姿を見た人間は誰もいませんでした。もちろん死体もでてません。一体どういうことなんだか分かりますか？　足取り全く不明じゃ、ろくに捜査も進まないんです」

「まあまあ、そう焦らないでください。今聞いたところだけでは、情報が何もかも足りないですよ」

御手洗はどこか嬉しそうにそう言った。

一九九〇年一月の始め、この時私は、それでなくとも忘れがちな年末年始の親孝行をしに山口の実家へ帰っていた。だからこれから語る事件の半分は、いつものように私自身が御手洗の隣で逐一見聞きしたものではない。大半は事件を持ってきた天野という刑事から聞いたものであるし、残りを補っているのはつまるところ私の想像である。

穏やかだが、冷たく乾いた冬だった。冬は常に印象深いが、この冬は穏やか過ぎて印象のいまいち定まらない、おかしな冬だった。それは私がいつもの関東の港町ではなく、久々に生まれ育った山口で数日を過ごしたからかもしれない。海に続く静かで冷ややかな空の印象と、実家でぼんやりと炬燵に入って見ていた凍った土の匂いのする空の印象が、混ざり合ってしまっているのだ。

私は元旦を中心に五日間の予定で馬車道を離れ、

やもすれば帰宅時には空腹に耐え兼ねた御手洗が倒れているかもしれないと不安になり、調理しなくても食べられそうなものを大量にストックして出かけた。私が食べ物だの洗濯だのあれこれ言い聞かせている間、御手洗ははいはいと書物から目も上げずに相槌を打っているだけで、じゃあ行ってくるからと私が出ていく時にはすでに

「石岡君、僕のセーターはどこに行ったんだっけ?」

と言った。私は溜息と共に、もう一度普段私がやっていることの説明しなければならなかった。特に退屈だからといって犬を借りてこないようにとだけは何度も言い聞かせた。犬と御手洗を家の中に置いておいたら、帰ってきたときには私が足を踏み入れられないような状況になっているのは間違いないからだ。

その後帰宅予定の一月四日になるまでの数日間、御手洗が一体どんな生活をしていたのか私は知らない。おそらくいつにもまして奇妙で取りとめもない生活をしていたのだろうと半ば確信を持って思う。私が後に訊いて知っているのは、四日の午後になって天野修刑事が訪ねて来てからのことになる。

やっと幾つかの店が開き始めた一月四日の午後、天野刑事は馬車道の探偵事務所のチャイムを押した。しばらく待っても返事がないので留守かと思ったところになって中から唸り声のようなものが聞こえてきたので、返事かと思った彼は緊張した面持ちでドアを開けた。

そして彼は驚いた。外は雪でも降りそうな凍えた空気であるというのに、御手洗はろくにボタンも止めない薄いシャツ一枚で、部屋の中を檻の中の熊の如くぐるぐると歩き回っていたのである。もちろん足元は素足だ。そして部屋のいたるところには何かを飲んだらしいコップ類が置かれたままになっていて、その種類は紅茶用のカップだけでは足りずタンブラー、ビアカップ、ワイングラス、果てはぐいのみまでが並んでいるのであった。そのうち半分はま

だ多かれ少なかれ中身が入っているようで、しかも居間の机やダイニングテーブルだけでなく、なぜか玄関脇の電話機の隣にまで置いてあるのだ。まるで部屋の中にさっきまで三十人の人間がパーティーをしていたかのようなありさまであった。彼が思わず玄関口でぼんやりとしていると、どうやら御手洗はその存在に気がついたらしく顔を向けた。

「何か？」

短く言う。

「あっ……あの。あけましておめでとうございます」

彼が慌てるあまりそう言うと、御手洗は大げさに眉を上げて答えた。

「確かに日本では現在その挨拶が壮大に流行っているようですね。しかし少なくとも僕に言う必要はない。何故なら今の僕には西暦の数字がひとつ変わったことも気にならなければお節も門松も日本の旗も雑煮も初詣もないからです。ところであなたは？」

彼にとっては年賀の挨拶をしてこんな答えが返ってきたのははじめてである。天野は少々動揺しながら、それでも何とか促されたことには気がつき自己紹介に入った。

「あ、私、相模原署の天野修と申します。御手洗さんですよね、ええと私、戸部署の丹下警部と懇意にさせて頂いている者でして。実は先日に起きた事件が非常に不可解だと丹下警部に話しましたら、御手洗さんにご意見を聞きに行けと言われまして……」

彼は今しもまた一人の世界に入ってしまいそうな御手洗に、慌てて一気に用件を捲し立てた。しかし言い淀むように言葉が終わっても御手洗は何もいわず、視線がどこかぼんやりとしている。恐らく、天野が言ったことが別次元に飛んでいっていた頭に届くまでに時間がかかったのだろう。

少々の間を空けてやっと御手洗は天野の言うところを理解したらしい。不可解な事件というのをキーワードにして頭の中の考え事を一旦置いておく気になったようで、手に抱えたままだった分厚い書物をぽんと叩くと、ちいさくにやりと笑った。

「不可解な事件なのですね？　分かりました、では、そちらのソファにどうぞ」

　三十を過ぎたばかりの天野は、どちらかといえば小柄で面長で、刑事というよりは研究職にでもついてそうな人物である。しかしよくよく見れば体格はがっちりとしていて、少なくとも頼りない印象はない。その彼はソファを進められたので一旦は話を聞いてもらえるものとほっとしたが、勧められた其処を見て結局は困惑した。ソファの上には、何語だか判らない言語の題名がついた専門書と雑誌がすでに所狭しと席に着いていたのである。向かいのソファに向かった御手洗を見ると、彼はやはり本の散乱したソファに、ささっと自分が座る分だけのスペースを空けると悠々と席についていた。

「どうしました？」

　事も無げに言われて、天野は無言で同じように幾つかの本をどけてスペースを作り、何事もなかったようにソファに腰を下ろした。聞いていた通り一風変わった人物だ、と彼は嬉しくなった。そう、彼は言ってしまえば以前からの御手洗のファンだったのである。

「さて、残念ながら助手の石岡君は現在ここには居ませんので紅茶はお出しできません。もちろん僕にも紅茶を入れるくらいはできますが、見ての通り紅茶を入れられる形態をしているものの大半はすでにこうして出払っておりますのでね。あなたに余程の時間的余裕があるというのならもちろんカップを洗った後にお出しすることができますが、どうしましょうか？　僕としてはとにかく先に事件の話を聞きたいというのが正直なところですが」

　幸か不幸か、天野はここまで言われてそれでも紅茶をくださいと言うような人物ではなかった。

「いえ、ではとりあえず事件の話をしてもよろしいでしょうか」

と彼は言った。なかなか賢明な判断だったといえるだろう。

「もちろんどうぞ」

御手洗は答え、天野は緊張しつつも話をはじめた。

「ではまずあらましを説明しますと……事件が起こったのは、一昨日のことです。ですからまだ完全に捜査が行き詰まってしまったというわけではないのですが、明らかに不可解なことがあって、僕としてはこのままじゃ捜査も進まないのではないかと思うんですよね。実は丹下警部とは叔父甥の間柄でして……年始の挨拶で会った時にそれでは御手洗さんのところへ行ってみろと言われてこうしてお伺いしました」

「ここへくる経緯は大体わかりました。それで事件とは？」

「ああ、すみません。ええとですね、一昨日のことなんですが、相模原の銀行に強盗が入ったんです。犯人は単独、暗い色合いのラフな服装で、中肉中背。黒い目出し帽を被っていたので詳しい人相はわかりませんが、言葉に少し関西訛りがあった中年に見えたそうです」

「銀行強盗ですか？　一昨日というと一月二日でしょう、そんな日から銀行が開いていたんですか？」

「いえ、営業していたわけではないようです。なんでも年明けから少々体制が変わる予定があったとかで、その準備に数人が出ていただけのようですね。しかし中に人がいる様子は外の通りからも普通に見えていたようなので特に犯人の特定には役に立ちません。そうですね、たとえばこの日銀行内に人がいるのを知っていた人間、つまり何らかの関係者ではないかと考えるのにはちょっと無理があります」

「しかしそれでもこのような銀行の状態を事前に知っていたという可能性も当然残ります。けれどあなたは関係者の犯行であると思っていないようですので、そう、おそらくその銀行強盗は用意周到ではなかったのでしょう?」

「ああはい、そうです。用意したと思われるのはその目出し帽くらいで、銀行員を脅すのに使った刃物は使い古した感じの出刃包丁でしたし、事前に準備していたというにはあまりにもお粗末なところが多いんですよ。まず銀行に入るときにもいったん表から入ろうとして開かない事に気がつき、裏へ回っているんです。刃物で脅された銀行員は三百万を犯人に渡したんですが、そのとき他の者が隙を付いて警備会社に知らせるブザーを押していました。それで犯人は用意していた黒いナイロンバックに三百万を入れてすぐさま逃げ出したんですが、銀行を出たところで駆けつけた警備員に見つかって、逃げる犯人と警備員で追いかけっこになったんですね。そしてこのときも犯人は何度も慌てて道を曲がったり迷ったり、とても逃走経路を考えていたとは思えない逃げ方をしています」

「ふうん。それで?」

「それで、十分ほど正月の人の居ない通りをあちこち走り回った挙句、NPビルという建物に犯人は逃げ込みました。そこまで追いかけていた警備員は二人です。それで彼らは裏と表からビルに入って、挟み撃ちにしようとしたんですが、逃げ場のなくなった犯人はどんどん上の階へ逃げてしまったんです。結局十一階の屋上まで逃げて、追いかけた警備員が屋上に上がったときには屋上の柵を越えていました」

「ほほう、相当追い詰められていたんですな」

「そのようですね。それで、警備員が屋上に出ると、犯人は下を見たまま目出し帽をとって、警備員が声をかけようとした瞬間には、そのまま飛び降りてしまったんです」

　御手洗はここで、不可解そうに眉を上げて脚を組んだ。

「ということは、正月早々銀行強盗に踏み切った犯人は、現金を手にしたはいいが警備員に追いまわされた挙句、追い詰められて十一階の屋上から飛び降りてしまったんですね？　では後は医者か坊主の出番なのではないでしょうか？　少なくとも今聞いた限りでは、探偵の出番はないように思いますが」

するとと天野はなぜか嬉しそうに小さく笑って言った。

「普通にいったらそうなんです。ところが、犯人は下に落ちなかったんですよ。驚いた警備員は飛び降りたのと逆側にある柵の出入口から柵の外へ出て、犯人が落ちた辺りから下を見たんです。けれどそこには窓拭きのゴンドラが四階分ほど斜め下にいるだけで、誰もいなかったんですね」

「誰もいなかった？」

御手洗の目が、きらりと光った。

「そうです。下の路上にも、もちろん窓拭きのゴンドラの上にもです。ゴンドラには清掃員の男が二人、何事もなかったかのように乗っていました。つまり犯人は、消えてしまったんです」

「ふうん。そうして犯人は、そのまま見つからなかったんですね」

言いながら御手洗は、顎に手をやってにやりと笑った。御手洗の正面に座る天野刑事は、身を乗り出して強調する。

「そうです。その後ほとんど間を空けずに警察が来ましたし、またちょっとした騒ぎもあって大勢の人間がこの辺りを右往左往しましたが、結局犯人の姿は見つからずじまいでした。御手洗さん、一体犯人は、どこに消えてしまったんでしょう？　我々もこのままじゃろくに捜査も進められないんです」

「まあまあ、そう焦らないでください。今聞いたところだけでは、情報が何もかも足りないのですよ。その後にも何かあったのでしょう？　まずはそちらの話をどうぞ」

御手洗はどこか嬉しそうにそう言った。彼は組んでいた脚を解き、両手は今にも揉み手をはじめそうにうずうずとしている。天野はそんな御手洗の反応を見て、少々浮かれながら先を続けた。

「そんなわけで犯人は消えてしまったんですが、その後も大変なことがあったんです。犯人を見失った警備員はとにかく下にいた窓拭き清掃員に話を聞こうと上がってくるように指示を出し、ビルの下まで到着していた警察に知らせようとしました。

　ところがこのゴンドラ、上から二本のワイヤーで吊るしてビルの表面についている溝に沿って自由に動くものだったらしいですが、上がろうとしたらこのワイヤーが突然片方外れてしまって、ゴンドラの中の男が一人落ちたんです。普通は命綱をつけているはずなんですがね、何故かこの時は落ちた男のほうはつけていなかったようです。乗っていたもう一人は、こちらは命綱もつけていたし、傾いたゴンドラにしがみついていて何とか落ちなくてすみました。その後はもう救急車はくる、はしご車はくる、警察は犯人捜しに駆け回るし、警備員は何がなんだかわからずうろうろするし、下には騒ぎを聞きつけた人が集まってくるし、大変なことになったみたいですね。ちなみに結局宙吊りになった清掃員が救出されたのは二時間以上も経った後のことでした」

「ふうん……それで？　犯人の捜索はどうなったんです？」

「一応救助活動と平行して付近の捜索は行なわれていましたが、ビルから飛び降りた後の行方はまったくつかめておりません。犯人がビルから飛び降りたのは間違いないですし、隣接のビルの屋上とか非常階段とか、それからビルとビルの隙間ですね、この辺りは混乱しながらも一通り捜索されました。でも犯人も犯人の遺体も、遺留品すら見つかりませんでした。ああそうだ、落ちなかった方の清掃員が救出された後に事情聴取を受けていますが、彼の話によると窓拭き中にちょうど座って一休みしていたら突然上が騒がしくなって、警備員にとにかく上がってこいといわれたんだそうです。もちろん落ちてくる犯人を見てもいません」

「その清掃員の彼はゴンドラのワイヤーが外れたときのことを何と言っています？」

「ゴンドラの操作に関しては、全てベテランの落ちた方……菅野が行なっていたんだそうです。とにかく上がれと言われたので菅野が操作して上がろうとしたところ、いきなりワイヤーが外れたそうですよ」

「その清掃員、もちろん事件とは関係がありませんね？」

「ないですね。救出後に清掃会社の人間と会っていますからこいつが犯人だったなんてことはありません。そもそもこのゴンドラに乗っていた人間は二人とも警備員に目撃された犯人像とはまったく違いますし。我々だって犯人が消えたと言われて、はいそうですかとは言えませんから、この辺りの確認はしつこいくらいやりました。共犯だったという可能性も考えましたが、そういうには犯人がこのビルに逃げ込んだのは偶然としか思えません。また、この一月二日の清掃自体、やる事が決まったのが年の暮れらしいです。清掃員が現場へ行くように言われたのは何と前日の一月一日ですよ。共犯で計画的犯行というにはあんまりにも無理があります」

「ふんふん。なるほど、これはなかなか面白そうな話になってきましたね」

　言って御手洗は、ついにソファから立ち上がって歩き始めた。後になって天野刑事は、この時噂の御手洗潔のうろうろ歩きが目の前で見られて感動したといっていた。ほとんど珍獣扱いである。

「ところでこの犯人が屋上についてからの一連の事象の間、下からビルを見上げていた人間はいなかったのですか？」

「これが見事に誰もいなかったようなんです。何しろ三が日の商店街の外れですからね、開いている店なんか一軒もありませんでしたし、人通りが普段より極端に少なかったらしいです。それでももちろん数人はいたのですけど、それも窓拭き清掃員が居たのと逆側、まあこちらがビルの正面なんですが、こちらに駆けつけたパトカーにみな注目していたらしくて。みながビルを見上げたのは、ゴンドラが外れて清掃員が落ちてきてからですよ」

「なるほど」

そういった瞬間、御手洗は衝立際に積んであった本の山に足を引っ掛けて崩したが、気がついた様子もなく歩き続けた。

「なるほど。ところで屋上まで追いかけた警備員は飛び降りる直前に目出し帽を取った犯人を見たといいましたね？」

「そうですね、一瞬だけ横顔が見えたそうです。四十代くらいの髪の短い男だったそうです」

「ほう。ちなみに二人の警備員と二人の清掃員はどんな人間でしたか？」

「警備員と清掃員ですか？　ええと……警備員のほうは二人とも長身でがっちりした男で……名前は……」

言いながら天野は慌てて手帳をめくる。

「名前は、岡島悟三十七歳と中野清介二十四歳ですね。岡島の方は眼鏡をかけています。二人ともナカジマ警備会社というところの人間で、中野はアルバイトだそうです。清掃員のほうは菅野明四十八歳、少々小柄な男で、独身。助かったほうは桜井章太郎二十三歳、茶色い長髪で痩せ型中背だったと思います。こちらは宗田清掃という会社の者です。ちなみにこの清掃会社なんですが、少々仕事にまずい所があったみたいです。たとえばこのゴンドラを使ったビルの清掃ですが、本来は屋上に一人とビルの下に一人、安全の確認をする要員を置かないといけないんだそうです。事件当時はまず下にいなきゃいけない人間がいませんでしたし、上にいるはずの人間……庄田といいますが、彼も寒さに耐え兼ねて午後からビルの中に入ってしまってラジオを聞きながら酒をちびちびやっていました。ああそうだ、ちなみにこの庄田の証言でゴンドラには確かに菅野と桜井が乗って窓拭きをしていたということがわかっています。まあ、事故も含めてこれだけやればもう立派に労働安全基準法違反です。正月早々無理やり営業していたことからしても少々運営が窮していたらしいですし、清掃会社のほうはそれで今手入れを受けています」

「ふうん……なるほど、お話は大体わかりました。しかしやはり何か言う前に事件現場を見ておきたいですね。相模原でしたっけ？　では、今からいきましょう。案内を頼めますかな？」

「え？　今からですか？」

天野はあまりの話の早さにさすがに驚いた。

「何か用事があるんですか？」

「いえ、今日はもうありませんけど……」

「そうですか。ではまだ午後も早いし、何も問題はないでしょう。さあ、行きましょう」

「はあ……」

しかし御手洗はなんとそのままの格好で意気揚々と出て行こうとし、慌てて天野は彼を押しとどめ、セーターとコートを着るように勧めなければならなかった。

事件があったという相模原までは関内から横浜線に乗って五十分ほどのところにある。相模原の駅に着くと天野は署から車を呼びましょうかと言ったが、御手洗は歩いていくと言った。

相模原は住宅地ばかりが多く犇《ひしめ》く所謂ベッドタウンである。その日常の買い物どころになるらしい相模原駅前には広いバスターミナルがあり、一見閑散としている様に見えたが、少し離れると周辺には小規模デパートや様々な店が立ち並んでいて、三が日を過ぎてそのうち幾つかはすでに開いていた。デパートがあるあたりまで行くと道には正月の買い物をする人たちが家族連れで歩いていて、みな何かしらの大きな荷物を抱えている。子供はお年玉で何か買ったのだろう、嬉しそうな表情をしている者が多かった。よく晴れた、寒い日であった。

そんな中を男二人で歩きながら、天野刑事が言った。

「あのう……聞いてもいいですか？」

「何ですか？」

「ええとですねえ、石岡さんはどちらにお出かけなんでしょうか？　正月だし、ご実家ですか？」

「ええそうです……」

そういって御手洗はふと歩みを止めた。いきなり天野を振り返る。

「君、今日は何日だったかな？」

「今日ですか？　一月の四日ですけど……」

すると御手洗は、しまった、という顔をして俯いた。その反応に天野が慌てて尋ねる。

「あの、四日だと何か問題があったんですか？」

「そういえば今日は石岡君が帰ってくる予定だったな……まあいい、とにかく事件現場を見ましょう」

そういって御手洗はまた歩き出したが、その歩みは心持ち早足になっている。やたらな長身の御手洗に早足で歩かれるのは、平均身長ぎりぎりの天野にとってはなかなかつらいものがあったが、この際なので黙ってついていった。

例のビルは駅から十分ほど歩いたところにあった。駅からぽつぽつと続いていた店が終わった国道沿いにあり、ここまで来るとさすがに正月の威力を発揮していまだ人通りは少ない。

十一階建てのＮＰビルは飾り気のない長方形の近代的なビルで、両脇にそれぞれ五階建てと六階建ての少し古いビルに挟まれていた。ビル自体はそう大きくはなく、非常に縦長の印象を受けた。各階の窓は大きく両隣のものとはほぼ完全につながった嵌め殺しで、ちょっと離れて見るとまるで大きな石板に横縞を引いたように見える。

「見ての通り各階の窓は開かないつくりです。インテリジェントビルっていうんですかね。壁なんかまっ平らのつるつるですし、窓だって内側から見てもガラスが嵌め込んであるだけという印象です。……実は紐を使うとか何とかして、飛び降りた後に窓からビルに入ったんじゃないかなんて意見も出ましたので、そりゃもう窓はしつこく調べたんですが、結局開いたのは一階の窓だけでした。二階以上は完全な嵌め殺しなんです」

二人はまずエントランスのあるビル正面に行くと、天野がそう説明した。

「各階には大体小さな会社の事務所が入っていますす。ちなみに一月一日はさすがにビル自体が閉まっていたそうですが、二日にはもう開いていたそうですよ。警察と大して変わりませんね。事件当日は主に四階と六階に人が来ていたそうです」

「ふうん」

御手洗はあまり気のなさそうに、ビルを見上げてそう答えた。

「事件当時、この玄関前にはパトカーが来ていたんですね？」

「そうですね、中で警備員と犯人が追いかけっこをやっているときに着いたそうです」

「犯人が飛び降りたのは裏側ですか？」

「ええ。回りましょうか？」

「もちろん」

それから二人は建物三つを通り過ぎて、裏側へ回った。裏側は国道に面した正面側よりは狭いが、それでも少なくとも『裏通り』という印象はないごく普通の通りだった。問題のNPビルの正面にあたるところには四階建てのマンションの階段とエレベータ、各階のエントランスが見えている。両隣は普通の民家である。ただ共通しているのは、すべてNPビルへ建物の裏を向けているという点だった。そういう意味では、ここは立派な裏通りである。

「ちょっと変な印象でしょう？　つまり、NPビルの正面が北を向いているんですね。ビルとしては国道沿いに面したところに正面を置きたかったんでしょうね。けれどその結果、他の民家やアパートなんかは南向きに建てますから、こんな風にどこからも背中を向けられた通りができてしまっているんです」

「なるほどね。NPビルの真裏は駐車場ですか。では、犯人の彼が消えずにちゃんと落ちていたらこの駐車場に落ちていたということですね」

「そうなりますね。ところで御手洗さん、駐車場のこっち側、気になりませんか？　この小さい建物、その名もハザマビルっていうんですが、これだけがこの裏通り側を正面にしているんですよね。それは見ての通り国道側には別のビルが建っちゃっているからなんですが、これ、駐車場側にまではみ出しているんですよ。八階建てっていったらNPビルの屋上からどうにか飛び移れませんかね？　ただこれには一つ大きな問題があって、ハザマビルの屋上に出る扉には鍵が掛かっていたんですよね」

　天野はそう話し掛けたが、御手洗は駐車場に立ち上を見上げているだけである。

「ん？　何か？」

　ふと気がついたように振り返って言う。

「いえ……あの、屋上に上がってみますか？」

「そうですね、あがりましょうか。ところで屋上はいつでも人が入れるんですか？」

「いえ、鍵がしてあるそうです。事件のときは清掃の関係で開いていたようですよ」

　二人はまた正面に回り、天野は警備員に警察手帳を見せて屋上の鍵を開けるよう頼んだ。エレベーターで十一階まで上がると、後は非常用の内階段から屋上に出る。愛想のない閉塞的な非常階段を上りながら御手洗が言った。

「屋上に出る経路はこれひとつだけですか？」

「そうです。外階段なんかはありませんし、あと出入りする手段があるとしたら各階の緊急用の梯子を降ろすしかありませんね。もちろん事件時にはそのようなことはありませんでした。もっとも、ゴンドラの宙吊り騒ぎで初動捜査は遅れに遅れましたので、その間にしまう隙くらいはあったかもしれませんが」

屋上に出るとひゅうと音を立てて耳元を風が掠め、その冷たさに天野は思わず一瞬首を竦めた。真冬のビルの屋上など、調査でもなければ特に来たくもないところである。彼は正月早々一人ビルの屋上でゴンドラの操作と見張りをしなければならなかった清掃員が、途中からビル内に入って酒を飲んでいた気持ちが少しわかるような気がした。何しろこれは寒すぎる。

「ああ、良い眺めですね」

まるで春風を受け流すように顔を上げて御手洗が言った。確かに屋上からは辺り一帯の住宅地が満遍なく眺められて、見晴らしは非常に良い。しかし今現在、穏やかに風景を眺められるほど心地よい気温では決してない。天才というのは寒い暑いも普通とは違うのだろうか、と彼は少々不気味な思いで聞いてみた。

「あの……御手洗さんは、寒くないんですか?」

「いや、気温が低いということはよく分かります。確かに寒いですね。しかしこんな寒い中ゴンドラに乗って窓拭きをしていたなんて、身体も冷え切ってしまうでしょうね」

「ああ、でしょうね。真冬に窓拭きとか外壁の清掃なんてやっていると、身体が冷えてすぐトイレに行きたくなるんだそうですよ」

「ふふん、なるほど。ところで宙吊りになったゴンドラから清掃員が救助されて、まともに初動捜査が始まったのは何時ごろでした?」

「もう暗くなっていましたね。その頃には私ももうこちらについていましたが、ちっとも騒ぎは収まっていませんでした」

「ふうん。どうしてそんなに救助に時間がかかったんです?」

「何でもその時別のマンションで火事があったとかで、はしご車が出払っていたんだそうです。ゴンドラに取り残されたほうは一応命綱はつけていましたからしばらくはしご車を待ったんですが、結局はしご車はこの裏通りには入れなかったんです。ええと向こうの端、見えますか？　裏通りの入口の所で水道工事をやっているんですよ。今はもうほとんど終わっていますが、当日はちょうど掘り返していた所で。もう一方の端には路上駐車が二台もあったとかで、むちゃくちゃですよ」

「それで？」

「それで結局、救急隊員がこの屋上からもう一台ゴンドラを降ろしてそちらに移らせたんです。その設置だのゴンドラの用意だのでまた大いに時間がかかりまして。救助された時桜井は寒さでがちがちだったそうですよ」

「でしょうね。こんな所で何時間も宙ぶらりんになっていればね」

　言いながら御手洗は屋上の二メートルほどの柵の内側をぐるりと回ると、ビルの正面側にあった柵の出入口を開けるよう言った。

「ところで犯人や警備員はここから柵の外に出たんですね？」

「ええそうです。事件当事は清掃員が出入りしていたのでこの南京錠は開けられていたんです。……御手洗さん、出られる気なんですか？」

「出ないと犯人と同じ物は見られないでしょう」

　答えて御手洗はさっさと柵から出て、犯人が飛び降りた辺りまで屋上の端を歩いていった。柵の外側から屋上の縁までは大体一メートルほどしかなく、もちろんそこはいくらかの段差があるだけで柵などはもうない。遊歩道を歩くような足取りの御手洗に天野は密かに肝を冷やした。何しろこの人物、他のことに気をとられてついうっかり足を滑らせそうに見えるのだ。

「犯人が落ちてから警備員が下を覗くまで、少し間があったんですよね？」

「ええ、見てのとおりビルの外周を回らなくてはなりませんから。しかもこの高さですからね、早々駆け寄るわけにもいきませんし。でもまあ、一分もかかっていませんでしょう」

「それで下を見ても犯人の影はなく、内側に戻って下の警察を呼びにいこうとした」

言いつつあらぬ所を見ながら、御手洗は歩いていく。せめて足元を見ながら歩いてくれないだろうか、と天野は思った。御手洗が立ち止まる。

「犯人が落ちたのはこの辺りですね？」

「そうです。御手洗さん、そろそろ内側に戻りませんか？　今日は風も強いし、危ないですよ」

「なるほど、先ほどあなたが言った通りだ、右手の三階分下に隣のハザマビルの屋上が見えますね。しかしこの位置から飛び降りるのは少々きついでしょうし、クッションもなくてはね。足の骨くらいは折るのは確実でしょう。やあ、真下はまさに断崖絶壁だ。手足が掛けられるような所は何もない」

独白するようにそれだけ言うと、御手洗ははらはらしながら柵にしがみついていた天野を気にする様子もなく落ち着いた足取りでまた縁をぐるりと回って、やっと柵の内側に入ってきた。

「屋上の様子は大体わかりました。では、戻りましょうか」

「え？　もう戻られるんですか？」

「まだ何か？」

「……いえ」

そして御手洗はまたさっさと元来た非常階段のドアを開ける。屋上に来てから出るまで、わずか十分程しか経っていない。天野は慌てて後を付いていきつつ御手洗の背中に言う。

「この後はどうしますか？　関係者の話が必要でしたら今すぐ手配してきますが」

「いや、僕はちょっと急がなくちゃならないのでね。ところでやはり屋上は冷えますね。帰る前にトイレをお借りしたいが、トイレはどちらですかな？」

「その右手奥です」

ずっと無言でついてきていた警備員が言った。

トイレから出てきた御手洗は、これからどこに行くのかと身構えつつ生真面目に襲われた銀行や清掃会社などの連絡先を確認していた天野に、あっさりと言った。

「では、僕はこれで帰ります」

「は？　帰られるんですか？」

天野は驚いて凝視していた手帳を落としそうになった。

「ええ。今警察では犯人の目撃情報から捜索しているんですよね？　それをそのまま続けてください。難航するようでしたら、例の清掃員をもう一度詳しく事情聴取すると良いでしょう」

「ちょ、ちょっと待ってください。私には何がなんだかわかりません。消えた犯人はどこへ行ったんですか？　御手洗さんにはもう分かったんですか？」

「大体ね。しかしその辺りの次第が分かった所で犯人を捕まえるには大して役にはたちませんよ。裏技は警察では歓迎しないでしょう？　とにかく僕は今日はちょっと急ぎますので、もしこれから先捜査が行き詰まるようでしたらまた連絡をください。では、僕はこれで」

言うやいなや、御手洗は何がなんだかわからず戸惑う天野を置き去りに、すたすたと早足で去っていった。

御手洗の姿がエレベーターに消えて見えなくなると、呆然としている天野に警備員が言った。

「もういいですか」

天野には、はいと答えるしかない。


夕闇迫るころになって御手洗が一人馬車道の家に着くと、彼はマンションを見上げて不審気に眉を顰めた。もう外は暗くなってきているというのに、灯りがついていなかったのである。

妙に落ち着かない気分で五階まで上がり家に入ったが、やはり誰も居る様子がない。部屋は昨日までと変わらずしんとして冷たい。御手洗はもう一度、日にちと時間を確認する。一月四日、十七時過ぎ。私は遅くとも四日の暗くならないうちには帰ると言って家を出たのである。

部屋の中のあらゆる所に置かれたそれぞれ飲み掛けのコップ類もそのままなら、行く前に彼が自ら崩した本の山もそのままである。靴も脱がずにさてどうしたものかと思った所で電話が鳴った。玄関口の電話のそばに居た御手洗はコール一回で電話をとる。

「もしもし」

「もしもし、御手洗？」

「……ああ、石岡君かい。僕の記憶違いでなければ君はもうここに居るかごく近くまで来ているかのはずなんだけれどね。何かあったのかい？」

「うん……実は今、病院にいるんだよ。今日家を出ようとしたところで、いきなり母親がその……気持ち悪いと言って吐いて、めまいもするっていうんで病院に運んだんだ。それで今、精密検査してる」

御手洗は一瞬沈黙した。やがて静かに言う。

「それは、よくないね。最悪の場合脳血栓や脳内出血の危険性がある。検査というのは主としてCTとMRIかい？」

「まだ詳しい説明は受けていないんだけど、多分そんなことじゃないかな。早ければ今日中に結果を教えてくれるって」

「運動障害や言語障害が出ていないのならそうひどいということはないと思うよ。石岡君、きっと今君の両親はとても不安だろうから、心行くまでいっしょにいてあげたまえ」

「うん……ごめん」

「謝る必要なんてどこにもない。君は君のできることをするといい」

「うん、ありがとう。御手洗、ところで君、ちゃんと食べているかい？　僕が戻ったら君が栄養失調で倒れているっていうのが僕の一番の心配事なんだよ」

　御手洗は苦笑する。

「石岡君、君は僕を何だと思っているんだい。ちゃんと必要最低限は食べるようにしているさ」

「食べたとしても、ちゃんと食器の類は洗ってるかい？　それから君は放っておくと真冬とは思えない薄着でうろうろするから。いくら丈夫な人間でも風邪はひくんだから、気をつけてくれよ」

　当たっているな、と思いはするがそれは声には出さないようにして、ややぶっきらぼうに御手洗は答える。

「わかったわかった。とにかく詳しいことがわかったらまた連絡してくれたまえ。どうせ僕は大体ここにいるから」

「うん、それじゃあ。またすぐにかけるよ」

　そう言って電話は切れた。受話器が沈黙してしまうと、部屋の温度が更に下がったような気がした。

　受話器を置いてまたすっかり静かになった薄暗い部屋の中を見回し、ふと、自分の立つ玄関の足元が影になり真っ暗であることに気がつく。そのぽかりとした暗さに、落とし穴のようだ、と思う。何かが這い上がってきそうだ！

　御手洗は感触だけで自分がまだ靴を履いたままであることを確認すると、そのままくるりと振り返って玄関を開けた。

　今日の食事は、外で取ろう。御手洗は今だ正月の気配の濃い街へ、一人出ていった。すっかり夜のものになった風が冷たく、首を竦めた。


　昨日と変わらず冷たく晴れた翌日、御手洗は電話の音で目を覚ました。昨晩は結局久々に一人で『糸ノコとジグザグ』へ行き、偶然居合わせた知り合いと閉店まで飲み明かし帰ってきてからは昼間読んでいた本の続きを読み、眠ったのは空が明るくなる頃だった。当然寝足りているわけもなく、御手洗は布団の中で煩く鳴り続ける電話を反射的に無視しようとしたが、同居人からという可能性に気がついて結局は取りに行くことにした。

「……もしもし」

毛布を引きずったまま電話口まできた御手洗は、寝起きの潰れた声でどうにか応答する。

「あ、おやすみでしたか？　申し訳ありません。相模原署の天野です、昨日はお世話になりました」

「天野？」

聞きなれない名前と声に、御手洗はしばらく本気でそれが誰だかわからなかった。数秒経ってからやっと昨日事件を持ってきた人物だと思い当たる。

「ああ、昨日の。事件でも解決しましたか」

「……解決していませんよ。昨日はお急ぎだったようですのであえてお引止めはしませんでしたが、今日はお時間はおありでしょうか？　できれば御手洗さんがわかっているところまででいいですから、教えていただけませんか」

「あいにく僕は今日は電話番という用事を仰せつかったんですよ。それでしたら今ここで説明しましょうか？」

欠伸をかみ殺しつつ、いかにもやる気がなさそうに御手洗が言った。天野は怪訝な声を返す。

「今この電話でですか？　御手洗さん、本当に犯人が分かっているんですか？」

「ですから、犯人はわかりません。どうやって消えたかくらいは分かりますけどね、それが分かったところで犯人の特定はできないんですよ。ですから昨日、地道な捜査を続けてくださいと言ったでしょう」

電話の向こうで天野は一瞬沈黙した。

「御手洗さん、正直に言って、私には御手洗さんが分かっているとは思えません。分かっているのなら、いくら急いでいたといっても昨日簡単にお話してくれたってよかったでしょう。分からないなら分からないと言ってくれませんか？　そうしてくだされば こちらもあきらめて地道な捜査を続けます」

この天野の発言は、いたく御手洗のプライドを傷つけたらしい。後から天野に聞いたところによるとこれは御手洗を怒らせてでも分かっているところを話させたかったということだが、残念ながら今回は裏目に出てしまった。御手洗がどうでもよさそうに言う。

「天野さんでしたかな、正直言って今僕は解決編をやる気がまったくないのですよ。やったところで犯人がその場で捕まるものでもない。おや、もうお昼なんですね。では、僕は今電話待ちをしていますのでね、これで失礼します」

「え……あのっ」

そのまま受話器を下ろし、御手洗はちらりと時計を見た。昼を少し過ぎたところである。それからもう一度沈黙した電話機を見て、あきらめてずるずると毛布を引きずったまま、部屋へ戻ってもう一眠りすることにした。

が、自室のドアを空けようとしたところで電話が鳴った。また天野からということも考えられたが、御手洗は毛布をドアの前に落としてまた電話機の前に戻った。

「もしもし」

「あ、御手洗？　僕だよ」

「ああ、石岡君……」

「なんだい、君はまだ寝ていたのか？」

「いや、起きてたよ。結果は出たかい？　もし治療に時間がかかるのなら、僕から君の荷物を送るよ」

「ええ？　いきなりなんだい」

「脳関係の異常は治療に時間と手間がかかる。一週間や二週間の話じゃないだろう。もし君の母親がそんな状態だったら、君は迷わず介抱を選ぶだろうし、僕も一般的に見て家族というのはそうするのが当然なんだろうと思う。僕はちゃんと食べてるし薄着もしてないし洗い物もやってるから、君は安心して何ヶ月でも何年でもそちらにいたまえ」

電話の向こうで小さく吹き出す。それから続いた声には小さな笑いが含まれていた。

「君、心配し過ぎだよ。結果は昨日のうちに出てたんだけど、電話をかけても君がいなかったからさ。まったくばかばかしいよ、酒の飲みすぎだろうだってさ。もう結構な年だから、変な風に二日酔いが回ってきたんだろうって。まあ珍しく僕がいて、ずいぶんはしゃぎすぎたということもあるみたいだね。脳以外にもいろいろ検査してもらったけど、特にどこにもおかしいところはないって」

虚を衝かれたような一瞬の沈黙があった。

「……それは詳細な検査をした結果かい？」

「うん、もちろん。脳血栓とかだと後から大変な症状が出る場合もあるんだろ？　脳に関しては昨日のうちにこれ以上はないくらい丁寧に調べてくれたみたいだよ」

「そうか、それはよかった」

本当によかったといった風に御手洗が言った。

「うん。それでもう僕は帰っていいって父親に言われてさ。実はもう今駅なんだ。夜にはそっちに帰れるよ」

「……なんだって？」

「だから、夜くらいには帰るって」

「今日の夜……」

「うん。あ、そろそろ行かないと電車が来ちゃうな。それじゃ」

この電話が切れてからの御手洗の行動は、完全に私の憶測による。しかし主に天野刑事から聞き出した証言からしてほぼ間違ってはいないだろうことも明記しておく。

電話が切れるとまず御手洗は、しばらくぐるぐると歩き回った後に、思いついたように相模原署に電話をかけた。天野刑事を呼び出して彼は一方的に幾つかの指示を与え、どうしていきなりそんな気になったのかと尋ねられると、御手洗は
「解決編をやる気になったのですよ。ついでに犯人も捕まえられるかと思います」

と答えた。

電話を切ると今度は昨日のままのコップ類だらけの部屋の中を見回し、それら全てを洗いにかかった。おそらくここでごみ捨てや一部の本の片付けもしたと思われる。つまり、帰ってきた私に文句を言われない程度までの片づけをしたのだ。


さて、ここから先は全て、私が実際に見聞きしたことになる。

結局電話で御手洗に帰宅の知らせをしたその夜になって、私は約一週間ぶりに馬車道の我が家へ帰りついた。久々に海の気配のする冷たい夜の中いまだ正月の匂い残る横浜の街を歩き、私は荷物を抱えすっかり冷えた手でドアを開けた。

「ただいま」

「……なんだい帰ってきたとたんそのスーパーの袋は」

部屋の中は私が心配したほどには荒れておらず、御手洗は栄養失調で倒れていることもなく普段と全く変わらぬ様子でソファに寝そべり何かしらの本を読んでいた。その『当たり前』に、私はほっと息をつく。

「一旦帰ってきてからだとスーパーは閉まっちゃうからね。どうせ冷蔵庫は空っぽだろ？」

「そう言うことじゃない、君は荷物とスーパーの袋を引きずって来たんだろう？　駅から僕を呼べば良かったんだ」

本を閉じてむっくりと起き上がり、何気なく御手洗が言った。

「なんだ、気味が悪いくらいやさしいな。そこまでしてくれなくてもちゃんと夕飯は作るよ」

久々に生で御手洗の声を聞きながら、私は照れ隠しも含めてそう言う。

「ふうん、しかし思ったより部屋の中はきれいだし、食器もたまっていないね。君だってやれば出来るんじゃないか」

見渡しながら案外放って置けばやるんだなとこの時の私は思ったが、キッチンに行ってよく見るとあらゆるコップ類は全て位置が変わっていたし、ほとんどのものにはまだ幾らかの水滴がついたままになっていた。更に御手洗の着ているセーターはクリーニングの袋から出したてという風に汚れていなかったし、おまけに衝立の下に何か紙の切れ端が挟まっているのも見つけてしまった。私はそれらの事実に首を傾げたが、これらの謎は後に天野に話を聞いて分かることである。

しかし御手洗は言う。

「当たり前だよ。大体普段は君が異様に細かすぎるのさ。僕はちゃんと食べていたし、薄着して風邪ひくこともなかったし、おまけに事件の依頼まで受けていた。石岡君、君、どうにか解決編には間に合ったみたいだね」

「ええ？　事件が来たのかい？　どんな事件なんだい」

すると御手洗はどこか得意げににやりと笑った。

「もちろん話してもいいがね、とりあえず紅茶でも淹れて落ち着くなんてどうかな？」

そして私は、買いこんできたものを冷蔵庫にしまい、久々に紅茶を淹れてソファに落ち着くことになった。座った瞬間身体に馴染んだソファの感触に、少しだけ不思議な感覚を覚える。離れていたのはたった一週間のことで、実家も実家でとても心落ち着く所だったのに、それでもやはり帰ってくると、こうして感覚的にここが私の家だと認識を新たにするのだ。私はもう、それほどにここに馴染んでしまっているのだ。

そして私は不思議なほど落ち着いた気分で紅茶を飲みながら、御手洗から天野という刑事が持ってきた事件のあらましを聞くこととなった。

「消えた？　強盗犯が？」

一通りの話を聞き終わり、私は眉を顰めた。

「そうなるね。今日で事件から三日が経つわけだけれど、未だこの飛び降りた後の足取りは全くつかめていない。さて石岡君、君は犯人が一体どこに消えたんだと思う？」

「うーん……そうだなあ。犯人が十一階のビルの屋上から飛び降りたっていうのは間違いないんだよね？」

「そうだね。観測の有効性を疑ってみるのも一つの手だけれど、そこまで疑い始めたらきりがないし、もしその証言が嘘だとするにはあまりも警備員に得るところがない。また警備員と犯人が何らかの取引をするにはあまりにも時間がないし、始めから提携していたというにはやはりあちこちの箇所で偶然が作用しすぎる。まず飛び降りたのは間違いないと思う」

「そうかあ……えーとじゃあ単純に考えて。実は犯人は警備員に見えないようにロープか何かを用意していて、それを伝ってビルの窓から中に入った。こう、ロッククライミングみたいにしてさ」

「無理だね。窓は間違いなく嵌め殺しだし、割れているものもなかった」

「じゃあそのまま地面まで降りた」

「犯人が隣をするする降りていくのを、窓拭きの清掃員は全く気づかなかったという気かい？」

「気づかない……わけはないか。あ！　分かった。下に下りたんじゃなくて、その隣にあったっていうハザマビルだっけ？　そこに飛び移ったんだよ。予め人目につきにくいロープかなんか張っておいてさ。つーっと滑っていったんだ。これなら三階分の高低差があるほうが返ってやり易い」

「いいね！　しかしそうするとロープを準備しておかなきゃならないな。そうと言うには犯人がこのビルに駆け込んだのは十五分も逃げ回った後だ。直線で行けば五分で済むのにね。更にいえば清掃員が目撃した限りじゃあそんなものが用意されていたということはない。第一そんなものが張ってあっちゃあ、清掃作業用のゴンドラを吊るせないよ」

「あ、そうか……ううーん。駄目だ、僕には分からない。降参だよ」

　すると御手洗は呆れたようにソファに身体を沈めた。

「おいおい石岡君、君は諦めるのが早すぎるよ。それとも実家でのんびりしすぎて正月ボケでもしたのかい？」

「そういうわけじゃないよ。だって本当に分からないんだよ」

「君が事件のあらましを聞いてからまだ五分しか経ってない。分からないと言うにはまだ早すぎると思わないかい？　さあ、いいから他の案も出してみたまえ」

　御手洗はにやにやしながらそう言った。私は分かるとか分からないとかいった以前の問題で、あまり気分がよくはなかった。まるで試験でもされているような気分だ。しかしこの数日間は御手洗に全く付き合わなかったことを考えるとなんとなく後ろめたいような気がして、結局私は話を続けた。

「じゃあ……さっきのハザマビルへのロープ説はそのままで、二人の清掃員が共犯だったというのはどうだろう？　これなら準備はこの二人がすればいい」

「だから犯人がこのビルに入ったのは偶然性が高いといっているだろう。まあそれはちょっと強引に何らかの事情があったとしようか。すると共犯者たちの一人は哀れにも落下し、一人は寒空の中何時間も宙吊りになったんだね」

「……。つまりそれは……事故だったんじゃないかな？　うん、そうだよ。強盗犯が隣のビルに移るときにロープが引っかかるとかなんかして、ゴンドラが宙吊りになったんだ。うん、きっとそうだよ。ありえそうだ」

　私にはこれはなかなかいい考えのような気がした。これならロープの準備に関しても、その後ゴンドラが宙吊りになったことにもきれいに説明がつくではないか。しかし御手洗は言う。

「ゴンドラのワイヤーが外れて宙吊りになったのは、追いかけてきた警備員が下を覗いた後だ。君の説に従うならゴンドラの事故は犯人が隣のビルに移ったときか、ロープを回収しているときに起きることになる。それに清掃員がぐるでロープを用意したというなら、ちょっとした失敗で自分たちの乗っているゴンドラに事故が起こるような張り方をするかな？」

　あっさり御手洗にそう言われて、私は黙り込んだ。

「更に言おうか。君の今の説だと犯行は非常に計画的だということになる。しかしさっきも言ったように銀行からお金を盗る際にもあまりに手際が悪いし、そもそもの問題でどうして犯人がそんな大掛かりな事をしてまでビルから飛び降りなきゃいけなかったのかが全く不明になる。逃走経路を隠すため？　その割りにはこのやり方は危うすぎる。だってこの時点で誰かが下から見上げてたり、警察が下で待ち構えていたりしたら全く無意味になってしまう」

　御手洗は私を見ながらどこか楽しそうにそういった。どうも何か、遊ばれているというかからかわれている気がする。しかしそんなことはもう既に何時もの事なので、あえて私は気にしないことにした。

「分かった、兎に角そういう方向じゃないんだな。と言うことは……ハンググライダーで飛び去ったとかもなしだね。じゃあ、やっぱり犯人は飛び降りた振りをしただけで、実は屋上周辺に隠れていたっていうのはどうだろう？」

「それは実際現場を見てきた僕が絶対にないと言い切ろう。隠れるような段差もないし、引っかかれるようなところもない。壁は芸術的なまでにまっ平らで、あれではフリークライミングの達人でも五分と引っ付いているのは無理だろうね」

「あああもう、やっぱり分からないよ。あ、そうだ。もっと単純にこんなのはどうだろう。犯人は決死の覚悟で、隣のハザマビルの屋上へ飛び移った。この二つの差三階分で十メートルくらいだろう？　うまくいけば死なないんじゃないかな」

「死なないとしても、脚の一本や二本は折れるだろうさ。このままはいずって逃げおおせるとは思えないね。更に遅れた初動捜査とはいえ、警察の始めの見解は『外へ逃げた』ということになっていたから
ね、このハザマビルと両隣、周辺の建物はきっちり調べられているよ。ああそうだ、このハザマビルの屋上の扉には鍵が掛かっていたと言っていたような気もするな」

「……そういうことは始めから言ってくれよ。ならあれだ、もっといい加減に考えよう。犯人は飛び降りたが風に流され、ビルとビルの間の目立たないところに落ちてしまった」

「うん、実は僕は一番初めにその可能性を考えた。でもさすがにその辺りは警察が調べたらしいよ。まあ、彼らが思いつくのはそれくらいだろうし、いつだったかな、以前飛び降り自殺をした女性がビルの隙間に落ちて死んだまま何ヶ月も見つからなかったと言うこともあったしね。もっと都心部の話だけれど」

「そうかあ……じゃあもう僕はネタ切れだ。もう何もでないよ。降参だ」

私は両手を降参のポーズに上げて言った。

「やれやれ、結局十五分か。まあいい、後は明日までにもう少し考えてみてくれたまえ」

御手洗はどこか得意そうに眉を上げてそう言う。

「うーん……御手洗、君は明日解決編をやることを天野という刑事と約束したんだろう？　そうしたら、君にはもうわかっているって事だよね」

「問題としては別に何も難しいことじゃないんだよ。というより、どこにも複雑なことはない。明日は午後から例のビルに行くことになるからね、石岡君、君は旅の疲れが残らないように今日はゆっくり寝ておきたまえ」

御手洗はそう言って、美味そうに紅茶を一口飲んだ。

翌日、私たちはのんびりと昼も過ぎてから馬車道の家を出て、例のビルのある相模原へ向かった。関内で電車を待っていると横浜線の電車より先に京浜東北線が来てしまったので、私たちはそれに乗って東神奈川で横浜線に乗り換えることにした。初詣の帰りだろうか、電車の中や駅では破魔矢を持った家族連れや華やかな若い女性の着物姿を見ることが出来た。私はふと気がついて聞いてみる。

「そう言えば御手洗、君、初詣なんて……行くわけないよね」

言ってしまってから気がついたが、そう言えば私はこの男と初詣なんて行った例がないのだった。大体御手洗は、そういう世間一般的な行事や慣例を小馬鹿にした感があるというか、そもそも大して気にかけていないのである。思ったとおり、御手洗は例の人を小馬鹿にした顔で言った。

「行くわけないね。君に言われるまでそんなものがあることすら忘れていたよ。大体どうして芋洗い的に込み合う着物の展覧会場に突進して野球選手でもないのにあらん限りのコントロールで小銭を投げなきゃ行けないんだ？　信仰心以前に何か大きな問題があるように僕には思えるね。ああそうか、君、要は着物を着た若い女性を見に行きたいと言っているのかな？」

「そんなこと言ってないって！　いい加減もうそれはやめろよ」

私が怒ると、御手洗は肩を竦めて笑った。何故だかよく分からないが、昨日に引き続き御手洗は何かご機嫌である。

「あ、そうだ。昨日あれから考えたんだけどさ。何ていったっけ、落ちて死んだ方の清掃員。彼は本当にただの清掃員だよね？　実はこの彼が強盗犯だったっていうことはない？」

「ない。確かに年齢は少し近いけど、落下した清掃員は目撃された犯人像と違う。端的にいえば犯人像は頭が随分後退してたって話だけど、清掃員は髪はしっかりしてたらしい。ああ、もし彼の普段は鬘だとして実は犯人だったら、わざわざ鬘を被り直してから落下したってことになるね」

そういって御手洗はくすくす笑った。私は言う。

「でもそれってありえないかい？　鬘を被りなおすことで誤魔化そうとしたとか」

「おいおい石岡君、彼はその後病院であちこち検査されているんだぜ、鬘かどうかくらいそのとき分かるさ」

その通りだった。そして逆、つまりわざわざ目出し帽の下に禿の鬘を被って銀行強盗する人間はいない。

東神奈川で電車を乗り換え、四十分ほど乗ると相模原である。私たちが駅につくと一台の車がすでに駅前で待っていて、ロータリーに出ると車に寄りかかっていた細面の小柄な男が駆け寄ってきた。若いが、物腰ですぐに刑事だと分かる。

「ご苦労さまです。御手洗さん、とりあえず昨日頂いた指示は全て済ませておきました」

「そうですか。ああそうだ、こちらが助手の石岡君です」

「あ、石岡です」

こう紹介される時、私はいつもいつから助手になったんだと思うのだが、では何だと言われても面倒なので大体言及しないことにしている。と言うよりは、実は紹介されるとつい挨拶してしまって言及の機会を逸してしまうのだ。意外に人懐こそうに天野が言った。

「ああ石岡さんですか。私、相模原署の天野と言います。あけましておめでとうございます」

「あけましておめでとうございます」

天野という刑事が丁寧にそう言ったので、私も思わず丁寧に年賀の挨拶を返す。しかし天野は何故か大変驚いたようで、私の挨拶に一瞬動きを止めると、安心したように一人で何か頷いていた。

「あの、なにか……？」

「あっ、いいえ。何でもないです。では御手洗さん、そろそろ三時になりますので、ビルのほうに向かいましょう」

「三時？」

「解決編だといっただろう、石岡君」

御手洗が嬉しそうに笑った。

正月の冷たい空気の中、我々は男三人で連れ立ってまたも例のビルまで歩いていった。隣を歩く御手洗は、深い臙脂色のマフラーに首を埋めている。冷たい風に弄られる彼の横顔を見たら、何故かふと彼を山口へ連れて行ってみたいと思った。私の育った土地の空気を、見せたいような気がしたのだ。彼は、私が見ていることに気がつくと、少し振り返り目だけで小さく笑った。

ＮＰビル沿いの国道へと出ると、天野がふと足を止めて懐から携帯電話を取り出し耳を当てた。電話がかかってきたのだ。彼は短く幾つか頷くと電話を切って顔を上げた。

「それらしい人物が現れたそうです」

緊張した面持ちで御手洗に告げる。それを受けた御手洗はにやりとして言った。

「そうですか。では、捕り物といきましょう」

それからの物事の運びはあっという間だった。

ＮＰビルにつくとすでにビルの前には数人の強面の人間が待機していて、彼らは天野と短く幾つか言葉を交わし、頷き合うと
「行きましょう」

といってすぐにビルに入った。みな、私服警官たちなのだ。私と御手洗は、彼らのうち二人が非常階段と階下のエレベーターホールに配置につくのを見ながら天野について上へあがっていった。

上がった先は最上階の十一階、もうひとつ階段を上れば屋上だ。ここまで上がってきたのは私と御手洗、それから天野、さらに大柄な警官が二人だっ

た。

彼らは私たちを廊下の途中で止め、自分たちはふと黙ると静かな足取りで突き当たりのトイレへ向かい、一人が何気ない様子でドアを開けた。私たちのところからは見えなかったが、中には誰かがいたようだ。

私は一体何が始まるのかと身構えていたが、想像していたような派手な事態は何も起こらず、やがて静かに彼らはトイレから出てきた。そして囲まれるようにして、手錠をつけられた一人の男が頭を垂れて伴われてきた。天野が言う。

「御手洗さん、あなたの言ったとおりでした。犯行を認めましたのでこのまま連行します」

御手洗は静かにひとつ頷いた。

四十代くらいに見えた男は抵抗する様子もなく、二人の私服警官に両脇を固められてエレベーターに乗せられていった。私たちの隣を通るときに一瞬目が合ったが、どこにでも居そうなごく当たり前の男性だった。しかしそのとても疲れたような表情が、彼の何かを物語っていた。

彼らがエレベーターに消えると、一人我々とともに残った天野が言った。

「さて、どうやら犯人はおかげさまで逮捕することができたようです。もちろん詳しくはこれから奴に聞くことになりますが、御手洗さん、このままという手はありませんよ。よろしければこれから屋上にでも出て簡単にご説明を願えませんか？」

すると御手洗はなぜかちらりと振り返って私を見、それから頷いた。

「いいでしょう。詳細は彼に聞くのが一番でしょうが、概要くらいは説明しましょうか」

御手洗が言い、三人になった我々は屋上に向かうことになった。

ここに至っても、私には何がなんだかもちろんわからなかった。ではあれが屋上から消えた犯人だったのだろうか？　彼はどうやって逃げおおせたのだろうか？　隣のビルに飛び移って？　それにしては今見た彼はどこも怪我をしている様子はなかった。そして御手洗は、一体どうやって彼をここへおびき寄せたのだろう？　しかもトイレへ！　私は頭の上に疑問符をいくつも飛ばしながら、御手洗の後を付いて屋上への階段を上った。

「しかしさて、僕はいったいどのあたりを説明したらいいのかな？」

階段を上りながら、先頭の御手洗が言う。

「もちろんすべてです。彼はどうやってあの時屋上から逃げおおせたんですか？　どうしてあんなメッセージに引っかかってのこのことここへ現れたんですか？　はっきり言って私にはいまだ何がなんだかわかりませんよ」

「メッセージ？」

一人まったく物事の筋がわかっていない私が言う。

「ええ。私が昨日、御手洗さんの指示通りに今朝の新聞各種に強引にメッセージを載せたんですよ。おまけにこうして逮捕のための配置も無理やり実行しました。正直、これで捕まえられなかったら辞表を書くところでしたよ」

やっと緊張が解けてきたのか、天野が小さく笑っていう。

「何というメッセージですか？」

「『一月六日午後三時、邂逅のトイレで待つ。窓拭き男。』」

屋上への重い金属のドアを開けながら、御手洗が振り返って言った。窓拭き男？

屋上へ出ると、とたんに冷たい風が吹き付け、私は一つ小さく身震いをした。

「さて、ではあのときの犯人の視点で話をしてみましょうか」

気分よさそうに空に向けて目を細めながら、御手洗が言った。

「一月二日、ほとんど発作的に銀行へ押し入った犯人は、半ばやけくそで実行したにもかかわらずなんとかうまいこと現金を手にできた。しかし世の中そううまく犯行が完了するわけもなく、銀行を出るとすぐに警備員との追いかけっこが始まってしまった。もしかしたら近くに逃走のための足が何か用意してあったのかもしれませんが、とりあえず警備員から逃げながらではそちらには行くことができなかった。彼はどこへとも知れず正月の住宅地を逃げに逃げながら、このビルに追い込まれます。この屋上にね」

言いながら御手洗はビルの裏側にあたるあたりの柵に寄りかかる。

「屋上に出た彼は絶望的な気持ちになったでしょうね。ここまで逃げたはいいが、非常階段のようなものはどこにもない。しかし階段から警備員が追いかけてくる声が聞こえ、逃げなければという一心でこの柵の外に出ます。しかしもちろん、出たところで何もない。あったのはのっぺりとした足のかけるところもないビルの壁と、四階下の窓拭きのゴンドラだけです。このとき彼はいささか恐慌状態にあったのではないかと思います、その証拠に、ずいぶん思い切った行動に出ましたからね」

「思い切った？　つまり、飛び降りたことですね」

「そう、警備員が屋上に出てきたときにね、もう何も考えずにとっさに飛び降りてしまったんです。下の、窓拭きゴンドラに向かってね」

「ゴンドラに？」

「ゴンドラにですか？」

私と天野が同時に疑問の声をあげた。

「御手洗さん、それはおかしいですよ。その可能性は正直現実味はないですが私も考えました。しかし、宙吊りになったゴンドラに乗っていた人間は救助された後、ちゃんと清掃会社の人間と会っているんです。桜井に間違いないですよ。それに桜井と犯人は共に中肉中背ではありますけれど、桜井は茶色い長髪で犯人は短髪です。年齢だって二十代と四十代だ。

横顔しか見ていないとはいえ、間違えるわけがない。それとも目出し帽の下にかつらかぶって強盗をしたとでもいうんですか？　それにそうすると桜井が犯人ということになってしまいます」

「そうだよ御手洗。それにゴンドラは四階分も下にあったんだろう？　そうしたらやっぱりクッションがあるわけじゃないもの、怪我くらいするんじゃないのか？」

　すると御手洗はふふんと笑った。

「まあ最後まで聞いてください。とにかく犯人はいくらか斜め下のゴンドラに向かって飛び降りた。そして驚いたことに、ちゃんとゴンドラの中に着地できたんです。大変奇跡的にね。石岡君、クッションならあったんだよ、つまり犯人は、そのときゴンドラに乗っていた菅野何某の上に着地したんだ」

「ええ？」

「ちょっと待ってください、……ええとそうすると……桜井は？　彼はそのときどこにいたんです？」

「さあね。おそらく周辺の暖かいところでゆっくりしていたんじゃないんでしょうか」

　天野が一瞬沈黙した。

「……つまり、仕事をさぼっていたと？」

「そうでしょう。いくらなんでも2＋1は絶対3になってしまいますからね。さて犯人ですが、彼はゴンドラに乗っていた清掃員をクッションにして、上手いこと無事にゴンドラに着地できた。もしかしたら飛び降りたときにはそのまま清掃員を脅してゴンドラをどこかに着けさせるつもりだったのかもしれないが、操作させる清掃員は今自分が下敷きにしてしまった。想像するにこのとき、清掃員は相当ひどい怪我で気絶するか、もしくは死んでしまったんじゃないかな。そして屋上のほうで警備員の気配がし、目出し帽を取ってしまっていた彼は、気絶した清掃員からとっさにヘルメットを奪い、屋上を仰いだ。どこまで計算したのかわかりませんが、結果的に清掃員の振りをしてしまったんですね」

「そんなこと！……確かに、彼は作業服にも見えそうなグレーっぽい服装では……ありましたけど……」

「おまけに十数メートルの眼下ですね。斜め下のゴンドラにうまく着地できたことも考えると、風が強かったのではないかとも思えます。今回の事件を不可解にしたところは、この一瞬の勘違いにあるんです。この警備員の早とちりが、警察や他の人間にも先入観として入ってしまった。もしかしたら、この警備員は少し目が悪かったのかもしれないですが」

「待てよ御手洗、犯人はその十数メートル上からゴンドラに飛び降りたんだろう？　いくらなんでもそれなりの音がしたんじゃないのかな？」

「良い事を言ったね！　石岡君。そうさ、それなりの音はしただろう、たとえ人間クッションがあったとしてもさ。しかしね、どうしてその後はしご車がここへ入ってこれなかったんだっけ？」

「ああ！　水道工事ですか！」

天野が声をあげた。

「それしか考えられませんね。多分あの日は午前中からずっとこのあたりには水道工事の騒音があったんです。それにあとはまあ、ゴンドラの大きさからして二人の人間が乗っているのが自然だったんでしょうね。おまけに、警備員が下を覗き込むまでに幾ばくかの時間があった。そして覗いたのは一瞬のことです。とにかく警備員は上から上がってくるように指示を出してすぐに引っ込み、そのとき犯人は自分が清掃員だと勘違いされたことを気がついたはずです。ひとまずほっとし、そして慌てたでしょう。上へ行っても下へ行っても近くで見られれば結局ばれてしまうでしょうし、その前に先に乗っていた清掃員を自分はつぶしてしまっている。傷害罪だか殺人罪だかもついてしまったわけです。恐らく裁判でもここが一番の焦点になるだろうと思います。つまり、犯人が故意に清掃員を落としたのか、結果的に落ちてしまったのかですね。

まあ兎に角、犯人はまず清掃員からヘルメットを奪いついでに上着も奪い、更に命綱も奪って自分につけ、現金の入ったかばんは上着の懐に突っ込み、ゴンドラを適当に動かしました。彼としては恐らくもう少し下にゴンドラを動かし、命綱にぶら下がって下に逃げようとしたのではないかと思います。ただここで、犯人が予想もしなかったことが起こった。つまり、犯人が転がり込んだときにはゴンドラはすでにかなりのダメージを受けていて、動かそうとしたとたんにレールで嵌っていた壁の溝から外れ、さらに片方のワイヤーも外れてしまったんです」

「そして気絶していたか死んでいたかの清掃員は落ち、犯人はゴンドラと一緒に宙吊りになったわけですか……」

「そうです。そして大騒ぎになったんですね。ぶら下がった犯人は、救出されるまでの数時間気が気ではなかったでしょう。何しろ強盗だけのつもりが殺人もくっついてしまい、自分はビルから宙吊り。今は作業員だと思われていても助け出されれば結局は捕まるし、だからといってとても逃げ出せるような状況でない。しかしさらに犯人にはラッキーなことがいくつか起こりました。つまり、救出が遅れ屋上に助け上げられたときには周辺が薄暗くなっていたこと、更には大変寒い日で、救助されてすぐに毛布が掛けられたこと、そして寒いところに長い間宙吊りになっていたので、助けられてすぐにトイレへ直行しても誰も不審に思わなかったことです」

「……」

天野は沈黙して、息をついた。

「つまり、そして……」

「そう、そして、本物の桜井と入れ替わったんです。恐らく桜井は午後の作業から上の見張りの庄田には黙って、どこかへさぼりに出ていたんでしょう。そのことを知っていたのはいっしょにゴンドラに乗るはずだった菅野だけだと思われます。桜井は他の人間にばれない内にと思ってビルに帰ってきて驚いたでしょうね。ゴンドラは宙吊りになっているし、菅野は落下して救急車に運ばれていったというし、おまけに自分の名を呼ばれながら誰かが宙吊りになっているんですから。そしてここへ逃げ込んだ銀行強盗の犯人の事を聞いたときに、桜井には今ぶら下がっているのが犯人だとわかりました。彼はどうにかして大騒ぎのビルに入り込み、様子を見ていたと思われます。そして犯人が助け出されるやいなや十一階のトイレに駆け込むのを見て、自分も入って行き、盗んだ金のいくらかをくれるならこのまま交代して黙っていてやると言ったんでしょうね」

「つまりあの十一階のトイレで、二人は交代したと……」

「でしょうね。ちなみに桜井が犯人から受け取った金を持ったままだったとは思えませんから、いったんトイレ内のどこかへ隠しておいたはずなんです。先日ここへきたとき僕はその痕跡を探しましたが、トイレの天井の換気扇のフィルターをごく最近外した跡がありました。多分そこでしょう」

「そうか、そこで多分犯人は桜井の上着なりを借りたんですね。そして騒ぎの収まらないビルから逃げ出した……」

「結局のところ犯人はほとんど顔を見られていませんからね、服装を変えてビル内で仕事をしていた人間のふりでもするか目立たないところから出るかすればそう見咎められなかったんじゃないでしょうか？　桜井から帽子でも借りられたなら尚の事ね。天野さん、あなたは初動捜査が騒ぎで遅れたといっていましたね。ビルの封鎖なんかはあまり徹底していなかったんじゃないですか？」

「そのとおりです……何しろ犯人は外へ逃げたと報告を受けていましたから、主に周辺のビルなんかを走り回っていましたし……このNPビルははじめから中にいた人間や、救出にきた人間なんかがみな右往左往していて……」

「まあ、帰ってきた桜井が屋上付近までいけたくらいですからね」

　御手洗が肩を竦めて言った。

　私と天野は唸りながら沈黙する。

「それで、『トイレで待つ。窓拭き男』かあ。つまりそれは、桜井から犯人への呼び出しメッセージだったってわけだね。でもよく、犯人が本当に来たね。君お得意の賭けだったのかい？」

　私が言い、賭けと聞いて天野が顔色を静かに変えた。それはそうだろう、彼としては御手洗に賭けたつもりはあったかもしれないが、その御手洗も賭けをしていたとなれば顔色くらい悪くなるに違いない。

「まあ賭けは賭けだがね。そう悪くない勝率だったつもりだよ。理由はいくつかあるけど、一番の理由はね、犯人がその後をとても心配していただろうってことさ。だって桜井が喋ればあっという間に事の次第がばれるし、そうすると自分の人相や逃走経路なんかもばれるんだもの。実際広告に引っかかったことも考えると、もしかしたら桜井に住んでいる場所とか職業何かがすぐに判明しそうなことまで知られていたのかも知れない。そして捜査の進行状況なんかを知るにはやはり新聞を見てしまうのが人間ってやつさ」

「だからできれば銀行強盗の記事の真下に載せろなんて無理をいったんですか……。それで犯人は、桜井に脅されていると思ったんですね。つまり来ないとばらすぞ、と」

「そう、小心な犯人にしてみれば行かないわけには行かなかったのさ。最悪の場合桜井を殺すつもりで待ち合わせ場所にくるということも考えられたからこうして仰々しい準備をしてもらったんだが、まあ、それは杞憂だったようだね」

　御手洗がにこりと笑い、我々は深いため息をついた。

「さて、石岡君。せっかくいつもと違う土地に来たんだし、ちょっと散歩でもして帰ろうか」

御手洗が私の肩を叩き、ご機嫌そうにそう言った。

その後、警察は幇助罪として桜井も逮捕するに至り、事件は全面解決した。

そして今回私がこの事件を文章にするにあたり、天野刑事に私が居なかった間の御手洗を詳細にわたって聞くこととなったのだが、聞けば聞くほど私は呆れることとなった。つまり食器棚のコップは実のところ一度は全て出払っていたというのも呆れれば、私が帰ってくると知って大急ぎで洗ってしまったというのにも呆れた。更に私の帰宅を忘れて捜査に行ったというのにも呆れたし、途中で気がついて天野をほったらかしで帰ってきたというのに呆れた。おまけに私が帰宅したときには何事もなかったような振りをしたというのにはもう呆れ返った。まったく、何をやるか予想もつかない男である。

しかし正直なところ、私が帰ってくると聞いたとたん解決編の手回しをしたというあたりに大変御手洗の可愛げを感じてしまったのもまた事実であった。機嫌を良くした私がつい御手洗にそれを言うと、彼はあっさりとこう答えた。

「だって、君のいないところで事件を解決したら、後から全部微に入り細に入り君に話さないといけないんだろう？　食器だってそうさ。君、そのままだったら一月はそのことを盾にうるさく言うんだから。君のそんな小言に耐えるくらいなら、僕はより賢明な策として絶対にその種を除いておくね。つまり、食器は洗って片付けておくし、事件の解決編はとっておく。当然だろう？」

何をおかしなことを、とでも言いたげに御手洗は言ったが、私はつい笑ってしまった。何がとも言えないが、そのおかしな気の入れようがとにかく御手洗らしいような気がしたのだ。

私はいつものように二人分の紅茶を淹れ、よく馴染んだソファに腰を下ろした。御手洗は紅茶のカップに指をかけつつ口元に笑みが残る私を見、複雑な表情で何かを言いかけたが結局は黙り、大きくため息をついた。

「君、女性みたく独り善がりの解釈で喜ぶのは止めたまえ」

「別に喜んじゃいないさ。僕としては帰ってくる前に君が食器を洗っておいてくれたのは手間が省けたと思っているし、解決編を取っておいてくれたのも自分の目で見られてよかったと思っているよ」

　私がそう言うと、御手洗は微妙に居心地の悪そうにあらぬところを見ながら、紅茶を口にした。

ネイヴィーブルーの間

6．それが怖い

青田歳三

何も判らず、幼子はキョトンとして祖父を見つめた。バタバタと廊下を駆けて来る足音が聞こえる。

「どうしたの？　お義父さん。なにがあったの？」

がらりと襖が開けられて、部屋に飛び込んできたのは、幼子の母親だった。うずくまり身体を丸め、必死に両手で頭を隠そうとしている老人は、幾度も幾度も弱々しく悲鳴を上げている。彼女は、傍《かたわ》らで放心の表情のまま、老人を見下ろしている息子に訊ねた。

「どうしたの！　あんた一体、おじいちゃんに何をしたの！」

その口調には、あきらかに幼い息子を責める厳しさが含まれている。呆然としている息子の両肩をつかんだ彼女はふたたび詰問した。

「なにをしたの！　あんたおじいちゃんにどんなことをしたのよ！　言いなさい！」

ゆるゆると首を振る息子は、祖父がうずくまる畳を見つめる。母親も息子の視線を追って、老人の側を見ると、畳の上に何かが転がっていた。

「お義姉《ねえ》さん……どうしたの？　さっきの悲鳴は何だったの？」

開いた襖から若い女性が顔を出す。すると、老人が部屋の真中で、両手で頭をかばうように小さくうずくまって「ひぃぃぃ……。ひぃぃぃ……」と唸っている。その様子に彼女は驚いた。

「お父さん！」

老人に駆け寄ったその女性は、一体何が起こったのか理解できず、義姉と甥に視線を転じると、ふたりが傍らの畳の一部を、一様に凝視しているのが判った。ふたりが見つめているもの、それは畳に転がる紙コップだった。某ファーストフードのもので、蓋に開いた穴にストローを通すものだ。倒れ転がった拍子に蓋が外れたらしいが、中身はすでに呑み終えた後のようだった。畳を濡らしている液体は無色透明で、しかも少量だ。多分、氷が溶けたものなのだろう。

「一体……これがどうしたの……?」

幼い息子の両肩に手を置いたまま、母親がつぶやいた。義姉の言葉を聞きながら、若い女性は改めてうずくまっている老いた父の様子を伺う。老人は小さな声で何かを言っていた。

「ひぃぃぃぃ……。助けて……。殺されるぅ……」

つい先日まで、重なった締め切りに追われて、ようやく執筆から解放された私は、せっかくの安眠を、どこか近所を走る車の、とびきり大きなクラクションで邪魔されたところだった。枕元の時計に目をやる。五時。おそらく明け方の、ではないだろう。するとまだ四時間しか眠っていないことになる。最近は睡眠不足だったから、明らかに寝が足りない。

「ああ……」

ベッドに身を起こし、ふとのどが乾いたと思ったとき、電話の呼び出し音が響いた。

「もしもし……石岡ですが」

「先生。私ですー。いま、お忙しいですかー?」

里美だった。彼女にはしばらく仕事が忙しいと言っておいたから、ここ数日電話が無かったのだ。仕事は今朝無事に終わったということも知らないはずだ。

「やあ。仕事は……ちょうど終わったところだよ」

「良かったー。もしお時間がありましたら、ちょっと会って欲しい友人がいるんですけれど。これからどうでしょう?」

　会って欲しい友人、と聞いて、私は少し尻ごみしたようた。返答に迷っていると、里美はそれを察したように「本当にただの友達ですー。女の子なんですけれど、ちょっとだけ話を聞いてあげてくれませんか」

　里美にお願いされるような口調で言われ、本当は寝直したいと思ったが、一時間後に近所の喫茶店で待ち合わせることにした。なんとなく、またなにか事件に巻き込まれることにならなければいいが、と思いつつも、その喫茶店の濃い目に淹れた紅茶を楽しみにすることにして、私はのそのそと着替えをはじめた。

　その喫茶店はいつもより混雑しているようだったが、先に来ていた里美が入ってきた私の姿をめざとく見つけると、手を振ってきたので迷うことなくそのテーブルに向かうことができた。

「先生。お仕事お疲れ様ですー。こちら、私の友達の山崎さん」

　里美の隣りに座っていたセミロングの女性はぺこりと頭を下げた。

「はじめまして。私、犬坊さんの大学の友人で山崎といいます。今日はお休みのところ申し訳ありません!」

　私は里美の顔を見た。「お休みのところ」ということは、里美は、私が寝起きだったということに気づいていたのだろう。私ににっこりと微笑みかける里美を見て、なにかを言おうとした私はそれを呑み込むことにした。

「いや、あの、はじめまして。気にしないでください。本当はもっとさっさと終わらせてしまえば良かった仕事を、ずるずると引き延ばしてしまって、ようやく今朝送信したんですよ」

「すごーい。先生、eメール始めたんですかー」

「ううん。ファクシミリだよ」

「なんだー。先生、いいかげんにパソコン導入しないと、これから仕事には不利になりますよー」

　語尾を延ばすのも就職に不利になるかもよ、と言いそうになったが、そうしたら話が妙な方向に行きそうだったので、私はあわてて本題に入ることにした。

「それで？　僕に会わせたいっていうのは、山崎さんのこと？」

「そうなんですっ！」

　突然山崎嬢が大きな声で言った。思わず私も里美も彼女の方を見る。

「あ……ごめんなさい。私、ちょっと困っていて、それで、里美ちゃん……犬坊さんに相談したら、石岡さんに会わせてくれるって言うから……。嬉しくなっちゃって。あの、色々な事件を解決されたってお話、聞いています」

　私はドキッとした。やはり事件がらみなのか。

「あの、彼女から何を聞いたかよく判りませんが、僕はただの作家で、事件でしたら御手洗の方が……」

　そこで里美が横から口を出す。

「何言ってるんですかー。私、何度も先生に助けてもらいましたよ。それに、御手洗さんに相談できるのも先生だけじゃないですかー。私が話すことはできないですもの。とりあえず、山崎さんのお話、聞いてあげてください」

　私が反論しようとする前に、山崎嬢は話し出す。

「私、父が晩年になってできた子なんです。ですから、父とは祖父と孫くらい歳が離れているんです。母親が違う兄がふたりいて、もうどちらも結婚して子どももがいるんですけれど、上の兄の子と私が同い年っていうくらいなんです。それで……父はもう八十歳に手が届こうっていうくらいなんですけれど、そのせいで最近、ちょっと痴呆が始まってしまったみたいなんです。

　事の起こりは先月のことなんですけれど、下の兄が家族を連れて父の家に遊びに行ったんです。私もたまたま訪れていました。その実家は埼玉にあるんですけれど、私は普段はこっちでアパート暮らしをしています。話は戻りますけれど、下の兄も子どもができるのが遅くって、今年、小学校に入学したばかりです。私には甥に当たりますが、兄は実家に帰る際、その子にせがまれてファーストフードに寄ったんです。ドライブスルーっていうんでしょうか。車から降りないで買物ができるっていうものだそうです。私の母は料理が下手だから、それもあって兄は寄ったんだと思います。

それで、私が母や兄たちと談笑しているときに、父と甥のいる部屋から、すごい悲鳴が聞こえました。父の声だったんです。兄の奥さん……義姉が様子を見に行って、私と兄、母も彼女に続きました。やっぱり悲鳴は父のものだったらしくって、父は畳の上で縮こまるようにうずくまっていました。側では甥が訳の判らないまま呆然としていたんです。父を落ち着かせて布団に寝かせて、甥に話を聞くと、自分はなにもしていない、いきなりお祖父ちゃんが悲鳴を上げてうずくまった、って言うんです。

部屋は襖が閉められていて、窓にはレースですけれどカーテンがありました。窓のガラスは曇りガラスで、鍵は掛けられていました。だから、外から例えばエアガンの弾とかが飛び込んできたとか、誰かが忍び込んできたとか、またはそんな人が見えたっていうことはないはずなんです。第一、甥は本当になにも見ていない、ただ、お祖父ちゃんが突然叫んだからびっくりした、って言いました」

やっぱり事件なのか、それも密室がからむものなのか、と私は不安をつのらせる。

御手洗がいれば、頭の体操になるとか言って乗って来てくれるかもしれない。しかし彼が日本にいない今、それは私には荷が勝ちすぎる。

「甥に、他になにか思い当たることはないかって訊いてみると、そのときちょうど、甥が飲み終えたファーストフードのドリンクのコップを、ふざけて蹴飛ばしちゃったらしいんです。それとほぼ同時に、父は悲鳴を上げたそうなんです。

　翌日、母は兄に付き添ってもらって、父を医者に連れて行きました。外傷はもちろんありませんでした。何かの発作ではないかって。そういえばって言いながら母が話したのですが、父がそんな発作を起こしたのは初めてではなかったそうです。ここ最近、急に始まったそうですが、これまでにも二、三度、家でテレビを見ていたり、本を読んでいるときに……あ、痴呆が始まってからは、本は読むというより単に眺めているだけだったみたいですが……やっぱり突然、何かを叫んで、頭を押さえてしまったそうなんです。

　その時の母はあまり深刻に考えなかったそうですが、今回のはとびきりだったたって。こんな発作はただごとじゃありません。なにしろ高齢でもあるし、心臓にだって相当な負担がかかるはずです。それで、医者が言うには、過去に受けた精神的外傷、いわゆるトラウマが、痴呆が出てきた現在になって、だんだんと蘇ってきたのではないか、って言われたらしいんです。精神科の分野だろうって」

　とりあえず密室うんぬんは問題視されていないらしい。それに興味深い話ではある、と思った。しかし、医師が精神科医の分野であるというのなら、その通りなのだろう。なんで彼女は自分にこのような話を聞かせるのか、少し理解に苦しんだ。しばらく話の続きを待ってみたが、次に口を開いたのは里美だった。

「……原因が判らないんですー。なぜ山崎さんのお父さんはトラウマを負ったのか。なにをきっかけにしてそんな発作が起こるのか。ご本人は普段は発作のことなんて覚えていないんですってー。精神科のお医者さんに相談しても、ご本人の痴呆のこともあって、治療の糸口がなかなかつかめないんですー」

　山崎嬢に向き直って、私は訊いてみた。

「その……あなたとお兄さんご夫婦がいらっしゃるときに起きたその発作は、甥ごさんがコップを蹴飛ばしたときに起こったのですよね？　でしたら、そこに発作の原因があったのではないのですか？」

「私たちも最初はそう思ったんです。甥の蹴飛ばしたコップは空っぽでしたから、飲み物ではなくって、紙コップそのものが原因なんじゃないかって。なんでそんなものが発作の引き金になるのか全然見当もつきません。とにかく、今後父には紙コップは見せないようにしよう、って、母は父から紙コップを遠ざけるようにしました」

　ふと、私は思いついた。

「過去にお父さんが遭遇された事件に、紙コップがからんでいたとかはありませんか？　なにか毒物の入ったそれを、間違って飲んでしまって、死を覚悟するような苦しみに襲われたとか」

「上の兄に、なにか思い当たることはないかって、訊いてみたんです。兄は、後妻である母よりも父との付き合いは長いですから。でも、そんな事件は聞いたことがないって言いました。

　父は太平洋戦争が終わって、南方から復員してきて、戦後の荒地になった町で、屋台のような飲食業から身を起こしました。ようやくちゃんとした店らしいものを持てて、これからの生活のめどがたったころに、結婚したんだそうです。上の兄が生まれるのはそれからしばらく後のことらしいのですが、兄が自分の母から聞いた話によれば、そこに辿りつくまでにも随分とトラブルがあったそうです。地元の暴力団の団体を敵にまわして、毎日大喧嘩だったって。兄が生まれてからもそうで、毎日父には生傷が絶えなくって、怖い思いも随分としたようでした。でも父は絶対彼らに屈服しなかったって。ヤクザごときは、怒涛《どとう》の勢いで攻めてくる米軍に比べればなんでもないって、喧嘩のあとはいつも口癖のように言っていたそうです。それは、私も幼い頃に父から聞かされた覚えがあります」

　今度は里美が山崎嬢に訊ねた。

「そうだ。それなら、戦争中はどうだったんだろう？　お父さんは軍隊ではなにしていた人？」

「陸軍にいたんだって。私にはよくわからないけれどホーヘータイとか言っていたよ。大砲を撃つお仕事」

砲兵隊のことだろう。お仕事、という言い方はどんなものかな、と思う。話は続いた。

「……そういえば、関係あるかどうかは判らないんですけれど、父を残して部隊が全滅したことがあったそうです。あの父が怖がる事件っていったら、それくらいしか私は思い当たるものはありません。紙コップとは何か関係があるのかなぁ……。あの、石岡さん。陸軍って、なにか紙コップを使うようなことしていたんでしょうか？」

陸軍に限らなくても、ないのではないだろうか。そもそも戦時中の日本にそんなものはあったのか、当時を知らない私には、なんとも答えかねた。

「でも、お父さんが唯一、トラウマを負うような思いをしたのは、君にはそれくらいしか思い当たるものはないんだよね。戦前にはなにもないのかな。トラウマっていうのは、幼少時代に負うことが多いような気がするけれど」

「そうだったら、もう私たちにはお手上げです。そんな昔の父のことを知っている人は周囲にいません。もう、父を治療できるかどうかも怪しいんです。痴呆が始まっていますし。せめて、発作が起こらないようにしてあげたいんですけれど……」

ふう、と私はため息をついた。痴呆の老人に起こる発作。紙のコップがそのきっかけなのか、もしそうなら老人の過去になにがあったのか。これではまるで雲をつかむような話だ。材料が少なすぎる。

「ごめんなさい石岡さん。こんな話に付き合わせてしまって。ただ、私、困ってしまっているんです。ずうずうしいお願いかもしれませんけれど、もし今度、御手洗さんと連絡をお取りになることがあって、このお話をそのとき思い出してくださったら、ご相談していただけないでしょうか？」

「それはかまわないけれど……」

私の語尾も濁る。これだけでは、いくらあいつでも答えを導き出せないのではないか、と思案した。

結局、そのあとは紅茶を一杯おかわりして里美たちとは別れた。目当ての紅茶を飲むことはできたのに、どうもすっきりしない。部屋に戻って、ベッドの上に座り込み、なんとかしてあげられないものかと考え込む。御手洗に電話してみようかとも思った。起きてはいるだろうが、忙しいかもしれない。

なんとなく、電話の前に来てしまったとき、タイミングよくいきなり電話が鳴り出した。

「あ、先生。寝てましたー?」

里美だった。起きていたことを告げる。

「さっきはすいません。私もあのあとすぐに山崎さんと別れたんですけれどー、ついさっきまた彼女から電話があったんですー。またお父さんに発作があったって。さっきちょうど私たちが会っていたころ、彼女のお父さんたち、また下のお兄さんの一家と近所のレストランにご飯食べに行ったんだそうですー。でも、そこに入ったとたん、またお父さん、いきなり悲鳴をあげてうずくまっちゃったんですって。すぐに病院に運ばれたそうですけれど、山崎さん、このこと話しながら、電話で泣き出しちゃったんですー。どうしようって。

私、なんとかしてあげたいんですけれど。とりあえずそのレストランの場所聞いたから、明日にでも行ってみようと思って。もしかしたら、発作の原因を見つけることができるかもしれないじゃないですか。それで、先生。あのー、もし良かったら、一緒に来てくれると心強いんですけれど」

心強いと言われても、私は自分の観察眼には自信があるわけではない。第一、極端なことを言ってしまえば、老人がレストランの建物のなかで何かを見たという根拠だってないのだ。ちょっと前に見たなにかが引き金ということも考えられないわけではない。通りかかった車かなにかが原因ということだってあるかもしれない。アドベンチャーゲームじゃあるまいし、行けばヒントを得られるとは限らないのだ。

　ただ、山崎嬢の父を、ひいてはその家族を助けてやれるものなら助けたい、という気持ちはあった。

「うん。とりあえず行ってみようか。里美ちゃんは、明日は何時くらいなら時間が空くの？」

「嬉しい！　ありがとうございますー。ええと、明日は……」


　桜木町で里美と待ち合わせ、電車に乗って目的地へ向かった。京浜東北線が東京を越えて埼玉へと入り、問題の駅に着くころは、そろそろ西の空が赤くなろうかという時刻だった。

「ええと、駅から近いって聞いていますから、ここを歩くとすぐそこですねー。あ、あったあった。先生、あのレストランですねー」

　里美が指差す方角を見ると、そこには全国どこでもよく見かける、大規模チェーン店のファミリーレストランのひとつがあった。

　中に入ると、レジにいたウェイトレスがさっと出てきて、人数とタバコのことを訊いてくる。ふたりでタバコは吸わないと答えると、禁煙席の４人がけのテーブルに通された。

「なににします？　私、おなかは空いてないんだけれど、のどが乾いちゃった」

「そうだね。僕も食べ物はいいよ。温かい紅茶をもらおうかな」

「私はオレンジジュースを」

　注文してほどなく運ばれてきたそれらの品物を見て、里美は軽いため息をついた。

「やっぱり……。そうですよねー。蓋付き紙コップにストローが刺さって出てくるわけがないですよねー。ジャンクフードの専門店じゃなくって、まがりなりにもレストランなんですもんねー」

　オレンジジュース入りのグラスを手にして里美が

言う。しまった、と思った。老人の発作のきっかけを探してここに来たのだ。だから里美はこの寒いのに冷たいジュースを注文したのだ。自分はつい温かい紅茶など注文したが、そんなものが最初からストロー付きで出てくるわけがない。

「？　どうしたんですか？　先生？」

「……いや、ちょっと……自己嫌悪」

「？　なんでですかー？　まあ、山崎さんのお父さんは、ここに入ったときに発作を起こしたそうですから、まだ料理の注文には至ってなかったんでしょうけれど。いったい何を見てしまったんでしょうねー？　もしかして、見たんじゃなくて聞いたのかな」

私もつられて考えこんだ。ここの入口にあるものといえば――とそちらに目をやる。ガラスのドアと、タバコの自動販売機、ソファベンチに、子ども用のキャラクターグッズやキャンディーなどを並べたブースがあるくらいだ。

二時間近く、ふたりで思いつくままの推測を、雑談まじりで交わしたが、なんの収穫も得られなかった。わざわざこんな遠方まで来て、収穫ゼロは残念だが、仕方ないので帰ることにする。精算を済ませて出るときに、先ほど気づかなかったものは何かないかと、私はきょろきょろと見まわしたが、やはり席から眺めたときに見たもの以外で、特に気づくものはない。そう思っていると、ふと足元に、さっきの席からでは見えなかったものがあった。

「……足拭き用のマット……？」

「はい？　どうしたんですかー？」

「いや、ごめん。なんでもないよ。行こうか」

一週間が過ぎた。そろそろ次の原稿に取りかからなくてはならず、あれから特に里美からも山崎嬢からも、そして御手洗からも連絡はなかったので、私はごく穏やかな日々を送っていた。

この問題は、その老人に以後、発作を起こさせないようにすることが肝要なのだ。結局原因を知ることができなくても、それは二の次であって、老人の健康さえ害されなければ、特に問題はない。

　そう思っていた矢先に、今度は直接、山崎嬢から電話がかかってきた。最初に会ったときに、一応ということで私自身が彼女に電話番号を教えておいたのを忘れていた。

「あの……。石岡先生でいらっしゃいますか。直接お電話なんて差し上げてごめんなさい。実は、昨夜また父が発作を起こしました。

　下の兄は、父も孫の顔を見ていれば調子がいいだろうというので、ここのところ毎週家族で実家に戻っていたんです。そして昨夜、甥とビデオを見ているときに、ひざに座らせていた甥を突然放り出して、悲鳴を上げてうずくまってしまったんだそうです。兄がすぐに病院に運んだんですけれど、最近立て続けだったせいか、心臓がかなり衰弱していたらしくて、ちょっと危なかったって……。いまはもう落ち着いているみたいですけれど、また発作が起きると死ぬかもしれないって言われたんです。いま母と兄が相談しているんですけれど、もう外を歩かせるどころか、病院に入れた方がいいかもしれないって……。ずっとこのまま入院させておく方がいいんじゃないかって言うんです。

　私、どうしたらいいのか判らなくって、石岡さんにご相談するしか……。ごめんなさい、ご迷惑でしょうけれど」

　最後は涙でかすれた声だった。老人からしてみれば、彼女は年老いてから授かった娘なのだ。山崎嬢はさぞや溺愛され、可愛がられて育ったことだろう。だから彼女はこんなにも必死に、どうにもならないと知りつつも、藁にもすがる思いで電話をかけてきたのではないか。それを思うと、私はとても黙ってはいられなかった。

「山崎さん。とりあえずお父さんはいまは落ち着いているの？　いますぐに危険なことにはならないのだよね？　もう少しだけ時間をください。すぐに御手洗に相談してみましょう。そっちは実家ですか？　なにかもしよければ、電話番号を教えてください。なにか判ったら、こちらから連絡するので」

教えられた電話番号をメモして、すぐに私は御手洗に国際電話をかけるべく、受話器を取り直した。御手洗は多忙かもしれないが、かまっている余裕がなかったのだ。

電話の相手が御手洗に辿りつくまでに、何人かの外国人を経由することになった。私は旅行用英会話の本を片手に、しどろもどろな英語を喋ったが、英語をあまり理解できない人もいたようで、そんなときは英語を話せる人に代わってもらったりしながら、なんとか数分後には、受話器を通して懐かしい声を聞くことができた。

「もしもし？　日本から？　石岡くんだね？　どうしたんだい。こんな朝早くに」

時差を忘れていた。

「ああ、ごめんよ。実はちょっと困っているんだ。そっちも忙しいかもしれないけれど、ちょっと話を聞いてもらいたいんだ」

「ふうん。まあ、いまの時間ならいいよ。長くなる話かい？　もしあんまりかかるようなら、手紙の方がいいかもしれない」

「そんなに時間がないんだよ。人の命だってかかっている。用件はそんなに長くない。君がいつものように、あっという間に答えを出してくれるなら、十五分で済むかもしれないよ」

御手洗が電話の向こうで生あくびをかみ殺している気配を感じつつ、私は山崎嬢に相談された時のことから、先週に里美と件のファミリーレストランまで調べに行ったこと、ついいましがたの山崎嬢からの電話のことなどを、なるべく詳しく説明した。

「説明は終わりかい？　石岡くん。では言おう。いくら僕だって、それっぽっちの材料じゃ何も判らないぜ。ましてや現場のひとつも見たわけじゃないんだ。しかもその女性の父親の経歴についてだって、漠然とし過ぎている。はい幼少の頃はなにがあったか判りません。はい軍隊では部隊が全滅しました。はい復員後は屋台を始めました。はい結婚して子どもができました。はい店を持ちました。はい暴力団と喧嘩に明け暮れていました。はい再婚しました。はい痴呆が始まりました。よく本の後ろに付いている著者のプロフィール並じゃないか。七十何年か生きてきて、まさかイベントがそれだけってことはないだろう？　一番考えられるのは、太平洋戦争での砲兵隊の全滅あたりのくだりだが、陸軍、南方、砲兵隊、全滅、これしかキーワードがないんじゃ、いかにも足りないよ。

悪いが、推理の糸口も見つからないね。絵筆の毛先を持ってきて『これはどこの誰々さんの親戚の画家が使ったものでしょう』って訊かれているようなものだぜ。君が頼るべきは、君自身の目だ。これだけの材料で解決できるなら、ヒントは必ず君は見ている。その中になにもないのなら、これは地道に精神科医に治療してもらうほかないさ。僕に話して聞かせる前に、なにか気になったものはないか、よく考えてみたまえ。それから電話すべきだったね。

第一、昨夜の発作とやらだって、孫とビデオを見ていて起きたそうだが、君は何のビデオを見ていたのか訊いたのかい？　謎がありますす困りました、で連絡するなんて、いかにも他力本願じゃないか。君が相談を受けて、君が力になってあげようと決めたことなんだ。その決心は素晴らしいよ。でも僕は遠い空の下だ。まずは、君自身が考えたまえ。そして僕に糸口を見せつけろ。海外にいる僕が協力できるのはそれからだ。今日はそれほど多忙じゃない。そちらの時間でなら、朝の四時までここで君からの続報を待とう。一刻を争うと言ったね。では必死になってみるんだ」

ひどい突き放し方だ、と抗議を口にしようと思ったとき、唐突に電話は切られた。無性に怒りがこみあげてきた。困っている者をこんなにあっさりと見捨てるなんて。ろくに考えずに無理だと言う御手洗の不実さに、私の頭には血が昇った。

「糸口を探して見せつけてみろと言ったな。よし、見ていろよ。糸口どころか、僕が解決して結果を見せつけてやろうじゃないか」

部屋に戻って、ベッドに腰掛けた。やがて頭が冷えて、冷静になってみると、やはりこれは途方もない作業だと実感させられる。御手洗じゃないが、会った事もない男の七十数年の歴史から、トラウマの原因となったものを探すのだ。今更ながら、雲をつかむ作業だという当初の感想を思い出す。

ふと、ほかにも御手洗が言ったことが頭をかすめた。老人は、昨夜の発作のとき、何のビデオを見ていたのだろう。確かに、自分はそれすらも確認していない。訊いてみなくてはならないだろう。

電話の前に立ち、山崎嬢の教えてくれた電話番号を押した。数回の呼び出し音ののち、電話に出たのは山崎嬢より声の高い女性のものだ。老人の後妻という彼女の母親だろうか。

「はい。山崎でございます」

「あの、夜分遅くに申し訳ありません。僕は作家をしている石岡という者ですが、お嬢さんはいらっしゃいますか?」

「ああこれは。私の娘がご迷惑をおかけしたそうで、申し訳ありません。家のことにそちら様を巻き込むなんて、しつけもろくにできていない娘でお恥ずかしい限りです。あの、少々お待ちくださいませ」

どうやら自分のことは家族に話していてくれたようだと安堵する。いきなり自分のような男から二十歳そこそこの娘に電話がかかってきて、不審がられたらどうしようかと思っていたのだ。

「お電話代わりました。石岡さん。なにかお判りになったんですか?」

「い、いや。残念ながら、まだ御手洗もすぐには判らないみたいで……。あの、それより、さっきの電話でのことを教えてもらいたいんだけど、昨夜、お父さんが甥ごさんと見ていたビデオって、何のビデオなの？」

「はい、ちょっとお待ちください」

電話の向こうで彼女が誰かと話す声がする。男性のようなので、おそらく彼女の兄だろう。

「あの、アニメ映画だそうです。『美女と野獣』だそうです。これなら私も以前、映画館で見たことがありますけれど、紙コップなんて出てこないし。第一、まだ始まるかどうかのところだったそうです。そうなるとなにをきっかけにして発作が出るのか、もう想像もできないです……」

「『美女と野獣』だね。判った。……あの、今日は何時ごろまで連絡してもいいの？」

「はい。私が無理にご相談したことです。何時でも結構です。深夜から明け方にかけてでしたら、私の携帯に電話してください。番号を言います」

番号をふたたびメモに取って、電話を切る前に、私は不安気な彼女が不憫でならなくなった。そして、自分の首を絞めることになりかねないと覚悟しつつも、こう言った。

「大丈夫だよ。御手洗なら、必ずなんとかしてくれる。発作の原因を究明して、山崎さんたちが、お父さんから、ちゃんとそれを遠ざけることができるようにしてくれるよ。安心して」

「ありがとうございます。石岡さん。本当に、本当に嬉しいです。私、御手洗さんを信じてお待ちしています」

受話器を置いてやはり軽率だったと後悔したが、とにかく早く解明して御手洗の鼻を明かしたい一心で部屋を飛び出した。


一番近所にあるレンタルビデオ店に入ると、あまりのビデオの多さに眩暈を感じる。店員に『美女と野獣』のありかを訊ねると、『ディズニー作品』と書いてある棚に案内された。

（ディズニーのアニメって、こんなにあるんだ……。

普段気にしたこともないから判らなかった……）

そう思ったが、アニメに限らず実写ものも結構ある。ずらりと並ぶディズニーレーベルのビデオを見ていると、ふと、何かが私の頭をかすめたような気になった。一瞬、頭に何が浮かんだのか判らないいま、とにかく『美女と野獣』を取って、カウンターに持っていった。新規なので、レンタル会員として入会する必要があったが、たいして面倒な手続きもいらず、すぐに部屋に戻ることができた。

さっそく、ビデオとテレビの電源を入れて、映画を再生してみる。青い画面に、お城の絵、そしてウォルト・ディズニーのロゴが映し出されると、私は頭を抱えた。さっきも感じた感触だった。

「……なにか、僕の頭のなかに何かが……」

始まった映画は見ないで、立ち上がって部屋をぐるぐると歩き回りながら考えに没頭する。それは図らずも、これまでさんざん見てきた、推理中の御手洗のようだったが、いまやそんなことを考えている余裕はなかった。

「紙コップは蹴飛ばされた……。で、老人はそれを見たんだよなぁ……。紙コップ……。ファーストフード……。ドライブスルー……。うぅ～ん……」

「早いな、石岡くん。さっきの電話からまだ4時間経ってないぜ」

「……そんなことは、いいよ。それより僕はいま目が回って死にそうなんだ。くそっ、なんか知らないうちに、部屋のなかを犬みたいにぐるぐると歩き回っていたんだ」

「おめでとう。犬並に成長したんだね」

ため息が口から出る。どうもこの男には真剣さが感じられないときがある。

「さて、拝聴するよ。君の考えを。その上で僕が推理するに値するかどうか検討しようじゃないか」

「いや、自信はないんだ。ただ、僕がこの、退化現象を起こしているささやかな知性で、必死になって考えると、たったひとつだけ、とるに足らないことかもしれないけれど、共通するかもしれないものがあった」

「それは？」

「W」

「ん？」

「アルファベットの『W』があったよ。僕が聞いた最初の発作は、紙コップだった。例の、蹴飛ばされたっていうやつだ。ファーストフードであるだろう。アメリカが本場で、世界中に広まった『M』がロゴマークの店が。あのふたこぶラクダのようなロゴマークは、逆さから見るとMの反対っていうよりも、むしろWに近いだろう？　そしてファミリーレストランのことだけれど、僕は足拭きマットを目にしていたよ。この答えが正解かどうかはともかく、君の言う通り、共通する項目があるものを、僕は見ていたんだ。足拭きマットには、大きく『ウェルカム』って書いてあったよ。頭文字のWはもちろん一番でっかく書いてあった」

「ふんふん。それで？」

「そして、さっき山崎さんに、老人が発作のときに見ていたビデオが『美女と野獣』だって教えてもらって、レンタルビデオでそれを借りて見てみた。最初に出てくるじゃないか。『ウォルト・ディズニー』って。あれも頭のWが一番大きい。……残念ながら、僕が無い知恵を振り絞って見つけ出せた唯一のものがこれさ。とても、人のトラウマになるようなものじゃないね……」

　すうっと、電話の向こうで御手洗が息を吸い込む気配がする。

「素晴らしい！　素晴らしいよ石岡くん！　いまそこに僕がいたら、君に抱きついているだろうね！　いいかい？　人が得る恐怖は視覚で記号だよ。せっかく大切な答えを導き出しておきながら、だめだろうポイッ、じゃ君の努力が可哀想だ。昔、押し込み強盗で、腰に秋刀魚《さんま》をぶらさげて、住人の寝ている家に押し込んだ奴がいたそうだ。判るかい？　これは冗談でもなんでもないんだぜ？　かといっておまじないの類でもない。暗闇では秋刀魚は、ギラリと光るんだ。被害者の目から見れば、それはまさに刃物としか映らない。勘違いさ。これで事はスムーズに運ぶってわけだ。万一捕まっても、強盗は刃物なんか持っちゃいない。秋刀魚で人は殺せないだろう？　減刑の余地もあるってものさ。被害者には刃物に見えた。そして刃物はイコール凶器だ。恐怖の対象だろう？　今回の君の話だって、充分あり得るんだよ。

Wが恐怖の対象で、かつてその老人はWに想像を絶するような目に遭わされたと考えれば、充分合点が行くぜ。よくやったね石岡くん。これがすぐに人命を救助したかどうかはともかく、あとは山崎家の人々が老人からWと名のつくものを遠ざけることが必要だ。なに、発作の原因が判明したら、無理な相談じゃない。少なくとも君は、老人の余生を窮屈な病院で終わらせることは回避したんだ。誇っていいぜ。これは君ひとりの手柄だ」

「ちょっ、ちょっと。そう持ち上げないでくれ。なぜだい？　なんでWが恐怖の対象になり得るんだい？　老人は戦争でWをイニシャルに持つ男にでもひどい目に遭わされたとか？」

電話の向こうで御手洗が笑い始めた。

「いいね！　そりゃ面白い。ウィリアム君かなに君か知らないが、米軍は兵隊にイニシャルを書いたゼッケンを付けて戦場に投入したのかな。まるで運動会だね」

「茶化すなよ。こっちはまじめなんだ」

「とにかく、君は大した働きを僕に見せてくれたってわけだ。ここまで君にお膳立てしてもらえば、後はなんとなく想像がつくよ。ご褒美だ。その想像を披露しようじゃないか。これはコードレスフォンかい？　それなら僕の部屋に行ってくれたまえ。ところで僕の部屋の本棚は、勝手にいじくりまわしたりしていないだろうね。捨てたなんて言ったらただじゃおかない。オーケイ？　よし、一番左端を見てくれ。一番下の段だ。左から数えて十五冊目にある本は？」

　掃除するときにしか入ったことのない友人の部屋は、いつ来ても小難しい本が数え切れないほど並んでいる。御手洗はそれを、どこになにがあるかちゃんと把握している。どの本の何ページとまで細かく指定することがあるので、私はいつも御手洗の記憶力には脱帽していた。そのくせ彼は人の名前ひとつ覚えないのだが。

「白い本だ。英語だけれど、医学書かな」

「その本だ。ちなみにドイツ語だよ。それを明日《あす》明後日《あさって》にでも、国際便でこちらに送ってくれたまえ。ちょうどいまそれが必要なんだ」

「これが？　この本がWとどう関係があるって言うんだい？」

「無関係さ。僕の研究に必要なんだ」

「御手洗！」

「悪い。そのさらに七冊隣りにある本は？」

　いきなり背表紙に大きく『W』とある。しかもそのWは縦にふたつ並んでいた。

「Wって書いてある……けれど」

「フン。そう言えばそうだ。こいつは不思議な符合だな。その本は老人には見せちゃいけないぜ。WWⅡって書いてあるだろう。そいつは僕はたまたま持っていたんだが、第二次世界大戦中の米海軍のことを書いた本だよ。七十六ページに写真がある。ひと目見れば、君の探していた答えが見つかるはずだ」

　言われるまま、私はパラパラとページをめくっていたが、そこを開いて見たとき、ぞくっと背筋に悪寒が走った。

「……なんてこった……」

　私は絶句するしかなかったのだ。

　翌日、私は里美を連れて山崎家を訪問した。山崎嬢には、昨夜のうちに電話を入れておいた。居間に通されると、山崎嬢の他に、おそらく彼女の母親だろう女性と、中年と呼んでよさそうな男性がふたり、ソファに座っている。彼らが先妻の息子で、山崎嬢とは異母兄妹になるふたりだろう。

空いていたソファに座らせてもらう。里美も私の隣りに腰掛けるが、事前になんの説明も聞かされていないので、「大丈夫かな」という顔をしている。説明を何度も繰り返すのが気が進まなかったので、里美にも何も話していないのだ。こんな勿体《もったい》つけたような合理化は友人の悪影響だな、とちょっと自覚するところはあった。

「あの、今朝娘から話を聞きまして、息子たちも呼びました。よろしかったでしょうか？」

母親は息子と呼んだが、実際のところ、彼女はその息子たちとは大して歳は違わないだろう。

「ええ、できれば皆さんに注意していただきたいことですので、その方が助かります」

すると今度は年長らしい兄が口を開いた。

「あの、作家の石岡先生と伺いました。うちのことに妹が引っ張り込んでしまって、申し訳ありません。それで、なんでも、親父の発作の原因に心当たりがおありとか？　本当でしょうか。親父とは長く付き合ってきた私どもにも判らないことですのに、正直、一度もお会いしたことがないだろう石岡先生が、なんで、と思っています」

実直な物言いだが、別に迷惑がっている様子はない。本当に信じ難いというような様子だった。一度、軽く顎を引いて、私は微笑んでみせた。

「ところで、件《くだん》のお父さんは？」

「はい、一昨日からずっと病院にいます。いまはもうけろりとしていますが、今度また発作が起きると、衰弱した心臓が耐えられそうにないのです。私たちが原因を知ることができるまで、可哀想ですが病院から出すわけにはいきません」

「では、これは取り出しても問題はなさそうですね」

私は持っていた手提げ鞄の中から、Ａ４サイズの本を取り出した。御手洗から借りた例の本だ。

「まず、説明の前に、下のお兄さんに確認したいことがあるのですが。蹴飛ばされた紙コップを見て、お父さんが発作を起こされた、と聞いていています。ファーストフードの飲み物だったとか。こちらにおでかけの際、ドライブスルーで購入されたのでしたよね。なんというお店のものでしたか？」

先ほどの男性の隣りに座っているいくらか若そうな恰幅の良い男が、申し訳なさそうに言う。

「ええと……。あれは……。このすぐ近所だったのですが……。何だったかな」

山崎嬢が口をはさむ。

「マックです。この辺のドライブスルーをやっているファーストフードって、マックとケンタしかありません。それにあのコップ、私も見ましたけれど、間違いなくマックです。白と赤の地に、黄色く大きいＭの字がありましたし」

やっぱり、と思った。これでもし違ったらどうしようかと冷や冷やしていたのだ。ふりだしに戻ってしまったら、もう私にはどうしようもない。この場で確認なんて、我ながら手際が悪いというか詰めが甘い。御手洗だったら絶対にしないミスだろう。

胸を撫で下ろして、私は「Ｗ」がこれらとの唯一の共通点であるという話をした。ついでに御手洗が聞かせてくれたサンマ強盗の話にまで及んだ。里美を含めたこの場の全員がふんふんと頷く。

「あの、石岡先生、ちょっとよろしいでしょうか？」

上の兄が質問してきた。

「Ｗっていう文字を本当に親父が怖がったのでしたら、その原因は、一体何なのでしょう？　私たちには、ただのアルファベットが人にトラウマを残すなんて想像できません。先生がそうおっしゃるからには、なにか根拠がおありなのでしょうけれど、それは何なのですか？」

もう一度、私は顎を引いて微笑んだ。

「お父さんが、死ぬほどの恐怖を味わっただろうと推測できるのは、やはり軍隊時代あたりが一番有力だろうと考えました。なにしろ、戦後の荒々しいヤクザたちを相手に、一歩も引くことがなかった強い方と聞いています。なら、軍隊時代の部隊全滅の経験がもっとも可能性が強いかと。お父さんは、砲兵隊時代は南方にいらっしゃったのでしたよね？　そこで、お父さんは部隊全滅のなか、ただひとり生き残られたとか。おそらく、部隊はアメリカの戦闘機の機銃掃射にやられたんだと思います。こう……真正面から敵戦闘機が突っ込んできて、お父さんの戦友は皆、空からめちゃめちゃに撃ち殺されたんだと思います。

僕も含めてこの中には、従軍の経験がある人間はいないでしょう。だから想像するしかないのですが、これはとんでもない恐怖だと思いますよ。空から自分たちめがけて、突っ込んでくる戦闘機の機関砲が、周囲の仲間たちを次々に蜂の巣にしていくのです。たまたまお父さんだけに致命傷がなく、他は全員死亡したのでしょうけれど、こんな光景が目前で展開されたら、とても正気ではいられないとは思いませんか？　その場で発狂しなかっただけ、お父さんはやはり相当肝の座った方なんでしょうね」

まだ合点がいかない様子の上の兄が言う。

「あの、……確かにそれはそうでしょうね。いえ、間違いなく、とんでもなく恐ろしいと思いますが、息子の私でもその話は聞いたことがない。そりゃあ、本当にそんな体験をしたのだったら、口にするのも恐ろしかったんだろうと思いますが、石岡先生は、またなんで、それをまるで見てきたようにお話になれるんです？」

「ええ、実は、僕も浅学にして知らなかったことなのですが、ことは米国航空史のことになるのです。

第二次世界大戦の開戦時は、航空機の製造技術は、日本を含む枢軸国側が、連合国側をややリードしていました。日本にも零式艦上戦闘機、局地戦闘機紫電改、四式戦闘機疾風などの名戦闘機があったことは、みなさんご存知でしょう。しかし、それらも太平洋戦争の終盤には、どれもみじめなことになりました。連合国、とりわけアメリカ製の戦闘機の性能がぐんぐんと向上してきたからです。当時の米軍は戦闘機と呼ばず、追撃機と呼んでいたそうですが。頑丈で、日本には真似できない工業力が生み出す大馬力エンジンを積んだ米軍機に、太刀打ちできなかったのです。戦闘機に求められる性能というのは、用途によって違いがあるようですが、どの国でも基本的なことは、敵機よりも早く、高く飛んでそれを迎え撃つことにあるということです。

'30年代後半に、アメリカでは二千馬力級のエンジンを積んだ戦闘機に、大きなプロペラをつけて、より高性能を実現しようとした戦闘機があったそうです。ただ、これは空中戦では大きな威力を発揮するのですが、それ以前に問題がありました。大きなプロペラは、陸上あるいは艦上で邪魔になる。離着陸のときに、プロペラが滑走路をこすってしまうそうなんです。そこで、あの車輪の付いた脚、主脚とかランディングギアとか呼ばれるものですが、あの脚を長くすることで、その問題の解決が図られました。するとは今度はまた別のところで問題が発生したのです。脚が長いと、四トン半もある機体を支えるには、強度が不足するのです。おまけに、揺れる航空母艦に乗せるには、重心が高くなりすぎて、いかにも不向きだったそうです。

そこで彼らは、ある解決策を見出したのです。逆ガルタイト、と呼ばれる形状の翼が生み出されました。それは正面から見て、Vの形をした翼でした。このVの字の、下の角の部分に脚を取りつけたら、問題は全て解決されました。プロペラは、文句のない高性能を引き出せる大きさを得られて、一方の脚は、強度と安定を得るのに充分な短さを保持できた、というわけです。

さて、この戦闘機は海軍機として、F4Uコルセアと名付けられ、制式となり、太平洋戦争に登場しました。よく考えてみてください。翼は正面から見て、Ｖの形をしています。これが機体をはさんで、左右にあるのですよ」

「あ……。Ｗ……」

山崎嬢がつぶやいた。

「Ｆ４Ｕコルセアは、他の戦闘機に比べて、登場がやや遅かったのですけれど、大戦後半には約一二千機が投入されたそうです。一万機を超える他の米軍各機に比べると、確かに数は少ないですが、あの有名な日本のラバウル航空隊を叩いたのも、Ｆ４Ｕ、Ｆ６Ｆ、Ｐ40だそうですし、お父さんにトラウマを持たせたのがこのＦ４Ｕの襲撃だと考えると、納得できると思うのです。

ここに持ってきた本があります。このですね……ええと、何ページだったっけ……たしか七十六ページ……、あ、あったあった。これがＦ４Ｕコルセアを正面から見た写真です。ご覧下さい」

そこには確かにＷの形があった。

ほぉ、と話を聞いていた周囲から息がもれる。

「なるほど、それなら親父の発作もうなずける。こんな殺人機械が空から襲ってきたら、どうにかならない方がおかしいですな。いや、石岡先生、ありがとうございます。そうと判れば、これからは私たちがこの形を連想させるものを、親父から遠ざければいいのです。精神科医にも相談してみましょう」

上の兄に続いて、母親も口を開いた。

「ええ、テレビや本には特に注意しましょう。いつＷが出てくるか分からないし。でも注意すべき対象がはっきりしているから、いままでとは全然違います。本当に、石岡先生、ありがとうございます。娘が先生にご相談しなかったら、病院で夫を死なせることになってしまったかもしれません。感謝します」

「は……はぁ……」

なぜだか妙にくすぐったい。そこに里美が質問してきた。

「先生、その本は買ってきたんですかー？」

「いや、これは御手洗の本だよ。昨夜電話で教えてくれたんだ」

それに山崎嬢が反応する。

「えっ？　御手洗さん！　やっぱり御手洗さんの推理だったんですか！　すごい。なんてすごいの。御手洗さん。側にいた私たちにさえ判らなかったことを、御手洗さんは電話一本で解決しちゃうなんて」

「すごいんだー。やっぱり御手洗さんだなあー」

「えっ？　御手洗さんって、あの噂に名高い探偵の御手洗潔さんか？　本当か？」

「そうだよ兄さん。世界最高の名探偵なのよ」

「まあそうでしたの、これはお礼申し上げないとねえ」

御手洗の名前が出たら、その途端私は周囲が寂しくなったような気がした。

でもまあいいか、と思う。くすぐったい感謝の念より、もっと嬉しい彼の、昨夜の言葉を思い出したのだ。

「誇っていいぜ、これは君ひとりの手柄だ」と。

7

食事はやはりイカが多く出た。それから各種の魚の刺身、貝類、それから細切りの大根、金光は、これらを保存するための冷凍庫や冷蔵庫には、きちんと電気を送っているという説明をくどいほどしていた。この点には神経質になっているのだろう。だからビールは冷えていたし、魚は新鮮で、期待していた通りにおいしかった。時々エンジンの唸るらしい音が聞こえることにも私は気づいていたが、あれが発電機の回る音なのだろう。

食堂にはしかし、テーブルに置かれた小型ランプしか明かりはなかったので、食事中はパスティーシュ小説を読むことはできなかった。沖に散在する、イカ釣り漁船のものらしい明かりを見ながら、私は里美と向かい合って食事をした。食事のしたくをした際に特有の、よい香りが厨房から漂ってきて、これに潮の香りも混じっている。ランプのオイルの匂いも少し感じられたが、これらは私の気分をよくした。

不思議に感じたことは、虫の声がまるでしないことだった。絶対的な無音の中で、かすかに聞こえるのは岩場を洗う波の音だけ。岩場には緑がないから、虫がやってこないのだろうか。

こんな食事は、私はおそらく生まれてはじめてだった。音楽もなく、街の雑踏もなく、隣のテーブルからの人の声もまるでない。自分の喉を通るビールの音が実によく聞こえ、江戸時代ならきっと毎日がこんなふうなのだろうが、現代人にとってはなかなか異様な夕食で、私などにはむしろ落ちつかない。目の前の里美の顔が、白くぼうとしか見えないのだ。

しかし異郷の夜のこの異様なまでの静寂は、恋人同士にこそ向いていたろう。一緒にどうかと、私は金光をテーブルに誘ったのだが、自分はまだ食べることができないので、後でお茶とか、明日からの食事にならつき合えると彼は言った。申し分のない雰囲気の中で二人きりにされた私たちだが、愛を語らう関係ではなかったので、パスティーシュ小説の話をした。

久しぶりの客だったからか、金光としても調子が狂ったのだろう、夕食はかなり遅い時間からになった。それで私たちは、夕食までにかなりの作品を読むことができていた。私の方は「二年前の選択に対する回答」、「空に消える／冬のオルカ」、「それが恐い」。里美は「ジョーカー」、「この花の咲く木の下」、「消えなかった『キ』」をすでに読んでいた。最初は彼女も私の部屋で一緒に読んでいたが、集中したいということで、途中から自分の部屋に戻っていった。

「読んだ？」

食事をひと通り終えると、私は訊いた。

「はい三作は。先生は？」

里美も、かたわらのビールを飲みながら言う。

「うん、ぼくも二階にあった六作のうちの三作は、もう読んじゃった。なにしろ環境最高ではかどるし、それになにより面白いものね。こっちは短いの多かったから、もうあっという間。でも里美ちゃんの方はけっこう長いのあったよね」

「はい、でも大丈夫、読めました。それで先生、どうでした？」

「どうって何が？　感想？」

「はい。まずはそう、感想。謎についての検討はあと」

「感想はもう、とにかくすごいよ。そのひと言。前の『御手洗パロディ・サイト事件』の時もすごかったけど、これ、あの時以上だね」

「そう、みんな上手ですねー。私、自分がうまく書けないからー、もうみんな尊敬しちゃって」

「日本人て、パロディ得意なのかな……、え、君、自分でも書いてるの？」

「え、少し……」

初耳だった。

「知らなかった。見せてよ」

　すると里美は、大きな口をあけて後方にそり返った。

「そんなー、見せられるもんじゃないですよー、私のなんてー」

「え、そうなの？」

「そうですよー、本物の先生になんて」

「本物ってぼくのこと？」

「え？　決まってるじゃないですかー」

「じゃ、いつか見せてよね」

「え、はい、じゃいつか。……作品の話に戻りましょうよ、先生」

「うん、もうみんな本当に上手だよね。『二年前の選択に対する回答』、作品としても高度で、いいアイデアが入ってるよねこれ。なんかぼく、考えさせられちゃったよねー」

「ああそれ、さっき先生言ってた作品ですよね。最初の『ブラックの部屋』にあった作品。横浜で一人になったら、石岡先生が立派に立ちなおってて、事件の謎を一人で解けるようになっていたってもの。御手洗さんが去っていった意図が、見事に実を結んでいたって主旨の作品ですよねー」

　そんなふうにあからさまに説明されると、私はもう何も言えなくなってしまい、しばらく黙んまりになった。

「あれ、先生、どうしたんですか？」

　里美は無神経に言う。

「なんか、そうはっきり言われると辛い」

「でもみんな、そうなって欲しいって思ってるからー、この人もこんなお話書いたんだと思う。私それ解る、みんなそう思っているもの」

「ぼくが一人で事件解決……」

「はいそう」

「みんなそう思っているって？」

「はいそう、みんなそうして欲しいの」

「……」

「あ、先生、暗くならないならない。だから今回のこの事件、きっと解決しましょうね」

「一緒に?」

「え? うん、はい、一緒に」

私は溜め息をついた。みんなが心配してくれている。それは解る。そのこと自体は嬉しいのだが——

——。

「このアイデア、面白かったよ、ぼくは解らなかった」

「小説の中の石岡先生は解ったのに、実際の石岡先生は解らなかったんですか?」

「うん。でも納得した。ほんとにちょっとしたアイデアだけなんだけどさ、とてもよかった」

「あ、そうですか、読んでみたーい」

「あとで読めばいいよ。それで思ったんだけど……」

私は、持ってきていたリストを持ちあげて、テーブルのランプの光にかざした。

「この『それが恐い』ってのもそうなんだけどさ、あるお爺さんが、急に何かの恐怖にとらえられちゃって、すごくおかしくなるんだけど、その理由が周りの人には全然解らないんだよね。これもちょっとしたアイデアひとつで作品全体を持たせていて、最後でそれをぱっと明かすの、とてもいいアイデアだよ」

「はい」

「『空に消える』もそうなんだ。これもすごいんだよ、最後までいったいどうやるんだろうって思っていた。全面ガラス張りの嵌め殺しのビルの壁面で、人が一人消えちゃうの。こんなの、いったいどうやって解決つけるんだろうって、読んでて心配しちゃったよ」

「へえ、これ、女の人の作品ですよねー」

「だと思う。これ、本格の秀作だよ。なかなかこのくらいの本格、中央の文題にもないと思う」

「ふうん、すごいんですねー。これ集めた金光さんのお父さんの眼力も、じゃあ大したものですねー」

「それなんだ。この作品それぞれ、『二年前の選択に対する回答』がブラックの間、『空に消える／冬のオルカ』がスカイブルーの間、『それが恐い』がネイヴィーブルーの間に置かれていたんだよね？」

「はい」

「部屋の色がね、内容に即しているんだよ」

「へえ…」

「『二年前の選択』っていうのは、雪山で遭難しかかった人たちが、山小屋の真っ暗闇の中でひと晩中動き廻るっていうお話なんだ、だから色は黒。『空に消える』は文字通り空が出てくるからスカイブルー。『それが恐い』は、太平洋戦争中のアメリカの有名な戦闘機が出てくる。この飛行機は、たいていネイヴィーブルーに塗られていたんだよ」

「へえ、そういうふうに細かく考えてあるんですね」

「うん、これ謎解きに関係あるかもね」

するとと里美は、しばらく宙を睨んで考えていた。

「そういえば、私の方もそうですねー。『ジョーカー』には、断崖絶壁と海が出てくるんです。だからオーシャンブルーなのかなー、あ、きっとそうですねー」

「それ、よかった？　その作品」

「よかったですー、感動しちゃいました。自殺を決心した手品師の男の人が、飛び込み自殺しようと思って崖っぷちに行くんですけど、中村刑事さんに留められて、カード・マジック使って中村さんの制止を振り切ろうとするんです。でもそこに一陣の風が吹いて、事態が計算と、まるっきり逆転するんです」

「ふうん、意表を衝くのね」

「もうすっごい衝きますね」

「あとのは？」

「あとのもみんなよかったですよー、傑作揃い。『この花の咲く木の下』、すっごくよかったです。泣いちゃった。文章すごい上手、長編小説みたいなヴォリウム。本格的です。もうみんなパロディじゃないみたい」

「うん、みんな真剣な小説だよね、ちゃかしが全然ないよね」

「ないですー、そんなのー。みんな真剣ー」

里美が、感慨を込めて言う。

「それから色も合ってます。ピンクの間のピンクと桜の花の色」

「ああそうか、あとひとつは？」

「これも本格的な小説ですね、『消えなかった「キ」』、すっごい真剣に書かれてます。これも長編にできるでしょうねー、小説としても読ませますよー。トリックもしっかりしてますしね。私、裏がどういう仕掛けになっているのか、読んでてずっと解んなくって、謎解きであっと言いましたよ。これ力作。本格の探偵小説です」

「ふうん」

「でも『消えなかった「キ」』は、マゼンダの間ですよねー。そういう色は……、作品にあんまり関係なかったと思うなー私。もしかして、読み落してるかもしれないですけどー、夢中で読んでたから」

「ふうん、そう」

「はい」

「そうかー、でもこうなってくると、色は絶対に関係あるね。金光さんのお父さんは、意味なく部屋に色の名前つけてるんじゃないよ。そしてそこに、意味なく小説置いているんじゃない、必ず何らかの計算してる。必ずこれ、何かの意味がある」

「はい」

「じゃさ、また部屋に帰って続き読もうか」

「うん、はーい」

里美は明るい声を出す。

第三章

ランプのホテル　3階

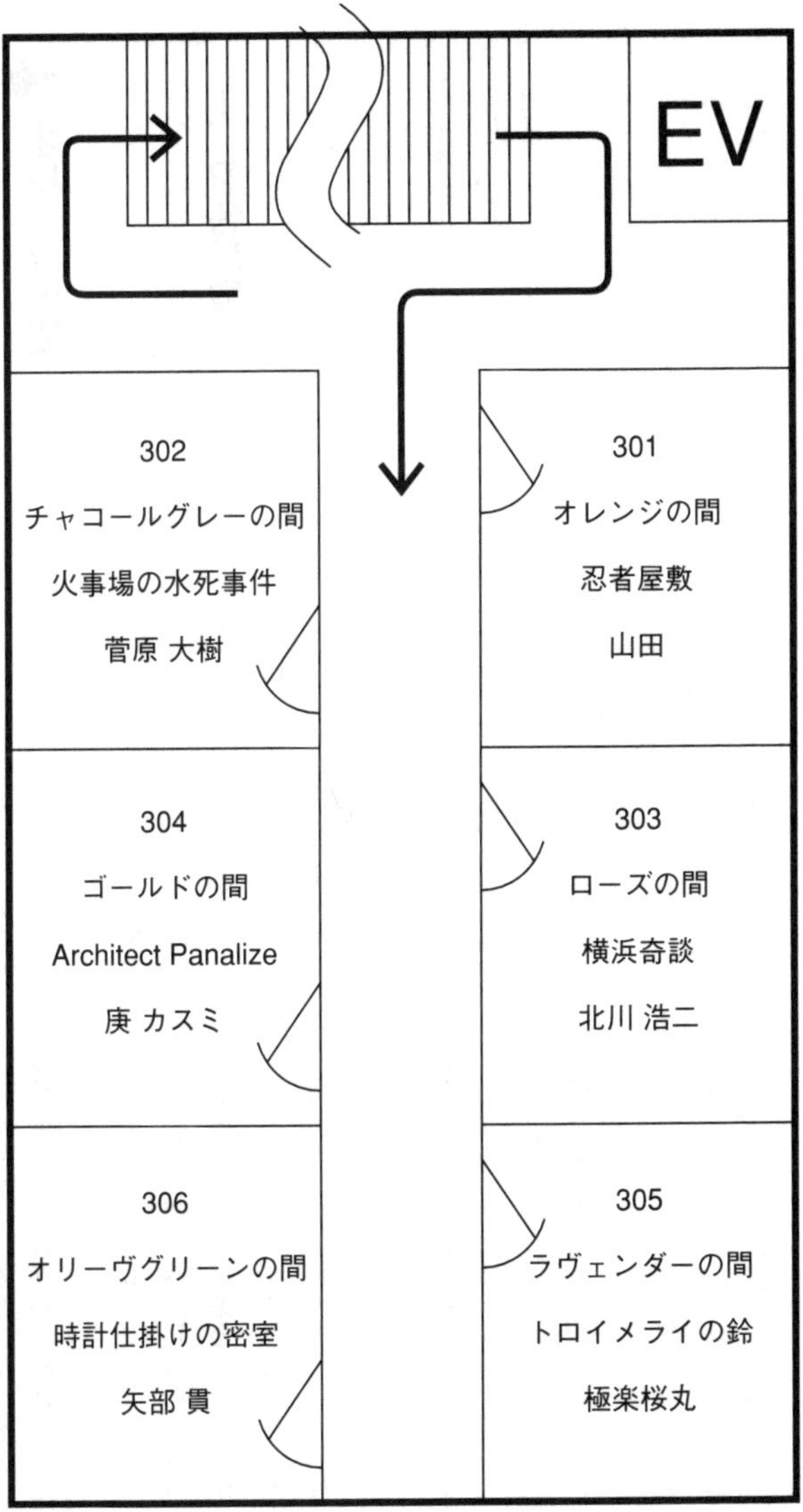
EV
302
チャコールグレーの間
火事場の水死事件
菅原 大樹
301
オレンジの間
忍者屋敷
山田
304
ゴールドの間
Architect Panalize
庚 カスミ
303
ローズの間
横浜奇談
北川 浩二
306
オリーヴグリーンの間
時計仕掛けの密室
矢部 貫
305
ラヴェンダーの間
トロイメライの鈴
極楽桜丸

オレンジの間

1. 忍者屋敷

山田

そろそろ喉が乾いたな。

そう思い、時計を見ると、お茶の時間だ。

「石岡君、お茶にしないか」

今まで向かっていたパソコンをシャットダウンし、両手で軽くまぶたをマッサージする。

「ツボ、ツボ」

すると、台所のほうでかちゃかちゃとお茶の用意をする音が聞こえた。もうすでに、石岡君は用意を始めていたらしい。何というか、本当に気が利いている。ほのかに香る紅茶のいい香りが、疲れた体に心地よい。

「もう準備しているのか。以心伝心だ」

と僕は呟く。そしてお茶を楽しみにしばらく待っていると、あたたかな湯気の上る紅茶と焼いたばかりのスコーンをトレイに乗せて、さわやかに、かつ優雅に忍者がやって来た。

「……誰だい、君は」

「御手洗、忍者の人だよ」

その後から石岡君が手を拭きながらにこやかにやってくる。

「……いや。忍者なのはわかるけど……」

僕が言うと石岡君は「じゃあ一体何がわからないんだい？」という様子で小首を傾げた。

そうしている間にも忍者はせっせとお茶の準備を始めていた。テーブルに紅茶を並べ、スコーンを盛り、クリームを添える。純和風な服装とは対照的に、洋風の完璧な配置だった。紅茶は僕と石岡君の分、2カップしかなかった。

「……あの。君の分は……」

と僕が尋ねると、忍者はシュバッ、と立膝になって座り、顔の前で激しく手を振った。滅相も無いと言わんばかりだ。

「御手洗、彼らは余計なものは食べちゃいけないんだよ。体重制限60キロだからさ」

すると、忍者はふいに立ちあがり、その事を表すように突然天井にぶら下がった。指2本で。

「なんと強靭な指だ！」

「太ったら指で体を支えられなくなるだろ？　だから、おやつは食べちゃいけないんだよ」

石岡君は言いながら、何を思ったのか天井にぶら下がる忍者をぶんぶん振り子のように振りまわし始めた。忍者は相当困っている。ものすごい勢いで忍者は回転を始め、石岡君は何かに憑りつかれた様に、なおも彼をもてあそぶ事をやめない。顔にはうすら笑いが浮かんでいる。忍者の顔には脂汗が浮かんでいる。指二本でぶら下がっている上に、そんなに勢い良く振られては、例えば指を3本に増やすとか、両手に持ち替えるとか、降りるとかそういう動作は不可能だった。

「ちょ、ちょっと、やめたまえよ石岡君」

僕が止めてようやく石岡君の不審な行動はおさまった。しかしおさまったのは石岡君だけでもちろん振動は急にはおさまらず、それからしばらく忍者は青黒い顔でしばらく振られ、振り子運動がおさまったところについに降りる事ができた。忍者がぐったりしていたら、突然がばっ！　とテーブルの下のフローリングが持ち上がり、また別の忍者が現れた。それと同時に、壁がぐるんと回り、また別の忍者がさらに現れた。

「き、君達、どこからき」

来たんだい、と言いかけると、彼らはおもむろにそれぞれ自分の出て来た床と壁を指した。

「いや、それはわかっている。今見たよ。ああ、見たともさ。だからそういうことじゃなくて、……ちょっと待ちたまえ石岡君。君、僕がちょっと家を開けてる隙に一体何をしたんだい」

「え？　改装だよ。……連絡しただろう？　手紙で」

「手紙？　ああ、来た。来たとも。ちょっと改装するとね。しかし君、改装するとは聞いたが、忍者屋敷にするとは聞いてないぜ！」

「うん、そりゃあ、言っていないとも！」

　石岡君が快活に言う。

　その隙に、床や壁から出て来た忍者達はひっそりと弱った忍者を優しく抱え、壁のはずのところをぐいとスライドさせた。すると、今まで確かに壁しかなかったはずのところに階段が現れた。

「御手洗、あれが隠し階段だよ！」

　それをジャーン！　と指差しながら、石岡君が自信満々で語る。

「そんなに華々しく言われてもね……まだ何かあるんじゃないだろうね」

　おそるおそる尋ねると、石岡君はピンクレディーの「ＵＦＯ！」のポーズを改造したような格好で、

「ピンポーン！　正解です。正解者の御手洗さんペアには世界一周琵琶湖の旅。優雅な船旅をお楽しみ下さい」

「いや、君何言ってるかよくわからないよ。世界一周でどうして琵琶湖なんだい。しかも御手洗さんペアって何だい、僕は二人いたのかい。いや、そんな事はどうでもいい。ちょっと落ち着いて……ソファに座ろう。ね？　紅茶でも飲めば落ち着くから。ね、そうしよう」

　石岡君が精神を病んだかも知れないので、僕はそっと彼をソファに座らせた。いつもいつもそういう心配をされるのは僕だったなと、少し寂しくなった。どうしちゃったんだ、石岡君――。

　すると石岡君はすっくと立ちあがり、

「御手洗、紅茶冷めてるね、淹れ直そうか」

といつもの調子で言った。今までの奇行と、そのセリフの日常性にあまりのギャップを感じ、僕は隠れてそっと涙をぬぐった。

「うん？　……ああ、冷めちゃったね。淹れ直してくれる？　でもこれ、さっきの忍者の人が淹れてくれたやつだろう？　悪いな……。飲んでからもう一度君、淹れてくれるかい」

「よし！　わかった。テレホーン、Ｑ！」

と、意味不明な事を叫びながら石岡君はぐいと紅茶を飲み干し、立ちあがった。僕はもそもそとスコーンを食べながら紅茶をちびちびと飲んでいた。もちろん、石岡君の（頭の）心配をしながら。石岡君は、

「おはよう朝日です……」

と言いながら台所に向かった。

しかし随分待っても石岡君の気配が無い。紅茶を淹れるのなら、さっき沸かしたお湯がとってあるはずだし、たとえもう一度沸かし直したとしてもそんなに時間はかからないはずだ。

僕はふいに不安になって、

「石岡君！」

と叫び、立ちあがった。すると目の前を何かがものすごい勢いで横切った。そしてその横切ったものは、僕の体のはるか遠く、壁に突き刺さっていた。見ればそれは、僕の箸だ。

「箸手裏剣ナリー」

某アニメのコロ助の声で、またどこからともなく現れた忍者が高らかに言った。どこからともなくというか、まあ、どこかしらの壁から現れたに違いないのだが。しかし、彼らは次々と壁からぐるんぐるんとどんでん返しで登場するが、そんなスペースが壁の裏にあったのか？

「危ないな！　何するんだ」

「石岡さんには近づかせないナリ」

そう言うやいなや、忍者は箸手裏剣（つまりは箸だ）を続々と投げつけて来た。

「僕は忍者に恨まれる筋合いはないぞ！　ところで、うちのどこにそんなに大量の箸があったんだ？　二人暮しだぞ」

そう叫んでも、忍者の耳には届かない様子で、さらに彼はふところに一瞬手を入れたかと思うと、次の瞬間シャーッと床一面にまきびしを撒いた。

「何っ⁉」

僕は、まきびしを踏む直前でなんとか足を踏みとどまらせた。危なかった。踏んだら、きっと痛い。

そして忍者を見ると、彼も動けなくなり、困っていた。

「困るなら撒くんじゃない‼」

僕は彼にそう叱り、叱られて意気消沈した忍者の彼と二人で、もそもそとまきびしを拾い集めた。全部集めて彼に返し、

「全く……。なぜ突然攻撃して来たんだ？　いや、それより石岡君だ」

台所には姿が見えない。しかし、どこかに隠れているかも知れないので、壁という壁を叩きまわり、床という床に探りを入れ、石岡君を探した。

「ああもう、石岡君がうちを忍者屋敷なんかにしたおかげでどう探したら良いのやらさっぱりわからない！」

いらいらして僕が叫ぶと、壁からまたどんでん返しで次々と登場した忍者達が、しょぼんとした顔で僕を取り囲んで集合した。

「い、いや、……忍者屋敷なんか、って言ったこと？　ごめん……」

僕は慌てて謝ったが、もう何が何だかわからなかったので、フォローすら入れられなかった。

「それもこれも石岡君の姿が見えないからだ」

そうごまかして忍者の輪を抜け出し、パソコンの置いてあるデスクの方へ向かった。するとばたん、という音がして反射的に音のした方――部屋の隅、を見ると床を一部かぱっと開けてレオナが現れた。もう、壁や床から人間が現れる事には何の抵抗

も無くなっていた。出てくるものは、出てくる。

「ハイ！　お久しぶりです。鶏のから揚げはどう？」

　語呂がものすごく「最近の調子はどう？」というのに似ていたから、つい、

「まあまあだね！」

　と答えた。しかし良く考えたら（考えなくても、だ）質問の意図がわからない。から揚げはどう？って、言われてもなあ。どう答えるんだ。「ジューシィだね！」か？　「いい鶏だね！」か？

「それより君までどうして床から……」

「御手洗さん、細かい事は気にしちゃ駄目よ。ちなみにこれは忍者屋敷の『地下道』の応用」

　今の一連の行動は細かいことなのか？　とも思ったが、もう突っ込まないことにした。

「地下道って君、ここが何階かわかっているのか」

「まあまあ、イライラしちゃ駄目。そんな御手洗さんにはかたやき煎餅。伊賀名産」

　さっ、とレオナがかたやき煎餅を差し出す。


「……。石岡君に続き、君まで意味不明な行動を……」

　と僕が言いかけると、レオナはキュッと眉を吊り上げ、それを遮った。

「また石岡さん！　やっぱりそうなのね、やっぱり、あなた達……」

　今度は僕がそれを遮る。

「もうその話は聞き飽きた！　これはね、本当に聞き飽きたんだよ。君がまたこれざっくりとダイナミックに聞いたもんだからね、我もそれに続けとばかりにいろんなお嬢さんからその質問を受けたさ！　しかし僕は今のところは断固として答えないぞ！　……それはさておき君は何をしに来たんだ？　そして僕は何をしているんだ？　はっ！　そうだ忘れていた。石岡君を探していたんだ」

　もうレオナは放っておいて、風呂場に向かう。

「入っていたら失礼するよ！」

　勢い良くドアを開けると、静かな浴室に、水面か

らにょきっと筒が出ているのが異様だった。

筒だなあ。

「も、もしかして、石岡君？」

ずぼっと筒を抜くと、石岡君が釣れた。服は着ているが、見える体のどこもかしこもが白くふやけている。

「もしかして、ずっと隠れていたのかい……」

「しゅいとんのじゅちゅ……」

石岡君がぐにゃんぐにゃんになりながら言う。

「それを言うなら水遁の術だよ、なにも実演しなくても」

そして石岡君を完全に引っ張り出すと、石岡君の足にずるりと忍者がついて来た。

「ハっ⁉」

忍者はぜえぜえと肩で息をしている。

「君は……水遁の術すら使っていないいんじゃないか⁉」

だって、見えていたのは石岡君の分の空気補給の筒だけだ。

「そのとおりでござる……」

今にも消え入りそうな声で忍者が言った。

「早くその人を介抱しなくちゃ」

いつのまにか後ろに回った石岡君が慌てている。

「ん？　君えらく回復が早いね。大丈夫なの？」

そう言っている間に、僕の前で伸びていた忍者は気丈にも最後の力を振り絞ってがばっと立ちあがり、バク転をしながら遠ざかっていった。途中で、右肩と左肩の力のバランスが崩れ、よろけながらさらに遠ざかり、結局またくるりと壁に消えた。それは切ないほどに健気な姿だった。そんな事はお構いなしで石岡君が、

「さあ、今日はご飯、何にする？　ケチャップ？　それともマヨネーズ？」

「そのどっちかしか選べないのか⁉」

「ウスターソースもあるよ。御手洗、ウスターソー

「教頭⁉　ウスター？　意味がわからない。石岡君、どうしたんだ⁉　石岡君……‼」


「……石岡君‼」

と、叫んだ自分の声で目が覚めた。

むくりと起き上がり、床や壁を調べた。あちこち叩きまわる。異常無し。どこにも忍者の出入りできそうな仕組みはない。

――夢だったのだ。

「ああ……疲れた」


『彼は常に何事かを、それも非常に熱中して考え込み続けている人間で、彼の脳は片時も真空状態になって休んでいるということがない。これは眠っている時もそうであるらしく、実にしばしば、目が覚めると第一声に、「ああ疲れた」と言うことがある。』

(『御手洗潔のダンス』講談社文庫第5版「近況報告」


ス。ウスター。ウースターじゃないんだよ、ウスターソース。ウースターじゃないよ。ウースターって……なんじゃそりゃ、ねえ。ウースターじゃ意味がわからないね。ウースターじゃぁなあ！　あっはっはこりゃ愉快！　ねえ！」

「な、何を言ってるんだ⁉　石岡君⁉　どうしたんだ⁉」

「ねえ、ウースターってねえ。仮にもねえ、名門高校の教頭がそんな変な間違いをしちゃあ、恥ずかしいよねえ御手洗。ウースターじゃないんだよ、ウスター。ほら、ウスター。これが正解」

意味不明な事を石岡君が呟き続けている背後から、忍者がわさわさわさわさと沸いて出てくる。彼らは鼻歌で、『サザエさん』のエンディングテーマを鼻ずさんでいる。男達が奏でるサザエさんのハミングは、次第に高まり、石岡君は一種のトランス状態になっていた。「ウースター、ウースター……」と石岡君はかなりヤバイ顔で呟き続ける。

309ページより）

御手洗の声が聞こえたので、ようやく起きたかと思って部屋に向かう。

「ああ。やっと起きたのか、御手洗」

「おや、石岡君おはよう」

そう言って、御手洗は何だかやたらと私の顔を見つめた。

「……何？ 何かついてるか？」

「いや。……時に君、何かウスターソースに思い入れがあるのかい」

また御手洗は良くわからない事を言う。

「何言ってるんだ？ ないよそんなもの」

「教頭先生には？」

「は？ 何の事だ。それより君、早く支度しろよ。今日は伊賀に行くって言ってただろう」

腕を組みながら私が今日の予定を言うと、

「伊賀……？」

「忍者屋敷だよ。君が行くって言うから僕もついてくんじゃないか」

「忍者屋敷……ねえ。もうなんだか、十分なんだけどな」

御手洗がため息をついた。

「十分って……君、行った事あるのか？」

「ないよ」

どうして行った事もない忍者屋敷がもう充分なのだ？ 全く、私には御手洗という男がわからない。

チャコールグレーの間

2. 火事場の水死事件

菅原大樹

私が御手洗さんと知り合ったのは、数年前の冬。私が通っていたバーの隣にある小さな倉庫が火事になり、その謎解きの場に偶然居合せたのがきっかけである。

このように書くと、ほとんどの読者は、この小説は石岡さんが書いたものではないと、最初の数行で見抜いてしまうだろう。石岡さんも同じく、この事件がきっかけで知り合った。私も石岡さんと同じ小説家である。小説家同士だからという訳でもないが、よく話が合い、趣味も似ているので、今でも親しく付き合っている。

私の場合、書くものといえばもっぱらSF小説や幻想小説のたぐいなので、本格ミステリーに関して言えば、みなさんと同じ一読者にすぎない。もっと言うと、実は本格ミステリーを読むようになったのは、御手洗さんや石岡さんと出会ってからなのである。さらに言えば石岡さんの小説しか読まないので、本格好きというよりも、御手洗小説好きという方が正解だろう。

それからというもの、半ば中毒にかかったように御手洗ものを読みあさり、今では新刊発売の情報を得ると、すぐさま職業特権を使い、発売日の数日前には新刊を手に入れて、その日のうちに読了してしまうという具合である。当然ながら私が偶然に関わった事件も、いつかは世に出るであろうと思っていたのだが、いっこうにそんな気配がなく、業を煮やした私は、ある時あの事件は書かないのかと石岡さ

んに尋ねたことがある。そうすると石岡さんは、

「あーあれは七瀬さんが書いてくださいよ。実はあの時、少しばかりお酒を飲みすぎてて、よく覚えていないんです。だから、あの事件は記念の意味も込めて七瀬さん、あなたが書いてくださいよ」

と言われるのだった。あなたが書いてくださいと言われても、ミステリーは私の守備範囲ではないし、なによりもそれでは全国の御手洗ファンが納得しないのでは？　と何度も思った。むろん思っただけではない。全国の御手洗ファンは、一秒でも早く新刊を待ち望んでいる。私のようなものが貴重な事件の話を書くなど、ビルから飛び降りるよりも恐ろしいことだと、何度も石岡さんに訴えた。だがそんな私の気持ちはおかまいなしに、石岡さんは、

「今度南雲堂というところで、パスティーシュ・ノベルスというものを作るらしいから、ぜひその中に、七瀬さんが書いたものを入れましょうよ」

と言うのである。

何度か辞退はしたものの、私の知らないところで話が動き、結局私もこうして一つの短編を書くはめになってしまった。

なんだか前置きが長くなってしまったが、そんな訳で私、七瀬零人が、御手洗さんと石岡さんに出会うきっかけになった事件、「火事場の水死事件」を今から話そうかと思う。

大きな街には必ず名の知れた歓楽街がある。人生の寄り道を楽しむ人々が集まるそんな場所に、私のいきつけの店「ヘーゼルバーン」はある。大通りから入った路地のすぐ右側、緑色の看板が立っているところがその入口だ。地下へ繋がる木でできた階段を、いつものようにおりていくと、ぼんやり明かりが漏れているドアが右手にある。そっと押すとドアに付いたベルのやわらかい音とともに、中からはスコットランドの国歌がゆっくりと聞こえてくる。

「あっ、いらっしゃいませ」

私が半分顔を出したところでマスターと目があった。開店して間もないから、私が一番だろうか。

店は横長になっていて、入口から左手には三卓のテーブルがある。右手には奥に伸びるようにしてカウンターがあり、その前に二卓のテーブルが並ぶ。カウンターが終わって、さらに奥へ行くと少し段になった高い所に四卓の丸テーブルがある。照明は暗く、木で統一された店内は、時間がゆっくりと流れている。壁にはスコットランドの写真や、ポスターなどがセンス良く飾られていて、英国の雰囲気を味わえる。

私はコートをいつもの所に掛け、入口に近い、一番左のカウンター席に腰をおろした。

「おひさしぶりですね」

グラスを丁寧に磨きながらマスターは笑顔で言った。たとえ昨日店に来ていたとしても、おひさしぶりですねと言うのが彼のおきまりのセリフだ。髭をきれいにカットし、ベストをきちんと着こなしたさまはとても貫禄がある。

「今日は早いですね」

「まぁ、たまには早く飲んでさっさと帰るのもいいかなと思ってね」

「そんな事言わずにゆっくり飲んでいってくださいよ。とりあえずいつもの奴でいいですか?」

「ええ、お願いします」

座ってから店内を見まわすと、奥にあるテーブルに三人の客が居ることに気がついた。

「あれっ?　もうお客さんいるんですか?」

「ええ、いらっしゃいますよ」

マスターはコースターを私の前にすべらせながら答えた。

「なんだ、一番かと思ったのに」

言いながら私は、先客の様子をうかがった。一人が立ちあがって、時折自分の椅子を前後に揺らしながら何事か話している。背が高く、整った顔立ちではあったが、髪がぼさぼさでどこかぱっとしない感じ。他の二人はしきりに首を上下に振り、その男の演説に耳を傾けている。聞き手の一人はサングラスをかけ、少しウェーブのかかった長めの髪、良く見ると演説をしている男に似ているところもある。もう一人は、顔が真っ赤で、ひと目で酔っ払っていることがわかる。どこか頼りない感じであるが、とても話やすそうな人物だ。

「何か食べられます？」

マスターはそう言って、フードメニューを差し出してきた。朝から何も食べていなかったことに気がつくと、急にお腹が空いてきた。一応メニューを眺めて、何にしようかと迷うのであるが、結局いつもと同じ料理を頼むことにした。

「フィッシュ・アンド・チップスを下さい」

「かしこまりました」

「今日はまだ何も食べていないんですよ」

「そうですか。じゃんじゃん食べていって下さい」

マスターは嬉しそうに言ってから、オーダーを伝えるため、厨房へ入っていった。

スコットランドの国旗が壁にかかっている。ぼーっとそれを眺めていると、演説をしていた男が、私の背後をゆっくりと通りすぎていった。トイレに向かっているようだ。

マスターが厨房から出てきて、ギネスビールをグラスに注ぐ。目の前に出されたグラスの泡が綺麗に上がったのを確認してから、私はゆっくりと口に運んだ。クリームのような泡と濃厚な液体。ゆっくりと、ゆっくりと味わう。

何度かグラスを口に運び、さて煙草に火をつけようかと思った時。トイレに行っていた演説男が戻ってきた。帰りも私の背後をゆっくりと通りすぎる。と、その時、男が突然マスターに話しかけた。

「ＴＯＩＬＥＴと書かれている点をまず、評価しますよ！」

そう言うと男はマスターに向かって手を差し伸べた。握手を求めているらしい。マスターはそんな男の行動に動じることもなく、握手に応じた。

「トイレに窓がありますね」

　男はマスターにそう言った。

「そうなんですよ。表の通りからは地下ですけど、店の後ろはどぶ川になっていて、ここよりも低いんです。いわゆる半地下です」

　この店の裏側には、前の通りと平行してどぶ川が流れている。幅はそれほどないが、深さはけっこうあるらしい。

「ほう……あの窓を開けたらレンガがあるわけではないのですね？　それはそれで面白いですが、ところで窓の横に林檎の置物がありますね。窓に林檎、何かの暗号ですか？」

「は？」

　さすがにマスターも面食らっている。

「では、失礼」

　そう言い置くと、すたすたと早歩きで席に戻っていった。店は狭いので、お互いの会話が聞こえてしまう。私はマスターに目で合図を送った。

――変な人ですね――

「ところでマスター、この店の隣、焼け跡みたいになってたけど、どうしたんですか？　黄色のテープで囲まれて」

　ぬるめのビールをいっきに飲みほし、落ちついたところで私はマスターに尋ねた。

「あー、今朝のことなんですがね、火事があったんです」

「火事ですか……、じゃあここも危なかったでしょう」

「そうですね。空き地のプレハブは少し焦がしたみたいですよ。ここまでは火が来なかったので助かりました。明け方、店を閉めた後だったんで、誰もいなかったんですが、もし火がこっちにも来ていたら大変でしたね。こいつらを火で焼くわけにはいかない」

　マスターはボトルが飾ってある、後ろの棚を親指で指して言った。

　隣といっても厳密にはあいだに狭い空き地があり、空き地にはコインランドリーの小さなプレハブがある。プレハブがあるということは空き地ではないのだが――。

「古い木造だったから、あっという間に全焼だったみたいですよ。向こう側の反対どなりはロックパーキングですから、さいわい燃え広がりはしなかったみたいですけど」

「原因はなんだったんですか？」

「さぁ……、さきほど、私が店に出勤する時まで、警察や消防の人がたくさんいましたよ。不審火ですかねえ……」

「何の建物だったんですか？　いつも何かなと思っていたんです」

「昔はドリルとかポンプとか、工事で使う機材を作っている会社でした。一階と地下が倉庫で、二階が事務所兼作業場。半分吹きぬけみたいになっていて、上で作ったものをリフトで下に降ろしていたみたいですね」

「ふーん……」

「次、何にします？」

　グラスが空いたのを見て、マスターが訊いてきた。

「ボウモアをストレートで」

「かしこまりました」

　マスターは穏やかな笑みを浮かべて、頭上にぶらさげたグラスに手を伸ばした。スコットランドの隣に浮かぶ小さな島。ここで作られるスコッチを、私は好んで飲む。

「ちょうど三ヶ月くらい前だったかな。その会社、倒産してしまったんですよ。入れ違いで別の会社になったんですが、これがまたうさん臭い会社でしてね」

　マスターはなぜか嬉しそうに言った。

「こんな言い方、古いのかもしれないが、日本も国際的になったものですね。隣も社員は二人だけですけど、中国人の会社ですから」

「へー中国人！」

「そうなんですよ、この界隈のビルのオーナーなんかも、実は中国人が多いんですよ」

たしかに店の呼びこみも黒人がやっていたりするし、すれ違う人が外国語を話しているというのも最近は珍しくない。

「もともとあった機材なんかはそのままですよ。倉庫として使うには、リフターなんかもあってちょうどよかったんじゃないですかね。表向きは輸入代理店、ということでしたから……」

マスターはそこで少し間をあけて続けた。

「朝方、トラックを横につけて大きな荷物を出し入れしているのを見たことがあります」

その時、右のほうから何やらリズムを刻む音が聞こえてきた。ふと視線を動かすと、演説男が自分のひざを叩いていた。自分の世界に入って音楽に酔いしれているようだ。たまにうっとか、あっとかぶつぶつ言っているのが聞こえる。サングラスの男と赤ら顔の男は、そんな演説男の行動にはおかまいなしに、何事かひそひそ話をしている。

視線を戻すとマスターと目があい、お互いあきれ顔でうなずいた。

「で？　隣も外国人がオーナーなんですか？」

「建物の持ち主は日本人です。オーナーというより、大家と言ったほうがいいかもしれない。もう八十を過ぎた老いぼれ爺さんなんです」

「中国人が借りていたんですよね。よく貸しましたね」

「そうなんですよ。少しボケがまわった爺さんなんで、不動産屋の口車にのって、怪しい中国人に貸してしまったようなんです。実際は不動産屋に貸して、使用者が中国人。会社と言ったって名ばかりですよ。きっとやばいものを一時的に置く倉庫として利用していただけでしょう」

マスターは大きめの氷を、アイスピックで丸く削りはじめた。

「建てなおしてテナント入れたほうが儲かると思いますけどね」

私はこの店にくるたび、古い隣の建物が少し気になっていた。ビルを建てて、合法非合法を考えなければ、この界隈、結構な収入になるのでないかと思っていたからだ。それなりに面倒事はあるだろうが、古い建物をこんなところに残していてももったいない。

「その爺さんのお孫さん、三十歳後半くらいなんですが、よくこちらにも飲みにきてくれるんです。同じことを言っていましたよ」

「でも、これでもうビルを建てるか、土地を貸すかしかなくなったわけですよね」

「そうですね。渡りに船だったんじゃないですかね。あいだにある空き地も爺さんの土地みたいだし、そこも使ってビルでも建てるんじゃないかな」

「空き地にコインランドリーがありますけど、あれ使っている人なんているのですか?」

ネオンだらけの裏通りに、車を二、三台置ける程度の小さな空き地、そこにプレハブを建てて、中にとうてい奇麗とは言いがたいコインランドリーを置いても、使う人なんていないだろう。そもそもこのあたりには人が住んでいるのだろうか。少なくとも日本人はいないだろうから、この辺りの安アパートに住んでいる、出稼ぎの外国人が使うくらいか。まあそう考えれば、儲けは出ないまでも必要な設備だったのかもしれない。

「そういえば最近、今までにないくらいこのコインランドリーが使われたって言っていましたね」

「誰がです?」

「一ヶ月おきくらいに、お孫さんがお金の回収に来ているらしいんですよ。何日か前、集金してみたらとんでもないほどのお金が入っていたそうなんですよ」

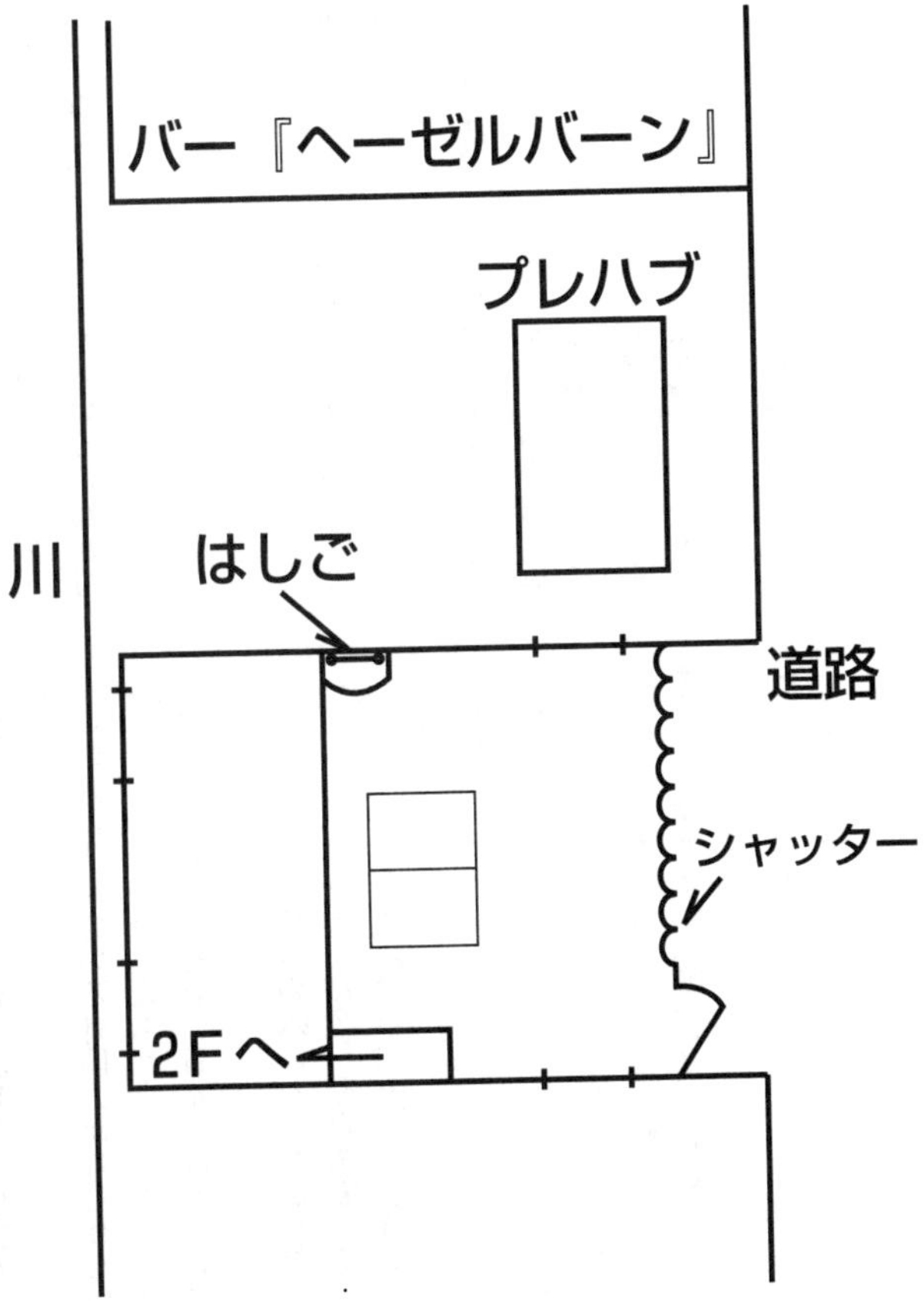
バー『ヘーゼルバーン』
プレハブ
川
はしご
道路
シャッター
2Fへ

「とんでもないほどって、あははは」

私は思わず笑ってしまった。たかがコインランドリーで、とんでもないほどの収益金という言葉が可笑しかったのだ。

「いくらです？」

「四十万円くらい」

「四十万円⁉」

「ものすごい量ですよ。毎日毎日洗濯を続けたような量です、これは」

「そうね」

「どうしてもそこで洗濯しなくちゃいけないことでもあったんですかねえ。プレハブの中には四台の乾燥機付き洗濯機があるんですが、その四台すべてにぎっしりお金が入っていたらしいのです。クリーニング屋に頼んだほうが楽だと私は思いますけどね」

私もうなづいた。

「そうですね。わざわざここまで汚れ物を運んできているわけですからね」

私は雑踏の中、衣類を満載したリアカーを引いている人物を想像した。

「この辺に住んでいる外国人かもしれないが、それにしてもそういう人たちが大量に衣類を持っているとは思えないし、それに日本人ほど潔癖ではないでしょうしね」

マスターは二個目の氷にとりかかった。

「マスターは見ました？　その洗濯している人」

「いや、それが怪談でね、それほどの量なのに、誰も見た人がいないんです」

「ほう……」

「私はこうして夜の六時から朝五時までカウンターにいますからね、どうかわかりませんが、この人通りですからね、いくらなんでも噂になるはずですよ、そうでしょう？　毎晩大量の洗濯をしている謎の人物がいるってね」

「たしかにね……」

「だけど、誰もいないんです、見た人。とんでもない洗濯の量ですよ、これは。だけどいない、変だと思いませんか」

「そうですね」

「最近はね、この辺不思議なことが多いんですよ」

「何ですか？　宇宙人でも出ましたか？」

「二週間くらい前かな？　前の通りを区役所のほうに行ったところに小さな公園があるんですが」

「ええ、知っています」

「そこで、たこ焼きの屋台が二人組の男に襲撃されたんですよ」

「襲撃ですか……」

「でもね、金を奪うわけでもなく、店員に危害を加えるわけでもなく、ただ屋台をめちゃくちゃにしようとしたらしいんですよ」

「はあ……」

「あの辺は意外と人通りが多いですから、すぐ通報されたらしいんですね。すぐ裏が派出所だし。あっという間に警察官がやってきて、その二人組は結局何も盗らずに逃げていったそうなんです」

「けっこうあるんじゃないの？　この辺じゃ」

「なぜ不思議かというと、派出所がすぐ裏にあるのに、どうしてその屋台を襲撃したのかということです」

「そうか、うーん、なぜだろうね」

私はすこし考えた。まぁ人が実際に犯罪を犯すときには、警察なんて関係ないのかもしれない。

「酔っ払いですかね」

「もしくは土地勘のない人間か、それともその屋台に恨みがあったのか、というのも考えられる」

「恨みなら屋台の人間を殴るなりしますよね、でも指一本触れちゃいないんです。強盗の線もなしです。お金を取ろうとはしなかったみたいだし……」

「世の中、いろいろなことがありますね。特にこのあたりは何があってもおかしくない」

「それからね、まだあるんです」

「次は何です？　やられた屋台が空を飛んでいった

とか」

「まあ火事があったから、今思うと変だなと思うだけなんですが……。ちょうど屋台の襲撃があった次の日くらいだったかな、私が朝方に店を閉めて、通りに出た時のことなんですがね」

マスターは私の軽口に全く反応しないで、さらに説明を続ける。

「この季節ですからまだ表は真っ暗です。いつもは店を出てから大通りの方に向かって帰るんです。でもたまたまその時は、隣の倉庫の方に歩いていったんです」

「ほう、そしたら？」

「あの倉庫、正面はシャッターになっていますが、横にはいくつか窓がありますよね」

「そういえばありましたね」

「その窓にね、光が動くのが見えたんですよ」

「中に誰かいたんじゃないですか？　その中国人が、中で何か作業していたんじゃ……」

「でも、そうしたら電気をつければいいじゃないですか。自分のところで、別に泥棒に入っているんじゃないんだから、こそこそする理由もないでしょう」

「実際、泥棒だったんじゃないの？」

「そうかとも思いました。屋台を襲ったやつらが今度は泥棒に入っているんじゃないかって……」

「で、どうしたんです？」

「どうするもこうするも、実際しのび込むところを見たわけではないですし、下手に警察に通報したところで、もし間違いだったら後々大変だと思いましたからね、そのまま帰りましたよ」

「帰ったんですか！」

物事の理由や自分の知らない事をそのままにする事は私には出来ない。しかしこの街では知らないふり、見ぬふりをするのが一番安全である。この街だけではない、今の世の中、それが常識的な生き方なんだろう。

「いやいや、それで終わりではないのです。別の日にも二、三回そういった光が中で動いているのを見たんですよ」
「それって、懐中電灯か何かの光でしょ？」
「そうだと思いますが、なぜそうやってこそこそするんです？　おかしいですよ」

翌日、私は出版社へ行くために朝のホームに立っていた。銀色の電車がすべり込み、たくさんの歪んだ顔が私の眼前に運ばれてくる。こんな電車に乗るのかい？　こんなに満員で、こんなに辛いんだから、もうこれ以上乗ってこないでくれよ。ホームに並ぶ人々へのささやかなアピール。しかし体得したやりかたで電車に乗りこめば、あとは目的地まで自動的に運んでくれる。車体はわざと缶詰色にしているのだろうか――、ぼんやり考える。――目の前の中年男性が新聞を読んでいた。他に見えるものもなかったから、後ろから記事を盗み読みさせてもらう。毎日それなりに話題があって、退屈のない時代。全く記事がない日も、たまには面白いかもしれない。一面に『今日は特に何もありません』と特大ゴシックで書かれていたらどうだろう。朝はくだらないことばかりが頭に浮かぶ。

各駅停車の電車を追い越すため、線路が切り替わるポイントがある。ここを通る時は、必ず電車が大きく揺れる。いっせいに乗客が同じ方向に傾いた時、なぜかピンとくる文字が目にはいった。揺れが落ちついてから、もう一度男性の肩越しにその文字を探した。火事、中国人、変死体。小さなスペースに書いてある記事だった。（職業柄、私は火星、宇宙人、飛行物体と連想してしまったのだが……）

『二十七日の早朝、S区K町にある二階建て木造の建物が全焼した火事で、昨日の調査で地下の倉庫から、その建物を借りていた中国人男性とみられる変死体が発見された。警視庁S署は、殺人事件の可能性もあるとみて調査をすすめている』

変死体!?　なんということだろうか。S区K町といえば、昨日行ったバーがある場所。ということは、マスターが話していたあの倉庫だ！　そうに違いない。ただの火事ではなかったのか――。やはりグループ抗争、あるいは仲間割れが起こり、殺して火をつけたということなのか――。まさかあの孫がやったのでは？　いやいや、ボケ爺さんが不動産屋にだまされて中国人に貸してしまったからといって、殺してしまうわけがない。こんなことになるのなら今までどおり貸しておいたほうがいいし、建てなおしを提案すればいいことだ。メリットが全くない。逆に災難であったろうなと思う。いやいや、馬鹿らしい。なぜそんな話になるのか自分でもあきれた。想像が膨らみすぎて、一人苦笑いをしてしまった。隣の女子高生と目があった。（見られた）

そんな朝だったものだから、出版社についてからも事件のことで頭がいっぱいで、打ち合わせもままならなかった。何をするにしても、新聞の記事が気になって仕方がない。出版社にある新聞、どれもみな同じようなことが書かれてあり、私の好奇心を満たしてくれるような記事はない。こんな状態でまっすぐ家に帰るわけにもいかず、今日もまた、バーに足を運ぶことにした。

ドアをそっと開ける、昨日と同じようにマスターと目が合った。

「あっ、いらっしゃいませ」

今日も昨日と同じくらいの時間だ。そして昨日と同じく、既に何名かの客がカウンターに座っていた。さいわい一番左の席は空いていたので、そこに座ることにした。

「おひさしぶりですね」

来ると思いましたよ、とマスターの顔に書いてある。

「ええ……二十四時間ぶりくらいですね」

「どうぞ」

びっくりした。私が来るのと同時にビールを出されたのは初めてだ！　店に向かって歩いている私をどこかで見ている者がいて、連絡を受けたマスターが、あらかじめ用意でもしていたのか。それともまちがって作ってしまったものが、タイミングよく来た私がいつも飲むビールだったため、これ幸いと出したのか。

「予想どおりでしたね」

奥の方に座っていた男がマスターに言った。

「お見事！　ははは、すみません。からかっているわけではありませんよ」

唖然としている私にむかって、マスターは笑いながら言った。ゆっくりと男のほうを見ると、なんと昨日の演説男がそこにいるではないか。私はもう一度マスターを見て言った。

「どういうこと？」

「あちらのかたが、絶対に昨日と同じ時刻にきますよ、というものですからね。私も人を驚かすの嫌いじゃないんで……、おどろきました？」

昨日の男が今日も来ている。そしてその男が、今日もまた私がここにくることを言い当てた、ということらしい。狐につままれるとはこのことだ。

「いったいどういうことですか？」

なかば怒った私は、もう一度マスターに強い口調で尋ねた。

「私にもわかりません……」

助けを求めるように、マスターが昨日の演説男に視線を送った。

男はゆっくりとこちらへ向かってくると、こう言った。

「怪しい者ではありませんよ。昨日もいらしてましたね。僕は御手洗といいます。こちらは僕の友人で石岡君です」

「はあ……」

私はことの展開に追いつけず、ただ力ない合づちを打つほかなかった。昨日、意味不明なことを言っていたあの男、御手洗というらしい。そして、もう一人の赤ら顔(もちろん今日は素面の顔をしている)は石岡というらしい。

「そして、あなたの後ろに立っているのが警視庁の竹越刑事です」

その言葉で振り向くと、見知らぬ男が私のすぐ後ろに立っていたのでびっくりした。トイレからちょうど出てきたところだったようだ。刑事? なぜ刑事がここにいるのだろうか——、なぜ私が刑事を紹介されなければならないのだろうか——

「どうも」

刑事は特有の鋭い目つきで私を牽制した後、御手洗の方に歩いていって空いている席についた。

「さて、これで全員そろいました」

御手洗は、紳士然としてゆっくりと言葉を発した。

「ちょっと、すみません……何が何だかさっぱりわからないんですが……」

私は我慢がならず手を挙げて言った。

「えー……常連さん、あなたにも聞く権利が多少でもあると思ったので、お待ちしていたのです。昨日のあなたとマスターとの話、今回の事件の解明に大いに貢献をされています。もしよろしければ少し話に付き合ってもらえませんか?」

昨日の話? 今回の事件? もう完全に私の理解できるレベルではないようだ——。見たところ、第一印象どおりに御手洗という男は普通ではない。変に怒らせないほうが得策だと思い、私は素直に受け止めるふりをした。

「何だかわかりませんが、とにかく御手洗さんでしたか。あなたのお話を聞いてみましょう」

「そうですか、ありがとう」

マスターと目が合い、私は思いっきり、にがい顔をしてやった。

「昨日、こちらの常連さんとマスターがはなしていた内容は、非常に興味深いものでした」

御手洗は演説の始まりのような雰囲気を漂わせ、

低い声で話はじめた。

「今日の午前中、竹越刑事から、Ｓ区で発生した火事現場の中から変死体が発見された、いささか奇妙な状況なので、どうかお力をお借りしたいという電話があったわけです」

「そうなんですわ！　一見して先生好みの事件でして、これは先生にお知恵を借りなくてはと思って電話したのです」

「これからはＦＡＸにして下さい。朝早く起こされると、こちらの機嫌が悪くなる」

御手洗はそう言うと石岡の方を見た。当の石岡は、何の反応もしない。

「竹越刑事の話を聞いたとき、このバーで昨日、マスターと常連さんがはなしていた倉庫のことだとピンときた。少し聞き耳をたてていたので、ある程度の状況は理解していました。そのおかげで、竹越さんにはその場で調査してほしい内容を伝えることが出来たわけです。それから、わざわざ謎解きの場をここにしたのは、昨日の話の確認もしたかったからです……では、竹越刑事続けて下さい」

御手洗は揉み手をしながら嬉しそうに言った。

「はい……えー、死体で見つかった中国人の名は呂といいまして、最近、日本にでてきたばかりの売人です。麻薬や拳銃などを専門に密輸して、暴力団などに格安で売りさばいていたようです。この世界にもディスカウント・ストアーみたいなものが流行っているみたいです。もう一人、同じく中国人の仲間がいまして、名は張といいます。まだ身柄は押さえていませんが、緊急配備をとっていますから、ひっかかるのも時間の問題でしょう。隣の倉庫は、それから密輸品の一時的な保管場所として使用されていたみたいです。それと肝心な火事の原因ですが、消防班からの報告によりますと、漏電が原因らしいです。古い建物では、ねずみが配線をかじったりすることが多いようです。今回もそれが原因ではないかと言っています」

「焼け跡から見つかったものは何でしたか？」

「倒壊していますので、小さなものは鑑識で詳しく調べています。大きなもので目立つのはリフター、プラッター、金属製のキャビネット、そのほかに工事機具ですね、ポンプやドリル、たくさんのホースなど。リフターというのは二階の天井に滑車がぶら下がっていまして、ここにワイヤーが通っていて、二階の作業場にある巻上げ機につながっているものです。ワイヤーの先にはゴンドラが付いていて、大きさは畳二枚ほど。これに乗せて荷物を上げ下げしていたのでしょう。一階のちょうど真中あたりの床には、約三メートル四方の鉄の扉があって、荷物を地下へ降ろす時は、この扉を両サイドに持ち上げるようにして開くわけです。

リフターの滑車の位置もこれに合わせて、この扉の真上に付いています。大きな荷物はすべてこの扉から出し入れします。階段はなく、人間が下へ降りるときには、壁ぎわにあるはしごを使うしかなかったようです」


「プラッターというのは何ですか？」

私は刑事に聞いた。

「フォークリフトってもの、ご存知ですか？　二つの爪で荷物を持ち上げて、トラックなどに運ぶ車。プラッターというのは、このフォークリフトのもっと小さいやつです。フォークリフトはエンジンがついていますが、プラッターは充電式のバッテリーと、モーターで動きます。小型で取り回しが簡単で、音も静かですから、狭い倉庫なんかでは便利みたいです」

「ふん」

御手洗は人指し指を口に当て上を見ている。竹越刑事は、そういう御手洗をさらと見てから続けた。

「死因は溺死……」

何!?　溺死？

てっきり刺されるか殴られるかした後、火を付けて殺されたと思っていたのに——。溺死とはいったいどういうことだろうか。溺死したのであれば水があるところ、海や川などといった場所から見つかるのが筋というものではないか。もし、これが殺人事件であり、その中国人を溺死させたのであれば、犯人はわざわざ死体を、どこかの水べりから倉庫の地下に運んでおいて、それから火を付けたことになる。なぜそんな手間のかかることをしなければならなかったのか？　そのままにしておいて、水死事故として処理されるほうがいいではないか。なぜ火事場で水死というような、不可思議な状況に仕立てあげなければならなかったのだろうか。

「あの……殴られた跡とかはあったのでしょうか」

私は遠慮がちに尋ねてみた。

「死にいたるような外傷は見当たりません。生活反応などから明らかに溺死だと鑑識は断言しています。消火のために放水された水や泥などで、決して綺麗な状況で発見されたわけではありませんでしたが、地下はコンクリートになっていますからね。火がまわらなかったので、炭にはならずにすんだみたいです」

「体内の水の結果なんかは出ているのでしょうか」

今まで一言もしゃべらなかった石岡が、刑事に尋ねた。

「ええ、先ほど連絡がありまして、どうやら裏の川の水と同じ内容物が検出されたようです」

裏の川？——歩く溺死体——死者が飲んだ水——いやいや、どこかで見たタイトルだ。私は首をふる。

「あのー、どぶ川の水を運んできて、それに顔を押し当てて殺したなんてことはないですか？」

私は馬鹿げていると思いながらも刑事に尋ねた。

「いえいえ。バケツで水を汲んできて、無理やり顔をおしつけるなりして窒息させたと、こうおっしゃりたいのですよね。それはちょっと考えられませんな。似たような事件も過去にはありましたが……、今回のは確実に溺死です。死後一週間から二週間経っています。冷たい水に浸かっていたらしく、時間の幅は大きいです。腐敗ガスも若干ながら確認できました。それと、もしバケツなどに顔を押し当ててて殺した場合、体内血液の希釈具合が変わってくるのですぐわかります。また、顕著な死斑が確認されていないのも理由の一つです。全身が水に浸かって溺れた時は、かなり暴れますので、死斑の出来具合がまばらで判別がつきにくくなるのです」

「なるほど」

やはり小説の世界と現実とは違うのだなと納得した。

「死体の服装や持ち物などはどうですか？」

今度は御手洗が刑事に尋ねた。

「服装はセーターにスラックス。特別変わった点はありませんでした。ただし、頭にランプを付けていました」

「ランプ？」

私と石岡が、同時に疑問の声を出した。声が重なった可笑しさで石岡を見ると向こうも私を見ていた。

「暗闇で何か作業するときに、頭にバンドで固定する電灯だよ石岡君」

御手洗は冷静に言った。

「それと、ゴンドラの位置はどうでした？」

「はい、調べてあります。どうやらゴンドラは地下に降りていたようですね」

「ふんふん」

少しの沈黙後、御手洗が立ち上がって皆が座っている後ろをうろうろ歩き、そしてこう言った。

「では、簡単に事件の説明をいたしましょうか」

御手洗はそう言うと、中指で額を押さえ、一方の腕は腰の後ろにまわし、そのまま固まってしまった。一同、この男の次の言葉をじっと待った。

「……すべては偶然に起きた事故だったんですよ。殺人事件でも何でもない、ただの事故です」

「事故!?」

刑事は大きな声を上げ、後ろを振り返った。

「つまりこうです。密輸をした荷物は一時的にあの倉庫に保管していた。荷物が何だったかは、もう一人の中国人に聞いて下さい。荷物は何であっても、ともかく見られないようにこれを地下に降ろしていたと思います。トラックをシャッターの前に付けて、荷物を降ろして地下に隠す。売り手がつけば、また地下から引きあげ、トラックに積み込んで取引をする。そんなルーティン作業の中で、事故が起こったわけですよ。荷物を地下へ降ろした後、再びゴンドラを上へあげて戻そうとしたわけです。ちょうど一階から二階の高さへ上がった頃、ゴンドラが突然止まってしまった。あわてた二人は、何度も操作パネルを上や下へ動かしてみたのでしょうが、うんともすんともいわない。古い建物ですからね、屋根裏にある電線を、ねずみがかじったか何かして、建物全体が停電になってしまった。二人は途方にくれた。電気で動くリフターが使えないとなれば、地下から荷物を引き上げることは出来ない。ロープを使って二人がかりで引き上げることも試したでしょうね。しかしたとえ二人でも、人力で引き上げることは無理だった。日本人なら電気会社に電話して、すぐ修理をしてもらうところだが、外国人がこんな倉庫を借りて何をやっているんだと変に怪しまれても困る。そこで二人は、発電機があればよいと思ったわけです。たこやきの屋台を襲った強盗はこの二人ですよ。このあたりはいろんな屋台や、いんちきブランドの時計なんかを売る店が、夜になると多いのではないですか？　マスター」

「え、ええ、たしかに多いですね」

「煌煌と明かりを付けて店びらきをしている屋台。金めあてでも何でもない、その明かりをともすために使っている発電機がねらいだったんですよ。てっとりばやく手に入れるためには、彼らは奪うしかない。発電機なんか、コンビニで簡単に手に入るものではないでしょうしね。しかし、もし奪えたとしてもあんな発電機でリフターを動かす事はできないですがね。それは帰納的な考察から言えることなのです。なぜ発電機でリフターを動かすことができないのか、という回答は、事件の結果から導き出される事柄であって、実際の裏づけからの推理ではありません。まぁ、それは置いといて……。さて、悩んだ二人は次にどうしたのか。ここからは僕の推理です。たいてい密輸品は木箱に入っているのではないですか。木箱に入っていれば浮力がある。つまり水が存在すれば、二人ならなんとか持ち上げることが出きるのではないかと思ったわけですね。地下に水を満たし、浮力のアシストによって持ち上げたところを、ロープを引っ掛けてプラッターで引けばいいわけです。プラッターは充電式なんですよね？　だから電気がなくても動くわけです」

「し、しかしですな、地下を水で満たすって、水道をホースでひっぱてきて、入れるというのですか？風呂に水をはるのとわけが違うのですよ⁉　御手洗さん！　それに、せっかくプラッターがあるのだから、それでひっぱりあげることも出来たのではないですか？」

「もちろん試みたでしょうね。しかしあの倉庫の広さですから。荷物が一階まであがるほど、プラッターが移動するスペースがなかったのでしょうな。たぶんシャッターを上げて、前の通りのど真ん中までプラッターを動かさなければならなかったことでしょう」

店の中はシーンとしている。

「地下室はどのくらいの大きさですか？」

御手洗は続けて刑事に尋ねた。

「横十メートル、奥行き十五メートルくらいですかね」

「高さが五メートルとして、地下を満水にするには七五〇立方メートルだから、七五万リットル必要です。小型のポンプだと毎分三〇リットルがせいぜいだ。一時間で十八〇〇リットル、一日いっぱい動かして、四万リットルぐらいしか汲み上げられない」

「えーと、ポンプは四台ありました」

　竹越刑事が手帳を見ながら言った。

「そうですか、四台。四台使えば四、五日で満水に出来る。しかし昼間は人目につきやすいからやるなら夜だけ、雑踏にまぎれて川からポンプで汲み上げれば、一週間くらいで満水にできたのではないでしょうか」

　夜マスターが見た光は、そのような作業をしている時の光だったのだ。

「彼等も必死だったのですよ。まともな人間ならそんな馬鹿げたことは思いつかなかったかもしれない。あとがなかったのでしょう」

「先生、たしかに下水工事なんかで使うポンプが現場にはありましたよ。しかしですな、それもまた電気式なんですわ」

　刑事が手帳を確認しながら御手洗に言った。

「ちっ、ちっ、ちっ……だから電気を盗んだのです。いや、買ったといったほうがいいかな。コインランドリーにちゃんとお金が入っていたのでしょ？　彼等はドリルなどでプレハブに小さな穴をあけて、そこからコードを忍び込ませてコンセントにさし、電気を使っていたのですよ。コンセントの一つくらい空いていたのでしょう。もし空いていなかったとしても、たこ足にするなり、いくらでも手はある。ドラム式の延長コードで倉庫に引っ張ってくれば、外から目立つことはないでしょう。数台のポンプをフル稼働ですからね、電力も使う。電気を使われたことを隠すために洗濯機にはお金を入れて、あたかも洗濯が大量に行われたという状況を作ったのでしょう。お金を入れてコンセントを抜けば、実際に洗濯などしなくてもお金は中に入ってしまう。簡単なことです」

「しかし電気があるのなら、それでリフターを動かせるのではないですか？」

　私は御手洗に尋ねた。

「それが駄目なんです。発電機を盗んでも、リフターを動かすことは出来ない理由とそれは同じなんです。リフターが使用していた電圧は、二〇〇ボルトだったのですよ。むろん彼等も、最初はリフターのために、プレハブから電気を引いてくることを考えたのでしょう。しかしいざ取りつけようとすると、コネクタの形状が違う。二〇〇ボルトだからです。プレハブにエアコンが付いていれば、それを使うことが出来たでしょうがね。ですから、水を使うというのは最後の最後、彼等としてもいよいよという苦肉の策だったわけですね。手でひっぱることはできないか、リフターを発電機で動かすことはできないか、プラッターでひっぱりあげる方法は？　電気を外からとる？　もちろん断線を治そうともしたでしょう。いろんな方法を考え、実行してみて、結局皆駄目だったわけですね」

今のところ、新しい客が店に入ってくる気配はない。皆、固唾を飲んでいるのを察して、マスターは水を出してきた。

「さてさて、ここからが重要です。石油ストーブの灯油をタンクに補給する時、どうします？　ポリタンクを高い位置において、最初だけ吸引すればあとは勝手に下に流れていくでしょう？」

「ええ、知っています」

御手洗の目が私を見たので、私は答えた。

「彼等は地下に水を満たし、荷物が浮かんできたところを首尾よく引き上げた。その後どうしたか……？　最初にポンプできっかけを作ってやり、弁を開いてやれば地下室のほうが川より高いのだから、あとは勝手に水が川に流れていく、つまりサイホンの原理です。水を抜くときは電気を使わずに済むように、この方法をとったのでしょう。荷物を引き上げたあと、姿をくらませれば良かったのでしょうが、多分日本にきたばかりで、アジトといえる所がなかったのでしょう。だからちゃんと水抜き作業をして、あの倉庫をまた使いたかった。コインランドリーにちゃんとお金を入れたのも、後々を考えてのことでしょう。毎日、夜中に一人が状況を確認しに来ていた。床の扉から地下を覗きこむようにして、どの位水が抜けているか確認するために。その時、断線していた電気がたまたま付いたとしたらどうなるでしょうか……。一階と二階の途中の高さに止まっていたゴンドラが、闇の中で動きだしたのですよ。停電が起こった時、ゴンドラを下に動かす位置にレバーがなっていたのでしょう。もし夜に停電が起こっていたのなら、電灯のスイッチが入っていたときでしょうから、突然倉庫の明かりがついて気がついたでしょうが、停電は昼間だったので、ゴンドラだけがゆっくりと下がってくるのに気がつかなかった。下を覗きこんでいた上からゴンドラが降りてきて、水がまだたくさん残っている地下に、中国人は落とされてしまった。暗闇の中で、しかも突然のことです、パニックを起こして中国人は溺れてしまった」

うーん、一同はうなりながら、御手洗の解説の続きを待った。

「マスター、トイレの窓はなぜ開いていないのです？レンガで塞がっているわけではないのでしょ？」

「それは……、最近裏のドブ川が少々臭いんで。一応、林檎の芳香剤を置いているのですが……やはり、臭いますか？」

「水抜き作業は、ホースを川の中には付けていなかったはずです。流れの無い川に水が落とされたので、酸素が増えた。すると川底にいるプランクトンが増えます。増えすぎたプランクトンは逆に滅亡して腐敗する。そのおかげで川が臭うようになったんでしょうね。人間の世界と同じですな、人口爆発です……。話を元に戻しましょうか。途中、もう一人の中国人が行方不明の仲間を探しにきたでしょうが、まさか地下で溺れているなんて思わない。何か別の事件に巻き込まれたか、へまをして捕まったか、どちらかだろうと思ったのでしょう。密輪品を持ってとんずらです。さて、電気が元に戻ったはいいが、とても不安定な状況だった。地下には溺れた死体が転がったまま、だんだんと水が抜けていったのです。そして、不安定だった電線はついに漏電を起こした。それが先日の火事です」

皆、何も言わない。私も口に出す言葉が見つからず、とりあえず、水の入ったグラスを、空にすることしか出来なかった。刑事は手帳にひたすら何かを書きながら、頭を小刻みに上下させている。マスターは、あいかわらずグラスを磨いている。石岡という男は——？——寝ていた。

パン！　突然、御手洗が手をたたいた。

「おい、石岡君！　昨日の勢いはどうしたんだい相当飲んでいたからねえ、今日は二日酔いだね」

御手洗はそう言うと、自分の席に戻った。

その後、刑事のほうから何点かの質問があったが、どれも補足的なもので、御手洗はもう真面目に答えようともせず、後はそちらで調べてくださいの一言で事件の話は終ってしまった。

「では先生、また宜しくお願いしますね」

これ以上は無理と判断し、刑事は残念そうに去って行った。私はこのまま帰る気にもなれず、せっかくですからと、御手洗にお酒を勧めてみた。

「それはよい考えですね。ではいっしょに呑みましょう。それからマスター、あれもね」

と、御手洗は言った。

私と御手洗はギネスを頼んだ。横で寝ている男の前には新しい水が置かれていた。

「そういえば昨日、もう一人いらっしゃいましたよね」

「昨日はLAに住んでいる友人が日本に来ていましてね。ここで、私の誕生日を祝ってくれたのです。人の誕生日にゴリラのごとく酒を飲んだ人間もいますがね……」

御手洗はちらっと横を見た。

「昨日、誕生日だったのですか……。そういえば私、明日が誕生日です」

「ほう、それは奇遇ですね。同じ射手座だ」

その時、マスターが厨房から出てきて、私達の目の前に皿を置いた。フィッシュ・アンド・チップスだった。

「おー、マスター気がきくね！」

「何をおっしゃるんですか、七瀬さんが時間どおりにいらっしゃったから、賭けに負けたんですよ。これは御手洗さんのものです」

どうやら私は、フィッシュ・アンド・チップスの賭けの対象だったようだ。

「なぜ私が来るということが予測できたのですか？」

「見たところマスターと親しく話をしている常連さんだ。昨日の火事現場から死体が発見されたということは、TVでも新聞でも大きく取り上げられていますからね。普通の人ならこの情報は手に入れているはず。もう一度バーに行けばマスターから何か話の続きを聞けるかもしれないと、こう思いますよね」

「なるほど」

言われるとあたり前のことだが、私は感心した。

「と、いうのは冗談で、本当のところ論理的な解釈などはないのです。単純な、ただの賭けですよ」

そう言うと御手洗は、マスターの方をちらと見た。マスターは苦笑いをしてグラスを磨いていた。

完

ローズの間

3. 横浜奇談

北川浩二

プロローグ

夏休みが終わった九月一日、私は久し振りに横浜へ出かけてみることにした。外をぶらつくにはまだ暑かったが、部屋に籠もっていてもいいアイデアが生まれるわけでもないと思い、ラッシュの過ぎた頃合いを見計らって家を出た。

小説を書く上で、何か新しいアイデアが浮かばないかと思うたびに、決まって横浜へ行きたくなるのはなぜだろう。ひとつには石岡和己という尊敬する作家が住んでる街だからであり、もうひとつには、私にはあまりにも不似合いな街だから、日常生活から別世界に飛び込んだようで、かえって新鮮な気持ちになれるからだった。そして驚くのは、ランドマークタワーのそびえる桜木町周辺は、訪れるたびにその街並みが変わっていることだった。初めて来たとき、駅周辺はまだ空き地があり、雑草が生えていた。それがいつの間にかレストランやビアホールに変わっていた。そんな変化が相変わらずの毎日を送っている私には、時の流れを感じさせてくれる刺激剤にもなっていた。

桜木町駅から馬車道に向かってとぼとぼと歩いた。そこからさらにイセザキモールまで歩くのがいつものパターンだった。日射しは強く、歩いているだけで汗が吹き出してくる。額の汗を拭いながらイセザキモールまで来ると、どこかで休もうと周囲を見回した。

　その時だった。目の前を信じられない人物が通り過ぎていった。それはまぎれもなく、作家、石岡和己だった。

　私は一瞬迷ったが、こんなチャンスは二度とないと、思い切って駆け寄った。

「石岡さんじゃありませんか」

　そう声を掛けると石岡氏は立ち止まり、驚いたように私を見た。当然、私の存在など知るはずもないので、

「石岡さんのファンで作品は全部読んでます」

　と力を込めて言った。

「そうですか、それはありがとうございます」

「お仕事ですか」

「いいえ、お昼を食べに行こうと思っていたところです」

「じゃあ、ご一緒してもいいですか。僕も何か食べようと思っていたところなんです」

　私はあまりのうれしさに図々しくも、自分でも驚くくらいの勢いでそんなことを口走っていた。

「ええ、かまいませんよ。どうせ一人ですから」

「ありがとうございます」

「ええっと、知り合いのラーメン屋さんに行くつもりだけど、いいですか」

「はい、もちろん。石岡さんにおまかせします」

　私は幸運というか奇蹟のような偶然で、あこがれの作家、石岡和己氏と昼食を共にすることになった。

　石岡さんが案内してくれたのは、イセザキモールから少しはずれた裏道にある、わりとモダンな店構えの中華飯店だった。

　店の中に入ると、

「いらっしゃいませ。あ、先生、こんにちは」

　と若い女性店員が声を掛けてきた。どうやら石岡さんの知り合いのようだった。本を読んだ限りでは犬坊里美以外、若い女性の知り合いはいないと思っ

ていたが、案外いろいろな知り合いがいるのかもしれない。

「先生、いらっしゃい」

今度は調理場にいた主人らしい年輩の男が言った。

「どうぞ、こっちへ」

そう勧められて私たちは主人の目の前のカウンター席についた。テーブル席は八割方埋まっていたが、カウンターには誰もいなかった。

「今日はお友達とご一緒ですか」

「ええ、まあ。僕のファンの方です。えーと、名前は……」

「北川と言います」

「岩田です。それからこいつは娘の啓子です」

「はじめまして」

娘はそう言ってにっこりと笑った。主人の岩田はえらの張った四角い顔をしていて、美男とは言い難いが、その娘は、卵形の均整の取れた顔立ちで、なかなかの美人だった。白い頭巾からこぼれた髪は黒く艶やかで綺麗だった。私はちょっと見とれてしまった。

「御手洗さんはまだ外国から戻りませんか」

主人が石岡さんに訊いた。

「ええ、近頃はまったく連絡がありません。だから本にする事件がなくて困ってますよ」

「そうですか。作家の先生も大変ですねえ」

「まあ、未発表の事件はけっこうあるんで、なんとか書くには困らないんですが」

「そうですか。そりゃいいや。で、何にします」

「僕は醤油で。北川君は」

「僕も」

「へい、醤油二丁ね」

主人はラーメンをゆでにかかった。娘の啓子は食事を済ませ立ち上がった客を見てレジに向かった。

私は今の話を聞いて石岡さんに話しかけた。

「まだ発表されてない作品がたくさんあるんです

か」

「ありますよ。御手洗みたいな変人とつき合っていると、いろんなことがありますから。これから発表しようと思う物もあれば、本にする気のない物もあります」

「それは残念です。ファンとしてはどんな事件でも読みたいのに」

そう言うと、石岡さんは考え込んでしまった。

「あ、すみません。勝手なことを言いました」

「いいえ、いいんです。そう言ってもらえるとうれしいです」

「実は僕も小説を書きたいとずっと思ってるんです。石岡さんの作品はとても素晴らしいし、すごく参考にもなります。これからも是非、いろんな作品を発表してください」

「そんなふうに言われると照れちゃいますよ。じゃあ、北川君も小説を書こうと思うなら、僕の代わりに書いてみてはどうですか」

「え！　そんな」

「僕自身、発表する気のない事件があるから、それをお話しますよ。それを北川君が作品としてまとめたらどうです」

「でも、それじゃあ、石岡さんに申し訳ないです」

「そんなことはありません。僕もまだ発表する作品がたくさんあるし、全部は無理だから。えーと、どれがいいかな。まあ、ここの主人と知り合ったのも事件と言えないこともないんだけど」

「へえ、そうなんですか。是非、聞かせて下さい」

石岡さんは私に店の主人との出会いについて話してくれた。

以下、御手洗さんと石岡さんが活躍した部分もすべて、石岡さんが語ってくれた話を私が文章化したものです。なにぶん不慣れなものだから、読みづらい部分もたくさんあると思いますが、それは石岡さんのせいではないことをあらかじめおことわりしておきます。

1．消える「御手洗」

里美から電話があり、お昼をいっしょに食べようというので、私はいそいそと馬車道十番館まで出かけていった。里美とここで待ち合わせるのは何回目になるだろう。

里美は白いブラウスにジーパンというラフなスタイルで、少し遅れてやって来た。私はてっきり十番館で食事をするものと思っていたが、里美は中に入ろうとはせず、バッグの中から薄い雑誌を取りだして開いた。

「ねえ、先生、ここ行きません？」

「英会話学校なら行かないよ」

私は間髪を入れず言い放った。

「もう、違いますよ。ここです！」

里美が雑誌の一ページを指さすので、私は不安を抱きつつそっと覗き込んだ。そこには『おすすめのラーメン屋さん』というタイトルがあり、幾つかの店が紹介されていた。里美が指をさしているのは、新装オープンという文字が書かれた、小綺麗な印象の店だった。

「この近くなの」

と私が聞くと、

「うん、実は一度行ったんです。すっごく美味しかったから先生にも教えてあげようと思ったんです」

里美のおすすめなら一度食べてみたいと思った。

「じゃあ、行ってみようか」

「はい、じゃあ、こっちです」

そう言って、里美はすたすたと歩き出した。

里美のあとに付いて、しばらく歩くと、とある銀行の前に出た。その銀行を見て、私は、あれ、前に来たことがあるようなと思ったがよく思い出せなかった。

それからさらに歩き続け、イセザキモールから裏道に入ると今度は特定郵便局が見えた。特定郵便局というのは、集配業務を行わない窓口専門の郵便局で、町のいたるところにある、いわゆる小さな郵便局というやつだ。ここでもまた前に見たような景色だと思ったが、思い出すまでにはいたらなかった。

「先生、ここです」

里美が立ち止まり、郵便局の向かいのラーメン屋を指さした。里美の雑誌に載っていた写真の店だった。新装オープンというだけあって綺麗な店だった。店内はけっこう広く客もかなり入っていた。

「いらっしゃいませ」

と若い女性店員が声を掛けてきた。里美と同じか、少し上くらいの女性だった。カウンターの向こうの調理場には、店主らしい中年の男がラーメンをゆでていた。

テーブル席は、ほぼ満席だったので、カウンター席についた。

「先生、何にする」

里美が訊いてきた。

「そうだな、何にしようかな」

メニューをながめていると、店主が出てきて、出来上がったラーメンのどんぶりを台の上に置いた。それを女性の店員が客のテーブルまで運んでいった。

この時、店主の目が私と合った。なぜか店主の顔に見覚えがあるような気がした。しかし、やはり思い出せずにいると、店主も私の顔を見て、首を傾げている様子だった。お互い、気持ち悪いほど見つめ合ってしまった。すると、店主はやはり気になるのか話しかけてきた。

「お客さん、どこかでお会いしましたっけ」

「いいえ、ないと思いますが」

「そうですか。なんだか前にどこかで会ったような気がしましてね。これは失礼しました」

「写真を見たんですよ、きっと」

里美が言った。

「先生の本に載ってる写真を見たんじゃないです

か。先生有名だから」

「よしてよ里美ちゃん、そんなに有名なんかじゃないよ」

しかし、里美はお構いなしに、

「おじさん、知ってます？　この人、作家の石岡和己先生です」

「石岡さん？　うーん、どこかで聞いたような名前のような気がするなあ」

「先生の作品、知らないんですか！　『占星術の犯罪』とか『斜め屋敷殺人事件』とか」

「里美ちゃん、それ、反対なんだけど」

「でね、誰にも解けない難事件を解決するのが御手洗さんっていう名探偵なんです。御手洗さんはハンサムで背が高くて頭はいいし……」

里美の言葉に店主の目が輝きだした。

「そうだ、御手洗だ。あの時の、あんたが呼んでた名前、確か御手洗って言ってた。思い出したよ。あんたがあの時いっしょにいた石岡さんかあ。懐かしいなあ」

そう言われても、店主が何を思い出したのか、私にはまだわかっていなかった。

「どこでお会いしましたっけ」

「ほら、この先の建設中のビルの上で。あの時はお世話になりました。もう十年くらい前になりますかねえ」

「建設中のビル？　……ああ！　じゃあ、あなたはあの時の強盗!!　……ウグウグ……」

突然、後ろから口をふさがれた。

「大きな声で言わないで下さい」

手が離され、振り返ると、女性店員がいた。

「ごめんなさい。その節はお世話になりました」

「ええっ、じゃあ、君は」

「私の娘ですよ」

店主が言った。

「ええ！　でも、あの時は確かまだ幼稚園か小学一年生くらいだったはずじゃあ」

「やだなあ、もう。はずかしいです」

「へえー、そうなんですか。でも、どうしてこのお店に」

「ここの主人がとても親切ないい人でね、私が出所したあと、ここで働かせてもらったんです。向かいの郵便局の人とも仲良しでね。といっても当時の局長さんや事務員の人はもういませんけどね」

それにしても、驚いた。十年も前の強盗犯人にばったり出くわすなんて、なんという偶然だろう。

「……だから、御手洗さんってすっごくステキなんですよー。私、御手洗さんならお嫁さんになってもいいなあって思うんですー」

里美はまだ一人でしゃべっていた。

あれは私と御手洗が綱島のアパートから横浜へ引っ越してきて半年ほど経ったある夏の日の出来事だった。その頃の私は御手洗が解決した事件を小説化して、その印税のおかげで綱島時代に比べると遥かに裕福な生活を送れるようになっていた。ところが、御手洗といったら相変わらず部屋の中でごろごろしているだけで、その奇人変人ぶりも日増しに磨きがかかってきていた。もちろん、私が作家として成功できたのも御手洗が難解な事件を解決したからに他ならないわけで、そういう意味では御手洗も彼なりに仕事をしていたことにはなる。印税も私たち二人の物といってよかった。しかし、面倒な雑用は決まって私に押しつけ、まるで、殿様と家来のような関係に、私は幾分腹立たしい思いも抱いていた。

その日、私はぼんやりとテレビを見ていて、御手洗はというと、いつものようにソファーに寝転がって一人紅茶を飲んでいた。テレビでは、今日は今年一番の猛暑になると伝えていて、海や山の事故なども報じていた。しかし、そうしたニュースを聞いても、その頃の私には、ただの他人事にしか思えなかったし、御手洗にしてもおそらく低脳な深海魚の戯れ程度にしか思っていなかっただろう。それだけに御手洗の発した一言は、少なからず私を驚かせたものだった。

「石岡君、日本の夏がなぜ暑いか知ってるかい?」

突然、御手洗がおかしな事を訊いたのだ。

「日本の夏?」

私はどこかで聞いたようなセリフだなと思いながら御手洗を見た。

「夏はどこの国でも暑いんじゃないのかい?」

私が逆に問い返すと御手洗は、首だけをこちらに向け、細く片目を開けて、どうしたらあんな形になるんだというくらい唇をねじ曲げて私を見た。その表情はホモを感じさせ、これはいざとなったら逃げだそうと思ったくらい私を震え上がらせた。そして、ぶっきらぼうにこう言った。

「石岡君、質問に質問で答えるのはよしたまえ」

「悪かったよ。わからないから教えてくれよ」

私はめんどうなのでとりあえずそう言った。

「それはエアコンのせいさ」

「エアコン? どうしてエアコンが日本の夏を暑くするんだい」

「わからないかなあ。つまり、エアコンというのは、国民のためとか言いながら汚職や脱税をする政治家のような物で、表向きは冷たい風を送りながら、裏では熱風を吐き出しているんだよ。今やエアコンも一家に一台の時代から各部屋に一台の時代なんだ。建物だけじゃなく外を走っている車だってエアコンのない車はないだろう。まして東京という都市は世界一の過密都市だ。横浜だって似たようなもんさ。みんなが一斉にエアコンを使うということは、体中にドライヤーの熱風を受けているようなものなのさ。僕は確信するね。みんなが一斉にエアコンのスウィッチを切れば、気温が五度は下がるはずさ」

「しかしねえ、そんなことをしたら、たとえば食品売場なんかは食べ物がみんな腐ってしまうし、オフィスで働いている人たちだって暑さで仕事にならないだろう」

するとと御手洗はニヤリとねちっこい笑みを浮かべ、私の顔をまじまじと見つめた。私は背中に冷たい水が落ちたようにぞくりとし、腕は鳥肌状態だった。

「では言わせてもらおう。石岡君、君は今、快適かい？」

私はそれで御手洗の言わんとしていることを察した。

「ははあ、なるほど、つまり君はこの部屋にエアコンがないことを腹立たしく思っているわけだね」

確かに部屋の中は暑かった。横浜へ引っ越して来たのは冬だったので、エアコンを設置するのをうっかり忘れていた。そのうちそのうちと思っていたら、いつの間にか夏になっていたのである。しかし、何日も猛暑が続くと、さすがに私もそろそろ買わなくてはと思い始めていた。

「御手洗君、君は占い師という立派な職業に就いているんだから、いくらでも儲けることができるだろう。自分でエアコンを買ったらどうなんだい」

エアコンを買うのは簡単だったが、毎日ごろごろしているくせに雑用ばかりを私に押しつける御手洗に少しばかり意地悪を言ってみた。

「儲ける？　そんなくだらないことのために生きているわけじゃない」

「ああ、わかってるよ。君の持論はもう聞き飽きた。エアコンくらい買えないわけじゃないけど、少しは動いたらどうなんだい。部屋の中に閉じこもってばかりじゃ健康にもよくない。電気店に行ってエアコンを付けて欲しいって言えば、すぐに付けてくれるさ」

「別にエアコンが欲しいとは言ってない」

御手洗という男は、案外負けず嫌いというか頑固というか、人に指図されるのを嫌う傾向がある。取りようによっては甘えん坊とも言える。

「わかったよ。じゃあ、僕もついていってやるから。いっしょにエアコンを買いに行こう」

すると御手洗は突然ソファーから立ち上がった。

私は驚いて御手洗を見つめた。

「なにもこれ以上日本の夏を暑くすることはない」

どうも御手洗の頭の中では『日本の夏』という言葉がマイブームを起こしているらしい。確かに小説のタイトルになってもおかしくないくらい、響きの良い言葉である。

「さて、出かけるか」

「出かけるってどこへ」

「僕らの夏を涼しくするんだ」

御手洗はそう言って戸口に向かった。

「おい、涼しくって、エアコンを買いに行くんじゃないのか。どこへ行こうっていうんだい。ちょっと待てよ。おい、御手洗、聞いてるのか」

しかし、御手洗はさっとドアを開けると、私がすぐ後ろにいるのも気付かない様子で、後ろ手に勢いよくドアを閉めた。私の鼻はもう少しでつぶされるところだった。


御手洗を追って外に出ると、暑い日射しが容赦なく照りつけてきた。その日射しの中を、御手洗は颯爽と歩いていく。そう言えば髪を伸ばしているわりには御手洗が汗びっしょりになっている姿というのは見たことがない。案外夏には強い男なのだろう。

御手洗は関内駅方面に向かって歩いていた。ようやく追いつき、

「どこに行くんだい」

と声を掛けても、御手洗は聞いているのかいないのか、素知らぬ顔でずんずん先を歩いて行く。

炎天下の中を五分も歩いていると、全身から汗が吹き出してくる。しかし、御手洗は平然と歩き続けていた。

やがて、S銀行の前にさしかかった。すると、御手洗は迷うことなくガラスの自動ドアを通って中に入っていった。御手洗のような金に無関心の男が銀行に何の用があるのだろう、と思いながら私もあとに続いた。

一歩中に入ると、表とは打って変わって涼しかった。御手洗の言う訳の分からない理論はともかく、やはり真夏にはエアコンの効いた室内ほど快適な所はない。これは早いところ私たちの部屋にもエアコンを入れなければとつくづくそう思った。

さて、御手洗はと見ると、彼はカウンターの前のベンチシートに腰を降ろしていた。ひょっとしたら御手洗は私には想像もつかないほどの財産を持っているのかもしれない。そしてその金を引き出して、エアコンを買うつもりではないだろうか。そんなことを考えながら、私も御手洗の隣に座った。

しばらく黙って座っていたが、ふとあることに気が付いて御手洗の手を見た。御手洗は何も持っていなかった。

「なあ、御手洗。番号札はもらったのかい。何の用で銀行に来たのか知らないけど、番号札をもらわなくちゃ、いつまで待っても順番は回ってこないよ」

私がそう言うと、御手洗は一瞬こちらに首を向けたが、すぐに目を閉じてしまった。仕方なくそのままた黙って座っていたが、カウンターの向こうの女子行員が次々と番号を呼んでいっても、御手洗が立ち上がることはなかった。

さすがに私もいらいらし始めた。番号札を持っていて、あとどれくらいで順番が回ってくるかが推察できるならともかく、いつ終わるともしれない御手洗の気まぐれにつき合っているのは退屈だった。

「なあ、御手洗」

私が声を掛けると、御手洗は急に立ち上がった。そして、出口に向かって歩き出した。あっけに取られた私はともかく後を追った。

銀行を出ると御手洗はイセザキモールの方向に足を向けていた。国道の手前でようやく御手洗に追いついた。

「銀行に用があったんじゃないのかい」

そう言うと、御手洗は私の方には見向きもせず、

「長居は無用さ」

と言った。どうやら始めから銀行になど用事はなかったらしい。私はそれでようやく御手洗の意図を悟った。つまり御手洗の目的は、ただエアコンの効いている銀行で涼んでいただけだったのだ。なんとも風変わりな男だといまさらながら思った。何も銀行になど入らなくても、喫茶店とか、お金を掛けたくなければデパートだってあるというのに。御手洗と知り合ってもうずいぶん経つし、少しは慣れたつもりでいたが、まだまだ彼の行動は不可解で理解に苦しんだ。

そんなふうに思いながら、御手洗と並んでイサザキモールを歩いていると、彼はまたしても別の銀行を見つけてその中に入っていった。

御手洗はさっきと同じようにただ黙って椅子に座っていた。

「おい、御手洗。いい加減子供のいたずらみたいなまねはやめたらどうだ。ただ涼むだけなら他にもいろいろあるだろう」

「このコースが一番快適なんだ」

「……？　じゃあ、今日が初めてじゃないのかい」

「もちろん。僕の研究の成果さ」

「なんだい、その研究っていうのは」

「日本の夏の傾向と対策さ」

ああ、もうわからない。馬鹿馬鹿しくてついていけなくなった。

御手洗を置いて、私は外へ出た。こんなことならさっさと電気店に行って、エアコンを買ったほうがよかった。御手洗のような暇人につき合ってはいられない。怒りをおさえ、歩き出した。そして、事件に遭遇したのはその直後だった。

銀行を出てしばらく行くと郵便局があり、私がちょうどその前にさしかかったとき、郵便局から男が一人飛び出して来た。男は牡牛のような勢いで突進してきて、私は体当たりをくらい、おもわずその場に尻餅をついてしまった。しかし、男はあやまるどころか振り向きもせず、駆け足で逃げていった。まったくついてない時はどこまでもついてない。これもみんな御手洗のせいなのだ。あいつがこんな所まで来なければこんな災難にも遭わなかったのに。

そんな怒りを新たに抱きながら、ようやく汚れた尻をはたいて立ち上がると、またしても誰かに突き飛ばされて、私は道路に転がった。ぶつかってきた男も転倒していて、腰を打ったのか、痛そうに顔をゆがめていた。見ると男は郵便局員だった。

「強盗です。つかまえて下さい」

郵便局員は私を見て、必死にそう訴えたかと思うと、そのまま気絶してしまった。

これは大変だと思い、すぐに逃げていった男を追いかけようと思った。

「石岡君、乗りたまえ！」

その時、急に御手洗の声が聞こえた。振り向くと、郵便局の向かいにはラーメン屋があり、御手洗はいつの間にやって来たのか、その店先に止められていたスーパーカブにまたがっていた。

「乗れって言ったってどこに乗るんだよ」

御手洗の乗ったバイクの荷台は、おかもちを乗せるために、バネばかりのような台になっている。ドンブリにでもならないかぎり乗れっこない。

「しょうがない人だな。じゃあ、先に行くぞ」

御手洗はそう言うなり、ブォーンと思いっきり空吹かしをすると、次の瞬間、カブをウイリーさせたまま強盗を追いかけて行った。

その場に残された私はどうしたものかと躊躇したが、ラーメン屋の前には店のものと思える黒い自転車があったので、それを借りることにした。

ところが、自転車にまたがり、ペダルをこぎ始めたときだった。ガラッと戸の開く音が聞こえ、それに続いて、

「あ、どろぼう、待ちやがれ！」

というどなり声が聞こえた。やばい！　と思った。ここでつかまったらただの自転車泥棒にされてしまう。とにかく強盗さえ捕まえれば、あとはどうにで

も言い訳はできるはずだ。そう思って懸命になってペダルをこぎ、御手洗の後を追うことにした。店の主人のがなり声を背中に受けながらひたすら自転車をこいだ。すると、私の頭をかすめて勢いよく何かが飛んで行った。それはカラカラと音を立てて前方に転がった。下駄だった。店のおやじが私めがけて下駄を投げつけてきたのだ。命中していたらただでは済まなかっただろう。

「貴様の顔、一生忘れねえからなあ!」

九死に一生を得た私は、おやじの言葉に震えながらも御手洗が曲がっていった四つ角をノーブレーキで駆け抜けた。

さてと思い、前方に目をこらしたが、強盗も御手洗の姿も見えなかった。ここで見失ったら困ったことになる。スピードをゆるめ、十字路にさしかかるたびに左右を見回した。しかし、御手洗を見つけることはできなかった。それでもあきらめず走り回っていると、ようやく御手洗が乗り捨てたと思えるバイクを発見した。そこは建設中のビルの工事現場だった。

ロープをくぐり、中に入っていくと、鉄材、木材、砂などがたくさん積まれていたが、どういうわけか人の気配はなかった。工事が中断されているのだろうか。建設中のビルは骨組みと床部分だけの状態で、ちょうどパイプ式の飾り棚のようだった。ふと見上げると、四階に人の頭がかろうじて見えて、どうやらそれは御手洗らしかった。

建物の右端に赤茶色の鉄の階段があったので、私は足音をたてないようにそっと上がっていった。

四階にたどり着くと、フロアの中央付近に御手洗が背を向けて立っているのが見えた。強盗はというと、建物の反対端で、今にも飛び降りそうな状況で立っている。しかも驚いたことに、強盗は五歳くらいの小さな女の子を小脇に抱えていた。

「来るなー!」

強盗がわめいた。私の気配を察したのか、御手洗も振り返った。

「石岡君、犯人を刺激してはいけない。無茶はしないように」

むろん私にはそんなつもりはなかったので、その場でじっとおとなしくしていた。

御手洗は強盗に向き直った。

「無駄な抵抗はやめて、人質を放せ！　さもないと実力行使に出るぞ」

「うるさい！」

御手洗のほうがよほど犯人を刺激してると思った。

「よし、わかった。要求を聞こう」

「金だ！」

「金⁉　そんなもん集めたって一文の得にもならんぞ」

相変わらず御手洗のいうことは意味不明である。

「おとなしくその子を放せ」

「だまれ！　俺の子供だ。どうしようと俺の勝手だ！」

強盗に抱えられた女の子は苦しそうにもがいていた。

「嘘を言うな。嫌がっているじゃないか。ちっともお前になついてるようには見えないぞ。本当にお前が飼い主なのか」

犬じゃないんだから。

「そうだ。俺の子供だ。だけど、これ以上近づくならここから飛び降りる！」

そう言って強盗は片足を宙に浮かせた。

「ばか！　早まるな！」

しかし、早まったのは御手洗の方だった。御手洗は強盗に向かって突進していった。ところが途中に鉄材が転がっていて、御手洗はそれに足を引っかけた。そして次の瞬間、御手洗の体はスーパーマンのように宙を飛んだかと思うと、そのまま強盗に体当たりしていった。

瞬間、三人は空中に浮いた。しかし、さすがの御手洗もニュートンには逆らえず、リンゴのように真下に落ちていった。

それから何かが倒れるような音がしたかと思うと、それっきり何事もなかったように辺りは静まり返った。

「みたらい……」

いくら御手洗でもビルの四階から落ちたのでは助かるはずはない。しかも小さな女の子まで巻き込んでしまったのだ。取り返しのつかないことになってしまった。ましてや、御手洗も強盗も死んでしまったら、私はどうなるのだ。私は自転車泥棒という汚名を着たまま生きていかなくてはならないのだ。あの店のおやじに殺されるかもしれない。ああ、なんということだ。

私はゆっくりと反対端まで歩くと、恐る恐る下を覗いた。きっと御手洗は脳天をぶち割って死んでいるにちがいない。

ところがどうしたことか、御手洗の姿はどこにも見えなかった。しかも御手洗だけではなく、強盗もその子供も一瞬にして消えてしまっていた。よく見ると、真下にはバケツが三つ転がっていた。まさか三人がバケツに変身してしまったわけではないだろう。そんな手品もマジックも聞いたことがない。

「みたらいー！」

叫んでみたが返事はなかった。私は訳がわからず、しばらくその場に佇んでいた。しかし、いつまでそうしていても仕方ないと思い、下に降りることにした。

御手洗たちが落ちたと思える場所に行ってみると、そこは私の背丈を遙かに超えるほどの砂山になっていて、上から見たバケツも転がっていた。そしてそこからビルを見上げてみたが、御手洗たちが途中の階に引っかかっている様子はなかった。そうなると、やはりこの砂の上に落ちたことになるが、しかし、いくら砂の上とはいえ、四階もの高さから落ちたなら重傷を負うに決まっている。それに、御手洗たちの姿が見えないのは砂の中に埋まってしまったからかもしれない。もし、そうなら早く掘り起こさないと窒息死してしまうだろう。とにかくこの砂山を掘らなければならない。

砂山の周囲を探し回り、ようやくスコップを見つけることが出来た。しかし、砂山を登ろうとしても足が深く埋まって登ることができなかった。仕方なく手近の砂を掘って、後方に投げた。ふと、空しさに気付く。私一人でこんなことをやっていても何の意味もない。これでは夜中になっても終わらないだろう。

御手洗たちが落ちてから、すでに五分は過ぎているだろう。ああ、もう御手洗を助けることはできないのか。自分はなんと無力なんだろう。ああ、自転車泥棒にはなりたくない。

そんなことを思っている時だった。突然砂山の中から、人間の手らしいものがにゅーと延びてきた。それはまさに墓場から蘇ったゾンビだった。私はあまりの恐怖にその場にへなへなと崩れ落ちてしまった。

砂山からは右腕が現れ、次に左腕が現れた。そしてとうとう上半身がゆっくりと起きあがりだした。そして、ゾンビは私の方に顔を向けた。顔中砂だらけで、目だけが不気味に光っていた。私は恐ろしさのあまりじりじりと後ずさった。

「おい、石岡君じゃないか。そんな所で何してるんだ」

ゾンビがしゃべった！　と思ったら、どうやらそれは御手洗だった。

続いて、強盗の男も砂の中から起きあがり、小さな女の子も顔を覗かせた。三人とも全身砂だらけで、完全に砂山と一体化していた。

その後、強盗は観念して警察に逮捕されたが、盗んだお金が二千円ということもあって、たいした罪にはならなかったらしい。男はギャンブルにのめり込んで借金をかかえ、それはどうにか会社を辞めた退職金で返済したものの、その後の生活費はまったくなく、あげくに妻にも逃げられて悲惨な毎日を送っていたらしかった。しかし、娘だけは手放す気はなく、次の仕事が見つかるまでは家財道具などを売って凌いでいたらしい。郵便局に強盗に入ったのも、娘に美味しい物を食べさせてあげたいという人並みな親心からのようだった。そうして今は偶然にも自分が押し入った郵便局の向かいのラーメン屋で、娘と二人で働いているとのことだった。

しかし、私にとって不思議だったのは四階から落ちた御手洗たちがどうして助かったかということだった。いくら下が砂場であっても、三人ともが無傷でいられたのは奇跡というほかなかった。これについて御手洗に尋ねてみても、彼はなかなか口を割らなかった。それでも私がしつこく訊くと、御手洗はやっとのことで真相を明かしてくれたのだった。

御手洗の話によると、まず始め、四階から落ちたあと、彼は必死になって何かにすがろうとしたらしい。それで掴んだのが三階の隅にあったバケツだった。ところがその中には水が入っていて、結局はこのバケツをひっくり返しただけに終わったらしい。当然、御手洗たちは全身びしょ濡れになった。そして次に掴んだのがこれまた二階の隅にあったバケツで、これは二つあり、そこには砂が入っていたとのことだった。ここで御手洗は二つのバケツを片手づつ掴んで一瞬なんとかぶら下がったらしい。強盗とその娘も御手洗の体にしがみついてなんとか落ちずに済んだらしい。しかし、結局このバケツも倒れ、三人はその中の砂をかぶった状態でその下の砂山に落ちたのだった。私が上から覗いたとき、御手洗たちは砂の上に落ちて倒れていたのだが、最初に水をかぶり、そのあと砂をかぶったものだから、全身に砂がくっついて、ちょうどカメレオンのように保護色になって見えなかったというのが真相のようだった。なんともばかばかしい話だが、とにかく強盗もその娘も怪我一つ負わなかったのだから、御手洗が大活躍したことには変わりなかった。

「へえ、それはしかし、面白いですね。それに偶然なんでしょうけど、そのバケツがなかったら、きっと一気に下まで転落していたでしょうから大変なことになっていましたね」

「そうですね。もし、この時御手洗が死んでたら、その後に御手洗が解決することになる事件なども未解決になっていたでしょうし、私もこうして文筆業をしていることもなかったかもしれません。まあ、人間がそう簡単に消えてしまうなんてことはないってことですね」

石岡さんは当時を懐かしむように、ぼんやりとした視線を目の前のドンブリに向けていた。

2.　「観覧車」1/60個の謎

「人間が消えるって言えば、観覧車の事件がありましたよね」

突然、岩田啓子が言った。

「なんですか、その観覧車の事件っていうのは」

私は興味を引かれて訊いた。

「前に先生が話してくれたんですよね」

「ああ、そんな事件もありましたねえ」

「どんな事件なんですか。ぜひ、それも聴かせてください」

「でも、事件ってほどじゃないんですよ。ほんとに」

そう言って石岡さんが聞かせてくれたのは以下のような話だった。


『暗闇坂の人喰いの木』事件に関わる少し前、私は人恋しさに一人ぶらぶらと横浜の街を意味もなく歩き廻っていた。その日はコスモワールド周辺をなんとなく歩き廻っていたのだが、そこでふとベンチに座っていた若いカップルの会話を偶然耳にしたのである。

「そんなのゴウ君が見逃したに決まってるじゃない」

「そんなことないよ。ずっと見てたんだ。絶対、観覧車の中で消えたんだよ」

「人間が消えるわけないでしょ」

「じゃあ、どうして降りて来なかったんだ。観覧車のドアは中からは開かないように出来てるんだぜ。窓だってはめ殺しだし、途中で抜け出るなんて不可能だよ。第一、あんな高い所から脱出しようなんて考える奴がいるかよ。リンちゃんだってその場にいたら絶対そう思ってるよ」

「何かあったんですか？」

二人の会話にふと興味を覚えた私は、おもわず話しかけてしまった。二人は少しびっくりしたようだった。

「いえね、ちょっとお二人が話しているのが聞こえてしまったので。観覧車で誰かが消えてしまったんですか」

私がそう訊くと、若い男は自分の話を誰かに聞いて欲しかったのか、しきりに力を込めながら語ってくれた。

それによると、男は十八歳の学生で、コスモワールドで観覧車のキップ切りのアルバイトをしているらしかった。

ある日、いつものように乗客のキップを切っていると、一人の美しい女性に目が止まった。歳は三十前後に見えたそうだが、その女性は背が高く細身で、まるで雑誌か何かのモデルのように綺麗だったので、青年はおもわず見とれてしまったというのである。その後も観覧車に乗る客のキップを切っていた青年は、その美しい女性の乗ったゴンドラが、そろそろ一周して戻ってくる頃だと思い、ずっと降りてくるのを待っていた。もう一度、見てみたいという青年の単純な欲求からだった。ところがいくら待っても、その女性はいっこうに降りては来なかったというのである。しかし、その時はちょっと目を離した隙に降りてしまったのだろうくらいにしか思っていなかった。ところが、それから数日経って、また例の美しい女性が現れた。やはり連れはなく、一人で観覧車に乗ったのだった。青年は今度こそ降りてくるところを確かめようと思い、女性の一つ前のゴンドラに乗った男もいっしょに覚えておくことにした。そうすれば次のゴンドラが目的の女性だとわかるだろうという考えだった。しかし、どうしたわけか、やはりその女性が降りてくるのを確認することができなかったという。しかも一つ前の男を見つけることもできなかったのである。これはやはり観覧車の途中で消えてしまったとしか思えなかった。そんな出来事を今、同級生の女の子と話していたところのようだった。

私はどんな形であれ、謎というものには目のない方だったが、今聞いた話はとりわけ私の好奇心を刺激した。とはいえ、自分では謎を解く能力などなく、そういうことはいつでも御手洗の活躍に委ねるしかなかった。

私は、二人にお礼を言うと、すぐさま帰宅した。

「おい、御手洗！　いるかい！」

私が声を掛けると、御手洗は寝そべっていたソファーから体を起こし、背もたれにそっくり返って私を見た。

「何を興奮してるんだい。せっかくうとうとしかけたのに」

「寝てる場合じゃないよ。すごいミステリーなんだ。とにかく聞いてくれよ」

そう言ってみたものの、御手洗はまたソファーに横になってしまった。

「もー、君はいつもそうやってごろごろしてるんだなあ。少しはシャキッとしたらどうなんだい」

しかし、御手洗は死体のように動かなくなってしまった。

「いいかい、コスモワールドに観覧車があるだろう。それに乗った女が忽然と消えてしまったんだ。ゴンドラは中からは開けられないし、開閉する窓もない。

な、すごいミステリーだろう」

私はキップ切りの青年から聞いた話を一気にまくし立てた。

「ふぁーあ」

しかし、御手洗は大きな欠伸をして、まったく興味がないといった表情で再びソファーから起きあがった。

「なあ、石岡君。僕は今とても眠いんだ。美人だかどうだか知らないが、そんな幽霊のような女の話は今度にしてくれないか」

「何言ってるんだい。すごいミステリーじゃないか。この謎を解明しようと思わないのかい」

「思わないね」

「どうして」

「くだらないからさ」

「どうしてくだらないのさ。君の得意分野だと思ったからわざわざ教えてやってるんじゃないか。なあ、御手洗、君の力が必要なんだよ」

しかし、御手洗は立ち上がると、ドアをバタンと閉めて自室に消えてしまい、それきり出てこなかった。

翌日も御手洗は自室から出てくる様子はなく、私は一人遅い朝食を取っていた。それからすぐに身支度をして、コスモワールドに出かけていった。空は快晴で観覧車に乗るには絶好の天気だった。

チケットを買い、入口の所へいくと、昨日会った青年が立っていた。

「やあ、昨日はどうも。消えた女のことが気になって乗ってみようと思ってね」

「そうですか。今のところその女の人は来ていませんね。でも、その代わり、変な男が来てますよ」

「その男も消えたんですか」

「いいえ、そうじゃなくて、さっきからじっと観覧車を見上げているんです。もう一時間になります。ほら、あの男ですよ。なんか怪しそうな奴でしょう」

青年が観覧車の近くに佇む一人の男を指さした。

すると、タイミングよく、その男がこちらを振り向いた。男は一瞬気まずそうな顔をしたが、すぐに作り笑いを浮かべた。

「やあ、石岡君じゃないか。君も乗りに来たのかい」

なんとそれは御手洗だった。

「君にああまで言われちゃ乗らないわけにはいかないだろう。天気はいいし、最高の観覧車日和じゃないか。どうだい君が高所恐怖症というのでなかったら、いっしょに乗ろうじゃないか」

ようするに、御手洗はどうしようもないひねくれ屋ということなのだ。やはり本当は観覧車の中で消えた女のことが気になっていたのだろう。しかし、素直にそうと言えないのだ。自分一人でこっそり調べて、あとで私に自慢しようとしたにちがいない。それを私に見つかったので、あんなことを言っているのだ。まあ、しかし、御手洗のことはともかく、観覧車に乗ってみることにした。

御手洗と二人、ゴンドラに乗り込むと、ゆっくりゆっくりと空に向かって登り始めた。私は特に高所恐怖症というわけではなかったが、それでも下にいる人達がみるみる小さくなっていき、遠くの海が見えるほどの高さにまで達すると、かなりの恐怖感を覚えた。

やがて、ゴンドラの動きがゆるやかになった。しかし、観覧車の回転が遅くなったわけではなく、ゴンドラが頂上付近に達したためだとわかった。今まで下からしか眺めたことのなかったランドマークタワーがすぐ真横に見え、それがまた素晴らしい景観で、遙か彼方には、天気に恵まれたせいか、富士山を見ることもできた。

しばらくすると、ゴンドラは地上へ向かって降下を始めた。私は外の景色に見とれるばかりで、消えた女のことなどすっかり忘れていた。それは御手洗も同様のようだった。しかし、特にゴンドラ内部を調べたわけではなかったが、たとえ扉を開けることができたとしても、一〇五メートルもの高さがある観覧車から抜け出すことなど、到底不可能であることを、身をもって実感したことは確かだった。

ゴンドラは地上に戻り、係員の手で扉が開けられた。私たちが降り立つと、キップ切りの青年が声を掛けてきた。

「どうでした」

「すごく爽快でした。天気がいいから景色も最高だし、もう一度乗りたいくらいですよ」

「それはよかったですね。で、消えた女のことは何かわかりましたか」

「いいえ、それはまったく。あの高さから抜け出すなんてやっぱり不可能だと思えますね。なあ、御手洗、君もそう思うだろ」

「悪いが石岡君、僕は先に帰らせてもらうよ」

そう言って歩き出した御手洗は、なぜか千鳥足だった。さては御手洗の奴、観覧車に乗って目を回したらしい。

「あ、来ました」

キップ切りの青年が突然言った。

「あの、赤い服の女です」

みると、いつの間にか観覧車の入口にはちょっとした行列ができていた。その最後尾に背の高いすらりとした女が立っていた。

その女は、上下とも真っ赤な服に身を包み、特にスカートは足首に届くほど長いものだった。髪は肩に届く程度のセミロングで、広い額が印象的だった。卵形の顔は均整の取れた美人型で、服と同様の真っ赤な口紅がとてもセクシーに見えた。年齢は二十代後半から三十歳くらいだろう。手にはSデパートのショッピングバッグを持っていた。

なるほど確かに美人だなと思い見とれていると、その脇を御手洗がふらふらと歩いていった。女嫌いの御手洗にしてはめずらしく、彼はちらりとその女に視線を向けた。しかし、それも一瞬のことで、あとは電信柱の臭いを嗅いではすぐに立ち去る犬のような無関心さでとぼとぼと歩いていった。

やがて、赤い服の女の番が回ってきた。女は青年に切符を切ってもらうと、一人でゴンドラに乗りこんだ。ゴンドラはゆっくりゆっくりと上昇を始めた。

「どうしてあんな美人が一人で観覧車に乗るんでしょうね」

「さあ、それはわかりませんが、とにかく一周するまで目で追ってますよ」

私はそう言って、女が乗ったゴンドラをじっと見つめていた。

しかし、それも半周ともたなかった。かなりの高さまで行ってしまうと、ゴンドラは小さくなり、周囲のものと見分けがつかなくなってしまった。仕方なく降りてくる客に目を移すことにした。

「ところでこのゴンドラはいくつあるんですか」

私は青年に訊いた。

「六十個です。この観覧車は真横から見ればわかりますけど、時計になってるんです」

時計になっていることは私も知っていたが、なるほど、ゴンドラは秒を刻んでいる形にもなっているようだ。赤い服の女が乗ったゴンドラは頂上の手前くらいで見失ったから、あと三十個から四十個目くらいに降りてくるだろう。

私は降りてくるゴンドラを数え始めた。そうして三十を数えたところでそろそろだなと思い、ゴンドラから降りてくる客に目を向けた。ところが四十を数え終わっても赤い服の女は現れなかった。

「おかしいなあ」

私はおもわずつぶやいた。そうしてふと、帰っていく客たちに目を向けた。出口付近ではまだ御手洗がぶらぶらしていた。帰ると言っていたのに、御手洗は何をしているのだろうと思いながら見ていると、彼は急に一人の女に近づいていった。髪を赤く染めたその女は、黒い服を着て、肩からビニールバッグを下げていた。

はて、御手洗に女性の知り合いなどいたのだろうかと見ていると、彼はその女性の前で急によろけたかと思うと、そのまま体ごとぶつかっていった。そして次の瞬間、目を疑いたくなるような出来事が起こった。御手洗はなんとその女性の髪の毛をむしり取ってしまったのである。見ていた私も驚いたが、髪をむしり取られた女性はもっと驚いただろう。その場に棒立ちになっていた。ところがよく見ると、御手洗がむしり取ったのはどうやらカツラのようで、女性の頭にはちゃんと髪の毛が残っていた。しかし、その髪は短く、どう見ても男の髪型にしか見えなかった。

私は大急ぎで御手洗のところに駆け寄った。そして御手洗のそばに立つ女……いや、男を凝視した。顔に薄く化粧を施し、淡いオレンジの口紅を挿していたが、女だと思っていた人物は実は男だったのである。いったいどういうことなのだろうと不思議に思っていると、御手洗は少し離れた所で、やはり呆然と立ちつくしている男に近づいていった。男はスタジアムジャンパーにジーンズというでたちで、頭にはアポロキャップをかぶり、背中に小さなリュックを背負っていた。御手洗はその男に近づくと、勝手に頭の上のアポロキャップを取ってしまった。すると次の瞬間、帽子の中に押し込まれていたらしい長い髪の毛がはらりと肩まで落ちたのだった。私はそれを見て、さらに驚きを増したが、何よりも驚いたのは、化粧を落としていたのでわかりにくかったが、その人物こそ、ついさっき観覧車に乗った、赤い服の女だった。

いったいどうなっているんだと御手洗に訊こうとしたとき、突然、一人の男が駆け寄ってきた。小太りの黒縁眼鏡をかけた中年の男だった。男は赤い服を着ていた女ににじり寄ると、

「いったいこれはどういうことなんだ!」

とどなりつけた。すると、それを聞いた女装の男は逃げるように走り去っていった。赤い服を着ていた女は、黙ったままうつむいていた。

その後もしばらく中年男の罵声は続いた。私はその場を立ち去りがたく、何の気なしに話を聴いてしまった。それによると、どうやら中年男は赤い服を着ていた女の亭主のようだった。そして、逃げていった女装の男は浮気相手だったらしい。つまり女は浮気に気づいた亭主の尾行を巻くために、観覧車に乗り込み、その中で変装をしていたのである。その変装を御手洗が暴いてしまったために、女にとっては最悪の状況に追い込まれてしまったようだった。なんとも可哀想なことをしたものである。

ふと、御手洗はと見ると、いつの間にか姿が消えていた。

家に戻ると、御手洗はいつものようにソファーに寝そべっていた。私は真っ先に一番の疑問をぶつけてみた。

「なあ、御手洗、どうして変装していることがわかったんだい」

するとと御手洗は目を閉じたままこう言った。

「荷物が多すぎると不自然に見えると思ったんだろうなあ」

「どういうことだ」

「おそらくショッピングバッグの中には、スタジャンと帽子を突っ込んだリュックを入れていたんだろう。それが精一杯ってところじゃないかな」

「じゃあ、ジーンズはどうしたんだ」

「だから長いスカートを履いていただろう」

なるほどそういうことだったのか。スカートの下にあらかじめジーンズを履いていたのだ。

「でも、だから、どうして変装を見破ったんだい。顔は化粧を落としていたし、僕はぜんぜん女だとは気づかなかったよ」

「ところが一カ所だけ変装できなかったところがあった」

「本当かい。どこなんだ」

「荷物を最小限にするために、靴を履き替えることはできなかったんだよ」

あっ！と思った。人の姿を覚えるときは、顔や髪型、服装に目を奪われる。手に持った荷物も同様だ。特に赤い服というのが目立っていたので、靴まではは目が届かなかった。思い出してみると、変装していた二人はどちらも男物とも女物ともつかない黒いウォーキングシューズを履いていた気がする。

それにしても御手洗の観察力には驚いた。よくそこまで覚えていられたものだ。しかし、よくよく思い出してみると、あの時、御手洗は観覧車に乗って気分が悪くなったのか、よろよろとうつむいて歩いていた。だから赤い服より先に靴に目がいっていたのかもしれなかった。

「それにしても、ちょっとあの二人には気の毒だったね。何もあんなところでカツラを取ったり、帽子を取ったりしなくてもよかったのに」

「石岡君がミステリーだのなんだのって言うからさ。僕はそんな物には興味はなかったのに」

「そう言われると僕にも責任があるかもしれないけど、でも、どうして浮気相手の男まで女装してたんだろう。亭主に顔を知られてたのかな」

「おそらく、相手の女が変装することにしたので、面白がって自分もやってみる気になったんだろう。それとも、もともとそういう趣味があったのかもしれない。まあ、世の中には変わり者がたくさんいるってことさ」

おそらくその通りだろう。しかし、御手洗ほどの変わり者を、私は他に知らない。

「それって一種の密室物ですね」

私は言った。

「そうですね。本人たちにはそんな意識はなかったでしょうけど、キップ切りの青年にとっては密室からの脱出に見えたわけですから。でも、わかってみると、やっぱり人間が消えたりすることはないんですね」

「密室物っていうのはミステリーを書こうという人

間にとっては一度は挑戦してみたいトリックですけど、なかなか難しいです」

私がそう言うと、石岡さんは少し難しい顔をして何かを考えている様子だった。しかし、すぐにまた何かを思いだしたらしくこう言った。

「たいした話ではないかもしれませんが、密室物を書く上で参考になればっていうのがありますよ」

「本当ですか。それもぜひ、聞かせてください」

3．暗闇坂の首吊りの部屋

『暗闇坂の人喰いの木』事件が終わってどれくらいたった頃だろうか。私は一人、暗闇坂を歩いていた。なぜ暗闇坂まで出かけていったのか、それは今もってよく思い出せない。無意識のうちに文章化することを考えての行動だったかもしれないし、レオナのことが忘れられず、想いに浸っていたからかもしれない。そしてそこで、ある事件に遭遇したのだった。

大きくカーブした暗闇坂を一人あてもなく歩いていると、前方にパトカーと救急車が止まっているのが見えてきた。正直な話、私はパトカーとか救急車を見ると、好奇心がふつふつと沸いてしまう質で、その時も吸い寄せられるようにパトカーに近づいていった。パトカーの後ろにはさらに白いセダンも止まっていて、その屋根にも赤色灯が付いていた。これは何か事件だなと思いながら、ふと横の路地に目をやると、ちょっとした人だかりが出来ていた。私も野次馬根性を発揮して、その人たちに混じることにした。

「何かあったんですか」

誰にともなく声をかけると、私のすぐ脇にいた背の高い眼鏡をかけた男が答えた。

「自殺のようですよ」

不謹慎な話だが、私は御手洗が登場するような難事件を期待していたので、少々がっかりだった。しかし、すぐに立ち去る気もなく、その場の様子を眺めていた。

　そこは二階建ての古いアパートの前で、二階の一番奥の部屋のドアが開けっ放しになっていた。どうやらそこの住人が自殺をしたらしい。

　しばらく見守っていると、やがて救急隊員が担架を持って出てきた。そうして私達の前を通り過ぎたが、担架には毛布が掛けられ、亡くなった人が男か女かもわからなかった。

「あのう」

　急に声を掛けられ驚いて振り返ると、先ほどの眼鏡の男だった。

「ひょっとして、石岡先生じゃないですか」

「ええ、そうですが。あなたは？」

　私には見覚えのない男だった。

「僕、フリーライターをしている者で宇野と言います」

　そういって宇野と名乗った男はブルゾンの内ポケットから財布を取り出すと、そこから名刺を抜き、私に差し出した。

「石岡先生の作品、みんな読んでます。僕もミステリーが好きなんで。仕事柄、殺人事件を扱うこともあるんです。といっても、御手洗さんみたいに事件を解決するってわけじゃないですけどね。犯人の生い立ちを調べたり、周囲の人に話を訊いたりするくらいです。でも、先生に会えるなんて光栄だなあ。で、今日はまたどうしてここに。取材か何かですか」

「いえ、まあ散歩というか、そんなところです」

「そうですか。僕も今、たまたま通りがかっただけなんです」

「自殺って言ってましたが」

「ええ、首を吊ったそうですよ。それも女子大生だそうです。若い娘がねえ、もったいないですねえ」

　どこで聞き込んできたのか、今来たわりにはよく知っていた。職業柄というやつだろうか。

　アパートでは、まだ警察官が現場検証をしているようだった。自殺なら変死扱いだから遺体も解剖されるのだろう。

救急車が去り、パトカーも走り去ってしまうと、野次馬たちもぽつぽつと消えていった。私もいつまでいても仕方がないと、その場を離れることにした。

「では、どうも」

私はフリーライターに頭を下げると、御手洗の待つ部屋に帰ることにした。

それから三日ほど過ぎたある日の午後、電話が鳴った。まったく出ようとしない御手洗の顔を横目に受話器を取り上げると、

「宇野です」

と相手が応えた。私がすぐに思い出せずにいると、

「先日、お会いした者です。ほら、首吊り自殺のあったアパートで」

「ああ、フリーライターの」

どこでこっちの電話番号を調べて来たのか、なかなか気の抜けない相手だった。

「そうです。実は先生にちょっと聞いて欲しいことがありましてね」

「どういうことでしょう」

「実は例の自殺なんですが、ちょっと調べてみたんです。そしたらいろいろ面白いことがわかってきたんです。それで、先生に聞いてもらおうと思ってるんですが」

「はあ」

「電話ではなんですから、できればお会いできませんか。今、関内の駅にいるんですが」

自殺した女子学生のことをどうして私に話さなければならないのかわからなかったが、ここで御手洗のお守りをしているよりはいいかと思い、承諾することにした。

「そうですか。では十分くらいで行けると思います」

電話を終え、出かける用意をしていると、御手洗と目があった。別に御手洗に話すような事件でもないだろうと無視して行こうとすると、

「石岡君」

と声が掛かった。

「くどいようだけど、女っていうのは保身の固まりだ。あまり熱くならない方がいい」

私は少々カチンと来た。私だって二度も空き箱扱いされる気はない。

「忠告はありがたいけど、これから会う相手は男だよ」

「なんだって！　君はそっちの趣味もあったのかい。悪いが僕にはその気はないよ」

私は黙って御手洗を見つめた。御手洗もにやけた顔でこちらを見ていた。女性を愛せない御手洗の方がよほどあぶない趣味を持っていそうだと思ったが口に出すのは止めておいた。

私は黙って部屋を出た。

関内の駅に着くと、宇野が煙草をふかしながら待っていた。

「やあ、どうもすいません。まあお茶でも飲みながら」

私たちは近くの喫茶店に落ち着いた。

「実はですね。例の女子大生の自殺ですが、どうも自殺じゃないように思えてきたんです」

宇野は席に着くなり切り出した。

「どういうことです」

「警察に知り合いがいましてね、事件のことを訊いてみたんです。それからあのアパートの隣にちょっと大きな家があったでしょ。そこのうちが大家さんなんですけど、その大家さんにも会って話を訊いたんです。そしたらですね、意外なことがわかったんです。まず、死んだ女子大生ですが、名前は加藤倫子っていって、二十一歳のK大の学生です。三ヶ月前にあのアパートに越してきたばかりらしいんです。発見したのは大家さんなんですけどね、この大

家さんというのは七十五歳のおばあちゃんなんです。子供が四人いるそうですが、それぞれ別な所に住んでいて、じーちゃんもすでに他界していて、今はあの大きな家に一人暮らしだそうです。で、あの日、おばあちゃんは近所の人からお菓子をもらったんで、それを加藤倫子に持っていってやろうと思って部屋に行ったんだそうです。ところが呼び鈴を押してもドアをノックしても声をかけても出てこないので不思議に思ったそうです。というのは、おばあちゃんはいつも一階の居間でテレビを見ているんですが、そこからだとアパートのドアが見えるんだそうです。だから住人の出入りは自然と目に付くんだそうです。あの日は彼女が出かけた様子はなかったので部屋にいるだろうと思ったそうです。それで、そのあと時間を置いてもう一度行ってみたそうなんですが、やっぱり彼女は出てこない。ノブを回して見てもドアには鍵がかかっていた。それでおばあちゃんは不安になって、一度合鍵を取りに戻ると、彼女の部屋に入ってみた。そして、そこで加藤倫子が首を吊って死んでいるのを発見したわけです。

そのあと、おばあちゃんからの通報で警察が来たわけですが、警察の調べでは、加藤倫子は天井裏に通っている梁にロープを結びつけて、それで首を吊っていたそうです。アパートはもうずいぶん古いらしくて、天井の板は簡単にはずれちゃうそうです。それから、窓はすべて内側から鍵がかかっていたそうです。ドアも今言ったように鍵がかかっていたことはおばあちゃんが確認しています。だから状況からすればどう見ても自殺としか思えないんですが、ひとつだけ腑に落ちない点があるそうです。それはですね。加藤倫子が首吊り自殺をするために使った踏み台なんです。首吊り死体の下にはドレッサー用の椅子が置かれていて、だから始めはそれを踏み台にして首を吊ったと思ったんですが、ところがその椅子というのが背もたれのない、ちょこんとお尻を乗せるタイプの物で、高さは三十センチくらいなんです。一方、彼女が首を吊っていたのは天井にかなり近い位置で、ぶら下がった時、彼女の足とドレッサーの椅子との距離は五十センチも離れていたそうです。ちなみに彼女の身長は一五二センチだそうです。つまりですね、彼女が首を吊るためには、輪にしたロープを掴むことはできても、そこから懸垂をするようにぐっと体を持ち上げない限り、首をロープの輪の中に入れることはできないわけです。それって変でしょう。なんでこれから死のうって人間がそんな体操選手みたいな力技をしなくちゃならないんです。石岡さん、どう思います」

「はあ」

私は話の内容もさることながら、よくそこまで調べたものだと、そっちの方が驚きだった。

「確かにそれは変ですね。でも他に踏み台にできる物がなかったんじゃないですか」

「そんなことはありません。部屋には学習机があって、その椅子を使った方がまだ楽に首が吊れると思います。まあ、これでもすんなりいくかどうかわかりませんが」

「なるほど。すると君はその加藤倫子は自殺じゃないと言いたいわけですか」

「そうです」

「というと、誰かに殺されたっていうことですか」

「はい」

「しかし、ドアにも窓にも鍵がかかっていたんでしょう」

「ええ、でも窓は内側から鍵がかかっていたので、外から閉めることはできないと思うんですが、玄関のドアは合鍵があれば中から閉めても外から閉めても違いはないんです」

「誰か合鍵を持っている怪しい人物でもいるんですか」

「それが、いるんです。加藤倫子と同じ大学に通う男で、吉田剛という奴です。

吉田は三年くらい前から倫子と交際をしていたんで

すが、最近、他に好きな女ができたらしくて、今はその女と仲良くしているそうです。その吉田なんですが、身長が一八六センチもあるんですよ。おそらく吉田は倫子の身長を考えずに自殺に見せかけて殺したんだと思います」

「ちょっと待ってください。背が高いからといってそれだけで犯人だと決めつけるのはどうでしょう。それに、他に何か殺されたという証拠があるんですか。たとえば睡眠薬を飲まされていたとか」

「いいえ、それはないんですが、しかし、加藤倫子は吉田と別れたくなかったらしくて、そのことでなんども言い争いをしているのを周囲の学生たちが聞いてるんです。邪魔臭くなった倫子を殺したくなったと考えても不思議はないと思います」

「しかし、身長と動機だけではやはりすぐに殺人だとは言えないでしょう。その吉田という男が倫子さんのアパートに出入りするところを見た人でもいるんですか」

「それなんですが、むしろ逆でして、加藤倫子の死亡推定時刻、大家のおばあちゃんがずっとテレビを見ていて、誰も訪ねて来なかったことを確認しているんです」

「それじゃあ、ドアからも窓からも、誰も出入りすることは不可能じゃないですか」

「だから困っているわけです。きっと何かトリックがあると思うんです。どうでしょう石岡さん、ミステリー作家なんですから、こういうことには詳しいんでしょう」

「そう言われても困りますよ。で、警察はどういう判断なんですか」

「自殺で決まりのようですよ。でも、ドレッサーの椅子の高さの問題を考えれば、自殺というのは無理があると思うんですよ。警察は面倒だからその点には目をつぶろうとしてるんです。でも、僕は犯人を捕まえたいと思うんです。協力してもらえませんか」

「はあ」

宇野はずいぶん熱くなっている様子だった。しかし、たしかに釈然としない事件であることも事実である。私は、これは御手洗向きの事件かもしれないと思い始めていた。

「僕はこれからK大に行って、吉田剛のことをもう少しさぐってみようと思ってるんですが、石岡さんも一緒に行きませんか」

「せっかくですが、まだ仕事がありますし。でも、何かわかりましたらまた連絡をください」

「そうですか」

宇野は少し残念そうだったが、私は刑事の真似事につきあう気にはなれなかった。

関内駅で宇野と別れたあと、私はまっすぐ帰宅した。御手洗に宇野から聞いた話をしようとしたのだが、ふと悪い予感がして、怖じ気づいてしまった。どうせ、くだらないだの興味がないなどと言われそうだったからだ。しかし、宇野の言うとおり、自殺ではなく他殺だとしたら、警察さえも自殺で片づけようとしているくらいだから、その事実は、永久に闇に葬られるかもしれない。仮に他殺であったとしたら、個人的には犯人に何の恨みもないのだが、謎解きの大好きな私には、それを解かずにはいられないという妙なこだわりがあった。

どう言われようと、やはり御手洗に話した方がいいと決心して、ソファーに目を向けると、御手洗は長い足を投げ出して横になっていた。しかも目を閉じたまま微動もしなかった。なんだ寝ているのかと思い、紅茶でも飲もうと厨房まで行きかけたが、待てよとすぐに思い直し、御手洗の方に振り返った。すると一瞬、御手洗の黒い目が見えたかと思うとすぐにまた瞼が閉じられた。

私はそろそろと御手洗のそばにまで歩み寄った。

「御手洗、起きてるのかい」

そう声をかけると、御手洗は急にパチリと目を開いた。

「気づかれたか」

「狸寝入りをしてたのかい。あきれたなあ。それよりちょっと聞いて欲しいことがあるんだ」

　そう言うと御手洗は、いつも人を軽蔑する時の冷笑を浮かべてこう言った。

「わかってるよ、石岡君。この部屋を出ていくって言うんだろう。別に止めやしないよ。君がどんな趣味を持ち、どんな男と暮らそうとそれは君の自由なんだ。何も恥ずかしがることはない。同性愛者なんて世界中にごまんといる。もちろん僕にはそういう人々を非難する気なんてないよ。そもそも人を愛するということはだ……」

　やはり紅茶でも飲もうと、私は御手洗を無視して厨房に向かった。

　御手洗の頭が正常に戻り始めたのはその日の夜になってからだった。今ならまともに話を聞くだろうと思い、宇野から聞いた話を一気にぶちまけた。

　ところが御手洗ときたら、まったくの上の空だった。しかし、長いつきあいから、興味がないという時の御手洗ほど興味しんしん状態であることを私は知っていた。

　その後、私はテレビを見ているふりをして、じっと御手洗の様子をうかがっていた。御手洗は、部屋の中を行ったり来たりしながら、時々、私には意味不明な英単語のような言葉をつぶやいていた。しかし、それらもたぶんでたらめで、頭の中は首を吊った女のことでいっぱいだろうと推察した。

「石岡君、僕はもう寝るよ」

　やがて御手洗はそう言って、自室に消えていった。壁の時計を見るとまだ九時だった。私は何かが起こりそうないやな予感がして、御手洗に続いて、寝る準備に取りかかった。

　そして、私の予感は的中した。

　翌朝、目を覚ますと、御手洗はすでに起きていて、私を見るなりこう言った。

「やあ、石岡君、おはよう。さあ、出かけようじゃないか」

しかし、そういう御手洗のかっこうは私にはまったくもって理解不能だった。

御手洗は、頭にトンネル工事に使うようなヘルメットをかぶり、背中にはリュックを背負っていた。そのうえ、腰には懐中電灯と、何重にも巻いた長いロープを下げていた。まるでゴーストバスターズである。

「いったいどこへ行こうっていうんだい」

「決まってるだろ、首を吊って死んでいた女のところさ。君が夕べ言ったんじゃないか。とにかくその部屋を見てみようじゃないか」

「そりゃあ、話はしたけれど、どうしてそんなかっこうなんだ。幽霊退治でもしようっていうのかい」

「君も相変わらずロマンチストだね。そんな物は人間が作り出した幻想さ。ドラキュラや狼男、フランケンシュタインといっしょなのさ。おっと、いけない。フランケンシュタインは博士の名前で、つぎはぎ死体の本当の名前はただのモンスターなのさ。ひとつ勉強になっただろう」

それくらい誰だって知っている。

「とにかくそんなかっこうで外を歩かないでくれ」

私は自室に戻り大きめの紙袋を取ってきた。

「どうしても必要な物だけこの中に入れて、後は置いて行くんだ。いいかい」

私が強く言うと、御手洗は意外にも聞き分けがよく、おもちゃを取り上げられた子供のように、半べそをかきながら、荷物を紙袋に詰め始めた。

「さあ、それでは出発しよう」

御手洗はそう言って、さっさと部屋を出ていった。結局、荷物は私が持つことになったようだ。

私たちは、日ノ出町の駅まで歩き、そこからひとつ目の戸部駅で降りた。久しぶりに暗闇坂を訪れると、『暗闇坂の人喰いの木』事件のことが脳裏をよぎり、ふと、おぞましいさが蘇った。しかし、今度の事件はその千分の一にも満たないささやかな事件だろうと思え、その点は気楽な気分だった。ただし、御手洗のクソ重たい荷物を除けばだが。

　私は数日前に訪れた問題のアパートへ御手洗を案内した。アパートの周辺はひっそりとして、曇り空のせいか、妙にうす気味悪い雰囲気があった。アパートの右隣には庭付きの大きな屋敷があり、どうやらそれが宇野の言っていた大家の家らしい。表札を見ると、『松坂』となっていた。とにかく死んだ女の子の部屋を見るには大家に言って鍵を開けてもらわなければならない。外にはインターフォンなどないらしく、私たちは木戸をくぐり、飛び石を通って、玄関まで行った。しかし、そこにも呼び鈴などは見あたらず、私たちは玄関の引き戸を開けて敷居をまたいだ。

「ごめんください」

　御手洗が奥に向かって声をかけたが、返事はなかった。しかし、人の動く気配がしたので、そのまま待つことにした。

　やがて、奥の部屋から小柄な老婆が出てきた。宇野の話では七十五歳ということらしいが、顔こそ皺だらけだったが、腰は曲がっておらず、足腰もしっかりしているようだった。

「どちらさまですか」

「はい、突然おじゃまをして申し訳ありませんが、先日、亡くなった娘さんの部屋を拝見させていただきたいのです。と申しますのは、あの部屋には悪霊が取り憑いているからです。おそらく今回娘さんがなくなったのもその悪霊のせいだと思われます。それにこのまま放っておけば、大家さんであるおばあちゃんにも危害を加えないとも限りません。でも、僕たちが来たからにはもう安心です。必ず悪霊を追い払って見せます。では、鍵を開けてもらえますね」

　御手洗のでたらめには私の方が驚いた。もう少しまともな嘘が言えないものかと思ったが、意外にもそれを聞いたおばあちゃんは明らかに脅えた表情を見せていた。まさかそんなに簡単に御手洗のでたらめを信じたわけではないだろう。

「そうですか。まあ、見せるだけならかまわないけど、悪霊なんているわけないですよ」

やはり、おばあちゃんは御手洗の言うことを信じたわけではないらしい。しかし、部屋を見せてもらえるのはありがたかった。

おばあちゃんに鍵を開けてもらい、私たちは死んだ加藤倫子の部屋に入った。キッチンと六畳一間の小さな部屋だった。

「それじゃあ、私は家に帰ってるから、用があったら呼んでください」

おばあちゃんはそう言うと、階段を降りていった。

御手洗はキッチンを素通りすると、奥の六畳間へ入っていき、すばやく天井を見つめた。天井の板は一枚はずれていて、暗い屋根裏に、一本の梁が通っているのがおぼろげに見えた。ここで若い娘の首吊りがあったことを思うと、急に寒気を覚えてぞっとした。

次に部屋の中を見回した。洋服ダンス、机、ドレッサー、テレビ、ミニコンポなどが置かれていたが、どれも若い女性の部屋らしい明るい色調のものだった。机の上にはノート型のパソコンも載っていた。御手洗はそれらを順繰りに眺めていたが、手を触れるようなことはなかった。問題のドレッサーの椅子もその前にきちんと置かれていて、天井部分を除けば、ごく平凡な一人暮らしの女性の部屋にしか見えなかった。

「さて、そろそろ帰ろう」

突然、御手洗が言ったので、私は目を丸くした。

「帰るって、まだ、何もしてないじゃないか」

「もう、見るところはないよ」

「じゃあ、どうして、こんなに荷物を持ってきたんだい」

私は紙袋をどんと床に置いた。

「あれ、それはなんだっけ？」

「覚えてないのか。あきれたなあ。それにこの部屋に住んでいた女の子がどうして死んだのか、ぜんぜんわかっていないじゃないか」

私はドレッサーの前にある椅子を取り上げ、部屋の中央に置いた。

「宇野が言っていたように、この椅子では低すぎて首を吊るには無理がある。そうかと言って、この部屋には誰も出入りなんて出来なかった。鍵がかかっていたし、誰も訪ねて来なかったのを大家のおばあちゃんが見ていたんだからね。で、これらの謎をどう解くんだい」

「なんだ、そのことか。それならもうわかってるよ」

「え、本当かい」

「彼女は自分で首を吊ったんだ。つまり、自殺だね」

「それじゃあ、あくまでもこのドレッサーの椅子を使って首を吊ったって言うのかい。宇野の話ではロープを掴むことはできたらしいから、懸垂をするようにして体を持ち上げればなんとか自殺できたかもしれない。でも、自殺しようという人間がやるにはちょっと不自然だと思うけどな」

「だから、その椅子じゃなく、こいつを使ったんだ」

そう言って御手洗が引っぱり出して来たのは、机の下の引き出しだった。それは机とは一体になっておらず、しかも底にキャスターが付いているので、容易に動かすことが可能だった。その三段式の引き出しを使えば、確かに首を吊るにはもってこいの高さだろう。

「だけど、死んだ女の子の足下にはそんな引き出しはなくて、あったのはこの低いドレッサーの椅子だったって話だよ。それをどう説明するのさ」

「石岡君、君はひとつ大事なことを忘れているよ。首を吊るにはロープに首を掛ける前に、まずそのロープを結びつけなくてはならない。ロープは天井裏の梁に結わかれていたらしいから、この引き出しを使ったって、背の低い女の子には無理な相談だ。そこで彼女はこうしたのさ」

御手洗はドレッサーの椅子を引き出しの上に重ね

て置いた。そうしてその上に乗った。すると、御手洗の頭は天井を越え、屋根裏に首を突っ込むようなかっこうになった。

「石岡君、懐中電灯を取ってくれないか」

私は紙袋から懐中電灯を取ると、御手洗に渡した。御手洗はそれで屋根裏を照らし、何かを探しているのか、しばらくそのまま動かなかった。

「おい、何か見つけたのかい」

「いいや、何も。ロープを取ってくれないか。実験してみよう」

今度はロープを取り出すと御手洗に渡した。御手洗はそれを梁に結わい付け、さらに垂れ下がったほうのロープを輪ができるように結んだ。

「これで準備はできたわけだ。彼女はこのロープの輪にこうやって首を通したのだが、おそらく自分でも予期しないうちにバランスを崩してしまったのさ。それで……」

突然、キャスター付きの引き出しが動き出したかと思うと、その上のドレッサーの椅子がガタンと床の上に落ちた。そして、驚いたことに引き出しは、まるでゆっくり転がったゴルフボールがポトリと穴に落ちるように、机の下の元の位置にすっぽりと収まったのだった。

なんということだ。真相はそんな偶然によるものだったのか。それで、死んだ女の子の足下にはドレッサーの椅子しかなかったわけか。

「やあ、御手洗君、すごいじゃないか。君の推理力にはいつも感心するばかりだよ。なあ、みたら……おい、御手洗、大丈夫か！」

御手洗は首をロープに引っかけてぶら下がったまま、微動もしなかった。

これはえらいことになったと思い、あわててドレッサーの椅子に乗ると、御手洗の体を持ち上げようと試みた。しかし、御手洗の体は重く、しかも低い椅子のせいもあって、とても支えきれるものではなかった。仕方なく机の下からもう一度引き出しを持ってきてその上に乗った。そうして、御手洗の腰のあたりを抱きしめるようにして上に持ち上げた。それでなんとかロープにたるみを作ることができたが、それでもまだロープから御手洗の首を抜かなければならないので、ぐらぐらになった御手洗の上半身を揺すってみた。ロープはなかなかはずれなかったが、それでも何度か繰り返すうちにようやくロープから御手洗の首をはずすことができた。

「やったー!」

と叫んだ時だった。一瞬バランスが崩れ、同時に足元がズルっと滑ったかと思うと体が宙を泳いでいた。そして、次の瞬間、御手洗もろともドーンと床の上に落下した。

幸い私は御手洗の体の上に落ちたので、事なきを得たが、落ちた瞬間ゴチンという鈍い音がしたので、気になって見ると、御手洗はドレッサーの椅子に後頭部を打ち付けたらしく完全に事切れていた……ように見えた。

ああ、なんということだ。今日までずっと共に生きてきた御手洗がこんなことで死ぬなんて。ジェームズ・ディーンやブルース・リーのように、やはり英雄というのは短命なのだろうか。

そんなふうに思っていると、突然、御手洗の目が開き、フランケンシュタインのモンスターのようにぎこちない動作で起きあがろうとしていた。それで私はまだ自分が御手洗の体の上に乗っていることを思いだし飛び退いた。

「御手洗、大丈夫か」

私が声を掛けると、御手洗は人形のように目をパチパチさせ、自分がどこにいるのか分からない様子だった。しかし、私の顔を見つけると、ようやく我に返ったようだった。

「やあ、石岡君じゃないか。何をしてるんだい。それにしても、どうして僕らは『斜め屋敷』にいるんだろう」

どうやら御手洗の脳味噌は傾いてしまったようで

ある。

ふと見ると、キャスター付きの引き出しは、元通り机の下に収まっていた。

その後、私たちは天井の裏側に置かれた板を元通りにはめ直すと部屋を出た。

廊下に出ると、おばあちゃんが庭の鉢植えに水をやっているのが見えた。

「おばあちゃん、もう悪霊は退治したから大丈夫ですよー」

御手洗がまた勝手なことを叫んだ。

「でも、天井の板をはずしておくのはよくないですよー。ちゃんと直しておきましたからー」

するとおばあちゃんが如雨露《じょうろ》を持って近づいてきた。

「天井の板はちゃんと直ってるはずですよ」

「そんなことないですよ。開いてましたから。まったく年寄りは忘れっぽいからいけないなあ」

御手洗は最後の方は小声で言った。しかし、おばあちゃんはちゃんと聞こえたらしく、

「何言ってますか、忘れたりはしませんよ。警察の人が部屋を調べたあと、ちゃんと板を戻しましたから」

「じゃあ、誰がはずしたんです。まさか幽霊ってわけじゃ……」

私はぞくっとして鳥肌が立った。そうして大あわてで階段を駆け降りた。もうこんな怖いアパートには二度と来たくないと思っていると、私の背後で「ドドドドドー」と音がした。振り返ると御手洗が階段から落ちたようだった。

その日の夜、御手洗は腰が痛いと言って早々と自室に引っ込み、私は一人テレビを見ていた。そこへ宇野からの電話があり、驚くべき事を伝えられた。

「石岡さん、驚かないでくださいよ。加藤倫子があの部屋に住む前は、松坂玲奈という女の子が住んでいたそうです。それでですね、その松坂玲奈という子もあの部屋で首吊り自殺をしているんです」

「本当ですか」

「ええ、おそらくその子の霊があの部屋に棲みついて、それで加藤倫子はその悪霊に取り憑かれて死んだんですよ。そうとしか思えない」

「まさか、そんなことがあるわけないでしょう。例の吉田剛はどうしたんです。彼が犯人じゃなかったんですか」

「ああ、奴にはアリバイがありました。加藤倫子の死亡推定時刻、奴は友人と一緒でした。だから今度のことには関係していません。これはもう、悪霊の仕業で決まりですね」

どうやら宇野という男は思い込みが激しいようだ。私はよほど御手洗の推理を教えてやろうかと迷ったが、せっかく一人で盛り上がっているものを邪魔するのもどうかと思いやめておくことにした。

しかし、受話器を戻したあと、宇野の話を思い出し、なんとなくぞっとした。加藤倫子だけじゃなく、御手洗もまた危うく命を落としそうになったからだ。もしかしたらあの部屋には本当に悪霊が棲んでいるのかもしれない。ただし御手洗が階段から落ちたことと悪霊説を結びつけようとは思わない。

「とまあ、そんな話なんですよ」

石岡さんは少し笑みを浮かべて言った。

「へえ、なんだか、おかしいような恐いような、不思議な事件ですね」

「少しは参考になったでしょうか」

「はい、いろいろ勉強になりました」

「そうですか。そう言ってもらえると助かります。執筆活動、がんばってください」

「はい」

そんな話をしているところに、奥から浴衣姿の老人が現れた。

「あ、旦那さん、店に出て来ちゃだめですよ」

岩田が老人を押さえるようにして言った。

「あー、ちょっと小便がしたくてな。あれ、おたく、どこかでお会いしましたっけ？」

　老人は石岡さんの顔を見つめて言った。

「いいえ、人違いじゃないですか。お会いしたことありませんよ」

　しかし、そう言う石岡さんの顔はひきつっていた。私はそれで、この老人が元の主人であり、石岡さんが自転車に乗って強盗犯を追いかけた時、下駄を投げつけながら『貴様の顔、一生忘れねえからなあ！』と叫んだ人物だと悟った。

「どうも、歳取るとボケちゃっていけねえなあ。アッハッハッ」

　老人はばかでかい声で笑いながら奥へ引っ込んだ。石岡さんは正体がばれることを恐れたのか、

「どうも、長居をしてすいません」

　と言って立ち上がった。私も立ち上がり勘定を済ませることにした。

「また来てくださいね」

　岩田啓子のさわやかな笑顔に送られて、私たちは店を出た。

　それから私は石岡さんと関内の駅まで歩き、そこで別れることにした。

「今日はいろいろありがとうございました」

「では、執筆、がんばってください」

　石岡さんに励まされ、私は浮かれた気分で改札に向かった。

エピローグ

　私の中で何かが引っかかっていた。しかし、それが何なのか浮かんでこなかった。それはちょうど途中まで進めたクロスワードパズルのように、いくつかの空白を残しているみたいに思えた。

　なんだろう。何が引っかかっているのだろう。私はどうしても気になって、帰る気持ちになれなかった。

　関内駅を出て石岡さんが歩いて行った馬車道を歩

きだした。石岡さんの姿はもうなかったが、それよりも今、自分の中にある不思議な想いの方が気になっていた。

私はぶらぶらと歩き続け、気が付くと弁天橋まで来ていた。そこでふと、横を見ると、ランドマークタワーが見えた。そしてその隣には大きな観覧車も見える。

私はしばらく欄干に手をついて観覧車を見つめた。そうしてどれくらいたっただろうか。ふと頭の中にある空白に、埋める言葉を発見した気がした。

私は早足になってコスモワールドに向かった。

もうずいぶん年月が経っているから、無理かもしれないと思ったが、とにかく行ってみようと思い、観覧車の入口まで行ってみた。するとそこに背の高い青年が立っていた。私はおもわずその青年に声をかけた。

「あの、失礼ですが、ゴウ（剛）君ではありませんか」

するとと青年は急に声を掛けられ驚いたらしく、きょとんとした顔を私に向けた。

「そうだと思いますけど」

青年の答えは曖昧だった。

「間違っていたらすみませんが、もしかしてお名前は吉田剛（よしだたけし）さんって言うんじゃありませんか」

「そうですけど、誰ですか？」

青年は怪しむような険しい表情に変わった。

「あの、けして怪しい者じゃありません。ただ、その、もうひとつ、お友達にリン（倫）ちゃんって子がいませんか。たぶん本名は加藤倫子（かとうみちこ）さんっていうと思うんですが」

青年は黙っていた。

「加藤倫子さんがアパートで亡くなったのはご存じですよね」

「おたく、週刊誌の記者か何か？」

吉田剛はフリーライターの宇野に会ったことがあ

るのだろう。

「いえ、そうではないのですが、倫子さんのことでちょっとお聞きしたいことがありまして」

吉田は困惑している様子だったが、腕時計に目を落とすと、

「あと五分で休憩になるんでちょっと待ってもらえますか」

「わかりました。じゃあ、そこのベンチで待ってます」

私は近くのベンチに腰を下ろした。吉田剛は五分経つとすぐにやってきた。

「どういうことですか」

「加藤倫子さんはどうして亡くなったんでしょう」

「自殺したんです」

「自殺の動機はなんだったんですか」

「そんなのわかりません」

「あなたが彼女を捨てたからじゃないんですか」

「違います」

「違うんですか？」

「ええ、倫子とはずっとつきあっていました」

「でも、他の女の子のことで喧嘩していたんじゃないんですか」

「誰がそんなことといったのか知らないけど、とにかく喧嘩したことはありましたけど、倫子と別れたりはしていません」

「喧嘩の原因は何だったんですか」

「どうしてそんなのこと答えなくちゃいけないんです。あなたこそ倫子とどんな関係なんです」

「別に関係なんてありません。ただ、倫子さんの死になんとなく疑問を感じてるだけです」

「僕が殺したとでも思ってるんですか。前にも週刊誌の記者にそんなことを言われましたよ。でも、僕は関係ないですよ」

「別にあなたを疑ってるわけじゃないんです。では、もうひとつ、松坂玲奈って女の子を知ってますか」

そう訊くと、吉田剛は明らかに顔色を変えた。ま

るで、もっとも知られたくないことをずばり指摘されたという感じだった。

「知ってるんですね」

吉田はしばらく黙っていたが、やがてぽつりと言った。

「前の彼女です」

「それは倫子さんとつきあう前ってことですか」

「はい」

「こう言っては失礼ですが、つまり玲奈さんを捨てて、倫子さんとつきあうようになったと、そういうことですか」

「そうです」

「玲奈さんが自殺したのはあなたに捨てられたからってことになるわけですね」

「死ぬなんて思ってもみませんでしたよ。だから倫子ともつきあい辛い気がしたし、でも、倫子のことは本気で好きになっていたから」

「すると、わからないことがあるんですが、玲奈さんが亡くなったあと、どうして倫子さんがその部屋に住むようになったんです。あなたが薦めたんですか」

「まさか。倫子は始め違うアパートに住んでいたんですが、もっと家賃の安いところを見つけたからって言って、あとで住所を知らされて驚いたんです」

「倫子さんは玲奈さんが住んでいたアパートだって知っていたんですか」

「知るはずありません。僕と玲奈がつきあっていたことも知らないんですから。だから、倫子にアパートに遊びに来てって言われても行くことが出来ませんでした。とても玲奈の死んだ部屋には恐くて行けませんでした。他のアパートに移って欲しいって思ってたんですが、それじゃあ玲奈のことを打ち明けなくちゃならなくなるし、だからどうしていいかわからなくて、それで喧嘩になったんです。他に好きな女がいるのとか訊かれたり、だから、倫子との仲もぎくしゃくしちゃって、でも、倫子とは別れたくなかったんです」

なるほどそういうことだったのか。それなら宇野というフリライターの言うように、玲奈の魂が倫子を死の世界に誘ったと考えてもおかしくはない。もちろんこの世に霊というものが存在すればの話だが。

「では、最後にもうひとつだけ、倫子さんはどうしてあのアパートを見つけたんでしょう。単なる偶然なんでしょうか」

「郵便受けにチラシが入ってたって言ってました」

「チラシ……」

「そのチラシを見たら、それまで住んでいたアパートの半分の家賃だったたって言ってました」

「そのチラシはもうありませんよね」

「倫子から話を聞いただけで、直接見たわけじゃありませんから」

「住所は覚えていますか」

「はい、西区西戸部町……」

吉田剛から住所を聞くと、私はいてもたってもいられない気分でベンチから立ち上がり歩き出していた。

「あのう、倫子は自殺じゃないんですか。……」

吉田剛の声が背後で聞こえたが、私は振り向かず、足を早めた。

桜木町駅からいったん横浜駅に戻り、そこから京浜急行に乗って戸部駅で降りた。戸部駅の改札を抜けるのは今度で二度目だった。『暗闇坂の人喰いの木』の上製本には、石岡さんが「くらやみざか」と書かれた石碑に寄りかかっている写真が載せられている。私はそれを見て、同じ場所に行ったことがあった。しかしそれももう何年も前のことなので、駅からどの方向へ歩いたらいいのかまるで覚えていなかった。

駅前の住居表示板を見て、私は吉田剛から聞いた住所を探した。地図で見る限りではさほど遠くはなさそうだった。

私は以前、運送会社に勤めていた経験もあるので、アパートを探し当てるのはわけないと思っていたが、いざ探してみると、意外になかなか見つからなかった。

それでもどうにか三十分とかからずに加藤倫子の住んでいたアパートにたどり着くことができた。アパートの隣には大きな屋敷があり、それが大家の家だとすぐにわかった。表札も間違いなく『松坂』となっていた。

袋小路のせいか、周囲は物静かで、庭の木々がさわさわと風に鳴る音だけが聞こえていた。木戸の前に立ち、どうしようかと迷ったが、ここまで来た以上、このまま戻っても意味がないと決心して、戸を開けることにした。

木戸はするりと開き、私は庭に一歩足を踏み入れた。

「あら、そこはお留守ですよ」

突然、後ろから声を掛けられ、飛び上がるくらい驚いた。振り返ると主婦らしい、四十年輩の細身の女性が立っていた。

「あの、ここ、松坂さんですよね。たしかおばあさんがいらっしゃると聞いてきたんですが」

「まあ、おばあちゃんに会いに来たんですか。じゃあ、ご存じなかったのね。おばあちゃん、亡くなったんですよ」

「亡くなった！　いつです？」

「ひと月ほど前ですよ」

「どうして亡くなられたんですか」

「もう歳でしたからねえ。たしか八十……一だったかな、二だったかなあ」

「それじゃあ、老衰で」

「ええ、いつも元気だったのに、わからないもんですね。で、何かご用ですか」

「いえ、アパートのことで来たんですが」

「ああ、でも、アパートは取り壊しちゃうみたいですよ」

「え、そうなんですか」

「この家も当然息子さんが相続するみたいだけど、息子さんは東京でお仕事しているらしいから売り払っちゃうみたいですよ」

「そうですか。どうも、すみません」

主婦は買い物にでも行くのか、自転車にまたがると、通りの向こうへ走り去っていった。私はぼんやり路地に佇んでいた。

ふと、アパートの階段の脇にある、郵便受けに目をやると、どの箱もチラシが半分ほどはみ出していた。もはやここには誰も住んでいない様子だった。しかし、それでも私はまだ帰ろうという気持ちにはなれなかった。

何も証拠はなかった。確実な推理さえなかった。ただ、私の中に直感ともいうべき得体の知れないわだかまりがあった。そして、どうしてもそれを確かめたいと思わずにはいられなかった。

吉田剛に捨てられ、松坂玲奈は自殺した。そしてその同じ部屋で、吉田の恋人、加藤倫子もまた死んだ。それは単なる偶然なのだろうか。また、玲奈と大家のおばあちゃんの姓が同じ松坂というのはどうなのか。たまたま入居した娘と大家とが同じ姓だったのか。おそらくそうではないだろう。もしも倫子の死が自殺でないとするならば、それは殺人以外にあり得ない。頭をぶつけたというのならともかく、あやまって首を吊ってしまうなど考えられないからだ。そして、もし、本当に倫子が殺されたのだとしたら、その動機を持つ人物は彼を奪われた玲奈以外に誰がいるだろう。しかし、その玲奈はすでに死んでいる。

気が付くと、私はアパートの階段を上がっていた。狭い廊下を一番奥まで進んだ205号室。それが加藤倫子の部屋のはずだった。

呼び鈴を押し、ドアをノックした。無論、返事などあるはずもない。ところが、ノブに手を掛け回してみると、ドアが手前に開かれた。私は好奇心に駆られてそっと中に忍び込んだ。

部屋は薄暗く、すえた臭いがしていた。手前のキッチンにも奥の六畳間にも家具類は何も残っていなかった。ふと、六畳間の天井を見上げたが、板はどこもはずれてはいなかった。ここで、二人の女性が首を吊って死んだことを思い出すと、部屋の空気が急に冷たくなったように感じた。ここまで来たが、これ以上は何もできないと思い、引き返すことにした。

そっとドアを開け、外に出た。廊下から大家の家がよく見える。庭に面したガラス戸はカーテンが下ろされていて室内の様子は見えなかった。庭には、桜の木が数本立ち、ブロック塀に沿って、たくさんの鉢植えも並べられていた。しかし、それらは主を亡くした今、皆枯れかかったていた。

その時、あるものを発見した。それは庭の片隅に置かれた脚立だった。三段式のさほど大きなものではなかった。この家のおばあさんは、生前は足腰が丈夫だったということだから、自分で庭の手入れをしていたのかもしれない。

私は階段を駆け下り、大家の家の庭に入ると脚立をかかえて再び205号室に戻った。

脚立を部屋の中央付近に立てて、最上段に上がってみると、頭が天井にぶつかり苦しい姿勢になったが、そのまま天井の板を押してみた。始めの板は動かなかったが、二番目に押した板がすんなりと持ち上がった。板をはずし、極力埃が落ちないように注意しながらいったん畳の上に置くと、改めて脚立に上って、天井裏に首を突っ込んだ。

天井裏は真っ暗で何も見えなかったが、埃の臭いが充満していた。しかたなく胸ポケットからライターを取り出し火を付けた。ぼうっと明るくなった目の前に太い梁が浮かび上がり、それは暗闇の向こうまで続いていた。首を回して光が届く限りの場所を一通り見回してみたが、見えるものといえば、蜘蛛の巣くらいだった。

御手洗さんはここで何かを見つけたのではないだろうか。そんな私の想像は、結局思い過ごしに過ぎなかったようだ。そう思うとふとため息がもれた。ところがそのため息が思わぬ発見を導いた。私の吐き出した息が、つもった埃を舞い上がらせ、その下に隠れていたものを浮き上がらせた。それは封筒のようだった。

埃まみれの封筒を親指と人差し指でそっとつまみ上げると、私は脚立を降りた。封筒の中には数枚の便せんが入っていて、つまみ出してみると、湿っぽかったが、まったく汚れてはいなかった。そしてそこには驚くべきことが、達筆な文字で延々と綴られていたのである。

加藤倫子さんを殺したのはこの私、松坂千代であることをここに告白致します。

私がどうして倫子さんを殺してしまったのか、その経緯をお話ししようと思います。

私には四人の子供がおりますが、皆この家を出て、それぞれの生活を送っています。私はこの家に夫と二人で老後の生活を送っていましたが、その夫も五年前に他界致しました。私は一人になり、孤独な日々を送っておりました。

そんなある日、長男の娘、つまり私の孫が訪ねて来ました。名前は玲奈といって、とても可愛い孫です。玲奈は大学に通うため、私のアパートに住みたいと言って来たのです。幸い205号室は空き部屋だったので、私は大喜びで玲奈を迎えました。すぐそばに孫がいてくれるというのはどんなに心強いことだったでしょう。

玲奈はとてもやさしい子で、よく私の家に遊びに来ては学校のことやお友達のことを話してくれました。私はそんな孫の話を聞くのがそれはそれは楽しみでした。

ところがその玲奈が、ある日、天井裏の梁にロープを結んで首吊り自殺をしてしまったのです。始めは天井に釘を打とうとしたみたいでしたが、そうしているうちに天井の板がはずれたらしく、それで梁を見つけたようでした。

　私は驚きと共にまるで自分の命が何処かへ逝ってしまったようにさえ思えました。どうしてこんなことになったのか、私には何がなんだかわかりませんでしたが、玲奈の遺書を読んでその経緯を知ったのです。

　玲奈は同じ大学に通う青年と恋仲にあったそうですが、その青年に新たな恋人が出来、つまり玲奈は失恋をしてしまったようでした。私はそのようなことがあったとはまったく知りませんでした。年頃の玲奈は祖母の私にも恋の悩みをうち明けられなかったのでしょう。しかし、遺書には自分の恋人を奪った加藤倫子という女性が憎いというようなことが何度も書かれていました。あんな女、死んでしまえばいいという言葉さえ見つかりました。私はそれらの言葉を何度も読み返しているうちに、加藤倫子が私の大事な孫を奪った憎むべき女に思えてきたのです。今にして思えば、勝手な解釈だったと思います。人様のお嬢さんを殺してしまうなど、なんという恐ろしい罪を犯してしまったのかと思わずにはいられません。しかし、あの時は可愛い孫を失った寂しさが、自分勝手な憎しみとなって私の心を覆ってしまったのです。

　もちろん加藤倫子がどんな人で、何処に暮らしているかなど、私にはまったく知るはずもありませんでした。ですからそのままなら、その憎しみもいつかは自然に消えたでしょう。ところがある日、私は孫の部屋を整理していて、偶然にも名簿を見つけ、ふとめくったその名簿の中に、加藤倫子の名前を発見してしまったのです。それからというもの、私の心の中に、孫を奪った女への憎しみが、日増しに大きくなっていきました。そうしてとうとう私は加藤倫子を亡き者にする計画を考えるまでになってしまったのです。しかし、さすがの私も老いた体で遠くまで出掛けて行くのは難儀でしたし、それに、できることなら孫の部屋で孫と同じ苦しみを味わわせてやりたいと思いました。そこでそれなら彼女をこのアパートに住まわせればいいと思いつきました。

私はさっそく印刷屋さんに行き、入居者募集のチラシを印刷してもらいました。結局五十枚ほど注文しなければならなくなりましたが、始めから使うのはたった一枚だけだと決めていました。

チラシが出来上がり、私は加藤倫子の住所に宛ててチラシを郵送しました。果たしてそれでうまくいくだろうかと不安もありましたが、家賃を格安にしておいたので、連絡してくる可能性はあると信じました。

案の定、加藤倫子は私を訪ねて来ました。私はその時、これは玲奈の魂が彼女を呼び寄せたのではないかと思ったほどでした。『おばあちゃん、殺して。加藤倫子を殺して』と、そんな孫の声が聞こえるようでした。

しかし、どうしたらうまくいくのか、その時はまだ、これといった計画など何もありませんでした。

それからというもの、私は庭に面した座敷から、205号室を来る日も来る日もじっと眺める毎日を続けました。そうして加藤倫子の生活パターンなども次第に覚えるようになったのです。

そんなある日、いつものように205号室のドアを見つめていた時、ふと庭を見ると、軒下から現れたのか、一匹の鼠が歩いているのを見つけました。私はその鼠を見て、はっと天啓が閃いたのです。

私は加藤倫子が留守の間に、合鍵を使い、脚立とロープを持って部屋に忍び込みました。そうして天井の板をはずし、梁にロープを結びつけ、もう一方には輪を作っておきました。そしてそれをはずした板の上に置き、その板を元通りに戻しました。それで準備は整い、あとは彼女を殺す日を待つばかりとなりました。

決行したのは死んだ孫の誕生日でした。この日こそ玲奈への最高の贈り物になると思ったのです。

その日、加藤倫子は朝からずっと家に籠もりっきりでした。しかし、昨日は外出したことを知っていたので、作戦に問題はありませんでした。

私は彼女の部屋を訪ね、こう言ったのです。

「実は最近、住人から鼠が出るって苦情を言われましてね、それで退治してもらうために業者を呼んだら、昨日来たんです。それで、天井裏を調べるっていうんで、あなたの部屋の天井裏も見てもらったんですよ。勝手に人を入れてごめんなさい」

そう言うと彼女は勝手に他人を入れたことを怒っている様子でした。しかし、私はかまわず続けました。

「そしたら今朝、その業者から電話があって、天井裏に仕事の道具を忘れたからこれから取りに来るって言うんですよ。でも、また他人を入れるのは嫌でしょ。あなたちょっと取ってもらえないかしら」

すると彼女は困った顔をしましたが、私は抱えてきた脚立を持ってずかずかと上がり込んでしまいました。彼女が私のでたらめを信じたかどうかはわかりませんでしたが、とにかく私としては、彼女を脚立の上に乗せ、天井の板をはずさせることだけが目的でした。天井の板をはずせば、事前に用意したロープが自然に落ちてくるはずでした。あとはその輪の部分を彼女の首に掛け、脚立をどかせばそれで彼女は首を吊ることになるのです。

彼女はやはり不満そうな表情をしていましたが、私が脚立を置いてしまうと、しぶしぶといった感じで脚立に乗りました。そうして天井の板をはずしたのです。

ところがその時、私にも予期しない事が起こったのです。なんと板をはずした途端、ロープが落ちて来たのは予定通りでしたが、その輪の部分が偶然にもすっぽりと彼女の首に掛かったのです。私はこの時、これは玲奈が私に手を貸してくれたと思いました。同時に感心している場合ではなく、これはなんとしてもやり遂げなくてはならないと気持ちを新たにしました。

私はすぐさま彼女の足を脚立から引きずり降ろしました。すると彼女は苦しみもがき、必死に首からロープをはずそうとしました。それを見て、私も必死で彼女の両手を押さえつけました。すると彼女は、今度は足をばたばたさせて暴れ、私の体を蹴りつけました。私は痛さをこらえながら、無我夢中で彼女がおとなしくなるのを待ちました。「玲奈、もう少しだよ」とそんなことを胸の内に叫んでは、彼女が息絶えるのを待ちました。やがて、加藤倫子の体はぐったりとして動かなくなりました。そして私自身も腰を抜かしたようにその場に座り込んでしまいました。

私はこの時になって、ようやく自分のしたことの恐ろしさを悟りました。どうしてこんなことをしたのか、自分でもわからないくらいでした。とにかく一刻もその場を離れたい気持ちになりました。

あわてて部屋を出ようとして、私はふと首を吊った彼女の下に何もないのが不自然に感じました。別に私は加藤倫子を殺した後、犯行を眩まそうということまでは考えていませんでした。どのみちもう長くはない人生ですし、玲奈の所に逝けるのならそれで十分だと思っていました。それでも咄嗟の思いつきで、そばにあったドレッサーの椅子を彼女の足下に置いて部屋を出てしまったのでした。

しかし、その時はそれが却って不自然だということに気が付きませんでした。そのことを知ったのは、後日、雑誌の記者が私の家を訪ねて来て、私にそのことを話していったからです。それできっと私が加藤倫子を殺したことが発覚すると思いました。けれど、警察の人が私を逮捕しに来ることはありませんでした。また私自身、自首をする勇気も出ませんでした。だからこのまま自分の犯した罪を隠し通すこともできるかもしれませんが、でも、やはり今冷静になって考えてみると、罪もないお嬢さんを殺めてしまったことに後悔する気持ちも生まれました。だから今、こうしてこの告白文を書き綴っているのです。

この告白文をいつか誰かが発見してくれることでしょう。そうしたらその人にお願いを致します。どうか私の犯した大きな罪をどうぞ警察にお伝えください。宜しく御願い申し上げます。

アパートの大家、松坂千代の告白文はこうして終わっていた。私は読み終え、しばし茫然としていたが、便せんを元通り封筒にしまうと、もう一度脚立に乗り、天井裏にそっと置いた。それから天井の板をはめると急いで脚立を抱えて部屋を出た。

脚立を庭に戻し、急ぎ足で駅へと向かった。電車に乗り、それでようやく気分が落ち着いた。

あの告白文を発見したのは私が最初だったのだろうか。いや、そうではないはずだ。御手洗さんと石岡さんがあのアパートを訪れた時、すでにあの告白文は置かれていたに違いない。だからおばあさんは御手洗さんたちを容易にあの部屋に入れたのだろう。あえて発見してもらうために。そして天井裏を覗いた御手洗さんもあの封筒を見つけ、読んだに違いない。それを知りながらも御手洗さんは引き出しを使ったパフォーマンスを演じ続けたのに違いない。

御手洗潔、彼こそ世界一の名探偵だと、その時私は思った。

ゴールドの間

4. Architect Panelize

庚
カスミ

——the rising of the curtain——

1

——とおりゃんせ、とおりゃんせ——

まずい、信号が点滅している、早く渡らなきゃ。

もう車が今にも走りだそうとしている。このままだと轢かれかねない。急げ、急ぐんだ！

すると、急に横断歩道が進行方向とは逆に動きだした。風景が前へ前へと流れていく。そして、その先に見えるものは、一見無表情な、それでいて、空腹に耐えかねながらも欲望を押し隠しているように見える、巨大なアスファルトの口だった。

このままだと食べられてしまう。骨の髄まで吸い尽くされてしまうかもしれない。僕は周りを見渡した。人がいる。助けてくれ！

何人かは僕に気がつき、手を差し伸べようとした。しかし次の瞬間、無情にも僕は大きな口に喰われてしまった。

もう、だめ、だ……。

しかし、周りを見渡すと、そこはさっきの交差点で、僕はその交差点の真ん中にいた。

なぜ、どうして……。

頭の中は思いつくだけの理由が飛び交っており、

今にも頭蓋骨を突き破って表に出てきそうだ。

僕は何かを探しまわろうとした。一歩踏み出す。しかし、踏み出せない。さながらゴキブリホイホイのようだ。そう思ったら、急にがくんと足が埋まった。

そのまま埋もれていくのだろうか。逃げないと大変だ。僕は必死にもがいた。しかし、ますます埋まっていく。知らず知らずのうちに目が虚ろになる。

無常感、孤独、理解不能、さびしさ、かなしさ、ああムナシイ――。

――ジリリリリリリリリ――

「うわぁ!」

僕は飛び起きた。鏡を見ると、髪が総て逆立っている。

「何だよこれ。下敷きでこすったわけじゃあるまいし」

そう言いながら髪の毛を直すこと三十分。それから僕は、ようやく非常事態に気づいた。時計の針は六時を指している。しかし、家を出て行くと決めた時間も六時である。

「もう、こんなことしている場合じゃないじゃないか。早く行かないと、完璧遅刻だ!」

僕はベッドの傍らのバッグと、テーブルの上の招待状を引っつかみ、慌てて家を飛び出した。

そもそも僕、久我《くが》見牧《みまき》が何故このように早起きしなきゃならなかったのかというと――。

ことの起こりは二週間前に溯る。僕の伯父、高橋《たかはし》真崎《まさき》から僕のもとへ一通の招待状が届いた。招待状と言っても、よくあるような形式ばった堅苦しい内容などではなく、親しい伯父からの近況報告である。僕の伯父は建築家だ。しかも、年に一回は必ずといって良い程世間を騒がせている凄腕の建築家なのである。その伯父が手掛ける最後の建築物ということで、世間でもかなり話題となった別荘がある。それは伯父が隠居をするために造ったもので、マスコミにもまだ公開していない。そのなんとも価値のある別荘のお披露目パーティーに、マスコミよりも一足早く僕を招待してくれるというのだ。僕はそれを聞いて是非とも行ってみたいと思った。それに、伯父とはもう久しいこと会ってない。これからいつ会う機会があるとも限らない。僕は二つ返事で承諾した。

――七時に横浜港へ――

そう言われて僕は、横浜港へと急いだ。

しかし、着いてみると横浜の港はとてつもなく広い。伯父の姿を懸命に探していると、SPというのだろうか、黒服にサングラスというベタな格好をした、いやに大きな男が二人こちらへ近づいてきた。

「失礼ですが、高橋真崎先生のご招待客の方ですか？」

「はい、そうですが……」

僕がそう言うと、男たちは僕をじろりと眺め、言った。

「招待状をお持ちでしょうか」

この人、全然僕のことを信用していないな、そう思ったが、これが決まりらしいのでしょうがない、僕は招待状を見せた。

「はい、結構です」

そう言って、男たちは僕を船まで案内してくれた。

船はとても大きく、さながら豪華客船だった。恋愛映画のワンシーンに用いられそうだ。これをクルーザーと呼ぶのだから伯父も人が悪い。船内へ招き入れられ、男の後をついていくと、少し広めの部屋へと通された。ソファがある、サロン風のキャビンだった。既に招待客は揃っていたらしく、僕が席についてまもなく、船は出航した。すると伯父が立って話しだした。

「さて、皆さん、全員揃ったようですな。私の弟子の中には、最近ちょっと名前が売れてきた者もいるが……、初対面の方もいらっしゃることだし、まずはお互い自己紹介といきましょうか。それじゃあまず、右端の前野君からお願いしようか」

「どうも、高橋先生の弟子をしております、前野《まえの》菊智《きくち》と申します。先生の側に付いてから五年になります。趣味は、ジェットスキーとスキューバダイビングです。よろしくお願いします」

先程のSPだと思った人だ。背はもちろん高く、体格もがっしりしている。色は浅黒い。とても建築家の弟子とは思えないような人だった。

「はじめまして、皆さま。広沢鈴貴《ひろさわすずき》と申します。高橋先生の弟子をさせて頂いています。先生の側についてからまだ二年ですが、これから精進していきたいと思っています。どうぞよろしくお願いします」

とにかく美人だった。この人が声を発するだけで、場が一気に華やいだ。目はパッチリとした二重で、長い髪は透き通るような茶色をしている。

「えー、私、喜多川東《きたがわあずま》といいます。高橋先生のスポンサーをさせて頂いております。いやー、我が社の建築材料、新たに開発をした、結露しにくいガラスを使っていただいとるんですよ。ま、ひとつよろしく」

いかにも大企業の社長という感じの人だった。なんだか狡猾そうである。ああいう人を狸親父というのだろうなと、僕は漠然と思った。

「こんにちは。この度はお招きにあずかりとても嬉しく思っています。私、川瀬千尋《かわせちひろ》と申します。皆様にお会いできて光栄ですわ。高橋さんとは父の仕事の関係で知り合いました。どうぞよろしくお願い致します」

物腰の柔らかな人だった。控えめな美人である。月の光が似合いそうだ。

「関基経《せきもとつね》と申します。先生の弟子をしています。さっき先生が言われた、最近ちょっと有名になったっていうのは僕のことでしょう。よろしくお願いします」

ちょっと気取った感じの人で、立ち居振舞いも上流紳士のようである。先程いたもう一人のＳＰだ。有名な人とは知らなかった。

次は僕の番である。少し不安になって伯父の方へちらりと目をやると、なんだか昔よりも貫禄がついている。誰かに似ている気がいつもするのだが、それが誰だったか、どうしても思い出せない。

「ど、どうも。えっと、僕は伯父さん、高橋先生の甥の久我見牧といいます」

緊張のあまりしどろもどろになってしまった。とりあえず差し障りのないことを言って腰をおろす。いけない、礼を忘れてしまった。慌ててまた立って礼をしたら、その様子がよっぽどおかしかったのか、皆に爆笑されてしまった。ウケを狙ったつもりはないのに――。

「こんにちは、僕は御手洗と言います。高橋さんの友人です。高橋さん、お久しぶりですね。またお会いできて嬉しいです。その後、ウォーレン君はお元気ですか？」

「ええ、元気でやってますよ」

ウォーレンというのは、確か伯父の飼っているアイリッシュ・セッターのことだ。伯父は大の犬好きで、今でも五頭以上の犬を飼っている。ショウにもたくさん出しているので、この御手洗という人とは、多分ドッグショウ関係で知り合った仲間なのだろう。僕は先程からなんとなくぴりぴりとした場の空気を感じていたので、御手洗の爽やかな笑顔はとても心地よかった。雰囲気も柔らかげな感じで、僕は彼に好感を持った。最後に伯父が、またこう言った。

「高橋真崎です。本日は遠いところよりわざわざお越しいただき、本当に有難うございます」

その時喜多川が、「よっ、先生！」とかけ声をかけた。彼はすっかり出来上がっている。しかし、はしゃいでいたのは喜多川だけだった。伯父は笑顔で喜多川を見やり、話を続けた。

「島で皆さんにお見せするのは、私の最後の作品である『森厳館《しんげんかん》』です。どうぞこの三日間、楽しんでください」

拍手が一斉に沸き起こった。僕も急いで拍手する。先程までの嫌な空気も何処へやら、僕はこの旅が楽しみになった。

2

「伯父さん！」

ようやく伯父が一人になったところを見つけ、僕は走り寄った。

「招待してくれてありがとうございます」

「牧君、気に入ってくれたのかな？」

伯父は嬉しそうに聞いてきた。僕も嬉しくなってくる。

「うん、もちろんだよ」

そこに御手洗がやってきた。

「どうも福沢さん、呼んで下さって有難うございました」

えっ、福沢――？

「壱万円！　アハハハ！」

伯父が誰に似ていたのか、この瞬間やっと思い出した。福沢諭吉だ。伯父が代わりに羽織袴で壱万円札の中に入っても良いほどそっくりである。いやいや、でも諭吉に似ていたからこそ成功したのかもしれないし――。心の中では伯父に弁解をしつつ、やはり笑いがとまらなかった。まだ笑っている僕の目に、御手洗の困惑した顔が飛び込んでくる。なんて良いセンスなんだ。思わず握手の手を差し出したくなったが、伯父が目を光らせているのでやめておいた。

彼らと別れて少し甲板を歩いていると、関と出遭った。

「君は高橋先生の甥御さんなんですね」

関が話しかけてきた。

「ええ、そうですよ」

「では、高橋先生から何か伺っていませんか？」

僕は思い出そうとした。しかし頭の中をまだ福沢諭吉が回っていたので、考えるのはやめた。

「別に何も……、何か？　関さんは有名な方なんですってね」

お世辞のつもりで言ってみたが、関は取り合わず、しばらく目を閉じた後、ゆっくりと開けながらこう言った。

「単刀直入に言いましょう。あなたは鈴貴さんをどう思いますか？」

「えっ、広沢さん？　美人だと思いますけど……」

「本当にそれだけですか？」

「はい、そうですよ」

この人、一体何を言いたいのだろう。

「よろしい、鈴貴さんは美しい、そして僕は美しいものが大変好きなのです。だから君は、それ以上の感情は彼女に抱かない下さいね。君に惨めな思いはさせたくありませんから」

「はあー」

なんてまあ自信に満ち溢れた人なんだろう。世間で注目されているという自信なのだろうか。

「別になんとも思っていませんよ」

僕が言うと、

「あそう、よかった」

と言い、関はそのまま去っていってしまった。あの男、あんなことを皆に言ってまわっているのだろうか。どういう神経なのだろう。僕はいっぺんにこの男が嫌いになった。

「あっ！　見えてきたわ！」

その鈴貴が、甲板で歓声をあげていた。

眼前には、霧のヴェールに包まれた森厳島《しんげんとう》が、そして垂直に何十メートルも切りたったその崖が、そびえ立っていた。

3

絶壁の迫力とは対照的にこじんまりとした船着場は、その絶壁を迂回した裏手にあった。クルーザーが船着場に入ると、ただでさえ小さいそれは、さらに小さく見えた。桟橋も古く、半ば朽ちかかっているふうで、我々全員が乗ったら崩れるのではないかという不安にかられた。

「どうかなさいましたか？　ご気分でも悪くなりましたか？」

恐る恐る桟橋を渡っていた僕を見て、前野菊智が話しかけてきた。

「あ、いえ、そうじゃなくて……、この桟橋、結構危険じゃないですか？　何だかギシギシいってますよ」

「え？　おかしいですね。ここの桟橋は皆さんが来る前にと、この間新しいものに替えたばかりだったんですが……、本当だ、もうこんなに傷んでいる」

「バクテリアの仕業ですよ」

突然後ろから声がしたかと思うと、並んで歩いていた私と前野の間に、御手洗が割り込んできた。

「……御手洗さん、でしたね。すみません、何ですって？」

前野が聞いた。

「バクテリアの仕業だと言ったんです」

御手洗は堂々と答える。

「それは一体どういうことですか？」

「いや何、言葉通りの意味ですよ。ここら一帯の海では、どうやら何か有機物を分解し、食料とするバクテリアが多数存在しているようです。普通、水中で生活しているプランクトンや、その仲間であるバクテリアというのは、有機物、この場合木材ですか……を分解することはあってもあまり効率よくはないんです。だって普通の状態で、海の中に木材ってないでしょう？　だからそれらを食料とするバクテリアも少ないんですよ。そして、じゃあそういったバクテリアがどこにいるかっていうと、それはもう言うまでもなくここですね」

そう言うと御手洗は片足で地面を数回踏みつけた。

「地上にいるバクテリアこそ、活発に有機物を分解します。よく言いますよね？　死体を早く処分したいなら水に沈めるよりも土に埋めろって……何、言いませんか？　まあそう言うんですよ。僕の知人などほとんど口癖のようでしてね、よく忠告されたものです……と、あれ、何の話でしたっけ？　ああそうそう、有機物を分解するバクテリアでしたね。そう、それで海水中にはほとんどいないということでしたが、厳密に言うと、もちろんいることはいるんですよ。種類が少ないというだけで。そして、ここらの海域にはその数少ない種のバクテリアが大量にいるんじゃないかというのが僕の考えです。彼等はあのように木でできた桟橋を分解してしまいます。もっとも、それならってことで金属にしたところで、今度は海水の塩分にやられてすぐにぼろぼろに錆びてしまうと思いますけどね」

「ははあ、なるほど」

「へええ、よく知ってますねー」

前野さんも僕も、御手洗の説明に感心してしまった。途中何やら話が脱線していたことには触れないことにした。

「たいしたことではありません。たまたま知っていただけですよ。それよりも僕が言いたいのは、今日の海洋汚染、地球温暖化等の問題について……」

「牧君！　前野君！　御手洗さん！　はぐれますからちゃんとついて来て下さいよ!!」

御手洗の声をさえぎったのは、他でもない福沢諭吉、もとい、伯父の真崎であった。見ると、僕たちはよほど話に夢中になっていたらしく、いつの間にか前方の人たちからずいぶんと離されてしまっている。館まで一本道とはいえ、登り調子のその森道は、うねうねとカーブを描いており、今も伯父がカーブの向こうから少し出てきてくれなければ、もう姿が見えなかったところだ。

「ああ、じゃあ少し急ぎましょうか」

御手洗はそう言うと、それまで自分が演説をしていたことなど一瞬にして忘れてしまったかのように一転、寡黙に歩を進めはじめた。

しばらく歩くと、ようやく前の人たちに追いついた。ほっとしたのも束の間、そこには何やら千尋と関の間に不穏な空気があった。

「どうかしたんですか?」

僕は広沢鈴貴に耳打ちした。すると関が急にこちらを睨みつけ、言った。

「別に、この方が僕と鈴貴さんの会話を邪魔したので、ちょっと文句を言っただけですよ」

川瀬千尋に言った。

「私が邪魔したですって? 邪魔したのはあなたの方じゃないんですか? 私たちの会話に勝手に割り込んできたのはあなたじゃないですか!」

千尋は憤然とした態度で応じた。

「鈴貴さんは私と話したかったのに、あなたがいて話せなかったのです。あなたならば会話を途中で終えてしまうかもしれませんが、鈴貴さんは誠に心優しい方ですから、途中でやめることができなかったんですよ。なので、私が鈴貴さんを助けたまでのことです。そうですよね、鈴貴さん」

さも当然というように関は言う。しかし鈴貴は、迷惑そうな顔でこう言った。

「いいえ違います」

しかし関はこれに動じなかった。

「鈴貴さんはやはりお優しいですね。それは千尋さんの為ですか。そういう鈴貴さんの心に免じて、今回は紳士らしく身を引きましょう」

そう言って、関はまたすたすたと歩きはじめた。

やがて僕たちの目の前に、渋い金色をした巨大な物体が姿を現した。その前に立ち、伯父が我々を待っていた。全員が到着すると、伯父の声が朗々と響く。

「さあ着きました。これが私の最後の作品、『森厳館』です」

「ほう……」

「これが……」

誰ともなしに、感嘆の溜め息が漏れる。

――――――――はこ。

僕が最初に抱いた感想である。伯父の最後にして最高傑作といわれたその館『森厳館』は、言ってみれば大きな金色の箱だったのだ。

森の中に現れた巨大な箱。いや、箱というより、サイコロと言った方が分かりやすいだろうか。肉眼で見る限り、限りなく精密で、完全な正六面体をしている。壁面には正方形の窓が四つ。側面が全部四の目のサイコロを想像していただきたい。全体が渋い金色をしていて、茶金というのか、その妙に古風な色使いが、この館を取り囲む秋の自然との、奇妙な融和を醸しだしていた。

「大きいですね。どの位あるんです?」

「14メートル×14メートル×14メートルです。正確な寸法を出すのにそりゃあ苦労しましたよ。何回やってもズレが生じてきてしまってね。そこの彼らにも大変苦労をかけたものです。でもそのおかげでこの通り、何とか形にすることができた」

御手洗の質問に答えた伯父の言葉に、弟子の前野菊智と広沢鈴貴は、顔を見合わせて恥ずかしそうに笑い合っている。そして関は、明らかに苦虫を噛み潰したような顔をして前野を睨んだのだった。

おや、と僕は思った。鈴貴は、インテリよりも「気は優しくて力持ち」系が好きなのか。では先程の関の自信は、一体どこから来たのか。

自然、僕の頭の中にちょっとした三角関係の図が浮かぶ。この三人の間には微妙な空気が流れている。三人を見ながらそこまで考えたところで、ふと御手洗と目が合った。今日出会ってはじめて見る表情だ。何とも形容のしがたいその鋭いまなざしに、自分の下世話な考えがすべて見透かされている気がして、僕はあわてて目をそらし、思考を止めた。

「それでは部屋割りですが、誠に勝手ながらこちらで決めさせて頂きました。まず二階の方からご説明致します。中央の螺旋階段を上がりまして、玄関から見て左手前から時計回りに高橋先生、喜多川さん、私、御手洗さん、となっております」

前野が言った。

「一階の方は……」

前野の言葉を受けて、鈴貴が続ける。

「正面入り口を入りまして左手前から、同じく時計回りに、関さん、久我見さん、川瀬さん、そして私、広沢となります。何かご用がありましたら、私たち三人の誰でもよろしいので声をかけてくださいね」

「あー君、食事とか、風呂とかは、どうするのかね?」

先程から、息切れのためにぜいぜい言っていた喜多川が聞いた。まだ少し声がかすれている。

「食事、喫茶、入浴などはすべて、あちらに建っております別棟の方で済ませることになります」

鈴貴の示す手の先には、なるほど少し小さめの建物が建っていた。

ここまでの記述では、読者の方々には何のことだかわからず、少なからず理解に苦しんでおられることと思う。だいぶ遅れたが、ここで館の内部の説明をしておこうと思う。

館の中は八つの部屋で構成されている。一階に四部屋、二回に四部屋、すべて同じ造りの正方形の部屋である(図参照)。

一階の、通路と通路との交差地点には螺旋階段があって、それで二階へ上がる。各部屋はごく簡素なつくりとなっていて、ベッド、サイドテーブル、そして小さなタンスが据え付けられているだけで、風呂もトイレもなく、食堂も、サロンのような部屋も、この建物にはない。これらはすべて別棟で済ませることになっていて、だからいたって愛想がなく、もしこれが立方体でなく、部屋からの眺めもたいしたことがなかったら、ただのカプセルホテルだったろ

1階

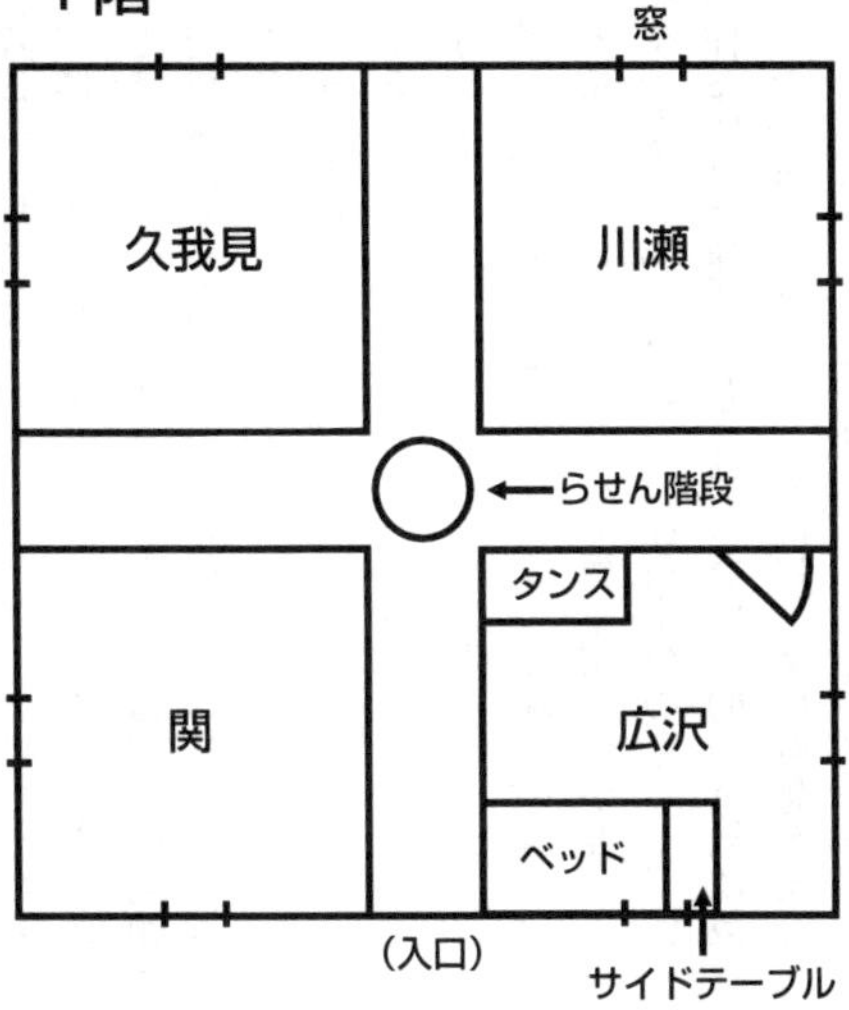
窓
久我見
川瀬
←らせん階段
タンス
関
広沢
ベッド
（入口）
サイドテーブル

2階

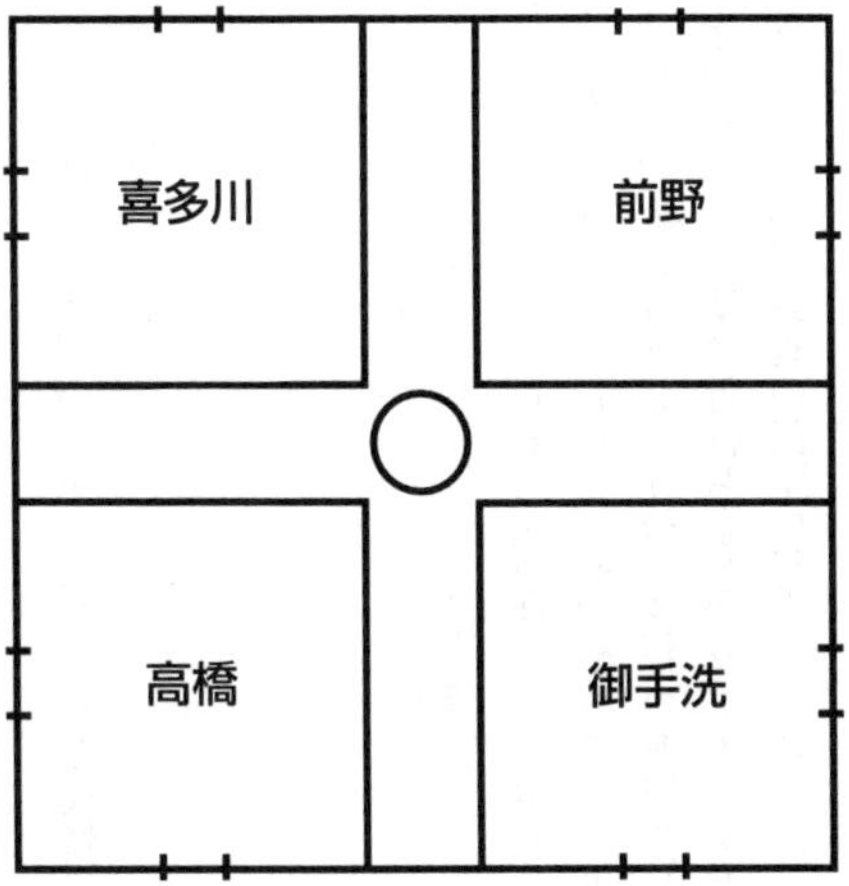
喜多川
前野
高橋
御手洗

う。

　前衛的な伯父のことだから、こういう建物もあり、と言いたいところなのだろう。実際、豪華な食事や贅沢な設備を期待していたのは喜多川だけだったらしく、僕を含め、御手洗も千尋も、どこかうきうきと楽しそうだった。御手洗にいたっては、この閉鎖された機械的な空間がいたくお気に召したらしく、今にもスキップでも始めそうだった。

「楽しみですね」

　僕はあまりに楽しそうな様子の御手洗を見て、嬉しくなって言った。伯父の建築物は世を騒がせることが多いが、それは必ずしも肯定の意味での騒ぎではなくて、またあの変わり者の建築家が何か変なことをやったらしい、といった面白半分のものや、伯父の作る建物は建築として認めない、的な意見は数多い。だからこのように、素直に伯父の奇想を楽しんでくれる人を見ると、僕としては心の底から嬉しくなる。

「ええ、とても楽しみですよ！　僕は高橋さんの友人であり、高橋さんの建築物の一ファンでもあるんです。だからこうしてここに来れて、本当に嬉しいんです」

　そう言うと御手洗は、いっそう嬉しそうな表情になって笑った。

4

「ああ！　ボタンが取れかかってるー！」

　寝ようとしたとき、発見した。十一時過ぎだった。僕はいつも眠る前に、明日着る服を枕もとに用意して置く。子供っぽいかもしれないが、癖なのだ。失敗した。昨日、眠い目をこすりつつ旅行の準備をしたのがまずかった。僕は舌打ちをし、ソーイングセットを借りるため、鈴貫の部屋に行くことにした。

　コンコンコン。

「すみません、広沢さんいますか？」

「はい？　どなたですか？」

そう言って、鈴貴がドアのところに顔を出した。

彼女の背後には、がらんとした部屋があった。

「あっ、久我見さん、どうされました？」

よかった。まだ鈴貴は眠っていなかった。

「すみません、ボタンが取れかかっていたのに気がつかなくて……。もしお持ちなら、ソーイングセット、貸して頂けませんか？」

すると鈴貴は、笑顔で言った。

「あら、そういうことでしたら私が縫いますよ」

しかし、ここで鈴貴に縫ってもらうのもなんだか申し訳ない。

「いえいえ、いいです。明日着ようと思っていた服ですし、それに僕、裁縫得意ですから」

そして僕は鈴貴にソーイングセットを借り、自分の部屋まで戻った。

ところが、ボタンぐらいは何とかなるだろう、そう思ったのが間違いだった。威勢よく縫いはじめたはよいが、なにしろ最後に縫い針を持ったのは中学生の時だ。もう何年も経っているので、手がすっかりコツを忘れている。泣きたくなった。しかし大見栄をきった手前、鈴貴に助けを求めるわけにもいかない。もう乗りかかった船だ！　そう思ってひたすら縫いつづけた。

「ふう、やっと終わった！」

針や糸と格闘して数十分、やっとボタン付けが終わった。そして片付けようとした時、僕は慌てていたので小指を刺してしまった。

「痛っ！」

びっくりして手を上げたとき、針がどこかに飛んでいってしまった。探さなきゃ。そう思い、ベッドから慌てて立つと、急に立ち眩みがした。

目の前が暗くなって何も見えない。そのまま少し動かずにいると、だんだんに視力は回復してきた。しかしその直後、今度は強烈な睡魔に襲われた。だめだ、もう立っていられない。僕はふらつく足でベッドに倒れこみ、そこに針がないのだけを確かめると、眠りの世界へと引きずり込まれていった。明日、探せば、いいかぁ……。

……ふと、何かの物音が聞こえたような気がした。まぶたを持ち上げ、ぼんやりと射し込んでくる月の光を、何となく目で追う。

……
…………………………
ゥ……………………
…………………………
……ゥ……ゥ…………
…………………………
…………………………
…………ゥ……………
…………………………
……………

そして僕は、また深い眠りへと落ちていった。

5

きゃああああああああああああぁぁあぁあああぁぁぁ!

僕はがばと跳ね起きた。い、今のは――?

「広沢さんだっ⁉」

慌てて部屋を出ると、寝ぼけていたので、僕は思わず螺旋階段を飛び上がってしまった。すると二階の廊下で、御手洗と鉢合わせることになった。

「み、御手洗さん、今の悲鳴は?」

「どうやら広貴さんらしいですね。とにかく行ってみましょう」

御手洗も言うと、寝巻き姿のまま、せかせかと螺旋階段を降りていく。僕も慌てて回れ右をし、後に続いた。

階段を下りてすぐ右の鈴貴の部屋の前には、もう前野と伯父が来ていた。見ると、喜多川もいる。こういう時だけ行動が早いのか。しかし誰も部屋に入ろうとしない。一体鈴貴の部屋で何があったのだろう。

「どうなさったんですか？」

御手洗の落ち着いた声に、はっとわれに返った前野菊智がこちらを向いた。が、その表情は硬くこわばったままだ。

「……せ……っ、関、が、鈴貴さんの部屋で……」

絞り出すような声で言う前野の言葉を聞き、御手洗がゆっくりと部屋に近づく。真っ青な顔の伯父を横目に、僕と御手洗とが鈴貴の部屋で見たものは。どす黒く変色した血の鎧に覆われた、関基経の体、たぶん死体だった。

「関さん！」

僕は駆け寄ろうとした。自慢じゃないが、僕は防衛医科大学校の二年生で、血には慣れている。死体の皮剥ぎだってやったことがあるのだ。ここで僕がやらねば誰がやるのだ。見ると、皆がざわめきはじめている。関が殺された動揺が波紋のように広がって、空気はただならぬものになってきた。この場を一刻も早く収めなければ、トランス状態になりかねない。急がなければ。

——Don't move!——

重圧感を与えるその声は、ざわめきだした館内に静寂をもたらし、僕の動きを止めるのに充分な力を持っていた。人を一瞬にしてしたがわせる声の持ち主は、御手洗だった。

御手洗は、つかつかと関の体の方へ向かっていった。

「み、御手洗君……君は一体どんな権限があって……」

喜多川が、噛みつかんばかりの勢いで御手洗に詰め寄った。しかし御手洗は、射るような視線を喜多川に向け、こう言った。

「動くなといったのです。そこをどいてください」

淡々とした口調だったが、有無を言わせぬ重みがあり、喜多川もそれを感じたか、黙って道を譲った。

　関の体までたどり着き、御手洗はしゃがみ込み調べはじめた。一連の作業は熟練の検死医を思わせ、いたって手際がよかった。僕はこんな状況にも関わらず、御手洗に話しかけたいという誘惑にかられた。程なく御手洗は顔をあげ、こちらを見て言う。

「死んでいます。死亡推定時刻は昨夜の十一時から一時の間。死因は、背中に突き立てられたナイフによる失血死。犯行現場はここ、広貴さんの部屋です」

「広沢でしょ？　え？　本当にそうなのかい、鈴貴君」

　伯父が言った。

「わかりません先生、いったい何がどうなっているんだか、私がベッドで目を覚ましたら、関さんがここに、足元の床に倒れていたんです」

「あんたが部屋に入《い》れてないのに？」

　喜多川が言った。

「もちろんです」

「あんたね、そんな話が通ると思っとるのかね」

「牧君、君は医大だろう、意見は？」

　伯父が僕に言った。いつになく真剣なまなざしだった。しかしそう言われても、僕にはさっぱり分からない。医大生で全科必修とはいえ、僕はまだ二回生で、全ての科の知識を記憶、活用できるのはごく限られた人たちだけであり、いわゆる落ちこぼれの僕には皆目見当がつかない。

「ええっと……、それでいいと思います、死亡推定時刻……」

　僕の声は、自信喪失とともにトーンダウンしていき、最後には消えてしまった。

「ほう、高橋先生、先生の甥御さんはどちらの大学ですか？」

　喜多川は興味津々といった感じで聞いてきた。こんなときにまで金の匂いを嗅ぎつけ、口を出してくるのだろうか。なんてはた迷惑な男なんだ。しかし顔には出さぬよう、平静を装って僕が代わりに答えた。

「防衛医科大学校です」

それを聞くと、途端に喜多川はニヤニヤと愛想笑いを始めた。顔の筋肉が愛想笑いを学習してしまったのではないかと思えるくらい、その変わり身は素早かった。もはや0.1秒の世界だ。ここまで来ると、呆れを通り越して感心させられる。

「将来有望な甥御さんで」

喜多川は、そう伯父に話しかけた。しかし伯父はそれには応じず、喜多川を除き、皆が気になっていた疑問を口にした。

「御手洗さん、あなたは何者なんですか」

彼は調査していた手をとめ、振り向きながらこう言った。

「探偵ですよ」

——interval——

暗い、どこまでも続く暗闇の世界。どうして僕はこんなところにいるんだろう。

一歩踏み出そうとする、

ガラッ

すると音をたてて、足場はもっと深い、暗黒の世界へと消えていった。

膝を抱えてうずくまる。もうこれ以上足場を壊さないために。

ツカノマノキュウソク。

「すごいですね御手洗さん。探偵だなんて」

別棟の食堂だった。死体のある建物は嫌で、皆でここに集まったのだ。僕は御手洗と話したかったのだが、御手洗は川瀬千尋、前野菊智と、なにやら犯罪心理学について話している。よく知らない分野の話に首を突っ込むのは気が引けたので、僕は、一人で座っていた広沢鈴貴に話しかけたのだ。

「そうですね。でも貴方もすごいわ、医大なんて。結構ルックスも良いし、本当に先生に似てらっしゃるのね」

そう言われて、僕は少し困惑した。まあ前の方は良い。格好良いと言われて悪い気はしない。しかし、問題は最後の一言である。伯父のことを笑った手前、何も言えない。

すると、そこに伯父がやって来た。今の会話も、僕の顔も、ばっちり見聞きしたようである。

「どうした牧君、顔色が冴えないぞ」

それは、確かに冴えてないだろう。このような会話を聞かれれば当然のことだ。

「どうもしないよ、福沢さんこそどうしたんですか?」

ジョークでごまかしてみる。

「君や御手洗君の助言のおかげで、どうして私がこの別荘を建てるまでにいたれたかについて、思いがいたったんだよ」

「へえ、どんなふうにですか?」

「もしかしたら、壱万円札のほうが好き好んで、私のところに集まってきてくれたのかもしれないってね。親戚と間違えたんだろう」

そう言って、伯父はニヤッと笑った。僕もつられて笑ってしまった。ジョークをジョークと解してくれる伯父は、やっぱりすごいと思った。ふと鈴貴を見ると、彼女も笑っていた。空気もだいぶ和やかになった。殺人事件のショックが和らいできたようだった。

「広沢さん」

僕は小声で鈴貴に話しかけた。

「はい」

「僕夕べ、ソーイングセット借りに部屋に行きましたよね」

「はい」

「あれは十一時過ぎだった、あのとき、あなたは一人でしたよね」

「もちろんそうです」

あのとき、部屋の中がすっかり覗けた。

「あれから関さんが訪ねてきたんですか？　いえ僕は、鈴貴さんを疑ってなんていませんよ」

「全然、誰も来ませんよ」

鈴貴は言った。

「何で俺がこういう目に会わなきゃいけないんだ！」

一人で酒を飲んでいた喜多川が、突然叫びだした。

「どうしたんですか？」

僕は前野に聞いた。

「いや、それがね、喜多川さんが千尋さんにちょっかいを出してきてね、それで千尋さんが嫌がって逃げたら、急に怒りだしたんですよ。『俺は社長なんだぞ！　金も、地位もあるんだぞ、この世間知らず！』とか言ってね」

あの狸親父ーっ！

僕は怒りがふつふつと湧きあがってくるのを感じた。今すぐ狸のまるまると膨らんだ腹の真ん中を、蹴り飛ばしてやりたい気分だった。

「ちょっと！　あなた、『社長』と言う権力を笠に着ていますけどね、ここではそんなものは少しも通用しませんよ！　千尋さんを何だと思っているんです！」

鈴貴が千尋を庇うように、喜多川の前に立ちはだかった。

「おやおや、またもう一人世間知らずの登場か。君は美しくて聡明だと思っていたが、どうやら違うようだな。人間、人を殺すと頭まで低級になるらしい」

喜多川は、鈴貴を嘲った。

「鈴貴さんになんてことを言うのですか。鈴貴さんは人殺しをするような人じゃありませんわ！」

千尋が、怒りで震える声で言った。

「ほう、広沢君の部屋で死体が見つかったというのにか？　それじゃあ関君も、犯人も、寝ている広沢君の部屋にこっそり忍び込んで、寝ている彼女の横で、こっそり関君を殺したっていうのか。そんなことあり得ないじゃないか」

このタヌキ、見かけによらず、案外頭が切れる。

「いいえ、睡眠薬を使えば、広沢さんに気付かれずに犯行を行うことも可能です」

千尋は、喜多川を見据えて言った。喜多川はそれでグッと言葉に詰まったが、しかし逃げ道を見つけたらしく、また余裕の表情を見せて言う。

「おいおい、君まで探偵みたいだな。あのなんとかいう、変な名前の男よりもよっぽど探偵らしいぞ。ところで君は、関君に何か言われていたようだったね。ひどく罵られていたようだったが。君こそ犯人じゃないのか？　よく推理小説にあるよな、犯人は、他ならぬ探偵自身だったのです、ってぇやつだ。そういうことだってあり得るだろう」

「違います！　千尋さんは犯人じゃあり得ませんわ。だって、だって私、部屋に鍵をかけていたんですもの」

意を決したように、広沢鈴貴が言った。

えっ、鍵？　鍵をかけていたって？　そうか、女性ならそうするだろうか？　そして鈴貴自身も犯人じゃないってことは……

「密室……？」

自然にこの言葉が漏れる。

「関が殺された上に密室？　そんな馬鹿げた話、小説じゃあるまいし、あるわけないじゃないか！」

前野菊智が、いきなり大声で言った。しかし、ではこのミステリーをどう説明するのだろう。

「それに、何故関さんが殺されなきゃならないの……？」

鈴貴も顔を歪める。関が殺されたショックが、また室内を漂いはじめた。

喜多川は、千尋を睨みつけた。そして前野に向かって言った。

「おい、客の命が危ないんだぞ。そんな木偶の坊みたいに突っ立ってないで、この殺人鬼をしっかり見張っておけ！」

「待ってください」

御手洗がサロンに入ってきた。

「そう決断を早めては、簡単に解ける謎もこんがらかってしまう。広貴さん、あなたは確かに鍵をかけたのですね？」

「広沢です。はいそうです。間違いありませんわ」

鈴貴が頷く。

「それでは、そのことを踏まえて部屋の中を捜査してみます。あ、そうそう。久我山牧君、君ちょっと手伝ってくれないか。広貴さん、よろしいですね？」

「はい」


「ねえ御手洗さん。どこを捜せばいいのですか？」

殺害現場の鈴貴の部屋だった。関の死体のすぐ脇での作業なので、死体に慣れているはずの僕も憂鬱だった。だんだん不安になってきていた。さっきからかれこれ三十分以上捜し続けているのだが、手がかりの手の字も見つからない。しゃがみ込み、途方にくれているときだった、タンスの下に何かを見つけた。

立っていると分からなかったのだが、しゃがみつつ遠目で見ていると、何かが光ったような気がしたのだ。なんだろう、僕は恐る恐るタンスの下のそれに手を伸ばした。触れた感覚は平べったかった。引き出して見てみると、そこにあったのは保険証とクレジットカードだった。それだけならまあ、慎重な鈴貴の泥棒対策だとでも説明のつけようがある。しかしただ一つ、それとは決定的な違いがあった。

「あれ……、『関基経』……？」

「どうしたんだい久我山君」

言って御手洗が、僕の手もとを覗き込んだ。

「これ、おかしいですよね。僕たちが探しているこの部屋は、鈴貴さんの部屋のはずなのに、この保険証の姓名が……」

そう言い終わるか終わらないかのうちに、御手洗は閃いたらしい。床の上をくまなく探し回りはじめた。そして、僕にこう耳打ちした。

「君、分かりましたよ！」

どうやら僕にも、この事件の筋が見えてきた。一刻も早く新たな手がかりを掴むべく、僕は部屋を飛びだした。

6

程なくして、御手洗を除く全員が鈴貴の部屋に集められた。御手洗の指示で僕が皆を集めたのだ。関が部屋の真ん中で倒れているため、僕たちは関の遺体を取り囲むような形となった。一人部屋として作られた部屋は、死体を入れた八人が入るには狭すぎるようだ。

そして待つこと十分。はじめはおとなしく待っていた喜多川だったが、だんだんイライラしてきて、ついには女性でも出せないような金切り声でわめきだした。

「おい！　いつまでこんなところで待たせるつもりだ⁉　犯人を当てるだか何だか知らんが、こんな死体のある部屋に俺はいたくないんだ‼　しかもここには殺人鬼が潜んでいるじゃないか。そんな物騒なところ……、とにかく、俺は部屋に戻るぞ‼」

「戻られては困ります」

ふいに御手洗の声が聞こえた。狭い中、皆がそろそろと体の向きを変えると、戸口に御手洗が立っていた。出て行こうとする喜多川を止めている。

「喜多川さん、今戻られては困りますよ。やっと犯人がわかったんです。……聞き逃すおつもりですか？」

丁寧ではあるが、有無を言わせぬ口調だ。

「それに」

と御手洗は続け、にやりとした。

「解答編には、全員で臨みませんとね」

「さて！」

と御手洗は、以前見せたあのうきうきとした調子で、両の手のひらをぴたと合わせた。

「大変長らくお待たせいたしました。それではこれから、解答編に参りたいと思います」

喜多川の舌打ちが聞こえたような気がしたが、見ると前野がすごみをきかせて黙らせていた。御手洗はというと、そういう一連の動きにはいっこう頓着せず、話を始めた。

「僕はまず、広貴さんが犯人だとは最初から考えませんでした。だってそうでしょう？　自分に有利になる理由は何ひとつないのに、彼女は自ら自分の部屋は密室であったと断定した。もちろん、わざとらしく自分を第一容疑者にすることで、意図的に自分への容疑を他者に向けるという手もありますが、その場合犯人は、自分が犯人にはめられたということを示す証拠を必ず用意しているものです。ところが広貴さんには、それがまったくない。よって彼女は白だ」

聞いて、鈴貴の肩の力が抜けたようだった。

「次に僕は、久我山君に手伝ってもらい、広貴さんの部屋を徹底的に調べました。すると、久我山君がタンスの下からこんなものを見つけてくれたんです」

そう言って取りだしたのは、先程僕が見つけた、関のクレジットカードと保険証だった。

「これは、関さんのクレジットカードと保険証です。タンスの下にあったのは、まあたぶん、念には念を入れた泥棒対策なんでしょう。しかしここで問題なのは、見つかったのが広貴さんの部屋だった、という点です。これは一体何を意味しているのでしょう？」

御手洗はもったいぶった喋り方をする。日本人がもったいぶると、たいていただ不快にしか聞こえないものだが、御手洗のそれは、まるでサーカスの団長が次々とアトラクションを紹介していく時のように楽しげだ。

「このことから僕は、ちょっとした予想をたててみました。そして、関さんの部屋も調べてみたのです。では皆さん、お手数ですが、これからちょっと関さんのお部屋の方へと移っていただけますか？　おっとその前に……」

御手洗は、壁際の床を指さした。

「ここに血溜まりがあります。これを記憶のすみに留めておいてください」

そして一行は、御手洗を先頭にぞろぞろと鈴貴の部屋から出ると、狭い廊下を伝って関の部屋へと移動した。鈴貴の部屋と関の部屋とは隣同士なのだが、入口が離れているため、廊下の端から端まで歩かなければならない。

「そういえば……」

皆を先導しながら、御手洗が突然言いだした。

「昨日の晩久我山君は、着替え用のシャツのボタンが取れかかっていることに気がついたそうです。このままでは着る時に取れてしまうだろう。そう考えて彼は、ボタンを付け直すことにしたんです。これはそのときのものです。ソーイングセットは広貴さん、あなたが貸したのですね」

御手洗はポケットからソーイングセットのケースを出すと、後方にいる鈴貴に見えるように少し掲げて数回振ってみせた。

「ええそうです。昨日寝る前に久我見さんが訪ねていらっしゃいまして、ちょっと縫いものがしたいから、針と糸を、持っていたら貸して欲しいとのことでした。ですから私の持っていたソーイングセットをお貸ししたんです」

「結構です。そこで久我山君は自室に戻り、慣れないながらもボタンをつけたと。ところがここで、ちょっとしたハプニングが起こりました。久我山君が、針を落としてしまったのです」

一同がかすかにざわめいた。

「この床はフローリングですね」

御手洗はしゃがみ込むと、床の木目をさらりとなで、目を細めた。

「だ、だからなんだって言うんだ。関係ない話をするのもいい加減にしろ‼」

　これは喜多川である。彼にはまだ余力が残っていたらしい。赤ら顔をさらに赤くして、いきまいている。

「喜多川さん、まあとりあえず話を聞きましょうよ。あなただってずっとこんな状態では嫌でしょう？」

　喜多川をたしなめたのは、意外にも伯父であった。すると喜多川は、高橋先生がそういうのならと、渋々矛を収めた。

　そんな二人を見ながら、御手洗はますます嬉しそうな表情を見せる。

「久我山君の手から自由落下した針は、床に落ち、そしてこのフローリングの木目のひとつに入りこみました。……そしてそれは、いまだに取り出されていません」

　そうなのだ。僕は針をソーイングセットにしまおうとして、片手にシャツを持ち、もう一方の手で、針を持ったままセットのケースを取ろうとした。その際、持っていた針で小指を刺してしまったのだ。痛さに驚き、激しく引っ込めた僕の手から針が飛んで、見えなくなってしまった。僕はまずベッドの上を探してみたが、ないようだったので、明日にでも探そうと思い、諦めて眠ってしまったのだ。

「では、もう一度」

　御手洗は立ちあがり、一同を見回した。そのまま視線を床に戻す。

「皆さん、ここは関さんの部屋です」

　御手洗は、視線を床に這わせたまま続ける。

「そして、ここに挟まっているのは、久我山君が落とした針です」

「あっ！」

　一同がざわめき、御手洗の足元に皆の視線が集中した。ベッド脇の木目の間。そこには、確かに僕が落とした針が挟まっていたのだ。どうして？　ここは関の部屋だ。僕の部屋じゃないのに。

「さて皆さん、この事実を含め、これまでの一連の奇妙な現象に、ある一定の法則性が表れていることがおわかりですか？」

「法則性……？」

川瀬千尋が小さくあっと言い、そしてこうつぶやいた。

「ひと部屋ずつずれている」

御手洗は大きく頷いてから言う。

「そうです。久我山君の針は関さんの部屋に、関さんの死体は広沢さんの部屋に……」

「回転……？」

御手洗はにっこりとし、千尋に向かって拍手をした。

「その通りです!! このサイコロ型の館は、床が回転式になっているのです。関さんの殺害現場はここ、関さん自身の部屋だったのです。関さんはここに真犯人を招き入れ、そうして、後ろから刺されたのです」

こう言った後、御手洗は間髪入れずにこう続けた。

「これを裏づける決定的証拠がもうひとつ、この部屋には遺されています。みなさん、これは何だと思いますか？」

そう言って、御手洗は壁をバンと叩いた。

「壁が、どうかしたのかね？」

喜多川が、不服気に鼻を鳴らした。

僕は目を凝らして見た。あれ――、なんか、一部薄っすらと色が違うな。薄いしみのようだ。とたんに、僕にインスピレーションが湧いた。この位置、この角度、そしてこの形、これはまぎれもなく――。

「血痕……、これ血痕ですね」

「その通りです久我山君。薄い壁のこれは、関君の血痕を犯人が拭き取った跡なのです。ずいぶんと念入りに拭き取られていたので、皆さんすぐには気付かなかったでしょうが、これこそは決定的な証拠なのです」

「でも、関さんがペンキを使ったりして、ついたのかもしれませんわ」

鈴貴が言った。

「ほう、ペンキをね、ではこれはどうでしょう。ニュートンの万有引力の法則により、すべてのものは、重力によって下方に引っ張られるということ、みなさん周知の事実ですね。液体だって例外ではありません。ほらこの通り、壁を伝って流れ落ちている、ここで床に届いている。ところが、床の方にはしみの跡がない。ということは、床が回ったということです」

「壁が回ったということは考えられないんですか?」

前野が尋ねた。

「面白い。実に素晴らしい逆転の発想です。しかしそれは無理だ、中の人間はどうしますか? 一緒に歩いてもらいますか? ここを見てください」

御手洗は、廊下側のすみへと僕たちを導いていった。そして、壁の角を指差してこう言った。

「専門家のあなたならお分かりでしょう、ここにはほんのわずかの隙間もありません、セメントで塗り固めたような跡もない。では建物全体を回すか、大変なエネルギーだ、特大モーターがいる。僕なら床を回しますね」

「でも、こんな大きな床が回るとしたら、皆気付くんじゃないですか?」

「気付くはずありませんね、夕食に大量の睡眠薬が入っていたのですから」

「睡眠薬!!」

「そしてもうひとつ、決定的な証拠だ。思い出してください、壁を垂れたこの血の行方は、さっき皆さんが見た、あの壁際の床の血溜まりにと接続するのですよ」

「ああ!」

と皆が納得した。それを見てから、御手洗は言う。

「広貴さん、昨晩の夕食の準備をしたのは誰でしたっけ?」

「それは……」

鈴貴は、答えを唇に乗せるのをためらった。誰かが息を呑む音が、僕にもはっきりと聞こえた。

「夕食の準備をし、そしてこの館にそんなからくりを、誰にも気付かれずに組み込める人、それは……?」

「御手洗さん……、まさか……」

僕の口から、自分でも驚くほど乾いた声が滑り出た。

しかし御手洗は、僕の呼びかけには答えることなく、うっすらと目を細めた。

「もうおわかりですね。ここまでの根拠を併せた結果、この犯行が可能だった唯一人の人物は……」

「御手洗さん！ やめてください!!」

悲痛な声の主は鈴貴だった。整った横顔を歪めて訴える彼女は、それでいてなお美しかった。こんな顔ですがられたなら、普通の男だったらたじろぐだろう。しかし御手洗は、生憎と普通の男ではなかった。

「高橋さん、あなただけですね」

7

皆に緊張が走る。さっきまでのざわめきが嘘のように、部屋は静寂に包まれる。皆の視線が伯父へと集まる。そしてその間伯父は、表情ひとつ変えなかった。

「いや、お見事ですな、御手洗さん」

そう言って伯父は、にっこりと微笑んだ。その手は、今にも拍手を始めそうに見えた。僕にはさっぱりわけがわからなかった。伯父が人を殺した? あの伯父が? 頭の中では、その言葉だけがぐるぐると回っている。

すると御手洗が言った。

「高橋さん、あなたの賛辞は誠に嬉しいです。しかし、僕にもわからないことがあります。館の仕組みです。あなたが認めた以上、あまり深く考える必要もないのかもしれないが、僕は建築にもいささか興味を持っています。自分の知り得ることは、すべて知っておきたいのです」

御手洗が知らないこと——？　伯父は、犯人としてすでに名乗り出ているが、それは御手洗の勘違いであることを僕は望んでいた。御手洗の推理をひっくり返すような真実が出て来て欲しかったのだ。僕は、尊敬してやまなかった御手洗潔の失敗を今、切実に願っていた。それは、僕の切実な望みだった。

しかし無情にも、事態を決定づける伯父の説明が始まった。

「御手洗さんは、私の館が回転式であることを知っていますね。どうやって回転させたのかというと、私の館の下に地下空洞を造り、そこに一旦床全体を降ろし、九十度回した上でまた上げ、元に戻したのです。もう少し詳しい説明をしますと、館の中央には螺旋階段があったでしょう。その螺旋階段の支柱の延長線上の床の下に新たに支柱を造り、地下空洞の奥深く、底まで届くようにこれを長くしたのです。この際に私が気をつけたことは、ふたまわりほど大きなもう一つの支柱を、地下空洞の底部から下の大地に突き刺すようにしたことです。そしてその支柱の内部には、前に造った支柱よりもひとまわり大きい空洞を造りました。そうですね、太さが違う二本のストローをイメージしてくださると考えやすいかもしれません。細いストローを、太いストローの中に入れ、出し入れする。そのような考えのもとに造りました。そして小さい支柱には、支えるための、リモコン操作により出し入れが自由である金具と、エレヴェーターのようなもの、大きい支柱にはその金具を通すための穴を開けました。さらに、ベッドが振動して地下へと落ちれば、いくら熟睡した人でも起きてしまうので、ベッドを風車のように並べ、さらにはベッドを独立させ、床だけが部屋から切り離され、落ちて回転するようにしました。

そして皆を夕食に紛れ込ませた睡眠薬で眠らせ、関君の部屋に行き、後ろを向いて油断していた彼を殺した後、床を動かし、床が落ちている間、タンスの中の皆さんの荷物を移動しました。まさか関君や牧君が、アクシデントを起こしていたなど思いもよりませんでしたがね。このようにして密室を創ったというわけです」

伯父の説明は明瞭だった。そして僕の希望は、伯父自身によって無残に打ち砕かれた。

「先生っ！」

鈴貴が伯父に取りすがって泣いた。涙がとめどなく溢れ出ている。

「私が、私が悪いんですっ！　私がっ！」

「大丈夫、充分だよ、君たちが私を庇ってくれていたのは分かっていた。有難う」

そう言って伯父は、鈴貴の肩を優しく叩いた。

「理由を教えてくださいますね？」

鈴貴が泣いていることには一向頓着せず、御手洗は尋ねた。

「関君は優秀な弟子でした。この点は確かなことです。しかし、鈴貴君が入ってきた時から、彼は変わりはじめていました」

名前を呼ばれ、鈴貴の体がびくりとした。

「鈴貴君がティームに入ってきた時、関君と前野君とはよい意味でのライバル意識を燃やし、二人ともどんどん実力を伸ばしていきました。しかしある時、アイディアが浮かばなかった関君が、うまくいかなくて捨てていた前野君の図面を拾い、それを設計しなおして大会に出品したのです。これが注目され、それを機に、関君の良心はどんどん堕落の坂を転げ落ちはじめ、しかし皮肉なことに、それに反比例して、一般からの彼の評価は急上昇していきました。彼は名をあげ、日本を代表する建築家となりはじめたのです。一時はそれに大いに満足していた関君でしたが、さらに高いものを望むようになった。どうしても得られないもの、それは鈴貴君の心です。これを得たいとする気持ちが高まっていって、せっかく仲良くなっていた鈴貴君と前野君との仲を、裂こうとしはじめたのです」

前野が、鈴貴を慰めるように頭を撫でていた。

「この彼の傲慢で頭角を現した関君の心が、もうすっかり汚れきったことを私は知りました。本来芸術とは、心の中で最も清らかな部分を使って創るものです。このままでは彼の所為で、精神の澄んだ芸術は廃れるばかりか、まだ小さい子供たちにまで、芸術紛いのものが伝わってしまいます。私はそうなることをとても恐れました。そしてそう悟った時、私の取る行動は、神によって定められたのです。このことで議論はしたくありませんな。これは芸術を真に愛する者たちを守るため、そして愛し合う二人の芸術家を守るための、やむを得ない手段でした」

伯父はふっと息をついた。その顔には、重大な使命を成し遂げた者の持つ誇りが浮かんでいた。

ボ――――――

船の汽笛が鳴った。千尋が船を呼んでくれたらしい。この殺人事件にも、ようやく幕を降ろす時が来ていた。

「さあ皆さん。下界へと帰りましょう」

そう言う御手洗の言葉は、そんなふうに思っていた僕の心境と、まさしく一致していた。穢れなく、神々しいが故に惨劇を引き起こしてしまった場所から、俗物たちによって、穢れてはいるが、それなりに居心地のよい、安全な世界へ。

皆が桟橋へと向かって歩きはじめた。しかしそのとき、伯父だけが森厳館の前で立ちどまった。

「伯父さん?」

僕が呼びかける。しかし、伯父は動こうとしない。異変に気付いた御手洗が、伯父の元へ行こうと走りかけた。

「来るな‼」

厳しい伯父の声だった。強い意志を秘めた、何ものにも屈しないその声は、御手洗の足をも止めさせた。どこに隠し持っていたのか。伯父は拳銃を取り出していた。にぶく光るそれをこちらに向けて構える。安全装置をはずす、かちりという音がやけにはっきりと聞こえた。

「高橋さん」

「来るな」

それでも尚歩み寄ろうとした御手洗を再度遮り、伯父は拳銃を握る手に力を込めた。先の声よりはずっと落ち着いた、しかしどっしりと重みのある伯父の命令。

「良いんですか」

「行ってください」

「あなたは」

「……ここで」


伯父は動かずじっと御手洗を見つめていた。御手洗もそれ以上何も言わず伯父を見返している。僕はこらえ切れなくなり伯父の方へ向かって走り出そうとした。と、その腕を後ろから御手洗につかまれ、引き戻される。僕の手は虚しく空を掻いた。突如として僕と伯父の間に透明な壁があらわれた。再び手を伸ばした僕の指先に痛みが走る。その壁は凍りつきそうになる程の冷たさだった。手が、悲鳴をあげ、心も悲鳴をあげる。

唐突に御手洗が僕の腕をつかんだまま森厳館に背を向け歩き始めた。御手洗の力は信じられないほど強く、僕がいくらもがいてみても、僕の腕をつかんだ手は一向に外れず、僕は半ば御手洗に引きずられる格好となって山を下る。

「離せっ……離してくれよっ！」

かなわないと分かっていても、もがかずにはいられない。僕は、だって伯父に何も言っていない。後ろ向きに引きずられながら、生い茂る木々に視界を阻まれる前に僕が最後に見たものは、金色の森巌館の前にたたずみ、こちらをじっと見ている伯父の姿だった。そしてそれから後、僕の視界はどんどん白くなって行き、遂には何も映らなくなった。

次に気付いたとき、僕は船の中にいた。目の前の空気をそっと掴んでみる。案の定何にも触れなかった。そのまま、掌を眺めていた。

ドオン

遠くで爆発音がした。

少し間をおいて船が大きく揺れる。周りの人たちの悄然とした空気が伝わってきたが、僕にはなんとなくその音が何を示しているのか分かっていた。デッキに出ると、ほとんどの者がいて、一様に森巌島のほうを見つめていた。目をやると、島の中腹からもくもくと煙が立ち昇っている。目を逸らしたくなる気持ちを押さえつけ、僕は煙の上がっている場所を見続けた。

これが果たして正しいことだったのかは分からない。しかし、伯父の命の証拠を忘れないでおきたかった。つと、頬を涙が伝っているのに気付いた。視界が霞み、島と煙と青空が混ざっておかしな具合だ。それでも。僕は森巌島を見つめ続けた。歪んだ視界の向こうに、島を取り囲む透明な壁が見えたような気がした。

それからの僕はどうしたのだったろう。不思議なことに、記憶がないのだ。

「久我見さん、久我見さん、着きましたよ！」

僕を呼ぶ鈴貴の声で、僕は目を覚ました。

「ここ……は？」

「横浜港。私たち、戻ってこられたんですよ」

そう言って微笑む鈴貴の横顔は、やはり寂しげだった。起きあがってみると、僕は船室のベンチで寝ていた。

「久我見さん、警察の人が呼んでます。話を聞きたいそうですよ」

もう少し鈴貴と話していたかったのだが、そういうことならしかたない、行くことにした。


「御手洗さんはどこですか?」

警察の事情聴取もひと通り終わったので、鈴貴に聞いてみた。

「千尋さんと一緒にいますよ。あちらです」

そう言って鈴貴は、ロビーのすみを指さす。

「有難うございました御手洗さん。なんてお礼を言ったら良いのか私、わからないくらいです」

僕が御手洗の方へと近づいていくと、目に涙を溜め、川瀬千尋が御手洗に礼を言っていた。しかし、御手洗の態度はいたって素っ気ない。

「あなたへの疑いは、いずれ晴れる種類のものでしたから」

千尋が深々と何度目かの礼をしてその場を離れたのを見てから、僕は御手洗に声をかけた。

「御手洗さん」

なぜだか視線を合わせることができなくて、僕は床に目を落としたまま話を続ける。

「僕は、あなたに言いたいことがあって……」

言葉がつかえて上手く出てこない。喉がその役目を忘れてしまったかのようだ。

「高橋さんのことですか」

まるであっさりと御手洗は言った。その感情のこもらない言葉を聞いた途端、僕の中で何かが弾けた。

僕は反射的に御手洗に詰め寄っていた。

「どうして」

「何であの時伯父を止めてくれなかったんです」

「あなたが止めていてくれたらもしかしたら伯父は」

「何で伯父に何も言わせてくれなかったんですか」

「最後かもしれなかったのに」

「一言だけでも言いたかったのに」

喉の奥でぎゅうぎゅうに詰まっていた言葉が一挙

に溢れ出した。言葉が切れ切れでつながらない。それでも構わず僕はすべてを吐き出した。吐き出してしまうと、伯父との別れが今になって現実味を帯びてきた。僕の脳から目の内側にかけて分厚くて青黒いジェル状の膜が張ったような異物感を覚えた。苦しかった。

「御手洗、さん、どう、して」

トーンダウンした僕の声が完全に止まる。すると御手洗が口を開いた。相変わらずの、素っ気ない口調で。

「なら、あなたは高橋さんに何が言いたかったんです」

「あなたは高橋さんに何が言えたんです」

「……!!」

惨めだった。御手洗の言葉が余りに本当のことで。あの時僕は伯父に対して何も出来なかった。あの場を動くことすらままならなかった。何も言わせてくれなかったなんて嘘だ。僕は伯父に何も言えなかった。脳に根を生やしたジェルの膜は増殖を続け、今や身体中を侵食し、僕の身体を拘束していた。

御手洗はそれきり何も言わず、立ちすくむ僕に軽く視線を投げて、そのまま背を向けロビーを出て行ってしまった。

それから一ヶ月。

森厳島周辺では何らかの原因で海底火山活動が活発化しその一帯の海が危険なため、警察はいまだに森厳島に近づけないでいる。

伯父の遺体は今だ見付かっていない。

喜多川は少しはおとなしくなったのだろうか。

千尋とは何回かメールを交換している。

先日とある雑誌で前野と鈴貴の姿を見つけた。

御手洗についてはてんで噂を聞かない。

定期テストまであと1ヶ月。

僕は短い夏期休暇をとうに終え、また忙しい学校生活に戻っていた。

あの日までは。


——久我見牧さん、お電話が入っております、今すぐ事務部までおいでください——

特にすることもなく週末を学校で過ごしていた僕に、一本の電話が入ったのはそんな時だった。普通、よほどの事がない限り、外部から生徒に電話などかかってこない。僕は首をかしげながら電話に出た。

「もしもし、久我見牧さんですか。戸部署の丹下と申します」

僕の中で日々の生活に薄まりかけていた記憶が再び鮮明によみがえる。

首のあたりが少しちりちりしたが、しかしもう当時のような突き刺さるほどの心の痛みはほとんどない。今はただ記憶として残っているのみである。僕は昔から、立ち直りが早いのだ。

「はい、久我見です、えっと、何か……」

「あなたが関わられた先日の事件のことで、お話したい事があります。今すぐ署まで来てください」

そうとだけ言って丹下は電話を切った。

「す、すみません。第一課の丹下さんに呼ばれた、久我見というものなのですが……」

「ああ、はいはい、丹下さんね。丹下さんなら会議室だよ。案内しよう」

背が高く、かなりのハンサムと言って良い刑事が僕を会議室へと案内してくれた。

コンコン。

ノックの音は意外に良く響いた。

ドアを開けてみると、そこにはあのメンバーがいた。

「やあ、久我見さん、待ってましたよ。ここに集まっていただいたのはあなたも知っての通り『森厳館殺人事件』のメンバーです」

丹下は立ちながら言った。なんとセンスのないネーミングだろう。僕だったら『建築家殺人事件』ってするのに。少し笑いながら席に着いた。

その部屋にはもちろん御手洗もいたが、彼に対する以前のような憤りは既になかった。僕の中の悲しみはもうあらかた消えている。悩んでいたって仕方がない。もう事件から一ヶ月も経つのだ。

「さて、こうして皆さんにお集まりいただいたわけですが、まずはこの写真を見ていただきましょう」

そう言って丹下が取り出したのは、何の変哲もない海の写真であった。画面いっぱいに海面と青空しか写っていない。

「あの、これがなにか?」

千尋は不審気に丹下に聞いた。

「これは三日前に撮られた森厳島周辺の写真です」

「えっ、だって君、こりゃあ島がないじゃないか」

喜多川も怪訝そうに聞く。

「そうなのです。実は島はこの一ヶ月の間に海に沈んでしまいました」

島がなくなった? いや、沈んだ?

「原因はなんですか?」

前野が少なからずうろたえて丹下に尋ねる。

「海底火山の噴火に巻き込まれたようです。ニュースでも取り上げていたようですが、見ませんでしたか?」

ほとんど皆が思い当たったようだった。

「しかしそんな海底火山だけで島が沈むとは思えないのですが、どういう事でしょうか」

御手洗は淡々と質問した。

「それがですね……」

丹下の説明によると、森厳島は過去に第二次世界大戦中の秘密の兵器調達の中継地、火薬庫として使われていたらしい。森厳島は日本本土から程よい距離に離れていたため、そういった事に最適だったそうだ。

そして、終戦後、軍事機密とされ地図にも載らなかったその小さな島は戦後の混乱に忘れ去られ、次々と人の手を渡って遂に伯父の私有地となったらしい。その、第二次世界大戦で使われなかった大量の爆薬が、伯父が森厳館を爆破した衝撃で爆発したそうだ。

そして、その勢いで、丁度島の下にあった海底火山が急速に活性化したというのだ。活発化した海底火山は勢い良く噴火し、その一帯の海底の地盤を大きく緩め、その真上にあった森厳島は、ゆっくりと地盤沈下に飲み込まれ沈んでいったのだという。

「そう、だったのですか」

偶然は偶然を呼び、『必然』となる。

伯父の体、誇りを乗せた森厳島はもう誰にも邪魔される事のない安息の地へと沈んでいった。

穢れなき島は穢れなき場所へと辿り着けただろうか。きっと辿り着けたに違いない。

これは、自然界が決めた『必然』だったのだからら。

多少気まずかったものの、僕は御手洗に話しかけた。聞いておきたいことがあったからだ。

「あの、御手洗さん。あなたは知っていたのですか？あの事、伯父の決意について」

すると、御手洗は軽く笑った。

「僕は占星術が趣味の探偵であって、占い師でも千里眼でもない、ましてや神でもない。まったくもって分かりませんでした」

「でも、あなたは、やはり知っていたのでは……？」

御手洗の取った行動は僕には思いもつかないものだった。そして、その行動は後の『必然』へのプロセスのなくてはならないものだった。

「もし、僕が何故ああいう行動をとったのか、あえて説明をするならば、以前、僕もあのときの高橋さんと同じような決意をした事があるからです」

すると、丹下が立ち上がってこう言った。

「これで、私どもの説明は終わりです。皆さんには事件の当事者ということでお伝えしました。今後皆さんには、この島についての一切の情報を外部に漏らさないでいただきたい。これは、日本国だけではなく第二次世界大戦に関わった総ての国の極めて重要な事ですから」

「適度に正確な情報を伝えておいて後からマスコミを背負って情報公開を迫られたりしないよう、先回りして口止めしておこうという、これは警察の先回り自己防衛ですよ。当事者だから、というのは便宜上の建前に過ぎませんね」

僕の耳に口を近づけ冗談めかして御手洗は言った。本人は小声のつもりだったのかもしれないが、丹下にはしっかり聞こえていたらしい。睨まれてしまった。御手洗は尚余裕で笑っていたが、僕はすっかり縮み上がってしまった。まったく、心臓に悪い。

僕は喜多川に握手を求められた。

伯父の生き様を見て、自分の欠点に気付き、それを直そうと努力し始めるらしい。

伯父の総てを賭して成し遂げたものは、みんなの心に根付き新たな道標となりつつあるようだ。

「御手洗」

その時ドアが小さく開き、若い男がおずおずと部屋を覗き込んだ。

「やあ、石岡君」

御手洗が一瞬のうちに笑顔になった。石岡と呼ばれたその男はいかにも芸術家というような風貌をした男だった。御手洗の笑顔を見て、その男は心の底から安堵した笑みを見せた。

「待たせてすまなかったね」

「無事に終わったんだね？　よかったぁ。本当によかったよ」

「警察の説明も終わったし、どうやら僕の役目は終わりらしい。さあ、石岡君。我が家へ帰ろうじゃないか」

そう言って笑った御手洗の顔はまったく幸せに満ち満ちていた。僕は、御手洗が今まで冷静沈着な男だと思っていたが、それはどうやら彼のほんの一面に過ぎないらしい。

そういえば、僕の名前を間違ったりしていたし、鈴貴の名前に至っては最後まで間違ったままだった。僕は御手洗のそんな愛嬌ある一面を思い出し、改めて御手洗潔という男に好感を持った。

最後に、御手洗は振り返った。

「偉大なる芸術家に敬愛の念を込めて」

そう言って御手洗は　右手をうやうやしく胸に当て、左手を軽く広げるお辞儀をした。

そして、彼は出て行った。

皆帰ってしまい、後には僕だけが残った。

ふと、視界の端に伯父の姿が見えたような気がして、僕は慌てて手を伸ばす。しかし、僕の手は虚しく空を掻いた。

その時透明な壁に触れたような気がした。やっぱり壁はあったんだ。僕はがっかりしながらも、もう一度、その壁に触ってみた。

温かい。

顔を上げると、壁の向こうで伯父が微笑んでいた。

僕にも、そうやって、自分の総てをも賭けられるものとの出会いがあるのだろうか。

いつか、この壁の向こう側へ行ける時が来るのだろうか。

今は、まだ、答えは出せない。

だから、お辞儀をしておこう、

そう、偉大なる芸術家に敬愛の念を込めて。

―― the fall of the curtain ――

勇気を出して一歩踏み出してみた。
どんどん落ちていく。
どんどん……どんどん……
そして永遠の闇へと辿り着いた時、
永遠の安らぎに包まれた。
もう二度と手に入れる事の出来ない光と引き換えに。
タダシイ　センタク……？

（了）

ラヴェンダーの間

5. トロイメライの鈴

極楽桜丸

「先生ー、元気ですかー?」

平成九年十二月のことだった。司法試験の勉強や大学の講義に忙しいはずの犬坊里美から、例の口調で久しぶりに会いたいと電話がかかってきた。今日はたまたま、里美の履修している講義が二コマ続けて臨時休講になったのだと言う。担当教授が同じ人物だからだ。

私は里美と会えない間も、相変わらず臆病な小心者だったから、自分から電話をするようなことはなかった。だから余計に里美からの突然の電話は、私の心を浮きたたせるには十分だった。

壁時計を見る。これから紅茶で一息入れ、小説雑誌に頼まれていた軽めのエッセーの残り数行を書き上げて、出版社にFAXを送っても十分間に合うだろう。

「じゃあ、三十分後に十番館で」

表は、まるで冬将軍の到来を告げるファンファーレのように、時折吹きつける冷たい向かい風が、私の耳元を駆けてゆくような寒い日だった。

私は、引ったくるようにして羽織ってきたブルゾンを掻きあわせると、里美の待つ十番館に急いだ。

それというのも、里美と約束した時間より、十分ほど遅れて私は家を出ていた。原稿を送る段階でFAXが故障してしまい、近くのコンビニまで走る羽目になったからだ。日頃の運動不足が祟ったのか、十番館に着くころには肩で大きく息をしていた。

里美が奥の窓際の席に座って私を待っているのが見えた。ボアのついた真っ白なピー・コートが、赤い革張りの椅子に掛けられている。今日の里美は、上が黒のセーターに、下は濃いめのグリーンのスカートで、丈はいつも見慣れたものより幾分長かったが、私には大胆にも思えるスリットが入っていた。

彼女は熱心に何かの本を読んでいて、タイトルはわからないが、なかなか厚みのある本のようだ。里美が本を閉じ、それを窓脇に寄せるとティーカップに手をのばした。私が目を凝らしてテーブルの上を見ると、そこには強烈な眠気を誘うタイトルが書かれていた。――ポケット六法。

「先生ー」

例によって里美は、寒さに背を丸めて店に入ってきた私に、かん高い声で手を振った。気持ちと一緒に体まで重くなってしまっていた私は、おずおずと里美の向かい側の席に腰を沈めた。ウエイターに二人分の紅茶を注文し、私はブルゾンを脱いだ。

暖かな店内には、ゆったりとした弦楽器の調べが流れている。

「先生ー、遅刻ぅ」

里美は、椅子に背もたれながら少し目を閉じると、拗ねた調子で言った。つんと上向きかげんの顔は、お化粧もしっかりとされていて大変美しく、私はおもわずじっと見つめた。彼女が確実に大人の女性に向かって綺麗になっているのがよくわかる。それは純粋に嬉しいことだが、私にとっては彼女との距離感がますます広がるようで、私はまた気が滅入ってきた。

「先生ー、私の顔、何かついてますー？」

里美は少し首を傾げて言った。

「いや、ごめん。出かける前にちょっとごたついちゃってね。勉強してたの？」

私は水を口にしながら、テーブルの隅に置かれている数枚のルーズリーフと、その上にのせられた小さな六法全書に目をやった。

「あ、これー？　今日、臨時休講した教授って、次の時間はかならず小テストするんです。だから、ちょっとだけ」

里美はそう言うと、六法全書をパラパラと捲った。ちょっとだけ、とは言え小さくとも六法全書に変わりはない。全ページ漫画で描かれていても、私なら開けたとたんに睡魔に襲われるだろう。

「ふーん、大変だねー」

私は、里美がきちんと授業を受けていることに感心した。新聞やニュースなどを見ていると、現役大学生の学力低下が嘆かれているらしいが、それはどうやら一部の学生のことのようだ。

里美は、冷めた紅茶を飲みながら、最近の大学生活を楽しそうに話した。特に一ヶ月前に病気で緊急入院した教授の代わりに雇われたヒゲの臨時講師が、彼女達の言うところのお気に入りらしい。

その臨時講師は、大変ユーモアに溢れた人物に加えて授業が分かりやすく、以前より質問を投げかける生徒も増えた。また彼が講義中にする雑談が面白いものだから、他学科の生徒も聴講しに来るようになった。今では教室に立ち見の生徒が出るほどの人気で、そのため里美は、友人と早めに教室に移動して、前の席を陣取らなければならなくなった。

ついでに紅茶に関する雑談がしばしば出るので、里美も最近は珈琲を飲まずにもっぱら紅茶、特にアールグレイを普通より濃くして飲むのが最高においしいと言った。今も見るからに色合いの強い紅茶を口にしている。私がミルクは入れないのかと聞くと、それはとんでもないことだ、とでも言いたげに、アイシャドーが綺麗に塗られた大きな瞳をパチパチさせた。

「じゃあ、先生は最近どうですかー？」

私の日常生活は、あきれるほど変化が見られない。とりあえず、出がけにＦＡＸが壊れたせいで遅刻したと謝ると、里美は案の定パソコンを買わないのかと言い出した。

「この先、絶対に必要だと思いますよー。これ授業で聞いたんですけどー、そのうち冷蔵庫やポットもインターネットで繋がっちゃうらしいですよー」

「え、そうなの？　里美ちゃん、よく知ってるねー。でも、ぼくは今のところワープロで十分だから。インターネットとかする気ないし」

「どうしてですかー？」

「だって、恐いじゃない。ウイルスが入ってきて、せっかく作ったデータをめちゃくちゃにしたり、個人情報、盗まれたりするんでしょ？　そんな危険なもの使えないよ」

「そんなの、ウイルス対策ソフト入れておけば大丈夫ですよー」

「いや、やっぱりいらない。必要ないもの」

「でもインターネットしたら、先生の大好きな胸のおっきーいアイドルの公式HPとか、HなHP、いっぱい見れますよー」

　里美は私の顔をじっと見て言い、次にカラカラとかん高い声で笑いはじめた。白い長めの前歯がちらと見えた。

「そ、そんなのぼくには必要ない！　何言ってるの君。それにこの間は、インターネットなんてしなくていいって」

　私はあわてて言った。

「あははっそれは冗談として、私とEメイルくらいしましょうー。とっても便利なんですからー」

「電話があるじゃない」

「でも先生、私からかけないと、ちっとも電話してくれないじゃないですかー」

「それは、まあ」

「電話が面倒でも、Eメイルでポンと送信しちゃうだけなら簡単でしょう？　どっちみち、お仕事でワープロの前にいる時間は長いんだしー」

　しかし私は、四六時中仕事をするタイプの物書きではない。それに、インターネットを始めて原稿の進みがよけいに悪くなるかも知れない。

おまけに、どんな小さな本屋でも、その一角を占拠しているパソコン解説書の山を見るだけで、私は大きなため息が出る。必要でもない機能を使いこなすために、分厚い本を片手にパソコンと奮闘するくらいなら、使い慣れたワープロの方が、どんなに能率が良いだろう。

「うーん、考えとく」

そのうち迫られて購入することになりますよ、私の周りの人もそうだったから、と里美は言った。それほど近ごろは一般家庭にもパソコンが普及しているらしいが、目下のところ「必要がないものは買わない」のが私の主義、というよりも御手洗の主義だった。私も御手洗と同居をはじめた頃は、人並みの物欲もあったが、同居人の徹底した非物欲主義にすっかり慣れてしまい、あまり物を買わなくなったせいかもしれない。

しばらくして、香りの良い紅茶が運ばれてきた。一口ふくむと体全体に言い様もない幸福感がじわりと広がった。窓がたまにパンッとかすかに音を立てて、目に見えない小さな風たちの存在を知らせると同時に、室内のぬくもりを私にまた実感させてくれた。

里美が化粧直しに席を立ったので、私はひとり瞼を閉じて考えた。今夜はどこで夕食をとろうか。中華街に出てもいいし、また里美が希望する店でもよい。そういえば前に里美が横浜駅に新しくオープンした店に行ってみたいと言っていた。

うつらうつらと、店に流れている心地のよい陽気な旋律を聞きながら、私はそんなことを考えていた。曲が変わる。今度はピアノ独奏曲だ。静かに流れ出る旋律はゆっくりゆっくり、そして絶えず上下しながら、それは夢に見るような幻想的なイメージを私の耳元に運んできた。

この曲には聞き覚えがあった。それは私だけでなく、この店にいるほとんどの人間が耳にしたことがあるだろう、有名すぎる不朽の名曲だった。

だから他のテーブルを見回しても、どの客も自分

いるようだった。たちの話に夢中で、聴いているわけでもなく聞いて

「先生ー、どうしたの？　お腹、痛いの？」

ふいに、化粧室から戻った里美の声が頭上から聞こえた。私はえっと顔を上げた。

「あ、私この曲好きですー。何年か前にヒットしたTVドラマで、使われてましたよねー」

里美は手にしていた小さなポーチを鞄にしまうと、私の向かい座った。

「えっと確かー」

里美は、随分と蒸らされたであろう自分の紅茶のポットの蓋を開けながら言った。

「あれー、何て曲だっけぇー。絶対、知ってるのにー。ここまで出かかってる」

中身を確認して蓋を戻すと、長い人さし指を顎の辺りにあてて天井を見上げ、今度は考えこんだ。片手で紅茶をいれようとするので、私が代わりにティーカップに紅茶を注いでやった。里美は、ありがとうございますーと、かん高い声で言った。

ポットの先から零れ落ちるたびに黒みを帯びてゆく赤褐色の紅茶は、まるで黄昏時の空が、みるみると地平線に吸い込まれて夜色を作り出すようにその色を濃くする反面、注がれているティーカップもまた、その白い輝きを増すようだった。

曲はよどみなく流れ続けていたが、つかの間休止した後、やがてひっそりと消えていった。次の曲が始まる。私の知らない曲だった。

「トロイメライ」

「え？」

「アルベルト・アレクサンダー・シューマンの『子供の情景』の中の一曲だよ」

私は里美にカップをまわした。白い湯気がのぼって、良い香りが広がってゆく。

「そうそう、それです。『トロイメライ』。ああ、よかったー、すっきりしたー」

里美は私の淹れた紅茶を飲むと、おいしーと言っ

て笑った。

「でも先生、そんなに真剣な顔しちゃって、どうかしたんですかー？　シューマンが好きだなんて、それって初耳かも」

初耳？　その時頭にある考えが浮かんで、私は少し意地の悪い笑みを浮かべたかもしれない。

「初耳ついでに言うと、昔知り合いのお婆さんがぼくに弾いてくれたのがとっても上手でね。その人は、六十歳をこえていたけれどとても奇麗な、いや、清潔な感じの品の良い女性だった。ぼくは彼女とは二度しか会ったことがなかったけれど、とても好感のもてる人物だったよ」

「二度だけ？」

里美が首を捻った。

「正確に言うと一度だけ。ぼくが二度目に彼女の家を訪れた時には、もう亡くなっていたから」

「あ、病気ですか」

私は紅茶を一口すすった。

「……殺されていたんだ」

順を追って話せば、あれは御手洗が私を捨てて海外に旅立った年だから、もう三年ほど前のことだ。

だからまだ、里美とも出会っていないし、ましてやこんなに若い女性の友人が私に出来るなどとは夢にも思っていなかった時期だ。

以前どこかで書いたが、この頃の私の生活といえば、仕事と家事以外は山下公園などにぶらぶらとあてもなく散歩に出て、ただ何かを眺めたりして、それに飽きれば夕食の買い物をし、ひとり暗やみの広がる侘しい部屋に帰るだけという、あまりに単調で退屈すぎる自分の不甲斐なさを責める日々が続いていた。

その日、私はふとした思いつきから、いつも足を運んでいる紅葉ケ丘の県立図書館ではなく、平成六年に建て直された横浜市図書館に行った。この図書館はこれまでにも四回建て直されたが、最初は今の横浜スタジアムの場所にあったそうだ。

はじめて訪れる場所というのは、およそ何かありそうな予感がするものだ。子供じみたことだが、日常に少しの変化をつけることで、なんとか自分をもう一度奮い立たせるようなきっかけが欲しかったのかもしれない。

調べものを終え表に出ると、すっかり陽は落ちていた。途中、コンビニに寄って簡単な買い物をした私は、秋の日の夕暮れを背にして駅に向かっていた。

小さな路地の角を曲がった時、私の目の前を一匹の白猫が横切った。真っ白い長い毛で覆われた体は、夕日をきれいに浴びて、橙に染められている。大きな瞳をこちらに向けると、私の足下にすり寄ってきた。何度も私の周りを行き来するその姿は、いかにも『私、手入れが行き届いていますの。触ってごらんなさいな』と言わんばかりに少し傲慢にも見えた。

咽でも撫でてもらいたいのかと思い、私はビニール製の買い物袋を、一瞬躊躇したが道路に置いた。その次の瞬間、目にも止まらぬ速さで傍らに置かれた袋から、小さなパック詰めされた魚の煮付けを口にくわえると、一目散に駆け出した。

私は突然のことに、しばし唖然としていたが一呼吸おくと、状況がはっきりと頭に入ってきて、すぐさま走り出した。

「ド、ドロボウ！」

ビデオに録画していたとすれば、さぞかし笑えるものになっていたに違いない。最悪、通りすがりの誰かに見られていて、笑われていたかも知れない。これは、バナナの皮で転ぶのといいレヴェルだ。

しかし、文字通りドロボウ猫の逃げ足ときたら尋常ではない。真っ白いしっぽの先だけが嫌らしく路地の角々に見えるのが、かろうじてやっとだった。

だがそれも、次第に私から遠ざかっていくと、やがて見えなくなってしまった。

私は途中からバカらしくなって、とうとう歩みも止めた。すると、腹の底からむずむずとした波がやってきて、私は腹を抱えて大笑いしていた。こんなところを誰かに見られれば、私は気狂いか何かに間違われただろう。

しかし、長い人生のうち、いったいどれだけの人が、こんなまぬけな理由で笑えるだろうか。たかが魚だ。それでこんなに笑えるのならば、安い買い物だと思えばいいのだ。

私は笑いが治まると、自分の立っている場所がよくわからなくなっているのに気がついた。猫を追っているうちに、随分と人気もない路地に迷い込んでいた。慌てて番地の書かれたプレートを探して歩くと、大きな家の通りに出た。

最近の住宅事情を考えれば広すぎる庭に、メルヘンチックな小さな洋館が見えた。夕影に浮かびあがった小さな洋館は、絵本のような甘い雰囲気だけではなく、ゴシック風の荘重な趣も感じさせる不思議な建物だった。

庭に人がいた。背を私に向けて、しゃがんで何かをしている。館の影になって、男か女かもよくわからない。道を聞こうと門に近づいた私は、おもわずあっと声を上げた。さきほどのドロボー猫が、芝の敷かれた庭の中にいたからだ。しっかりと私からの戦利品を口にしている。

「どちらさま?」

私の声に気づいた影が私の方に歩いてきた。顔が徐々に明らかになってきた。品の良さそうな少し鷲鼻の老婦人だった。彼女はチャトラの猫を抱いて門を開けた。門にかけられた手の指が、見掛けの歳のわりには、いやにきれいなのが目についた。

「すいませんが、駅に出る道をお尋ねしたいんですが」

私がそう聞くと、老婦人は一瞬、わき腹でもくすぐられたかのように顔をしかめた。だがすぐに、愛想笑いの笑顔をつくった。

「あら、また違う人が来たのね。あなた不動産屋？　ボランティア団体の方？　それとも町内会の方？　まあ誰であっても同じですがね、何度も申し上げてますように、この土地も家も売る気は毛頭ありませんから。それに、うちの子がそれほどご近所にご迷惑をかけてるとは思いませんの。だってそうでしょう？　それよりも、ほら、三丁目のペンだかペインだかしりませんが、あそこの犬。あの犬の方がよっぽど迷惑だと思いますよ。夜中にそりゃもう、ワンワン吠えるは、うちの子に怪我を負わせるは、もうそりゃどんなに迷惑しているかご存知？　あら、その顔だとご存じないのね。じゃあ、先日の二丁目の吉田さんの……」

一気にまくしたてる老人を見て、私は耳が遠いのかと思い、今度は大きめの声で老婦人の耳元で言った。

「すいませんが、駅へは、どう行けば、いいでしょうかー」

「あら、このお話はご存知なのね。じゃあ、これはどうかしら。先週の水曜日だったかしらね。私が通ってる教室の」

「いえ、違うんです。駅を」

「まあまあ、これも違うんですの。でしたら、一ヶ月前に、三軒お隣のマンションの木本さんがね」

「ですから！　駅への道を！　教えていただけませんか！」

こんな押し問答が数分も続いた。老婦人は絶妙のタイミングで私の話を何度も混ぜ返しては近所の話やら、うちで飼っている猫自慢をするので、これはもしかしたら、彼女がボケ老人なのではないかと思いはじめた。

「ボケてるんだな、こりゃ」

私は誰に言うでもなく、おもわず呟いた。

「聞こえてますすよ」

「は？」

「ボケてなんかいませんよ、私は。ちゃんと聞こえています」

老婦人は抱いている猫を撫でながら、ほほほと上品に笑った。聞こえているだと？　私は、恥ずかしくて全身がカッと熱くなった。体温が一気に上昇して動悸も苦しい。だったらなぜ、私の質問に答えてくれないのだ。道を教えるのが面倒なら、断ればすむことだ。さらに彼女は嬉しそうに、うきうきとした口調で私を困惑させた。

「あなたが、あまりにもおかしなことを聞くものだからつい、私、からかわれているのかと思って」

「な、わ、私はただ、道を聞きたかっただけですよ？　それが、おかしなことだと？」

むしろ、からかわれていたのはこちらの方だ。私は目の前にいる老婦人の言葉が理解できなかった。すると、彼女はそれには答えずに、長い人さし指で私の後方を指し示した。

私が振り返ると、視界のちょうど真正面の場所に、見逃しようがないほど大きな周辺地図の看板が立てかけられていた。

「あ」

老婦人は、くくくっと笑い声を噛みしめながら、ごめんなさいねと言った。私は掌に汗がにじみ出てくるのを感じた。こんな大きな看板が見えないとは、ボケているのは私の方だと言われても仕方がなかった。私はこの侘しい数ヶ月の生活のうちに、老化が急激に進行したに違いないと確信した。

「灯台下暗し、ですわねぇ。そんなに落ち込まないでください。あなた、見たところ顔に疲れがでてますから、注意力が散漫になっていたのでしょう。レバーでもお食べなさい。そう気を落とさないで」

続けて老婦人は言う。

「それにこの辺りは、日が暮れだすと、道がわかりにくいんですよ」

「はあ、そうですか」

私は、老婦人の慰めの言葉を聞きながら、ああ、一刻も早くアパートに帰りたいと強く思った。

どうも、と言って私が大きな看板の方に向かおうとすると、庭の中から声が聞こえてきた。

「ばあちゃん！　また、クララが変なものくわえてきてるよ」

中学生くらいだろうか。制服姿の少年が、私たちの方にやってきた。足下にはあの白いドロボウ猫がいる。彼の手には私の魚。

「まあ、クララ。また、どこかでいたずらしてきたのね。仕方のない子」

ドロボウ猫は、飼い主に自分の戦利品を取られた腹いせか、また私の持っている買い物袋に手をかけた。そのせいで、おもしろいほど胴が伸びている。どこまでも欲深い猫だ。

老婦人は、あらあらと笑って自分の抱いていた猫を降ろした。猫は門を抜け、そのまま路地に走り去った。

「クララ、おいたは駄目ですよ」

ドロボウ猫クララは、飼い主に撫でられてグルグルと咽を鳴らした。喉元を撫でるたびに、ピンク色の首輪に付けられた大きな鈴もリン、リンと鳴った。

老婦人は咽を撫でた手を鼻にあててから、驚いたことに指をペロッと舌で舐めた。

「鈴に魚の煮付けの臭いがついてるわね。後で拭いてやらないと」

「ばあちゃん恥ずかしいから、その癖直してよ。誰の前でもやるんだから」

老婦人は一向に気にする様子もなく、クララを抱き上げると、その小さな口元にキスを贈った。

「ところでこれ、あなたの今晩のおかずですわね。ごめんなさいね、クララは魚の煮付けに目がないんですよ」

少年の手にしている、魚の煮付けのパックを見ながら老婦人は言った。

私は驚いた。クララに魚を取られたなどとは、一言も言わなかったはずだ。もしかしたら、私がクララからまんまと魚を盗み取られた決定的瞬間に居合わせたのかも知れない。それならば、恥の上塗である。私はまた、全身に冷や汗が吹出るのを感じながら身を固まらせた。

いつもと違った行動に、何かしらいいことがあるかもしれないなどと、乙女チックな発想をしたばっかりに、今日の私は恥の連続攻撃にあっているのだ。

「ちょっと貸してごらんなさい」

老婦人は、私の手から買い物袋を受け取り中を見ると満足げうなずいた。

「だって、あなたの手に持っているビニール袋、少し茶色い汁がこぼれていますよ。これはきっと……ほらやっぱり、クララが持ってきた煮付けと同じ臭いがしますもの」

なるほど。だからさっきも、クララは私の買い物袋に顔をつっこんでいたのか。しかし何より、彼女が私の醜態を目撃していないとわかって、少し安心した。

「あ、いえ、その実は」

老婦人はにこりと笑った。

「そうですわね。クララにえさをやってくださったのね。どうもありがとう」

野毛のミス・マープルには、すべてお見通しのようだった。

私は断ったのだが、老婦人は有無を言わさずに私を庭に引き入れた。夕食を食べて帰れと言うのだ。

「あなたとはもう少しお話したいわ。それに最近は、訪ねてくるお客さんが少なくて、退屈してたんですよ。だからこれもボランティアだと思って、今日はうちで夕食を食べていきなさい。私は助かります。それにあなたは、食事を作る手間も時間も助かるから、一石二鳥でしょう」

老婦人は矍鑠《かくしゃく》たる態度で、私の腕をとると、玄関に向かって歩き出した。ボランティア精神が強制されるのはどうかと思ったが、制服姿の少年も、同時に私の空いている方の腕をとった。

「ばあちゃんは、一度言い出したら聞かないよ」

どうやら、余程この家の人間は客に飢えているらしく、結局私は引きずられるようにして、館の中に入った。

正直に言えば、私は目の前に建てられた洋館の中に興味があった。野毛というのは戦後、庶民の街として発展した。最近では、大道芸の街としても人気を集めているが、もとは私の住む関内を挟み、山手を外国人居住区とし、野毛を日本人居住区というふうに対になっている面があった。

また、大正、昭和の始めに建てられた古い建物や、建て直される前の横浜市図書館のようなユニークな構造をもった建物が多くあったが、二十年ほど前から姿を消しつつあった。しかし、この洋館はそれほど古いものではないようだった。だが今見ておかなければならないという、根拠のない淡い予感に私は捕らわれていた。しかし、一歩足を踏み入れた途端、私はこの一風変わった洋館に興味をもった自分に深く後悔していた。

屋敷の中には、あちらこちらを猫が行き来していたのだ。玄関に入った所ですでに五匹。すぐ横手にあるチョコレート色の階段には四匹。客間に入る時に通った廊下には、九匹の猫が座ったり寝ころんでいた。私は今まで、これほど多くの猫を一度に見たことはなかった。内部はメルヘンチックな絵本の家、というより猫館、あるいは猫屋敷という表現が適切だった。現に、私の通された客間のソファにもやはり、数匹の猫達が我もの顔でソファを占拠していた。おそらく、他の部屋にも猫がいることは間違いなさそうだ。広そうな家だが、こう足下をうろうろされては、なんだか落ち着かない。

三つある窓のうち、中央側に大きなグランドピアノが横に置かれていた。蓋は上がっておらず、黒い布が掛けられていて、そこには沈みかけた夕日が、窓でつくった十字の影を落としていた。

「ほらほら、おまえたちも退きな」

少年は手慣れた様子で、猫たちを移動させると私に席をつくってくれた。猫は不満げに鳴くと、しっぽを振って部屋から出ていった。

少年は部屋の扉を閉めると、照れ笑いするように、長めの髪を掻きながら足を投げ出してソファに座った。老婦人が台所に立つ間に、私は少年と軽い自己紹介を交わした。

少年の名前は岸谷太一。幼い顔立ちとそれに似合った物言いが残る高校一年生だった。さきほどの老婦人の名は岸谷キヨ。数日後には六十歳を迎えるらしいが、とてもそうは見えなかった。

「びっくりしたでしょ？　この家」

「そうだね。すごい数の猫だね。何匹くらい飼ってるんだい？」

「前に数えたときは三十四匹くらいだったかな。でも、最近庭に来るようになった野良猫も合わせると、たぶん四十匹越えてると思う」

「へえ―、よ、四十匹かすごいね。じゃあ君も世話が大変だ」

私は正直ゾッとした。さぞかし、掃除が大変だろう。なぜなら、私が見たかぎりでは、部屋も廊下もよく磨かれていて、猫の足型が残っていたりはしなかった。それは、ひとえにキヨさんがせっせと掃除をしているからだろうと思ったからだ。

だがそれは、今家の中にいる猫たちは家猫といって、外にはほとんど出さない、出ない猫たちだから、外から泥を持ち込んで部屋を汚すことはないらしい。ただ、部屋の家具やソファを掻いたりして、傷をつけるらしい。

だから、丸まると太って毛並みもきれいなはずだ。それに比べて、餌だけ食べに来る野良猫たちが家の中に入ってくると、家を汚すだけでなく、家猫と外猫で激しいバトルが始まってしまうのが問題だから、最近はなるべく中には入れないように言っているのだが、当の本人はどこ吹く風で、一向に気にしていないのがまた大問題だと、太一は頭を抱えた。

先ほどのクララの場合、この家の猫にしては珍しく家猫だが、外にも盛んに出かけていくが、かならずその日のうちに家に戻ってくる。彼女は頭が良くて、外から戻ると自分で足ふきマットで必ずきれいにしてから部屋に入るという。キヨは特にこのクララを可愛がっていて、眠るのも一緒らしい。

「いえ、僕は東京の方に住んでるんで。普段は近所に住んでる、ばあちゃんの猫友だちの坂下さんが家の掃除とか手伝ってくれてるんです。後は、どこかの動物愛護のボランティアの人が来てるみたいで。今日は学校帰りにそのまま泊まりに来たんです。明日は創立記念日で学校が休みだから、日曜日を合わせて二連休でしょ。この際、みっちり練習してもらおうと思って」

「練習?」

「僕、将来は音大に入ってピアノで生計を立てたいんです。ばあちゃんは、若いときはけっこう有名なピアニストだったから、たまに時間が出来たときは、ここに来てレッスンを受けてるんです」

「へえー、キヨさんがピアニスト」

私は、キヨさんの長く伸びた指を思いだして納得した。

「ところで、石岡さん。奥さんに夕飯はいらないって電話しておいたほうがいいんじゃありませんか?」

私が結婚はしていないと言うと、太一は随分びっくりしていた。まあ、私くらいの歳ならば太一と同年代の子供がいてもおかしくはない。そう言えばさっき、キヨは私が独り者だという前提で夕食の話をしていた。さすがに年の功というところか。

「じゃあ、仕事は?　サラリーマンじゃないですよね?」

「……物書き」

「物書きって、雑誌とかのライターってことですか?」

「その、伝記作家って言うのかな」

「誰の伝記ですか?」

私が御手洗のことを要約して話すと、太一はなぜか目をくるくるとさせた。

「そんな変な人がいるんですか? 本当に?」

「よくそう言われるよ」

私は笑った。幾度となく繰り返されてきた質問だったからだ。

太一は自分の足下を見つめて、何かを考え込んでいるようだったが、しばらくして顔を上げると、急にこんなことを言い出した。

「僕、推理小説ってほとんど読んだことがないからわからないんですけど。石岡さんの本って、書店で絶対に見かけますか?」

「えっ」

「新刊だったら、かならず平積みにされますか?」

「まあ、最近は」

「じゃあ、結構、有名な作家さんなんですね。やったー!」


太一は、ソファから飛び上がってガッツポーズをとった。

「な、何が?」

私は太一が何を意図して言っているのかわからなかった。太一はソファに座り直した。

「ばあちゃんは、石岡さんのことを気に入ったからだけど、僕が石岡さんを夕食に誘ったのには、実は下心があったんです」

「そうなの?」

まったく気づかなかった。

「この家に入って、たぶん最初に頭に浮かんだのは《猫屋敷》だったと思うんです。今も、四十匹以上の猫が出たり入ったりしているから、近所では猫屋敷とか猫館の名前で通ってます」

そうだろうと、私は頷いた。

「もともと、この家に飼われていた猫はクララ一匹だけだったんですけど、一年前にじいちゃんが死んでから、ばあちゃんが猫をどんどん飼うようになって、その結果が四十匹にまで膨れ上がったんです。もちろん最初は、じいちゃんがいなくなって寂しいから、猫を増やしてるんだと思って、父さんも母さんもそっとしておいたんです。数匹の猫でばあちゃんの気が休まるならいいじゃないかって。でも、結局歯止めが効かなくなって今みたいな猫館ができあがったんです。

でも、これだけの猫が一つの場所に集まると、どんなに気を使っても近所から苦情がでるんです。発情期の猫の声ってすごくうるさいし、結構いたずらしたりもするし」

「うん」

現に私は、その被害者の一人だ。

「だから三ヶ月前から、町内会長さんが正式に苦情を言いに来たんですけど、でもうちのばあちゃんって、あの通り気にしてないから話し合いは全然進まないんだぁ」

ここで太一は、大きくため息をついた。

「おまけに、動物愛護のボランティアの人が善意で引き取るか、里親を探してあげるって申し出てくれてるんだけど、その話し合いにも全然応じてくれないんです。そこに僕の父さんが入ってきて、『いつまでも、友だちの坂下さんの好意に甘えるわけにもいかないだろう。だったら屋敷を売って、どこか田舎で猫と暮さないか』なんてもっともらしいことを言い出したりするもんだから、話はややこしくなるばかりです。父さんが会社でつくった借金のために、この土地を売りたいのが見え見えだから、当然ばあちゃんがうんと言うわけがなくって」

確かにこの洋館なら、けっこうな値段がつきそうだ。

「先月も、この四人で話し合いの場をもったんだけど、町内会長の中村さんと家の父親がもめちゃって、結局そのままなんです」

「どうして君のお父さんと、町内会長がもめるんだい？　それより、協力したほうがお互い楽じゃないか」

「うん、本当はそうなんだけど、中村さんって下町育ちのせいか、妙なところで頑固っぽくって、父さんが自分のことだけ考えて土地を売ろうとしてるから、文句をつけたんです。それが育ててもらった親に対する態度か！　気に入らない！　って」

「はあ」

「そのうえ、商売が魚屋のせいか何でもかんでもバサッと裁くのが好きみたいで、うちの父さんのことなんかもう、悪漢みたいに決めこんじゃって。その点では、ばあちゃんの肩もったりするもんだから、父さんと顔を合わせると、そりゃ険悪なムードで話し合いどころじゃないんです。だから結局、里親を探してくれるっていう山野さんなんかは、おろおろしただけで帰っちゃた」

「お父さんは、どうして個人的にキヨさんと相談しないの？」

「それは、ばあちゃんが中村さんたちがいる時だったら話を聞いてやってもいいって言ったから」

　ということは、キヨにしてみればこの土地を売る気などまったくなく、ついで猫たちも手放したくないから、もめる二人をわざと同席させて、話をまとめないようにしているのかもしれない。また老人は子供と言われるくらいだから、案外、子供が駄々をこねて親の気を引くようなものかもしれないが。

　しかし、この話に私がどう関係してくるのだろうと思っていると、太一が言った。

「それで、実は今日の夕食の後、また話し合いをするんです」

「えっ、それってまさか」

「石岡さん、いえ、石岡先生にもぜひ出席して欲しいんです。その話し合いに」

「いやだよ、そんな。ぼくが加わったってどうしようもないよ。喧嘩を仲裁する特技なんてもってないし」

「ただ居てもらえればいいんです。はじめは他の人がいれば、いくらなんでも前みたいな低レベルな口喧嘩にはならないと思ったんだけど。僕の父さんは肩書きに弱いっていうか、かっこつけって言うか。とにかく、石岡先生がいれば、少しは大人しくなります。そうすればもう少しくらい、話し合いが進むと思うから、お願いします」

　私は心底びっくりして、顔の前で大きく手を振った。太一は作家といえば、えらいえらい先生だと、皆が持ち上げるものだと勘違いしているのだ。

「悪いけど無理だよ。大人っていうのは、そんなに簡単に他人の意見になんて従わないものだし、ましてやぼくは、一応先生なんて呼ばれることもあるけれど、それは編集者からしか呼ばれないし、なにより誰もが知ってるベストセラー作家じゃないから、権威なんて欠片もないよ」

「それでもいいんです！　ばあちゃんには悪いけど、ここの猫たちには他に新しい家を見つけてもらって、もとの静かな家に戻したいんだ。じいちゃんがいた時みたいに、ばあちゃんのピアノがいつも家中に聞こえてきて、通りすがりの人が、門の前に立ち止まってくれる、そんな家に戻って欲しい。このままじゃ、近所の人もばあちゃんから離れちゃうかもしれないし、父さんの喧嘩も見たくない。それに、ばあちゃんは猫にかまけて、全然ピアノを弾かなくなってしまったから、僕はそれが一番悲しいんだ……」

　太一は声を詰まらせた。彼も自分なりに精一杯に考え、苦しんでいるのだろう。私は結局、力になれそうにもなかったが、とりあえず彼の頼みをきくことにした。

　それからしばらく経って、キヨが五十歳過ぎぐらいの女性と一緒に紅茶を運んできた。彼女の第一印象はその満面の笑顔で、坂下弥生子と名乗った。この近くに住むキヨの友人で、猫達の世話やキヨの身の回りを手伝ってくれているらしい。

　坂下が扉を閉めようとすると、まるでその瞬間を待っていたかのように、クララが驚くような速さで滑り込んできた。案外、挟まるスリルを楽しんでいるのかも知れない。

「まあ、石岡さんは作家の先生でしたの？」

キヨは、片手に紅茶を持ったまま目を見開いた。どうやら本当に、思いもしない職業だったらしく、意外すぎたようだ。

「はあ、一応」

「まあ、じゃあここには今、二人の作家さんがいることになるわねぇ」

キヨが坂下を見た。坂下は、満面の笑みを崩さずに、お恥ずかしいと言った。

どうやら坂下は、もともと笑い顔の要素の強い顔立ちのようで、後にも彼女が怒ったり不快な表情を浮かべることはなかった。

「坂下さんはね、元は絵本作家だったの」

キヨは、後ろの棚から黄色い表紙をした絵本を取りだした。タイトルは『コネコ』と丸いカタカナで書かれていたが、そのバックには可愛らしいネコ型の洋館が描かれていた。

「プロとして書いたわけじゃないから、これを合わせて二冊しか出版されていないのよ。それにもう、昔の話ですし」

中をペラペラと捲ると要は、一匹の子猫が旅に出て、友だちを連れながら最後は廃虚だった洋館を自分たちで直して、幸せに暮すというものだった。

「でも、この絵本がきっかけで私たち、お友達になれたんだから、そんな言い方しないでちょうだい」

「そうですね、ごめんなさい」

「坂下さんの絵本に出てくる洋館って、うちみたいに猫がいっぱい住んでる」

太一が、私の読んでいる絵本をのぞき込んだ。

「このお話は実話なのよ。私が子供の頃、こんな家に住んでいたことがあって、そこで猫を飼ってたの」

「うちみたいに沢山？」

「まさか、三匹だけよ。でもいっぱい飼えればいいなと子供の頃に思っていたから、大人になってこのお話を書いたの。それから十五年経ってここに引っ越して偶然、この館を見たときは、そりゃもう、びっくりしたわ」

　坂下は、目を糸のように細めて笑った。

「だって、私の思い描いた通りの場所に巡り合えたんだから」

「そうそう、半年前にあなたが嬉しそうに、うちの庭に飛び込んできた時は、私も本当にびっくりしましたよ」

　二人はその後、猫好きということで意気投合し、毎日のように遊びに来るようになってからは、坂下が猫たちの世話をほとんどするようになって、家はみるみるきれいになったらしい。坂下は、死別した夫との間に子供はなく、夫の残した財産とキヨが猫の世話代として給料を払っているので、特に不便はないそうだ。

「私、夫を病気で亡くして一時は自殺も考えましたけど、この家と猫たちのおかげで今じゃ毎日が楽しくて仕方がないのよ。もちろん、太一君のおばあちゃんにも感謝してるの」

　坂下の瞳には少し涙が浮かんだ。

「いやだわ、そんな。私たちお友だちじゃないの。これからもお願いしますよ。たとえ、この館がなくなってもね」

　その日の夕食は四人でとった。坂下は毎日、朝からやってきて、夕食を食べてから家に帰るのが日課らしい。食堂には、猫は一匹もいなかった。どうやらそういった場所には、きちんと気を配っているようだった。客間ではその後、太一の学校の話が主流だったが、夕食ではもっぱら私の話、いや、私の書いている本と御手洗という一風変わった人物の話が大半をしめた。

　二人は信じられない、明日さっそく本屋に行って確かめようと言いだして私を慌てさせた。

　夜八時を過ぎた頃、動物愛護グループの山野リカが来た。山野は横浜の大学に通うに女子大生で、猫愛好会に所属していると言った。肩までの黒髪と銀縁の小さなメガネがよく似合っている小柄な女性だった。

次に遅れてやってきたのは、町内会長の中村幸次だった。彼は眉が太く、顔つきが荒々しく強面で、それに似合った大きな体格だった。

客間で私と太一と中村の三人で待たされることになったのだが、話してみると客商売のせいか、大変親しみやすい感じを私は受けた。

「推理小説っていうと、松本清張とかなんとか、TVの二時間ドラマみたいな刑事が出てくる話かい?」

「いえ、刑事が主役じゃないんです」

「へ?　それじゃあ、話にならんだろう。あんたおかしなもん書いてるんだな」

中村は首を捻って大きな声で笑った。彼の中では、推理物とはずばり刑事物を指す構造になっているようだった。

しばらくして、山野の姿が見えないと思っていたら、お茶を運んできたキヨと坂下と一緒に客間にやってきた。山野は腕にグレー色の猫を抱いてソファに座ると、いてもたってもいられないといった様子で一気に話はじめた。

「ちょっとちょっと、太一君。向こうの部屋に、ベンガルとスコティッシュ・フォールドが新しく仲間に入ってたわよ。すごいわね、この家の中にいる猫って、ホントに高い猫ちゃんばっかりねぇ。ところで皆さんこの猫、見てくださいよ。きれいな灰色でしょう。ロシアンブルーじゃないんですよ、ほら瞳が宝石のペリドットみたいに緑色でしょう。これはタイ産のコラットって名前の猫で、タイでは幸運を呼ぶ猫って言われて大事にされてるんですよ。私、はじめて見たんですけど、すっごくカワイイ」

山野は、まるで万歳をさせるように、猫の前脚をもって立たせて遊んでいる。

どうやら彼女は、それほどこの家の猫問題には興味がないらしかった。ただの猫好きといったようだった。それを見た中村が、おもわず腰を浮かした。

「岸谷さん、なんですこの猫は。また増えてるんじゃないでしょうな。こんな猫、一度たりとも私はこの家で見たことがないですよ！　また、拾ったんじゃ」

口元がぷるぷると震えている、

「拾ってなんていませんよ、私。お金を出して買ったんです、先週に」

キヨは、しらっと答えた。

「な、何ですって！　あんたこの間、もう猫は増やさないって、そう言ってたじゃないか」

「でも、約束はしなかったでしょう。それにね、老人は先が短いんだから、気が変わりやすいもんなんですよ。中村さんも、もう少し歳をとれば、私の気持ちもわかりますわよ」

中村は口を開けたまま、力が抜けたようにドサッとソファに腰を落とした。あまりのショックに声も出ないらしい。これで、前回やっと猫をこれ以上増やさないというところまで話を進めた彼の努力は、すべて水の泡になってしまったのだから。

「やだー、中村さんそんなに気を落とさないでくださいよ。ほら、ごめんニャン」

何を考えているのか、山野が猫の前脚をもって中村の膝をポンと叩いた。私は山野が中村にぶたれるのではと思ったが、中村はただ下を向いて、どうして俺がこんなことに神経つかわにゃならんのだ、とぶつぶつと呟いていた。

「毎回こんな感じなのかい？」

太一は頷いた。どうやら、中村以外の女性陣たちは、さながら座談会のように和気あいあいと猫の話をしているらしい。

これで太一の父が来たとしても、いったいどうなるものだろうか。中村には悪いが、私はきっと、今夜も事態は変わらないのだろうと思いはじめていた。これならば、別に私がいようと、いまいと同じ気さえする。

八時十分を過ぎた頃、最後の客である太一の父親、岸谷利夫がやってきた。肩書きに弱いという岸谷は、私が想像していたような、たとえば、ビール腹に禿げのいかにも金満腹な人物像とはずいぶんと違ってきちんとスーツを着こなした、身なりの良い若い男性だった。

太一が計画通りに、私の自己紹介をやや大げさにすると、岸谷は少し眉を上げた。やはり、私の名前など知らないようだ。

「ふーん。石岡、和己さんね……作家さんですか、大変なお仕事ですね。私の仕事関係の知り合いにも、出版関係の人間がいるんで、そのへんの事情は多少わかりますよ。そうだ、普段はどういったところで書かれてるんですか」

「はあ、まあ、いろいろでして」

いぶかしげな顔をした岸谷は、どうやら私の価値を鑑定するつもりのようだった。私はこういうタイプは苦手だ。私がしどろもどろに答えていると、

「おい、岸谷さん。あんたのお袋さん、どうにかしてくれよ。また、新しい猫を買ってきてるんだぞ。息子の口からなんとか言うのが筋ってもんじゃないのか?」

岸谷の姿を見た途端、中村が詰め寄ってきた。この二人の間には、確かに張りつめた空気がはっきりと存在している。

「中村さん。私は今、石岡先生とお話しているんですよ。見てわかりませんか?」

「何だと」

「何なんですか」

「何なんですかとは、何なんだ。いちいちカンに障る言い方しやがって」

「何なんだって、こっちが聞いてやってるんでしょうが。馬鹿の一つ覚えみたいに、毎回毎回、まったくあんたは頭が悪い」

「何だと!」

「ほら、また言ったぞ！」

結局、太一が言ったように、非常に低レベルな口喧嘩が私の目の前で繰り広げられてしまった。

仲裁するのもバカバカしいので、しばらく眺めていようと思っていたら、黙って様子を見ていたキヨが急に立ち上がって、窓際のピアノのカバーをとって座ると、鍵盤に手をおいた。

何か合図をするわけでもなく、キヨの指は上昇し下降する四小節の旋律を静かに、そしてゆっくりと奏ではじめた。単調な時の流れが止まらぬように、ニュアンスを微妙に変えながら、夢見心地な短い曲を弾いた。

三分に満たないその曲は、あっという間に終わった。部屋にいた誰もが、ただキヨに目を向けている。彼女は椅子から立ち上がると、まるでカーテンコールを浴びる役者ように、静かに深々とお辞儀をした。隣にいた坂下と太一が、手が痛くなりそうなくらい大きな拍手をしたので、我に返った他の者たちも急いで拍手を送った。部屋は割れんばかりの拍手で、さながらコンサート会場のように、しばし埋め尽くされた。

顔を上げたキヨは、これ以上ないくらいの満足げな表情をしていた。私はこの曲、『トロイメライ』をこれまで優秀な曲だと感じたことは一度もない。単調なメロディーはただ退屈で、聞いても耳に残らない、という印象しかなかったが、キヨが弾いた『トロイメライ』は、私が聞いたどの演奏家よりも、心に深く残った。それほど彼女の演奏は卓越したものだった。

「どうもありがとう、皆さん」

キヨは言った。

「私、この館を売ることにしました」

「えー、チョット待ってください。それじゃキヨさん、館を売る決心がついてたってことですかー」

里美は納得がいかないらしく、話の途中で腰を折った。

「さあ、いつから決めていたのかは本人以外わからないよ。ただ坂下さんは、その日の夕食が終わった時に、キヨさんから相談を持ちかけられて知っていたらしいけど」

「でも、キヨさんはこの後、殺されたんでしょう？　今聞いた話だと、誰もキヨさんを殺すような動機がないじゃないですかー」

「そうだね。そうだったらよかったのにねー」

「だって先生、館を売るってことは、猫はみんな里子に出すかして、いなくなっちゃうってことでしょ？」

　里美は眉間にしわを寄せて、私を見た。

「だったら、猫苦情係りの中村さんと、猫好き女子大生の山野さんは希望がかなうしー、それに、太一くんのお父さんだって、館を売ってお金に替えることが出来るんだから、殺す必要なんてないじゃないですか。あ、でもお金に変えても、その全部が全部もらえるわけじゃないか。名義が違うんだもんね。じゃあ、猫の世話でお金をもらっていた坂下さん？　でもそれなら、相談された時に、カッとなって殺したんならありえそうなんだけど……」

　私は、自分の腕時計にちらりと目を落とした。表の陽も、ずいぶんと落ちていた。

「坂下さんにはお話してありますが、この館を売ることにしましたから」

　キヨの爆弾発言には、坂下と本人以外はまたしても唖然とした。これまで、一度としてこの話に乗らなかったキヨが、実は密かに館を売却することを決意していたのだから。

「お、お母さん、今度は本当のことですか？　また、気まぐれだったなんて、言い出すんじゃないでしょうね？」

　岸谷は、嬉しさのあまりに、声も体も震わせていた。

「売ります。私は売ったお金で小さなアパートか借家に移って、ピアノ教室でも開こうかと思ってるの。それで余ったお金は、あなたの好きにしなさい」

岸谷は嬉しさのあまり、隣で三度目の大口を開けていた中村の背中を何度も叩いた。

「おい中村さん。あんたも喜んだらどうだ。猫はいなくなるんだと」

「ちょっと、ここの猫ちゃんたちはどうするんです？　まさか、保健所に引き渡す気じゃないでしょうね」

今度は山野が、おもわず落とした眼鏡を拾いながらキヨに駆け寄った。

「何を言ってるんです。もちろん、あなたのところで里親探しをしてもらいます。野良猫さんたちなら、ここが無くなれば自然とよその場所に行くでしょうから、うちの猫ちゃんの実数は、二十五匹です。ただし、クララは私が引き取りますから。そのつもりでお願いしますよ。そうそう、この館を売るのは猫の里親がすべて決まってからです、いいですね頼みますよ」

「よかった。そうよね、この時のために私は来たんだから。じゃあまずは、このお家の猫チャン全員の履歴書、つくらなくっちゃね。忙しくなりそうだよ、おまえ」

山野は嫌がるコラットに、ほお擦りした。

「え、えらく急に決めたんだなあ。いいのかい、本当に？　なんだか拍子抜けだな」

「中村さん、あんた何言い出すんだ」

「ええ、もう決めたことですから。中村さんにもお世話かけましたわね」

中村は、突然ふって湧いた不戦勝に少し戸惑っているようだった。

「ばあちゃん」

太一がキヨの手を握った。

「すごく上手だった、久しぶりに聞いたばあちゃんのピアノ。僕もいっぱい練習するから、ばあちゃんの生徒になってもいいでしょう？」

「もちろんよ。一番最初の生徒は太一よ」

キヨは笑顔で返した。何がどうなったのか、私にはよくわからなかったが、どうやら大団円に間違いなかった。各々、嬉しそうに笑みを浮かべている。もちろん、坂下もみんなと笑っていた。

「石岡さん、はじめてお会いしたのに、家がバタバタと騒がしくて、すいませんね」

キヨが私の所に来た。どういった心境の変化があったのかわからないが、今の彼女は清々しいほど輝いて見えた。

「とても素敵な曲でした。感動しました」

「ありがとう。ここ一年は、一度も練習していなかったんですけどね、指は忘れてはいませんね。でも、今日のこの曲が一番。自分でも納得のいく演奏でしたわ」

「とてもいい顔ですよ。『トロイメライ』は確かシューマンの曲でしたか」

「そうです。愛する妻、クララが彼に宛てた手紙の中の一言『時々あなたは子供のように思えます』この言葉の余韻の中で彼が作曲したちっちゃな曲たちの中から選んだ十三曲を《子供の情景》と名付けられたんです。七曲目がさきほど私が弾いた『トロイメライ』です。石岡さんは、この曲の意味をご存じ？」

「曲のイメージ通り、幻想ですか？」

「私は幻想というよりも、白昼夢とか夢想だと思っていますの。ただし、普通の解説書に書かれているような意味とは少し、違いますけれど」

「夢想、ですか」

「シューマンは夢の美しい部分を上手に表現できる、いわば詩人でした。私にとっては、《子供の情景》は、遠い昔に置き去りにしてしまった大人に、もう一度、子供の夢を見させてくれる大人のための曲集です。けれど、大人は子供の夢の中では、決して生きられません。それは子供にだけ与えられた、いわば最高の特権だからです。それをいつまでも欲しい欲しいと言うのは、贅沢というものですし、次の子供たちに譲るべきです」

キヨは私はもちろん、誰に向かって言っているわけでないようだった。ただ、その真剣な眼差しの中に、この一年間に対する彼女なりの決心があったことは確かだ。

「だから私も過去の夢を奏でることは、もうやめにしたんです。これからは、短いでしょうが未来の夢を奏でることにします」

――夢。キヨが迷いもなく、はっきりと口にしたその言葉は、落ち込んだ今の私には眩しすぎるほど前向きで、私はおもわず感動して彼女の手を強く握った。

「いつか《子供の情景》全曲を、私のために弾いてもらえませんか?」

「いつでもどうぞ。あなたが、大人の夢を見たくなったら」


数日後、太一から電話をもらった。明日はキヨの誕生日だから、ぜひ一緒に祝ってやって欲しい、それからこの間のお祝いも兼ねているので、参加する人間はあの時いた七人だと言った。

私は快く了解すると、次の日は少しよそいきのセーターを着て家を出た。

キヨは今夜も、素晴らしいピアノを聴かせてくれるだろう。ピアニストには、やはり花だろうと、私は迷った末に、小さいが華やかな花束を駅前で買った。

キヨの館に着いたのは、約束の六時より少し早い五時四十五分頃だった。門から見える庭には、まだ何も知らない野良猫たちが、まばらだがいた。彼らも運が良ければ、飼い猫になるチャンスはあるだろうが、果たして自由を知っている彼らが、それを望むかどうかは別だ。

私は、チャイムを鳴らした。玄関にジーンズ姿の太一が現れた。

「石岡先生、いらっしゃい」

「こんばんは。まだ、早かったかな」

「ううん、もう皆集まってるよ」

大きな笑い声が廊下にもれている。客間を覗くと、犬猿の仲だった中村と岸谷が、二人だけで仲良く酒を飲んでいた。ソファの上に三匹の猫たちがいたが、どの目もテーブルの上にある酒のつまみに熱い視線を送っている。

「やあ、いらっしゃい、石岡先生」

岸谷が軽快に手を上げて、私に声をかけてきた。ほろ酔い加減の二人の頬が赤い。中村はテーブルの下から伸びている、毛むくじゃらの手と、スルメを取り合っていた。

「石岡さんもこっちにきて飲みませんか？」

隣で岸谷がむせ返ると、中村が大きな手でばしばしと岸谷の背中を叩くように撫でた。どうやら、この二人の喧嘩も館を売ることで解決したようである。

「石岡さん、お父さんたちお酒臭いから向こう行こうよ」

足下に寝転がる猫たちを避けながら、食堂の前を通って台所に入った。食堂の扉は閉じられていた。

台所では、坂下と山野が手作りケーキのデコレーションの真っ最中だった。甘いシロップと赤いイチゴの酸味の利いた香りが同時にした。山野が中腰になりながら、一つずつ丁寧にホイップで飾りを描いていた。なかなか本格的だ。

「私、製菓愛好会にも所属しているんです」

山野はできたと言って、腰を伸ばした。

「おいしそう―。じゃあ、早くばあちゃんの所にもっていこうよ。ちょうど、六時だしさ。もう、待ちくたびれて寝てるかも」

本日の主役のためというよりも、一刻も早く自分が食べたそうに太一は言った。

あいかわらず愛想の良い坂下と、頬にホイップをつけた山野は、エプロンを外すと、二人で大きな誕生日ケーキを持ち上げた。

「じゃあ、太一君は食堂の扉を開けてね。石岡さんはそこにあるクラッカー持ってよ」

「あ、僕の分も」

　私は、流しの下に置かれていたビニール袋から、クラッカーを二つ取りだすと、食堂に向かった。

「そういえば、肝心のキヨさんの姿が見えないけれど」

「ばあちゃんには、このケーキのことはないしょなんだよ。だから、食堂で待っててもらってるんだ」

　嬉しくて仕方なさそうな太一が、食堂の扉に手をかけた。私は、クラッカーの紐を握りしめて太一の合図を待った。

「皆、準備はOK？　せーので開けるから。……せーのっ！　あれ？　おかしいな、んん」

「ちょっと、どうしたのよ？　早く開けてよ、このケーキ結構重いんだから。ねえ坂下さん」

　山野が苛立ちげに言うと、坂下はゆっくり頷いた。

彼女の手が震えている。

「変だよ、中から鍵がかかってる」

　太一が、扉を二度ほど叩いた。

「ばあちゃん、ここ開けて」

「……」

「え？　ばあちゃんっ」

　その時、部屋の中で、何かが倒れる音がした。私の背中にサッと悪寒が走る。胸の中に沸き上がってくるある予感の足音をかき消すように、今度は私が扉を叩いた。私は走ってもいないのに、胸は今にも張り裂けてしまいそうなほど、激しく打ち続けているのが自分でもよくわかった。

　やはり様子がおかしい。あの歳だ。中で発作でも起こして倒れているのかもしれない。

　扉に耳を当てると、中で猫の鳴いている声がかすかに聞こえる。しかし、今はとにかく扉を開けるのが先決だ。

「ここの鍵は？」

「僕わからない。坂下さんは？」

「たぶん、階段の下の納屋の壁にかかっていると思います」

「じゃあ、私が鍵を取りに行くから、太一君はお父さんたちを呼んできて」

私は玄関に向かって走り、茶色の階段の下を探ると、小さな扉があった。確かに鍵がかかっている。薄黄色に変色した紙に『食堂』と書かれた鍵を掴むと、また急いで廊下を走った。猫たちは、私の足音に驚いて方々によけてくれた。

食堂まで戻ると、岸谷と中村もやってきていた。

「石岡さん、早く鍵！」

岸谷が叫んだので、私は手に握っていた鍵を彼に向かって投げた。すぐに扉が開いた。だが、誰も部屋の中へと足を踏み入れようとしない。私が扉の前に駆け寄ると、岸谷が床にへたり込んだ。皆、部屋の中だけを見ている。私もゆっくりと中を見た。

「ああ……」

料理が並んだ縦に長いテーブルの向こう側に、椅子が一つ倒れていた。近づくと椅子の傍に、それは体をくの字にして倒れていた。間違いなくキヨだった。その傍らには、愛猫クララがいた。クララが悲しそうに鳴くと、首輪の鈴の音もまた、悲しく鳴いた。

「と、とにかく救急車だ、救急車」

中村が部屋に入っていて、棚からコードレスフォンの子機をとると、廊下に出て電話をかけた。

「死んでるんですか」

まだ、ケーキを持ったままの坂下が聞いた。手が硬直してしまったのか、山野も皿から手を離してはいなかった。私は、キヨの手に触れてみた。皮膚が弛んでシミとしわがある。しなやかに鍵盤の上で舞った美しい手にはもう、温もりはなかった。

「……警察をおねがいします」

この時、私は微かに漂うアーモンド臭に気がついた。

しばらくすると、警察がやってきた。猫たちは大勢の人間に驚いて、どこかに隠れて姿を現さなかった。私たちから話を聞いた刑事は、三上という若い刑事と、中年の木田という刑事の二人組だった。木田刑事は、私たちを客間に集めると、さっそく全員に質問を始めた。

「通報者は？」

三上は、黒い手帳に全員の名前と職業、キヨとの関係など、私たちから聞きだした情報をメモしていた。中村が素直に手を上げる。

「私です」

「部屋に鍵がかかっていたそうですが」

「かかってましたよ」

「窓には？」

「かかってましたよ」

ネクタイを外しながら、顔面蒼白の岸谷が言った。

「私は、はじめこそは驚いて腰を抜かしていましたが、母が窓の近くで倒れているのを見て、強盗でも入ったのかと思って、窓をすべて調べましたが、どれもきっちりと鍵がかけられていました。石岡さんも見てましたよ」

そうだ。私も、まずは窓を調べた。間違いなく鍵はかけられていた。それにキヨの体には外傷らしい傷はどこにもなかった。少し肘に擦りむいたような傷があったが、あれはおそらく、何らかの原因でテーブルから床に倒れる時に出来たものだろう。

「中にいたのは、本当にキヨさんだけでしたか？」

「はい。後は、猫のクララくらいなもんですよ」

岸谷が答えると。黒い手帳の上で、三上刑事の手が正確に《ネコ》と動いた。

「猫ですか。そういえば、この家は猫が多いらしいですが、我々に驚いたのか出てきませんな。おっ、いたいた。雪みたいに真っ白だ」

さきほどから、クララだけは他の猫たちと違って、人間のそばをうろついていた。木田刑事が、チチチ

と舌で音を出すと、ビクビクしながらも近寄ってい
く。
「この猫が、キヨさんが一番可愛がっていた猫のク
ララです。刑事さんの邪魔をしては、だめよ」
寄ってきたクララを抱き上げた坂下は、そのまま
自分の膝においた。木田刑事は少し残念そうにした
が、すぐまた質問に戻った。
「では、食堂の扉の鍵をかけた覚えのある人は?」
木田刑事が全員を見渡したが、誰も手を上げるも
のはいなかった。ということは、キヨが自分で食堂
の鍵を締めたことになるが、いったい何のために?
「あの、刑事さん。これは事件なんですか?」
眼鏡を外した山野が聞いた。印象が違って幼い顔
に見えた。
「おばあさんだから、発作とかの病気で亡くなった
んじゃないんですか?」
「実はさきほど、台所の調味料入れの棚から、青酸
カリの入った小瓶が見つかりました」
「何だって? そりゃ、猛毒じゃないか」
中村が声をあげた。
「岸谷キヨさんは、どうやら病死よりも毒物による
急死の疑いが濃いようです」
刑事の思いもよらぬ言葉に皆、言葉をなくして顔
を見合わせた。
「じゃ、じゃあ、あたし達の誰かがおばあさんに毒
を盛ったって言いたいの? そんな」
山野はおもわず、声を震わせた。岸谷は、俯いた
ままの息子の肩を抱きながら硬直した。
「一体誰がそんな」
皆、一様に信じがたいといった表情を浮かべてい
た。
「まだ、検査の結果はわかっていませんが、おそら
く食堂に配膳されていた料理に青酸カリが混入して
いたと思われますが」
自然と、女性二人に視線が集まる。
「私たちは、ここに来てからずっと一緒に料理を作

ってたけど、どっちもそんな物騒なもんは入れてないです。ねえ、坂下さん」

山野はすがるように言った。

「はい、入れてませんよ。私たち、料理を作るのに忙しかったんですけど、もし誰かが料理に近づいて悪さをしようとしたら、私たちのどちらかが気づきますよ。それに私たちのどちらかが、毒を入れようとしても、おかしいなと思って相手に聞きますよ。少なくとも私はそうします」

「じゃあ、誰が母さんに毒を盛ったっていうんだ？　食べ物かお茶に盛らなきゃ、どうやって死ぬって言うんだ」

「そんなの知らないわよ私。大体、私がおばあちゃんを殺してどうするわけ？　え？　得するわけでもないのに、馬鹿馬鹿しい」

「でも、あんた昨日」

岸谷に代わって、今度は中村が考えながら言った。

「新しい子猫がいるって大喜びしてた時、この家の猫は、ぜんぶ高い猫ばっかりだとか何とかいってたな。まさか」

「馬鹿いわないでよ。ここの猫ちゃんはみんな私が所属してる団体に登録したから、売るなんてことできないわよ」

馬鹿にするなと、腰に手を当てて山野は中村を睨みつけた。中村が、すまんとあやまると席に戻った。

「だいたい、私たちの中におばあさんを殺す動機なんて誰もないんだから」

「どういうことです？」

三上がメモから顔を上げた。私たちから、先日解決したこの猫館の売却話を聞くと、木田は少し顔をしかめた。

「では、すべては円満に解決したわけですな。」

中村さんは、猫がいなくなること。岸谷さんは家を売却して、お金を融資してもらえることになった。

息子さんは、約束通りに本格的なピアノのレッスンを受けることになって。山野さんは、多くの猫たちを保健所におくらずに済んだと。坂下さん、あなたはここをやめなくてはならないですが」

「私は、キヨさんの紹介してくれた家で、来月から家政婦の仕事をすることになっています」

坂下は静かに言った。

「となると、残るは石岡さんですが、あなたは知りあったばかりだしな」

木田刑事が顎を擦りながら、三上刑事に何かを指示すると私達の顔を見渡した。

「とにかく、お一人ずつ個別にお話を聞くことにしましょう。では、最初は中村さんから」

私たちは順番に別の部屋で、事情を聞かれることになった。とにかく私は、その間に残った人達から話を聞きメモを取った。以下はその内容である。

まず、キヨは午後二時半過ぎから四時までは太一にピアノのレッスンをしていた。

三時頃に坂下がやってきて、料理の準備にかかると、まずは、キヨの好きなブリの煮付けをつくりはじめた。

三時半には山野が手伝いにやってきた。山野の趣味が料理だったので、自分から坂下に手伝いを申し出た。台所に入ると、坂下が身をかがめ食いしん坊のクララに餌をやっていた。

二人で調理している間は、誰も台所には足を踏み入れていない。またこの時、一階の客間からは、太一のピアノの音が聞こえているのを二人とも認めている。

四時頃には、中村が自分の店からもってきた鯛やマグロといった魚介類を、自らさばいて刺し身にした。台所には三人いたが、この時も自分たち以外は誰も入ってこなかったと証言している。

練習の終わった太一は、キヨと二人で台所を覗き、キヨはそのまま食堂に入った。

太一は、台所ででき上がった料理をつまみながら、食堂に運ぶ手伝いを中村と一緒にしている。

それがちょうど五時頃で、料理の並んだ食堂のテーブルで、お茶を啜るキヨの姿を二人は見ている。

五時過ぎには、岸谷がやってきて食堂にいたキヨに挨拶をすると、中村と客間で話しながら、私が来る六時前まで酒を飲んでいた。

台所では、坂下と山野がケーキの仕上げにかかっているのを太一が見て、キヨに台所には入らぬよう食堂へ追い返した。

しかし、一人では寂しいだろうと、同時に坂下はクララを特別に食堂に入れてやった。

キヨとクララを食堂に残すと、坂下はすぐに台所に戻ってケーキ作りを手伝った。これが五時半頃で、坂下によればこの時はまだ、食堂の鍵はかかっていなかった。

それから、私が来るまでは、中村と岸谷、坂下と山野といった風に、かならず二人ないし三人で行動していたことになるから、料理や飲み物に毒物を混入させることは難しかったことになる。

私の事情聴取の番がきても、ずっとこのことを考えていたので、いったい自分がどんな受け答えをしたか、あまり覚えていない。

私が客間に戻ってみると、全員の顔が目に見えてやつれているのがわかった。皆、今日中に帰れるのかどうか、口々に心配している。

扉を開けて刑事が一人入ってきた。何事か木田刑事に耳打ちをすると、またすぐに部屋を出ていった。木田刑事は、まるで顔面を殴られたような辛そうな顔をつくった。

「解剖の結果、岸谷キヨさんは台所から発見された青酸化合物による中毒死と判明しました。なお、食堂に配膳された料理からは、同薬物は検出されず、食事に手をつけた形跡もありませんでした」

一呼吸おいて続ける。

「なお、キヨさんが飲んだと思われる、お茶や食器からも、毒は一切検出されませんでした。以上」

この木田刑事の発表に、岸谷はすぐにくってかかった。

「……以上って、刑事さん。それはどういうことです。私の母は、毒で死んだんでしょう？　だったら、どうして食べ物から毒物反応が出ないんです。おかしいじゃありませんか」

「おかしいですな。これといった外傷もありませんでしたし、皆さんのお話伺うと、誰も被害者には毒を飲ませることは出来ない、と言うことになりますからな。しかし、現実にこの家からでた毒物といえば、青酸カリの入った瓶と被害者の体内にしかないんですから。これはもう、自殺ですな」

「自殺？」

私は信じられなかった。そんなことがあるだろうか。孫の太一に本格的なレッスンをつけると約束し、私に、未来の曲を奏でたいと再出発を誓った彼女が自殺とは考えられない。

私がそう言うと、周りの者から反論が上がった。

「石岡さん、自殺ですよきっと。私らが用意したものから、毒は出ていないんですから」

「でも、毒の入った瓶があったんですよ？」

「だから、キヨさんが自分で用意したものだったんですよ。キヨさんが突然、ここを売るなんて言い出したのだって、本当は自殺する覚悟があったからかもしれんでしょ」

「そうよね。そうかもしれない」

中村の言葉に同調したのは山野だった。

「だっておばあさん今まで、ろくに話も聞かないで、はぐらかしてばっかりだったのに、急に私たちの意見に賛成してくれたものね。結局は思いつめて……」

「やめろよ！　もう、ばあちゃんをいじめるなよ」

震える声で太一が叫ぶと、扉を出て二階に上がってしまった。この日は結局、自殺とは決まらないままでも、事件解明は明日に持ち越されることになった。

警察から開放されたのは、時計の針が午前零時をまわる頃だった。

　中村は近くの自宅まで歩いて帰った。最終電車のなくなった山野は、恋人に電話をかけると、車で立ち去った。

　岸谷親子は、太一がキヨの部屋から出てくる気配がないので、このまま館に残ると言う。私にも宿泊を勧めてくれたので、その言葉に甘えて私も一泊させてもらうことにした。

　それに、このまま帰るには、酷く何かひっかかるのである。それが何なのかと聞かれても、私にはわからない。ただ、漠然と私の頭にあって、出ようか出まいかとうずうずしているのだ。かならず、何らかの方法で毒を飲ませた人物がいるはずだ。坂下も、大勢の人間にすっかり脅えてしまった猫たちが心配だと家には帰らず、結局泊まることにした。どちらにせよ、彼女がいなくては、岸谷親子も家の勝手がわからないから不便だろう。私も、坂下に布団やシーツを出してもらい彼女に礼を言った。

「これから、この館はどうなってしまうんでしょうね。やっぱり、事件が解決するまでは、売れないのかしら」

「そうでしょうね」

「ところで石岡さん。クララを見かけませんでしたか？」

「さあ、あれから見かけませんけど。どうかしましたか？」

　そうですか、と言って坂下は部屋から出ていった。彼女が階段を降りる間も、クララを呼ぶ声が聞こえた。私は部屋の電気を消して、ベッドに横になった。

　目を閉じ、もう一度今日の事件を考え直した。やはり、キヨが自殺するとは考えられない。自殺するにしても、それならなぜ、毒の入った瓶が台所に置かれているのか？　自殺なら、食堂のテーブルの上にあるのが自然だ。それに、飲み物に混ぜたりせずに、そのまま摂取しているようだが、それもおかしな話だ。おまけに、部屋は私たちが鍵で開けるまでは密室状態だった。だがこれは、階段の下にある鍵さえ知っていれば、誰にでも外から鍵を閉めることはできた。いや、あの扉を開けるまでは、皆多かれ少なかれ、誰かと行動していたはずだ。

鍵を誰にも見られずに、すばやくかける方法があるのだろうか？　たとえば、ミステリーの古典的なトリックの様な――

私は何度も寝返りをうった。どう考えても理屈に合わない。誰かが嘘をついているはずだ。誰が？　キヨとほとんど一緒にいた太一か？　何を考えている。彼であるはずがない。あれほど祖母を尊敬していた彼に、こんなことができるはずがない。

悶々と、そんなことをベッドで考え込んでいると、頭が痛くなってきた。もう一度、食堂に行って調べてみよう。少しは何かが閃くかもしれない。こんな状態が続くようだったら、一度御手洗に手紙で相談するのもいいだろう。ただし、今彼がどの国にいるのかが、分かればの話だが。階段を下りて客間の前を通ると、扉が少し開いていた。フーフーと、息の漏れるような音が聞こえる。坂下がクララの首を両手で囲うような仕草をしている。

「動かないでね」

彼女が猫の首を絞めているのだ。

「ちょっと、何してるんですか！　手を放しなさい」

私は慌てて部屋に中に入った。クララがビックリして坂下の腕から逃れると、廊下に駆け出していった。

「どうしたんですか、石岡さん。こんな夜中に」

青いパジャマを着た坂下が、こちらを向いた。手には、ピンクの首輪を持っている。

「あ、それは」

「今、クララに新しい首輪をプレゼントしたところなんですよ」

「そうでしたか。あ、あは」

私はぎこちなく笑った。首輪を外しているのを、首を絞めていると勘違いしたのか。

「キヨさんの誕生日プレゼントに、クララの首輪を用意していたんですよ。もう一ヶ月前からね。でも、取り換えてくれる人がもういませんから、私が代わりに」

それで、さっきからクララを探していたのか。亡き友人の誕生日を祝ったのは、この人だけだったわけだ。私が買った花束は、どさくさに紛れてしまい、どこに置いたかわからなくなっていた。

それなら、台所の床に落ちていたので、流しの水に浸しておいていますよ、と言うので、私は台所にいってみた。そこには、岸谷がワイシャツ姿のままでビールを飲んでいた。台所は、きれいに片づけられていたが、野菜などを置くような、小さなテーブルの上に、握りつぶされた空き缶が何本も転がっている。相当、飲んでいる様子だ。

私が話しかけても、舌があまり回らなかったが、太一が泣き疲れて眠ったことはわかった。


流しの中を見ると、確かに私の買ってきた花束が少し萎れて、水に浸けられていた。こんなものでも食堂に置けば、キヨも少しは喜んでくれるだろうか。

とりあえず私は、岸谷を二階の部屋まで運ぼうと、肩をかして階段を上った。途中で岸谷は子供のように泣き崩れた。

「もし、あんたが言うように、犯人がいるんだとしたら、どれだけ私は救われるだろう。私はただ、そいつを恨めばいいんだからな。でも、もし警察が言うような自殺だったら、それは私たち、いや私の責任だ。母さんの大事な館をたかだか数千万のために、この家に来るたびに母さんに食い下がった。こんなことになるんだったら、もっと母さんと話をするべきだった。もっと、もっと、もっと……」

太一を起こしたくはなかったから、岸谷を私のベッドで寝かせて、私は客間のソファで寝ることにした。

台所に戻って流し台から花束を取った。萎びてしまった部分が垂れないように、サランラップか何かで巻いたほうがいいだろうと、私はラップを探した。こんなことなら、坂下に聞いておくんだった。

戸棚の中も探したが見つからない。隣の棚を開けると、そこには調味料が並んでいた。

すると、ここに青酸カリの小瓶が並んでいたわけだ。しょうゆ、酒、塩や砂糖、コショウに水あめなどが並んでいる。蜂蜜も同じ棚に入れられているが、瓶の蓋のふちには、甘そうな密が少し垂れていて、アリが群がり黒い山をつくっていた。私がさらに隣の棚を開けると、探していたラップを見つけると共に並べられたいたティッシュで、蓋の蜜をふき取ってやった。

ようやくラップで茎の部分をしっかり留めてやると、いくらか見栄えは良くなったそれを持って、私は食堂に入った。電気をつけると、キヨが倒れていたままの形が、白いテープで残されていた。それは、あまりにも悲しい光景だった。本当はここに花を置いてやりたかったが、明日の捜査の邪魔にならぬように、備え付けの棚の上に置こうとして手が止まった。

何か違和感を感じる。棚の上にあったコードレス電話の子機がなかった。はて、どうしたのだろうかと考えたら、キヨの死体を発見した時に、中村が電話をかけるために廊下にもって出たままだった。

他の部屋にないかと探していたら、玄関の靴箱の上に置かれていた。こんな所に持ち出されていたのか。しかし、私は子機を手にした瞬間、再び私の中でじわじわと何かが動き始めていた。

被害者以外で食堂にあった物から、毒は検出されなかった。ならば、食堂から持ち出された物の中に、殺害に関係する物があったのではないのか?

私は、恐る恐る電話を持って耳にあてた。だが、電話口から毒の煙が噴きだすとか、毒液が流る出すようなことはなかった。あたりまえだ。それならば、あの時電話にでた中村も今ごろ死んでいるはずだ。

私は大きなため息をついた。どうかしている。あまりにも現実味がなさすぎる。とりあえず、元の部屋に戻そうと私は食堂へと足の向きを変えた。

ここの廊下にも猫が一匹もいなかった。おそらく、脅えてどこかの部屋に皆で隠れているのだろうが、この館で猫の姿を一匹も見ないというのは、逆に不気味だった。外に面した廊下には、窓から月明かりがさしこんでいたから、足下は電気がなくとも見えた。淡い光だ。

向こうから、ぼんやりと白いものがゆっくりとこちらにやってくる。リン、リリンと小さな鈴の音を伴いながら。おもわずびくっと体をすくませると、向こうも身を固まらせて、にゃーと鳴いた。

「なんだ、おまえか」

クララも私だとわかって安心したのか、素早く私の足下に咽を鳴らして、頭を擦りつけてきた。

「ご主人様がいなくて、寂しいのか？」

新しい緑のベルトの真ん中に、前とは違って小さな鈴がつけられた喉元を撫でようとすると、クララはフーと威嚇の声を上げた。

どうしたというのだろう。前はあんなに喜んでいたのに。

猫が動くたびに、リンっと鈴が鳴る。

鈴が鳴るたび、私の頭に鳴り響いた。

私はすぐさま二階に駆け上がると、迷わず一つの扉をノックした。

正直なところ、何も考えはなかったが、イメージのまま体が勝手に動いてしまっているのだ。学生時代、絵を描いている時にたまにこんな風になったことがあった。頭には何も浮かばずに、ただ眺めているだけなのに、手は勝手に線を引き、筆をもって画面に命を吹き込んでいく。最後に自分の作品である証を入れた瞬間、脳と視覚のイメージがはじめて合う、あれに似ている。

もう一度ノックした。なんの反応もなかった。私はノブを回して扉を開けた。誰もいない。中に入って辺りを見回す。ベッドのシーツはきれいに張られたままで、眠った形跡はなかったが、黒いリュックが置かれていた。

少し躊躇したが、私は中を開けて手を入れた。それはすぐに手に触れた。用心のためか袋に入れられていた。これだ。私は階段を下りて、まっすぐピアノのある客間に向かった。

今度はノックをせずに中に入った。人がいた。電気がついていないので、顔は見えないが、相手は私だとわかったようだ。

「どうかしましたか?」

私は胸が高鳴った。自分でも何をしようとしているのか? 何を言おうとしているのか、よくわからなかったが、私の口は自然と開いてこう言った。

「これは一万、いや百万分の一の不幸です」

私は、さっき他人の部屋から持ち出した物を相手に見えるように上げた。

「あなただって本当は半信半疑、いえ出来っこないと思っていたんでしょう?」

相手は答えなかった。

「本当なら何も起こらずに、ただあなたの中だけで、キヨさんは死んでいたんじゃありませんか?」

「殺す気でした」

はっきりと相手は言った。

「こんな、方法で? ぼくが気づいたくらいです。きっと明日にでも、警察は気づきますよ」

私が一歩前に出ると、手に持っている首輪の大きな鈴が、リンッと鳴った。

「あなたは、あらかじめこのクララの首輪の鈴に青酸カリを塗っておいたんですね。それも舐めやすいように、はちみつと混ぜて」

「戸棚を開けたんですね」

「はちみつが瓶のまわりに漏れて、アリがたくさん群がっていましたよ」

「恐くて開けられなかった。私が、青酸カリを鈴につけている時に、山野さんが入ってきたので、少しこぼれてしまったんです。後で掃除をした時も気にはなったんですが、開けると白い粉があるんじゃないかって」

「あなたは、歩く凶器となったクララを食堂に入れると外から鍵をかけた。後は、キヨさんがいつもの癖で、クララとスキンシップするついでに、手についた毒をなめるのを待った」

キヨとはじめて会った日、クララのつけた甘い魚の煮付けの汁をなめた時のことを思いだした。

「いつも、どうしてあんなことをするんだろうって、不思議だったんですよ。たまにばかな飼い主が、可愛さ余って自分のペットを口の中に入れたりするでしょ？　気持ち悪い。でも彼女が、ケーキが出来るまでになめることがなくても、新しい首輪と交換すればこの先、問題もありませんからね。都合がよかったの。どうせ警察だって、こんなこと思いつくわけがないですからね」

「瓶をどうして食堂に置かなかったんです？　台所に置けば、かならずあなたは疑われるのに」

「本当は、そっとテーブルに置きたかったんです。でも、彼女の顔を見ると決心が鈍りそうで、私、すぐに食堂から出てきてしまったんですよ」

「どうして、こんなことを？」

「……ここは夢が現実になった場所だから。私、子供の頃にこんな洋館に住んでいたんです。お話ししたよね。でも、そればかりを夢見ていたわけではないんですよ。夫といる間はそんなことを忘れるくらい、それはそれは幸せでした。でも彼が死んで、また昔のように何も無くなってしまった私は、何度も死のうと思って、知り合いからあの青酸カリを分けてもらいました。でもそれを使う前に、ここを見つけてしまった。彼女の白昼夢の調べにのせられて。だから、あんなに簡単に、私の夢の場所を壊そうとしたのが憎かったんです……今となっては、どうしてそう思ったのか私にもわかりません」

「キヨさんはきっと、あなたに言ったんですよ」

私はたまらず言った。

「え?」

「あなたの夢が壊された日。キヨさんの『これからは、短いでしょうが未来の夢を奏でることにします』というのは、この家の夢の時間の中で止まってしまった、あなたに時間を取り戻してほしかったんですよ……」

あなたという友人が出来たことで、愛する悲しみの時間から開放されたのだから。相手がこちらに来た。暗闇に目が慣れて相手の顔が見えた。笑い顔の目から、涙が溢れていた。

表はすっかり暗くなっていた。外に出ると、風がやんだかわりに、粉雪がハラハラと舞っていた。

「先生ー、じゃあ坂下さんは、自首したんですかー?」

「あの後、すぐに警察に電話した」

「洋館は?」

「キヨさんの意志通り、全部の猫たちの行き場所が決まってから売りに出されて、今はマンションか駐車場になってると思うよ」

「太一君は?」

「今、音大に通ってるらしい」

「猫のクララは?」

「……あの晩に家を出たきり、帰ってこなかったらしいよ」

「クララはまさに白昼夢、坂下さんにとっての白い夢の象徴だったんですねー」

「え? ああ、そうとも言えるね」

私たちは関内の駅に向かって歩いていた。

これから電車に乗って、里美が前から目をつけていたおいしいラーメン屋に行ってみることにしたのだ。

「でも、先生見直しちゃったー」

私の横に並んでいた里美は、目を輝かせながら言った。

「えっ……」

「だって、御手洗さんがいなくても、ちゃんと一人で事件を解決したじゃないですかー。ちょっとかっこよかったー」

「……本当に信じてたの、里美ちゃん？」

「ええ？」

里美が大きな瞳を、パチパチとさせる。

「嘘なの」

「えええー？」

「ぼくの好きな『トロイメライ』の曲がたまたまかかったから、口からでまかせ言ったんだよ。ぜんぶ即興なの。だってぼくが犯人につめ寄るなんてないでしょ」

それは、探偵の仕事なのだから。

「ひどーい先生。もう、しんじらんなーい」

里美は肩にかけていた鞄を振り回すと、いきなり、私の背中に思いっきりぶつけた。

「六法パーンチ！　嘘をつく人は許しません。石岡和己の弁護人にだけは、私ならない」

里美が、笑いながらすたすたと早足で歩き出した。

「やっぱり、おかしいと思ったー。先生があんなにテキパキ行動するなんてー」

「いたたぁ。嘘って気づいてたくせに。もう若くないんだから、手加減してよ、里美ちゃん」

私は背中を擦りながら、里美の後を追おうとした。だがその時、背後からリン、リリンっと小さなふたつの鈴の音が聞こえた。

振り返ると、路地に白くふさふさしたものが消えてゆくのがちらりと見えた。

先生ー？　里美の呼ぶ声がするが、私の足は何かに操られるようにして、逆方向に走っていた。角を曲がる。

一匹の白い猫がいた。こちらを一瞥すると、奥へと走りだした。それは光が夜の闇色にのみ込まれるようにして、暗闇に消えた。
私の耳には、かすかな鈴の音だけがリン、リリンといつまでも残った。

終

オリーヴグリーンの間

6.時計仕掛けの密室

矢部貫

1

藤堂雅子は表から聞こえてきた息子の大声に驚いた。声の大きさ自体はそれほどでもなかったが、それが含んだ険悪な感情に驚いたのである。直哉のようだ。直哉の部屋はこの家から独立している上に密閉性も高いので、大声を出してもここまで聞こえる声はたかがしれている。だが、そのただならぬ怒声が雅子を駆りたてた。

時計を見ると、午前八時少し前だった。昨夜は長男の和哉と次男の直哉がそれぞれ友達を呼んで、部屋に泊めている。直哉が連れてきたのは武田英幸という青年が一人だけだったが、彼と喧嘩でもしたのだろうか？　雅子は玄関を出、母屋からは独立している直哉のプレハブ小屋に急いだ。

ドアの前に立ち、ノックしてみる。返事がない。構わずノブを回してみるが、ドアは開かない。

「直哉？　いるの？」

声をかけてみたが、返事がない。ドアの左にある窓が目に入る。窓に近づき、中を覗いてみる。

視界に飛び込んできたものは、そこには本来存在しないはずの色だった。床に広がる生々しい血の色。その色の原因である人物が、自分の血で染めた赤色の中央に横たわっている。雅子もよく知っている顔。息子の仲の良い友達、武田英幸。雅子は悲鳴を上げ、気を失った。

聞き覚えのある歌謡曲が聞こえている。三科英一の好きな女性ボーカルの声だったが、彼にとって寝起きに聞かされて気分のいいメロディなど存在しない。英一はくぐもったうなり声をあげると、コンポの電源を落とそうと枕元にリモコンを求め、そしていきなり気づいた。今日はいつもの朝と違う。頭痛だ。

二日酔いによると思われる頭痛に逆らって考える。どうしてこんなに頭が痛い？　昨日は久しぶりに学生時代の同級生三人で会って、結局友人宅で飲み明かしたのだ。

（そうか、するとここは和哉の部屋か）

そこまで思いがいたると、部屋に流れる歌謡曲があらためて鬱陶しくなった。しかしリモコンは見つからない。しかも目覚まし時計まで鳴り出した。時間を見ると七時半。普段なら起きるのにちょうどいい時間だが、夕べは寝たのが三時を回ってからだ。それは昼まで寝ていられることを見越してのことだった。

予想外の時間に起こされたことが、英一の不機嫌に拍車をかけた。乱暴に目覚まし時計を止め、近くにリモコンがないか再び探しはじめるが、やはり見つからない。寝ころがったままコンポを止めることは、もうあきらめるしかないようだ。

頭からかぶっていた毛布をはがし、顔を上げてからようやくその人物に気がついた。自分と同じようにカーペットの上に直接横たわっている。

（あれ？　どうして直哉君がここにいるんだ？）

英一は不審に思ってその人物に近づいた。なんだか様子がおかしい。彼の白いタートルネックのセーターが、一部どす黒い赤茶色に変わっている。右の首のあたりから胸にかけてだ。頭がうまく働かない。なんだ？　あれは――ひょっとして血？

「ひっ……」

英一の悲鳴は、後頭部への鈍い痛みによって遮断された。それは二日酔いの痛みではなく、悪意を込めて外部から加えられた痛みだった。

藤堂和哉は焦っていた。弟の部屋の前、庭で気を失っていた母が、まだ目を覚まさないのだ。彼女の両手両足は紐でしっかり縛ってあり、口にはガムテープまで貼ってある。まさか――。

「おい！　母さん、しっかりしてくれ！」

何度目かの呼びかけで、母はやっと目を開けた。和哉は安堵して、それから彼女の戒めを解いた。

「和哉！　ああ、中で……、部屋の中で武田君が！」

雅子は叫んだ。和哉は眉をひそめた。気を失っている母を発見した時点で、和哉もまた部屋の惨状は目撃していた。

それは惨状と呼ぶに十分な光景だった。部屋の中央に血塗れの死体。反対側の窓のところ、そこにある流しに突っ伏している男。特に後者の服装は、よく見慣れたものだった。

部屋はドア、窓、すべてに鍵がかかっていたが、和哉は流しの窓から中を覗いて、すぐ鼻先にあるのが自分の弟の顔であること、それが既に絶命しているらしいことを確認していた。

頷きながら和哉は言った。

「ああ……、もう見たよ。直哉と武田君が……」

「えっ⁉」

雅子は目を見開いた。

「直哉が？　直哉がどうかしたの⁉」

それで和哉は状況を確信した。母は武田の死体のみを目撃したのだ。息子の姿を見なかったことは救いだったと和哉は思ったが、続く母の行動を抑えることは出来なかった。

「えーっ、直哉！　直哉！」

雅子は再び窓から中を見、二度目になる絶望の悲鳴を上げた。近くにある学校のチャイムが鳴らす、八時半を告げる音がそれに重なった。

2

「暗闇坂」の事件で丹下刑事と知り合って以来、彼はたびたび御手洗に事件の相談をしてくるようになった。以前はたわいもないナゾナゾを持ち込んで、御手洗の欠伸を誘ったものだが、この頃は心得たもので、彼が気に入りそうな不可解な事件のみを選んで持ってくる。

平成三年二月のあの事件の始まりもまた、そんなふうにして訪ねてきた丹下だった。

「どうも御手洗さん。いつもお世話になります」

丁寧に挨拶をして、丹下はわれわれの部屋に入ってきた。

「ようこそいらっしゃいました。歓迎いたしますよ。おみやげに魅力的な謎の一つでも持参されているのならさらに嬉しいのですが」

御手洗の方も妙に上機嫌だ。愛想良く応じている。

私は紅茶を淹れるために一旦席を立った。

「ああ、それでしたらきっとご希望にそえると思いますな。毎度のことで大変心苦しいのですが、I市の郊外で、奇妙な殺人事件が起こりまして、是非相談に乗っていただきたいと、こうして伺ったのです」

「殺人ですか。もうすぐ春だというのに穏やかじゃないですね。で、どういうふうに奇妙なんですか?」

言葉とは裏腹に御手洗の目は輝いている。

「はい、それが、いわゆる密室状態というやつなんです」

台所からでもその声はよく聞こえた。専門家が口にする言葉ではないという苦々しさが感じ取れる口調だったが、私はその密室という単語に敏感に反応した。

「詳しく聞かせてください」

私が台所から戻ってくると、御手洗も姿勢を正して聞く体勢に入っていた。

「事件が起こったのはI市にある一般家庭です。藤堂という家なんですが、ここの別館、と言っていいのかな、庭のすみにプレハブ小屋みたいな建物がありまして、次男で大学生の藤堂直哉がここを自室として使っていたのです。殺人があったのもここです。この次男の直哉と、その友人の武田英幸が死体で見つかっています」

「その部屋が密室だったのですか？」

　私が口を挟む。

「そういうことです。事件があったのは昨日二十五日の朝。発見したのはこの家の主婦で、藤堂雅子といいます。つまり被害者の一人の母親ですな。さてここからが妙なんですが、この母親、武田英幸の死体を発見した時点で気を失っているんです。そしてこの時点では息子の死体は見ていないんですね」

　この時、御手洗はなぜか少し顔をしかめた。

「発見した時の状況を教えてください」

「朝八時頃に、その別館から争うような物音や声を聞いたそうなんです。それで彼女が行ってみると、部屋にはドアにも窓にも鍵がかかっている。呼んでも返事がないので、小屋の側面にまわって窓から覗いたそうです。すると息子の友達の武田が、腹から血を流して死んでいた。母親はこの時に悲鳴をあげて気絶しています」

「被害者の他に、部屋には誰もいなかったのですか？」

「いなかったと言っています。もっとも窓からちょっと覗いただけですし、すぐに気絶してしまったんですから、死角はいくらでもあったでしょう」

　御手洗は質問を続ける。

「つまり最初に発見された時点では、死体は武田君のもの一つだったのですね？　もう一つ、次男坊の死体はいつ出てきたのですか？」

「それがまたおかしな話なのです。藤堂直哉の死体が最初に発見されたのは藤堂宅、つまり母屋の方ですな、母屋の長男和哉の部屋だったんです」

　御手洗は両手を合わせ、目で先を促している。

「この日、弟は友達の武田を呼んで、兄の方も二人の友人、三科英一と柏原淳を呼んで、合計五人でその別館で酒を飲んでいたそうなんですね。夜遅くなってから、兄の方のグループ三人は、和哉の部屋に引き上げたそうなんです。つまり三科、柏原、和哉の三人は、それから雑魚寝をしたわけですな、母屋の和哉の部屋で。弟の直哉の死体を発見したのは、和哉の部屋で寝ていた三科ですが、和哉が毎朝セットしている目覚まし時計と、一緒にタイマーセットしておいたコンポの音で目が覚めて、そばに倒れている直哉を発見したそうです。だから犯人にとってはこれは、たぶん予想外のことだったのでしょうな。後でプレハブの別館に運ぶつもりでいたんですからな」

「直哉がそこに?」

御手洗が聞いた。

「はい」

「プレハブ小屋にいたはずなのに?」

「そうです。弟がなぜかここにいた。目覚まし時計で起きたのですから、この時間は朝の七時半とはっきりしています。ところがこの三科も、直哉の死体発見直後に、犯人と思われる人間に襲われ、頭を殴られて気を失っているんです」

「犯人の顔は見ていないんですね?」

「見てません」

「証言者がことごとく気絶しているんですね」

「仰るとおりです」

丹下は同意し、続ける。

「次の証言者は兄の和哉です。彼の場合は八時半頃になって目が覚めて……」

「同じ部屋ですね?」

「そうです。柏原が部屋にいないことに気づいたそうです。この時和哉は、犯人に襲われて昏倒している三科を見たのですが、ただ眠っているだけと思ったと言っています」

「弟の直哉君は?」

「いなかったそうです。しかもいなかったのは直哉だけではなく、柏原もで、和哉は柏原がいないのが気になって窓から外を見ると、庭に倒れている母親を発見したというわけです。驚いて駆け寄ると、母親は、これも犯人によってでしょうが、両手両足を固く縛られて、声を出せないように口にガムテープまで貼られていたらしいです。和哉もまた、それからプレハブ小屋の中で倒れている弟と、その友人を発見します。この時は母親も行って、中に二つ死体があるのを一緒に見てますね。小屋は、入口はむろんのこと、窓にも鍵がかかっていたそうです。そこで窓を壊して中に入ったそうなんですが。そんなわけでわれわれは、姿が消えた柏原淳を重要参考人として手配しています」

「ちょっと待ってください。長男は八時半？　同じ部屋で寝ていた三科は七時半に起きたのに？」

御手洗が言う。

「はい」

「つまりコンポと目覚まし時計の合唱で、兄は目を覚まさなかったのですか？」

「そう言っております。時計は三科がすぐに止めたそうですし、コンポは五分で切れるようにセットされていて、いつもはそれで起きるのですが、その前日は遅くまで起きていたし、酔っぱらっていたからでしょう。タイマーを解除するのを忘れるくらいですからね」

「ふふん、二つの死体の状況は？」

「武田はプレハブの部屋のほぼ中央で、腹を刺されて死んでいました。一方直哉の方は部屋の隅にある流しに突っ伏して死んでいました。死因は頸部損傷による失血死で、彼の衣服は派手に血で染まっていましたよ。凶器はまだ見つかっていませんが、その部屋にあった果物ナイフがなくなっているらしくて、おそらくそれが殺害の凶器と思われます」

御手洗がさらに上機嫌になってきた。さっきまでより若干高い声で質問する。

「つまりこういうことですか？　七時半にまず長男の友達三科君が、母屋の長男の部屋で次男の直哉君の死体を発見し、気絶。その三十分後に母親が次男の友達である武田君の死体を、次男のプレハブの密室で発見して、これまた気絶。そのさらに三十分後に今度は長男の和哉君が、母親と一緒に二人の死体を次男のプレハブの密室の中に発見した、こういうわけですね？」

「え？　えーと、はい。そういうことになりますか……、ちょっとややこしいですが、そして柏原が失踪と……」

「では、仮に犯人が柏原君だと仮定すると、彼はこんなことをしたことになりますね、まず直哉君を起こして母屋に連れてきて殺し、別館に出張して寝ていた武田君を殺し、さらに戻ってきて母屋の直哉君の死体を別館に運んで、武田君と一緒に置いておいた」

「そう、しかも密室の中にですな。殺した順番は仰るとおり、直哉が先と見ていいでしょう。雅子が聞いた何者かの大声は、武田を殺す際に争っていたものでしょうから。これが大体八時とはっきりしてます。この時点では、直哉の死体はまだ和哉の部屋にあった」

丹下は答える。御手洗は言う。

「柏原は、七時すぎに直哉君を母屋に連れてきて殺し、七時半に起きた三科君を殴って昏倒させ、直哉君の死体はそのままにしておいて、別棟に行って八時前に武田君を殺し、近くに来て気絶した母親を縛っておいて母屋に帰り、直哉の死体を別棟に運んで密室を作り、逃亡した。これが八時すぎ、そして八時半になって和哉君が起きてきて母親を発見し、弟と武田君の死体も発見した、こういうことになりますね」

「そうです」

「ハードスケジュールですな」

「わかりませんね、どうしてわざわざ死体を別館に移動させる必要があったんでしょう？」

私が言った。

「それにどうしてわざわざ直哉君を、母屋に連れてきて殺したんでしょう。人がいっぱいそばで寝ているのに」

「別館が密室になっている理由もわかりませんよ。そうすることが、犯人にとっては必要なことだったのか……」

「柏原君は、武田君とは親しいのですか？」

「そうでもないみたいです。友達の弟の、そのまた友達ですから。ほとんど初対面みたいなもんで」

「では直哉君とは」

「これもそうでもないようですな」

「じゃあなんで殺すんでしょうか」

「さあね」

それらはひとまず棚上げにして、私は質問を続けた。

「その小屋はどの程度頑健なんですか？　物理的なトリックで密室を作り出せるような隙間はないいんですか？」

「ないと言っていいでしょう。家人の話では合い鍵は作ってないそうです。今裏をとらせていますが。そしてただ一つの鍵は、部屋の中にありました」

「つまり密室の中に？」

「そうです」

「例えば外から鍵をかけて、どこかの隙間から部屋の中に鍵を投げ込むとか」

「隙間というなら換気扇ぐらいしかありません。それに鍵は室内の机の引き出しにしまってあったのです。その手は無理ですな」

丹下は言った。

換気扇。引っかかるものを感じた。そこから頑丈な釣り糸などを使って、外から鍵をかけられないか？　そう丹下に質すと、

「うーん、どうでしょう？　現場を見ていただければ早いのですが……」

「よし行こう！」

考えごとで静かだった御手洗が、いきなり元気よ

く言った。

「行くって、今からか?」

私は正直気が進まなかった。買い置きの食料がなくなりつつあるので、今日あたり買い物に行こうと思っていたのだ。

「決まってるだろう。僕らは時間という風によって常に一定方向に流されている。寄り道できる時間は少ないぜ。ぼやぼやしてたらあっという間に終点だ」

それならI市へも流されたいものだ。

「丹下さんはどうされます? 来ていただけると助かるのですが」

御手洗が言う。

「もちろんご一緒します」

「それでは急ぎましょう。ほら石岡君、早く」

御手洗にせかされて、私は重い腰を上げた。

丹下が先に部屋を出たとき、御手洗が私の耳もとに口を寄せ、囁いた。

「面白い事件を持ってきてくれるのは大歓迎だが、少し早すぎるね。事件があったのはつい昨日じゃないか。君にも見られる傾向だけど、わからないことをすぐに人に訊くのは良くないよ。まず自分で調べて、考えて、それでもわからないときにはじめて人に頼るようにしないとね。まあ、早急に解決しないと犯人に逃げられるとか、被害者がさらに増えるというケースは別だけどね」

3

丹下さんは今日は車ではなかったので、われわれは電車でI市まで行くことにした。I市まではJRと私鉄を乗り継いで約一時間、電車の中でも事件の話は続いた。

「柏原淳が二人を殺す動機はあったんですかねぇ」

「それがまったく不明なのです。柏原にとってはほとんど初対面ですからね。しかし姿を消しているのはこれは確かなのでね、なんらかの秘密の確執があったのかもしれません。今のところ柏原が最有力かと思われます」

　私の質問に丹下が答えた。御手洗の方は今のところ特に質問はないらしい。

　春も近づいたといった印象の晴天の日だった。車でなくてむしろ良かったかもしれない。さすがにまだ少し寒いが、今日は歩くにはちょうどよい陽気だ。われわれは駅からさらにバスに乗り、丹下の案内で目的の家に着いた。

　ごく普通の家といった印象だが、敷地はけっこう広い。駐車場を兼ねているらしい庭の隅に、例の小屋と思われる建物があり、警察が張ったのであろうロープが、無言で進入を拒否していた。外から見た小屋の印象は、無愛想なただの直方体といった感じだが、屋根は建物の手前には張り出しておらず、しかも角が若干丸くなっていて、それが妙に可愛らしい印象を与えていた。

　私たちをその小屋の前に残して、丹下は玄関に向かった。小屋を調べるにあたって、家人に一言ことわるためだ。

　間もなく丹下が戻ってきた。

「さあいいですよ、ご覧になってください」

　丹下が先に立ち、われわれは室内に入った。まず私は入口の鍵を調べようとしたのだが、御手洗はさっさと奥に入っていった。

　入口の鍵は、一般的にドアの鍵と言われて連想するようなタイプで、ロックするとドアから飛び出した突起が穴に収まる仕組みだ。外からは鍵を使って、中からはノブ中央のつまみを半回転させて施錠をする。つまみはかなり固い。ドアの上部にはあつらえたように換気扇があるが、たとえそこから糸を通しても、外からこのつまみを半回転させることは出来そうになかった。

　次に私はドアを開けておき、ドアと壁との隙間に、持参したナイロンの紐を挟んで閉めてみた。紐を引っ張ってみると、見事にピクリとも動かない。ドアに隙間はないようだ。

私は考え込んだ。このドアを物理的なトリックで外から施錠するのは難しそうだ。とすると、窓を使ったのだろうか？

私は室内を振り返った。ワンルームぐらいの広さはある長方形の部屋で、入口から見て横に長い。入ってすぐのところには土間らしきものもある。入口から左手の奥にベッド、その手前に机（引き出しに鍵が入っていたものだ）があり、机の対面にテレビ、その前にはテレビゲーム機が置いてあった。床はフローリングで、部屋のほぼ中央にある、人型に貼られた白いテープが痛々しい。

御手洗はというと、テレビの横にある流しを調べていた。

「ここに突っ伏して死んでいたんですか？　和哉君は──」

「おい、直哉君だよ御手洗。生きている方を殺すなよ」

「そうです。首の右側面をかっ切られてですな。もっとも、凶器はまだ見つかってませんが」

丹下が言う。

「母屋の部屋なりここなりに、血痕はなかったのですか？」

「それなんですが、被害者はこう、首まですっぽり隠れるタートルネックのセーターを着ていたんですな。そいつをめくってばさっとやったんで、うまく傷口が隠れたんでしょうな。出血はほとんど服に吸い取られていました」

「なるほど、なるほど」

御手洗は至極満足そうだ。そして流しの正面にある窓を開けた。

「ここの鍵も閉まっていたのですね？」

「そうです、発見者の証言によるとそうなります」

御手洗は窓の外を眺めている。私も真似て覗き込んだ。外はかなりの急斜面で、雑木林になっている。

「なるほど、これなら一時の隠れ蓑にちょうどいいか」

　御手洗は謎めいたことを言った後、また室内に振り返って反対側にある窓に近づいた。

「発見者は、こっちの窓から中を覗いたのですね？」

　言いながら、ガラスが割られた窓を開ける。これは机のほぼ真正面にあたる。窓の鍵はごく一般的な半月状のロック形式だった。流しの窓も同じ形式だ。

「そうです。雅子が武田の死体を発見したのも、三十分後に今度は息子と一緒に武田と直哉、二つの死体を発見したのも、その窓からですな」

　御手洗は無言でうなずいている。そして左右をキョロキョロ見渡した後、こう言った。

「発見者の親子と話ができますか？」

「息子の方は今仕事に出ています。母親の方は……、どうでしょう？　なにしろ息子を失ってますので、まだショックが大きいようです。警察の聴取でも長男の補足を加えてやっと聞き出したようなわけですから」

「なんとか話を聞けませんかね？」

「うーん、とりあえず呼んできましょうか？」

「ああ、いえ、いいです。こちらから行きましょう」

　私は嫌な予感がして、御手洗に急いで耳打ちした。

「おい御手洗、頼むから息子を亡くした母親の前で、息子の名前を間違えるなんてことはやめてくれよ」

「失敬だな石岡君。僕がいつ間違えた？」

　これだ。

「いいか、長男が和哉君で、亡くなった次男が直哉君だからな！」

「わかった、わかったよ」

　私の不安は全然消えなかった。

4

玄関で対面した夫人は、予想通りげっそりしていた。ややぽっちゃりした中年の夫人だったが、一日前はもっと恰幅がよかったのかもしれない。

「はじめまして。僕はこちらの丹下さんのお手伝いをしている者で、御手洗といいます。こっちは助手の石岡君。お気を落とされているところ大変申し訳ないのですが、少々お話をお聞かせ願えませんか？」

御手洗が感心にも丁寧に言った。

「はい。石岡先生のご本でお名前、存じあげております。どうか、よろしくお願いします」

そう言って夫人は頭を下げた。丹下の話とは違って口調はしっかりしている。奥へ上がるように進められたが、御手洗が丁重に断った。これはなかなか上出来というべきだ。

「まず、午前八時にあちらの別館から争うような音を聞かれたんでしたね？　それで行ってみるとご次男のお友達の死体を発見された」

「……はい、そうです」

「そして窓から中を覗かれて、気を失われたんですね？」

「……はい」

夫人は辛そうだ。

「その時悲鳴を上げられたんでしたね？　ふーむ……」

御手洗は少し考え込んだ後、言った。

「ちょっと失礼、ご長男さんの部屋に上がらせてもらっていいですか？」

「ええ、構いませんが」

「では、お邪魔します。石岡君、君は外の小屋の前にいてくれ」

そう言って、すたすた中に入っていった。

言われたとおりに小屋の前で待っていると、本館の窓から御手洗が顔を出した。奥に婦人と丹下の顔も見える。あそこが和哉の部屋なのだろう。

「じゃあ石岡君。そこで悲鳴を上げてみてくれたまえ！」

御手洗が叫んだ。私としては唖然とするしかない。

「なんだって？」

「いいからそこで悲鳴を上げるんだ！」

なんで私がそんなことを――。

「早くしたまえ、石岡君！」

私はやけになって叫んだ。

「わぁーっ！」

われながら情けない。悲鳴だかなんだかよくわからない。

「声が小さいよ！　もっと大きく！」

そのときちょうど門の外を、犬を連れた女性が通りかかった。犬共々私を見ている。私は吹っ切れた。

「ぎゃーっ!!」

どうだ？　これで満足か？

「何考えてるんだい！　大きすぎるよ！　もう一回！」

どっちのセリフだそれは！　覚えてろよ――。

「うわぁーっ!!」

今度は文句をつけてこなかった。夫人と何か話している。

「もういいよ！　玄関まで戻ってきて！」

玄関まで戻った私は、意味もなく息を切らせて御手洗に言った。

「いったいなんだったんだよ？　今のは」

「ああ、その時にこちらの夫人がどの程度の悲鳴を上げたのか知りたくてね。君に実演してもらったんだが、どうやらご本人もよく覚えていないそうだ」

じゃあやらせるな!!　そもそもそんなことが事件解決に必要なのか？

その気持ちが表情に出てしまったらしい。顔を赤らめ、開いた口が塞がらない私を見て、藤堂夫人が少しだけ笑った。御手洗（と私）の奇行は、彼女の悲しみをほんの一時だけ和らげたようだ。

「さて、次が最も重要な部分です。気を失い、一時間後に長男さんに起こされてからどうなさったんですか?」

御手洗は質問に戻る。

「はい。和哉に起こされた時は、私は両手両足をしっかり縛られて、口にもガムテープを貼られて、声も出せない状態でした。和哉に解いてもらってから、中に武田君と、直哉が……、倒れているのを二人で見ました。ドアを開けようと思ったのですが、中から鍵がかかっていて……。窓も全部鍵がかかっていたもので、和哉が自分の部屋から鉄アレイを持ってきて、それで窓を叩き割りました」

そうか、あの窓は鉄アレイで割ったのか。

「裏手の窓も確認なさいましたか?」

「はい」

「でもそこからだと、倒れているご次男が目の前に見えるでしょう。間違いなく確認できましたか?」

「……はい、たしかに。私が中を見ようとすると和哉にとめられて、その窓はあの子が確認しました。でも私、それを見ていました。間違いなく、窓には鍵がかかっておりました」

雅子は断言した。

「それからどうなさいました?」

御手洗は質問を続ける。

「中に入ってみると、それはもう凄い血の臭いで……、私は入口でうずくまってしまいました」

その時の気分を思い出したのだろう。夫人は胸に手をあてて苦しそうに続けた。

「和哉は鼻と口を押さえながら中に入っていって、あまりに臭いがすごいので、流しのところの窓を開けて、それから二人の脈をみていたような気がします。そうしてから私を支えて母屋に戻って、警察に連絡していました」

「ではあと一つ。あの部屋の鍵が一つだけというのはたしかですか?」

「はい、私の知る限りでは。直哉が黙って合い鍵を作るようなことはないと思いますし」

御手洗は、少し考え込んでから言った。

「なるほど、大変参考になりました。ありがとうございます。ご長男は今日は遅いのですか?」

「はい。遅くなるようなことを言っておりましたが」

「そうですか。いずれ彼にも話を聞きたいので、どうかよろしくお伝えください」

御手洗は言って、辞する気配を見せた。

被害者の家族に話を聞くのは気が重いものだが、どうやら必要以上に傷つけずにすんだようだ。私はほっとした。とそう思った時、御手洗が振り返って口を開いた。

「このたびのこと、本当にご愁傷様でした。名古屋君のご冥福をお祈りいたします」

私は背筋が凍った。それじゃあまるで名字だろう! というかそれは地名だろうが!

だが奇跡だった。音が似ていたので、夫人に気づかれることはなかったようだ。彼女は頭を下げて、どうかよろしくお願いします、と言った。


藤堂家の門を出ると、御手洗がいたって真面目な顔で言う。

「やれやれ、あの母親を思うとなんとも気が重い事件だね。おや石岡君、なんで汗かいてるの?」

悪気がなかったことだけはわかった。

5

次の日、御手洗は朝からあちこちに電話をかけていた。そして昼近くになって、こんなことを言い出した。

「石岡君。今日は和哉君、仕事は休みだそうだよ。今から会いに行こう」

感心にも和哉の名前は憶えたようだ。私の心配もこれで多少は減る。

そしてどうやらさっきの電話には、藤堂家も含まれていたらしい。

「ええ? また急だなあ。それよりも推理は進んでいるのかい？」

「推理なんてね君、事件の話を聞いた時点で終わってるよ。今僕は確認してるだけだ」

私は目をむいた。

「なんだって⁉　もうわかったってのか⁉」

「とっくにわかってるってばさ」

「あの密室トリックも？　わざわざ密室の中に死体を移動させた理由も？」

「そんなものを謎と呼べるなら」

信じられない。それなら柏原淳がそんなことをした理由もわかったのか？

「動機は？　じゃ動機はなんなんだ？」

「それだけがわからないんだよ。だからこれから訊きに行こうと思ってね」

私はまたびっくりした。

「え？　和哉君が知ってるのか？」

「それは知ってるだろうね。武田君の方は知らないかもしれないが」

「わ、わかったよ、行くよ」

私はいそいそとエプロンを脱いだ。

6

一日前と同じように電車で移動している最中、御手洗は終始無言だった。その様子に妙に深刻な印象を受けたので、私は藤堂家に着くまで彼から何も事件のことは聞き出せなかった。

先日の夫人は留守だったが、かわりに和哉青年がいた。細い髪を無造作に垂らした、長身痩躯の神経質そうな青年だったが、愛想はいたってよかった。

「ああ！　どうもこんにちは。母から聞いていますよ。僕も母も御手洗さんのファンなんです」

「それは光栄ですね。石岡君、数少ない貴重なファンがこんなところにもいたよ」

「そんなことをおっしゃってるのはご本人だけですよ。御手洗さんのファンはそれはたくさんいます」

「まあそんな話はまた今度。ちょっと表に出ませんか」

そう言って御手洗は、彼を散歩に誘った。

藤堂家の周辺は落ち着いた雰囲気の住宅街で、歩道の片側には植え込みがあり、車もあまり通らないところだった。昨日に続いていい陽気だったから、散歩にはうってつけの日と言えた。

われわれは青年の、この春からはじめた仕事の話だとか、私の次回作の話だとかをしながらしばらく歩いた。御手洗に本題を切り出す気配は見られない。私も御手洗がそうしないうちは切りだすつもりはない。

やがてわれわれは小さな公園を見つけた。特に互いの意思確認をするでもなく、全員の足は自然にそこに向かった。

「御手洗さん。子供の頃、何かやりたかったことってありますか？」

唐突に和哉が訊いた。

「やりたかったことというと？　将来の夢というやつですか？」

御手洗が質問で返す。

「いえ、そういうのじゃなくて。なんて言うのかな……、事件のあった日の前の晩のことなんですけど……」

いきなり和哉の口から事件、という単語が出たので私はぎくりとした。

「話のきっかけはくだらないことだったんです。何かの拍子に三科が、『子供の頃、エスカレーターを思いっきり逆走してみたかったなあ』って言ったのが始まりで……。ははは、くだらないでしょう？」

青年はどこかシニカルな笑みを浮かべた。

「それで柏原が、『俺は車道の真ん中に寝っころがってみたかった』って言って……。ああ、なんだかよくわかりませんね」

「いえ、なんとなくわかりますよ。でも残念ながらそういうのは思いつきませんね。ただ……、早く大人にはなりたかったかな」

御手洗は言った。続けて聞き返す。

「あなたはどうなんですか？」

「僕は……、ふふ、笑わないでくださいよ」

そう言ってはにかむと、彼は公園内にあるブランコに腰かけた。ブランコは青年の長身には低すぎ、彼は少し窮屈そうだった。

「誰もいない真夜中にね、こうしてブランコに乗ってみたかったんですよ。ははは、こう言ったらあいつら、ぽかーんとしてましたけどね」

「ほほう、それは何か理由があるんですか？」

「なぜなんでしょうね……。たぶん真夜中に起きていることが、大人の証だとでも思ったんじゃないかな」

「そうですか。つまり早く大人になりたかったんですね？」

「そうかもしれません。あ、御手洗さんと一緒ですね」

そう言って三人で笑った。

「でも僕は未だに大人になりきれてない。まだまだ学ぶことが多いです」

「それは立派な心がけですよ。人間傲慢になると成長が止まってしまいます」

私はなぜか少し汗ばんできた。日差しが強い時間は過ぎたが、今は一日で一番暖かい時間帯だ。

「柏原淳君は、よい友人でしたか？」

御手洗が水を向けた。その表情からは何も読みとれない。和哉は一時御手洗を見つめ、やがて答えた。

「ええ、そうですね。欠点の多いやつでしたが、基本的にはいいやつだったのかもしれません」

私は違和感を感じた。和哉と柏原がどの程度の仲だったのか知らないが、少し冷たくはないか？　和哉も事件の犯人は彼だと思っているのだろうか？

しかしそう質すまでもなく、彼は自分から話を続けた。

「あきれるくらい人間的に小さいやつでしたよ。器が小さい、って言うのかな。行動の一つ一つが凄く子供じみてて、我慢ならないこともしばしばありました」

彼は冷笑を浮かべながら、平気で辛辣な言葉を吐いた。

私の違和感はますます強くなる。なぜ彼は柏原のことを過去形で話すのだ？　現在行方不明の彼が、もう戻ってこないとでも思っているのだろうか？

少しの沈黙の後、御手洗が言った。

「それが彼を殺した理由ですか？」

青年の顔からシニカルな笑みが消えた。かわりにそこに浮かんだ表情は、少し悲しそうで、それでいてどこか穏やかなものだった。

7

「やはり気づいてらしたんですね」

青年は静かに言い、立ちあがった。私は混乱していた。

「え？　な、なんて言ったんだ？　御手洗」

「彼は柏原君を殺したんだよ。弟の友達の武田君に見せかけてね」

「なんだって？」

私は愕然としてしまって、話についていけない。

「三科君が朝目撃した死体は直哉君じゃない、柏原君だったんだよ」

「え？　それじゃあ、密室にあった死体は？」

「あれは正真正銘、武田君と直哉君の死体だよ。死体は最初から動かされてなんかいない。あの惨状は、直哉君が武田君を殺して、自殺したんだよ」

「なんだって⁉」

「それ以外の可能性はない。あの部屋を合い鍵なしで、しかもなんの痕跡も残さずに外から施錠することは不可能だ。さっき丹下さんに聞いたんだが、合い鍵が存在する可能性は完全に否定されたそうだ」

「待てよ御手洗！　部屋の中に凶器はなかったんだぞ！」

「窓を叩き割って中に入った時に、ひとまず裏の雑木林に捨てたんだろうさ。充満した血のにおいがうまい具合に流しの窓を開ける口実になった。母親は外でうずくまっていたしね。そうですね？　和哉君」

和哉の表情は変わらない。彼は答えるかわりにこう言った。

「どうぞ、続けてください」

日が傾きはじめた。まだ夕刻というには早いが、あたりがうっすらとオレンジ色にかわりつつある。

御手洗が再び口を開く。

「一昨日の朝直哉君は、今となってはその原因はわからないが、武田君と口論し、衝動的に部屋にあった果物ナイフで武田君を刺してしまった。その直後、物音を聞きつけて飛んできた母親のノックを聞き、自分はとっさに窓からの死角に隠れたのはいいが、母親は現場を見たショックで気絶してしまった。絶望した直哉君は、自分の頸動脈を切り、自殺するにいたった」

御手洗は淡々と続ける。

「母親の悲鳴で目を覚ました君、和哉君は、庭に出て、プレハブ小屋の脇で倒れている母親と、小屋の中で死んでいる二人を見つけた。いや、そうじゃない、おそらく直哉君は、君が見ている前で自殺したんじゃないですか？」

「その通りです。母が自殺した直哉を見ていては、この計画は成立しませんから。もっとも、あいつは僕に気づいてませんでしたけどね。だからとめる間もなかったんです」

「お母さんもまたうまい具合に、君だけが目を覚ます程度の悲鳴をあげたものだ。それとも君は眠りが浅いんですか？　とにかく君は、直面したその状況が、利用できることに気がついた。母親の気絶といい、出血をあらかた吸い取った直哉君のタートルネックのセーターといい、実に悪い具合に条件が揃いすぎていましたね。

直哉君が室内から完全に施錠していたことはそうでもないかな？　そのおかげで部屋は密室状態になり、僕は今話した可能性に惹かれた。合い鍵が存在しないということで、さらに確信したわけです」

「それはそれで不可能性が増すとは思ったんですけどね、あなたには逆効果でしたか。さらに付け加えるなら、直哉が流しで自殺したこともですね。流しの窓から確認できたし、凶器のナイフは流しの死角に隠れて、窓から外に捨てるのにも苦労がなかった」

和哉は付け足した。それは自分のしたことを認める行為だった。

「お母さんに流しの窓から覗かせなかったのは、直哉君の手にある果物ナイフを見せないためでしょう？　それにしても、偶然揃ったこれらの条件が一つでも欠けていれば、君は犯行を思い留まったんでしょうけどね。そうもう一つある、君が直哉君とよく似た服を持っていたこともですね。君は眠っている柏原君を、直哉君と同じ状態、つまり右頸動脈部をいきなり刃物で切断し、失血死させた。服を着替えさせたのは死んでからでしょう？　寝ているとはいえ、無理やり着替えなんてさせたら、いつ目を覚ますかわかったものじゃないですからね。そしておそらく切断部に、着替えさせる予定の服をあてがって、前もって血を吸い取っておいたんじゃないですか？」

「ちょっと待ってよ御手洗。それじゃその時間は八時すぎになるぜ、時刻が合わないじゃないか。三科君が目を覚まして直哉、じゃなくて柏原君か？　その死体を発見したのはた七時半だって……、あ……」

ここまで言って、私は自分で気がついた。そうか、そんなに簡単なことだったのか！

「そうさ石岡君、時計とコンポの時刻をずらしておいたんだよ。三科君が目を覚まして、柏原君の死体を発見したのは実は八時過ぎだったんだ。タイマーをセットしておいて、ニセの目撃証言をでっち上げてから三科君を殴り、タイマーのセットを従来のものに戻し、それから柏原君の死体を、ひとまずどこかに隠した。例の密室は、三科君の目撃証言と、凶器が見つからないという事実によってのみ、作為的なものとして成立している。三科君が目を覚ましたことは、犯人にとっての誤算などではなかった。計画の一部だったんだよ。だがそれにしても、随分危ない橋を渡りましたね。目覚まし時計ばかりか音楽まで鳴らして。あの日は他に家族はいなかったのですか?」

「それも僕にとって都合のいい条件でした。父親は仕事で泊まりだったんです。もっとも、それだからあいつらを呼ぶ気になったんですが」

「そして目を覚ましても大丈夫なように、母親を縛っておくことも忘れなかった。しかし柏原の死体を三科君に見せる必要がありましたかね。そんな危険なことをせずにそのまま死体を隠してしまっても、彼の犯行に見せかけることは出来たのでは?」

「死体が密室の中に移動したように偽装できるという、ある種の誘惑にかられてしまったんです。あの密室を解いて見せろという気分が、僕に生じたんでしょうね」

「犯人が作為的に作ったように見せかけた」

「ええ」

「もう一つわからないのは、お母さんが息子が殺人を犯す瞬間を見ていないと、つまりまだ生きている直哉君を目撃していないと君が判断した理由です。彼女が直哉君を目撃した上で気絶していたら、やはりこの計画は成り立たない」

「おっしゃるとおり、その点は賭けでしたね。でもある程度自信はありました。直哉は人を殺したぐらいで自殺するようなやつじゃないし、母に現場を見られたなら、今度は観念の気持ちからやはり自殺はしないでしょう。この場合なぜ死んだかというと、母に武田君の死体を見られて、まだ自分がやったとは知られずに、なおかつすぐにわかってしまうという絶望感が、あいつを自殺させたんでしょう。まあこういう説明は難しいですけどね、家族にだけわかることってていうのがあるんですよ」

和哉は一瞬、また例のシニカルな微笑を見せた。

「母を起こしたときの反応で、やはり直哉の姿は見ていないと確信しました。しかし、母を起こそうとしてもなかなか起きなかった時は焦りましたよ。窒息したのか、口を塞いだのがいけなかったのかとね。目を覚ましてくれた時は、正直ほっとしました」

そして彼は、続けてこう言った。

「これは一応訊いてみるんですが御手洗さん、なにか証拠はあるんですか？」

「生きている人間の頸部を切断すれば、出血はそれは凄まじいものです。なにかあてがったところで、とてもカバー出来るものじゃない。警察は発見できなかったようだが、細かく調べれば君の部屋から必ずルミノール反応が出ます。柏原君の血液型のね。一昨日から晴天続きだし、凶器を捨てた裏の雑木林からも出るかもしれない。それにとっさの犯行だったことだし、柏原君殺害の凶器は家にある包丁でも使ったんじゃないですか？　それを確認してもいい。さらに警察に細かく検死させれば、直哉君の首の傷が自分でやったものだということもわかるでしょう」

和哉はうなだれるように頷いた。

「柏原君は？　凶器と一緒にどこかの土の下ですか？」

「ああ、埋める場所まではさすがに考えてなかったので、まだ僕の車のトランクにいますよ」

彼はすべてを認めた。そして少しの沈黙の後、こう言った。

「御手洗さん。あらゆる犯罪……、これは法律を犯したという意味でですが、あらゆる犯罪はすべてを明らかにした方がよいと、犯人を吊し上げるべきだと、あなたはそう思われますか？」

「答えはノーです」

御手洗は即答した。

「では僕のケースは、それに当てはまらなかったわけですね？　動機もご存じじゃないのに、そう判断なさった理由はなんですか？」

「殺人事件は被害者と加害者だけで成り立っているわけではない。君がそうであるのと同様に、柏原君のことを大事に想っている人もいるのです」

「そういう感情論で語るんですか？」

「僕の質問にも答えてくれませんか。彼を殺したのはなぜです？」

御手洗が穏やかにさえぎった。和哉はいっとき御手洗を見つめ、それから話し始めた。

「さっきも言ったでしょう？　あいつの人間的な醜さに、我慢がならなかったんですよ。人に優しくするのは見返りが期待できるときだけ。他人なんて知ったことじゃないくせに、自分だけは必ず幸せになれると信じて疑わない。人の欠点を見つけては、相対的に自分の地位を上げて喜んでる。それで自分は賢いと思いこんでる救いようのないやつです。さっき、人間は傲慢になると成長が止まるっておっしゃいましたね。それはまさにあいつのことです。付き合いは長いですが、ちっとも成長していない。知り合ったときから時間がたってないみたいだ」

この時、私はなぜか『密室』という単語を、いきなり思い浮かべた。この閉鎖の言葉を私に想起させたものは、事件のからくりなのか、和哉の話の内容なのか、それとも彼の心なのか。

「……もう少し話しましょうか、御手洗さん、煙草がお嫌いだそうですね？」

唐突に和哉は訊いた。

「僕は嫌いなものというのはあまりありませんが、あれだけは好きになれませんね」

「そうですか、僕は一応愛煙家を自称してるんです。良い子ぶるみたいですが、あなたのような嫌いな人の前では吸わないし、吸い殻をその辺に捨てたりもしません。どうしてだと思いますか？」

私には質問の意味が今いちよくわからなかった

が、御手洗は笑って答えた。

「それは、あなたがそうしたくないからでしょう?」

するとその青年は、嬉しそうに笑った。

「ああ、やっぱりあなたはわかってくれますね。でもあいつにはそれが理解できないんです。あの夜も今みたいな話をしたんですよ。そしたらあいつは、『じゃあ街中の吸い殻を拾って集めたら?』ってね、それは得意げに言うんですよ。僕の偽善的な自己満足を嘲笑したつもりだったんでしょうね。あんなやつに話すんじゃなかったな……」

彼が、自分の発する言葉によって興奮していくのがわかった。

「馬鹿じゃないのか！　僕はやつみたいなクズになりたくないから！　自分で自分の行動を規制しているだけだ！　街がゴミで溢れようと知ったことか！」

和哉はしばらく荒い息をしていた。だいぶ経って今度はやや落ち着いた、だがそれゆえに凄みのある声でこう言った。

「もう一瞬たりともあんなやつと時間を共有していたくなかった。そこに機会が訪れた。だから殺したんです。御手洗さん、あなたならわかるでしょう。自分を正当化するつもりはないが、世の中いかにクズが多いことか」

和哉はまた冷笑を浮かべていた。御手洗は感情の読めない目で彼を見つめ、ゆっくりと答えた。

「そういう人たちをこそ、僕は救いたいと願ってるんだけどね」

和哉の顔から冷笑が消えた。しばらく御手洗を睨んだ後、顔を下げることで御手洗から目を逸らした。

今度は御手洗の方から口を開いた。

「短時間、ほとんど一瞬でこれだけのことを考えついた君の頭脳は素晴らしい。でもできれば、その能力をもっと別のことに使って欲しかった」

和哉は何も答えない。

「警察はまだ事実を知りません。だが明日になれば、僕は戸部署の友人にすべてを話します」

　これは自首してくれという意味だった。

「……わかりました」

　和哉は答えた。彼は御手洗の言葉をすべて理解したようだ。そして和哉が、自分の母親を話に持ち出してこなかったことに、私は彼の潔さを見た気がした。

　立ち去ろうとする御手洗に、彼はまた語りかけた。

「御手洗さん、あなたは人に見えないものが見えるせいで、何度も傷ついてこられたでしょう？　今回、また嫌な思いをさせてしまいましたね」

　御手洗はもう彼の方を振り返らなかった。

「すみませんでした……」

　吐き出すように口から漏れた彼の謝罪は、いったい誰に向けられたものだったか。その対象がなるべく多くであることを、私は願った。

7

前夜遅くまで作品を読んでいた私は、翌朝わりと遅めに起きた。表を見ると、あまりにも上天気なので部屋にいる気になれず、里美を誘ってホテルの前の岩場に出た。遥かなシベリアの大地が広がるはずの方向に、大きく、ゆったりと孤を描く水平線は、そこからも望める。潮風が頬に心地好かった。

岩場に腰をかけると、里美も寄ってきて恐々隣りに腰を降ろした。里美は最初船虫とか蟹を恐がっていたのだが、彼らもわれわれが恐いとみえて避けるので、それを知って彼女も、岩に腰を降ろす気になったようだ。

「風が気持ちいいね」

私が言うと、

「本当に」

と里美も言った。それから、

「足、陽に焼けちゃう」

と言って、ジーンズを切った短パンからむき出した白い腿をぺちぺちと叩いた。

「いいとろだね、ずっとこういうところで暮らしてもいいなー」

目をそらして私が言うと、珍しく里美は沈黙し、何故か返事を寄越さなかった。

「あれ里美ちゃん、別の考え?」

「いえ」

とすぐに言ったが、続いてこう言った。

「私ちょっと、こういうの、もうずっと住んでたから……」

「飽きた?」

「うーん、はい」

そういえば里美は、貝繁村で会った時からそう言っていた。田舎の人間関係に辟易したというような意味のことを言った。

「作品読んだ?」

「はい、夕べ」

私は続いて三階の作品群を里美と手分けしていた。私が「火事場の水死事件」、「アーキテクト・パネライズ」、「時計仕掛けの密室」。里美は「横浜奇談」、「忍者屋敷」、「トロイメライの鈴」だった。

「どう？」

「もう負けましたねー、みんなすごい！　すごい笑ったの、引き込まれたもの、たっくさん！　『トロイメライの鈴』なんて、ラスト感動ちゃった。この密室、アイデアですよねー、こういう人いますよねー、こういう癖のある人、女の人で。私も解る、感心した」

「うん、ぼくの方もよかった。『アーキテクト・パネライズ』なんて、最初のあたり、高木彬光さんの初期の小説読んでいるみたいで懐かしかった。問題の建物も、すごい機械トリックを内包していてね、後半、それが明かされてびっくりした。昭和初期に書かれた本格みたい。甲賀三郎とか、海野十三とか、大坪砂男とか。この頃の人たちの特に機械トリックの雰囲気って、ぼくすごく好きなんだけどね、この人、きっと若い人なんだろうけど、理系の頭って感じがする、日本人の理系人のこういう歴史って、ずっと続いているんだなあって思ってさ、面白かった」

「海野十三さんて人、私知ってます。SFの人で、本格だと『振動魔』とか書いた人でしょう？」

「あ、そうそう」

「私も読んだことありますよ。ミス研の部室に置いてあるもの。夕べ私が読んだものの中にも、似た傾向のものありました。『f0の悪夢』っていうの、これ『振動魔』とよく似た行き方でした。人の目に見えない空気の波動で、人の体に悪い影響を与えようとするもの。すごく恐い話です」

「えっ！　あれもう読んじゃったの？　四階のでしょう？」

「そう、もっと読みたくて」

「ふうん、最近の人も、昔の人の本格、きっと読んでいるんだろうね。それとも日本人の技術畑の人の発想って、歴史があるのかな」

「こういう方法、もしかしたら女性には特に危険かも。女性の体ってデリケートだから、こんなのずっとされると、不妊症とか、そういうのになってしまうかもしれませんね。読んでてとっても恐かったです」

「ぼくが不勉強なのかもしれないけど、そういう工業技術を直接的に使った犯罪って、イギリスやアメリカの探偵小説にはあんまりないよね」

「あ、そうですかー」

「あればSFになるんじゃないかなー。ぼくね、こういうの読んでると、日本軍が終戦間際に研究していたっていう殺人光線のこと、思い出すんだよ」

「殺人光線？　それなんですか？」

「いや、もちろんぼくも本で読んで知っているだけだよ」

「あ、そうなんですかー、本当に？」

「……」


「先生、冗談ですよー」

里美は大声を出す。

「まあ電子レンジの技術なんかに似ているんだけど。これ、ゆで卵にあてるとポンって破裂するの」

「へえ、本当ですかー」

「うん、そういうのはできるんだけどさ、空の高いところ飛んできているアメリカの爆撃機に、地上からこんなの放射しても全然無理だよね」

「じゃ、できなかったんですね」

「もちろん失敗した。こんな兵器、この前の湾岸戦争にもまだ登場していない。絶対無理だよ。でもなんかこういうのって、そのすぐ後で書かれるさっきみたいな日本の探偵小説の傾向に、絶対に影響しているって思うんだ」

「あ先生、その発想って面白いですね。ミス研の同人誌に書こうかなー私」

「アメリカは原爆の開発してたのに、日本は殺人光線に風船爆弾だからなぁ。でもアメリカもレーガンの時に、スターウォーズ計画なんて無理な軍事科学開発やって失敗してたけどね」

「はい」

「それからね、日本の技術者たちって、戦後ずいぶん高度な工業製品作って世界に名をあげたけど、これにも関わっている気がするんだ。だって、こんなもの一年以内に作れとかさ、戦争中は無茶苦茶言われていたんだものね、そういうのに較べれば、液晶だのテレビだの、カメラだのコンピューターだの、ICチップだの小型自動車だのって、ずうっと楽だと思うよ」

「そっかー」

「『時計仕掛けの密室』もよかった。これにもそういう日本の技術屋発想の伝統は生きてると思うよ。部屋の家電品用の予約タイマーと時計を使って密室を作るの。より正確に言うと、すでに当事者によって作られている密室を、この種の家庭用の機械を使って架空の時間を作りだして、誰かが意図的に密室を作ったように捜査側に見せかけて、解いてみろって挑戦する話なんだけどね」

「ふうん」

「なんか芸が細かいんだよね日本人って。アメリカ人だったらそんな面倒やっていないで、原爆でもってどんって一発でやりたいと思うんだろうね」

「ふうん」

「あと、『火事場の水死事件』、これも最初びっくりした。こんなこと、本当にできるのかなって、後でどうやって解決つけるんだろうって思って心配した」

「うまくいってました?」

「いってた。面白かったね、これ傑作だよ。水死体が焼け跡から現れてくる理由も合理的だし、細部もよく考えられていた。チャコール・グレーって、炭のグレーでしょ? だから火事現場と色も合ってるしね、そっちはどうだった?」

「そうですねー、『忍者屋敷』って、すごい傑作、もう笑った、お腹痛くなっちゃった。どうしてこんなこと、思いつくんだろうなって、でもどれも色と中身が合っているなーって印象のものはなかったですー。あとひとつ、『横浜奇談』っていう作品、これもとってもいい感じなんですけれど、とってもいい話。でもローズの間ですよね?」

「うん、そう……」

私はポケットから折りたたんだリストを出し、開きながら言った。

「そんな感じじゃなかったなー、雰囲気はそんな感じで、わりと合っていると思うけどー、ローズって色は、作品の中に出てこなかったと思います」

「うーん」

私はリストを見つめながら言った。

「『火事場の水死事件が』がチャコール・グレー、『忍者屋敷』がオレンジ、『横浜奇談』がローズ、『アーキテクト・パネライズ』がゴールド、『トロイメライの鈴』がラヴェンダー、『時計仕掛けの密室』がオリーヴ・グリーン……、か」

「はい」

「この中で、置かれていた部屋の色と作品とがぴったりマッチしているのは、『火事場の水死事件』がただひとつかな」

「はい、『f0の悪夢』もレモンイエローだから、ちょっと中身と関係ないですし……」

里美は、私に合わせているのか、残念そうに言った。

「じゃあ、この考え方はここで挫折したわけだね」

私は言った。

「うーん、そうですねー」

「じゃあこの考え方には固執しないで、続けて作品を読もうか」

私は言った。

「はい」

「これまでに、このホテルの地下の、開かずの部屋に似たような部屋が出てきた小説なんて、あったかな?」

私は訊く。

「密室はありましたけど……、『トロイメライの鈴』とか……」

「うん、それはあるよねこっちのにも。『時計仕掛けの密室』、『アーキテクト・パネライズ』、『火事場の水死事件』もまあそうだし」

「はい、『横浜奇談』も割とそう。『f_0の悪夢』も」

「みんなそうだよね、密室だよ。でも、みんなあんなに手強いものじゃない」

「はい」

「あんな三メートルもの厚さのコンクリートの壁に包まれていて、入口には二メートルもの厚さの鉄の板が填まっていて、なんていうようなね、そんなとんでもないしろものじゃないよ」

「はい」

「言ってみればみんな普通の密室。ドアがあって、それに鍵がかかっていてっていう……」

「はいー」

「でもここのは普通じゃないよね。本当にこんな小説群読むことで、あそこ開けられるのかなー。こんなことが、本当にヒントになるのかなー」

言うと、里美も首をかしげている。

「何か別のアプローチがあるような気、するけどなー。このパロディ小説、地下のあの部屋とはまったく無関係に、ただ金光さんのお父さんが趣味で収集していただけって、そんな気がするけどなー」

「はい……、あ先生、金光さん」

その時里美が言い、その声や視線にうながされて振り返ると、食堂の硝子戸の中に金光が立ち、手招きしているのが見えた。ブランチの用意ができたということらしい。里美をうながし、私は立ちあがった。

上巻・了

御手洗パロディサイト事件2
パロサイ・ホテル　上

2001年9月4日　1刷

著　者　島田荘司

発行者　南雲一範
発行所　株式会社 南雲堂
〒162-0801　東京都新宿区山吹町361
TEL 03-3268-2384　FAX 03-3260-5425
振替口座00160-0-46863
印刷所　図書印刷株式会社

乱丁・落丁本はご面倒ですが小社通販係宛にご送付下さい。
送料小社負担にてお取り替えいたします。
Printed in Japan〈1-395〉
ISBN4-523-26395-7 C0093　〈検印省略〉

E-mail　nanundo@post.email.ne.jp
URL　http://www.nanun-do.co.jp